Wera Krijanowski

ROMANCE de uma RAINHA

Pelo Espírito
J. W. Rochester

Tradução de Almerindo Martins de Castro

Copyright © 1953 by
FEDERAÇÃO ESPÍRITA BRASILEIRA – FEB

16ª edição – Impressão pequenas tiragens – 5/2023

ISBN 978-85-9466-320-7

Todos os direitos reservados. Nenhuma parte desta publicação pode ser reproduzida, armazenada ou transmitida, total ou parcialmente, por quaisquer métodos ou processos, sem autorização do detentor do *copyright*.

FEDERAÇÃO ESPÍRITA BRASILEIRA – FEB
SGAN 603 – Conjunto F – Avenida L2 Norte
70830-106 – Brasília (DF) – Brasil
www.febeditora.com.br
editorial@febnet.org.br
+55 61 2101 6161

Pedidos de livros à FEB
Comercial
Tel.: (61) 2101 6161 – comercial@febnet.org.br

Dados Internacionais de Catalogação na Publicação (CIP)
(Federação Espírita Brasileira – Biblioteca de Obras Raras)

R676r   Rochester, John Wilmont (Espírito)

         Romance de uma rainha / pelo Espírito J. W. Rochester; [psicografado por] Wera Krijanowski; tradução de Almerindo Martins de Castro. – 16. ed. – Impressão pequenas tiragens – Brasília: FEB, 2023.

         440 p.; 21 cm

         Tradução de: La reine Hatasou

         ISBN 978-85-9466-320-7

         1. Romance espírita. 2. Obras psicografadas. I. Krijanowski, Wera, 1861-1924. II. Federação Espírita Brasileira. III. Título.

                                                     CDD 133.93
                                                     CDU 133.7
                                                     CDE 80.02.00

Sumário

PRIMEIRA PARTE
DEIR EL-BAHARI
1 A festa do Nilo 5
2 O banido e sua irmã 14
3 A múmia dada em penhor 21
4 Na pesquisa da verdade 32
5 Neith no templo de Hator 39
6 O príncipe hiteno 48
7 Abracro 57
8 Sargon no palácio da rainha 73
9 Núpcias e luto no Egito 88
10 Rainha e mãe 103
11 Novidades em casa de Tuaá 121
12 Em Bouto 132

SEGUNDA PARTE
O BRUXO DE MÊNFIS
1 A rosa vermelha 138
2 As aventuras do colar encantado 153
3 O palácio do enfeitiçador 163
4 Horemseb e o seu feiticeiro 169
5 O beijo mortal 179
6 Os projetos de Neftis 189
7 Hatasu sob a ação do feitiço 202
8 O enfeitiçador em Tebas 209
9 Frutos da estada de Horemseb em Tebas 224

TERCEIRA PARTE
NEITH EM PODER DO FEITICEIRO
1 Antigos conhecidos 233
2 As pesquisas 245
3 A conjura 258
4 Neith e Horemseb 274
5 O futuro 293

6 Derradeiros dias de poderio 302
7 A morte de Sargon 324
8 Derradeiras vítimas 338
9 Hartatef..357

QUARTA PARTE
AS VÍTIMAS SE AGRUPAM
1 O bruxo em poder das sombras vingativas 365
2 O julgamento 382
3 Últimas horas do condenado..390
4 O bruxo revive em Mena 399
5 A festa do Nilo 409
6 O vampiro 416

EPÍLOGO..431

PRIMEIRA PARTE

DEIR EL-BAHARI[1]

1

A festa do Nilo

"Qual um raio de sol, o homem surge na Terra para espalhar luz momentânea na sua enganosa superfície e desaparece, qual raio de sol, sem deixar vestígio." – ROCHESTER

Os reinados dos Faraós da 18ª dinastia representam uma das mais brilhantes épocas da História do Velho Egito. A expulsão dos Hyksos,[2] a união das duas metades do

---

1 Nota do original francês: Deir el-Bahari deve ser considerado na classe daqueles que, fora de Tebas, não se encontra em parte alguma e em qualquer época. Se Hatasu nele não perpetuou tudo quanto fez durante o seu reinado, esse templo está para ela quanto Ramesseum está para Ramsés II (que erigiu notabilíssimos templos). Tal monumento apresenta um conjunto único, sem similar exemplo no Egito, construído que foi em forma de terraços superpostos, com uma aleia de esfinges precedendo-o. Força é convir em que Deir el-Bahari constitui bem estranho monumento e em nada se assemelha a um templo egípcio: todas as hipóteses concordando em que a construção em terraços foi adotada para utilizar a disposição natural do terreno e para economizar enormes trabalhos ficam comprovadamente anuladas, tendo-se em vista que outros templos, maiores ainda, foram erguidos em terrenos mais escarpados, e a rocha resolutamente aplainada para converter-se em plano horizontal. O extraordinário conjunto de Deir el-Bahri permanece um enigma. Houve nele influência estrangeira? A qual dos países, então conhecidos do Egito, se tomou a ideia aplicada nele exclusivamente? A época a que remontamos, com os Tutmés, torna quase impossível a resposta a tais perguntas, e só nos resta, aguardando a solução do problema, olhar o monumento no grau de exceção e acidente único em toda a vida arquitetônica do Egito (Extraído de *Deir el-Bahari*: documents topographiques, historiques et ethnographiques recueillis dans ce temple, por Auguste Mariette-Bey).

2 Nota do tradutor: Hyksos ou reis pastores – chefes de tribos nômades de árabes ou fenícios, cananeus, migrantes que habitaram as margens do grande rio Eufrates, invadiram o Egito, no ano 2310 a.c., e fundaram a 17ª dinastia. Satatis, primeiro dos soberanos Hyksos, estabeleceu-se em Mênfis, onde reinou cerca de dois decênios. Seus sucessores mantiveram-se no poder por período além de dois séculos, mas foram afinal rechaçados pelos Faraós tebanos, no ano 2050 a.c., aproximadamente, que se apossaram de Pelúsio, a praça de armas dos expulsos. Eram chamados impuros pelos egípcios (epíteto que se estendia aos hitenos, que, segundo a complicada História do Velho Egito, estiveram, entre a gente da Ásia Menor, estabelecidos no Eufrates, à época em que Tutmés I ali fez vitoriosas campanhas, em consequência das quais houve prisioneiros que influíram poderosamente em alguns dos importantes acontecimentos do reinado da rainha Hatasu).
Releva notar que os historiadores eruditos não simplificaram para Hatasu o nome deste Faraó feminino, pois o verdadeiro é bem mais complicado: Hatshopsuitu (Gaston Maspero) Ha'tcftepsut (Guillermo Oncken), Hatshepsut (Adolf Erman) e outros. Cesare Cantú (tradução portuguesa) é quem registra a simplificação Hatasu. Os Hyksos, no seu domínio, infligiram aos egípcios espantosos massacres, pilharam e destruíram quanto lhes foi possível, inclusive templos, impondo aos conquistados bárbaro regímen de opressões e violências.

reino sob um cetro único e as campanhas vitoriosas desses empreendedores e cavalheirescos soberanos deram novo surto às artes, às ciências e à indústria. A Ásia, conquistada e constituída tributária dos Faraós, trazia tesouros desconhecidos até então, introduzindo com eles grandes refinamentos nos costumes e exorbitante luxo.

No dia em que começa a nossa narrativa, a maior e alegre animação dominava nas ruas de Tebas. A antiga capital, ampliada e aformoseada por Tutmés I, pai dos soberanos de então, havia sido ornada com os seus mais belos enfeites; em todas as portas das casas, pintadas de vistosas cores, balouçavam guirlandas de verdes folhagens; flores engalanavam as balaustradas dos telhados planos e enroscavam em torno dos mastros fincados à frente dos palácios; por toda parte música e cantares; a multidão jubilosa, em trajes festivos, atravancava as ruas.

Festejava-se a festa do rio Nilo, do qual as águas fecundantes transbordavam, inundando os campos ressequidos, prometendo assim um ano fértil e de abundantes colheitas.

Às bordas do rio sagrado comprimia-se a mole humana mais compacta, adensando-se ainda mais, de minuto a minuto, pressionando-se para maior aproximação a uma larga escadaria de pedra, junto da qual estava amarrada grande barca, dourada e embandeirada, com enorme séquito de outras embarcações, também ricas e elegantes, ainda que, no momento, estivessem ocupadas unicamente pelos respectivos remadores.

Não distante desse centro de curiosidade e atenção havia uma segunda descida, privativa sem dúvida da nobreza e de outras personalidades distintas, por isso que, ao término dos degraus, se grupavam as embarcações mais belas e engalanadas. Precisamente em tal momento, um amplo barco empavesado, ostentando à proa uma flor de lótus dourada, aproximava-se célere ao impulso de remeiros negros, vestindo túnicas brancas e bonés listrados.

Sobre um dos bancos, cobertos de valiosos tapetes, estava sentado um jovem de elevada estatura, esbelto e vigoroso, cujo rosto bronzeado era regular, mas em cujos lábios finos, olhos sombrios e profundos, se denunciavam tenacidade, dureza e paixões concentradas. Ricamente vestido, um colar de ouro lhe fazia várias voltas em torno do pescoço, e, no cinto feniciano que lhe contornava o talhe, um punhal de cabo lavrado. Quando o barco se avizinhou do desembarcadouro, ergueu-se o jovem e, punho apoiado no quadril, começou a examinar os que chegavam e se premiam na escada. Nesse instante, de um carro que se detivera na margem do rio saltou jovem oficial que, atirando as rédeas ao condutor, desceu os degraus a correr.

— Bom dia, Hartatef — exclamou em voz clara e alegre —, podes dar-me um lugar no teu barco?

— Sem dúvida, com prazer; mas, eu te julgava de serviço — respondeu Hartatef, com um aperto de mão ao recém-vindo.

— Libertei-me para estar contigo e espero que não se assinale a minha ausência no cortejo — disse, rindo, o oficial.

— Estou de acordo. Mas, e os teus parentes, Mena? Já é mais do que tempo de tomar colocação. Vês, Hatasu (que os deuses a protejam!) vai chegar, os batedores já desviam a turba para abrir passagem ao cortejo.

PRIMEIRA PARTE: DEIR EL-BAHARI | A FESTA DO NILO

— Quando deixei a casa, Pair e os rapazes já estavam trajados, mas as senhoras pareciam intermináveis nos seus arranjos. A esse respeito, são incorrigíveis.

— E Neith,[3] está bem?

— Vicejante e bela qual uma rosa, o que poderás constatar, pois ei-la que chega, com Satati — respondeu Mena, apontando com a mão duas elegantes liteiras que se viam conduzidas quase em carreira.

Como que eletrizado, Hartatef saltou do barco e correu ao encontro das liteiras, que então se detinham. Da primeira delas, desceu lestamente um homem quarentão, seguido de dois rapazinhos, de 14 e 10 anos; na segunda, estavam sentadas duas mulheres, mas uma aparentava 35 anos e cujo insignificante rosto espelhava grande doçura, enquanto o fulgor sorrateiro e mau que por vezes se lhe irradiava dos olhos pardos, embaciados e à flor das órbitas, desmentia a aparente bondade. Vestia-se com estudada simplicidade e apenas algumas joias de alto preço denunciavam hierarquia social e riqueza. A jovem a seu lado mostrava escassos 14 anos. Talhe franzino, membros delicados, tez ligeiramente brunida, de admirável brancura, seus grandes olhos negros chamejantes, dando realce ao rosto arredondado, atestavam que voluntariosa e apaixonada alma animava aquele corpo quase infantil. Trajava totalmente de branco; largo diadema incrustado de esmeraldas sustentava a opulenta cabeleira negra, e um colar, cinto e braceletes, também de esmeraldas, completavam seus enfeites.

— Bom dia, Satati; bom dia, Neith — disse Hartatef, ajudando ambas na descida, e simulando não perceber o ricto desdenhoso de Neith ao corresponder à saudação.

— Atrasamo-nos um pouco e te fizemos esperar-nos porque fomos forçadas a um desvio de caminho, dado o congestionamento do trânsito nas ruas — explicou Satati, subindo para o barco, onde sentou próxima do esposo, Pair.

Hartatef apressurou-se após ele e, sem pedir o consentimento de Neith, que a seguia imediata, ergueu esta nos braços e a depôs no banco onde ele devia sentar-se.

— Detesto que me prestem serviços não solicitados — disse a jovem, descontente e erguendo-se. Vou sentar-me entre Assa e Beba.

— Não te entregues a caprichos agora, nem faças excursões que nos possam fazer virar a embarcação — repreendeu Pair. Olha, a rainha vai chegar.

Hartatef parecia não ter ouvido; sentou-se ao lado de Neith e ordenou aos remadores:

---

3   Nota do tradutor: Nome da deusa egípcia, de intricada ligação e iconografia. Filha e mulher de Kneff e mãe de Fta, também comumente considerada mulher e mãe de Fré, e algumas vezes confundida com Bouto; pintavam-na ora com cabeça de leão e ovelha, ora humana, e outras vezes com asas, calcando aos pés a serpente Apof. Tinham-na por deusa da sabedoria e protetora das artes. Julga-se que da Neith dos egípcios os gregos fizeram a sua Minerva. Era a deusa de Sais, Baixo-Egito, onde tinha templo (e assim também em Bubastis e outros centros), e personificava o princípio feminino da Natureza. Inscrições davam-lhe a denominação de mãe. Há muitas outras e várias apresentações dos típicos desta deusa. Muitos dos nomes de que se serviu Rochester têm raízes históricas, religiosas ou não: Satatis, Sargon, Antef, Neftis, Horemseb (Hor'em'heb), e outros, usados pelo autor, foram nomes de reis, príncipes, deuses (de templos ou domésticos) e outros. Seria longo explicar a origem de cada um, por muito numerosos e entrelaçados com outros (ERMAN, Adolf. *La Religion des égyptiens*. Paris: Ed. Payot, 1937. p. 53 e passim).

— Vamos!

Nesse momento, houve tumulto. Todos os olhares se voltaram para a margem do rio e gritos estrepitosos abafaram quaisquer ruídos: sobre a escadaria apareceu o início do cortejo. Sacerdotes, dignitários e oficiais desciam em perfeita ordem e instalavam-se nas embarcações, formando semicírculo em redor da que se destinava à soberana. A seguir, cintilando ao Sol, surgiu uma liteira aberta, dourada e marchetada, como que emergindo de uma floresta de leques de plumas e estofos encimados em hastes douradas também. Sobre esse trono, apoiado aos ombros de 12 homens, sentava-se Hatasu, a ousada filha de Tutmés I, aquela que, a mãos firmes, se havia apossado das rédeas do governo, concedendo a seu irmão, Tutmés II,[4] apenas uma situação assaz subalterna.

A rainha, ainda jovem, era delgada e de compleição mediana; seu belo rosto, de tez morena, traços regulares, era severo e arrogante; a boca, de cantos contraídos, ajudava a exprimir desmesurado orgulho; mas, o caráter todo particular da sua fisionomia sintetizava-se nos grandes olhos negros, de um brilho magnético difícil de suportar. Ora chamejante de energia e audácia, ora impenetrável e gélido, seu estranho olhar agia subjugante sobre quem fixava.

Trajando túnica branca, ricamente bordada, manto de púrpura preso às espáduas por presilhas de ouro, ostentava na cabeça a dupla coroa dos soberanos do Nilo, e na destra empunhava o cetro e o látego, insígnias da autoridade suprema. A liteira deteve-se próxima da escadaria. A rainha, descendo-a, tomou lugar na embarcação, na cadeira que lhe era destinada, sob dossel, movimentando-se, em seguida, o cortejo pelo rio, em direção ao templo de Amon.

Entre as barcas que tinham colocação no séquito real contava-se a de Hartatef, na qual reinava calma, por isso que a versátil Neith readquirira o bom humor e examinava, com interesse, os inumeráveis barcos que enxameavam o Nilo, permutando saudações a cada instante com as pessoas do seu conhecimento. Meio afastada do vizinho de lugar, parecia não conceder a mínima atenção à palestra deste com Pair e Mena, embora, em verdade, não perdesse uma única palavra de tal conversação.

— Enquanto permanecerdes no templo, terei necessidade de vos deixar, meus amigos — dizia Hartatef —, porque, sabeis, foi trazida do mar uma parte dos navios que Hatasu fez construir, para longínqua expedição à região de Poun[5] que ela projeta, o que também não ignorais. Hoje, depois da cerimônia, deseja inspecionar pessoalmente essa frota, e ali devo recebê-la.

---

[4] Nota do tradutor: Era irmão e esposo de Hatasu. Na família dos reis era muito comum tal costume de casar irmãos, a fim de melhor conservar o "sangue divino" do soberano; e nas famílias também se admitia essa instituição, quase consuetudinária.
Em *La Civilisation égyptienne*, de Adolf Erman e Hermann Ranke, pode ler-se: "O casamento entre irmão e irmã era, por assim dizer, a regra no Egito dos Ptolomeus e dos romanos... e sob o imperador Commodus, dois terços dos cidadãos da cidade de Arsinoe estavam nesse caso." (Ed. Payot, 1952, p. 209).

[5] Nota do tradutor: Puna ou Puanit: A expedição foi levada a efeito, segundo refere Maspero, na *História antiga dos povos do oriente* (Ed. Hachette, 1917, p. 232).

— Forçoso é confessar que a nossa rainha (os deuses lhe conservem vida longa!) é bem extraordinária mulher. Que planos idealiza! Com que ousadia adota as ideias novas, do que dá testemunho o túmulo que fez construir, obedecendo a traçado em absoluto diferente daqueles que os deuses e o uso consagraram — disse Pair, cuja fisionomia, de natural um tanto simplória, exteriorizava profunda admiração.

— Oh! Sim! Eis um monumento que tem feito amargar aos nossos sacerdotes e arquitetos — comentou Hartatef, com risada estridente e seca —, mas a Faraó Hatasu (os deuses lhe deem glória e saúde) é dotado de uma vontade ante a qual é mister curvar-se ou sumir, e a construção avança de tal maneira, sob a direção de Semnut, que estará em breve terminada.

— Diz-se que Tutmés II está muito mal, e sua morte não pode tardar muito — replicou Pair —, e estou curioso de saber o que a rainha fará então: deixará no exílio de Bouto ou fará regressar o moço cujo direito ao trono é indiscutível? Sim, porque ele é o filho do falecido rei.

— São questões, meu bom Pair, das quais não nos convém tratar; aos deuses e aos nossos soberanos, seus representantes, cabe decidir — interpôs Satati, com adocicada voz. Diz-me, Hartatef, é possível irmos, mais tarde, depois da rainha, ver os navios por ela inspecionados? Afirmam que são de dimensões e acabamento jamais vistos por nós.

— Sem dúvida; podeis. Vossa hierarquia vos dá esse direito, e a benevolência que Hatasu dispensa sempre a Neith impõe a esta o dever de aguardar a passagem da rainha e saudá-la.

Um ligeiro choque o interrompeu e fez voltar a cabeça: uma grande barca, repleta de moços, esbarrara na sua, encostando-a de ponta a ponta. Apertos de mão e saudações foram permutados de uma e outra parte.

— Salve a bela Neith — exclamou um jovem fardado.

E, pegando um braçado de lindas flores, de uma corbelha próxima, as arremessou aos pés da saudada.

— Agradecida, Keniamun, e recebe em troca de tua odorante homenagem — respondeu Neith, sorrindo benevolente.

E, destacando uma rosa de entre as que lhe ornavam a cintura, atirou-a ao militar.

Os supercílios de Hartatef franziram a esse gesto, e sombrio fulgor como que se irradiou dos seus olhos.

— Avançai mais depressa, ou perderemos a nossa colocação — gritou ele, imperiosamente.

Impulsionado pelos músculos vigorosos dos remadores, o barco saltou nas águas com tal impetuosidade que foi abalroar um outro, mais fracamente equipado, o qual, pretendendo mudar de direção, fazia volta lentamente, apresentando flanco. Gritos femininos soaram, mas o alarme foi rápido, e logo se viu que no barco atingido havia duas mulheres excessivamente enfeitadas, sendo uma jovem, de formas opulentas, cujos olhos negros e cabelo de um ruivo cor de fogo lhe fixavam uma beleza mui picante; a outra, idosa, magra e fanada, porém impando de pretensões e rivalizando nos atavios com a moça companheira.

— Salve, e escusas, à nobre Tuaá e à sua filha, Nefert — disse Hartatef, saudando as duas mulheres, aliás muito conhecidas em Tebas, por isso que sua casa era centro de reunião da mocidade alegre do Egito.

Pertencendo a uma nobre e dinheirosa estirpe, suas festas eram afamadas; mas, a conduta leviana de ambas, que haviam desde algum tempo desprezado preconceitos, isolaram-nas das senhoras que aparentam virtude, ciosas da alta sociedade.

— Só podemos considerar feliz o pequeno acidente que nos proporcionou o prazer deste encontro e a honra de saudar a ilustre Satati e a bela Neith.

Satati retribuiu a saudação da velha senhora e permutou com ela algumas expressões benevolentes. A esposa de Pair era muito tolerante em relação a defeitos alheios. Sem se arriscar, embora, à frequência ostensiva de pessoas que poderiam comprometê-la ante as amigas nobres, ela visitava, matinalmente, sem ostentação, de tempos em tempos, a casa de Tuaá, para inteirar-se dos mexericos escandalosos da corte e da cidade, dos quais mãe e filha eram sabedoras sem rival. Enquanto as duas falavam, Nefert trocara com Mena alguns "olhares assassinos", e o moço oficial, evidentemente sensível aos encantos dessa beldade tifonista,[6] reparou súbito que estava sentado em muito pouco espaço, e pediu licença para passar ao barco de Tuaá, o que lhe foi graciosamente concedido. Com malicioso sorrir, Hartatef ordenou a manobra de encostar enquanto Neith, depois de dardejar furioso olhar ao irmão, voltou-se de costas e começou a conversar com Assa e Beba, os filhos de Satati.

Terminadas as cerimônias religiosas, Hatasu despediu parte do séquito e foi ter ao porto onde se achavam ancorados os navios que desejava visitar, e onde Hartatef já aguardava a soberana. Entre as pessoas que se haviam agregado à comitiva real estavam Satati e Neith. A esposa de Pair fruía benevolência toda particular da rainha, favor que datava de longo tempo. Desde quando ainda vivo Tutmés I, Satati havia seguido Hatasu, que acompanhava o pai em expedição às regiões do Naharein (região próxima do Eufrates) e durante essa viagem a princesa, ainda solteira, por ela se interessara e a cobrira de favores e constante amparo.

Quando terminou a inspeção, a contento da rainha, esta, dispondo-se a reembarcar, avistou Neith e Satati postadas à sua passagem, de modo a serem percebidas. Hatasu se deteve subitamente, fixando na jovem seu brilhante olhar, com indefinível expressão.

— Aproxima-te, Neith — convidou ela, em tom bondoso e estendendo-lhe a mão.

A jovem ajoelhou, ruborizada de júbilo, e beijou respeitosa a delicada mão morena da soberana. Muitos olhares invejosos convergiram sobre Neith, ante o excepcional favor, mas somente Hartatef foi quem notou que o olhar da rainha se desviou da jovem pesaroso, e que, mesmo distanciando-se, esse olhar, pensativo e como que velado, obstinadamente buscava distinguir, ver ainda a jovem por entre a multidão.

---

6 Nota do tradutor: Typhon – monstruoso deus egípcio, que, sendo considerado o princípio do mal e da esterilidade, bem merecia ter a devoção das mulheres de viver disfarçadamente dissoluto, do tipo de Nefert.

Enquanto gritos e aclamações acompanhavam o séquito real de retorno ao palácio, e toda a Tebas se entregava ao prazer e à alegria, um pequeno batel que cruzava no rio desde o amanhecer seguia, à força de remos, para a extremidade oposta da cidade, onde se situava o bairro dos estrangeiros. A pequena embarcação era impulsionada por dois vigorosos negros, enquanto uma terceira personagem, envolta em escuro manto, estava sentada à proa, absorta em pensamentos. Chegados ao término, o desconhecido saltou para a terra e deu dois anéis de prata[7] aos remadores, recomendando que ali o viessem aguardar tão logo anoitecesse. Em seguida, embuçando-se no manto, ingressou corajosamente no dédalo de ruelas estreitas e tortuosas habitadas por pelotiqueiros, músicos, dançarinas, alcoiceiras e outra população heterogênea, encurralada nesse recanto evitado pelas pessoas honestas. Entretanto, esse local, habitualmente tão ruidoso e animado, estava nesse momento silencioso e deserto, pois os seus moradores espalhavam-se nas ruas e praças de Tebas, para tomar a sua parte proveitosa da festa. Apenas, aqui e acolá, eram vistos pretos velhos ou alguma decrépita sentados à porta da casa, em sentinela à moradia dos ausentes.

O estrangeiro parecia perfeitamente familiarizado com a topografia local, porque, sem perguntar a ninguém quanto ao seu rumo, atravessou aquela confusão de construções arruinadas, e depois imergiu em extensa rua constituída de jardins murados, à direita e esquerda, diante de um dos quais, melhor cuidado que os demais, parou e fez soar repetidas vezes a campainha de chamada, posta em pequena porta embutida no muro. Quase sem demora, a testa grisalha de um preto velho apareceu no postigo.

— Abre depressa, Ri; sou eu — disse o visitante.

Teve o homem uma exclamação de alegria e de surpresa.

— Tu aqui, senhor, que ventura! — falou, abrindo a porta.

— Bom dia, velho; como está a senhora? Está em casa?

— Sim senhor, deve encontrar-se no terraço.

— Muito bem, Ri. Retorna ao teu posto; irei só até lá — concluiu o recém-vindo.

---

7 Nota do tradutor: Dado o desconhecimento da significação de alguns vocábulos usados nas transações, é difícil explicar o mecanismo dos pagamentos na desaparecida Tebas. Não havia sistema, propriamente dito, monetário. A aquisição de utilidades e o pagamento de serviços eram feitos com determinada quantidades de metal, mas também mediante permuta de objetos, comestíveis e coisas úteis. Ao que parece, só as classes elevadas dispunham de ouro, prata e objetos preciosos, para remunerar e adquirir. Para o povo, a unidade-base, fixadora do preço, era uma peça de cobre, chamada *deben*, pesando 91 gramas. Uma rês valia 120 debens, um jumento 40; mas, o pagamento desses 120 debens fazia-se, por exemplo, assim: 25 representados por um bastão com incrustações; 10 por outra bengala mais simples; 10 por 11 quartas (bilhas ou cântaros) de azeite etc., inclusive papiros e outros pertences para escrever, calculados em debens. Uma pele, não trabalhada, 2 debens; curtida, para servir de escudo no peito, 5 debens. Nas vendas em público (espécie de feiras), havia o arbítrio das permutas: um bolo doce — pago com um colar e um par de sandálias; um vendedor de legumes aceitava por moeda dois colares; por uma porção de cebolas, que lhe serviria de refeição, um cliente oferecia um abano e pequeno cesto. Ao que se presume, os anéis eram uma forma de fundir os metais em pequenas porções, constituindo um equivalente do que chamaríamos "moeda divisionária", para módicos pagamentos, e de formato cômodo de conduzir, enfiados em hastes e cordéis (ERMAN, Adolf; RANKE, Herman. *La Civilisation égyptienne*, p. 662).

Em seguida, a passos precipitados, caminhou para uma casa espaçosa e elegante, cercada de árvores seculares, atravessou um vestíbulo, alguns aposentos, subiu por uma escada em espiral e deteve-se no ingresso de amplo terraço ornado de arbustos raros. Num leito de repouso,[8] costas voltadas para a entrada, estava uma senhora, que, embora visivelmente idosa, conservava vestígios da admirável beleza que possuíra na juventude. Encanecida cabeleira, mas ainda espessa e anelada, emoldura-lhe o rosto bronzeado, de traços regulares e fortes; em seus olhos negros brilhavam inteligência e energia juvenil.

— Avó, eis-me aqui — disse o recém-chegado, atirando ao chão o manto e o boné raiado.

Viu-se então que era um adolescente, de altura inferior à mediana, membros extremamente finos e ágeis, denotando, apesar disso, força muscular acima do comum. Toda a sua personalidade porejava vigor e energia; dois olhos grandes, negros, cintilantes de orgulho e audácia, animavam um rosto regular, ao qual o sorriso do momento emprestava estranho e inesperado encanto. Ao chamado dessa voz metálica, a velha senhora ergueu-se como que eletrizada e estendeu os braços ao jovem.

— Enfim te revejo, meu bem-amado Tutmés — redizia ela, prodigalizando-lhe carícias. Não mais esperava tal felicidade nesta vida. E, sabendo que te esperavam, tremi pela tua vinda.

— Sim, o Grande Sacerdote chamou-me, e tive de correr o perigo de deixar o meu exílio. Além disso, desejava rever-te, avó, e também rever Tebas. Não podes avaliar o terrível sentimento que oprime o coração de um banido — acrescentou, erguendo-se, faces incendidas e passando as mãos na cabeleira farta e anelada.

— Vai, Tanafi, e prepara uma refeição para o nosso jovem senhor; ele está exaurido pela viagem — ordenou a matrona a uma antiga escrava que, empunhando um abano, se achava acocorada junto do móvel.

Logo que a serva se ausentou, a anciã abraçou o neto, beijando-o na fronte.

— Crês que sofres sozinho? — perguntou.

— Não; sei que me amas; mas, podes compreender o tormento de quem, sentindo-se jovem, ativo, destinado — por direito — a mandar, tenha de viver esquecido, em um deserto insalubre?

E Tutmés assestou violento murro sobre a mesa, virando uma caixeta cheia de garrafinhas de vidro, que rolaram para o solo.

— Calma-te, meu filho — recomendou, baixando a voz. Ouve: o Sumo Sacerdote tirou o teu horóscopo, e as estrelas revelaram claramente que serás um grande Faraó, cuja glória eclipsará a de Hatasu e tornará teu nome imortal. Por minha vez, fiz também experiências (sabes que sou hábil nesses mistérios) e todos te pressagiam grande futuro. Por isso, há 24 meses, na noite sagrada em que o Nilo transbordou, e quando todas as forças da Natureza fundiram-se para fertilizar a terra, plantei duas árvores, da mesma altura, designando uma com o teu nome e a outra com o de Hatasu. Cada dia, eu as reguei e rego, proferindo as palavras consagradas.

---

8   Nota do tradutor: Pequena cama, estreita, muito baixa, não servindo para dormir.

A princípio, cresceram iguais, porém a tua depois se avantajou, na medida da minha mão aberta, enquanto a outra enfraquece e se estiola, o que é indício certo da tua vitória. Tem paciência, pois; teu irmão está irremediavelmente enfermo, e, se morrer, Hatasu deverá chamar-te a partilhar do trono, uma vez que todo o clero está contigo. Mas, eis aqui Tanafi que anuncia a refeição. Vem refazer tuas forças, meu filho, das quais bem necessitas.

Ergueu-se, e Tutmés acompanhou-a silencioso a uma sala térrea, onde tomou assento junto de opípara mesa. Após haver comido e bebido com ótimo apetite, o jovem apoiou os cotovelos à mesa, e deu asas a mudas quimeras.

— Onde e quando verei o Grande Sacerdote de Amon? — indagou subitamente.

— Tu verás aqui, esta noite, Ranseneb, ajudante e confidente do Sumo Sacerdote, que não pode vir, pessoalmente, temeroso de despertar atenção. Hatasu desconfia dele, e faz vigiar todas as suas atividades. Tu também... não é conveniente que te exponhas a ser identificado, ou a encontros perigosos, visto haver eu recebido aviso do Sumo Sacerdote, recomendando aguardares aqui o seu enviado, e não te exibires nas ruas.

Irônico sorriso franziu os lábios de Tutmés.

— Creio que o bom servidor de Amon teme encontros perigosos, mais por ele do que por mim, por exemplo, com a minha ilustre irmã, de ar terrivelmente decidido, tanto quanto pude avaliar hoje, quando tomei parte, no desfile — acrescentou, com volubilidade.

— Como ousaste cometer semelhante imprudência? — exclamou a avó, assustada. Que loucura, Tutmés! Se Hartatef te reconhecesse!...

— Não temas coisa alguma, avó; eu estava num barco de pescador, e vestido com a maior simplicidade. Ninguém reparou em mim. Agora, se me permites, vou dormir um pouco, pois necessito ter a cabeça descansada para conversar com Ranseneb.

A velha senhora imediatamente o guiou a aposento contíguo, onde Tutmés se instalou num leito e adormeceu logo, naquele despreocupado sono da mocidade.

2
O banido e sua irmã

Algumas horas mais tarde, noite plena, o som da campainha anunciou novo visitante, e, poucos minutos depois, Tanafi guiava ao aposento de sua senhora um homem de elevada estatura, envolto em manto, com capuz, de cor escura.

— Boa noite, Ísis; que os deuses te abençoem — disse à matrona, que o saudava respeitosa. Vejo, com prazer, estares de boa saúde, e que a velhice não tem ação sobre ti. Mas, onde se acha o nosso jovem abutre? Chegou?

— Sim. Dorme um pouco, repousando das fadigas da viagem, porém, virá aqui. Enquanto o aguardas, senta-te, Ranseneb, e aceita este copo de vinho.

O sacerdote, desembaraçando-se do manto, sentou-se. Era homem idoso, rosto magro e engelhado; o crânio, raspado, reluzia com o tom do marfim amarelado; a testa curta, lábios delgados, denotavam vontade tenaz; os olhos, claros e impassíveis, espelhavam a calma superioridade dos homens afeitos a ler nas almas e a dominá-las. Não tivera tempo de esvaziar o copo, e já era aberta a porta para dar passagem a Tutmés, que se aproximou, saudando-o. O sacerdote, erguendo-se, estendeu-lhe as duas mãos.

— Deixa que te admire e abençoe, filho de um grande rei, esperança e salvação do Egito — disse ele, com respeitosa benevolência.

O jovem príncipe suportou, sem se perturbar, o olhar escrutador que o envolveu inteiramente, e por sua vez mergulhou o olhar ardente nos olhos do interlocutor.

— Sim — disse Ranseneb, após instantes de silêncio —, tu és pequeno de estatura, mas, leio nos teus olhos a virilidade da tua alma, e que Tutmés pode muito bem vir a ser Tutmés III, o "grande" Faraó. E agora, príncipe, presta ouvido atento ao muito que tenho para te dizer, e a que os momentos são preciosos.

Sentaram-se os três, e o sacerdote expôs rapidamente o estado do país, as queixas dos poderosos e principalmente as do clero contra a rainha que, aparentando honrá-los, anulava em verdade a influência deles, e não admitia outro querer além do seu de soberana.

— Assim — prosseguiu — ela se obstina, apesar da opinião dos mais sábios e veneráveis sarcedotes, em construir, para ela e Tutmés II, um túmulo cujo traçado contraria todas as regras sagradas instituídas pelos deuses.

Ranseneb contraiu as mãos, e um relâmpago de rancor cintilou em seus olhos.

— Para modelo, ela escolheu construções de um povo impuro e vencido, e, não encontrando em nós ajudantes zelosos do seu plano ímpio, tirou do lodo um homem nulo, Semnut, e o elevou às culminâncias das honrarias e da sua confiança, e agora esse dócil instrumento da sua ação dá ordens aos grandes do reino, funde somas loucas nessa gigantesca construção, e, malgrado todos os obstáculos, acelera o acabamento.

— Mas — indagou Tutmés, que escutara atentamente —, que razão pode inspirar a Hatasu tal predileção pela arquitetura e costumes desse povo vencido, do qual ela própria pôde apreciar a fraqueza e a indignidade? Ela acompanhou nosso pai nessa campanha guerreira e assistiu ao desbarato dos reis da região de Naharein. Como pode ela, tão orgulhosa e enérgica, prezar alguma coisa que venha dos vencidos?

O sarcedote pigarreou e, olhos semifechados, pareceu absorvido, por alguns momentos, em profundas cogitações.

— Hum! — respondeu, enfim — essa predileção é sem dúvida estranho mistério, dado o caráter da rainha, e mais estranho ainda é que o seu favor pelos hitenos[9] data precisamente de tal campanha guerreira. Desde então, ela procura amenizar a sorte dos prisioneiros e coloca alguns na casa real, e, a partir da sua ascensão ao poder absoluto, começou a construção do seu túmulo, onde deseja ser sepultada com Tutmés II, sarcófago que tem a oposição do clero de todo o Egito e a inquietude do povo, que vê, com desconfiança, nesse sepulcro um monumento estrangeiro. Todos os olhares se voltam para a tua pessoa, príncipe, tu és a esperança do Egito, por isso que o rei está gravemente enfermo. Embora a rainha, que jamais viveu em boa harmonia com o seu esposo e irmão, pareça deplorar o fim provável desse homem fraco e inativo, que ela domina inteiramente, apenas ela o assiste cuidadosamente, e afastou todos os médicos do templo de Amon, para dar ao doente remédios preparados pelo hiteno Tiglat. Isto constitui uma nova e grave ofensa à nossa casta, e que nos põe em mãos possantes armas, pois podemos espalhar entre o povo que ela repele a assistência dos sábios, para que o rei morra mais depressa e possa ficar sozinha no trono.

Tutmés estrondou em riso, aumentado pelos semblantes pasmados do sacerdote e da avó. Por fim, dominando-se, falou:

— A despeito de minhas queixas, devo convir em que Hatasu tem mais espírito do que os outros, pois está bem próxima da verdade, quando supõe que os sacerdotes desejariam desembaraçar-se de um homem que não lhes serve de arrimo, enquanto assegura a ela um reinado pacífico; que os remédios dos sacerdotes de Amon bem poderiam ajudar a vacância do lugar que me reservais junto dela. Juraria que desses pressupostos se origina o insuperável rancor com que me persegue. Talvez seu instinto lhe inspire a ideia de que, uma vez elevado ao trono, a ela caiba a vez de ceder, e eu não admita outra além da minha própria vontade.

— Exceto a dos deuses e daqueles servidores que te hajam colocado nesse trono — observou o sacerdote, com olhar acerado e significativo.

— Sem dúvida, não se trata desses — corrigiu Tutmés, baixando os olhos. A Amon e aos seus servidores mostrarei sempre obediência.

---

9 Nota do tradutor: Tutmés ou Tutmósis I, genitor de Hatasu, excursionou guerreiramente ao longo do Eufrates e submeteu ao domínio muitos dos povos da Ásia Menor, ali estabelecidos, cuja identidade — minuciosa e exata — os historiadores jamais conseguiram firmar. Parece fora de dúvida, porém, que entre essa gente estavam os hititas (Khati Kheta), mescla de vários ramos semíticos, mais ou menos nômades (de Sem, filho de Noé: *Gênesis*, 10:21 a 31). Daí vieram prisioneiros Surgon, Tadar, Abracro e outras personagens do romance. No seu depoimento, ante os juízes, Horemseb aponta a cidade de Gargamish, como tendo sido teatro da batalha final contra os hitenos. Esta grande cidade era praticamente uma capital.

— Permanece fiel a esses princípios, meu filho, e tu reinarás gloriosamente sobre o reino de teus progenitores. Agora — concluiu Ranseneb —, é tempo de tornar ao momento da hora presente.

Baixando a voz, expôs o plano de ação que se propunha seguir, combinou com o príncipe os melhores meios de manter com ele comunicações consecutivas que o trouxessem ao corrente dos acontecimentos de Tebas, ficando por fim decidido que Tutmés regressaria a Bouto, ali permanecendo tranquilo, até que o Sumo Sacerdote o advertisse de haver chegado o momento de agir. Terminada a grave conferência, os dois homens ergueram-se.

— É tempo de partir, avó. Antes do amanhecer devo estar longe de Tebas — disse Tutmés, ajeitando a capa e repondo na cabeça o grosseiro boné listrado, que lhe dava a aparência de um operário.

— Vai, meu filho querido, e que os deuses te protejam o trajeto — disse Ísis abraçando-o. Vai e sê cauteloso; a agitação é tão grande hoje!

— Fica sossegada, avó; tenho um barco à minha espera que me conduzirá à necrópole; meus cavalos e o fiel escravo que me acompanha estão escondidos na casa do velho Sagarta, cujo pequeno posto de observação se encontra não distante das novas construções de Hatasu. O lugar, assaz deserto, e a escuridão da noite bastam para que não temas qualquer encontro perigoso.

À porta da casa, Tutmés despediu-se do sacerdote e, a passos apressados, rumou para as bordas do Nilo. O quarteirão dos estrangeiros havia retomado já um tanto do seu habitual aspecto, e, transitando perto de um dos alcoices situados não distantes do rio, escutou cantorias, acompanhadas musicalmente por um alaúde e o sapatear de dançadores. Detendo-se, sobrecenhos franzidos, aumentou a atenção aos ruidosos ecos da alegria barulhenta.

— Que aborrecimento — murmurou com despeito —, não poder divertir-me um pouco, e ter obrigação de fugir, como se fosse um criminoso!

E, na tempestade de seus pensamentos, não se fixara em que, desde a saída da casa de Ísis, dois vultos o seguiam silenciosamente, deslizando à sombra dos prédios. Mais próximo do rio, procurou em vão o seu barco; apesar da animação que predominava ainda sobre o todo, essa parte das sagradas águas, sulcadas de barcos dotados de luminárias, estava totalmente deserta. Um somente era visto, amarrado a um sicômoro, no fundo do qual estava estendido um homem, com inconfundíveis indícios de embriaguez, a roncar fortemente.

— Olá, marujo — gritou Tutmés, aplicando-lhe vigoroso pontapé —, queres conduzir-me à margem oposta? Desembebeda-te, eu te darei cinco anéis de prata.

Erguendo-se e esfregando os olhos, o homem respondeu:

— Oh! De bom grado eu ganharia tal soma; não ouso, porém, deixar o local, porque meus patrões podem chegar de um momento para outro.

Exatamente nessa ocasião, dois vultos, encobertos pelas capas, aproximaram-se rápidos. Um deles, pequeno e franzino, parecendo adolescente, subiu silenciosamente para o barco e sentou-se no banco do fundo; o segundo fixou um olhar escrutador em Tutmés e, em seguida, falou, polidamente:

— Vejo, estrangeiro, que não pudeste encontrar embarcação; talvez te possa ser útil. Vamos atravessar o rio; mas, se o giro não é muito grande, eu te conduzirei de bom grado ao teu destino.

— Eu te agradeço, nobre desconhecido, a generosa oferta — respondeu Tutmés muito satisfeito — e aceito, e com tanto maior alegria porque o nosso trajeto é idêntico: também vou para a outra margem, à cidade dos mortos.

Tapando o rosto com a capa, o príncipe tomou lugar ao lado do desconhecido, que parecia não muito comunicativo, pois, durante a travessia, não pronunciou palavra. Bem depressa apareceram, iluminados pelos clarões da Lua que surgira, os gigantescos templos e outras construções da necrópole de Tebas.

— Onde queres que te deixe? — perguntou o que dirigia o barco. Nós vamos até onde começa a aleia das esculturas que conduz ao novo túmulo em construção pela nossa ilustre Faraó Hatasu.

— Nesse caso descerei convosco — responde Tutmés.

Tão logo o barco se deteve e os três ocupantes desceram para a terra, o príncipe ia falar, para agradecer a condução, quando o menor dos dois incógnitos lhe pousou a mão sobre o braço, acrescentando:

— Desejava falar-te alguns instantes, sem testemunhas, estrangeiro. Tranquiliza-te, porém, porque não te deterei muito tempo distanciado dos bons corcéis que te aguardam, sem dúvida para te conduzirem a outros lugares — terminou ele, em voz vibrante e metálica.

Tutmés estremeceu e, involuntariamente, sua mão apertou o cabo da machadinha presa ao cinto.

— Não compreendo que um desconhecido haja algo de grave a confiar-me — objetou o príncipe. Mas, acabas de me prestar um favor, e eu não quero acreditar sejas meu inimigo, antes de te ouvir. Agrada-te subir ao lado do monumento funerário de nossa soberana? Ali, estaremos a sós.

O jovem incógnito inclinou a cabeça em sinal de assentimento e caminhou, à frente, no rumo da construção, que a Lua iluminava, dando fantásticos aspectos à original arquitetura de dimensões já gigantescas. Chegado à aleia, atravancada de blocos e de esculturas em parte já postas sobre seus pedestais, o desconhecido parou.

— Não sei se minha presença será agradável, Tutmés, tendo em vista que não pertenço ao número dos teus amigos do templo de Amon — disse ele, com ligeira ironia, atirando para trás o capuz que lhe encobria as feições.

O príncipe emitiu um grito sufocado.

— Hatasu! Tu aqui! Tu me espionas então?

— Eu te vigio, como é do meu direito — respondeu orgulhosamente a rainha. De resto, não és muito prudente, pois eu te reconheci hoje, durante o desfile. Podia ter mandado prender-te, mas, preferi interrogar-te diretamente: Que vens fazer aqui? Como ousaste deixar Bouto? Quem tal te permitiu?

— Eu mesmo — respondeu Tutmés, recuando um passo e cruzando os braços. Com que direito tu me exilas? Eu sou filho de teu pai, tal qual tu és também, e sou um homem!

17

— Filho ilegítimo, nascido de obscura concubina — murmurou Hatasu, cujo olhar deslizou com glacial desdém sobre o rosto subitamente pálido do irmão. Um estremecimento de raiva sacudiu o corpo de Tutmés.

— Quanto ao motivo da minha vinda aqui — disse com voz sofreada, reveladora de sentimento recalcado —, não me convém falar do assunto neste momento; mas, um dia a tua curiosidade será plenamente satisfeita, eu te prometo, e conhecerás então os intuitos da minha vinda.

— Não tenho necessidade de esperar, pois direi imediatamente esses fins — respondeu a rainha. Foste chamado pelo Sumo Sacerdote de Amon, para conversar sobre os meios de te assegurar a vacância do trono, a meu lado, após a morte de Tutmés II; eu, porém, te juro (e ela ergueu a mão crispada): é tão certo que esse monumento nos sobre-existirá e dirá aos séculos futuros da minha glória e do meu poder, quanto é certo que terás de passar por cima do meu cadáver antes de subir os degraus do trono.

— Pois eu passarei por cima do teu cadáver, porque estou farto de exílio, e, enquanto viver, não renunciarei aos meus direitos — afirmou energicamente o jovem.

Os olhares dos dois irmãos se cruzaram qual duas chamas devoradoras, como que medindo as mútuas forças.

— Adivinhei, pois, com acerto: foi para te abrir caminho ao trono que os sacerdotes atiraram sobre o rei um mortal malefício — disse Hatasu, falando com lentidão.

— Acusa abertamente os sacerdotes, e mata-me em seguida — respondeu Tutmés, em tom de desafio. Mas, não ousarás nem uma nem outra coisa, porque o povo, que ama os servidores dos seus deuses, exigirá as provas da acusação; e contemporizarás para não atrair sobre tua cabeça a responsabilidade da suspeita de haveres assassinado teus dois irmãos para reinar sozinha. Calma-te, porém, porque, por agora, eu te obedeço e volto para o meu exílio.

Hatasu recolocou o capuz e disse, em tom sombrio:

— Não me provoques à prova do que possa ousar, porque o mando supremo ainda repousa unicamente em minha mão, e o povo do Egito poderia bem preferir a filha legítima da rainha Aamés ao bastardo gerado do capricho de um Faraó. Apenas em um ponto tens razão: eu repilo a ideia de te matar, não por temer, e sim porque sou muito poderosa para necessitar recorrer a um assassínio.

E, sem aguardar qualquer resposta, voltou costas e rumou para a saída da aleia. Tutmés permaneceu imóvel durante alguns momentos, mergulhado em seus pensamentos.

— Apesar de tudo, mulher orgulhosa, deverás partilhar o trono comigo — murmurou por fim.

E, então, eu erguerei monumentos que superpassarão os teus, em grandeza e magnificência.

A rainha regressara ao barco. Dois oficiais, que haviam vigilado ocultos à sombra das construções, seguiram-na, e, pegando os remos que jaziam nos bancos, moveram a embarcação para a margem oposta do rio. Trinta minutos depois, atracaram junto de pequena escada, meio oculta por espessas folhagens dos jardins imensos, os quais, dessa face, envolviam a residência real. Hatasu saltou lepidamente sobre os degraus e embrenhou-se em sombria aleia. Um dos oficiais e o primeiro remador seguiram-na, enquanto o outro se retirava com a embarcação. Chegando junto da porta que dava acesso a uma ala do palácio, a rainha, voltando-se, disse:

— Não necessito mais de ti, Semnut; podes retirar-te com Hui.

Sem prestar atenção às saudações dos dois homens, retirou do cinto uma chave, com a qual abriu pequena porta, e, a passos rápidos e leves, percorreu corredores e escadas, inteiramente desertos; abriu uma segunda porta, e, erguendo pesado reposteiro que a dissimulava, penetrou em ampla câmara debilmente iluminada por uma lâmpada. Ao fundo do recinto, sobre um estrado, coberto de peles de leões, estava elevado um leito circundado de ricos panos e junto do qual dormitava velha escrava, com a testa apoiada no primeiro degrau. Hatasu, depois de atirar o manto sobre uma cadeira, aproximando-se da adormecida, tocou com o pé a serva, a qual, erguendo-se sobressaltada, prosternou-se ao reconhecer a rainha.

— Depressa, Ama, ergue-te e vai buscar minhas roupas femininas. Não chames ninguém; tu sozinha me vestirás.

Enquanto a escrava a ajudava silenciosamente a ajeitar a ampla e alva túnica, acolchetava o cinto e lhe colocava na cabeça de anelados cabelos larga faixa, subitamente Hatasu indagou:

— Minha ausência foi notada? O rei perguntou por mim?

— Não, real senhora, nada aconteceu durante tua ausência — respondeu a velha. O rei (que os deuses o bendigam!) dormiu, creio eu, e o velho Tiglat, de acordo com as tuas ordens, não lhe abandonou a cabeceira. Mas, não queres tu repousar um pouco, ou permitir que te sirva um copo de vinho? Estás pálida, e pareces tão fatigada!...

— Não, minha fiel Ama, não estou fatigada, e quero ir ver o rei — respondeu, envolvendo-se em amplo véu transparente que a escrava lhe deu.

Atravessando muitas salas, repletas de mulheres, a rainha rumou por extensa galeria, na qual velavam sentinelas, aos aposentos do irmão. Dois oficiais, imóveis, semelhando estátuas, ergueram pesado reposteiro de espesso tecido fenício, e ela entrou na câmara do rei, mobiliada com o maior fausto. Sobre um leito de ouro maciço estava estendido um jovem, pálido e emagrecido, mergulhado em profundo sono. À cabeceira, sentado, um velho de barbas brancas, que lestamente se ergueu, braços cruzados no peito, e curvou em reverência. Hatasu, inclinando-se sobre Tutmés, examinou atentamente seus traços exauridos. Após alguns instantes de tal contemplação, reergueu o busto, suspirando.

— Então, Tiglat, que dizes do estado do rei? — inquiriu ela, fazendo sinal ao velho para segui-la ao outro extremo do aposento.

— Por enquanto, o Faraó está melhor, e haure forças no sono; mas, não posso ocultar, ilustre rainha, que não deves crer num restabelecimento completo do rei. Nem mesmo eu sei por quanto tempo os deuses permitirão que lhe conserve a vida.

Hatasu silenciou. Despedido com um gesto, o velho retomou lugar à cabeceira do enfermo, enquanto ela se deixava cair numa cadeira, entregue a penosos e recônditos pensamentos. O homem débil e inativo que, nominalmente, com ela partilhava do trono ia morrer. Mais de uma vez houvera desinteligências entre ambos, mas, ainda assim, ela o lamentava, porque, desaparecendo o rei, ficaria aberto um vasto campo às intrigas dos inimigos. Sabia que, para manter vago o lugar deixado pelo morto, era mister sustentar encarniçada luta contra adversários, que ela desprezava por serem maleáveis de caráter e astutos, e que se tornavam mais temíveis, porque, despindo-se de qualquer escrúpulo, eles, os sacerdotes, arregimentariam sob suas leis a turba rude que lhes venerava a função de intermediários entre o povo e a divindade. E o adversário que lhe opunham, esse jovem Tutmés, que ela desdenhosamente exilara (agora havia, em pessoa, verificado) era de têmpera bem diversa daquele que jazia sobre o leito, tornando-se assim a luta de igual para igual.

Agitada por nervosa impaciência, ergueu-se, sentindo que o ambiente daquele aposento lhe parecia pesado e sufocante. Na sala contígua, uma escada em espiral conduzia a pequena torre, acima do nível do palácio. Subiu-a celeremente e chegou a um terraço, no parapeito do qual apoiou os braços. O ar puro e refrescante da noite refrigerou-lhe a abrasada fronte e desafogou o seio oprimido. Da altura onde se achava, admirável paisagem se descortinava: a seus pés estendia-se Tebas adormecida, com os seus palácios, templos e jardins; o Nilo, transbordado, rodeava qual toalha cintilante a imensa capital, e, lá, distante, na margem oposta do rio, alçava-se colossal monumento, apoiado nas rochas douradas que o circundavam: era o túmulo que havia construído, apesar de todos os obstáculos, a despeito da oposição estreita e rotineira de uma orgulhosa casta, inimiga de qualquer inovação. O sentimento do orgulho satisfeito e a consciência do seu poderio inflamaram o coração daquela mulher ambiciosa e ávida de mando; a nuvem que lhe havia obscurecido a fronte dissipou-se, e indomável energia luziu nos seus olhos negros.

— País bendito dos deuses — murmurou ela —, enquanto eu viva for, jamais outra mão empunhará teu cetro; teu trono vale uma batalha, mesmo pondo a vida em jogo. Que os deuses decidam a quem darão a vitória. A Tutmés ou a mim?

3
A múmia dada em penhor

Em uma das mais belas ruas de Tebas havia elegante casa, pintada a cores vistosas. Dois grandes mastros, ante a porta do prédio, comprovavam a hierarquia e a riqueza do seu proprietário, que era o nobre Pair, do qual fizemos conhecimento por ocasião da festa do Nilo. Na parte posterior da casa, via-se um jardim de média extensão, muito cuidado e farto em flores. Alguns dias depois dos acontecimentos narrados no capítulo precedente, reencontramos Pair, a esposa e sua bela pupila Neith reunidos em pequena sala contígua ao jardim, cuja verdura luxuriante se mostrava por entre as grades que serviam de apoio a um dos lados do muro deixado em aberto. A conversação era tempestuosa, porque Pair deixara a cadeira onde estivera sentado e gritava, gesticulando com os braços:
— Tão certo é o Nilo transbordar cada ano, quanto é certo que serás esposa de Hartatef, que te adora e ao qual eu, teu tutor, e teu irmão, Mena, acolhemos favoravelmente o pedido de casamento contigo.
— Não! Jamais! Eu detesto Hartatef — exclamou Neith, olhos flamejantes. É Keniamun que prefiro, e será com ele que me casarei!
Fora de si, bateu sobre a mesa com o leque de plumas que tinha na mão.
— A esse mendigo, que tem por únicos haveres a espada e o boné, desejas tu esposar! — exclamou Pair, erguendo os braços e os olhos para o alto. E por ele repeles Hartatef, imensamente rico e cuja aliança acrescentará tanto brilho à nossa casa? Felizmente, estamos aqui para impedir as loucuras de uma criança que não quer compreender coisa alguma; e eu, teu tutor, declaro que desposarás Hartatef. Hoje mesmo, durante o festim, eu os apresentarei um ao outro na qualidade de noivos; inútil é, pois, te irritares para resistir a resolução "irrevogavelmente" assentada.
E, passando a mão pelo rosto purpureado, voltou-se para Satati, que estava junto da mesa de trabalhos manuais femininos e tudo ouvira silenciosamente:
— Tenho de sair — disse —, encarrego-te, porém, de acalmar esta criança e de fazê-la ouvir a voz da razão.
Satati ergueu-se com presteza, e, com dulçuroso sorriso a emoldurar-lhe o rosto, aproximou-se da jovem, cujo talhe flexível abraçou ternamente.
— Neith, minha querida, calma-te e crê em nossa afeição, que visa apenas à tua felicidade. Serás tão pouco razoável, para preferir um homem nulo e obscuro, como é Keniamun, ao rico Hartatef, que possui o mais belo palácio de Tebas, ocupa um posto elevado e frui a proteção de Hatasu? Com ele brilhante porvir te aguarda, sem esquecer que é um belo homem, e te ama apaixonadamente.
— Deixa-me! — explodiu Neith, repelindo-a com raiva. Detesto Hartatef, desdenho seu amor, e não posso compreender por que deva ser sua esposa. Somos bastante ricos sem o seu ouro; e a proteção de Hatasu pode elevar Keniamun tão alto quanto Hartatef.

21

Irei ajoelhar-me ante a rainha, que é tão bondosa para mim, e ela saberá livrar-me de um casamento que me desperta horror!

Uma nuvem de inquietude sombreou por instantes a face hipócrita de Satati; mas, dominando-se, pegou amigavelmente a mão da jovem, para acrescentar:

— Minha cara Neith, asseguro-te que tal iniciativa, além de inconveniente, não modificará coisa alguma, porque não há que reconsiderar nesta decisão. Agora, acalma-te, e trata de te vestir, pois é mais do que tempo de cuidares da tua "toilette", e, se não te agrada o alindar-te para o teu noivo, procura ser bela para Keniamun, que também assistirá ao banquete.

— Decerto! Não quero absolutamente agradar a Hartatef, e se Pair ousar a prometida apresentação na qualidade de meu noivo, farei escândalo, declarando, diante de todos, que o recuso. Depois, apelarei para a rainha, e só à sua decisão obedecerei.

Erguendo-se arrebatadamente, retirou com violência a mão que Satati lhe pegara e saiu, com tal ímpeto, que esbarrou a toda força com um homem que entrava. E, sem mesmo voltar a cabeça, continuou andando para os seus aposentos.

— É a urgência de esposar Hartatef que dá um tão delicioso humor a Neith? — perguntou Mena, a rir.

— Justamente — respondeu Satati, acomodando-se num sofá.

Mena pegou uma cadeira, e, curvando-se para Satati, ciciou, fixando-lhe um olhar audaz e incendido:

— Como estás formosa, hoje. De algum tempo a esta parte, descubro em ti encantos sempre novos. Devo dizer-te por quê?

Um sorriso pleno de doçura iluminou o semblante da jovem mulher.

— Vais acrescentar alguma loucura — disse ela, apoiando sua bem cuidada mão sobre os lábios de Mena. Que diria Pair se te ouvisse?

— Ouse ele fazer-se ciumento e eu o obrigarei a calar bem depressa — exclamou o oficial. Eu bem sei a quem ele dá ternos nomes e presenteia preciosas joias.

Intenso rubor coloriu as faces de Satati.

— Tu dizes isso, Mena, mas, poderias dar-me provas da acusação?

— Não, não, isso está abaixo de ti; quis apenas dar-te a entender que pagarias uma dívida, concedendo-me teus carinhos. Dize-me antes o que te tornou tão inquieta quando cheguei.

— Neith preocupa-me — disse Satati, contendo a custo a sua ciumenta curiosidade —, porque, completamente enraivecida, não quer ouvir falar em Hartatef, ameaça fazer escândalo e, caso a impeçam de desposar Keniamun, ir queixar-se à rainha.

— Ah! ah! E tal ameaça pode desassossegar-te? — exclamou Mena. Tranquiliza-te. A rainha tem mais o que atender no momento do que prestar atenção a lamúrias de moça. A doença de Tutmés e as intrigas dos sacerdotes a favor do exilado de Bouto dão-lhe bastantes nós a desatar.

— Tudo isso é verdade; apesar de tais razões, estou convencida de que Hatasu achará vagares para escutar Neith e prestará ouvido às suas queixas e desejos. Não menosprezes um perigo cuja extensão não podes medir.

O olhar que secundou estas palavras teve o dom de convencer subitamente o oficial.

— Mas — obtemperou ele, tornando-se sério — que razão pode inspirar a Hatasu tal predileção por minha irmã? Desconfio, de há muito, que Neith está ligada a algum estranho mistério, do qual tu tens conhecimento, Satati. Tem confiança em mim e dize--me a verdade.

Inclinou-se carinhoso para ela e premiu os lábios na espádua nua da jovem mulher.

— Não, não, tu te enganas, Mena. Que mistério poderia estar ligado à tua irmã? Nem imagines semelhantes coisas. E agora deixa-me, porque preciso vestir-me para a recepção.

Mena ergueu-se imediatamente, despedindo-se:

— Até logo, então. Enquanto isso, vou em busca de Neith, para acalmá-la, porque, na sua fúria, é capaz de ofender Hartatef de maneira irremediável, e nem ouso pensar no que poderia resultar de tal procedimento.

Após um aceno de assentimento de Satati, o jovem seguiu para os aposentos habitados pela irmã, e, quando um instante depois ergueu o tapiz que servia de porta e projetou o olhar para o interior, convenceu-se de que a chegada de um mediador era oportuníssima. Ao centro do aposento, Neith, de pé, faces incendidas, olhos faiscantes, repelia obstinadamente as mãos das servas que tentavam vesti-la, e replicava raivosa às súplicas de uma velha aia que repetia, quase chorosa:

— Senhorazinha querida, sol dos meus olhos, permite que eu te vista; não desejas mais encantar todos os olhares? Vê esta guirlanda, como ficará bem em teus negros cabelos!

— Não quero uma guirlanda que tenha de oferecer a esse monstro, e nem me vestirei! — gritou Neith, rejeitando as flores e arrancando um colar que lhe haviam acolchetado ao pescoço e cujas pérolas se espalharam no chão. O leque partido, a túnica em pedaços e flores machucadas juncando o soalho, davam prova de que a caprichosa beldade não poupava seus atavios.

Sem qualquer demora, Mena caminhou para ela.

— Bom dia, Neith — exclamou alegremente, pegando-lhe ambas as mãos, que levou aos lábios, dando assim ensejo às serviçais de ajustarem o cinto e colocarem flores na cabeça da jovem. — Tu és encantadora assim — prosseguiu ele, retendo-lhe vigorosamente presas as mãos — e, sem contradita, a maior beleza de Tebas. Vamos, aquieta-te, e conversemos um pouco.

— Deixa-me, Mena, és conivente com os meus inimigos e queres a minha desgraça — respondeu ela, tentando desprender as mãos. — Desditosa que sou; ninguém assume a minha defesa contra esse homem odioso, que, apesar do meu desprezo e da minha repulsa, me persegue com o seu amor, e soube converter todos a seu favor! Se vens falar-me a seu respeito, vai-te! (Ela o empurrou, então). Não quero ouvir mais nada, não quero enfeitar-me, não o saudarei na qualidade de noivo, e defender-me-ei, eu própria, contra esse ente detestável.

A chegada de Satati interrompeu as explosões de Neith. Trazia precioso cofrezinho que depositou sobre uma das mesas, próximo da jovem.

— Olha, caprichosa, isso que te envia o teu noivo, entre os cestos cheios de estofos, perfumes e outros tesouros que ficaram na galeria — disse, abrindo o tampo do cofrezinho e fazendo faiscar aos olhos da jovem um admirável adereço de pérolas e safiras.

Sem embargo da fúria, Neith desceu o olhar sobre as joias e examinou, com a segurança de conhecedora que era, o amplo diadema, os braceletes e colar tríplice, cujo valor devia ser enorme.

— Oh! É soberbo! — murmurou ela, involuntariamente.

— Essas joias são dignas de uma rainha, e farão com que te invejem, quando as usares — acrescentou Satati, fazendo sinal a uma serva para que trouxesse o espelho.

Depois, pegou o colar e, apoiando-o no pescoço da jovem, disse:

— Olha quanto és bela!

Os olhos de Neith começaram a brilhar; deixou, sem resistência, que lhe acolchetassem o colar, enfiou ela mesma os braceletes e olhou tudo com satisfação.

— Confesso que estas joias me ficam menos mal — disse, ajeitando coquetemente as voltas do colar —, mas, não é para Hartatef que me adorno, porque eu o abomino.

— Isso é lá contigo; em todo caso, porém, tu lhe deverás um sucesso, em homenagem ao qual tu lhe podes demonstrar hoje um pouco de polidez. Depois, veremos. Vem, Mena, Pair te reclama para ajudá-lo em alguns arranjos, enquanto eu vou tratar de minha "toilette".

— Como terminará tudo isso — ponderou Mena, com um trejeito, quando chegaram à galeria.

— Esperamos que termine bem. As joias produziram o efeito que eu delas esperei tirar — disse Satati, fazendo sinal às escravas para que levassem a Neith os grandes cestos cheios de panos bordados.

Uma hora depois, rica liteira, precedida de lacaios e portadores de abanos, parou ante a porta, ornada de flores, do palácio de Pair. Hartatef desceu da liteira e, guiado pelo mordomo, rumou para uma sala de recepções, ao limiar da qual Satati e o marido o receberam com a maior e cordial satisfação.

— Meu bom Hartatef, como agradecer os soberbos presentes que me enviaste! Vê, já estou usando o adereço — disse Satati.

— Considero-me feliz em contribuir de algum modo para realçar a formosura da amável mãe adotiva de minha futura esposa, e és tu quem me honras aceitando as dádivas daquele que, a partir de hoje, eu o espero, será teu parente. Mas, onde está Neith? — acrescentou o recém-vindo com indagador olhar.

— Neith está no terraço, arrufada, e nós não conseguimos trazê-la aqui — falou Pair, que, sob um olhar recriminativo da consorte, calou, cedendo-lhe a palavra.

— Tu sabes, meu caro Hartatef, que, na sua juvenil idade e inexperiência da vida, Neith não compreende a felicidade que lhe vem; ela obedece a caprichos e histórias extravagantes. Mas, se tiveres um pouco de paciência, tudo isso passará, e, à medida que ela melhor te conhecer, apreciará devidamente o teu amor.

— Não tenho disso a menor dúvida, e saberei suportar um pouco de frieza —respondeu impassivelmente Hartatef. — Tendo assegurados o vosso consentimento e apoio, basta; minha sincera afeição fará o resto. Agora, vou para junto de minha noiva, apresentar-lhe as devidas homenagens.

Com andar impaciente, atravessou várias salas, onde escravos, sob a direção de Mena, davam os últimos retoques aos preparativos do festim, subiu a escada coberta de esteiras que conduzia ao terraço. Sobre o último degrau parou, e seu apaixonado olhar pousou sobre Neith, que, apoiada no parapeito e absorta em seus pensamentos, não se apercebeu da chegada de Hartatef. Para este, jamais a jovem parecera tão fascinante, malgrado a expressão irada, de desespero que lhe sombreava o semblante. Alva túnica desenhava-lhe o talhe esbelto; no pescoço e braços brilhavam as joias de safira. Reconhecendo essas joias, indefinível sorriso de ironia pairou nos lábios do jovem egípcio.

— O rochedo das mulheres — murmurou ele, falando a si próprio — adorna-se com as joias dos seus mortais inimigos!

Depois, dominando-se imediatamente, aproximou-se, e disse, inclinando-se reverente:

— Teu humilde escravo te saúda, minha bela prometida, e espera que teus rosados lábios lhe concedam um sorriso e uma palavra de boa acolhida.

Ao som desta voz metálica, Neith voltou-se, estremecendo.

— Esperas muito, Hartatef. Para o amigo eu poderia conceder um sorriso e uma boa palavra; para o noivo que, contra minha vontade, quer desposar-me, eu guardo apenas desprezo e aversão. Tuas riquezas podem tentar meus parentes: a mim, não. Renuncia-me, pois, Hartatef, e não me forces a repetir diante de todos o que te estou dizendo agora: não quero ser tua esposa.

— Tu quererás, porque teu tio e tutor me prometeu a tua mão; tu lhe deves obediência, e eu não sou homem que suporte afrontas pacientemente. Tenho a convicção de que me vais seguir, tranquila, à sala do festim e confirmar aos convidados que tu me escolhes para marido.

— Quem julgas tu que eu sou? Acaso escrava de Pair, para que ele disponha de mim a seu talante? — exclamou Neith, olhos coruscantes. Desçamos e eu te vou mostrar imediatamente que não temo a tua cólera, nem a do meu tio.

Ela procurou encaminhar-se para a escada, mas Hartatef, pegando-lhe um braço, fê-la deter-se.

— Antes de qualquer resolução, deixa que te pergunte: estás informada dos assuntos de tua família? — interrogou ele com a voz vibrante. — Sabes que Mena penhorou[10] o cadáver embalsamado (múmia) de teu pai, por dez "talentos de Babilônia?"[11] A data do

---

10 Nota do tradutor: "Uma lei, de que fala Heródoto, autorizava o egípcio a obter empréstimos, dando em penhor a múmia do genitor. O credor ficava dono do túmulo sem direito de remoção. Se o devedor não satisfazia a dívida, ficava privado de sepultura, e os filhos, herdeiros do débito, incidiam na mesma penalidade, caso não saldassem o penhor. A importância e honra que os egípcios davam à sepultura levavam os devedores aos maiores sacrifícios para não incorrerem nessa espécie de maldição eterna." (MARTIN, Louis-Auguste. *Les Civilisations primitives en orient*. Paris: Ed. Didier, 1861. p. 505).

11 Nota do tradutor: Os "talentos" de que fala a *Bíblia*, desde o seu livro inicial, *Gênesis*, com escalas por *Crônicas*, *Juízes*, *Zacarias*, *Esdras*, *Ester* até o Novo Testamento, Evangelho de *Mateus*, e bem assim os do Egito, Babilônia e Grécia, mais ou menos contemporâneos, variavam na sua expressão quantitativa, pois, não tendo valor monetário específico, oscilavam no peso do respectivo metal. O *Dicionário da santa bíblia* [*Dictionary of the holy bible*], de W. W. Rand, verbete talento, menciona que o ático comum equivalia a 82 esterlinos; o judeu correspondendo a 3.000 ciclos e estes a 50 centavos cada, orçava por 1.500 pesos americanos (?). Heródoto, nos *Nove livros da história*, indicando as subdivisões equivalentes, dá, no Livro I, ao talento-de-ouro, ático, o peso aproximado de 26 quilos, e no Livro III, ao talento babilônico, o valor aproximado de 1.200 cruzeiros cada um. Essa cifra (12 mil cruzeiros), para a época, devia ser enorme. [O cálculo feito pelo tradutor está de acordo com a moeda vigente na época.]

resgate aproxima-se e Mena está sem recursos para fazer a amortização; prometi, por isso, saldar a dívida, para resguardar a honra da família à qual vou pertencer. Se mantiveres tua recusa, considerar-me-ei desligado do compromisso e de qualquer discrição sobre o assunto que, afinal, bem depressa estará no domínio público. Escolhe!

Como se fosse atingida por um raio, Neith cambaleou e caiu sentada sobre uma cadeira, com a sensação de que a cabeça lhe girava em reviravoltas. Se a terrível notícia fosse verdadeira (e ela de tal não duvidava), toda a sua família estava ameaçada de opróbrio. Na opinião dos egípcios, dar em penhor a múmia de um antepassado era muito pouco honroso, mas, não resgatar essa tão sagrada caução constituía irremediável desonra. Para ela, Neith, era mesmo impossível confiar sua aflição à rainha. Poderia a soberana manter qualquer benevolência para com uma família tão pouco recomendável? Oh! Hartatef havia calculado bem, em sua orgulhosa rigidez, que a jovem preferiria sacrificar a sua felicidade à honra.

— Então, Neith, queres dar-me tua mão e no festim considerar-me teu noivo? —perguntou ele, que, braços cruzados, se encostara no parapeito, e cujo olhar perquiridor havia observado todas as emoções que se exteriorizavam no rosto expressivo da jovem.

Com melancólico aspecto, Neith estendeu-lhe a mão, e deixou-se conduzir à grande sala onde os convidados já estavam reunidos e ante os quais a sua chegada causou sensação.

Dentro em pouco, todos tomavam lugar à mesa. Mena ficou defronte da irmã, que evitava olhar para ele, cuja despreocupada alacridade lhe causava desgosto e revolta; e começava mesmo a aborrecer esse irmão perdulário, que não lhe havia sequer confessado a verdade, forçando-a a ouvi-la da boca do detestado Hartatef, e afinal a sujeitava a pagar, com o sacrifício de sua vida, vergonhosas loucuras.

Neith sabia que Mena era um boêmio em cujas mãos o dinheiro escoava a jorro, que fazia dívidas; mas, sabendo-se muito rica, jamais supôs que o irmão tivesse necessidade de descer a tais expedientes. A pobre jovem ignorava que Pair, o irmão mais moço de seu genitor, era um perdulário tão desenfreado quanto Mena e seu fiel companheiro nas excursões noturnas pelas casas das cortesãs de Tebas e pelas arapucas onde se cultivava esse jogo de azar que se perpetuou até nossos dias sob o nome de "mora".[12] Desde muito, os dois homens tinham solapado as bases das suas grandes riquezas, e mais de uma vez haviam recorrido à bolsa de Hartatef, que, inacessível para todos, somente a eles dois nada negava.

Não distante de Mena estava localizado Keniamun, cujos negros olhos não se desfitavam do semblante pálido e abatido de Neith. Que significava aquela emoção da jovem, e que pressagiava a sua vinda com Hartatef, cuja vizinhança de novo se lhe dava? Desde muito tempo, o oficial fazia assídua corte à irmã de Mena e pensava desposá-la, supondo-a herdeira rica, pois o bom Keniamun gostava tanto de mulheres e vinho quanto o camarada Mena, embora não mais possuísse vestígio sequer

---

12 Nota do tradutor: Por incrível que pareça, esse jogo é o mesmo de nossos dias, típico, por assim dizer, dos italianos. Os parceiros estiram um determinado número de dedos, e ganha o que tiver acertado com o total exato dos dedos enristados.

de pequena herança legada por parentes seus. As reflexões do oficial foram interrompidas por Pair, que, empunhando uma taça cheia, exclamou jubilosamente: — Caros amigos e convivas, tenho a felicidade de vos anunciar que esta é uma festa de família: celebramos o noivado de minha sobrinha querida. E tu, Neith — ajuntou, voltando-se para ela, sorridente —, designa, por tua própria voz, aos nossos hóspedes, o preferido do teu coração.

Os olhares todos se concentraram em Neith, cujo palor e silêncio obstinado começaram a despertar atenção, ainda que ninguém suspeitasse fosse ela violentada em sua escolha. Por instantes, permaneceu imóvel; um tom lívido cobriu-lhe as faces, mas, como que hipnotizada pelo ameaçador olhar de Hartatef, ergueu-se, desprendeu a guirlanda que lhe ornava os cabelos e a colocou, semivoltando-se, sobre a cabeça do noivo. Depois, exaurida pelo sobre-humano esforço que fizera para dominar a raiva que lhe refervia no íntimo, caiu na cadeira.

Exclamações e cumprimentos estrugiram de todos os lados; os fâmulos, azafamados, apressavam-se a reencher as taças quando esvaziadas; a animação e a jovialidade dos convivas aumentavam de instante para instante, e atingiram o auge quando Hartatef se ergueu. Depois de agradecer os bons votos que lhe haviam sido endereçados, convidou todos os presentes para oito dias de festas consecutivas com as quais pretendia solenizar seu matrimônio, tão logo terminassem os arranjos que estavam sendo realizados no palácio por ele recentemente construído no mais belo bairro de Tebas.

Somente Keniamun não tomava parte no contentamento geral. Ao anúncio do noivado, pousara, subitamente pálido, o copo cheio, e fitara Neith com olhar povoado de espanto e de cólera. A suspeita de algum misterioso constrangimento sobre a vontade da jovem ganhou maiores proporções, porque as suas assiduidades junto de Neith haviam sido sempre bem acolhidas por Satati e por Mena, e a própria Neith havia prometido desposá-lo. Se de bom grado, agora, dera preferência ao ricaço Hartatef, por que aquela palidez, a penosa emoção, o silêncio obstinado? Ela não havia encontrado uma única palavra de resposta para agradecer o coro de parabéns.

Mas, não estava sozinho o oficial naquelas reflexões, e se a polidez dos convivas não lhes permitia assinalar a estranha conduta da noiva, os olhares admirados e curiosos, sorrisos equívocos, e mesmo comentários em voz baixa eram permutados cada vez mais frequentes, pois a curiosidade indiscreta não é apanágio dos séculos modernos. Esta florescia já bem desenvolvida na sociedade dos antigos egípcios, e é eternamente lamentável que Moisés não tenha acrescentado aos seus dez mandamentos um décimo primeiro, no qual, em nome de Jeová, proibisse a curiosidade indiscreta e bem assim os mexericos que a acompanham, e ameaçasse com a cólera do Eterno as bisbilhoteiras de todos os tempos, que consideram seu dever aprofundar "o porquê" de tudo que se faz. As boas tebanas, reunidas em torno da mesa de Pair, começavam a abrasar-se de impaciência para conhecer as razões que tornavam Neith assim tão taciturna e tão pouco satisfeita ante a perspectiva de desposar o áureo Hartatef, que a maior parte das solteiras presentes teria aceito sem pestanejar, e das quais algumas haviam mesmo tentado fisgar esse brilhante partido.

27

Satati e Mena tinham observado, com inquietude sempre em aumento, esses indícios veementes de suspeitosa curiosidade; a maneira pela qual Neith se dobrava aos desejos dos seus estava longe de satisfazer a ambos; perguntavam a si próprios, com igual desassossego, por qual meio Hartatef havia tão rapidamente quebrado a revolta e a teimosia de Neith, ao mesmo tempo que lhe provocara o evidente desespero. Foi para uma, e outro um verdadeiro alívio quando, enfim, todos deixaram a mesa.

Imediatamente, numeroso grupo de mulheres rodeou a noiva, inquirindo sobre a data do casamento, ao mesmo tempo que a cumulavam de reiteradas felicitações por desposar um homem tão belo, tão rico e tão altamente colocado. Com a voz apenas inteligível, Neith alegava que o calor e a emoção lhe haviam esgotado as forças, e por isso imperioso lhe era retirar-se para repousar um pouco. Satati, que a observava sobressaltada, previu, pela vermelhidão súbita do rosto e pelo tremor dos lábios, que Neith estava próxima de uma crise nervosa. Por isso, aproximou-se rapidamente da jovem e, abraçando-lhe o busto, disse, com adocicado e fingido sorriso:

— A alegria e o desgosto são iguais para exaurir. Recordo as múltiplas emoções que me agitaram, quando me fiz noiva, mas, sobre a nossa querida Neith, que é tão sensível, tudo atua duplamente. Vem, querida, vem repousar um pouco.

E celeremente a conduziu ao terraço, deserto nesse momento, visto que os convidados estavam dispersos pelas salas, enquanto a juventude acorrera ao jardim, onde se distraía com vários jogos.

Logo que Neith chegou ao terraço, repeliu Satati e prorrompeu em amargo pranto. A esposa de Pair compreendeu a inutilidade de quaisquer palavras de consolação, que só lhe poderiam acarretar uma repulsa pouco delicada. Por isso, desceu sem perda de tempo, persuadida também de que a solitude era o melhor calmante para Neith, sem, entretanto, deixar de martelar o pensamento em busca das razões que poderiam ter transformado a pertinácia, revelada de manhã, naquela submissão desesperada. Mas, eis que perpassou pela mente, qual relâmpago, a ideia de que Hartatef lhe houvesse falado da múmia dada em penhor. A semelhante suspeita, empalideceu, pois considerava tal revelação uma grave imprudência, uma vez que Neith devia ignorar por todo sempre tão escandalosa transação.

Atravessando rapidamente uma sala onde não havia ninguém, avistou Keniamun, que, segundo lhe pareceu, se encaminhava para a saída. Desejando evitar desagradável explicação com aquele a quem ela enchera de vãs esperanças a respeito de Neith, Satati tratou de atingir um gabinete onde numerosas mulheres conversavam ruidosamente. Enganara-se, porém. O oficial não cogitava de abandonar a festa, o que poderia chamar atenção; ninguém devia inteirar-se do quanto lhe ferira a perda de Neith, o pensamento de que ela o havia preterido pelas riquezas de Hartatef, que ele tanto detestava. Em verdade, ele ia em busca de um recanto solitário onde pudesse coordenar as ideias e calmar a raiva que lhe estuava no peito. Compreendia agora por que Mena o evitara nos últimos tempos; mas, da parte de Neith, jamais poderia supor semelhante perfídia. E ela nunca lhe parecera tão bela, nem mais desejável, e era com raiva que confessava a si mesmo amar a criatura espiritual quase tanto quanto o soberbo dote que lhe atribuía. Maquinalmente, por assim dizer, encaminhou seus passos para o eirado, que supunha deserto, e onde, com indizível espanto, viu Neith estendida sobre móvel de repouso, chorando amargamente. Constatando o desgosto da mulher amada, seu ulcerado coração sentiu alívio.

— Neith! — exclamou ele — choras sobre a tua traição, ou já deploras o súbito amor que as riquezas de Hartatef em ti fizeram nascer?

A jovem, erguendo a cabeça, estendeu-lhe ambas as mãos, e disse com amargura:
— Se crês que o desposo pela fortuna, muito mal me conheces.

Keniamun, cruzando os braços à altura do peito, replicou, com irritação:
— E por que o aceitas, então? Quem pode constranger-te a isso? Mortos teus pais, o teu irmão não tem tal direito; choras, pareces desesperada e, no entanto, faltas à palavra dada a mim. Se não é amor, foi a ambição que te levou a aceitar esse homem? Responde, explica-te, Neith, ou eu te odiarei e desprezarei, porque por mera cupidez prendes-te a uma união que te repugna, e fazes do meu amor um brinquedo!

Ante esse libelo, cessaram imediatamente as lágrimas de Neith, e seus negros olhos passaram a brilhar.

— Eu te juro, Keniamun, que terrível circunstância me força a desposar esse homem que detesto. Ainda esta manhã lutei, combati pela minha liberdade. Por que cedi não me perguntes: não me é permitido dizê-lo. Podes ter certeza, porém, de que nenhum dos motivos por ti suspeitados influiu na minha decisão.

— Não, não, isso não me basta. Não se diz a um homem a quem se prometeu casamento: "Eu vos atraiçoei por graves razões". Não, ainda uma vez! É necessário explicação, exigem-se provas. Aquele a quem amas, e que te ama, tem direito à tua confiança; ele saberá calar, se tanto for preciso, mas, também poderá talvez encontrar uma solução, onde, no teu desgosto, julgas tudo perdido.

Impressionada pela justeza dos argumentos, Neith ia possivelmente revelar a verdade, quando Mena, escarlate de raiva, irrompeu no terraço. Informado por Satati da suspeita que tivera, Mena correu a Hartatef, este confirmou tudo, sem se incomodar de que somente a notícia do penhor da múmia tivesse tido o poder de quebrar a resistência da jovem. Inquieto e preocupado, decidira falar imediatamente à irmã; mas, ao subir a escada, reconhecera a voz de Keniamun e ouvira as últimas palavras deste. O sangue congestionara-lhe a cabeça. Se aquela chorosa louquinha fosse desvendar o segredo, quem poderia medir as consequências do uso que de tal fizesse Keniamun, pretendente recusado? Keniamun era muito querido na sociedade, benquisto principalmente pelas mulheres, graças à sua galanteria e ao seu talento. Senhor, pois, de tal arma, poderia arruinar a reputação dele, Mena, e vingar-se da afronta recebida. Presa de temor e fervendo de raiva, precipitou-se para o terraço, e, colocando-se junto de Neith, como que para protegê-la, exclamou em tom arrogante:

— Por que atormentas minha irmã? Já viste a quem ela deu preferência, e quanto às razões desta combinação de família, nenhum interesse podem ter para um estranho.

— Não sou um estranho para Neith — contestou Keniamun, também fremente de cólera. E uma vez que ela silencia sobre as causas desta "combinação" de família, é a ti que eu interrogo, e tu me deves resposta, pois de ti obtive promessa da mão de tua irmã. Recorda-te de que pedi tua palavra de não entravares meus projetos, e de que, a rir, tu me disseste: "Eu o juro! E por que eu os embaraçaria! Que me importa saber com quem Neith se casará?" Segundo parece, depois, o caso tornou-se menos indiferente, e eu te intimo a explicar sem demora por que preferiste Hartatef a mim, e em que deixo de ser um partido honroso.

O semblante de Mena tomara uma expressão de glacial impertinência.

— És louco, ao que parece — disse desdenhoso —, pedindo explicações sobre assunto que em absoluto não te diz respeito. É muito simples compreender que, tratando-se de fixar a situação definitiva de uma jovem, não se cogite de criancices. Hartatef é imensamente rico (olha este colar de safiras e pérolas, valendo uma fortuna, que hoje ele ofertou à mulher de sua escolha); ocupa um cargo tão acima do teu, que a própria Neith compreendeu não se poder recusar semelhante pretendente. Contenta-te com esta explicação e acalma-te.

Neith acompanhara de olhos cintilantes a altercação entre os dois homens e, à derradeira tirada do irmão, o rosto enrubescera.

— Que ousas tu dizer, miserável mentiroso, para salvar a honra à qual me sacrifico? Para te demonstrar o valor que dou aos presentes desse homem odioso, olha! (E Neith arrancou o colar com tal violência, que os elos se romperam e espalharam no solo.) Acredita-me, Keniamun — acrescentou, fremindo de indignação — eu me sacrifico, mas, não por dinheiro; despreza-me se quiseres, se não te posso dizer mais do que ouviste.

— Eu te acredito e te lamento. Quanto a Mena, não o importunarei mais, e guardarei boa lembrança desta hora de explicação. Voltou-se e saiu.

Ficando a sós, Mena falou raivoso à irmã:

— Insensata, tu nos perderás a todos; quem sabe as suspeitas que tuas extravagâncias inspiraram a esse intrigante? Buscará incriminar minha conduta. E, depois, este colar... Pode-se assim destruir tão preciosa joia? Que dirá Hartatef?

— O que ele quiser dizer. E tu, apanha os restos da joia e junta-os ao preço que te pagaram pela múmia do nosso pai, filho desnaturado, desonra da nossa família — disse Neith com desprezo.

Mena havia recobrado o seu aprumo.

— Ouvindo-te, crer-se-ia que fui o único a penhorá-la — respondeu, cruzando os braços. Pair conscientemente me ajudou. Talvez não houvéssemos ido tão longe, sem o louco amor de Hartatef por ti; mas, para te obter, ele paga com alegria; resgatamos a múmia, sem despender um "anel de prata", e tu te tornaste ao mesmo tempo uma das mulheres mais ricas e mais altamente colocadas de Tebas. Eis, de fato, uma grande desgraça, e por uma negociação tão simples e vantajosa fazes escândalo sobre escândalo! Toma sentido! Todos poderão julgar que com esses gritos pretendes desculpar-te de preferir um ricaço a esse mendigo Keniamun, e o descrédito recairá sobre ti mesma.

Neith não deu resposta a tanto excesso de imprudência; uma pungente angústia, uma sensação de insulamento e de abandono constringia-lhe o peito como que a diluir-lhe o coração. Bem conhecia a insensibilidade egoísta do irmão; ainda não lha revelara, porém, assim tão brutalmente. Até então, ela, Neith, que se sentira uma órfã cujo futuro e ventura a ninguém interessavam; desavergonhadamente traficavam com ela, qual se faz com uma escrava, e, concluída a transação, devia submeter-se ou desonrar-se juntamente com os seus. Como que em sonho, dirigiu-se para a escada, enquanto Mena imediatamente se agachava para apanhar cuidadoso os pedaços do colar, até o menor dos elos.

Imersa nos pensamentos, caminhou para os seus aposentos, evitando as salas onde permaneciam os convidados; mas, ao entrar na galeria, encontrou Hartatef, que a buscava. O jovem egípcio, com percuciente olhar, notou logo o desaparecimento do colar que horas antes ornava o pescoço da futura esposa.

— Aonde vais, minha bela noiva — indagou, curvando-se para a jovem. Por que estás tão pálida e quebrantada, Neith? E onde deixaste o adorno que trazias há pouco? É acaso muito pesado?

— Sim e não. Tu encontrarás os pedaços espalhados sobre as lousas do terraço; eu o arranquei — prosseguiu ela em voz surda —, porque Mena me acusou, em presença de Keniamun, de me haver vendido a ti por esse colar e pelas tuas riquezas. Então, para provar o apreço que dou às tuas prendas, fiz em pedaços o colar, e repito, diretamente a ti, que prefiro ter uma víbora enroscada no pescoço em vez das tuas pérolas e safiras.

Hartatef meneou a cabeça.

— Mena é um tolo, e tu erras em dar valor a suas tagarelices e estragar por isso um tão precioso objeto. De resto, tem conserto o colar, e eu possuo outros não menos belos, que usarás quando houver abrandado a tua cólera; tu os usarás — insistiu, ao ver que Neith movia negativamente a cabeça —, porque toda mulher deseja ser bela e para ser bela é necessário alindar-se; tu te enfeitarás, pois, para te achares formosa, tu própria, quando não para o esposo que abominas.

— Para quando marcaste o casamento? — interrompeu bruscamente ela.

— Daqui a três luas, a partir de hoje, meu palácio estará em condições de te receber.

— Está bem, mas, até essa data nefasta, eu te rogo me poupes da tua presença; quero repousar e fruir os derradeiros dias da minha liberdade. Não te canses em vir ver-me e em remeter presentes: eu não quero coisa alguma de ti.

— Tu serás razoável, Neith, não se pode ser noiva durante três luas, sem ver o futuro marido. Não te importunarei, mas, virei aqui, enviar-te-ei flores e presentes, para que não me acusem de avarento. O mundo não saberá — continuou imperturbavelmente Hartatef — quanto me custas caro (o resgate da múmia de meu sogro não é nenhuma bagatela), mas, deves ser bastante equânime, para me permitir o prazer de avistar minha linda noiva.

Neith voltou-lhe costas, sem dar resposta, e saiu.

4
Na pesquisa da verdade

Sem mais pensar no "que se dirá", Keniamun deixara imediatamente o palácio de Pair. Ódio surdo, violento desejo de vingança lhe intumescia todo o ser; mas, antes de qualquer empreendimento, era indispensável conhecer a verdade sobre as razões que tinham determinado a súbita decisão de Neith. Que espécie de deslealdade cometera Mena que a união de sua irmã com Hartatef pudesse remediar? Desejava vivamente isso descobrir; mas, como consegui-lo? De repente, uma ideia lhe acudiu (e por que tal não lhe ocorrera antes?).

"Ela" deve saber tudo, e por dinheiro trairia os segredos do próprio deus Osíris.

Com íntimo sorriso de satisfação, destacou de suas vestes um alamar de ouro incrustado e fê-lo deslizar no cinto; dirigiu-se açodadamente para as bordas do Nilo, onde alugou um barco, com ordem de conduzi-lo a um arrabalde distante, situado próximo do quarteirão dos estrangeiros, nas imediações do qual residia a pessoa com quem ia falar. Quando o barco chegou, Keniamun saltou lestamente, e, tendo ordenado ao remador aguardar seu regresso, internou-se em estreita rua debruada de pequenos jardins cercados de muros em ruína e de casas estragadas.

Após alguns minutos de marcha, penetrou em um pátio, ao término do qual se elevava grande construção de muros fendidos. Gritos e cânticos, um caos de timbres rústicos e dissonantes saíam do interior. Sem dar atenção a esse vozear suspeito, Keniamun entrou por um vestíbulo de colunas carunchosas em longa e vasta sala iluminada (embora houvesse sol pleno) por tochas fixadas nas paredes, e cuja espessa fumarada já havia recoberto o teto com uma camada de fuligem. Em torno de mesas, várias em tamanho e rodeadas de bancos e escabelos de madeira, aglomerava-se verdadeira multidão de soldados, marítimos, obreiros e outra gentalha, comendo e bebendo em grosseiros pratos e copos de louça e de madeira. Mulheres vestidas de ouropeis fanados abancavam-se entre os homens, e algumas, de rostos afogueados, pareciam ébrias e cantavam a goelas soltas. No centro da sala, duas bailarinas, magras e meio despidas, dançavam aos acordes de um alaúde, enquanto duas outras, acocoradas no solo, acompanhavam a música, batendo palmas.

Bem no fundo, sobre um estrado de dois degraus, enfileiravam-se muitos e diversos aparadores sobrecarregados das mais variadas provisões, além de duas mesas cobertas de ânforas e de copos. Entre essas duas mesas, sentada numa poltrona, conservava-se a dona do estabelecimento, supervisionando, com enérgicos olhares, seus turbulentos visitantes e os escravos que circulavam no meio dos grupos, servindo a cerveja, o vinho e as frutas pedidas. Era um mulherão, de amplíssimas espáduas, pernas e braços robustos, com um pescoço taurino. Seu rosto, regular, afetava um ar de bonomia, desmentindo dois olhos grandes, negros, sorrateiros, penetrantes, encimados de sobrancelhas densas e ligadas; nariz em bico de águia, maxilares proeminentes, boca rasgada, dentes brancos e agudos, davam-lhe a semelhança de um animal carnívoro. Estava vestida com uma saia de listras vistosas, fechada na altura dos rins por um cinto de cobre; um colar de missangas ornava-lhe o torso, e das orelhas pendiam argolas de exageradas proporções, causando admiração suportassem as orelhas tal peso.

Empunhava um curto bastão com o qual batia rudemente nos escravos que lhe parecessem muito lentos, para lhes estimular a agilidade.

À presença de um oficial, desagradável agitação pareceu manifestar-se entre os frequentadores do bordel: os gritos e as cantorias cessaram, e muitos soldados deslizaram à semelhança de enguias para os recantos mais sombrios; mas, fingindo não se aperceber da sensação da sua entrada, Keniamun caminhou direto para o estrado.

— Bom dia, Hanofer — cumprimentou ele. Desejava falar-te por alguns instantes, sem testemunhas. Podes atender-me sem demora?

— Sem dúvida, meu senhor, estou às tuas ordens — acedeu a estalajadeira, saudando, obsequiosa. Tu, Beki, cuida para que tudo marche bem durante a minha ausência — gritou então a uma velha mulher, que lavava copos numa selha.

Em seguida, abriu uma porta ao fundo e conduziu o oficial, por meio de galeria aberta, a um pavilhão bastante bem conservado, à sombra de sicômoros.

Que tens a dizer-me, nobre Keniamun? — começou ela, oferecendo uma cadeira ao visitante. Aqui estamos ao abrigo de orelhas indiscretas. Mas, por que vieste pela entrada comum, e não pela outra, e na hora que conheces?

— Não queria encontrar outros, e necessitava falar-te sem tardança — contestou ele, sentando-se e fazendo gesto de recusa do copo com vinho que lhe era oferecido. Não te tomarei muito tempo, e se puderes satisfazer minha curiosidade, quanto ao motivo pelo qual Hartatef forçou Pair a lhe conceder Neith em casamento, eu te oferecerei este alamar que estás vendo.

Apesar de quarentona, um clarão ciumento fulgurou nos olhos de Hanofer.

— Será possível que ele insista na louca ideia de desposar Neith, que o detesta? — explodiu ela, rubra de cólera. Não estarás enganado, Keniamun?

— A certeza é tão certa, que hoje mesmo foi celebrado publicamente o noivado. O estranho, porém, é que ainda pela manhã Neith o recusara energicamente, e que, segundo confessou em prantos, foi para salvar a honra da sua família que consentiu no casamento. Pergunto: que relação poderá existir entre Hartatef e a honra da família de Pair? Eis o que desejava saber, e quem melhor do que tu, minha boa Hanofer, poderá estar informada, pela notória influência que exerces sobre Hartatef? — concluiu, rindo, o oficial.

Enquanto ele falava, a mulher examinara e avaliara o peso do alamar, na mão, e seu olhar espelhara a cupidez mesclada a infernal maldade.

— Vou explicar-te o enigma — disse ela, com um gargalhar rude e grosseiro.

— O nobre Mena, para atender suas loucas despesas, deu em penhor a múmia do pai, e para o resgate vendeu a pequena a Hartatef, esse asno albardado, que decerto prometeu dar os "dez talentos babilônicos" que Mena precisa para saldar a dívida. Que outro lhe emprestaria tal soma?

33

Keniamun empalidecera durante a revelação.

— Pobre Neith! — murmurou. Agora compreendo o teu sacrifício. Não te posso resgatar, mas vingar-te-ei. E se Hartatef tiver teu corpo, a mim pertencerá teu coração. Ergueu-se, despedindo-se:

— Agradecido, e até à vista, Hanofer. Guarda essa prenda em lembrança do serviço que me prestaste.

— Eu o fiz de boa-vontade. E por que te ocultar o ato dessa gente bastante baixa, que, não satisfeita de penhorar o corpo de um parente próximo, vende uma criança sem defesa? Talvez que, tornado público esse conchavo, se desfaça por si mesmo — rematou ela, com sorrateiro olhar.

As últimas palavras da artificiosa megera caíram em terreno fértil, emprestando mais nítida forma aos íntimos desejos de Keniamun. Sob uma aparência doce, alegre e amável, ele escondia um caráter ambicioso e vingativo ao excesso. Sua pobreza jamais lhe parecera obstáculo para desposar Neith, apesar da rivalidade do argentário Hartatef.

Ter sido posto à margem, qual móvel inútil, depois de encorajado nos seus projetos, ferira-o mortalmente.

Assim, vingar-se e tornar público em toda a Tebas a desonra de Mena era seu único desejo. Mas, por onde começar a feri-lo mais dolorosamente? Seu espírito, sutil e intrigante, bem depressa traçou-lhe o caminho a seguir para consecução do seu intuito. Sabia, desde alguns meses, estar Mena fazendo assídua corte a uma jovem viúva, muito rica, com a qual pretendia casar. Frequentando com certa assiduidade esse lar, Keniamun era muito benquisto ali, graças aos seus talentos mundanos e galanteria; conhecia bem a viuvinha, mimada e caprichosa, e não ignorava que a formosa Roant era fútil, ciumenta e, sem embargo de rica, muito econômica. Bastava abrir-lhe os olhos para os gostos dissipadores de Mena e para os amores com Nefert (a filha de Tuaá), para destruir as probabilidades de êxito acariciadas por Mena com relação à viuvinha. E, se a fizesse conhecedora da história da múmia dada em penhor, podia contar que a novidade entraria no conhecimento de toda a Tebas, sem que tal o comprometesse, se pedisse segredo a Roant.

Satisfeitíssimo com a ideia, e decidido a agir sem perda de tempo, Keniamun retomou a embarcação; e porque a residência da viúva estivesse situada à beira-rio, não distante do palácio real, ordenou ao marujo conduzi-lo para ali, certo de a encontrar, por saber que Roant estava indisposta, mal que a impedira de comparecer ao festim em casa de Pair. Como previra, foi recebido, e um escravo o guiou para o terraço, sombreado de árvores e ornado de plantas raras, onde se encontrava a dona da casa.

Roant era uma formosa e jovem mulher de 22 primaveras aproximadamente, alta, esbelta, muito morena, mas de tez pálida e amarelada, de cabelos admiráveis, grandes olhos vivos e espirituais, boca purpurina como se fosse de coral, formando um conjunto de formosura excitante. Naquela ocasião, porém, o seu todo mostrava fadiga e preocupação. Uma compressa de água aromatizada lhe circundava a fronte.

— Que bons ventos te conduzem, Keniamun? Eu pensava estares no festim de Pair — disse, soerguendo-se no leito de repouso e estendendo-lhe a mão. Senta-te e seja bem-vindo; tua palestra divertida e interessante me distrairá, afastando o espírito malfazejo que me obsidia e me faz doente. Mas, que vejo? Estás pálido e triste. Que tens? Houve contrariedades nos teus serviços?

— Não, boa e amável Roant, minhas obrigações não me dão cuidados; mas, tens razão, estou triste; os ruídos de uma festa são-me odiosos, e não sabendo onde levar os dissabores do meu coração, vim aqui, onde sempre fui cumulado de bondade, na esperança de que a palestra com uma criatura de espírito e de sentimento, qual tu és, Roant, constitua o melhor remédio para dar calma e equilíbrio aos meus pensamentos.

— Fizeste bem em vir, e ficas autorizado a contar sempre com a minha amizade — disse a bela viúva, com amável sorrir. Mas, para que eu te ajude eficazmente a conquistar a desejada calma, confia-me o teu pesar, Keniamun, dize-me o que te aflige, e eu prometo ser discreta e jamais abusar da tua confiança.

— Eu te conheço assaz, Roant, para dispensar semelhante promessa — respondeu ele, com profundo suspiro. — Mas, poderás compreender-me, tu, que és tão altiva, tão bela, aos pés de quem suspiram os homens mais ilustres de Tebas? Poderás compartir os sofrimentos de um desditoso amor, de um coração ulcerado e desdenhado?

Roant corou fortemente.

— Tu te enganas, Keniamun; compreendo perfeitamente teus sentimentos; meu coração também está atormentado, e eu sei que confidenciar desgostos traz alívio. Fala, pois, francamente; é o ouvido da amizade, de uma confidente que te escuta. Entretanto, admiro-me de que te refiras a amor desdenhado: sei que amas Neith, e ela parecia bem acolher teu afeto. Terá acaso traído perfidamente teu amor?

— "Ela", não! Essa nobre e pura criança não compreende o mal — respondeu o oficial, com ar sombrio. Neith ama-me e é incapaz de uma baixa traição; mas, outros que não se incomodam em praticar vilezas, atos que não se poderiam esperar de homens da casta privilegiada, para salvarem-se de um descrédito, venderam a inocente criança.

Roant atirou para o chão a pele de pantera que lhe cobria os pés, e sentou-se. Na sua fisionomia refletiam-se curiosidade e inquietude.

— Rogo-te, Keniamun, dizer tudo sem restrições. De que indignidades falas tu, e quem as praticou? Essas coisas convém sejam reveladas.

— Uma vez que te solidarizas tanto com o meu desgosto — disse ele, fingindo-se despercebido da agitação da sua interlocutora —, não tenho mais razão de ocultar a verdade. O pai de Mena e Neith, falecido há pouco tempo, legou a ambos colossal fortuna; mas, Pair, seu irmão mais moço, sempre foi dissipador incorrigível, de modo que, nomeado tutor de Neith, e muito ligado ao sobrinho, a quem jamais contrariou em seus maus pendores, não se priva de coisa alguma, e transformou-se num dos maiores libertinos e perdulários de Tebas. Não existe no bairro dos estrangeiros nenhum bordel, nenhuma casa mal afamada onde esses dois homens não hajam desperdiçado somas loucas, no jogo e no deboche. Já omito a escandalosa ligação de Mena com Nefert, a filha de Tuaá. O que lhe custa essa desavergonhada criatura, que devoraria o Egito se tal estivesse ao seu alcance, é incalculável.

35

Compreendes que semelhantes excessos terminaram por solapar a sólida fortuna do finado Mena. Para enfrentar embaraços e manter o fausto da casa, Mena encontrou apenas o recurso de fazer penhor da múmia do pai a um usurário por enorme quantia, e, para saldar essa dívida vergonhosa, imaginou um expediente não menos engenhoso.

Durante a narrativa, lívido palor invadira o rosto da viúva; seus olhos cintilavam e as mãos tremiam nervosamente. Fingindo, porém, não haver reparado nessas exteriorizações da cólera que viera provocar, Keniamun recomeçou:

— Neith inspirou decerto a Hartatef uma paixão tenacíssima e profunda para que esse avaro se decidisse ao inopinado sacrifício de resgatar a múmia do velho Mena. Os detalhes da ignóbil transação eu os desconheço. Sempre repelido pela jovem, que o execra, Hartatef dirigiu-se a Mena, e este vendeu a irmã pelo preço do resgate da múmia. Colocada na terrível alternativa de aceitar o ajuste ou desonrar-se com toda a família, a desditosa criança teve de ceder, e foram solenizados os esponsais, no intuito de impedir um recuo por parte da noiva. Era de ver Neith no festim! Seu tristonho desespero contrastava estranhamente com o bom humor dos dois patifes, que, para pagamento de libertinagens, sacrificaram a parenta. Mena, principalmente, alvorotava-me o coração: transbordava de triunfo e de insolência, e vangloriava-se soberbamente de que celebraria brevemente seu consórcio com uma das mais belas mulheres de Tebas, louca de amor por ele e que insiste para abreviar esse venturoso dia. Bem desejaria saber a quem ele fazia alusão, mas, infelizmente...

Uma exclamação de Roant, que saltara de onde estava, faces afogueadas, punhos crispados, interrompeu o narrador.

— Esse mentiroso insolente — gritou ela, fora de si — alude a mim, na atrevida gabolice! Não te oculto, Keniamun, que ele me agradou, e eu encorajei suas assiduidades; mas, não tendo minha palavra ainda, já me desconsidera assim ante todos! Além disto, sabia eu acaso que se tratava de um sacrílego, que penhorou a múmia do pai e vendeu a pobre irmã?

Com a exímia naturalidade que faria inveja a um ator nosso contemporâneo, Keniamun simulou estar petrificado de surpresa.

— Tu, Roant! Era de ti que ousava falar tão imprudentemente! — exclamou ele, erguendo-se e pegando as mãos da jovem mulher. Perdoa-me haver contado isso e ter causado tanta aflição; juro que ignorava tudo, e nem mesmo haver desconfiado que tão delicada e espiritual mulher, qual tu és, pudesse amar um homem estúpido, brutal e depravado do nível de Mena. Ainda uma vez, perdoa-me por haver cedido à minha mágoa e dizer-te coisas tão pungentes. Mas, podia adivinhar?

— Falas em perdão, quando acabas de me prestar assinalado serviço? — interrompeu Roant, sentando-se de novo, ainda trêmula. Não olvidarei jamais que me abriste os olhos a respeito desse homem desonesto, que se gaba das minhas benevolências, sem ter de mim qualquer resposta decisiva, e cuja vida privada é um tecido de horrores! Oh! Qual teria sido o meu futuro! Reconheço agora que um espírito impuro me obscureceu, e pergunto como pude amar Mena, e por ele repelir duramente homens de mérito, qual, entre outros, o vosso chefe Chnumhotep!...

— Tu repeliste Chnumhotep? Então erraste, minha boa Roant — disse Keniamun. Releva-me a fraqueza; mas, a nossa elevada conversação de hoje foge às regras comuns. Nosso chefe é homem leal e bom, estimado de todos; nossa Faraó Hatasu o protege, e, recentemente, ainda lhe fez a dádiva de soberba vinha. É um partido digno de ti, e creio ser muito fácil reparar o erro que cometeste sob a influência de um espírito impuro. Chnumhotep ama-te apaixonadamente, eu o sei, e o verdadeiro amor jamais é rancoroso. Autoriza-me, pois, a dizer-lhe que estás indisposta de saúde, e que o avistarias com satisfação; ele virá, e terá por grande honraria conduzir ao seu solitário palácio tão bela e virtuosa consorte.

— Tens razão, Keniamun, devo casar-me para pôr um paradeiro aos ditos escandalosos que as gabolices de Mena vão suscitar em torno de mim. Dize a Chnumhotep que será bem acolhido, vindo visitar-me. Mas, apenas isso, entendes?

— Que juízo fazes de mim? Seria incapaz de te comprometer!

— Muito bem! Se o teu chefe ainda me ama, eu o aceitarei por esposo, e organizarei um festim, no qual se tornará público esse noivado, sob o nariz de Mena. Será minha desforra ao banquete de hoje.

— Eis uma soberba ideia, digna de mulher de espírito — exclamou Keniamun, rindo desabaladamente. — Mas, para ser completa a ideal vingança, é mister acolher Mena de modo igual ao de até aqui, não trair tua cólera, e, quando, com a sua presunção habitual, ele esperar ser proclamado teu noivo, tu pronunciarás o nome de Chnumhotep.

Depois de animada conversação, no decorrer da qual o casamento de Neith, os atos de Mena, dignos de forca, e os assuntos do chefe dos guardas foram tratados a fundo, os dois novos amigos separaram-se, e Keniamun reentrou em casa plenamente satisfeito com os resultados da sua tarde. Faltava ainda prevenir seu chefe do aspecto favorável que seus amores tomavam; mas, teria isso de ser adiado para o dia seguinte, pois Chnumhotep estava de serviço em palácio, onde lhe cabia comandar a guarda de vigilância noturna aos aposentos de Hatasu. Ao alvorecer, ergueu-se Keniamun e foi ao palácio, a uma das alas onde ficavam situadas as casernas, havendo no primeiro andar aposentos reservados aos oficiais e ao chefe, que não permaneciam constantemente ali.

Chnumhotep, ainda moço, dormia sempre no palácio, repousando da vigília, e quando Keniamun foi levado ao seu aposento encontrou o chefe instalado à mesa, diante de copioso desjejum. Era um homem de 34 anos, grande, delgado e musculoso; seus traços, acentuados, denotavam energia, seu olhar de águia, seus movimentos bruscos e precisos revelavam o indivíduo acostumado ao comando. Avistando o jovem oficial, ergueu-se e perguntou, benevolamente:

— Aconteceu algo imprevisto, para que me venhas procurar tão matinalmente?

Keniamun saudou o chefe, acrescentando:

— Desejo falar-te a sós, Chnumhotep, mas, a notícia que te trago não concerne ao serviço, e será, segundo espero, muito agradável aos teus ouvidos: trata-se da nobre Roant.

Súbito rubor invadiu as faces bronzeadas do chefe das guardas. Com um gesto, ordenou ao escravo retirar-se, e, conduzindo Keniamun à mesa, fê-lo sentar-se.

— Fala — convidou, alcançando-lhe um copo cheio de vinho.

— Passei a tarde de ontem em casa da nobre viúva, e, no decurso da conversação provocada por um grande desgosto que tive, Roant falou em ti, lamentando que evites a sua residência, e autorizou dizer-te que está enferma e seria sensível prazer a tua visita. Compreendes o que significa e pressagia semelhante convite — concluiu Keniamun, com interpretativo sorriso.

— És, em verdade, mensageiro de boa notícia, e eu a retribuirei, podes ficar certo disso! — exclamou Chnumhotep, olhos brilhantes de contentamento. Mas, não me fales tão misteriosamente. Que relação pode existir entre o teu desgosto e a rápida mudança de Roant em meu favor? Ela parecia completamente subjugada por esse asno Mena, que Ra confunda! Eu contava receber o anúncio do seu casamento, e tu vens trazer-me a vida e a esperança. Que circunstância desenganou a jovem senhora? Vamos! Sê franco, e eu te juro, sob palavra de honra, guardar segredo.

— Se me asseguras tua palavra de honra de não divulgar a ninguém o que vais ouvir, direi tudo quanto se passou, antes e durante a minha conversação com Roant.

E Keniamun narrou sucintamente, sem omissões, a história do noivado de Neith, da múmia empenhada, e, por fim, a visita à formosa viúva.

— Tu compreendes — terminou ele — que, ao saber tais coisas, se achou curada da sua propensão para Mena, e convencida de que só um espírito impuro pôde obscurecê-la ao ponto de preferi-lo a um homem estimável e leal qual tu és. Se, pois — acrescentou ela —, o nobre Chnumhotep ainda me ama, eu seria feliz em reparar meus erros para com ele, aceitando-o para esposo; porém, dize-lhe apenas que me dará prazer, vindo visitar-me.

— Hoje mesmo irei a sua casa, e espero que não me faça aguardar por muito tempo a felicidade — disse Chnumhotep, radioso. — Mas, quem teria pensado que Mena fosse um tal canalha! Puh!.. — fez ele, cuspindo vigorosamente. Eis um que não se poderá considerar roubado, quando os deuses decidirem reviva no corpo de um suíno. A ti, Keniamun, agradecido, ainda uma vez. Conto bem depressa dar-te provas de que a minha gratidão não é uma palavra vã. Por agora, bebe comigo um copo de vinho, à saúde da mais formosa mulher de Tebas.

Quando, meia hora mais tarde, Keniamun deixou a caserna, um sorriso maldoso e satisfeito pairava em seus lábios.

— Ah! nobre Mena, — murmurou —, eu premiarei tua insolência, e mais de uma vez recordarás esse festim no qual me trataste com tão desprezante desdém!

5
Neith no templo de Hator

Era noite ainda, mas o clarão pálido da luz e a fresca viração soprada do rio anunciavam a proximidade da manhã, quando uma liteira fechada, conduzida por quatro negros, deixou o palácio de Pair e rumou, pelas ruas quietas e solitárias da capital, ao templo de Hator. Na liteira estavam Neith e uma velha serva que a acompanhava sempre. A jovem, pálida e sombria, tinha os olhos úmidos e fixos no vácuo, parecendo nada ver em tudo que a rodeava. Quebrantada por sua luta íntima, ia haurir força e consolação aos pés da possante deusa, protetora do amor e da felicidade conjugal, a cujo culto se havia particularmente dedicado desde a infância. Chegada ante as vastas construções do templo, às quais as sombras da noite emprestavam dimensões mais colossais, a liteira parou. Velho guardião, que estava sentado junto à porta, aproximou-se com presteza, mas, reconhecendo a jovem, visitante assídua do templo, fez respeitosa reverência.

— Venho orar; deixa-me entrar imediatamente, Chamus — pediu ela, estendendo-lhe um "anel de prata".

O velho, muito contente, precedeu-a até à entrada do templo no qual ela ingressou, juntamente com a fiel companheira. Na galeria confinante ao santuário, Neith deteve-se. Erguendo o véu, ajoelhou e, elevando os braços para a imagem da deusa, implorou, em fervorosa prece. Toda a amargura que, desde três dias, estava acumulada em seu seio desbordou nesse momento; soluços convulsivos sacudiram-lhe o peito e torrente de lágrimas inundou-lhe as faces. Absorta em sua oração e tristes pensamentos, Neith não suspeitou que um homem, escondido pelas sombras da galeria, observava-a com interesse e compaixão. Essa personagem, cuja vestimenta branca e cabeça raspada caracterizavam um sacerdote, apoiava os braços, cruzados a uma coluna, e seus olhos não se desviavam da jovem, iluminada pelo clarão vacilante de uma lâmpada suspensa ao teto.

— Quem poderá ser? — interrogou a si mesmo o sacerdote. Tão jovem, tão bela e tão desesperada! Talvez haja perdido um ente amado e eu a possa consolar.

Lentamente, sem ruído, o sacerdote aproximou-se da jovem egípciana e, dentro em pouco, estava por detrás dela, de pé. Pôde-se então ver que era moço, de alto talhe, feições admiravelmente belas, rosto pálido, olhos aveludados, boca finamente modelada, exprimindo no todo profunda melancolia. Permaneceu primeiramente imóvel, contemplando, num misto de curiosidade e admiração, a linda criatura ajoelhada junto dele. Depois, curvando-se para a frente, de leve tocou-lhe a espádua. Neith estremeceu e voltou o olhar. Por um instante fixou, como que fascinada, o calmo e suave rosto que se curvara para ela, e depois murmurou:

— És tu um desses celestes mensageiros de Hator, que a deusa me envia, tocada pelo meu desespero?

— Sou um dos simples servidores da potente deusa, ligado a este templo, um mortal igual a ti, jovem — respondeu o sacerdote em voz melodiosa e velada. — Ao ver o teu pranto, aproximei-me para te perguntar se é possível aliviar teu desgosto.

Neith ouviu avidamente, escrutando com o olhar cada traço desse semblante que lhe parecia estranhamente conhecido. Onde havia ela visto esses olhos profundos e sonhadores, escutado esse timbre harmonioso que fazia vibrar cada fibra de sua alma? A memória emudecia; mas, potente e desconhecida sensação fazia refluir todo o sangue ao coração, inspirando-lhe pelo jovem sacerdote uma confiança, uma necessidade de se expandir jamais por ela experimentada. Sob o impulso de tal sentimento, exclamou, estendendo-lhe os braços:

— Servidor de Hator, sim, eu te confiarei tudo que me oprime o coração, e teu conselho me esclarecerá. Antes, porém, ouve quem eu sou. Neith é meu nome. Sou filha de Mena, o conselheiro do Faraó Tutmés I, que o acompanhou em todas as suas campanhas e que dava ordens no campo e nas tendas do rei. Desde sua morte, vivo, com um irmão, sob o teto de meu tio Pair, do qual talvez hajas ouvido falar, pois ele é chefe das equipagens do palácio.

Em sintéticas palavras, Neith expôs sua vida passada, a história da múmia empenhada e o sacrifício dela exigido para salvação da honra da família. E terminou:

— Pela memória de meu pai, devo esposar esse homem detestado, mas, terei minha desforra.

Seus olhos cintilavam. O moço sacerdote ouvira Neith com sofreado interesse.

— Grande é a provação que os deuses te impõem, nobre filha de Mena — falou ele com gravidade. — Devo dizer-te, porém, que o sacrifício só é aceito pelos imortais quando oferecido completo. O ódio não deve ser mesclado a esse ato sagrado, que é o matrimônio.

Com a força da fé, entusiástica e persuasiva, expôs à jovem a grandeza que existe no sacrifício por outrem, a calma, a satisfação que se haure no exercício de uma rígida virtude. Mas, Neith não pensava, nesse momento, em Keniamun, nem no futuro marido; ela apenas via o jovem sacerdote que lhe falava, escutando somente a sua voz vibrante e harmoniosa; o sentido de suas palavras deslizava-lhe nos ouvidos sem deixar traços; enlevada pelo presente instante, o passado e o porvir haviam esmaecido para ela.

Sempre entretidos no falar, ambos se aproximaram da porta de saída, e um raio de sol, que veio como que brincar na soleira, fez estremecer o moço sacerdote.

— Ra se ergue; devo dizer as primeiras orações da manhã. Tu, nobre Neith, regressa ao teu lar, ora e cumpre o teu dever. A divindade te fortalecerá. Até à vista.

Saudando-a com um aceno de mão, desapareceu na sombra. Neith baixou o véu e chamou a velha serva. Como que em sonho, subiu para a liteira. Faces escaldantes, coração batendo desordenado, todas as suas faculdades mentais concentravam-se neste pensamento:

— Onde vi eu este homem estranho e sedutor; onde e quando tornarei a vê-lo? Oh! se ele me amasse! — exclamou, involuntariamente.

Intenso calor subiu-lhe à fronte, e olhou para a serva com um olhar de vergonha e sobressalto; mas, a boa velha nada compreendera, nem se apercebera de coisa alguma. De resto, quanto sua senhorazinha adorada fizesse era perfeito aos olhos da excelente Beki, e acima de toda crítica. De regresso ao palácio, Neith afastou todos e foi para o leito. Queria sonhar plenamente.

E, desse dia em diante, um novo viver começou para a jovem: sua raiva para com Hartatef e assim o amor a Keniamun estavam, uma e outro, encobertos. Indiferente a tudo quanto a rodeava, absorvia-se em quimeras sem-fim, vivendo num mundo de fantasia, cujo centro e objeto único era o moço sacerdote do templo de Hator. Nem por isso, em sua ingenuidade, Neith se apercebera de que violento afeto lhe subjugara o coração, e, de boa-fé, continuava a deplorar a fatalidade que a separava de Keniamun.

Satati a observava desconfiadamente, sem poder atinar com a causa dessa inusitada mudança, dessa amável indiferença que viera substituir os caprichos, os acessos de cólera da versátil Neith.

Certa manhã, quando se ausentara Satati, para fazer uma dessas deslouváveis visitas, onde colhia os mexericos da cidade, a liteira de Roant chegou ao palácio de Pair.

Desde dias antes, a jovem viúva estava noiva de Chnumhotep, graças à engenhosa intervenção de Keniamun. O chefe das guardas não perdera tempo: carregando uma corbelha das mais lindas flores, fora informar-se da saúde de Roant, e agradavelmente recebido. A viuvinha dedicara-se, nessa primeira visita, a fazer a comparação entre Mena e o seu superior militar, e, contra toda a expectativa, o resultado pendera para o lado do chefe das guardas. Os traços característicos, o garbo marcial, o olhar fogoso e enérgico de Chnumhotep a ela pareceram infinitamente superiores à beleza efeminada e aos olhos arrogantes e não menos sorrateiros de Mena. Por outro lado, a fortuna do jovem comandante igualava-se à sua, e a hierarquia assegurava brilhante posição na corte.

— Decididamente, eu estava louca e cega — pensava Roant, dirigindo ao seu adorador um sorriso dos mais encorajadores.

Graças a tão boas disposições da parte de ambos, uma explicação decisiva não tardou, e o chefe das guardas chegou ao ápice dos seus votos de amor. Depois do beijo de noiva, Roant confessou ao futuro esposo que Mena muito a atormentara com os seus caprichos e ciúmes, desconfiado da rivalidade do seu chefe, e que, não ousando dirigir-se a ele, a fizera vítima da sua raiva, perseguindo-a com suspeitas e pretensões. Além disso, comprometera-a com gabolices. Para punir todas essas ações más, desejava ela, por sua vez, fazer-lhe afronta pública, deixando-o na ilusão de que ela o amava, e somente no banquete declarar o nome do escolhido do seu coração. Assim, rogou ao noivo guardar segredo absoluto até a data da festa. O bom Chnumhotep, sinceramente enamorado, aquiesceu a tudo, e esse testemunho de adoração, a condescendência aos seus propósitos, contrastando tão agradavelmente com o pesado jugo do amor de Mena, encheram de sincero agradecimento o coração de Roant para com o futuro esposo.

Em sua felicidade, ela teve a maior e afetuosa piedade por Neith, a infortunada vítima da rapacidade do irmão e de Pair, e resolveu ligar-se a ela, no intuito de facilitar à jovem avistar Keniamun e trocar palavras de afeto com o homem do qual a separavam tão indignamente.

Em consequência de tais projetos, Roant fora pessoalmente à casa de Pair convidar a família para o primeiro festim que celebrava depois da morte do primeiro marido. Para adormecer definitivamente qualquer desconfiança por parte de Mena e fortalecer suas esperanças, ela enviara-lhe, nessa manhã, tabuinhas que apresentavam um convite assim redigido: "Tendo-me decidido realizar a festa de há tanto desejada por meus amigos, abandono o luto, para renascer em uma vida nova. Não faltarás, eu o espero, a essa reunião, e conto que estarás a meu lado".

Como se a sorte quisesse favorecer seus intuitos, encontrou Neith sozinha em casa. Satati saíra em visita e Mena e Pair para as suas obrigações oficiais. Pela primeira vez, as duas moças, que mui pouco se conheciam, puderam palestrar sem embaraços, e as preliminares da viúva conquistaram prontamente a simpatia de Neith, que, sentindo-se isolada no seu atual estado de alma, desejava ter uma confidente amiga. A convivência dos seus tornara-se odiosa, desde quando se convencera de que fora por eles torpemente sacrificada à sua rapacidade egoísta, e de que, por outro lado, a prudente e astuciosa Satati a isolara de adquirir a amizade de jovens da sua idade. A esposa de Pair não pensara na inopinada visita de Roant, e muito menos previra que estreita amizade resultaria de tal encontro. Após uma hora de conversação, cada vez mais animada e cordial, Roant convidou a jovem ir passar com ela a tarde do segundo dia, e Neith, que considerava a viúva futura cunhada, ansiava por fugir à convivência de Satati, aceitou, com satisfação; e despediram-se com um beijo fraternal.

À hora convencionada, Neith compareceu ao palácio de Roant, onde foi acolhida a braços abertos. Depois de ligeira merenda, as duas novéis amigas encaminharam-se ao jardim, e instalaram-se em pequeno pavilhão de frente para o Nilo. Maciços de rosas e acácias envolviam a frágil construção, mantendo agradável penumbra e espargindo o delicioso aroma das flores abertas às frescas emanações do rio.

— Aqui podemos repousar e palestrar sem reservas — disse Roant, atraindo Neith para um leito de repouso recoberto de almofadas. — Vamos, ergue a cabeça e atira para longe as tristes quimeras, Neith. Sofro ao ver uma criatura jovem, bela, digna de ventura, qual tu és, sob o peso de aflita tristeza. Abre-me teu coração, pobre criança. Para facilitar tuas confidências, dir-te-ei que conheço as verdadeiras razões do teu casamento e do teu generoso sacrifício.

— Tu sabes, de que modo? Quem te disse? — interrogou, com as faces purpúreas.

— Como e por quem não me é permitido revelar, mas, podes ficar tranquila, porque o teu segredo também me é sagrado, e o que te disse foi para abrir a possibilidade de te consolar, e de te fazer examinar os bons aspectos do inevitável acontecimento. Primeiramente, tu te tornas uma das mulheres mais ricas de Tebas; invejar-te-ão o luxo; todas aquelas que pretenderam Hartatef mirrarão de despeito. Tais triunfos têm encantos que apreciarás, quando conheceres melhor a sociedade. Além disso, teu marido ausentar-se-á muitas vezes, não raro por semanas inteiras, o que te proporcionará grande liberdade. E, então, quem te proibirá de visitar tuas amigas, e, em casa dessas amigas, encontrar o teu preferido? Sei que amas Keniamun, o que me parece muito natural, pois é um homem atraente e perfeitamente digno da tua afeição.

Neith ouvia enrubescida e emocionada; profunda ruga fizera-se entre os supercílios.

— Mas — balbuciou ela, em voz incerta —, que diria Hartatef, se tal viesse a saber? Eu não lhe jurei amor e fidelidade, é certo; o constante temor de ser surpreendida qual um ladrão é, porém, vergonhoso! E, depois, que direito posso ter de amar Keniamun, se ele não pode ser meu esposo?

A viúva teve uma expansão de riso.

— Ainda és "muito" ingênua, infantil, Neith. Depois de casada, mudarás de opinião, e tenho certeza de que inúmeras vezes virás visitar-me, mantendo, sem escrúpulo, palestras com Keniamun. De resto, dir-te-ei que só se "deve" amor e fidelidade àquele escolhido livremente; um homem que "te compra" só merece teu desprezo. Mas, deixemos isso agora, e dize-me: és capaz de guardar um segredo de amiga?

— Sim, decerto! Quem julgas que sou? Se me confiares alguma coisa, juro calar, principalmente ante os meus, porque não os estimo.

— É melhor assim, e muito a propósito, pois concerne ao teu irmão — disse Roant, abraçando ternamente a jovem. — Ouve então: estou noiva de Chnumhotep, mas, antes da festa próxima, ninguém deve saber de tal noivado.

Neith teve brusco movimento de surpresa.

— Que dizes! Não é Mena o teu escolhido? Compreendo agora por que deve ele ignorar a novidade — ajuntou Neith, com irônico sorriso.

— Sim, eu quero fazer-lhe pagar suas arrogâncias e todas as mortificações que me fez sofrer com os seus caprichos e seu ciúme. Não me parece maldade que lhe inflija esta áspera lição.

— Terei cuidado e serei muda qual um túmulo; ele colhe o que semeou, o indigno que fez dos meus esponsais o dia mais horrível da minha existência!...

E o formoso olhar de Neith teve uma expressão de satisfação rancorosa e cruel, que ninguém julgaria possível em seu infantil semblante. Alegre exclamação de Roant interrompeu a palestra:

— Repara que hóspedes agradáveis os deuses nos trazem: Chnumhotep e Keniamun!

Ergueu-se para saudar os recém-vindos, e em seguida animada conversação estabeleceu-se, para a qual Neith escassamente contribuiu. Ora ruborizando, ora empalidecendo, ela baixava o olhar e mostrava estar pouco à vontade. Roant, que a observava, levantou-se e fez sinal ao noivo para que a acompanhasse.

— Desejo tua opinião, Chnumhotep, a respeito de detalhes na sala do festim. Vem! E vós, meus caros, enquanto isso, fazei um passeio no jardim. Keniamun, tu serás responsável se a minha amiguinha entediar-se!

Saudando-os amistosamente, ausentou-se com o chefe das guardas, e Keniamun não esperou repetição do convite; pegando Neith pela mão, levou-a para o jardim. Ali, a sós, sob as sombras de uma aleia copada, o oficial enlaçou com o braço o talhe esbelto da jovem e lhe imprimiu nos lábios apaixonado beijo.

— Neith, minha bem-amada, tua palidez e tua tristeza dizem, mais do que palavras, quanto sofres com a nossa separação. Apesar de tudo, sou ditoso por saber que não foi infidelidade do coração, e sim abnegado sacrifício o móvel da tua conduta; eu te amo tanto quanto te admiro, e não renunciarei a ti, apesar mesmo do teu matrimônio com Hartatef. Ele me roubou tua mão com uma vil intriga, mas, o teu coração me ficou. Repete que me amas, Neith; não recuses esse bálsamo ao meu ulcerado coração.

A jovem baixou a cabeça. É que entre ambos viera erigir-se o pálido e belo semblante, de olhos sonhadores, do moço sacerdote de Hator. Mas, repelindo a tentadora visão, ela disse rapidamente:

— Sem dúvida, todos os meus sentimentos te pertencem. Que outro poderia eu amar?

Esforçando-se por ser alegre e despreocupada, Neith prosseguiu o passeio. Ela própria não se compreendia, e terminou convencendo-se de que o seu estranho estado de alma era proveniente do amor contrariado, e que a companhia de Keniamun restabelecer-lhe-ia o equilíbrio. Abandonou-se, pois, sem restrições, ao encanto da conversação; escutou, com certa satisfação de amor-próprio, os protestos apaixonados e os projetos de futuro do jovem oficial; o pensamento de pagar com infidelidades a perfídia de Hartatef não lhe pareceu tão repelente, e, quando reencontraram Roant, Neith havia recuperado sua alacridade e as saudáveis cores.

Afinal, chegou o dia da festa em casa de Roant, e desde muito cedo Mena cuidou da sua "toilette" com especial meticulosidade. Não lhe passou pela mente qualquer remota suposição de que a viúva houvesse mudado de planos a seu respeito. Nessa presunção, acreditou-se irresistível, e havia mesmo, até então, hesitado em ligar-se definitivamente a ela, na esperança de deparar melhor partido. A beleza e a riqueza de Roant haviam-no agora decidido, e vestia-se com todo o luxo exigível ao herói da festa. Por um momento, tivera ideia de se fazer amuado e faltar ao festim, punindo assim a viúva por ter ido inutilmente por duas vezes procurá-la em casa. Da primeira vez, disseram-lhe que ela fora à cidade para compras; da segunda, que ela fora à cidade dos mortos, para oferecer sacrifícios sobre a sepultura do finado marido. (Que teria dito ele, se soubesse que, ao ser assim despedido, a sua pretendida noiva escarnecia dele, tendo ao lado Chnumhotep?) Mena, porém, não podia prever semelhante traição, e, tranquilizado pela lembrança das tabuinhas, do convite pessoalmente feito aos seus e das afabilidades da viúva para Neith, renunciou a qualquer rusga e enviou mesmo flores e perfumes a Roant.

Antes de subir para as liteiras, a família apareceu aos poucos. Primeiro, Satati; depois, Mena. Ela exibia o soberbo colar doado por Hartatef em troca dos bons ofícios, e escutou, com agradável sorrir, as felicitações exageradas que Mena lhe dirigiu por sua beleza. Neith veio em último, e, ao deparar com o irmão, ricamente trajado e com a fisionomia regozijada de orgulhosa satisfação, apertou os lábios e encobriu, por trás do leque, um sorriso pleno de mordaz ironia.

— Tu não terás a cabeça tão erguida, ao regresso, penhorador de múmia! — pensou ela, com alegria malsã, enquanto Mena entrava sozinho para uma liteira dourada e enfeitada de flores, de estilo para os noivos.

Quando a família de Pair fez entrada na grande sala, considerável número de convidados ali estava reunido. Avistando Chnumhotep por detrás da cadeira de Roant, de pé, conversando animadamente com a viúva, Mena franziu os supercílios; mas, o sedutor sorriso com que ela acompanhou o movimento de lhe estender a mão, a alegria que pareceu irradiar ao vê-lo, restabeleceram nele o bom humor. A guirlanda de purpúreas flores que ornava a fronte da viuvinha bem depressa passaria para a dele, Mena, e, com a mulher, o esplêndido palácio, as terras, as vinhas, os rebanhos e os escravos passariam também à sua propriedade. Por sua fisionomia triunfante, muitos dos convidados acreditaram ser ele o preferido, e por isso o felicitaram, a meia-voz, parabéns aceitos com uma jactância que não permitia dúvidas a respeito da sua vitória. Efetivamente, julgava-se ele no ápice dos seus desejos: a irmã casada com o rico Hartatef; ele, o esposo de Roant. Que deslumbrante futuro de luxo, de prazeres, de prodigalidades desenfreadas!

Enquanto Mena se entregava a esses amenos projetos, Roant colocara seu braço no de Neith e a distanciara de Hartatef, que, frio, reservado e arrogante qual se mostrava sempre, mantivera-se, até então, junto da noiva.

— Tu não estás descontente, não é verdade? por te haver privado da companhia do teu futuro — disse a rir. Estou incumbida de te entregar sem demora esta rosa enviada por Keniamun, que desejaria vê-la em teus cabelos durante o banquete.

— Ao lado dos diamantes de Hartatef, isso seria muito cômico — objetou Neith com zombeteiro sorriso, prendendo a flor entre os pingentes do rico diadema. Quanto és boa, Roant! Apesar de tudo, deploro que não venhas ser minha irmã.

— Não lamentes coisa alguma, porque nem sempre os laços consanguíneos criam a verdadeira afeição, e tu bem o experimentaste. Eu sou e serei tua irmã pelo coração, e disto eu te darei provas. Por agora, quero prevenir-te de que farás, ainda hoje, conhecimento com um irmão meu, que viveu, como sabes, em Mênfis. Desde há algumas semanas retornou a Tebas, mas, raras vezes sai. Não pode, entretanto, recusar assistir à festa deste dia, e eu desejo situá-lo a teu lado. Tu és tão jovial, tão espiritual! Trata de distrair e alegrar um pouco esse pobre Roma.

— Com certeza, com toda a certeza! Farei todo o possível, principalmente porque isso me dispensará de olhar para a face taciturna de Hartatef — exclamou Neith. — Mas, por que teu irmão é triste? Está enfermo?

— Não. É muito infeliz no lar! Sua mulher tem um caráter verdadeiramente infernal — respondeu Roant, suspirando. É ciumenta; suspeita-o sempre e espiona-o de maneira revoltante. Sem embargo do seu excelente caráter, Roma está fatigado, moído por essas cenas e escândalos perpétuos, e se Noferura estivesse presente eu não me arriscaria a fazê-lo sentar-se junto do mais lindo rosto de Tebas. Felizmente, a maldosa mulher está adoentada e não pôde sair. Mas... silêncio; ei-lo.

Neith voltou o rosto para a direção designada, e seu coração cessou de pulsar: no homem vestido de branco que se encaminhava para ela, acabava de reconhecer o ideal dos seus sonhos, o moço sacerdote de Hator. Ele era, pois, o irmão de sua amiga, o esposo dessa Noferura, cujo repugnante retrato acabara de escutar. Uma tempestade de pensamentos tumultuosos turbilhonou no espírito de Neith; ouvia apenas as palavras de Roant, fazendo a apresentação do recém-vindo, e algumas frases pronunciadas pelo sacerdote, que deixou de aludir sequer ao primeiro encontro de ambos no templo.

O anúncio do repasto que estava à mesa veio interromper todas as conversações, e a multidão dos convivas encaminhou-se para a sala da festa, onde Mena logo se achegou àquela que considerava sua noiva. Sem mesmo solicitar delicada permissão, instalou-se junto dela, e viu, com desagradável pasmo, Chnumhotep assenhorear-se da cadeira ao outro lado de Roant. Sombreou-se-lhe o rosto, mas, a fatuidade fez desaparecer o espanto.

— É em atenção a mim que ela assim distingue o meu chefe, e para que não me guarde rancor pela minha vitória — pensou ele, mergulhando nas delícias da refeição.

Keniamun, sentado defronte a Neith, observava com surpresa seu aspecto preocupado e distraído. Ele não imaginava que Neith fazia os maiores esforços por parecer calma, e que os mais estranhos sentimentos, entre os quais predominava uma repugnância ciumenta contra a abominável Noferura, tornavam-na desinteressada por todo o ambiente.

— Ela terá tido alguma cena desagradável com esse demônio do Hartatef — pensou ele por fim. Depois, concentrou a atenção para a cena que se devia dar de um momento para outro.

A animação da festa atingira seu cúmulo, quando Roant elevou sua taça e pronunciou estas palavras:

— Meus caros convidados e amigos, aproveito esta reunião para vos dar conhecimento de uma circunstância que enche minha alma de alegria e põe fim ao luto que, durante mais de 24 meses, cobria de sombras esta casa. Tendo rendido ao meu esposo, tornado Osíris, todas as reverências merecidas; tendo honrado sua memória perante a posteridade, por dádivas e sacrifícios dignos de sua classe e méritos, que, espero, rejubilarão sua alma na mansão dos imortais, decidi casar segunda vez, e, por este sinal, eu vos aponto o esposo de minha escolha.

Ergueu-se e retirou da cabeça a guirlanda. Mena já se preparava, com amável sorriso, para inclinar a fronte e levantar a taça, quando Roant, voltando-lhe costas subitamente, pousou as flores sobre a fronte de Chnumhotep, que igualmente se ergueu e pegou-lhe a mão.

— Eis aqui — acrescentou ela — aquele que amo, e vos apresento por meu futuro consorte. Em seu nome e no meu, a todos convido, caros amigos aqui reunidos, para, dentro de três semanas, festejarem nosso matrimônio.

O silêncio e a estupefação seguiram-se às palavras de Roant. Todos haviam pensado em outro nome, e aqueles convivas que tinham visto Mena chegar triunfalmente com o cortejo de noivado estavam confiantes nas suas suposições. Apesar disso, sendo Chnumhotep muito mais estimado na sociedade do que o rival repelido, a vitória excitou geral satisfação, e aclamações, mescladas de parabéns, ecoaram em honra dos futuros nubentes. Com alegria malsã, Neith e Keniamun estudavam o semblante desconcertado e aparvalhado de Mena, que, boca aberta, olhos parados, parecia duvidar dos seus próprios ouvidos.

— Ah! birbante estúpido e brutal, saldei agora os teus ultrajes do dia de noivado de Neith! — pensou Keniamun, permutando com a jovem um olhar de sanha satisfeita.

Mena, entretanto, estava longe de possuir o sangue-frio e o tato que lhe teriam poupado a metade dos olhares zombeteiros e dos colóquios acerados das más-línguas. Tão logo recebeu o senso de falar e agir, ergueu-se, entornou a taça e repeliu a cadeira com tal violência, que ela rolou com estrépito até ao meio da sala, e, voltando costas a todos, saiu, descorado de fúria. Irritado com tal procedimento, o chefe das guardas quis precipitar-se sobre Mena, mas, Roant, pegando-lhe o braço, disse, em voz bastante alta para que o próprio Mena ouvisse:

— Rogo-te, Chnumhotep, deixa-o partir e meditar na cruel lição que lhe acabo de dar, e que lhe ensinará, talvez, a ser mais prudente no futuro e menos enfatuado de si mesmo. Quanto a ti, creio que és bastante feliz para que te vingues de um imbecil.

Uma explosão de risadas acolheu essas palavras. Chnumhotep sentou-se de novo, bem humorado, enquanto Mena se retirava, espumando de raiva, na liteira ornada de flores. A festa retomou seu curso com alegria maior ainda.

6
O príncipe hiteno

À margem do Nilo, na parte onde terminavam então os extremos terrenos e construções do templo de Amon, erguia-se, sobre uma escarpa artificial, pequeno palácio rodeado de vastos jardins. A despeito de suas dimensões assaz restritas, era uma esplêndida habitação, instalada com todo o luxo da época. Do lado da rua, dois grandes mastros, com as pontas recobertas de cobre e ornadas de bandeirolas, anunciavam aos transeuntes que se tratava da morada de um grão-senhor; do lado do rio, vasto terraço ocupava uma parte da fachada. Este terraço, construído bem à borda do talude, comunicava com o rio por uma escada de pedra, da qual os últimos degraus mergulhavam na água e ao pé da qual estava amarrada elegante e pequena barca de proa dourada; ao alto da escada, duas esfinges de granito rosa semelhavam sentinelas vigilando a descida. Provido de uma balaustrada, estava adornado de plantas raras e arbustos de grandes dimensões, plantados em selhas de terra e de madeira, formando pequenos bosquetes sombreados e odorantes.

À hora em que o calor do dia começa a ceder a um agradável frescor, à sombra de um desses bosquetes, um homem, moço de 24 a 25 anos, estava estirado num leito de repouso, em posição preguiçosa e descuidada. Ao alcance da mão, havia pequena mesa de alabastro, com pés de bronze trabalhado, sobre a qual estavam uma ânfora com vinho, uma taça e um cesto cheio de frutas. Dois escravos, acocorados nos extremos do leito de repouso, abanavam seu senhor com grandes leques de plumas. Era um belo rapaz, franzino e de talhe médio; seu rosto, magro e alongado, era mais claro do que o comum nos egípcios, porém animado por grandes olhos penetrantes, encimados por sobrecenhos negros e espessos; a boca, de cantos descidos, exprimia orgulho e dureza, e em seu olhar passava por vezes (quando não se julgava observado) alguma coisa de falso, de taciturno e de sorrateiro, que alterava a harmonia deste semblante airoso. Vestia apenas um largo avental de estofo fenício, bordado de ouro na frente e cobrindo os quadris. Sobre o torso nu via-se um quádruplo colar formado de placas de ouro esmaltadas, e um "claft" (espécie de capuz egípcio) listrado de branco e púrpura, ornando-lhe a fronte de uma faixa de pedrarias, recobria-lhe a cabeça.

O personagem que acabamos de descrever era Sargon, príncipe hiteno, feito prisioneiro ainda menino pelo rei Tutmés I, quando da vitoriosa campanha empreendida nas margens do Eufrates.[13] O rei, seu pai, fora morto durante a batalha, porém alguns membros da família haviam caídos vivos nas mãos do

---

13 Nota do tradutor: Foi nesta campanha que Hatasu conheceu Naromath, de cujos secretos amores nasceu Neith.

vencedor, e entre eles Sargon, contando então dois lustros de idade, aproximadamente. Com milhares de outros prisioneiros, o menino fora levado para Tebas, mas, a bondade de Hatasu o havia destacado da turba e dado posição condigna da sua origem real. A jovem princesa exercia, contudo, por sua energia e espírito precoce, a maior influência sobre o genitor, e usara dessa ascendência para fazer dar ao pequeno príncipe uma educação real, e para aligeirar a sorte de muitos prisioneiros hitenos, dos quais alguns foram colocados na sua casa palaciana. A constante proteção da rainha, dada a Sargon, jamais fora desmentida: estabelecera, de sua própria bolsa, uma dotação de príncipe e doara--lhe o palácio onde residia. Por outro lado, subvencionava largamente, dos seus recursos particulares, os prazeres e mesmo as fantasias do moço, que desfrutava na corte excepcional posição. Sem exercer, é certo, nenhum cargo oficial, aparecia em todas as festas no séquito da rainha, e era admitido a prestar serviços de honra que a etiqueta reservava aos príncipes e aliados da casa real, isso apesar do surdo descontentamento despertado por essas distinções, revoltantes e arbitrárias aos olhos dos egípcios, para os quais um prisioneiro cessava de ser um homem, qualquer que fosse sua categoria anterior.

Sentia ele a inimizade secreta despertada pela sua situação privilegiada, ou conservava no fundo do coração ódio e rancor contra o povo vitorioso e destruidor da sua raça? A verdade é que Sargon não parecia feliz: sombrio, pouco sociável, não cultivando intimidade com os grandes egípcios, vivia retirado, indiferente, em seu palácio, entretido em ler ou caçar, ou ainda engolfado em sonhos, durante horas, no terraço, o retiro favorito. Nesse dia, estava ele estirado, por mais de uma hora, com o olhar fixo no rio, contemplando, com intercalado interesse ou indiferença, as centenas de embarcações de toda espécie que se movimentavam em todos os rumos. Era verdadeiramente um quadro de animação, variado, bem digno de reter os olhares: por entre as pesadas barcas, ajoujadas de todos os produtos do Alto Egito, ou encimadas de gaiolas de madeira, nas quais baila e mugia o gado, avançando lentamente, elegantes e ligeiras embarcações cruzavam em todos os sentidos, entretendo incessante comunicação entre as duas metades da cidade.

Pequeno barco, movido por um remador que se distinguia do conjunto, dirigindo-se rapidamente para o terraço, atraiu logo a atenção de Sargon, que soergueu o busto para distinguir melhor, pondo a mão acima dos olhos para atenuar o excesso de luz: um homem fardado, tendo à cabeça um capacete, estava sentado no banco do barco.

— Olha! É Keniamun, o jovial e amável rapa — murmurou ele, com um sorriso. Mas, por que virá em grande uniforme?

Precisamente nesse minuto, o barco acosta, o moço oficial salta para os degraus e, em rápidos passos, chega ao terraço.

— Venho em incumbência, príncipe Sargon — disse, inclinando-se —, anunciar-te que, dentro de uma hora, a nossa gloriosa rainha (a quem os deuses concedam glória e saúde!) virá repousar neste terraço da fadiga da sua excursão. Mandou-me prevenir-te.

Ao anúncio do recado real, o príncipe erguera-se, para ouvi-lo de pé.

— Grande é o meu júbilo por haver a imortal filha de Ra[14] resolvido honrar meu humilde teto com a sua presença — disse o príncipe, inclinando-se por sua vez. E onde está a rainha?

— Inspeciona neste momento as construções do seu futuro túmulo, e acaba de visitar as oficinas onde estão sendo esculpidas as esfinges destinadas à avenida que precederá esse túmulo.[15]

— Agradecido pela boa notícia, Keniamun, e também pela tua visita, ainda que não seja espontânea — acrescentou o príncipe apertando a mão do oficial. Tu me negligencias, mas, vindo que foste, seja mil vezes bem-vindo. Senta-te, e conversemos até a chegada da rainha. Permite-me apenas dar algumas ordens. Bateu palmas e chamou: Chnum!

Um velho escravo apareceu pressuroso.

— Faz levar este vinho e estas frutas, e prepara outros refrigerantes. Junto dos arbustos floridos, estende esteiras e põe a cadeira real; servos devem estar atentos ao primeiro chamado.

Depois, sentando-se junto do visitante, continuou falando alegremente:

— Conversemos, enquanto isso. Conta-me as novidades e os mexericos da cidade. Sei que estás perfeitamente informado de tudo que ocorre, enquanto eu estou desterrado. De há muito não tenho saído de casa, e minha indisposição nem me permitiu assistir à festa do Nilo.

— Oh! Novidades não faltam! — disse Keniamun, que se libertara do capacete e da espada. — Não sei, no entanto, o que te distrairá, porque frequentas poucas pessoas, e ninguém te interessa, no que, aliás, erras, pois assim te privas de horas bem alegres e divertidas.

— Tens razão, mas, que queres tu? Sinto-me pouco à vontade entre todos esses que são amigos e compatriotas teus, enquanto "eu" sou para eles um estrangeiro. Apesar de tudo, conta sempre; conheço meio mundo e gosto de estar ao corrente dos acontecimentos. Mena afinal se fez noivo de Roant? É verdade que Hartatef desposa a pequena Neith, sobre a qual creio alimentavas projetos iguais?

— Com relação a Roant, há uma soberba história: anteontem, contratou casamento com Chnumhotep, e Mena recebeu nisso uma lição que tão cedo não se esquecerá. No que concerne a Neith, é tudo verdade. Oh! Sargon, se quisesses, poderias tirar do meu coração um peso imenso, e talvez salvar nossa felicidade, porque Neith corresponde ao meu amor.

Malicioso sorriso enrugou os lábios do jovem hiteno.

— Bah! De novo um amor fatal oprime teu coração? Tu és incorrigível, Keniamun. Pode alguém afligir-se por uma bagatela? Segue meu exemplo: ama as mulheres como se ama flores, frutos, vinhos; usa-as, sem te prenderes a elas, a esses entes pérfidos e versáteis. Não posso compreender que, por sua causa, alguém perca o sono e o apetite.

---

14 Nota do tradutor: Segundo o "direito divino" da época, o Faraó era descendente do deus-sol (*Ra*).

15 Nota do tradutor: Neste arruinado túmulo, certo excursionista viu as inscrições referentes à rainha Hatshepsut, cuja múmia supõe seja uma das que ali se encontram ainda (Olbued, *Diario de un viaje a Egipto*. Paris, 1928. p. 129 e 130).

— Expressas-te assim, Sargon, porque o verdadeiro amor ainda não tocou o teu coração. Mas, a tua hora chegará também!

— É possível, embora pouco provável. E agora, para que te possa ser útil, preciso estar bem informado. Narra, pois, a começar pelo episódio de Roant.

— Devo principiar pela história do noivado de Neith, do qual o de Roant foi desdobramento — ponderou Keniamun, inclinando-se para o príncipe.

E, sucintamente, expôs os acontecimentos relativos aos dois noivados, sem mesmo omitir o episódio da múmia empenhada.

— Desejas então que exerça influência junto de Hatasu, para deslocar Hartatef e ficares senhor da situação? — interrogou Sargon, sorrindo.

— Queria unicamente que informasses a rainha de estar Neith sendo forçada a desposar um homem que lhe é antipático. Nossa soberana sempre demonstrou grande bondade a Neith, e por isso a libertará talvez de odioso laço, forjado por uma transação vergonhosa.

— Eu te prometo fazer todo o possível para inteirá-la da verdade. Hartatef é homem assaz desagradável, e seria lástima que Neith caísse em suas mãos. Essa pequena inspira-me interesse, e isso por uma razão muito extraordinária, a de parecença com o meu finado irmão, Naromath.

— Tinhas um irmão, com o qual Neith se parece? — perguntou Keniamun, em cuja alma, astuciosa e intrigante, estranho pensamento havia surgido.

— Sim, um irmão que morreu durante o regresso do vosso exército. Era filho de outra mãe, mas, recordo-me dele perfeitamente, e, além disso, tenho o seu busto estatuário. Notei por acaso a semelhança de Neith com ele, no templo, há 20 meses mais ou menos, e essa parecença impressionou-me: exatamente o mesmo perfil, os mesmos traços, apenas mais finos e delicados.

Gritos que soavam na região do rio atraíram a atenção dos dois interlocutores, e puseram fim à palestra. Keniamun reafivelou a espada e pôs o capacete, enquanto Sargon fazia rápida inspeção nos preparativos determinados. Em frente da descida, as lajes estavam recobertas de elegantes esteiras trançadas, ao centro das quais fora colocada uma cadeira, com espaldar em cobre lavrado, ao alto de um estrado de madeira pintada de vermelho; sobre pequena mesa, igualmente de cobre, viam-se um açafate cheio dos mais belos frutos, um púcaro de ouro e um copo do mesmo metal admiravelmente cinzelado e incrustado de pedrarias. Tendo constatado a perfeita ordem de tudo, o príncipe, seguido de Keniamun, desceu a escadaria e se deteve no último degrau, aguardando a real visita.

Na confusão de embarcações que juncavam o Nilo fora aberto obliquamente um improvisado canal, e neste, voando no dorso das águas, avançava extenso barco impulsionado por oito remeiros. A proa, bastante elevada, terminava por duas serpentes esculpidas, encimadas de um abutre de asas estendidas. Sobre um banco, recoberto com pele de leão, estava sentada Hatasu, que correspondia com ligeiro aceno de mão às aclamações dos súditos; por trás, de pé, dois oficiais, de machadinha ao ombro; à frente, Semnut; duas mulheres sentadas no fundo do barco. Um instante mais tarde, a embarcação encostou, e Hatasu desceu, respondendo com benevolente sorriso à saudação do príncipe. Semnut e as mulheres seguiram a soberana ao terraço, enquanto Keniamun e os outros oficiais se postavam nos degraus.

— Venho reprimendar-te, Sargon, por teu excessivo gosto de retiro — disse Hatasu, após haver-se instalado na cadeira que lhe fora reservada. Raramente és visto nas grandes festas e cerimônias públicas. Por que foges da sociedade? A alacridade e as distrações são apanágio da juventude; aos velhos e aos reis incumbem as preocupações e o labor incessante.

— Tens razão. Não são preocupações e trabalhos que me impedem de fruir a vida; por teu favor, minha soberana e benfeitora, sou o homem mais livre do Egito, e colho sem haver semeado; sinto-me, porém, mais feliz quando em devaneios neste terraço. Mas, divina filha de Ra, posso pretender que aceites um refrigerante das mãos do teu servidor?

— Dá-me um pouco de vinho e uma destas apetitosas frutas que tentam os olhos e o paladar. Também eu amo este terraço, e a vista que daqui se descortina, a animação febril e ruidosa que reina sobre o rio sagrado, é a imagem da minha vida agitada pelas responsabilidades do governo. Além disto, a cidade dos mortos e a aleia das esfinges que precede o meu futuro túmulo lembram-me a calma das moradas subterrâneas onde repousarei em Osíris, findos os labores da existência.

Ela aceitou o copo que Sargon, ajoelhado, lhe apresentara, e nele umedeceu os lábios, sempre fixando o rio, com distraído e pensativo olhar.

— Eis ali algumas das minhas boas egipcianas que gostam de fruir a frescura — disse Hatasu, após momentos de silêncio, designando com a mão uma ornamentada barca onde havia duas mulheres.

— Posso, minha real senhora, identificar as duas passeantes — interveio Semnut.

— É a embarcação de Pair, e conduz sem dúvida Neith e Satati.

— Vêm muito a propósito — disse a rainha. Desde há alguns dias tenciono chamar Satati, a quem tenho algo a dizer, e só os afazeres mo têm impedido. Vou fazê-lo em seguida. Mandem alguém fazer aproximar o seu barco.

Um dos oficiais tomou imediatamente o barquinho de Sargon, e, com algumas vigorosas remadas, aproximou-se da barca de Pair. Satati já havia notado a embarcação real junto da escadaria, e, sem que pudesse explicar o motivo, a ordem de aproximar-se causou-lhe vago mal-estar.

— Avizinha-te, Neith — chamou a rainha, saudando com a mão as duas que se prosternavam —, e senta-te aí aos meus pés. Mas, que vejo! Estás pálida e emagrecida, e pareces triste demais para uma noiva feliz. Que te falta, pequena?

E a rainha deslizou a mão pelos negros e lustrosos cabelos da jovem, que enrubescera e baixara o olhar. Hatasu não insistiu, e encetou conversação com Semnut e Sargon; mas, ao termo de 15 minutos, ergueu-se, e, aproximando-se da balaustrada, chamou Neith e disse-lhe bondosamente:

— Aqui estamos a sós; dize-me, com franqueza, minha filha, se foi de pleno agrado a escolha que fizeste, de Hartatef, para esposo. Tu o amas?

Neith ergueu para a rainha uns olhos obscurecidos pelas lágrimas e o rosto tomado de ardente rubor. Oh! se ela pudesse confiar tudo à sua real protetora, cujo olhar, habitualmente frio e altanado, descia para ela com tanta indulgente bondade!

Mas, podia ela confessar a imunda conduta dos seus, atrair para a cabeça de Pair e Mena a desonra e a desgraça?

— Minha família o deseja, e sem dúvida isso será para meu bem — balbuciou, em voz abafada.

Hatasu contemplou-a com um longo e perquiridor olhar. Depois, voltando-se, ordenou:

— Segue-me, Satati, tenho de falar-te, e tu também, Semnut. A ti, Sargon, confio Neith: procura distraí-la o melhor que possas.

Hatasu deixou o terraço, e, pelas salas desertas, caminhou para um pequeno recinto interior, formando jardim, onde se sentou num banco, entregando-se a pensamentos decerto desagradáveis, porque funda ruga se formou em sua fronte. Após um silêncio, que pareceu eterno para Satati, a rainha ergueu a cabeça e, olhando firme e profundamente a interlocutora, disse:

— Como se explica que tu e Pair tenham ousado noivar Neith com Hartatef, sem que eu para isso desse autorização formal? Sabes que essa criança vos foi confiada em momento bem duro e difícil para mim; mas, não esqueçais que eu resolvo, por mim mesma, tudo quanto lhe diz respeito, e que ela não é um ser dependente de vós, a quem possais influenciar talvez para satisfazer vossos egoísticos desígnios.

— Minha real senhora, nós cogitamos apenas do bem de Neith, e a prometemos a um homem do qual Semnut pode certificar as excelentes qualidades — tartamudeou Satati, de olhos baixos.

— Satati e Pair falaram-me de tal projeto, e é certo que aprecio Hartatef, ativo e inteligente funcionário, de inatacável reputação. Além disso, é imensamente rico, de ilustre origem, não me parecendo, portanto, indigno de tão alta aliança — disse Semnut calmamente.

— Tudo isso é verdade, e eu não desejaria ofender um nobre egípcio e fiel súdito, opondo-me a esse casamento; mas, era dever de Satati apresentar-me antes a pequena para que eu a interrogasse previamente. Neith está abatida, empalideceu nestes últimos tempos, e quando a interpelei sobre se estava satisfeita com a escolha, ela me deu resposta evasiva e perturbada. Eu quero que tenha vagar de refletir e de desfrutar ainda a sua liberdade de criança. Direi, eu própria, a Hartatef que o matrimônio não será celebrado antes de doze luas. Estás ouvindo minha deliberação, Satati, e prestarás atenção para que tudo esteja de acordo com a minha vontade. Receberás uma quantia para o enxoval de Neith. Tu, Semnut, irás procurar-me amanhã cedo, para receber minhas ordens concernentes ao dote que lhe concederei, de meus haveres particulares. Agora, podeis retirar-vos, e aguardar que vos reencontre lá fora.

Ficando a sós no terraço, por isso que os oficiais poetados na escadaria não os podiam ver, Sargon e Neith permaneceram por instantes silenciosos, examinando-se reciprocamente. Eles se conheciam de algum tempo, é certo, e tinham-se avistado muitas vezes, mas, quase sempre, no templo ou nas reuniões oficiais, onde não haviam prestado atenção um ao outro, e em casa de Pair o jovem hiteno não aparecia mais de uma ou duas vezes por ano, isto porque Pair e Mena lhe eram antipáticos. Pela primeira vez, Sargon olhou a jovem com verdadeiro interesse, e achou que era sedutora. Estivera ele cego a ponto de não notar melhor aquela penetrante beleza, formas esbeltas, quase etéreas, radioso sorriso? Nenhuma das filhas de Tebas jamais lhe causara tão estranha impressão; seu coração batia mais célere, e, procurando persuadir a jovem de provar as frutas ali expostas, ele, enquanto falava, absorvia-se na contemplação dos leves e graciosos movimentos, nos traços mutáveis de Neith.

— Não, muito agradecida. Precisamente antes de sair, eu me servi de frutas, de modo que não tenho apetite — disse Neith, cujos negros olhos esquadrinhavam curiosamente a sala contígua ao terraço. — Mostra-me antes o teu palácio, porque de há muito desejava percorrê-lo. Dizem que aqui tens acumuladas tão belas coisas!

— Com prazer, embora temeroso de que fique desencantada. Vem; tu própria julgarás.

Pegando-lhe a mão, ele a conduziu ao interior. Mostrou-lhe soberba coleção de armas, vasos raros, joias diversas, e, por último, um pequeno símio, que se divertia fazendo as mais estranhas cabriolas em um recinto cheio de arbustos odorantes.

— Oh! que belas flores — exclamou Neith, avistando uma cesta cheia de rosas e de outras flores raras.

— Queres tecer uma guirlanda para ornar teus cabelos? — perguntou Sargon, aproximando galantemente uma cadeira.

— Oh! sem dúvida, se o permites — agradeceu Neith, que recobrara seu brilhante humor.

E passou a entretecer a guirlanda para a qual o príncipe escolhia as flores, deixando-se cada vez mais subjugar pelo fascínio estranho que a jovem exercia sobre ele.

— Por que me olhas com tanta atenção? — interrogou bruscamente a moça, que, erguendo a cabeça, encontrara o ardente olhar de Sargon.

— É que constato, com surpresa sempre crescente, a tua pasmosa semelhança com o meu irmão, Naromath!

— Onde está o teu irmão? Jamais ouvi falar nele — respondeu a jovem, admirada.

Sargon suspirou tristemente.

— Morreu. Perigosamente ferido no decurso de uma grande batalha, caiu vivo em poder dos egípcios. Impressionado sem dúvida pela sua bravura, Tutmés I mandou cuidá-lo e o tratou com esguardo, e, quando alguns meses depois foi tomada de assalto a cidade aonde meu pai me enviara, juntamente com minha mãe, a rainha Hatasu obteve fosse eu colocado junto dele, sob a guarda de Semnut, que velava igualmente por mim. Pouco depois, durante o sítio de nossa derradeira praça forte, meu irmão caiu enfermo, acometido de febre maligna, segundo se disse, e morreu. Muito chorei por ele.

— E é com esse irmão que me achas parecida? — indagou Neith, curiosamente.

— Sim, e se desejas convencer-te pelos teus próprios olhos, vem ao meu aposento, onde tenho um busto dele, mandado esculturar por Semnut, pouco antes do desenlace mortal.

Neith colocou vivamente a guirlanda sobre a cabeça, e, desembaraçando-se do cesto, seguiu Sargon a pequeno gabinete contíguo ao quarto de dormir. Lá, rodeado de arbustos em flor, estava, encimando um pedestal de granito, a estátua, quase de tamanho natural, de um jovem sentado, com a machadinha na mão, coberto com um capacete pontudo, de estranho formato. O rosto de Neith era realmente a reprodução, em miniatura, dos traços da estátua.

— Que belo era teu irmão, e que bondade se desenha no seu semblante! —exclamou Neith, entusiasmada. Creio que lhe teria amor, se vivesse ele ainda; desejaria abraçá-lo, a esse grande e nobre guerreiro — acrescentou, tentando erguer-se na ponta dos pezinhos, sem atingir, porém, seu propósito, por alcançar apenas os joelhos da escultura.

Espera, eu te vou ajudar — disse Sargon, a rir.

E suspendeu a jovem, aproximando-a da cabeça da estátua. Rindo ela também, com esse riso sadio e argentino que lhe era peculiar, Neith apoiou as mãos nas espáduas do guerreiro e pousou os carminados lábios na boca de alabastro. Nem um, nem outro dos dois reparou que a guarda-porta de lã, que mascarava a entrada de longo e escuro corredor, fora erguida e Hatasu surgira no pórtico, À vista da estranha cena, deteve-se, e indefinível expressão de amor e de melancolia velou por instantes seus traços severos e arrogantes.

— Que fazeis aqui? — indagou, dominando-se imediatamente.

Ao som metálico da voz, Sargon voltou-se bruscamente, com visível constrangimento, e repôs Neith no chão.

— Neith — respondeu ele — quis por força abraçar o busto de Naromath, que lhe agradou a ponto de confessar que lhe consagraria amor, se vivo fosse. E porque não pudesse alcançar a altura da boca, eu a ergui.

Um sorriso grave e benevolente iluminou a fisionomia da rainha, e seu olhar concentrou-se com força, por alguns segundos, no rosto da escultura. Depois, atraindo para si a jovem, beijou-a na fronte. Feliz e confusa de tal honraria, Neith deixou-se cair de joelhos e premiu os lábios na mão da sua protetora, que a fez levantar-se com bondoso gesto.

— Teu coração foi bem inspirado, minha filha; ama e admira sempre aquele de quem o acaso te deu os traços, pois foi um herói tão bravo quanto generoso. Mas, voltemos para junto do meu séquito, porque não posso demorar-me mais tempo. O rei, enfermo, exige meus cuidados.

Seguida do casal de jovens, voltou ao terraço, e, após benevolentes despedidas, reembarcou.

Quando os visitantes desapareceram na bruma, Satati suspirou, visivelmente aliviada, e disse que também precisava voltar a casa, onde haveria inquietação pela prolongada ausência. Despedindo-se de Sargon, Neith retirou dos cabelos a guirlanda, e pediu fosse colocada sobre a fronte de Naromath, pedido que o príncipe, risonho, prometeu cumprir.

Mas, ao ficar sozinho, deixou-se cair no leito de repouso, abandonando-se a um caudal de pensamentos tumultuosos. A lembrança de Neith não o deixara; a sedutora imagem reverberava-se ante seu espírito, fascinando-o cada vez mais, tornando-se aumentativamente desejada. Uma súbita resolução raiou em seu violento coração.

— Eu não a cederei a Hartatef, nem a Keniamun. É a mim que deve pertencer —murmurou de olhos cintilantes — e Hatasu não ma negará, porque mais de uma vez disse que desejava a minha felicidade. Apenas, preciso inventar alguma coisa para aniquilar Hartatef ou torná-la impossível para ele, e isso por intermédio de Keniamun, que imaginará estar trabalhando em seu próprio benefício. Amanhã mandarei em sua procura. Quanto à múmia empenhada, silenciarei para com a rainha, até que chegue a oportunidade de desmascarar Mena e Pair.

Na manhã seguinte, Sargon enviou tabuinhas a Keniamun, convidando-o a vir falar-lhe, sem demora, sobre o assunto que havia sido tratado entre ambos; mas, o oficial, estando de serviço, somente no outro dia ao da visita real pôde apresentar-se no palácio do príncipe hiteno. Sargon recebeu-o com simulada benevolência, porque, interiormente, já detestava Keniamun, homem que ousava amar Neith e se considerava retribuído. Surdo ciúme estrincava o coração do príncipe. Quando o oficial se instalou e os servos saíram do recinto, Sargon, inclinado para o visitante, disse:

— Anteontem mesmo, pude cumprir minha promessa de falar a Hatasu; mas, com grande pesar meu, respondeu-me ser impossível, sem razão plausível, ofender um alto funcionário, um homem geralmente acatado, opondo-se a esse matrimônio. Neith não confessou coisa alguma da violência exercida sobre ela, embora a rainha a tenha interrogado diretamente. Vergonha, piedade, ou temor? Ela silenciou, e Sua Majestade terá concluído disso que a história da múmia bem pode ser calúnia forjicada pelos inimigos de Mena e de Hartatef, e este, querendo sacrificar uma fortuna para resgatar a honra de um antepassado, revela-se perfeitamente louvável e generoso. "Somente provas irrecusáveis de qualquer deslealdade, acrescentou ela, poderão decidir-me a recusar-lhe Neith." Assim, pois, meu caro Keniamun, se desejas atingir teus fins — terminou Sargon, com afetada indiferença — é indispensável descobrires no passado ou na vida privada atual de Hartatef alguma vilania, ou então imagina algo que o esmague e arruíne no conceito da rainha.

— Eu te agradeço, príncipe, o grande serviço que nos prestaste, e que já produziu seus frutos, conforme o prova certa notícia que me deu Chnumhotep esta manhã. Ontem, à tarde, Hartatef foi chamado pela rainha, que lhe disse ter resolvido uma espera de doze luas para realização do casamento. Graças à tua generosa proteção, temos ganho tempo, e não duvido de que encontrarei qualquer circunstância comprometedora para Hartatef, pois o seu papel na penhora da múmia me parece suspeito, e não é em vão que ele mantém relações com Smenkara, o mais rapace dos usurários de Tebas, e com a respectiva mulher, Hanofer, chacal de saias, de quem é amante.

— Eu te auguro pleno êxito, e rogo me conserves ao corrente das tuas descobertas. Hartatef me é antipático, por seu estúpido orgulho, e é verdadeiramente extraordinário que tão soberbo e rico personagem entretenha relações com um usurário e uma alcoviteira.

Após a retirada do oficial, Sargon reclinou-se no leito de repouso e murmurou, com satisfeito sorriso:

— Tudo marcha às maravilhas. Bem pronto, Hartatef, terei pago a insolência de me fazeres sentir que, a teus olhos, sou apenas um prisioneiro injustamente arrancado à escravidão! E agora irei, qualquer dia, visitar Pair.

7
Abracro

Reentrando em casa, Keniamun enclausurou-se, proibindo a quem quer que fosse perturbá-lo.

Pensou seriamente no que lhe havia dito Sargon: era preciso destruir Hartatef, e isso o mais depressa possível, porque o desejo de desposar Neith havia aumentado consideravelmente no coração do oficial, desde quando soubera da parecença da jovem com o falecido príncipe Naromath. Qual um clarão, tombara em sua alma astuciosa a suspeita de que talvez um secreto laço ligasse Neith à sua real protetora. Se tal suposição fosse verdadeira, aquele que desposasse Neith poderia atingir o pináculo das honrarias e riquezas, perspectiva deveras tentadora para um homem pobre e ávido de gozos. Mas, como desembaraçar-se de Hartatef, prontamente, de maneira decisiva? Absorvido, rosto congestionado, percorria o aposento a passos impacientes, quando, inopinadamente, bateu na testa e em seus olhos fulgurou um raio de esperança e de triunfo:

— Por que não me ocorreu desde logo lembrar-me de Abracro? — murmurou ele. — Essa poderosa maga ajudar-me-á com um remédio ou conselho.

Transbordante de impaciência, Keniamun resolveu não adiar de uma hora sequer sua visita à célebre feiticeira, ledora de "buena-dicha" e deitadora de sorte, que residia, nos confins de Tebas, num prédio isolado, mas de grande frequência por parte de mulheres curiosas do porvir, de maridos ciumentos e namorados aflitos. Tendo reunido em elegante caixeta alguns objetos de valor, o oficial fez atrelar seu carro e seguiu, acompanhado de velho e fiel escravo, ao bairro distante onde morava Abracro. Antes de imergir no dédalo de ruas sujas e estreitas que conduziam à habitação da feiticeira, Keniamun desceu, recomendou ao servo que o aguardasse ali e prosseguiu o caminho pedestremente.

Depois de 20 minutos de marcha, atingiu pequena praça deserta, circundada de casas estragadas. De um dos lados, havia extenso muro, alto, por trás do qual se divisavam palmeiras, acácias e sicômoros de grande jardim; pequena porta, com um disco de metal que servia para chamar, dava acesso ao interior. Keniamun pegou o martelinho que encimava o círculo metálico e deu com ele discreto golpe. Conhecia os usos da casa, pois não era a primeira vez que recorria aos préstimos de Abracro. A derradeira vibração do bronze não se extinguira ainda, e a porta era aberta. O visitante penetrou em sombria aleia que levava a pequena construção quase escondida na espessa folhagem.

— Bom dia, Hapi; tua patroa está visível? — indagou Keniamun, dando um "anel de prata" ao anão corcunda que fechava cuidadosamente a porta.

— Sim, meu senhor, apenas terás de aguardar um pouco, porque ela está atendendo a outro consulente; mas, segue-me; eu te avisarei quando lhe possas falar.

E conduziu o oficial a pequeno gabinete próximo da entrada, retirando-se logo. Keniamun, ficando só, refletiu ainda uma vez sobre a conversa que ia ter e quanto à

57

melhor maneira de obter o que desejava. Conseguiria atrair à sua causa a estranha e mal afamada mulher, cujo espírito astuto e inventivo tanto conhecia? Apesar do renome que adquirira em Tebas, nada de positivo se sabia a respeito da origem de Abracro, que surgira na capital pouco depois do retorno triunfal de Tutmés I da sua campanha nas margens do Eufrates, e pessoas bem informadas suspeitavam fosse ela uma prisioneira hitena, liberada graças à proteção de Hatasu, cuja predileção por todos esses míseros vencidos constituía inesgotável origem para a indignação dos bravos patriotas egípcios.

Narrava-se, por fato verdadeiro, que uma predição maravilhosa, feita por Abracro à jovem rainha, trouxera-lhe a dádiva do prédio onde morava e mais a honraria de ser ainda, de tempos em tempos, chamada ao palácio. A clientela da feiticeira era enorme, devido aos dons de talento que acumulava, pois, além de predizer o futuro, deitar sortes e compor filtros infalíveis, possuía misteriosos conhecimentos de Medicina, com os quais operava milagres em casos nos quais a ciência oficial se declarava impotente.

As reflexões de Keniamun foram interrompidas pelo gebo Hapi, que veio anunciar estar Abracro à sua disposição, e, um instante mais tarde, o corcunda ergueu uma cortina de couro para franquear ao oficial o ingresso no santuário da feiticeira.

Era um grande aposento, quase escuro, pois uma lâmpada fumarenta postada no meio do recinto, numa pétrea mesa, espalhava baça e tremeluzente claridade. Próxima de tal mesa de granito, estava sentada velhusca mulher, vestindo túnica branca, cabeça coberta com um capacete de listras multicoloridas, por debaixo do qual algumas encanecidas mechas de cabelo pendiam na testa. O rosto, magro e anguloso, era de palidez amarelenta e em seus olhos, pardos e penetrantes, reluzia um misto de manha, crueldade e presunção refreada. Sobre os joelhos da adivinhadora, dormia, roncando ruidosamente, um gato preto, parecendo de ébano; um segundo bichano, ruivo, estava instalado no espaldar da cadeira.

— Saúdo-te, sábia Abracro! — disse Keniamun, aproximando-se vivamente — e peço aceites estas bagatelas que te trouxe em oferta de boas-vindas.

A mulher, indicando-lhe com a mão uma cadeira, e abrindo a caixeta, examinou com perito olhar o pesado bracelete, o frasco incrustado, cheio de preciosa essência, e o amuleto ornado com um rubi suspenso em fina corrente de ouro. Satisfeito sorriso alegrou-lhe o rosto.

— Agradecida, rapaz; tua atenção me deleita, porque de há muito desejava um amuleto igual a este. Mas, dize o que te traz aqui: sê franco e não temas coisa alguma. Qualquer que seja tua aflição, a velha Abracro saberá remediá-la.

Keniamun narrou sucintamente o assunto que o levara ali, e prometeu farta retribuição, se ela encontrasse um meio de desconsiderar Hartatef e separá-lo de Neith. Ao nome de Hartatef, a velha, que escutara atentamente, teve um risinho seco.

— Sabes tu, Keniamun, quem era o visitante que te antecedeu? Hartatef, que exigia um filtro, para fazer-se amar por Neith.

— E tu lho deste? — exclamou Keniamun, como que saltando da cadeira.

— Não, porque não tenho o seu sangue e o da pequena para misturar. Mas, depois falaremos nisso. Senta-te de novo, e escuta. Tenho queixas contra Hartatef, que, apesar da sua riqueza, é avarento e só se deixa rapinar pela miserável amásia, Hanofer, essa velha presunçosa, feroz no ciúme, que o espiona, e que lhe tomou um colar a mim destinado. Rouba-me clientes, ousando vangloriar-se de que conhece melhor do que eu o futuro e os segredos da Natureza. Eu lhes revidarei, a ambos, e o perdido a minhas mãos retornará —acrescentou, crispando os punhos. — Agora, antes de te dar meus conselhos, deixa-me, Keniamun, predizer o porvir, porque as linhas da tua fronte pressagiam uma existência movimentada e interessante.

Ainda que fervilhando interiormente de impaciência, o jovem oficial apressou--se em aquiescer, com gratidão.

Abracro, então, acendeu carvões sobre uma trípode, que colocou em cima da mesa. Depois, retirou de escondido nicho, oculto por uma cortina, um copo cheio de turvo líquido e uma lata com certo pó, do qual deitou muitas pitadas no fogo. Em seguida, bebeu no copo e fez Keniamun beber também alguns goles. Pegou-lhe a mão e imobilizou-se. Decorridos alguns minutos de silêncio, interrompido apenas pelo crepitar dos carvões acesos, a velha, que se curvara para o tripé, retesou o corpo, que parecia frio e rígido, tendo os olhos desmedidamente abertos, parados, sem qualquer expressão. Com um gesto maquinai, pegou tabuinhas, e nelas escreveu com extraordinária celeridade. O ruído destas, ao caírem no solo, fez cessar o torpor. Apanhando-as, leu o que escrevera, e, depois, meneando a cabeça, disse com visível estranheza:

— Coisas bem singulares foram aqui reveladas. Em primeiro lugar, conseguiremos destruir Hartatef; apesar disso, não desposarás a mulher que amas; aquele que deixaste, antes de vires aqui, será seu marido. Tu te verás, em seguida, complicado em formidável intriga sangrenta, com muitas vítimas, da qual será eixo um poderoso sobre cuja fronte se reflete a sombra da "uraeus",[16] e tu próprio serás o propulsor da roda que deve arrasar esse gigante. Se permaneceres inquebrantavelmente fiel à nossa grande Faraó Hatasu, escaparás a todos os perigos, e terminarás casando com uma linda e rica mulher.

Penosa impressão comprimiu o coração de Keniamun. O pensamento de que procurariam atraí-lo ao partido do exilado Tutmés cruzou-lhe pela mente, qual relâmpago. Mas, seria crível que Sargon desposaria Neith?

— Eu te agradeço, boa Abracro, mas tu deves ver que a minha fidelidade à nossa gloriosa rainha terminará com a minha vida. E, agora, dize de que modo destruirei Hartatef e quanto te ficarei devendo, depois de ter isso conseguido.

— Não te estabeleço preço, porque és generoso, e tu me pagarás segundo os meus serviços. Agora, ouve: já te disse que ele me pediu um filtro de amor, e que ele não possui as substâncias necessárias para fabricar o filtro. Mas, existe um sangue que pode substituir o de Neith: é o do carneiro sagrado do templo de Amon.

---

16 Nota do tradutor: No Código Penal da época, o crime de infidelidade conjugal era punido, no homem, com um milheiro de chicotadas; na mulher, cortando-se-lhe o nariz (MARTIN. Les Civilisations primitives en orient. p. 508).

Uraeus – serpente naja, temido ofídio venenosíssimo, usado, em reprodução em ouro sobre a frente do diadema real, como símbolo sagrado do temor ou respeito que devem ter os súditos do seu soberano.

Se Hartatef, com a própria mão, matar o animal sagrado, arrancar-lhe o coração e trouxer um vaso cheio desse sangue, terá o amor de Neith.

— Ele jamais praticará tão espantoso sacrilégio — balbuciou Keniamun, sacudido por um arrepio de supersticioso temor.

— A mim cabe impeli-lo a arriscar-se. Tu deves vigiá-lo, dar o alarme no momento decisivo e surpreendê-lo em flagrante.

— Isso é fácil, porque tenho um primo entre os sacerdotes guardiães do carneiro sagrado. Dize-me somente a hora, e velarei para que seja apanhado.

— Advertir-te-ei, quando for tempo. Não empreendas, no entanto, coisa alguma antes de tal, e promete-me ainda isto: não darás o alarme antes de o crime estar consumado; tu me trarás o coração do carneiro.

Nessa ocasião, três ligeiras pancadas foram dadas na porta.

— Tens de deixar-me, Keniamun, porque um novo visitante me reclama — disse precipitadamente Abracro. — Tranquiliza-te, porém, porque não negligenciarei os teus interesses. Até breve.

Quando o jovem oficial saiu, expressão de júbilo e de vitória iluminou o semblante da velha:

— Enfim! — murmurou ela — terei o coração do carneiro sagrado, nascido nos rebanhos de Tutmés e por ele doado ao templo de Amon. Agora, tenho certeza: Hatasu vencerá, ele cairá!

Com o coração impando de satisfação e de brilhantes esperanças, Keniamun retomou o carro. O efeito da predição de Abracro empalidecera ante a radiosa possibilidade de destruir Hartatef, e isso de modo tão radical, que mesmo o seu rancor e vingança não seriam jamais de temer. A possibilidade de um casamento entre Sargon e Neith ele a repeliu, considerando-a fantasia vã, porque nunca o príncipe demonstrara ter pela jovem o menor interesse. Além disso, Neith o amava, e era o principal. O calor começava a tornar-se asfixiante, e Keniamun, que, na sua impaciência, se esquecera do almoço, sentiu então o estômago revoltar-se contra o desacostumado jejum. Chicoteou os cavalos, no intuito de chegar mais depressa, porém, à vista de uma grande e bela casa, pintada de azul e vermelho, fez que mudasse subitamente de intenção:

— Vou pedir almoço à formosa Noferura — murmurou ele. Devo-lhe uma visita, e bem assim a Roma, e ela é tão prestativa para os oficiais de Hatasu!... (um frívolo e cínico sorriso passou por seus lábios). Esse dever de polidez dar-me-á opípara refeição e alegre palestra.

Parou o carro e desceu, recomendando ao escravo voltar para casa, sem o esperar, e dirigiu-se ao prédio. Como se o estivesse aguardando, a dona da casa estava visível, e a serva guiou-o a um terraço sombreado, circundado de moitas odorantes e de grandes árvores, que mantinham no ambiente agradável frescor. Junto de apropriada mesa, em cima da qual estavam dispersos os utensílios para trabalhos femininos, achava-se uma jovem de 19 primaveras aproximadamente, reclinada num leito de repouso, deixando-se abanar por uma preta. Era bela, alta e esbelta, tipo algo semítico; mas, apesar da regularidade dos traços, do brilho dos olhos e do transparente viço da tez polida, o semblante de Noferura carecia inteiramente de encanto; uma expressão dura e sensual espelhava-se-lhe na boca, e o ar entediado e descontente, e a sua pose descuidada, não contribuíam para produzir agradável impressão. Percebendo Keniamun, ergueu-se, estirou sem modos os braços pejados de pulseiras, e, despedindo a preta, atraiu o oficiai para seu lado.

— Sê bem-vindo, Keniamun; os deuses te trazem para distrair um pouco o meu abandono e o meu tédio — disse ela, pondo a mão no ombro do militar.

Keniamun depôs os lábios nessa mão, e mergulhou ardente olhar nos olhos da jovem mulher.

— Tu, galante Noferura, tu, a bela das belas, tu serias abandonada? Eu e muitos outros, tu o sabes, aspiramos a um sorriso dos teus lábios, e não pediríamos mais do que alegrar tuas horas de solitude.

— Adulador! — respondeu ela encostando-se com ar satisfeito. Mas, vejo que estás encalorado.Queres um copo de vinho para te refrigerares?

— Não recuso um copo de vinho de tuas mãos, e até mesmo...

— Compreendo — interrompeu, rindo —, tens fome e sede, e algo de substancial não te repugnará.

Bateu palmas e ordenou à escrava que acorreu fazer servir o necessário. Pouco depois, o oficial sentava-se à mesa, ante copioso almoço, bastante aumentado de uma palestra, cada vez mais picante e animada. Noferura estava do melhor humor; seus negros olhos cintilavam, e, velando para que o copo do visitante não ficasse vazio, deixou-se persuadir de partilhar várias vezes desse copo com ele.

— Feliz Roma! Que vida de delícias os deuses lhe concederam — suspirou Keniamun, quando os serviçais retiravam os restos da refeição. Mas, por que não se vê teu marido? Ainda não regressou do templo?

— Ele voltará para o repasto da noite; mas, para mim, esse regresso equivale ao de uma perfeita múmia entrando em casa — respondeu desdenhosamente. É o homem mais apático e mais tedioso que a Terra criou, e não constitui deleite o ser sua mulher. Todo o meu sangue se revolta, quando penso nele e o comparo aos demais homens, a Chnumhotep, por exemplo: cada gesto, cada olhar do chefe das guardas provam o amor que vota a Roant, enquanto Roma, que dorme em pleno dia, não compreende nada dos sentimentos passionais, nem teve jamais olhos para sua mulher. Posso falar-lhe de amor quanto quiser, porque ele nem parece entender.

— Então, deves escutar palavras de afeto de outros — disse Keniamun, com atrevido olhar. Deixa-me falar e tu verás como o sei fazer, e como estou disposto.

— Fala; eu amo o som da tua voz — respondeu Noferura, com olhar e sorriso provocantes. Somente não te olvides de que sou casada e de que devo sempre algum respeito a esse ingrato Roma.

— A ti cabe interromper-me caso avance para longe demais, pois sabes quanto é difícil apagar a chama depois de acesa — murmurou o oficial, enlaçando-lhe o talhe e pousando-lhe na boca um ardente beijo.

A jovem não resistiu mais e retribuiu o beijo.

— Tu és um agradável hóspede, Keniamun. Vem visitar-me mais vezes, pela manhã, e conversaremos à maneira de hoje. Roma jamais regressa antes...

61

Interrompeu-se bruscamente, desprendendo-se dos braços de Keniamun num salto, faces incendidas. O oficial também se endireitou embaraçado, porque, ao fundo da aleia, acabava de surgir a alta figura do jovem sacerdote de Hator, vestido de branco. Caminhava de cabeça baixa e como que perdido nos seus pensamentos. Teria ele visto a cena interrompida com a sua aparição? Esta pergunta agitava igualmente a ambas as personagens da aventara. Mas, Noferura não hesitou por muito tempo: correu ao encontro do marido, atirou-se impetuosamente ao seu pescoço, cobrindo-o de beijos.

— Por Osíris! Eis a mulher decidida. Se não estivesse bem desperto, seria burlado eu próprio — pensou Keniamun, maravilhado.

Com gesto calmo, mas irresistível, Roma desembaraçou-se dos braços da mulher e aproximou-se do militar, a quem saudou com benevolência. Encontrando o olhar límpido e leal do moço sacerdote, Keniamun foi invadido por um sentimento de vergonha interior, e quis despedir-se; Roma, porém, reteve-o e o convidou tão cordialmente para o jantar da noite, que o oficial não pôde recusar. Bem depressa, os dois homens encetaram animada e interessante conversação, por isso que Roma era ótima palestra quando queria, e Keniamun o era sempre, por natureza e hábito. Discorrendo alegremente quanto às novidades da corte e da cidade, Keniamun observava os donos da casa, à socapa, e convenceu-se bem depressa de que o jovem sacerdote tinha para a esposa uma frieza a custo dissimulada. Aos seus olhares incendidos, às carícias que ela tentava, ele opunha uma indiferença gélida, quase de repulsão, e somente quando ela se ausentava do terraço parecia ele respirar à vontade. Quanto a Noferura, experimentava indescritível agitação: faces afogueadas, dentes cravados no lábio inferior, ela fixava com paixão não disfarçada o belo rosto do marido, e, à indiferença de Roma, excitava-se a um ponto que dificilmente podia dominar em presença de estranhos.

Keniamun havia muitas vezes ouvido Roant elogiar o excelente caráter do irmão, sua bondade, sua indulgência. Que lhe havia feito, pois, a jovem esposa para que ele mostrasse por ela essa indiferença, tocando as raias da aversão? Ela o amava apaixonadamente, era visível, e o favor concedido a ele, Keniamun, ou a outros, constituía quiçá uma consolação de suas decepções conjugais. Roma teria surpreendido a cena daquele dia? Teria visto a mulher nos braços de Keniamun? Este sentia-se contrafeito, e intimamente jurou não prosseguir naquela aventura, pois, além de não faltarem em Tebas mulheres bonitas, tinha no momento de regular e supervisionar assuntos muito mais graves. Terminada a refeição, ergueu-se para despedir-se.

— Até breve, Keniamun; à hora do repasto noturno estou sempre em casa. Vem, pois, se "me" pretendes ver, e conversaremos — disse Roma, com um fino sorriso.

Às faces do oficial subiu um fluxo de sangue.

Tão logo o casal ficou a sós, Noferura saltou da cadeira, arrancou o colar, e, enfiando as duas mãos na espessa cabeleira, gritou com a voz estrangulada pela raiva:

— Homem miserável e indigno, marido sem coração, como ousas tratar-me com tanta e revoltante gelidez em presença de um estranho, desse Keniamun, que espalhará em toda a cidade o quanto sou desprezada em meu próprio lar, e coberta de ultrajes por aquele que tem o dever de amar-me?

Soluços convulsivos impediram-na de continuar; deixou-se cair na cadeira, chorando e sapateando. Sem dúvida o moço sacerdote estava habituado às cenas desse gênero, pois não mostrou aperceber-se do estado da mulher. Levantou-se, sem responder palavra, reajustou sua longa vestimenta branca, e, apanhando de sobre a mesa um rolo de papiros, rumou para a porta de saída. À vista de tal atitude, Noferura atirou-se a ele, qual ave de rapina, e agarrou-lhe um dos braços.

— Roma, não te retires, ouve-me, eu não posso suportar a tua indiferença! — implorou deslizando até enlaçar-lhe os joelhos. Sou tua mulher, amo-te, e "tu deves" corresponder ao meu amor. Tu ensinas esse dever ao povo, não tens o direito de o repelir de ti mesmo.

Vivo rubor cobriu o rosto do sacerdote. Com gesto brusco e de iludível desgosto, desembaraçou-se dos braços da mulher, recuando alguns passos.

— Quantas vezes já te disse, Noferura, que tuas odiosas cenas não servem para nada? Não creio no amor de uma esposa que posso sempre encontrar nos braços de outro homem, como aconteceu hoje com esse oficial. Não guardo rancor contra Keniamun, porque é a mulher quem ergue a barreira entre ela e o homem, e os teus sentimentos não são de amor, e sim brutal paixão que te é inspirada por todo ser masculino, seja quem for, tenha o nome que tiver. Vamos! Levanta-te e cessa de chorar — acrescentou mais bondoso. — Trata de suportar o inevitável, com um pouco de dignidade. Sabes que foste tu própria quem me repeliu, pela tua conduta indigna, tuas traições contínuas; não mais te estimo, nem posso reviver um sentimento de amor completamente extinto. Eu te lamento por seres tão má e tão cheia de paixões impuras; suporto-te junto de mim, concedendo-te a posição de dona da casa, custeio largamente tuas roupas e teus prazeres... Contenta-te com isso e não me tires meu último repouso, ou então serei obrigado a retirar-me totalmente para o templo.

Notando que Noferura se levantara banhada em pranto, apoiando-se vacilante a uma coluna, ele se aproximou, e disse, com sincera compaixão:

— Corrige-te, Noferura, e talvez eu possa vencer a repulsa causada pelo teu procedimento.

Ele lhe estendeu a mão, mas a mulher a repeliu, com violência, presa de novo acesso de fúria, e saiu.

Roma sentou-se junto da mesa, pousando nela os braços, e abismou-se em sombrios pensamentos.

— Oh! Por que os deuses cruéis me ligaram a semelhante criatura? — murmurou amargamente. Por que vi eu tão tarde Neith, a pura e nobre criança? Ela teria feito a minha felicidade.

Não suspeitando coisa alguma da armadilha que lhe estava sendo preparada, Hartatef pensava, mais do que nunca, em buscar o filtro que deveria afinal submeter o coração rebelde da noiva. O pensamento de que Neith amava um outro esporeava seu ciúme; a indiferença da jovem para com ele, bonito e rico, feria seu orgulho, e o adiamento do matrimônio, imposto por Hatasu, enchia-o de cólera e de um impreciso temor do porvir, apesar de estar senhor da situação, uma vez que a múmia ainda não fora resgatada, e Pair e Mena continuavam por isso sob sua absoluta dependência.

Cinco ou seis dias depois das últimas ocorrências já referidas, toda a família de Pair estava reunida no jardim, após a refeição da tarde, refeição da qual Hartatef participara. Satati e o marido passeavam, palestrando, pelo jardim, enquanto Mena e seus primos jogavam a péla.[17] Hartatef estava apoiado a uma coluna do terraço e observava Neith, com olhar sombrio, a qual, sentada no último degrau, brincava distraidamente com um cãozinho, parecendo ter esquecido a presença do noivo. De fato, os pensamentos da moça estavam para longe. Pensava em Roma, cuja lembrança a perseguia. Ao lembrar que Noferura tornava-o desgraçado, revoltava-se. Com febril ciúme, ela deseja conhecer essa mulher que tão pouco aproveitava da felicidade que lhe coubera. Já tivera ímpetos de fazer mil perguntas a Roant, mas, quando se encontravam juntas, invencível pudor fechava-lhe a boca. Absorvida por essa luta recôndita, a jovem tornara-se apática; a presença de Hartatef deixava-a indiferente; a de Keniamun incomodava-a, e para ele não mais encontrava palavras de amor; até mesmo o adiamento do matrimônio muito pouco a rejubilara: o homem que desejaria para esposo era casado! Desde que este não lhe podia pertencer, que importava o resto?

Nesse momento, um servo, esbaforido, chegou ao terraço para anunciar que a liteira do príncipe Sargon havia chegado à porta do palácio. Todos permutaram um olhar de surpresa. O príncipe hiteno era visita rara, aparecia apenas em ocasiões excepcionais. Assim, a sua presença inesperada determinava compreensível estupefação. Sem embargo, o protegido da rainha devia ser acolhido com as maiores considerações, a despeito dos íntimos sentimentos que nutrissem a seu respeito. Mena foi o primeiro a atirar para o lado sua bola e correr para casa, seguido de Pair. Hartatef não se moveu. A seus olhos, Sargon continuava sendo o escravo prisioneiro, subtraído à sua sorte por um capricho de mulher, enquanto ele, Hartatef, considerava-se nobre e ilustre, bem distanciado do homem sem pátria e sem liberdade que ousava ainda cobrir-se com o título de príncipe.

Neith e Satati mal haviam tido tempo de reajustar um pouco a vestimenta, quando Sargon apareceu, acompanhado de Pair e Mena. Saudou as senhoras com a maior afabilidade, mas, à imperceptível saudação de Hartatef, o sangue subiu-lhe às faces. Com faiscante olhar, mediu de alto a baixo o orgulhoso egípcio. Depois, voltando-se bruscamente, pegou a mão de Neith, a quem conduziu para o jardim, onde todos tomaram assento em pequeno bosque guarnecido de cadeiras.

Animada conversação foi estabelecida. Com espanto e mal-estar progressivos, Neith reparou que o fervoroso olhar do príncipe não a deixava, e que ele não escondia a ardente admiração de que ela era alvo, nem o desejo de lhe ser agradável. Intenso rubor carminou-lhe as faces, e, não sabendo de que modo encobrir a preocupação, Neith recostou-se na cadeira, queixando-se de calor, e, com um gesto, chamou uma escrava para abaná-la. Sargon levantou-se, e, tomando o leque da mão da serva, curvando-se no espaldar da cadeira da jovem, começou ele próprio

---

17 N.E.: O jogo da péla foi um jogo muito praticado outrora e consistia em atirar uma bola de um lado para o outro com a mão, ou com o auxílio de um instrumento em local aparelhado para esse fim. O jogo da péla é considerado um antecessor do tênis.

a abaná-la, acompanhando a pequena tarefa de olhares e mesmo de palavras cujo sentido não deixaram dúvidas. Uma sensação de incômodo constrangimento invadiu os donos da casa, ante aquela atitude, sendo que Hartatef dificilmente dominava a raiva, tanto assim que, sem dizer palavra, nem mesmo de despedida, abandonou o palácio.

Neith pensou sufocar. O olhar incendido de Sargon parecia que a queimava. Essa paixão aberta, que a envolvia qual eflúvio de fogo, inspirava-lhe temor e aversão, e ela não compreendia nada daquele súbito amor. Não se contendo mais, respiração opressa, afastou bruscamente a mão e o leque, e, alegando que o calor lhe causara repentina indisposição, saltou da cadeira, faces vermelhas, e disse ter necessidade de sair dali. Evitando o olhar de Sargon, saudou-o e fugiu. Pouco depois, o jovem hiteno despediu-se, convidando Pair e Mena a lhe retribuírem a visita.

Fervendo de raiva, sobrancelhas franzidas, veias do pescoço intumescidas à grossura de cordas, Hartatef deixara o palácio de Pair.

— Isto precisa ter um fim — rosnou entre dentes. — A qualquer preço que seja, Abracro deve encontrar o filtro que me tornará amado por Neith, e, se além do filtro, destruir esse miserável escravo hiteno, eu lhe pagarei em ouro o peso do cadáver dele. Tipo imundo e impuro, que ousas, sob os olhos de um nobre egípcio, vir cortejar-lhe a noiva, resgatarás com a vida tal atrevimento!

Era noite fechada quando Hartatef se apresentou à casa de Abracro. A feiticeira recebeu-o com demonstrações de grande alegria, e disse estar aprestando-se para mandar chamá-lo por haver encontrado o meio por ele desejado. No entanto, inteirado da parte que lhe incumbia, ele estremeceu de supersticioso horror e de medo. Matar o carneiro sagrado do templo de Amon era não só um sacrilégio punido com a maior severidade pelas leis, mas também um crime que nem mesmo a morte resgatava, e, acima de tudo, um ato dificílimo de realizar, porque o animal sagrado estava no âmbito do templo, e, durante todo o dia, sacerdotes e servidores o circundavam.

— Que queres tu? A felicidade não se conquista facilmente, e o coração de Neith vale um perigo, que não é tão grande assim, se agires com ardil e cautela — insinuou Abracro, notando a hesitação. Deves apressar-te, pois li nos astros que um potente e imprevisto rival impedirá o caminho e te vencerá, caso não te antecipes, ganhando o amor de Neith.

Tais palavras, que lhe pareciam confirmar a súbita rivalidade de Sargon, aguçara o ciúme de Hartatef a tal ponto, que lhe obscureceram a razão e a prudência, e fizeram que bruscamente se decidisse a tentar a aventura. Satisfeitíssima, Abracro bateu-lhe no ombro.

— Em boa hora! E não duvido de que tua ardileza e bravura te darão a vitória. Age de noite, porque o animal é vigiado a essas horas por alguns guardiães meio adormecidos, e, para que não despertem muito a propósito, toma este frasco. Algumas gotas do seu conteúdo, derramadas no chão, produzem emanações entorpecentes tão fortes, que tu mesmo precisas deveras apressar-te em fazer a tarefa com rapidez, e fugir. Tem cuidado de te preparar um refúgio, e, uma vez fora do âmbito do templo, quem provará seres tu o matador?

Em seguida, acertaram ainda alguns detalhes, fixando para daí a dois dias a execução do crime. Depois, separaram-se. E, logo que Hartatef partiu, Abracro expediu Hapi para levar tabuinhas a Keniamun, instruindo-o do que acabava de ser combinado. O oficial esfregou as mãos, e porque fosse demasiado tarde para ir ao templo, cujas portas já deviam estar fechadas, escreveu ao primo Quagabu, convidando-o a procurá-lo sem demora, e recomendou ao escravo levar o papiro ao destino, tão logo amanhecesse.

No dia seguinte, o sacerdote veio falar a Keniamun. Era moço, magro e pálido, testa curta e olhar vesgo; algo de sonso, de falso e mau, dir-se-ia, emanava da sua personalidade.

— Queres fazer tua fortuna, Quagabu, e ganhar cada ano um saco de "anéis de ouro" igual a este aqui? — perguntou Keniamun a queima-roupa, depois de haverem ambos saboreado um copo de vinho e afastado os servos.

Os olhos do primo fixaram-se com avidez selvagem no saco cheio de ouro.

— Que é necessário fazer? — indagou o sacerdote, simplesmente, mas em voz rouca.

— Ajudar-me a destruir um homem que me embaraça e impede meu casamento com uma jovem imensamente rica.

E o oficial expôs, de modo abreviado, o assunto, sem nomear o rival. Para desapontamento e raiva de Keniamun, o sacerdote e primo franziu a testa, e, após reflexão, declarou ser muito arriscada a tarefa para imiscuir-se. Confundido e ansioso, Keniamun ensaiou persuadi-lo, aumentando a recompensa, porém nada conseguiu, até que, no calor da argumentação, pronunciou o nome de Hartatef.

— É a Hartatef que tu desejas perder? — perguntou Quagabu, como que eletrizado. Tu devias ter dito isso desde logo. Eu te ajudarei, fica tranquilo, e ninguém pode fazê-lo melhor do que eu, porque sou um dos guardiães do carneiro sagrado, e tomarei cuidado para que o miserável seja colhido.

— Tens algum débito a saldar com ele? — indagou o oficial, admirado.

Um fulgor venenoso jorrou dos olhos do sacerdote.

— Sim, um assunto particular cujos detalhes não interessam a ninguém. Basta saberes que te ajudarei a punir o insolente.

Na conversação que se seguiu, Quagabu instruiu o primo relativamente à disposição interna do templo, ao lugar onde se achava o animal sagrado e ao ponto de onde se devia espreitar Hartatef, que sem dúvida tomara informações antes de tentar a aventura, e escolheria o percurso mais fácil e direto para penetrar no recinto sagrado.

Quase à mesma hora em que Quagabu e seu primo tramavam a perda de Hartatef, este, cheio de esperança de vencer, tinha ido à casa do seu confidente e fiel instrumento, Smenkara, para lhe confiar o seu projeto e pedir conselhos. Os dois homens estavam sozinhos em um aposento isolado, porque Hanofer permanecia em seu posto no albergue, supervisionando o turbulento público da sua baiúca. Smenkara, o temido usurário de Tebas, era um corpulento homem, quinquagenário, de aspecto enganador e sensual. Trazia por único vestuário um avental de linho e sandálias de palha trançada. Sentado intencionalmente entre a porta e a janela abertas, expunha à corrente de ar refrescante o crânio calvo e seus enormes membros. A tez era de um bistre quase negro, contra a qual contrastavam estranhamente dois pequenos olhos de um cinzento-azulado, brilhantes de astúcia. Na ocasião, estava ocupado em traçar a carvão uma espécie de plano sobre a mesa de madeira branca, próximo da qual Hartatef tomara assento.

— Repito-te: tentas um louco sacrilégio, que te perderá — disse, com ar preocupado e descontente. Não terás tempo de conquistar o coração dessa leviana jovem quando for tua esposa?

— E esperar que esse miserável escravo assírio ma furte, sob as minhas vistas! —murmurou Hartatef, dentes cerrados. Não tentes dissuadir-me, Smenkara: quero ser amado imediatamente; mas, agradeço teu conselho. O caminho por essa porta encoberta é tão curto que suprime a metade do risco. Que ventura teres conservado esta chave!

— Guardo sempre as coisas úteis. Se esse velhaco Quagabu soubesse para que serve esta chave, que ele me deu pensando que eu queria realmente furtar um pouco do estrume do carneiro sagrado, e graças à qual fiz evadir a linda cantora, sua noiva, que tanto te agradou!... ha! ha! ha! É muito melhor, de resto, que Quagabu ignore quem lhe roubou a sua beldade, e também teu projeto de agora... Ele poderia representar um mau jeito.

— Desde que nada sabe, é inútil preocupar-me com ele — disse Hartatef, levantando-se. Volto para casa, para repousar e estar lépido esta noite.

— Até à vista — respondeu Smenkara, reconduzindo-o. E um último conselho: se por acaso falhares o golpe e tiveres de fugir, vem aqui, porque tenho esconderijos impenetráveis, onde estarás abrigado até que possas aparecer.

— Muito agradecido, embora espere poder prescindir dessa tua ajuda.

A noite chegara, uma dessas noites negras, sem luar, dentro das quais dificilmente se percebe o que ocorre a dois passos de distância. A imensa capital estava mergulhada no silêncio do sono. Ninguém divisou Hartatef quando, envolto em escuro manto, cabeça protegida por um capuz, deixou o palácio por uma saída disfarçada, e caminhou rapidamente em direção ao templo de Amon. A morada do grande deus protetor de Tebas ocupava terrenos imensos, encerrando em seu âmbito templos, jardins, dependências para alojamento dos sacerdotes, cantoras do deus e inumeráveis servidores. Em rua deserta, que costeava parte do conjunto, Hartatef deteve-se, tirou do cinto uma chave, abriu a porta dissimulada na muralha e desapareceu no interior. Imediatamente, um homem, acocorado em uma cavidade do lado oposto da rua, saiu da sombra e veio colocar-se junto da pequena porta. Era Keniamun que, havia duas horas, espreitava aquele local. Espichou avidamente a cabeça para escutar melhor, mas, tudo permanecia calmo e silencioso. Um tempo, que lhe pareceu eterno, decorreu, quando, subitamente, soaram gritos agudos e um abafado rumor de tumulto, de passos e de vozes. No mesmo instante, a pequena porta foi aberta e um homem por ela se precipitou para rua, em pulos que lembravam um cervo no bosque. Mas, Keniamun velava, e, precedendo Hartatef, aplicou a este um cambapé que o fez cair, atracando-se com ele, em luta silenciosa e desesperada.

67

A iminência do perigo, porém, redobrou as forças de Hartatef, e já vozes rumorosas se avizinhavam e archotes emitiam luz próxima, quando ele, por sobre-humano esforço, conseguiu desvencilhar-se dos braços do adversário, e, deixando-lhe nas mãos o manto ao qual este se aferrara, endireitou-se e desapareceu, qual duende, na curva de uma ruela.

Quase simultaneamente, homens, empunhando archotes, invadiram a rua: eram sacerdotes e servidores do templo, os quais rodearam Keniamun, que, ofegante da luta, relatou passar casualmente no local quando ouviu gritos e notou um homem fugindo do interior do templo. Por julgar que se tratava de um ladrão, procurou prendê-lo, e, com indizível pasmo, à luz embora escassa das tochas, reconhecera Hartatef, que conseguira libertar-se e fugir, deixando-lhe nas mãos apenas o manto.

Gritos de cólera e de indignação; servos correram pela cidade para dar alarme e tentar a prisão do culpado; outros pesquisaram o terreno, onde foi encontrada uma faca ensanguentada, de cabo ricamente lavrado, enquanto um jovem sacerdote narrava a Keniamun ter sido cometido horrível crime no templo, convidando o oficial a prestar seu depoimento ante o Sumo Sacerdote.

Quando Keniamun e seus acompanhantes penetraram na saia que servia de estábulo ao carneiro de Amon, o recinto estava cheio de gente. O Grande Sacerdote, rodeado de profetas e anciães, achava-se de pé, junto do animal sagrado, que jazia degolado sobre as lajes, peito aberto, coração arrancado. Dolorosamente agitados, todos escutavam a narração de Quagabu, um dos guardiães do carneiro. Havia feito a ronda noturna, acompanhado de um velho servidor, e ambos viram distintamente Hartatef fugir do local do crime, sem poderem alcançá-lo, porém. O depoimento de Keniamun, corroborante, foi igualmente reduzido a termo por um dos escribas, e quando o oficial deixou o templo, atroante pelos clamores e gritos de desespero, satisfeito sorriso pairava-lhe nos lábios, pois o rival detestado estava definitivamente destruído e nenhum obstáculo lhe embaraçava a estrada que o levava a Neith e à fortuna.

Rápido, qual cervo perseguido pela matilha, Hartatef dirigira sua disparada para a casa de Smenkara, ali penetrara por uma abertura do seu conhecimento; mas, exausto de forças, atirou-se à cadeira mais próxima que encontrou. O usurário e sua mulher estavam despertos, discutindo, e os rostos inflamados e arranhados atestavam que a altercação chegara a vias de fato. À vista do seu protetor, assim tão transtornado e esvaído, acalmaram imediatamente, e um simples olhar bastou a Smenkara para compreender que tudo estava perdido. Pegando um braço de Hartatef, murmurou:

— Depressa; segue-me. É preciso esconder-te em lugar seguro.

Amparando o recém-vindo, que mal se sustinha nas pernas trêmulas, e precedido por Hanofer, que empunhava uma lâmpada, Smenkara seguiu por numerosos corredores para uma vasta câmara isolada e escura, que servia de guarda-móveis e onde estavam empilhados os mais diversos objetos. Num ângulo, via-se enorme caixa repleta de utensílios de jardinagem; mas, apesar de aparentemente muito pesada, Smenkara sem muito esforço a removeu: depois, levantou um alçapão e descobriu pequena escada de pedra tocando o solo. Desceram os três, atravessaram mais um corredor abobadado, confinante com uma adega assaz espaçosa. Quando

Smenkara acendeu uma tocha fixada no muro, pôde ver-se que o misterioso refúgio estava mobiliado com uma cama recoberta com peles de carneiro, mesa, alguns escabelos e uma espécie de bufete de prateleiras, sobre as quais havia louça e uma ânfora. Enquanto Smenkara enchia de vinho um copo de grés, e antes de o apresentar a Hartatef, Hanofer tomou assento em um escabelo, pousou a lâmpada na mesa e disse a este, num misto de piedade e de ironia motejadora:

— Por enquanto, estás fora de perigo, mas, nunca me passou pela ideia que este retiro, que concedemos aos que têm desentendimentos com as leis, e pagam bem, viesse servir de asilo ao ilustre e poderoso Hartatef. Aconteceu, todavia, e admiro a justiça dos deuses que puniram teu desvairado amor por essa Neith, e tua ingratidão e infidelidade para comigo. Se me houvesses confiado tudo, em vez de tramar, por detrás de mim, com este imbecil Smenkara, eu teria ajudado teu projeto, sem que cometesses um crime inaudito.

Hartatef não respondeu. Pegando o copo que lhe era oferecido por Smenkara, esvaziou-o com avidez, depois enxugou a fronte inundada de suor, e disse, com enrouquecida voz:

— Creio ter sido identificado por Quagabu e também por esse miserável Keniamun, o qual, encontrando-se tão à propósito junto da pequena porta, deixa supor que ali não estava por acaso. Mas, antes que se determine e se ocupe a minha casa, para devassa, espero que tu, Smenkara, me prestes um serviço pelo qual serás recompensado. Corre sem demora até lá, entra pela entrada secreta, que conheces e da qual a chave é esta. Penetra na saleta contígua ao quarto de dormir e do grande cofre de madeira odorífera, encostado à parede, à direita, retira uma caixeta cinzelada e dois sacos. Leva contigo teu escravo Anúbis, porque os sacos são pesados, e traze-me tudo aqui.

Smenkara, que escutara atento, prometeu cumprir fielmente a incumbência, e saiu sem mais detença, acompanhado da mulher, que correra a despertar Anúbis, enquanto aquele se munia de um manto e punha ao cinto comprida e larga faca de dois gumes. Ficando só, Hartatef pousou os cotovelos na mesa. Sua alma, voluntariosa e soberba, sofria neste momento mil torturas. Não podia duvidar: fora vítima de uma conjura habilmente articulada e caíra feito louco na armadilha, destruindo seu porvir e perdendo Neith para todo o sempre. Mas, quem haveria tramado e conduzido a intriga? Sargon ou Keniamun?

As reflexões foram interrompidas pelo regresso de Hanofer, que trazia uma ave assada, um cestinho cheio de apetitosos pãezinhos e uma coberta ricamente bordada. Tendo-se libertado do que trouxera, sem que Hartatef mostrasse haver prestado atenção, ela o abraçou com os robustos braços e lhe deu na face sonoro beijo. Apesar da raiva interior que o excruciava, ele sofreu silencioso as carícias, pois não ousava repelir e irritar a brutal e apaixonada mulher, a cuja mercê virtualmente estava. Apenas se esticou e pegou maquinalmente um dos pãezinhos.

— Sim, meu rapaz, come e repara tuas forças e teu ânimo — disse ela. Nem tudo está perdido ainda; estás salvo e em abrigo; quando o primeiro furor e a sanha da perseguição abrandarem, nós deliberaremos para te fazer partir. Com o tempo, creio eu, com dádivas, poder-se-á obter o perdão do templo, além do que tens poderosos amigos e Semnut te protege, ele, cujos conselhos têm tanto valor para Hatasu.

— Hatasu não se imiscuirá nesse assunto, porque luta ela própria contra os sacerdotes — respondeu ele, com ressentimento e amargura.

Naturalmente isso não será amanhã; é preciso ter paciência, e por que não a terás, tu, uma vez que me tens, meu querido?... — disse ela ainda, com risinho chocarreiro. — Não sou tão bela quanto Neith, mas, meu amor é mais sólido e se mantém bom em todas as circunstâncias da vida; viveremos aqui, à semelhança de dois enamorados; eu te protegerei, e, à noite, irás comigo respirar as brisas do Nilo. Não desesperes, pois. E, agora, adeus, dorme e repousa, porque tens necessidade disso.

Saiu e fechou cuidadosamente a porta.

A notícia do insólito crime perpetrado no templo correra em Tebas com incrível rapidez. Os primeiros clarões do sol nascente douravam apenas as curvas do horizonte, e já o Grande Sacerdote, abatido, vestes despedaçadas, estava fazendo seu relato à rainha, que, pasma e revoltada, dera as mais severas ordens e prometera avultada recompensa a quem aprisionasse o culpado. Do palácio, a nova voara, qual seta, de bairro em bairro, despertando nos grandes lares e nas choupanas um assombro misturado de indignação; surdo movimento de alvoroço reinava nas ruas, e compacta massa popular congestionava as vizinhanças do templo de Amon, atroando os ares de clamores e vociferações.

Entretanto, os mais interessados, Neith e Satati, ainda não tinham conhecimento dos fatos. Pair e Mena, ausentes desde cedo para os deveres profissionais, não haviam regressado, e Satati, algo indisposta, dormia ainda. Neith terminara sua alimentação matinal, e sonhava preguiçosamente no terraço, quando a nutriz lhe apareceu, atarantada, anunciando que Keniamun pedia para lhe falar imediatamente, pois trazia uma notícia da mais alta importância. Neith ergueu-se, pálida e tremente. Que teria ocorrido para que o oficial viesse procurá-la assim? Deu ordem para fazer entrar o visitante, e mal teve tempo de envolver-se em longo véu, quando apareceu Keniamun.

Distanciando com imperioso gesto a nutriz e uma segunda escrava, o jovem oficial correu para Neith, olhos fulgentes, e, pegando-lhe as duas mãos, falou, vibrante:

— Estás livre, minha adorada; nenhum obstáculo se opõe agora à nossa união, se teu amor permanece fiel a mim!

— Que dizes tu!? E Hartatef? — balbuciou Neith.

— Ele não pode mais ser teu esposo, ainda que não estivesse desaparecido. Escuta o que se passou.

E rapidamente referiu os acontecimentos no templo de Amon.

— Tu compreendes — rematou ele — que semelhante criminoso não mais pode estender-te a mão; mas, eu lutarei com esperanças novas de te conquistar. Tu o permites?

Neith havia escutado a narração duvidando do testemunho dos seus ouvidos; mas, a alegria transbordante do rosto agradável do oficial, o amor que espelhava nos olhos, deram-lhe a prova de que não era um sonho. Com a rapidez do pensamento, refletiu que, não podendo Roma ser seu marido, ela, desposando Keniamun, preferido entre todos e que a amava apaixonadamente, criava para si um futuro tranquilo, ao mesmo tempo que se desembaraçava de Satati, de Pair e de Mena, que ela detestava, desde quando soubera da ignóbil transação na qual a fizeram vítima. O resultado do raciocínio foi apoiar a linda fronte no ombro de Keniamun, ao dizer afetuosamente:

— Sim, meu bom Keniamun, eu te repito, de livre vontade, que serei tua esposa, se a rainha mo permitir. E porque não te seja fácil uma aproximação com ela, eu mesma suplicarei a sua autorização. Ela é boa para mim quanto o próprio Hator; não recusará, e viveremos ditosos, apesar da infame conduta de Mena que dissipou minha fortuna. Soube, de Semnut, que a rainha me dota, e que terras, vinhas e grandes rebanhos me estão destinados. Assim, na primeira oportunidade, implorarei de Sua Majestade autorizar a nossa união.

Um clarão de júbilo jorrou dos olhos de Keniamun. Atraindo Neith a seu braços, ele lhe deu um longo beijo. Enfim, chegava ao cimo dos seus anelos, e diante do seu espírito desdobrava-se um porvir de riqueza, de gozos e de grandeza.

— E, agora, adeus, minha querida; as obrigações chamam-me — disse, erguendo-se vivamente. Eu já devia estar em palácio, mas, antes de tudo, quis ver-te.

Ficando só, Neith passeou no terraço, presa de febril agitação; agora, imenso alívio parecia haver descarregado seu coração de um peso de montanha. Hartatef estava apagado de sua vida; o insolente e cruel moço fora destruído, tornado pó, em consequência do seu próprio crime. Mas, que causa poderia tê-lo arrastado a cometer esse sacrilégio inconcebível? Ela não compreendia esse mistério. Depois, pensou em seu noivado com Keniamun, e uma sensação de calma, uma doce quietude invadira-lhe a alma. Certo, ele não exercia sobre ela o fascínio estranho, não lhe dava a felicidade embriagadora que experimentava na presença de Roma, mas, sentia-se bem perto dele, e o jovem oficial assemelhava-se como que a um refúgio, um, muro que a resguardaria do olhar incendido e sinistro do príncipe assírio. A lembrança de Sargon e da paixão fogosa que lera em seus olhos era uma perseguição comparável a pesadelo; ela não o abominava cegamente, tanto quanto a Hartatef, porém, o príncipe infundia-lhe medo, seu amor devia ser terrível, e pareceu que, no caso, ela não teria armas para combatê-lo como havia combatido Hartatef.

A chegada de Satati veio interromper as reflexões da jovem. Pálida e abatida, ela descaiu numa cadeira e, em expressões entrecortadas, narrou o atentado sangrento contra o carneiro sagrado.

— Estamos perdidos — concluiu ela, retorcendo as mãos —, porque Hartatef ainda não fez o resgate da múmia de teu pai.

Neith empalideceu, mas, reagindo por um esforço de vontade, respondeu:

— Não desesperes; sei, por Semnut, que a rainha me destina um dote considerável. Trata de conseguir uma audiência, e eu suplicarei a Hatasu que me permita desposar Keniamun. Logo que entremos na posse da fortuna, pagarei, e tudo estará terminado!

Satati meneou tristemente a cabeça.

— Teu marido não permitirá jamais fundir assim teus haveres; além de que, duvido muito que Hatasu queira conceder tua mão a um oficial principiante da sua guarda, sem fortuna e sem hierarquia. Ela desejará unir-te a algum poderoso e ilustre personagem, e quiçá mesmo o príncipe Sargon pretenda meter-se na lista... Seus olhares de anteontem fazem pensar nisso.

— Ah! também notaste que me devorava com os olhos? — exclamou Neith, com opressão na voz. Oh! — possa Hator guardar-me contra ele. Esse assírio me infunde medo, seu amor me gela!

— Não te sobressaltes inutilmente assim; as nossas suposições podem ser errôneas, e esse selvagem, que jamais mostrou interesse por alguém, talvez haja obedecido ao impulso de um capricho transitório. Mas, eis aqui Pair e teu irmão. Que nos trarão eles?

Os dois homens mostravam estar inquietos e perturbados.

— Venho da casa de Smenkara — começou dizendo Pair. — O maroto mostrou-se bastante tratável; mas, não compreendo a estranha condição que nos impôs: enquanto Neith se conservar solteira, calarei e esperarei. No dia em que casar, reclamarei a soma devida.

Sem prestar atenção ao espanto das duas mulheres, Mena exclamou:

— Eu acho a condição muito cômoda; é evidente que, por uma cláusula tão simples, para salvaguardar nossa honra, ela não se casará. Mas, esse Hartatef foi um canalha! Em lugar de liquidar sem tardança um assunto tão sagrado, que é o resgate de um morto, ele adiou, sob o pretexto de reunir capitais, e depois se enreda em sacrílega morte!

— Foi apanhado? — perguntou Satati.

— Não; continua incontrolável, e daria minha mão ao corte, se Smenkara e sua megera não pudessem dizer onde ele se acha, embora em vão lhe hajam varejado a casa, desde a adega subterrânea às águas-furtadas.

— Talvez se suicidasse, para fugir à sorte horrenda que o espera — aventou Neith, com inseguro timbre de voz.

— Não sejas tola — chacoteou Mena. — Ele confia na proteção de Semnut. Mas, a propósito: no momento em que deixei o palácio, ali chegou Sargon e pediu a Semnut lhe obtivesse imediata e secreta audiência da rainha. Fiquei curioso por saber o assunto que...

A chegada de uma escrava, que veio trazer a Satati tabuinhas vindas do palácio real por um expresso, interrompeu a frase. A mensagem era de Semnut, determinando laconicamente que, a uma determinada hora, estavam Satati e Neith chamadas a comparecer ante a rainha.

8
Sargon no palácio da rainha

A solicitação de Sargon, rogando ser recebido para lhe dirigir um pedido da mais alta importância, surpreendeu vivamente a rainha. Jamais, até então, o sombrio e silencioso príncipe lhe havia pedido coisa alguma, nem manifestado ambição ou interesse em qualquer negócio. Nunca lhe fora necessário perdoar uma dessas leviandades que os nobres egípcios cultivavam com frequência... Que poderia ele desejar?... Deu ordem para que o levassem à sua presença, imediatamente, decidida a aceder ao pedido, se fosse humanamente possível, porque, além do motivo íntimo que a fazia proteger todos os hitenos, ela estimava Sargon e queria que ele encontrasse às margens do Nilo as venturas que perdera nas vizinhas bordas do Eufrates.

Apesar da confiança que lhe inspirava a benevolência jamais desmentida da rainha, o coração de Sargon batia violentamente quando um oficial das guardas afastou a pesada cortina, bordada de azul e ouro, que vedava o gabinete de trabalho onde estava Hatasu. Era um recinto de média extensão, com uma face para o terraço; as paredes eram recobertas de tapeçarias e as lajes também tinham tapeçarias e esteiras multicoloridas. Diante da entrada do terraço, viam-se elegante mesa de cedro, com gavetas, e uma poltrona de espaldar colocada em cima de grande estrado dourado. Curvada sobre a mesa, atopetada de tabuinhas e rolos, a rainha lia um papiro aberto; mas, ao leve ruído dos passos do jovem hiteno, voltou o busto, e com um gesto mandou que se aproximasse. Sargon prosternou-se, beijando o chão.

— Ergue-te e senta-te.

Hatasu designou-lhe um tamborete de marfim colocado próximo, e junto do qual um grande lebreiro se estirava, fazendo soar o tríplice colar de ouro que tinha ao pescoço.

— Poderosa soberana, permite-me rogar de joelhos uma graça da qual depende a felicidade da minha vida — murmurou.

— Eu te ouvirei de igual modo, sentado nesse tamborete — disse a rainha, com encorajador sorriso, pleno de benevolência. — Deixa-te estar, e dize que posso fazer para o mais modesto dos meus súditos! Sabes que almejo fazer-te venturoso; mas, és tão estranho, Sargon! Parece que nem as honrarias, nem as mulheres te tentam.

Súbito rubor coloriu as faces pálidas do príncipe.

— Minha soberana e generosa protetora, tua potente mão garantiu o infortunado prisioneiro contra a humilhação e miséria; tua vontade pode também conceder a felicidade completa, dando-me a mulher que amo de toda a minha alma. Dá-me Neith para esposa. Desde a tarde de tua visita, sua imagem invadiu meu coração, e não posso viver sem a visão do rosto encantador que reflete os traços do meu pobre irmão Naromath. O beijo que deu na estátua enfeitiçou minha alma. Neith está livre; o crime de Hartatef rompeu o seu compromisso.

Ao tom daquela voz vibrante de paixão recalcada e à vista daquele olhar cintilante que espelhavam os tumultuosos sentimentos do jovem hiteno, uma expressão de surpresa e contentamento desenhou-se no semblante da rainha.

— Amas Neith, e desejas desposá-la? Muito bem! Eu a concedo de boa-vontade ao irmão de Naromath. Apenas, reveste-te de paciência, pois é mister deixar a ela o tempo de acalmar-se e esquecer o noivo que acaba de perder.

Olhos faiscantes, Sargon deixou o tamborete e veio de novo ajoelhar-se junto da poltrona.

— Rainha, Neith não necessita olvidar um homem que ela sempre execrou e o qual forçaram-na a aceitar, para salvar a honra dos seus.

— Que dizes tu? Forçaram Neith? — exclamou bruscamente Hatasu, com as faces invadidas por um fluxo de sangue. — Fala, quero saber tudo! — concluiu imperiosamente.

Inundado de satisfação íntima, Sargon desdobrou um quadro fiel da vida dissipada e imoral de Pair e de Mena, das prodigalidades desenfreadas que os haviam levado a contrair dívidas colossais, dando em penhor a múmia do velho Mena, e, finalizando, descreveu a vergonhosa transação concluída com Hartatef, da qual o preço fora Neith, contra a vontade desta.

— Que abominação! — gritou a rainha, tremente de cólera. — Meu pobre Mena, esse nobre e fiel servidor, distinguido já por meu finado pai, tendo agora seus restos entregues por esses infames a um usurário! E Satati, a odiosa criatura, ousa silenciar sobre semelhante crime, e atormentar Neith, a abnegada criança que silenciosamente se sacrificou! Oh! a que mãos fui confiar minha...

Interrompeu-se, e prosseguiu depois de curto silêncio:

— Tu, porém, Sargon, concedendo-te sua mão, juras-me que a amarás fielmente, que a protegerás durante toda a tua vida, e que a farás ditosa? Bem, teu olhar é mais eloquente do que uma promessa; recebe também meu compromisso: Neith será tua esposa, e ainda hoje eu lhe comunicarei minha decisão. E tu, prepara o teu palácio para amanhã, porque, à tarde, irei pessoalmente levar tua noiva, e, ante a imagem daquele de quem ela possui os traços, e ao qual jurei proteger-te, juntarei as mãos de ambos.

Fremente de ventura, Sargon curvou o corpo e quis beijar o degrau do estrado sobre o qual assentava a cadeira real; mas, Hatasu estendeu-lhe a mão:

— Estamos sós — acrescentou, com melancólico sorrir, enquanto o príncipe premia os escaldantes lábios nos afilados dedos da soberana.

Sozinha, Hatasu apoiou os braços e a fronte nas mãos, supercílios contraídos, e assim ficou por minutos. Depois, pegando uma das bolinhas de ouro que enchiam pequena caixa sobre a mesa, atirou-a para dentro de um vaso de prata que encimava cinzelada base, ao seu lado. Ao som vibrante e prolongado que retiniu em seguida, o camarista de serviço acudiu sem demora.

— Façam chamar Semnut imediatamente — ordenou ela.

Quinze minutos depois, o homem da sua confiança apareceu, e, obedecendo à ordem, instalou-se no tamborete de marfim. E, nessa posição, ouviu, com progressivo pasmo, a narrativa que a rainha lhe fez, de acordo com as revelações de Sargon.

— Fui avisado dos comentários a respeito dos desperdícios de Pair e do sobrinho; jamais pensei, porém, que pudessem descer tão baixo — disse Semnut, meneando a cabeça. — E Hartatef, esse desvairado criminoso, chafurdar-se em semelhante transação! Sim, é indigno, e os deuses o puniram, deixando-o praticar esse atentado para o qual, aliás, não encontro explicação plausível — concluiu Hatasu, pensativa.

— Minha real senhora, permite a teu escravo alvitrar uma ideia, e pune-me, caso te desagrade — começou Semnut, depois de um minuto de meditação. — Parece-me que a imensa fortuna de Hartatef, e bem assim o soberbo palácio que terminara de construir reverterão, de direito, para a noiva, e devem ser acrescidos ao dote que destinas brevemente à nobre Neith.

— Teu conselho é sempre sábio, fiel Semnut, e vem a propósito porque vou casar Neith com o príncipe Sargon. Sem embargo, é de equidade que o templo de Amon receba uma indenização pela ofensa feita ao deus, e, em tal intenção, determino seja o terço de todos os bens de Hartatef ofertado ao templo, e o resto juntarás ao dote. Além disso, Semnut, manda chamar amanhã cedo o usurário, e resgata, do meu tesouro, a múmia de Mena, cujo Ka (perispírito entre os egípcios) deve sentir-se extremamente aflito pelo ultraje perpetrado contra o seu envoltório mortal. Tu farás sentir ao sórdido agiota que, embora a lei autorize tais transações, eu desaprovo esse modo de desmoralização e de ajuda ao custeio de loucuras, a expensas do que há de mais sagrado. Dize-lhe que, salvo tornar-se mais comedido, eu o farei procurar nova profissão nos estaleiros da Etiópia. Agora, meu fiel, podes ir, e providencia para que Satati e Neith estejam aqui após a refeição da tarde.

À hora indicada, as duas mulheres apresentaram-se em palácio, Satati, vagamente inquieta, e Neith, jubilosa por haver tão depressa encontrado oportunidade de fazer sua rogativa à rainha. Uma das damas de serviço recebeu-as na antecâmara real, e pediu à esposa de Pair aguardasse ali, enquanto conduzia Neith ao quarto de dormir de Hatasu. A rainha estava só, reclinada num leito de repouso, parecendo inteiramente absorta em pensamentos desagradáveis; mas, ao avistar Neith, sorriu e fez sinal para aproximar-se, e, quando a jovem, contente e ruborizada, ajoelhou junto do leito, tirou-lhe o gorro da cabeça e, com acariciante movimento, alisou-lhe os belos e bem cuidados cabelos, dizendo, bondosa:

— Por que não me confessaste, louquinha, que desposavas Hartatef contra a vontade? Vamos! Não tremas, nem baixes a cabeça; eu te perdoo a falta de franqueza; não foi para ralhar que te chamei, e sim para te anunciar uma grande felicidade. Hoje, o príncipe Sargon veio pedir-me consentimento para te fazer sua esposa; eu lhe concedi tua mão.

— Sargon! — exclamou Neith, enroxando-se de emoção e assombro.

— Sim. Agrada-te ou inspira-te repugnância? — indagou Hatasu, surpreendida.

— Não. Eu mal o conheço; mas, tal pensamento me assusta — balbuciou a moça toda fremente.

— Isso não é nada — disse a rainha com álacre sorriso. — Esse susto passará depressa, e embora não o ames ainda, virás a amá-lo, porque é bom, belo, culto e te ama apaixonadamente. Tu ainda não sabes o que é amor, Neith, e por isso te

75

alarmas. Tu não tens denominação para esse sentimento, nem criaste a imagem do que será teu porvir. Pois bem, eu te digo: será Sargon o homem que te fará feliz; será seu braço um escudo, seu coração teu escravo. Isentos de preocupações, vivereis no belo palácio de Hartatef, que anexei ao teu dote, juntamente com uma parte dos seus haveres. Assim se realiza um desejo que sempre alimentei em minha alma.

Neith inclinou a fronte, coração contraído, cabeça pesada, com um vago terror oprimindo-a, fazendo faltar-lhe coragem para pôr objeções à vontade da grande soberana, que ela amava e temia ao mesmo tempo, e dizer: "Não quero o homem que escolheste; prefiro um obscuro soldado, que teus olhos jamais notaram por entre a multidão que te rodeia".

— Teu desejo, minha rainha e benfeitora, é sagrado para mim; eu te obedeço e desposarei Sargon — murmurou ela.

— Não terás motivo para lamentar teu gesto — respondeu Hatasu, com um clarão radioso emergindo dos negros olhos. (Absorvida pelos pensamentos íntimos, passara despercebida ao seu reparo a luta recôndita de Neith.) Amanhã, minha filha, eu pessoalmente te conduzirei ao palácio do teu futuro marido, e, para festejar o noivado, faço-te presente de uma vestimenta e de um adorno usados por mim. Possam esses objetos, que receberás hoje ainda, trazer venturas!

Alegria e orgulho arrebataram momentaneamente as apreensões no coração versátil de Neith, e, com os olhos brilhando, agradeceu à rainha, a qual, não menos satisfeita, a beijou na fronte, em despedida.

Penetrando, à sua vez, na câmara real, Satati prosternou-se e beijou o chão com respeito e humildade. Depois, ao ver que nenhum sinal de benevolência lhe indicava levantar-se, permaneceu ajoelhada, enquanto um colorido amarelo terroso invadia seu rosto bistre. Um simples olhar à rainha, que caminhava vivamente de um ao outro lado do aposento, deu-lhe a convicção de que uma tempestade avizinhava-se. Sobrancelhas franzidas e cruzadas sobre uma ruga na testa pálida, as finas narinas fremindo, a boca exprimindo a dureza glacial que a caracterizava nos momentos de cólera, tal era o aspecto da rainha.

— Serva infiel e ingrata — disse Hatasu em voz irritada, detendo-se bruscamente —que ousaste fazer? Violentaste e vendeste ao miserável Hartatef a criança que te confiei, e isso para cobrir as infâmias de dois homens sem brio nem honra, que não recuaram ante o sacrilégio de penhorar o corpo do seu parente! Que são Pair e Mena para Neith? Servos que devem beijar as pegadas dos seus passos e respeitar por ordens cada um dos seus caprichos. Esqueceste que te paguei para cuidar dela, e não para traficar com ela, como se negocia uma escrava? Ou, na tua criminosa petulância, supuseste que a verdade jamais chegaria aos meus ouvidos, e que por isso nunca te pedisse contas da tua conduta! Responde!... E treme ante a minha justa cólera!

Sacudida qual folha enrodilhada pela ventania, Satati recaiu prosternada, e como que pregada ao solo pelo olhar que a fulminava. Depois, arrastou-se para junto da rainha, que se mantinha de pé, olhos coruscantes, e ergueu para ela os braços súplices:

— Filha de Ra, tão grande e poderosa quanto ele, sei o que teu sopro é bastante para me destruir, qual o vento do deserto açoitando o arbusto; sei que teu olhar pode reduzir-me a cinzas... Sou culpada, mas, em lembrança do passado, da hora em que me confiaste a criança, do amor e dos cuidados maternais que dediquei a Neith desde a nascença, seja clemente, perdoa-me essa falta, a única, e deixa-me dizer a razão dos acontecimentos.

Apercebendo-se de que o olhar da rainha estava abrandado, prosseguiu, mais corajosamente:

— Pair e Mena ignoram a origem de Neith, e, sem me consultar, dispuseram dela, como se fosse verdadeira parenta. Quando soube a verdade, a vergonha e o receio de atrair o desprezo sobre a fronte de meu marido e de meus filhos reduziram-me ao silêncio. Por outro lado, influiu o pensamento de que Hartatef, belo, rico, nobre e apaixonado, daria, no final das contas, a felicidade a Neith.

Hatasu não respondeu. Um rio de reminiscências doces e pungentes viera desaguar em sua memória. O apelo ao passado, que Satati evocara, havia subitamente despertado nela todos os sentimentos sopitados do único tempo em que havia fruído os direitos do coração, do sonho de amor, embriagante e fugitivo, que passara qual tempestade sobre sua orgulhosa alma. Neith, a viva imagem daquele que deixara indelével cunho no coração da jovem soberana, parecia-lhe a personificação desse oásis de calma e de ventura, no qual esquecera a ambição, durante o qual áspera luta com seus irmãos e clero, pela coroa e pelo poder, não tinha lacerado sua alma. Ela reviveu a hora em que confiara a filha a essa mulher lívida e prosternada... E sua cólera fundiu-se.

— Levanta-te, Satati; por esta vez, estás perdoada. Hoje é dia de júbilo para mim, porque trouxe a realização de um secreto anelo, ao qual já havia renunciado. Sargon vai desposar Neith, e tal alegria me predispõe à clemência. Em memória de Mena, cuja sombra aflita esvoaça sem dúvida em torno do seu ultrajado corpo, quero, por esta vez, salvar-vos da ruína. Semnut, com recursos do meu tesouro, resgatará a múmia do meu fiel servidor e saldará as dívidas de Pair e de Mena. Estes deverão mencionar seus débitos; mas, não devem contar, de ora em diante, com a minha indulgência, e sim corrigirem-se muito seriamente, pois não desejo que os grandes do meu serviço deem exemplo de excessos de toda ordem e de desprezo pelos antepassados. Se alguma indignidade nova chegar ao meu conhecimento, Pair será destituído do cargo e exilado de Tebas, com toda a família. Quanto a Mena, vou mandá-lo comandar algum destacamento estacionado em fortaleza distante, nas minas de pedras azuis, para que a solidão lhe dê juízo. Transmite-lhes isto.

Satati de novo se prosternou, balbuciando palavras de gratidão; seu corpo tremia nervosamente.

— Ergue-te e sossega — disse Hatasu abrandada. — Agora escuta: amanhã conduzirei Neith à casa do seu futuro consorte, tu a trarás à hora da refeição da tarde, e para isso eu lhe faço dádiva de uma vestimenta de bisso bordada de fios de ouro e pérolas, a qual farás lhe seja entregue imediatamente por intermédio da encarregada do meu guarda-roupa, já informada do caso. Dá-me agora essa caixeta que está próxima do meu leito.

Satati cumpriu a ordem, e Hatasu, abrindo o cofrezinho, retirou um colar de incalculável valor, trabalhado em estilo diferente do das joias egípcias. Era uma

77

grande fita de ouro incrustada de rubis e ornada embaixo de ampla franja de pérolas. A rainha contemplou por instantes a joia, e, depois, guardando-a de novo, entregou a caixeta a Satati.

— Entrega isto a Neith, e possa ela sentir-se tão feliz quanto eu ao usá-la pela primeira vez!

No dia imediato, a maior animação reinava desde cedo no palácio do príncipe Sargon. Este, alegre e bem disposto, como jamais fora visto, superintendia pessoalmente os aprestos da festa. Por toda parte, eram pregadas tapeçarias, estendiam-se esteiras, pendiam-se guirlandas e bandeirolas; no terraço, e bem assim na sala contígua, preparavam-se refrigerantes em preciosas baixelas. A chegada de Keniamun veio afastar Sargon da sua azáfama.

— Agradecido por teres vindo — disse, saudando o oficial e levando-o para o quarto de dormir.

— Recebi as tabuinhas ao regressar do serviço, e vim correndo, curioso de saber o que tens a dizer-me. Mas, que festa vai celebrar-se em tua casa, para que tudo esteja assim tumultuado?

— Vais saber, e espero que, apesar da comunicação, não fiques meu inimigo — disse Sargon, erguendo a tapeçaria da entrada do aposento e aproximando Keniamun de vasta mesa sobrecarregada de objetos preciosos. — Olha! Tudo isso te pertence.

O militar recuou surpreso, e o olhar passou, com assombro, pelos pratos, copos, ânforas de ouro e prata, caixeta repleta de joias e grande bacia cheia, até os bordos, de anéis de ouro.

— Tu te divertes comigo, príncipe Sargon — conseguiu dizer afinal. — Como poderia eu merecer semelhante dádiva da tua parte? O que vejo aqui representa uma fortuna!

— Oh! tu a terás merecido pelo penoso desgosto que te vou anunciar, e também porque sei que as tuas finanças estão em ruína, e tu desejas casar... Pois bem! O que está nesta mesa aplainará as coisas, e mulheres belas não faltam em Tebas. Apenas, deverás renunciar a Neith. Eu estou apaixonado por ela, com uma paixão jamais conhecida por mim e que me devora. Por isso, supliquei a Hatasu que ma concedesse por esposa, e a rainha aquiesceu, e ainda hoje a própria soberana virá trazer-me a noiva. É para recebê-las que se enfeita o meu palácio.

Keniamun ouviu atônito: Neith de novo perdida, e com ela o futuro de grandeza e de riqueza que sonhara. A mesa representava compensação ridícula, comparada a tal fracasso. Um vermelho, em tom de cobre, lhe invadiu o rosto, e a raiva interior foi tanta, que esqueceu toda a reserva e habitual prudência.

— Tu te equivocas, príncipe Sargon — disse em voz sofreada —, e não te posso vender o coração que me pertence, pelo preço que essa mesa representa. Ontem, pela manhã, Neith assegurou-me seu amor, prometeu ser minha esposa, e deu-me o beijo de noivado. Se, a teu juízo, uma ordem real supre tudo isso, roga à rainha, uma vez que deu ordem a Neith para casar contigo, que também dê ordem a Neith para que te ame. Acrescentarei ainda que é covardia trair um homem na boa-fé, e furtar-lhe a mulher que o ama.

Voltou-se arrebatadamente, e saiu, sem prestar ouvido a Sargon, que, rubro de raiva, procurou detê-lo.

No primeiro momento, o príncipe foi presa de intensa cólera; mas, ao refletir que o oficial lamentaria mais tarde a violência da atitude que assumira, acalmou--se-lhe a raiva. Ordenou fossem levados à casa do rival os tesouros que lhe doara, e, quando algumas horas mais tarde, o cortejo real, conduzindo Neith, chegou ao palácio, Sargon olvidara de todo a existência do oficial.

Anuviado era o semblante de Hatasu; a saúde do rei seu esposo inspirava-lhe novos temores, e, dominada por graves pensamentos, não prestou atenção à palidez da noiva e ao aspecto de descoroçoada resignação. Apesar disso, a rainha testemunhou a Sargon amabilíssima benevolência, aceitou os refrigerantes, bebendo à saúde dos noivos, e uniu as mãos de ambos, lembrando ao príncipe que ele era, ante os deuses e ela, o responsável pela felicidade da jovem. Depois, falando a Neith, disse que, pela obediência e fiel amor, devia fazer a maior ventura do marido. E, tendo ainda conversado com todos e concedido a cada um palavras de favor, Hatasu regressou à corte, ordenando, porém, a Satati permanecesse junto de Neith e procurasse facilitar aos noivos oportunidade de uma palestra a sós, a fim de travarem melhor conhecimento mútuo.

Depois da retirada da rainha, Sargon, que fervia de impaciência para ficar a sós com a futura esposa, propôs a Neith mostrar-lhe o jardim, e, obtido assentimento, pegou-lhe a mão e a conduziu. De início, passearam, conversando calmamente, e Neith, que em tudo reparava atenta, não percebeu o rubor intenso que subia ao rosto de Sargon, e bem assim o ardor devorante do olhar que a fixava. Inopinadamente, ele enlaçou o talhe flexível de Neith; e, comprimindo-a de encontro a si, com ímpeto demasiado, cobriu-lhe de sôfregos beijos as faces e as mãos. O ataque fora tão insólito, que a moça, tomada de imprevisto, não resistiu. Muda, como que petrificada, ela pensou asfixiar-se de desgosto e de susto, tolhida a respiração, sentindo a semelhança de um ferro em brasa a queimar-lhe os lábios, parecendo-lhe que os dois olhos, faiscantes de selvagem paixão, mergulhados nos seus, eram de animal bravio.

Com débil grito, tentou, em vão, libertar-se do cinturão de ferro que a afivelava a esse peito ofegante; mas, de súbito, a presença de espírito lhe veio, seu delicado corpo se inteiriçou, qual barra de aço, e, repelindo Sargon, desenvencilhou-se com tal energia, que ele recuou alguns passos, desequilibrado, enquanto ela teria caído ao solo, se não houvesse providencialmente esbarrado numa árvore, à qual se apoiou, lábios frementes, mãos estendidas, como para revidar um segundo assalto.

— Que significa isto, Neith? Detestas-me? — inquiriu Sargon, com palidez rival da sua alva túnica, ferido no orgulho, com o corpo sacudido por nervosos estremecimentos.

Neith passou a mão sobre a fronte banhada de gélido suor.

— Eu te abominarei mais do que execrei Hartatef, se ousares tentar tocar-me de modo igual ao de há pouco — respondeu com a voz reprimida. — Tua paixão desenfreada gela e causa horror. Desejo suportar tua afeição e desposar-te, mas, deves tratar-me com doçura e reserva, porque mesmo o miserável Hartatef assim o fazia, compreendendo que a mulher não se toma de assalte. E tu que me pediste à rainha, sem sequer prevenir-me, contenta-te com a minha submissão à ordem da soberana, sem nenhum direito a semelhantes violências. Sabias que amo outro homem, e, sem escrúpulo, passaste por cima dessa circunstância. Contenta-te, pois, com a promessa da rainha, que pode mandar-me casar com o príncipe Sargon, porém, jamais que o ame. E uma vez que fatal destino me separa daquele que meu coração preferiu, pouco importa com quem haja de casar. Por ti experimento apenas indiferença, e, se não queres que te abomine, guarda-te bem de me atemorizar com excessos de um sentimento ao qual não correspondo.

Cabeça em fogo, respiração arquejante, olhos injetados de sangue, Sargon fixava a jovem, que, cada vez mais calma e mais fremente de orgulho e firme resolução, mostrava-lhe a conduta da futura esposa para com ele.

— Neith, tu me pagarás esta hora! — vociferou, com entonação rouca — e velarei para que teu amor se extinga por falta de objetivo: destruirei Keniamun, esse verme do chão que ousa intrometer-se no meu caminho. Quero que me ames, e tu me amarás, apesar de tudo, porque só eu tenho direito a esse sentimento.

Parou sufocado, boca espumando. Palor cadavérico substituíra o vermelho das faces. Neith olhava, num misto de horror e compaixão, os traços descompostos do mancebo. Aproximando-se, pousou-lhe a mão sobre o braço:

— Torna a ti, Sargon. Não guardo rancor por haveres forçado que eu fosse tua noiva; aceito teu amor, tua proteção, e quero ser uma esposa submissa e devotada. Apenas não exijas um sentimento que não te posso dar; contenta-te com a minha amizade e sê bom para mim. Não odeies nem persigas Keniamun, porque é para mim um simples amigo, e nada perco renunciando a ele. O homem que amo com as forças todas da minha alma está separado de mim por um abismo intransponível, que tu, nem criatura alguma no mundo, jamais saberá quem seja. Acalma-te, pois, e, se me amas verdadeiramente, sê bom, e não me amedrontes mais, conforme o fizeste há pouco.

Sua voz foi ficando alterada, e, apoiando a cabeça no ombro do príncipe, prorrompeu em pranto. Sargon estremeceu, e, dir-se-ia, despertou de um sonho. A despeito do abalo moral que vinha de sofrer e atingia o ápice na desolante revelação de Neith, declarando amar um desconhecido; as lágrimas da mulher amada, o contato da sua cabeleira suavemente perfumada, reagiram sobre o homem, qual um calmante. Com hesitante gesto, passou o braço em torno da jovem e lhe pousou na fronte os lábios frios e trêmulos. Em seguida, endireitando-se, disse, em voz surda:

— Voltemos ao terraço; os nossos hóspedes esperam-nos.

Neith enxugou os olhos e lhe estendeu a mão. E, quando reapareceram aos convidados reunidos, ambos haviam reconquistado bastante calma para não despertar atenção. Sargon procurou os grupos masculinos, dispensando à noiva a atenção protocolar, e, somente quando ela rumou para a liteira, de regresso a casa, teve atitude mais afetuosa, abraçando-a. Seus olhos, então, emitiram centelhas devorantes que pareciam envolver em chamas a jovem. Neith, sob a ação de tal olhar, empalideceu; mas, forçando um sorriso, retribuiu o beijo do noivo.

Nenhuma palavra foi proferida por ambas as mulheres em seu retorno. Ao chegarem, porém, Satati disse, em voz baixa:

— Depois de te despires, afasta as servas, porque desejo falar contigo.

Neith fez sinal de assentimento e, meia hora depois, ambas de novo se encontraram a sós, no dormitório de Neith. Sentando-se junto à jovem que, em seu comprido e alvo vestuário de noite, se prostrava, pálida e desfigurada, em uma poltrona, Satati pegou-lhe a mão.

— Em primeiro lugar, deixa-me anunciar-te uma boa notícia: todos os nossos apuros financeiros estão solucionados. A rainha, em lembrança de teu pai, resgatou a múmia e regularizou as dívidas de Pair e de teu irmão. Sob esse ponto de vista, estamos salvos, mas, outra coisa me inquieta: as tuas relações com o assírio, cuja paixão violenta pode tornar-se fatal a ti. Sê prudente, Neith, não lhe mostres tão abertamente tua indiferença, pois ele não é igual a Hartatef, que, apesar dos defeitos, se mostrava indulgente contigo, e te considerava qual uma criança, e por isso não se ofendia por nenhum dos teus caprichos... Sargon fará pagar caro teus maus-tratos; seu amor desdenhado pode transformar-se em ódio, e, então, esse homem será implacável contigo. Evita, pois, minha filha, irritá-lo, e, deixa que te diga, temo que o hajas melindrado irremediavelmente. Quando voltou do jardim, tinha uma expressão estranha, e surpreendi seu olhar fixando-te com rancoroso ódio, que me assustou. Confessa-me o que ocorreu entre vós.

Malgrado a desconfiança e a inimizade secreta que experimentava por Satati, Neith sentiu que dessa vez ela tinha razão nos conselhos, visivelmente ditados por uma boa intenção.

— Tens razão, Satati — respondeu, suspirando —, mas, receio que teu bom conselho chegue muito tarde.

E narrou a cena desenrolada entre ela e o príncipe no terraço.

— Eis o que é lamentável e difícil de reparar — disse Satati, preocupadamente. Mas, e não o esqueças jamais: se sobrevier outra cena grave com o príncipe, avisa-me imediatamente, a fim de que eu a comunique a Hatasu. A rainha te ama e vela por ti, tanto quanto a própria deusa Hator, e nenhum perigo poderá atingir-te se ela o souber; o seu socorro potente seguir-te-á aonde fores, porque secreto laço vos prende. Pensa nisto, Neith, e não traias este segredo.

Depois da retirada dos convivas, Sargon reentrara em casa violentamente agitado. Arrancando as joias que o adornavam, afastou os escravos, e, qual tigre enjaulado, caminhou pelo quarto de dormir. Que terrível desgosto terminara aquela tarde, que esperara fosse uma das mais belas da sua existência! Tivera a mão da mulher amada, mas, não o seu afeto, e ele, o altaneiro, o desdenhoso que sempre zombara do amor das mulheres, ali estava, por sua vez, desdenhado, repelido por essa moça adorada com insensata paixão. À lembrança da dureza com que lhe proibira aproximar-se dela, dando curso pleno aos seus sentimentos para com ele; à recordação da repulsa com que se desprendera de seus braços e repelira os beijos, uma tempestade de desespero, de raiva impotente e de sede de vingança desencadeava-se na alma do jovem hiteno. Esses férvidos sentimentos, trabalhando-o intimamente, provocavam roucos soluços, enquanto mil fantásticos projetos revoluteavam no seu pensamento superexcitado; não admitia ser tolerado, e sim ser correspondido no mesmo grau do seu amor. Por fim, quebrantado pela tortura

81

moral e pelo esgotamento físico, Sargon atirou-se para o leito e adormeceu num sono pesado e febril.

Ignorando tudo quanto ocorria no exterior, exceção feita de raras notícias que seus guardiães lhe transmitiam, Hartatef continuava vivendo no homizio subterrâneo, que só abandonava à noite, para respirar um pouco da aura fresca das margens do Nilo. O desencorajamento e a fadiga haviam-se apossado do pobre homem; todos os seus sentimentos estavam amortecidos, e a atmosfera pesada e malsã na qual vivia atuava-lhe de modo desastroso sobre os nervos e a saúde. Sabia, por informação de Hanofer, que o procuravam encarniçadamente; mas, não lhe disseram que a múmia do velho Mena fora resgatada, nem que Neith contratara casar com Sargon.

Ao saber do chamado à presença de Semnut, Smenkara aterrorizou-se quase a perder os sentidos, e, ao encaminhar-se para a audiência, recordou e ruminou a lembrança da longa série de crimes e ações ilegais acumulados em seu viver, e perguntava a ele próprio, com angústia, qual das infâmias praticadas teria quiçá transpirado e atraído a atenção do poderoso ministro de Hatasu.

Ciente de que se tratava do resgate da múmia, acalmou-se; mas, as severas e ameaçadoras palavras de Semnut, que lhe disse estar ele, Smenkara, sob as vistas da punição, e que, ao primeiro delito, seria enviado ao degredo, deixaram-lhe um peso sobre o coração e uma indefinida inquietude quanto ao futuro.

Certa noite, aproximadamente quinze dias depois, Hanofer e seu marido, tendo terminado de fazer contas dos labores, dispunham-se a dormir, quando reiteradas batidas soaram na porta do domicílio particular. Espantado e inquieto, Smenkara correu a verificar do que se tratava, a ver quem ousava apresentar-se em hora tão imprópria.

— Abre, ou algo de mau pode acontecer-te por isso — respondeu uma voz imperiosa, ao mesmo tempo que novo golpe soou na porta.

Intimidado, o usurário abriu e deu passagem a um homem de elevada estatura, e tão impenetrávelmente envolto numa capa escura, de capuz, que impossível se tornava distinguir algo da fisionomia ou do traje. Ao constatar que o visitante estava só, Smenkara readquiriu a calma.

— Que me queres tu? E quem és, para ousares perturbar-me a semelhante hora?

O incógnito, que havia cuidadosamente fechado a porta, voltou-se, e, desembaraçando-se da capa, descobriu um comprido hábito branco e a raspada cabeça de sarcedote.

— Ranseneb! — exclamou Smenkara, recuando, boca escancarada, como se estivesse ante um fantasma. Depois, ajoelhando, beijou o chão, dizendo em seguida:

— Que os deuses bendigam e protejam cada um dos teus passos, grande servidor de Amon, e dize o que te conduz ao meu humilde teto.

— Ergue-te — disse o sacerdote — e leva-me para um recinto onde eu possa falar, sem risco de ser espionado.

O usurário levantou-se e conduziu Ranseneb à sala contígua, onde Hanofer o acolheu com as maiores demonstrações de humildade e respeito.

— Guia-me aonde está Hartatef, que, eu o sei, se esconde aqui; preciso falar-lhe — disse o sacerdote sem preâmbulo.

Inseguro e assustado, o casal quis negar; mas, Ranseneb prosseguiu, dominando a ambos com acerado olhar.

— Não mintam; Hartatef foi visto; ele, todas as noites, vai respirar nas bordas do Nilo, sob as escoras da velha escada abandonada do bairro estrangeiro; foi observado e seguido. E nada teria sido tão fácil quanto prendê-lo, lá ou aqui, fazendo cercar vossa baiúca pelos guardas do templo; nós não queremos, porém, a morte de Hartatef. Leva-me imediatamente à sua presença; e depois aguarda, aqui, que eu haja terminado de lhe falar.

Sem retrucar mais nada, Smenkara e a mulher guiaram Ranseneb ao esconderijo e ajudaram-no a descer a escada de pedra.

— Dá-me a lâmpada e volta para aguardares meu regresso, ou que te chame — disse o sacerdote.

— Senhor, ele está armado e pode crer-se perdido. Deixai que o previna.

— Seja! Precede-me e dize-lhe que uma pessoa vem falar-lhe — consentiu o sacerdote.

Ao ver seu cúmplice chegar com a luz e ouvindo-o anunciar a vinda de um visitante, Hartatef ergueu-se, sobressaltado, do seu grabato; mas, apercebendo Ranseneb, empalideceu e pegou nervosamente o cabo de uma faca que trazia presa ao cinto.

— Tranquiliza-te; não venho na qualidade de inimigo — disse o sacerdote, sentando-se e fazendo sinal ao agiota para retirar-se — pois não é difícil compreender que conhecer o teu refúgio equivale à tua prisão. Mas, nestes últimos tempos, soubemos de muitas coisas, e, por isso, o templo não tem necessidade da tua morte, e sim dos teus serviços.

Uma expressão de pasmo incrédulo esboçou-se no emagrecido semblante de Hartatef.

— Em que pode um miserável da minha espécie servir ao mais potente dos deuses, que tão loucamente ofendeu?

— É certo que teu crime seria inaudito, se houvesse germinado em tua alma; mas, nós temos razões para crer que a tua insana paixão por uma bela mulher foi explorada para te forçar a um delito, cuja meta inconfessável era muito diferente daquela a que visavas: o coração versátil de uma adolescente. Não foi por instigação de Abracro que agiste?

— Sim; prometera-me um filtro infalível — balbuciou Hartatef, enrubescendo até à testa.

O sacerdote sorriu.

— Abracro é uma hitena. Que valem para ela os deuses do Egito? Ela é devotada à rainha, que protege esses impuros, e, versada na magia, quis destruir o animal sagrado, oferta de Tutmés, tirado dos seus rebanhos, e também com isso destruir as probabilidades de Tutmés ascender ao trono. Com esses intuitos, ela projetou sobre ti um malefício, um "mau-olhado" que obscureceu teu raciocínio; mas, os deuses viram a verdade, e te perdoam. Já foste bastante punido, perdendo a tua hierarquia social e os haveres, dos quais a rainha ofertou ao templo uma parcela ínfima. O restante de tuas riquezas, e bem assim o teu novo palácio, ela, a conselho

83

de Semnut, acresceu ao dote de Neith, essa misteriosa filha de Mena, que Hatasu protege e adora, e que acaba de fazer noiva de Sargon, o vencido hiteno, por ela tratado e honorificado no estalão de príncipe egípcio.

Qual um bravio animal ferido, Hartatef saltou quase na ponta dos pés, emitindo um grito rouco, enquanto se apoiava vacilante à parede. Seus olhos pareciam apagados, e o corpo, flexível e nervoso, tremia como se estivesse sob o jugo de violenta febre maligna. Neith noiva de Sargon! E as suas próprias riquezas atiradas às mãos do rival, em quem notara a fulminante paixão por aquela que ele, Hartatef, considerava supremo bem!... Que catástrofe! Seus punhos crispados diziam do infernal ciúme e da raiva que lhe calcinavam o coração qual ferro em brasa. O sacerdote havia observado, com olhar satisfeito, a luta moral do desgraçado; compreendia que o amor ferido forjava-lhe ali um instrumento dócil. E esperava em silêncio. Por fim, Hartatef voltou para junto da mesa.

— Nada mais tenho para dar a Amon e à vingança, além da minha vida. Podem dispor dela — disse ele, passando a mão nos cabelos esparsos.

— Está bem. Senta-te neste escabelo, porque teu estado de saúde é anormal. Vou dizer-te, em breves palavras, a situação e as ordens que o Sumo Sacerdote te transmite por meu intermédio. Sabes que a nossa Faraó Hatasu, apesar do espírito com o qual Ra a enriqueceu, está possuída de uma influência impura, ofendendo aos deuses na pessoa dos seus servidores. A construção do túmulo, contrariando todas as regras sagradas, é reprovável; essa reprodução de monumentos de um povo inferior e vencido constitui uma afronta aos deuses, aos sacerdotes e ao povo do Egito. Não contente com isso, e ajudada pelos conselhos do homem que do nada ela elevou ao pináculo das honrarias, ainda acresce acintes. É assim que entrega o tratamento de Tutmés a Tiglat, o hiteno, retirando dos médicos da casta dos sacerdotes um privilégio que, até aqui, ninguém jamais ousou disputar-lhes. Ela quererá agora prolongar os dias do marido, que repeliu e detestou desde quando teve de o desposar, porém que é dócil instrumento em suas mãos e serve de escudo contra Tutmés III, que estende ávidas mãos para a herança a que tem direito. Apesar de tudo, o Faraó morrerá bem depressa, seus dias estão contados, e é nosso dever garantir os direitos desse filho de rei, o qual, por parte de seu avô, o marido da velha Ísis, pertence à nossa casta e ao qual inculcamos os sentimentos de piedade mais convenientes a um soberano. Mas, a rainha prevê tudo isso: exilou-o em Bouto, e desde que Tutmés veio a Tebas, por ocasião da festa do Nilo (ela o soube), é guardado tão severamente que impossível se torna qualquer aproximação. A guarnição foi duplicada, escravos estúpidos, funcionários obscuros foram colocados no seu serviço, e Antef, o comandante da fortaleza, é um moço aparentado de Semnut, ladino, vigilante e devotado a Hatasu em corpo e alma. Nenhum de nós, ou pessoas conhecidas, pode apropinquar-se do príncipe; mas, um servidor instruído, inteligente e hábil, poderá deslizar até junto dele e transmitir-lhe mensagens indispensáveis. Foi a ti que escolhemos para essa missão. Bem disfarçado, tu serás posto, na qualidade de escriba, no templo de Ouazit, em Bouto, e ninguém te procurará entre os servidores do deus; Antef não te conhece, e, sem levantar suspeitas, poderás servir de nosso enviado e de intermediário do príncipe.

— Servirei fielmente Tutmés, e não recuarei ante nada que ajude a destruir Hatasu, que me roubou a noiva e o patrimônio para doá-los ao meu rival — tartamudeou Hartatef, com indizível ríctus de raiva que lhe contraiu a fisionomia.

— Dize-me somente, sacerdote de Amon, quando e como devo partir, e qual mensagem devo transmitir ao príncipe.

— Comparece amanhã à noite no local onde eras visto, e ali estará um barco tripulado por dois homens, um dos quais, escriba do templo, dir-te-á: Amon, e tu responderás: Ouazit, e os seguirás. Conduzir-te-ão a lugar seguro, onde passarás pelas purificações indispensáveis para que possas penetrar em recinto santo. Depois partirás munido de todas as instruções necessárias.

— Serei pontual e farei remeter um disfarce por Smenkara.

— A propósito: tens confiança no onzenário e na mulher? Pode contar-se com eles, pagando bem? — interrogou Ranseneb, que se erguera para partir.

— Respondo por ambos.

— Então, faze-lhes compreender que podem angariar boas gratificações, prestando serviços a Amon. Eles devem sondar sutilmente a opinião da populaça a respeito da construção do túmulo estrangeiro, sobre Semnut, e com referência à situação do pequeno Tutmés após a morte prevista do pai reinante. Eles devem espalhar, discretamente, o boato de que a rainha desafia os deuses, despreza os conselhos dos sacerdotes, e quer desfazer-se dos dois irmãos para dominar sozinha. Enfim, não devem perder de vista homens empreendedores, que tenham influência sobre seus semelhantes, a fim de poderem, na ocasião oportuna, pô-los à frente de uma sedição.

— Assim será feito.

O sacerdote saudou com aceno de mão e saiu.

A destruição de todas as suas esperanças fora um terrível golpe para Keniamun. No primeiro momento, a ira chegara ao auge, e queria tirar sangrenta vingança de Sargon. Para pensar em tal, à vontade, pedira e obtivera de Chnumhotep licença por alguns dias, e partira para uma pequena propriedade que possuía nos arredores de Tebas. Mas, à medida que no silêncio e na solitude lhe reveio o sangue-frio, compreendeu que lutar com o príncipe era tão difícil quanto perigoso; que, pobre e dependente de uns e outros, devia curvar a cerviz, e suportar a injustiça, salvo correr o risco de represálias que podiam destruí-lo. Fazendo coração endurecido, tomou a resolução de esconder a mágoa sofrida; riscar do coração o amor de Neith, porém manter com ela relações de amizade que lhe seriam úteis. Reentrando em casa, encontrou os ricos presentes que Sargon havia remetido, a despeito da recusa, e, recalcando o desejo de atirar todos aqueles objetos na face do insolente doador, escreveu algumas palavras de agradecimento.

"Guardo a preciosa dádiva" — escrevia ele — "no grau de lembrança da tua benevolência e por prova de que desculpas as expressões irritadas saídas do meu coração ferido, e jamais por indenização pela mulher que amo e que me tomaste. A reflexão fez-me compreender que um pobre oficial, qual eu sou, não pode rivalizar com um ilustre príncipe, e que tens mais direito de possuir Neith, que foi criada, por sua beleza, para ornar um palácio."

O portador de tal missiva trouxe, para seu espanto, uma resposta do príncipe assim redigida: "Ainda uma vez Keniamun, confesso que errei em te arrebatar a mulher cujo coração julgas possuir; mas, a paixão faz egoístas. Vem visitar-me; tenho imperiosa necessidade de te falar."

Muito intrigado, Keniamun foi no dia seguinte à casa de Sargon, que o recebeu no terraço, seu retiro predileto. O jovem hiteno havia emagrecido e estava pálido; seus olhos brilhavam com fulgor febril. Recebeu Keniamun cordialmente. E quando o instalou numa cadeira de marfim a seu lado e lhe serviu um copo de vinho, disse, fixando o oficial, com profundo e estranho olhar:

— Quero anunciar-te, Keniamun, uma coisa que adoçará teu pesar e calmará o ciúme inspirado pela minha felicidade. Tu te acreditas amado por Neith, não é verdade?

— Sim; ela mesma mo disse, prometendo desposar-me na manhã do dia em que foste pedi-la à rainha.

— Oh! duplicidade feminina, podem acaso os deuses sondá-la? — disse Sargon, com um riso breve e estridente. — Deixa-me dizer-te, Keniamun, que te equívocas. Na tarde do nosso noivado, Neith declarou-me não sentir por ti outro sentimento que a amizade, e que lhe é indiferente desposar um outro, "visto que" — acrescentou ela — "amo de todas as forças da minha alma um homem ao qual não posso pertencer e do qual ninguém jamais saberá o nome. Não é, pois, Keniamun que me impede de te amar, Sargon!"

O jovem oficial ficou de boca aberta, emudecido de espanto. Dois pensamentos turbilhonavam em seu cérebro: Neith não o amava, e Sargon, o noivo, confidenciava-lhe isso... Por quê? E tinha razão de admirar-se: o sombrio e vingativo assírio não teria decerto confiado ao seu rival o ultraje sofrido, o desprezo do seu amor demonstrado por Neith, se um selvagem desejo de conhecer o mortal preferido pela jovem não houvesse absorvido a sua alma. Mas, para satisfazer a esse anseio, tinha necessidade de Keniamun, por isso que, taciturno e desconfiado, havia evitado quanto possível a convivência da sociedade, onde se sentia malvisto e desdenhosamente tolerado entre os orgulhosos vencedores e destruidores da sua raça, e que só respeitavam no prisioneiro sem postos, sem pátria, o protegido da rainha. Tal reserva tornara-o estranho ao movimento da capital, e da própria Neith ele não sabia nada, ignorando os lugares que frequentava, com quem convivia, e quem lhe poderia merecer a preferência.

Keniamun, que era acolhido em todas as rodas, que conhecia toda a gente, devia ajudá-lo a descobrir esse rival incógnito. Excitado pela descoberta de haver sido ele também enganado, espicaçado pelo ciúme, o oficial descobriria a verdade, e, então, Sargon encontraria sem demora a oportunidade de destruir silenciosamente o indesejável homem que lhe murava o caminho da felicidade. Seu amor por Neith aumentara estranhamente depois da penosa cena, durante a qual fora repelido tão cruamente, embora esse amor estivesse mesclado e envenenado de surda raiva, de ardente sede de vingança. Possuí-la, mesmo contra a vontade dela, e fazê-la pagar, por meio de cruéis humilhações, o que lhe fizera, tal era o pensamento único de Sargon.

Esmaecida a primeira impressão de espanto, Keniamun refletira, e rapidamente passara em revista todos os mancebos que Neith poderia ter encontrado. Nenhum, estava certíssimo, era perigoso a seu julgar; mas, subitamente, um novo pensamento o iluminou. Sem dúvida, alguma explicação houvera entre ambos, e Sargon exigira de Neith a renúncia do amor de Keniamun, e a jovem, ante a fúria e o tigrino ciúme do príncipe, recorrera a esse estratagema, para subtrair o homem amado às perseguições, e talvez ao assassínio. Um olhar sobre o rosto sombrio de Sargon, a expressão cruel do olhar, o tremor nervoso que trabalhava seus lábios, confirmaram a suposição, que se guardou muito bem de externar. Erguendo-se, fez pequeno giro no terraço, e veio depois postar-se ante Sargon:

— Devo crer, pois que ouviste da própria boca de Neith, que ela não tem amor por mim... Pois bem (e franziu os sobrecenhos), eu encontrarei aquele que tão misteriosamente deslizou para o seu coração e saberei que espécie de abismo os separa, salvo se, por uma coqueteria feminina, quis fazer-se mais desejada por ti.

— Teria sido um mau cálculo, porque não sou homem que espere por uma noiva, enquanto ela sonha com um desconhecido. Mas, deixemos isso. Tenho necessidade de acalmar-me e de distrair-me, e, nessa intenção, peço me conduzas à casa de Tuaá, cuja filha, dizem, é encantadora, e onde se reúne numerosa sociedade.

— Oh! Tuaá sentir-se-á feliz em te acolher em sua casa, e, se isso te convém, eu te apresentarei lá, dentro em pouco. Tuaá e Nefert dão uma de suas ruidosas festas, e terás a melhor oportunidade de fazer conhecimento com elas e de te divertires.

9
Núpcias e luto no Egito

Multas semanas decorreram. A época fixada pela rainha para o casamento de Neith e Sargon aproximava-se, mas, esse detalhe particular desaparecia na expectativa ansiosa e na subterrânea inquietude excitadas em todo o Egito pela perspectiva de graves ocorrências políticas que se preparavam. A saúde de Tutmés II piorava cada dia e próximo estava o momento em que o débil Faraó, dominado e subjugado por sua real e enérgica esposa, deixaria vago o lugar que ocupava no trono. Todos pressentiam que a ambiciosa e altiva mulher, em cujas mãos firmes estavam as rédeas do Estado, não desejaria, por segunda vez, partilhar o poder; mas também se sabia que o jovem exilado Tutmés era sustentado por um grande partido, que se arregimentava entre o clero e os grandes egípcios, já que os sacerdotes não podiam perdoar a independência de espírito de Hatasu, e os segundos o haver a rainha colocado acima deles um homem, Semnut, saído do anonimato, do nada. Em compensação, a rainha era muito querida pela gente humilde, à qual a sua administração, sábia e pacífica, assegurava tranquilidade e favorecia o comércio. Além disso, a sua origem, de filha legítima de mãe que tinha estirpe realenga (e assim o esposo), de honrarias divinas, envolviam-na em uma auréola que constituía poderosa égide.

Contudo, as revoluções, as intrigas palacianas e as lutas fratricidas não eram ignoradas no país, e mais de um coração se confrangia de temores ante o pensamento de cruentos sucessos que poderiam surgir em futuro próximo. No partido de Tutmés imperavam ódios, porque Hatasu tomava medidas de precaução demonstrativas de perfeito sangue-frio e resolução, as quais tornavam quase impossível qualquer tentativa de apossar-se da pessoa do pretendente, indispensável para provocar uma rebelião, quando da morte de Tutmés II.

A guarnição de Bouto fora duplicada; as tropas etíopes que a compunham estavam sob as ordens de oficiais fiéis; o comandante da praça, Antef, homem vigilante e hábil, velava sobre o príncipe com o cuidado que se dispensa a um prisioneiro; sentinelas guardavam todas as saídas do palácio, e uma escolta numerosa e bem armada acompanhava Tutmés ao passeio permitido. Somente no templo, onde ia exercer culto aos deuses, podiam os sacerdotes, no santuário (no qual à escolta era vedado penetrar), transmitir-lhe notícias de Tebas, conselhos e consolações.

Enquanto esses graves acontecimentos absorviam a atenção da rainha e de todo o Egito, os dois noivos continuavam vivendo em situação cada vez mais falsa e contrafeita, e a proximidade do casamento despertava no coração de Neith uma ansiedade misturada de desespero. Sargon, é certo, não lhe dava novo motivo para queixas da violência de sua paixão. Ao contrário, evitava isso quanto possível; mas, em tal exagerada reserva, Neith percebia uma recalcada raiva, um áspero desejo de humilhá-la, pela negligência e pelas dissipações a que se entregava ostensivamente.

O outrora taciturno e misantropo jovem transformara-se em assíduo frequentador da casa de Tuaá, cortejando Nefert, a quem inundava de joias, despendendo ouro a mancheias, e comparecia aos maus sítios de Tebas, de onde, por mais de uma vez, o conduziram inteiramente ébrio.

É que ele tentava afogar, em todos os excessos, a fogosa paixão que lhe subjugava o ser, embora inutilmente, porque a imagem da noiva, em toda a auréola da sua pura e senhoril formosura, perseguia-o nos desmandos das orgias e na entorpecência do álcool. Alternativas de fúria desesperada e de morna apatia reagiam nocivamente em sua saúde e caráter. Neith estava informada da conduta repreensível do noivo; todavia, jamais lhe esboçava qualquer reprimenda, e acolhia-o, nas raras visitas, com uma calma e indulgente bondade, ignorando que tal benevolência ainda mais irritava Sargon, porque a interpretava no grau de humilhante indiferença.

Certo dia em que Neith se achava em casa de Roant, esta já esposa de Chnumhotep, ali chegou Keniamun. Fixando com interesse e curiosidade a jovem, que raras vezes avistara depois do noivado com o príncipe, constatou que Neith mudara muito naquelas semanas decorridas. A palidez do rosto emagrecido fazia realçar mais o tamanho dos olhos; mas, a expressão de resignada tristeza espelhada no semblante aveludava-o, emprestando um novo encanto aos seus traços móbiles. Notando o olhar atento do oficial, Roant suspeitou desejasse ele palestrar a sós com a jovem, e retirou-se, a pretexto de ordens a dar.

Pela primeira vez, depois que lhe comunicara o crime de Hartatef, Keniamun achava-se a sós com a noiva de Sargon. Curvando-se vivamente para ela, pegou-lhe a mão e disse emocionado:

— É verdade o que me disse o príncipe, amares um desconhecido, e que deixei de ser o teu preferido?

A jovem enrubesceu, e, elidindo a primeira interrogação, contestou, erguendo para ele um úmido olhar:

— Isto não é verdade; tu és muito para mim, Keniamun; um amigo, um irmão, que me inspira tanta simpatia quanto confiança. De boa-vontade eu teria sido tua esposa; mas, os deuses sem dúvida se opuseram à nossa união, pois, por segunda vez, separaram-nos. Seja meu amigo; estou tão isolada! Desconfio dos meus parentes; minha sorte está na vontade de outrem. Sargon é-me odioso, seu amor inspira-me terror e, eu o pressinto, será fatal para mim.

Sua voz tremeu, e algumas cálidas lágrimas desceram-lhe pelas faces.

Apesar do egoísmo e da vaidade que endureciam o coração de Keniamun, sentiu afetuosa compaixão por essa pobre criança, aparentemente cumulada de todos os favores terrestres, e, em realidade, tão desditosa, vítima de mil intrigas. Sentando-se junto dela, ele a atraiu a si.

— Minha pobre Neith, conta sempre comigo, com devotada amizade. Não duvido de que ames alguém, mas, por isso, não guardarei ressentimento, porque ninguém é soberano do seu próprio coração, e tua sorte é bem cruel, porque ser esposa de Sargon é pouco invejável. Deixa-me também agradecer-te a corajosa confissão que fizeste a esse homem, para afastar de mim seu ódio e seu ciúme; aprecio teu

89

sacrifício, e não o esquecerei nunca. Se tiveres necessidade de um conselho, de um defensor, chama-me e serei por ti de corpo e alma.

Sem responder, Neith apoiou a fronte no ombro do oficial, e pranto copioso jorrou de seus olhos. Afinal, ela se refez e lhe apertou a mão.

— Agradecida, Keniamun. Se eu temer um perigo, chamarei por ti. Agora, deixa-me fazer-te um pedido: aceita uma lembrança que trouxe para que Roant a fizesse chegar ao teu poder, recordação de mim. Os deuses conduziram-te aqui, para que eu tivesse a alegria de fazer diretamente a entrega.

Ergueu-se e apanhou de sobre um móvel delicada caixinha, ricamente lavrada, na qual se encontravam numerosas joias de elevado preço.

— Aceita isto, e também o que Roant te enviará de minha parte. Recebi tantas coisas preciosas da rainha, e também dos haveres de Hartatef, que te desejaria doar uma parte. Outra rogativa: jura-me que, se te encontrares algum dia em embaraços, será a mim que recorrerás. Serei ditosa em acudir a um amigo.

— Neith — disse Keniamun, seriamente emocionado e atingido pela generosidade da moça — como agradecer-te? Tu me doas riquezas, mas posso eu aceitá-las?

— De uma irmã e amiga tudo podes aceitar. Bem desejaria, casando contigo, livrar-te para sempre das mesquinhas preocupações de dinheiro, porque, eu sei, não és rico, e difícil te torna viver preso às exigências da tua condição. Deixa-me repartir contigo um pouco deste ouro que possuo em tanta abundância.

Olhos umedecidos, o oficial pegou as duas mãos de Neith e as beijou.

— Agradecido, Neith; aceito as tuas dádivas, e, se necessário, o teu auxílio amigo. Eu perdi em ti a melhor e mais bela das mulheres; estou convencido, porém, de que conservarás para mim um lugar no teu coração, e serei feliz com isso. Não me recuses o que te vou pedir; deixa que te abrace uma derradeira vez, como se fosse um adeus ao passado, um selo do nosso pacto de amizade.

Sem hesitar, a jovem colocou a mão sobre a espádua do oficial e lhe ofereceu os purpurinos lábios. Agitado pelos mais diversos sentimentos, Keniamun a estreitou em seus braços e lhe imprimiu na boca um beijo. Depois, voltando-se bruscamente, quis retirar-se.

— Keniamun! Tu esqueces a caixeta — gritou Neith.

Ele atendeu precipitadamente, e, apoderando-se do pequeno tesouro, sem mais se voltar, correu para fora da casa.

Ficando sozinha, Neith reclinou-se num leito de repouso e cobriu o rosto com as mãos. Por que — pensava ela com amargor — o destino, que lhe recusava Roma, também lhe arrancava Keniamun, que a amava tão sinceramente e até lhe perdoava o amor a outro homem, contentando-se apenas com a sua amizade, feliz com um cantinho em seu coração? Ele também a abraçara, e ela não sentira o medo mesclado de horror que lhe causara o beijo escaldante de Sargon, o olhar coruscante como se fosse de fogo. Depois, o pensamento voou para o homem que adorava e pertencia a essa Noferura, que não o fazia venturoso. Ódio, ciúme e desespero invadiram o coração apaixonado de Neith, e com tal violência, que ela desatou em soluços, dizendo quase em voz alta:

— Roma! Roma! Por que te vi eu?

Um suspiro abafado atingiu seu ouvido nesse instante, e a fez estremecer. Ergueu o busto e emitiu um grito: a dois passos, apoiado a uma coluneta, estava, de pé, o jovem sacerdote de Hator. Talvez devido à canícula, não vestia o comprido hábito branco, e sim o traje costumeiro dos nobres egípcios: túnica branca, curta, um colar de duplas voltas e o gorro. Imóvel, qual bela estátua, ele fixava Neith com estranho olhar sem parecer apercebido da agitação da moça, que, surpreendida de improviso, tremia de pejo e de receio de haver traído o segredo do coração ante o próprio que ela amava. Parecia-lhe que Roma deveria ler o recôndito de sua alma e rir talvez da jovem que lhe suspirava o nome tão imprudentemente. A esta nova suposição, todo o sangue lhe afluiu ao rosto; ergueu-se como de um salto, e, passando qual flecha por diante de Roma, precipitou-se para o jardim, no intuito de refugiar-se ali, até que o sacerdote se retirasse, e também porque, nesse momento, a figura do homem amado se lhe tornara odiosa. Mas, antes que pudesse atingir a sombra espessa dos sicômoros, sentiu que alguém lhe pegava um braço e a detinha.

— Por que me foges, Neith? Acalma-te — disse Roma, fixando-a num fulgente olhar.

A emoção da jovem fora, porém, demasiado forte para os nervos superexcitados pelos desgostos dos últimos tempos, e ainda pela recente entrevista com o oficial; a cabeça tonteou, os ouvidos zumbiram e pareceu que tombava rodopiando em um sorvedouro escuro. Quando reabriu os olhos, estava deitada num banco de pedra encoberto à sombra de um caniçal, com a cabeça no peito do sacerdote, cuja respiração agitada ela percebia. Constatando que recuperara os sentidos, fê-la sentar-se, ajudando-a com um braço a equilibrar-se.

— Neith — disse ele com bondade —, tu estás enferma, tua agitação, sem motivo, o prova; precisas acalmar-te, olhar mais tranquilamente o futuro, que te reserva felicidade. Disseste que Hartatef te era abominável, e os deuses te livraram dele, e te deram para esposo um homem moço, belo, que te ama e saberá fazer-te venturosa. Por que essas lágrimas? Elas provam que existe uma dissonância em tua alma, e que não amas nenhum desses seres a quem podes desposar legitimamente. Mas, acredita-me, Neith, desejar o que não é possível obter não dá felicidade; só o cumprimento dos teus deveres preencherá o vácuo de tua alma. Não olhes à direita e à esquerda; trata de retribuir o afeto do teu esposo, e a paz voltará ao teu espírito; o teu viver de casada dar-te-á novas alegrias, júbilos sagrados, quando fores mãe, e sobre o pequeno ser que os Imortais te confiarão concentrarás todos os teus pensamentos, e sorrirás então dos teus devaneios infantis.

Neith levantou-se, com as faces escarlates.

— Não fales mais assim, Roma — interrompeu ela com vivacidade. O que dizes respira a plácida virtude, a severa sabedoria da divindade a quem serves; mas, tu não entendes nada dos sentimentos apaixonados da alma. Tu me falas de deveres... Acaso o coração cogita de deveres, quando está subjugado pela imagem de um ser único? Meu coração não é o vácuo que imaginas, ele está cheio pelo homem que amo unicamente e...

Uma onda de sangue subiu às faces do moço sacerdote, e o seu sereno olhar teve uma rápida e viva flama, ao contemplar os traços transfigurados de Neith, a qual estava longe de supor quanto se tornara irresistível, na perturbação apaixonada que lhe arrebatara o ser e quase arrancara a confissão do seu amor.

— Neith! Neith! — sussurrou o moço, em voz vacilante, pegando ambas as mãos da jovem. Não digas mais, porque dirias demasiado, e o lamentarias. Não tenho direito de conhecer os mistérios do teu coração; sei que o estado em que te encontras faz esquecer a quem falas, e mais tarde fugirias de mim, qual o fizeste há pouco.

Como que despertando em sobressalto, a moça interrompeu-se, mas, não procurou fugir. Invencível sentimento de vergonha e desespero lhe prendia os pés ao chão: as palavras de Roma deram-lhe a convicção de que, preso à esposa, ele a fizera calar em tempo a confissão de amor, para evitar a humilhante resposta — "Não te posso amar!".

Se Neith houvesse visto o olhar cheio de dor e de paixão que ele lhe fixara sobre a cabeça abaixada, sentiria lenitivo; mas, curvada, sem ousar erguer os olhos, nada viu. Procurando falar mais próximo, o sacerdote murmurou:

— Neith, compreendo tudo quanto oprime teu coração, e ninguém mais ardentemente do que o sacerdote do templo de Hator rogará aos deuses pelo teu repouso e ventura.

Neith não se moveu, nem falou. E, ao ouvir o ruído dos passos de Roma, que se distanciava, deixou-se cair sobre o banco e desatou em pranto.

— Pelos deuses Ra e Hator, que fazes aqui sozinha a chorar? — perguntou instantes depois a voz argentina de Roant. Pensei que estavas com Keniamun, mas, ao perceber que se ausentara, vim procurar-te, e encontrei Roma que fugia com singular semblante deste bosquezinho onde venho encontrar-te em soluços... Tiveste alguma rusga com ele?

Neith, soerguendo-se, enlaçou o pescoço da amiga, que se curvou para ela, e chorou ainda mais.

— Vamos, sossega, e confessa o que aconteceu — disse Roant — atraindo-a carinhosamente ao seio. Sabes que te amo como se fosses minha irmã caçula e que tudo quanto me disseres será sepultado em meu coração. Sê franca, sem restrições. Tiveste algum desentendimento com Keniamun, ou meu irmão te ofendeu? Noto que mudou muito desde há algum tempo, e, de teu lado, que evitas falar a seu respeito, e agora me pareceu transtornado. Que há entre ambos?

— Oh! Roant, que me importa Keniamun? Quanto a teu irmão, é um homem tão puro, tão bom, que, longe de ofender, sofre com os aflitos. Sua agitação foi causada por minha terrível imprudência. Só me faltou confessar-lhe o que tenho ocultado mesmo a ti: amo Roma apaixonadamente! E ele, tão virtuoso e tão severo, estava sem dúvida perturbado com a minha falta de compostura. Mas, deixa-me dizer tudo.

E narrou rapidamente o acontecido. O formoso semblante de Roant pareceu por instantes petrificado de espanto; a consequência, porém, foi que, em uma franca e cordial risada, deu dois grandes beijos nas faces de Neith.

— Tu amas o meu bravo Roma! Eis que te fazes ainda mais querida do meu coração. Tranquiliza-te, porém, minha pequena. Não foi uma confissão tão acariciadora que o perturbou, e darei um dedo a cortar se, fugindo, ele pensou na tua dignidade conforme supões. Em verdade, arreceou-se da própria debilidade, porque tu és muito linda para que ele fique insensível, principalmente sabendo-se amado. Asseguro-te que meu irmão é feito da mesma pasta frágil de todos os homens, sujeito a um amor proibido e a todos os enlevos. Só o seu olhar espelha tanta virtude! Além do mais, a detestável esposa tem sobre ele o peso de um rochedo.

— E por que casou com ela?

— Ah! Isso foi uma loucura de juventude, o que confirma quanto acabo de te dizer. Roma, e assim todos os homens, pode deixar-se prender a tolices irreparáveis, que deplora em seguida. Por isso, ei-lo ligado a essa mulher, inferior a ele pelo nascimento, à qual não mais ama, e nem mesmo pode estimar, porque Noferura é de mui suspeita virtude e de caráter insuportável.

— Mas, uma vez que ele a amou — falou Neith suspirando — dize-me, Roant, ela é muito mais bonita do que eu?

— Não, não, tu és, sem paralelo, mais formosa, e ela não tem graça. Calma-te, pois, porque tirarei a limpo esse assunto, e arrancarei de Roma a confissão da verdade. Se ele estiver convencido de que te ama, eu te direi, podes ficar certa disso.

— Não posso crer que me ame — ciciou Neith. Não quis escutar a minha confissão; chamou minha atenção para mim própria. Tê-lo-ia feito, se partilhasse dos meus sentimentos?

— Para mim, isso prova somente quanto medo teve de si mesmo. Mas, vem, minha querida. Chnumhotep não tarda a chegar, e devo fiscalizar os preparativos do jantar.

Caminhando, Neith insistiu em dizer:

— Ah! quanto desejaria ver Noferura! Parece de propósito que eu não a encontre nunca em tua casa.

— É verdade; sempre vos desencontrais; mas, caso o desejes, convidá-la-ei expressamente.

Uma serviçal, vindo a correr, anunciou em voz alta:

— Senhora, senhora, a nobre Noferura está aí, e pede para te falar um instante.

Roant despediu a serva e levou Neith, após si.

— Eis realizado teu desejo— disse a rir. Mas, que pretenderá de mim, a esta hora?

Chegando próximo do terraço, encontraram Noferura que caminhava em sua direção. A recém-vinda exibia grande "toilette", sobrecarregada de anéis e braceletes; um grande diadema incrustado de rubis prendia-lhe os negros cabelos; acima da testa balançava uma flor de lótus, e na mão trazia um ramalhete dessas flores.

Sem prestar atenção às saudações de Roant, os olhos brilhantes de Noferura firmaram-se curiosos em Neith, que, pálida e perturbada, contemplava a mulher do homem amado.

— Seja bem-vinda, Noferura, e, antes que nos sentemos, deixa-me apresentar-te a minha melhor amiga, Neith, a filha do nobre Mena, noiva do príncipe Sargon.

— Ah! É um feliz acaso, que agradeço aos deuses. Desde há muito desejava conhecer a bela noiva protegida da nossa rainha.

As três mulheres instalaram-se no terraço, e Noferura encetou a explicação do assunto que a trouxera inopinadamente à casa da cunhada, originado de certa

93

mensagem recebida de parenta residente em Mênfis. Tratava-se de grave questão em favor da qual pedia a intervenção protetora de Chnumhotep.

Sem interferir na conversação, Neith acompanhava, com uma curiosidade ávida e ciumenta, cada movimento da rival. A voz rumorosa de Noferura, seus gestos bruscos e seu atrevido e provocante olhar desagradaram soberanamente à jovem. Apesar disso, reconheceu que era bastante atraente para reconquistar o amor marital, mesmo que o "tivesse perdido". Um ciúme rancoroso circundou o coração de Neith, infligindo-lhe o mais rude sofrimento que até então experimentara. Roma estreitava essa mulher nos braços; esses vermelhos lábios ele os beijava apaixonadamente; a toda hora ela podia estar junto dele, ouvir-lhe a voz, fundir seu olhar nos olhos tão doces, tão fascinadores do moço sacerdote... Por momentos, Neith fechou as pálpebras; dir-se-ia que se asfixiava.

— Não queres ficar para a refeição? Chnumhotep não deve demorar, e tu lhe darias de viva voz o teu assunto — disse Roant.

— Não, não; teu pedido terá mais prestígio para ele. Além disso, passei aqui de relance, porque vou à casa de Tuaá, onde há festa hoje, e nessas festas a gente se diverte sempre deliciosamente.

Uma expressão de espanto e desprezo esboçou-se nítida no semblante de Roant.

— Tu vais às festas de Tuaá, mulher tão mal afamada quanto a filha, Nefert, e que são evitadas por todas as da nossa condição social? Admiro-me de que Roma te permita tal convivência.

Noferura rugiu de cólera.

— E eu me admiro de que calunies duas mulheres tão amáveis — gritou ela com esganiçado acento e agitando as mãos com a violência que lhe era peculiar. — Tuaá é uma nobre viúva, rica e independente, que pode receber quem quiser, e somente a inveja espalha que suas festas e sua convivência são mal afamadas. Quanto a Nefert, evitam-na por ciúme de sua beleza, com a qual bem poucas das nossas podem rivalizar. Mas, as mulheres que não têm a temer o paralelo, frequentam-lhe a casa com prazer.

— Principalmente se elas não se arreceiam da sua reputação, e pouco se inquietam com a opinião do marido — intercalou Roant, em tom mordaz.

— Roma não tem de me proibir, e não lhe peço licença para sair — respondeu Noferura, com os olhos faiscantes. — Digo-te francamente que estou farta do seu ciúme, das suas suspeitas perpétuas; não posso ficar trancada eternamente em casa para ouvir censuras e suportar cenas de zelos ferozes. Amo Roma e aprecio o amor profundo que me dedica, mas, em tudo é mister haver limite, e o amor deve tê-los. E agora, adeus. Tuaá me espera.

Branca até nos lábios, sacudida por estremecimentos nervosos, Neith escutara a explosão final de Noferura, que, ao despedir-se, firmou olhos perscrutadores e admirados no aspecto desfigurado da jovem. Logo que a cunhada saiu, Roant, num tom meio indulgente, meio risonho, exclamou:

— Minha pobre Neith, não te impressiones assim com as mentiras espalhadas por esta imprudente. Há muito tempo que Roma não se importa com ela. Essa mulher o desonra, faz ciumadas, e...

A chegada de Chnumhotep interrompeu a conversação, e, apesar dos rogos do casal, Neith despediu-se imediatamente. Sufocava. Um sentimento desconhecido, porém atroz, atenazava-lhe o coração, e ela ansiava por estar sozinha, para dar livre expansão aos pensamentos tumultuosos. Ante seu espírito turbilhonava Roma, falando de amor a Noferura, e uma fúria dominava-a a tal ponto que, se o moço sacerdote lhe houvesse chegado ao alcance da mão, tê-lo-ia morto a sangue-frio. Nessa noite a triste jovem não dormiu um minuto sequer.

— Essa pobre Neith parece-se bem pouco a uma noiva ditosa — disse o chefe das guardas, dirigindo-se ao quarto para desembaraçar-se das armas. Pelo menos, Roant, tu apresentavas outra fisionomia, dois dias antes do nosso casamento. Hoje, notadamente, Neith estava de todo alquebrada.

— Sim, e eu me espanto de que a rainha, que a ama tanto, seja cega ao horror que esta união infunde a Neith — respondeu Roant, pegando as armas das mãos do marido para pô-las sobre um móvel.

— Hum! isso não me admira tanto, a mim, porque vejo as ocupações da rainha e os cuidados que a assoberbam — comentou ele em voz baixa. O Faraó está nas últimas, com as horas contadas, o que é bastante para o momento, sem permitir reparar em eventualidades futuras.

— Acreditas que os sacerdotes conseguirão levar ao trono o pequeno Tutmés?

O chefe das guardas fez um movimento de ombros.

— É difícil de dizer. Sabes que o clero é uma potência, mas, em todo o caso, a eles cabe o jogo mais difícil do que o por ocasião da morte de Tutmés I, quando forçaram Hatasu a casar com o irmão, se bem que o próprio rei a declarou herdeira da coroa. Desta vez, porém, eles não têm o pretendente ao seu alcance, pois o príncipe está bem guardado em Bouto, e Hatasu adotou medidas para abafar qualquer revolta ostensiva. Existe um exército em Tebas, e provavelmente ninguém tugirá. É compreensível que, no meio de tantas preocupações, a soberana não preste a devida atenção aos caprichos de Neith.

— Neith não tem tristeza de caprichos. Ah! Chnumhotep, se eu pudesse confiar na tua absoluta discrição!... Se me juras manter tumular segredo, eu te revelarei alguma coisa bem comovedora.

Intrigado com a agitação da esposa, Chnumhotep fez as mais completas promessas, e jurou discrição de sepulcro fechado. Completamente tranquila, então, Roant transmitiu ao marido a confissão da jovem, confissão que a abafava.

O bom Chnumhotep deplorou sinceramente o mal-venturado amor da moça, e o não menos desastrado consórcio de Roma; mas, os seus pensamentos não foram muito para além. A fome era realidade, e ele ansiava sentar-se à mesa do almoço. Roant, a seu turno, era trabalhada por um único pensamento: remediar, de qualquer modo, a desdita de sua amiga, distanciar, o mais possível, aquele ciúme que iria destruir o seu repouso. Feliz, amada, frívola, jamais contrariada, não admitia que se houvesse de renunciar à felicidade, e achava que todos os meios de atingir a meta de seus desejos eram permitidos e escusáveis. Assim pensando, não conseguiu conciliar o sono, nessa noite, e o resultado de suas reflexões foi que, se Roma correspondesse ao amor de Neith, o que era mais do que provável, tudo poderia arranjar-se felizmente. A dificuldade inicial era arrancar a verdade a esse hipócrita, e depois fazê-lo confessar seus sentimentos à própria Neith, calmante para os ciúmes da jovem. Em seguida, ela, a irmã, a amiga, velaria por essa felicidade e lhes proporcionaria encontros, o que compensaria a esposa de Sargon dos tédios de sua união forçada, sem excitar suspeitas ao príncipe.

A título de preliminares de tão grandes projetos, escreveu, logo ao amanhecer, um recado a Roma, convidando-o afetuosamente a vir vê-la, tão depressa terminasse os afazeres matinais no templo, por isso que tinha assunto da mais alta importância para lhe falar. Jamais teve Roant tanto açodamento na saída do esposo, quanto naquele dia, porque desejava estar a sós com o irmão. E quando este chegou, instalaram-se imediatamente no aposento de vestir; mas, ao pensamento de que podiam ser escutados pelos ouvidos indiscretos que os rodeavam, levou para o terraço o irmão, sombrio e absorto, que a seguiu indiferente. Apenas se haviam sentado, um jardineiro que passava despertou novos temores em Roant.

— Não, aqui não poderemos conversar! — exclamou, saltando da cadeira.

E, pegando a mão do sacerdote, foram para um pavilhão, isolado, seu retiro favorito.

— Trata de conspiração contra Hatasu, o assunto que me vais confiar? — inquiriu Roma, de modo irônico.

Sem responder à pergunta, a irmã apoiou os cotovelos na mesa de pedra, e examinou, com escrutador olhar, o semblante pálido, anuviado e abatido de Roma.

— Ah! Ah! também tu estás pálido, tristonho e desencorajado?

— Espero que o teu chamado não tenha sido para examinar a frescura da minha tez — disse o irmão, irritado. — Vamos ao que importa: que tens a dizer-me?

— Que tu és tolo, mas "tolo" de fazer pena — respondeu Roant em tom de comiseração.

Indefinível surpresa revelou-se rápida na expressiva fisionomia do sacerdote; depois, enrubesceu fortemente.

— Tua opinião não é lisonjeira, e pergunto a mim mesmo se valeu sacrificar a minha manhã para ouvir de ti coisa tão banal. Talvez me digas: em que fiz jus a esta expansão de admiração fraternal?

Sem dúvida! Não é ser tolo impedir a confissão que te ia fazer Neith? Por que agiste assim? Foi por não corresponderes ao seu amor, ou por que tiveste medo de ti mesmo?

Roma ergueu-se bruscamente, com os olhos fulgurando.

— Que me dizes? Teria ela a imprudência de te confiar sua loucura?

— Loucura! Naturalmente é loucura amar um néscio, sem coração, igual a ti. A pobre criança é duplamente humilhada por sua imprudência, porque, pela tua maneira de falar, ela supõe haver merecido teu desprezo, tua censura por sua falta de dignidade... Que sei eu! E tu tratas assim essa inditosa adolescente, tão linda e tão desventurada! Verdadeiramente, Roma, creio que estás cego... Não, não tentes fugir, antes de me responderes claramente — exclamou Roant, agarrando o braço do irmão que se havia voltado, com perturbação e enrubescido.

Energicamente ela o fez sentar-se de novo, e, tomando-lhe a cabeça entre as mãos, imergiu seu sorridente e astuto olhar nos olhos perturbados do irmão. Depois, abraçando-o, acrescentou:

— Vamos, seja franco; tu sabes quanto te amo, meu irmão!
— Ah! Roant, que me pedes tu? — suspirou o jovem sacerdote. — E a que conduzirá a confissão do meu desvario? É verdade que amo Neith, desde quando, pela primeira vez, meu olhar mergulhou nos seus olhos límpidos; noite e dia, sua radiosa imagem me persegue; o ciúme, o desejo de ser amado por ela me devoram; mas, eu, casado, ela, pela vontade da rainha, deverá em breves dias ser esposa de Sargon. Posso eu, se homem honesto, sacerdote de Hator, encorajar sentimentos proibidos e, pela confissão do meu amor, arrebatá-la completamente a seus deveres? Não é melhor deixar que acredite na minha reprovação aos seus sentimentos, que não representa coisa alguma para mim, e que, ferida no amor-próprio e no orgulho, me esqueça e se torne esposa amante e feliz com o homem que os deuses lhe destinaram?

Emocionada, vencida, Roant, escutando o irmão, seguira a luta íntima entre o dever e a paixão que se espelhava no belo semblante do irmão.

— Neith tem razão; tu és melhor do que todos os outros homens — murmurou ela, encostando a face no rosto do irmão. — Mas, Roma, tua virtude torna-se dura e cruel para a minha pobre amiga. O consórcio que a espera gela-a de terror e só lhe inspira repulsa, porque o amor de Sargon é impetuoso e destruidor, qual o de um espírito impuro. O afeto de Neith por ti e o ciúme arrebatam-lhe o pouco de seu repouso, e tem muita necessidade de ser consolada e fortalecida. Não será teu dever calmar esses sentimentos tempestuosos, destruir o seu ciúme, assegurando-lhe que a amas e estimas? Que melhor palavra lhe saberá restituir a paz, e guiá-la na estrada dos deveres?

Corando e empalidecendo, respiração penosa, o moço sacerdote escutara os especiosos argumentos da irmã.

— Tu me tentas, Roant, e me propões o impossível. Eu não tenho ocasião alguma de avistar Neith sem testemunhas.

— Previ tudo, e, se obedeceres a meu conselho, tu verás Neith no dia do casamento, durante a festa. Conheço perfeitamente a disposição do palácio de Sargon que, deves lembrar, já foi propriedade de Semnut, antes que a rainha o doasse ao príncipe. Muito bem. No término do jardim que margeia o Nilo há um pavilhão isolado, acessível pelo lado do rio por uma escada. Quando for noite, tu virás em barco, rumo desse pavilhão, sob o disfarce de pescador ou de operário. Eu trarei Neith e tereis um colóquio de meia hora. Tu a acalmarás com a confissão do teu amor, e lhe farás compreender que se contente com essa certeza e viva para os seus futuros deveres.

— Não, não; é uma insânia! — replicou.

Mas, Roant era engenhosa. Pouco a pouco, demoliu os escrúpulos e as objeções de irmão, excitando habilidosamente todos os seus sentimentos. E, por derradeiro argumento, descreveu a tortura moral experimentada por Neith na ocasião em que Noferura se gabou do amor desenfreado de Roma e das cenas de ciúme que ele lhe fazia.

— Noferura ousou isso? — explodiu o sacerdote, erguendo-se, faces afogueadas. Ela teve o desplante de afirmar que a amo, quando sofro com desgosto, sob meu teto, a presença dessa desonesta que me trai? Tens razão, Roant, devo reabilitar-me perante Neith de semelhante acusação; não quero que suponha seja ela, a pura e nobre criança, preferida por essa criatura degradada. Prepara tudo, Roant. Na noite das núpcias eu estarei no pavilhão.

— Felicito-te pela sábia resolução — disse a jovem senhora com alegria. — Mas, deves fazer ainda uma coisa: proibir Noferura de frequentar a casa de Tuaá e Nefert, pois ela encontrará ali um belo campo para as infidelidades, e, em qualquer caso, "tua mulher" deve evitar as reuniões mal afamadas.

— Eu a proibirei — respondeu distraidamente, não hoje, porém, porque vou regressar ao templo e ali permanecerei até depois de amanhã. A certeza de ser amado, e a impossibilidade de impedir que a mulher adorada caia em poder de Sargon perturbam minha alma.

O consórcio de Sargon e Neith foi celebrado quase com as pompas de um matrimônio da casta realenga. Todos os príncipes, dignitários e grandes senhores de Tebas reuniram-se no palácio dos nubentes, e a própria rainha compareceu, apesar das preocupações e da repugnância de separar-se do Faraó moribundo. De resto, Hatasu não deixava transparecer vestígios de íntima inquietude, e, com a graça habitual, saudou os assistentes, felicitou o jovem casal, tomou lugar na poltrona elevada que fora especialmente posta para ela na mesa do festim. Apenas, não reparou na palidez e no abatimento de Neith, nem na extraordinária agitação de Sargon, cujo olhar fogoso não se desprendia da esposa, que, olhos baixos, parecia não se aperceber da presença dele. Uma expressão cada vez mais dura e amarga contraía os lábios do príncipe; profundo suspiro estufou a túnica de púrpura fenícia que vestia e fez tinir ligeiramente os cordões de pedrarias que lhe ornavam o pescoço. Dominando-se a custo, ergueu a taça para beber à saúde e ao reinado glorioso da real protetora.

Terminado o banquete, Hatasu regressou ao palácio com o séquito, no qual figuravam Semnut e Chnumhotep; mas, a ausência da soberana deu novo surto à alegria dos convidados, libertos da etiqueta que sua presença impunha. A animação foi sempre crescente, e os copos sempre cheios começavam a escaldar os cérebros. A multidão palradora, animada, álacre, dispersou-se pelas salas, pelo vasto terraço e pelos jardins.

Sargon, rodeado pelos convivas, teve forçosamente de cumprir com amabilidade os deveres de dono da casa; Satati ocupava-se com as senhoras, disfarçando, com a sua polida animação, a tristeza apática de Neith. A noite descera rapidamente, sem crepúsculo, como sói acontecer nesse país, e tudo era iluminado com tigelinhas, tochas e alcatrão aceso em vasos, que evolava sua claridade avermelhada sobre a espessa verdura dos bosquetes. Roant, que espreitava o momento com impaciência, achou oportunidade, conversando com a noiva, de conduzi-la por uma aleia mais escura.

— Depressa, segue-me — ciciou ela — dirigindo-se quase a correr para o pavilhão.

Embora altamente intrigada por essa carreira misteriosa, Neith acompanhou-a, perguntando aonde a conduzia. Bem depressa chegaram à pequena casa, que era constituída apenas por uma câmara e terraço comunicando para o Nilo, e que fora assim feita por Semnut para refúgio onde pudesse trabalhar tranquilamente.

— Espera um instante aqui! — disse Roant penetrando no pavilhão.

A pequena sala estava mobiliada com algumas cadeiras e mesa, e era iluminada fracamente por uma tocha fixa à parede. Não havia ninguém ali, mas, logo que Roant chegou ao terraço, um homem, em vestimenta de pescador, destacou-se da sombra.

— És tu, Roma? — indagou ela.

— Sim.

— Então, vem; trouxe Neith.

— Onde estás, Roant? Tenho medo aqui — dizia Neith nesse mesmo instante.

Sem responder, levou a amiga para o interior do pavilhão, murmurando-lhe:

— Permanece aqui, até que eu te venha buscar.

E, voltando costas, saiu a correr.

Atônita, Neith circunvagou um olhar assustado em torno de si; mas, ao avistar Roma, que reconheceu imediatamente sob o disfarce, emitiu abafado grito e cobriu o rosto com as mãos.

— Não te atemorizes de mim, minha bem-amada. Vim aqui te dizer que és para mim muito mais do que a própria vida — falou ele, abraçando-a amorosamente.

Duvidando do testemunho dos sentidos, Neith ergueu os olhos, e, encontrando os apaixonados que buscavam os seus, inaudita felicidade invadiu-lhe a alma; abraçou-se ao pescoço do jovem, e uniram os lábios num grande, amoroso beijo.

— Oh! Agora posso tudo suportar — murmurou ela. — Sei que me amas, não me desprezas, nem me condenas por meu amor, e que Noferura nada significa em teu viver.

— Neith, eu não te amo bastante como devia amar, pois estou aqui contra a voz do dever e da consciência — disse com um misto de ventura e de amargor na voz. — Também o destino que me puniu rudemente, porque me foste dada por ele e por ele mesmo roubada no mesmo instante, além de condenar-me a todas as torturas do ciúme, sabendo que estás entregue ao amor legítimo de Sargon.

— Não te atormentes por isso — respondeu Neith, toda radiosa. Suportarei Sargon, mas, ele não terá a mínima parcela do meu coração, porque pensarei sempre em ti, e nos encontraremos em casa de Roant e no templo. Tu me confortarás com as tuas palavras de amor e me fortalecerás com os teus conselhos; em todos os perigos poderei chamar por ti em meu socorro; não terei mais ciúmes — terminou ela, abraçando-se ao jovem.

Roma contemplou-a com adoração. Que linda estava nas vestes de noiva! As joias de que estava repleta fulgiam na débil claridade, emitindo prismas multicores, e o resplendor dos seus negros olhos rivalizavam com o das pedrarias.

— Tu não terás ciúmes, criança egoísta, e eu? — disse ele, com um suspiro.

— É verdade; e como suportarei arrancar-me de teus braços para sofrer o amor de Sargon? — exclamou, com a súbita exaltação do desespero. Mata-me, Roma;

depois desta hora de ventura, não é preferível a morte a viver com um homem que me é odioso? E assim não sofrerás mais.

As lágrimas impediram-na de prosseguir.

— Nunca! Deves viver, Neith, porque a tua é a minha vida, minha salvação, minha esperança. E quem sabe se os deuses terão piedade de nós e nos unirão um dia? Esperando, sustentar-nos-emos reciprocamente.

Nesse minuto, lúgubre clamor fez-se ouvir, vindo do palácio, espalhando-se pelo rio, em gritos agudos.

— Que será isso? — disse o sacerdote voltando-se, inquieto.

E falava ainda, quando Roant irrompeu no pavilhão, lívida e trêmula.

— Um enviado de Chnumhotep veio trazer a notícia da morte do Faraó. Toda a festa terminou; o luto cobre o Egito. Apressa-te em regressar ao templo, Roma, e tu, Neith, vem, para que não notem a tua ausência; os convidados vão retirar-se.

Roma deu um derradeiro beijo em Neith e retornou para o barco. As duas jovens mulheres rumaram, correndo, para o palácio, onde a confusão substituíra a alegria dos convivas; com lamentações e gritos, senhores e escravos arrancavam as vestes, punham terra na testa e batiam no peito, deplorando altamente o decesso do Faraó.

Quando Neith, um tanto ofegante, se reuniu ao marido, este, de pé, em sala próxima à de saída, despedia-se dos convidados, que se dispersavam rapidamente. Com expressão sombria e suspeitosa, olhou de alto a baixo a esposa, cujo rosto agora carminado, parecia mostrar-se iluminado por íntima felicidade, e mudara totalmente de expressão. Logo depois, os nubentes ficaram a sós, e, alguns instantes, permaneceram de pé, silenciosos e perturbados.

— O luto nacional perturbou nossa festa, triste presságio para o futuro — disse afinal Sargon. — Os convidados fugiram, escravos e servos estão desorientados... Deixa-me conduzir-te à câmara nupcial; ambos temos necessidade de repouso após a azáfama do dia.

Aproximando-se, pegou a mão da esposa; mas, notando que ela estremecia e recuava, um clarão pareceu jorrar de seus olhos, e a voz se lhe fez soturna:

— Não receies que te importune com demonstrações muito cálidas; o amor repelido não se humilhará diante de ti. Não quiseste meu amor indulgente, escravo da tua beleza... Pois bem; sentirás toda a severidade do marido, e, nessa condição, vigiarei para que a tua paixão por um outro não venha tocar de perto a minha honra.

Neith levantou a cabeça com altivez. Satisfação e desafio estavam fundidos no olhar e vibravam em sua voz, quando replicou, bruscamente:

— Tanto melhor; tua raiva é preferível ao teu amor. Mas, bem tarde te propões a vigiar pelos meus sentimentos e pelos meus atos... Olha! Minha boca, minhas faces ardem ainda dos beijos daquele a quem unicamente amo; palpito ainda de felicidade... Mas, o segredo que nos envolve é tão insondável quanto o meu amor, e jamais alguém saberá o nome daquele a quem pertenço de corpo e alma!

O príncipe ouvira como que petrificado. Cambaleante, recuou um passo, e um grito enrouquecido lhe saiu do peito.

— Traidora!... — sibilou ele numa voz irreconhecível, olhos injetados de sangue. Horas depois de haveres jurado fidelidade ante os deuses, manchas minha honra? Morre!

Uma lâmina brilhou em suas mãos e fundiu no peito de Neith, que, emitindo um grito, estendeu os braços e dobrou de joelhos, inundada de sangue, tombando em seguida.

Como que despertando, Sargon deixou cair o punhal, e recuou com assombro:
— Que fiz? Matei-a! — murmurou, passando a mão pela fronte porejada de gélido suor. Oh! Neith, por que minha mão devia ferir-te?

E incapaz de raciocinar, de chamar alguém, atirou-se numa cadeira. E sua prostração tornou-se absoluta, porque não ouviu o caminhar rápido dos que se aproximavam, nem o duplo grito que ressoou quase imediato. Mena e Keniamun chegavam ao limiar, contemplando, como que aparvalhados, a desposada estendida imóvel no chão, num lago de sangue.

Os dois rapazes haviam-se retardado, tratando de assunto de serviço com Pair, e iam apanhar suas armas e capas quando ouviram o grito de Neith. Refeitos do choque, precipitaram-se para a jovem, levantaram-na, auscultando-a ansiosamente, para saber se ainda vivia.

— Respira ainda! — disse Keniamun, servindo-se da "echarpe" que rodeava a cintura da moça para bandagem da ferida.

— É preciso chamar Satati, que não deve ter ido embora, porque desejava despedir-se de Neith — gritou Mena. — Depressa! Chamem a nobre senhora e Pair — acrescentou, percebendo junto da porta os olhares espantadiços de um grupo de escravos, que aumentava progressivamente.

Ao mesmo tempo, seu olhar incidiu sobre Sargon, sempre mergulhado em completo torpor. Imediatamente seu olhar se contraiu, exprimindo um misto de furor e selvagem satisfação:

— Ah! Estás aí, miserável assassino — gritou, precipitando-se para o príncipe a quem safanou, como se o quisesse partir.

O insólito ataque pareceu despertar o agredido.
— Ela me traiu e eu a matei! — balbuciou ele, ensaiando soltar-se das mãos de Mena.

Este, porém, mais musculoso, o manteve seguro.
— Traidor que és, acreditas que te permitiram desposar uma nobre filha do Egito, para caluniá-la primeiro e depois assassiná-la? Prestarás contas à rainha deste crime e da tua ingratidão. Eis o que se ganha em fazer de um escravo um grande senhor! E vós outros, trazei cordas; é preciso evitar que este chacal fuja antes que a rainha decida sobre a sorte do culpado.

Enquanto amarravam Sargon, Satati apareceu, pálida e tremente, seguida de Pair, cujo olhar, pouco espiritual, exprimia uma alteração quase cômica.

— Deixem-no livre, porque não fugirá — disse ela, ao ver o tratamento infligido ao príncipe.

— Cuida de Neith, porque eu responderei pelo que estou fazendo — respondeu rudemente Mena. Crês que, ao ver assassinar minha irmã, faça reverência a esta serpente tríplice!

Arrastaram Sargon para um aposento distante, onde o atiraram qual fardo, ficando escravos de sentinela à porta. Ajudado por Keniamun, Pair transportou

Neith à câmara nupcial, onde foi colocada no leito, para desoprimi-la das roupas e colocação de uma compressa de água fria, enquanto se aguardava a chegada do médico.

— Meu bom Keniamun — pediu Satati, que, descorada, mãos trêmulas, ajudava as servas a tirar os colares e pesados adornos de que estava sobrecarregada a jovem — corre, eu te suplico, em busca de um médico, e depois vai a palácio e procura avistar-te com Semnut, a quem comunicarás o acontecido, para que a rainha o saiba. "É preciso que Sua Majestade tenha disto conhecimento imediato."

— Vou a correr — aquiesceu o oficial, deixando célere o aposento.

10
Rainha e mãe

Quando Keniamun chegou ao palácio real, tudo ali estava em movimento. Um burburinho semelhante ao de uma colmeia tomava o imenso edifício; as liteiras dos conselheiros e dignitários chegaram incessantemente, por isso que ninguém queria aguardar o amanhecer para apresentar condolências e felicitações ao senhor único que agora empunhava o cetro do poder e distribuía os benefícios. Cada um queria demonstrar zelo e devotamento, e mesmo aqueles que não podiam aproximar-se do Faraó, sabiam que a rainha teria conhecimento de suas presenças ali, e não os esqueceria, a eles que vinham, sem restrições, trazer sua fidelidade aos pés da soberana.

Tebas não dormia nessa noite; o povo movimentava-se em turbas pelas ruas, acotovelando-se, espremendo-se nas praças e nas imediações do palácio. Em toda parte, ouviam-se esses gritos agudos e prolongados, cheios de estranho e dilacerante desespero que o felá atual, tanto quanto o do Antigo Egito, solta em sinal de dor. E esses clamores diversos, unificando-se, planavam, qual um só gemido, sobre a capital, a ela trazendo como que um eco de luto da pátria que chorava o seu rei. Sem embargo, não havia desordem em qualquer parte. Alguns temerosos, outros com desconfiança e raiva interior, todos abriam passagem às patrulhas de polícia e aos destacamentos de soldados, que, comandados por oficiais, patrulhavam a cidade em todos os sentidos, dispersando os ajuntamentos muito barulhentos e mantendo severa disciplina.

Não sem custo, Keniamun introduziu-se até as antecâmaras reais, que regurgitavam de gente, e assim todo o palácio. Um camareiro de serviço declarou-lhe ser de todo impossível falar a Semnut no momento, mas, preveni-lo-ia, desde quando terminasse a audiência que estava sendo concedida pela rainha a uma deputação de sacerdotes dos principais templos.

Hatasu, em verdade, não havia tido um momento de repouso. A sua natureza, porém, nervosa e elástica, sustentava as energias e atravessava gloriosamente a provação. Regressando do festim nupcial, encontrara Tutmés agonizante, e sem mesmo desembaraçar-se dos enfeites, velou e amparou o moribundo. E quando o rei expirou, ela atendeu, com um certo sangue-frio sem dúvida, mas sem omissões, a todo o ritual exigido pelos usos e pela etiqueta: gemera, arrancando os adornos, rompendo vestes, fronte coberta de terra, cabelos descidos sobre o rosto, pronunciando as orações de estilo e exaltando as lamentações que proclamavam as glórias e virtudes do finado esposo.

Cumpridos esses deveres, fizera chamar Semnut, depois outros conselheiros, e, ditando a todos ordens e disposições que não deixavam dúvida alguma quanto à sua calma lucidez de espírito, demonstrou a energia férrea com a qual reunia em suas

103

mãos todos os fios condutores da máquina governamental. Surpresos e subjugados, os dignitários retiraram-se, e mesmo aqueles, adversários, que no imo eram pelo jovem Tutmés exilados, sentiam ser difícil sacudir o jugo dessa pequenina mão, e que não arranjariam nada com a filha, que, outrora desesperada com a morte do pai adorado, se deixara vencer, casar e desapossar da dignidade suprema.

Despedindo o Conselho, na intenção de repousar um pouco, veio o anúncio de que uma deputação de sacerdotes dos principais templos de Tebas chegara a palácio, e pedia ser recebida. A esta nova, a rainha ergueu-se qual corcel fogoso que sente o picar da espora. Já os inimigos se apresentavam, com que intuito? Em todo caso, eles não a apanhavam de surpresa, tal como acontecera outrora. Um fluxo de raiva subiu-lhe ao coração, à lembrança de sua passada derrota e casamento com aquele que acabava de morrer. Desses tumultuosos sentimentos e lembranças, porém, não deixou transparecer vestígio. Calma, determinou fossem introduzidos os audientes a um salão de recepções, e bem assim chamados Semnut e outros conselheiros que a deviam acompanhar, e, por fim, que Chnumhotep montasse guarda às entradas do salão com oficiais de elite.

Graves, impassíveis, os sacerdotes acomodaram-se no salão designado. Viam-se ali os sumos sacerdotes dos principais templos da capital, profetas conhecidos e venerados de todos, alguns eruditos ainda moços, porém já distinguidos com a "pena de abestruz", sinal da iniciação superior. Ao lado do Sumo Sacerdote de Amon estava Ranseneb. Todas as fisionomias eram graves e os olhares concentravam-se na entrada por onde devia aparecer a rainha.

Sem demora, dois oficiais ergueram o pesado reposteiro franjado, e Hatasu penetrou no recinto, seguida dos seus conselheiros. A passo firme, dirigiu-se para o trono, de alguns degraus, e ali ficou de pé, uma das mãos apoiada no braço da poltrona. À sua entrada, os sacerdotes prosternaram-se, emitindo um longo gemido. A rainha inclinou-se, elevando os dois braços em sinal de dor, mas, voltando à posição anterior, mirou os audientes com olhar faiscante. Os sacerdotes, que se haviam erguido, prosternaram-se por segunda vez, e o Sumo Sacerdote de Amon pronunciou estas palavras:

— Tendo rendido nosso tributo de dor e de pesar ao grande rei que o Egito acaba de perder, permite, Faraó Hatasu, dispensadora da vida e da graça, saudemos a tua elevação ao trono. Possam os deuses conceder-te saúde, glória, felicidade, e conservar-te por muito tempo no amor dos teus povos!

A rainha inclinou a cabeça em sinal de benevolência.

— Eu vos agradeço — respondeu —, nobres e veneráveis servidores dos deuses. Tendes algum pedido a fazer? Falai; meus ouvidos estão abertos e meu coração cheio do desejo de vos atender.

A um sinal do Sumo Sacerdote de Amon, Ranseneb passou à frente.

— Filha de Ra — começou ele —, tua sabedoria compreendeu que um grave pedido nos trouxe. Possam os deuses, que te deram tão grande sagacidade, iluminar teu coração e guiar tua decisão, porque justo e razoável é o que vimos dizer-te! A alma divina de Tutmés II acaba de reentrar em Osíris; a nós outros, os vivos, cabe o dever de lhe preparar uma sepultura que deleite sua sombra, poupando-lhe toda a perturbação e descontentamento. Vimos, pois, perguntar onde te propões depositar o corpo do Faraó. Queres construir um túmulo digno do teu poderio, ou colocar a múmia na tumba provisória onde estão os esquifes dos teus divinos parentes?

Uma nuvem de contrariedade passou pela fronte de Hatasu, e uma espécie de relâmpago luziu em seus olhos. Sentou-se, e disse em voz vibrante:

— Vossa proposição dá lugar a que me espante. Ignorais tanto o que se passa no Egito, veneráveis sacerdotes, a ponto de não saberdes que construí na cidade dos mortos um monumento soberbo destinado à sepultura de minha família? Para lá transportarei os restos dos meus parentes; lá repousará meu divino esposo Tutmés II; lá depositareis meu corpo quando Osíris me chamar ao seu sólio.

Sofreado murmúrio correu entre os sacerdotes, e Ranseneb exclamou, erguendo os braços:

— Oh! Rainha! Persistes em santificar esse monumento ímpio, construído contra todas as regras sagradas, aberto à curiosidade de cada um, qual um campo de feira, em vez de ser rodeado de majestade e de mistério, a exemplo do que cerca a divindade?

— Sim! — exclamou à sua vez o Sumo Sacerdote de Amon, homem violento e fanático. — Sim! ímpio é o pensamento de sepultar nossos reis nesse monumento, cópia das construções de um povo impuro e vencido. Tudo que vem dos estrangeiros é odioso às divindades do Egito e aos seus servidores, que tu ultrajas, ó Rainha, desprezando as leis sacrossantas das quais somos os intérpretes. Não esqueças, Faraó, que é sobre os ombros dos sacerdotes que se apoiam solidamente os tronos. Todos os soberanos, teus predecessores, os compreenderam e lhes respeitaram os direitos de servidores da divindade, que te asseguraram, por sua influência, a submissão dos súditos. Renuncia, pois, nós te suplicamos, Rainha — prosseguiu o irritado velho, de olhos incendidos — renuncia à escolha desse monumento que desaprovamos, que o povo contempla com temor e desconfiança; porque, se insistires, recusaremos nosso concurso, e nenhum de nós acompanhará a tal sepultura reprovada o corpo de Tutmés II.

Profundo silêncio sobreveio a esta impetuosa objurgatória. Os sacerdotes permutaram entre si inquietos olhares, porque aquela formal declaração de guerra ultrapassava, as intenções comuns, e justamente o temor do arrebatamento do Sumo Sacerdote de Amon fizera-lhes escolher Ranseneb para orador; mas, o fogoso fanatismo do velho o arrebatara.

Quanto ao séquito da rainha, todos pareciam estátuas de assombro.

Hatasu escutara silenciosamente as audaciosas e insolentes palavras do sacerdote, porém a sua expressiva fisionomia espelhara sentimentos tumultuosos bem contrários à calma que exteriorizava. À final ameaça, empalidecera terrivelmente para enrubescer depois, e sua mão se crispara na cabeça de leopardo que terminava o braço da poltrona. Mas, a cólera teve a fugaz duração de um segundo, pois os seus lábios estavam contraídos numa expressão de orgulho e teimosia, e os olhos, iluminados por esse estranho e subjugante fulgor que tornava tão difícil suportá-los, dir-se-ia, esmagavam seus interlocutores.

— Tuas palavras são duras, sacerdote de Amon, e as ameaças soam mal aos ouvidos de um Faraó — disse ela na sua voz clara e metálica. — O momento é mal escolhido para ensaio de quebrar a minha vontade. Reconheço vosso poder, mas não o temo; existem no Egito muitos templos que desejam a minha proteção e sacerdotes que, servindo aos deuses, permanecem meus servidores fiéis. A esses eu chamarei para conduzir ao lugar de repouso o corpo de Tutmés II. Quanto às cabeças rebeldes que se levantam ameaçadoras contra a que devem adorar, tenho a força e o "direito" de abatê-las. A vitória, em semelhante guerra, é coisa indecisa; mas, (Hatasu curvou-se e correu com olhar as filas de sacerdotes) eu não desejo a guerra. Reconheço que os servidores dos deuses são o sustentáculo do trono, e sou a primeira a homenageá-los e a render-lhes justiça; é apoiada aos fortes ombros do clero que desejo reinar, porém senhora absoluta do povo que conduzi à vitória e à glória. O Faraó, portador da dupla coroa do Alto e Baixo-Egito, exige dos servidores dos seus deuses o exemplo de obediência à vontade do seu rei; mas, eu creio que, intérpretes da vontade dos Imortais, tendes o poder de tornar puro o que é impuro, de santificar o que é reprovado... Pois! Peço o vosso apoio: santificai com a vossa bênção a construção que reprovais, e a bendição proferida por vós, em nome de Osíris, afastará dali todas as sombras. Eu construí o túmulo de pedra, mas, vós, santificando-o, criareis sua existência eterna, e o povo, que vê pelos vossos olhos, perderá a desconfiança; ele vos aclamará e eu vos agradecerei com dádivas soberbas, e aos deuses com sacrifícios dignos deles e de mim. Aguardo vossa resposta!...

Os sacerdotes olharam-se boquiabertos. Não podiam deixar de render homenagem à calma e ao espírito sutil daquela jovem mulher que, domando orgulho e violência, lhes dava especiosamente um meio de reconciliação, propiciando-lhes honrosa retirada de onde haviam avançado em demasia. Em realidade, os sacerdotes temiam luta aberta, cujo bom ou mau êxito era incerto, com a enérgica filha de Tutmés I, muito amada do poviléu; a concessão feita por ela lisonjeava-lhes o orgulho.

— Tuas palavras são verdades, Faraó — respondeu o Sumo Sacerdote. — Temos o poder de tornar puro o que é impuro, e tua solicitação, humilde e justa, é agradável ao nosso coração e aos ouvidos dos deuses. Além disso, reconhecemos quão grandes somas e o trabalho imenso concentrados nessa gigantesca construção, a qual, sem nossa solidariedade, não terá valor, por isso que o povo só a respeitará depois da nossa bênção. Seja feito segundo a tua vontade, ó Rainha: conduziremos ao teu túmulo o corpo do teu esposo, e ali levaremos o povo e a bênção dos deuses. Em recompensa aguardamos tua obediência e teu favor.

— Uma e outro estão assegurados: imensos serão os sacrifícios que oferecerei aos deuses sobre meu túmulo, e grandes as dádivas que recebereis da herança do meu real esposo. Jamais, eu o espero, haverá mal-entendidos entre nós.

— Agradecemos tuas promessas, poderosa filha de Ra — disse o Sumo Sacerdote de Amon — e permite-me esperar também que em teu coração não reste cólera pelas palavras severas que me foram inspiradas pela fidelidade às velhas leis de nossos maiores, pela grandeza de nossos reis.

A rainha sorriu.

— Não guardo nenhum rancor contra o homem sábio e prudente que me viu nascer. Até à altura do trono nenhuma ofensa tem o poder de subir. Compreendo que, com o excesso de zelo com que defendeste os direitos dos deuses, honras o sangue de Ra que corre em minhas veias. Em prova da graça e da amizade com a qual te distingo, aproxima-te, digno servidor de Amon-Ra: a partir de hoje, não quero que, diante de mim, toques o chão com a tua fronte venerável, e concedo-te beijar o pé de tua Faraó.

Novo murmúrio, de orgulhosa satisfação esta vez, circulou entre os sacerdotes. Este favor supremo, concedido a um deles em semelhante ocasião, parecia realmente comprovar o desejo da rainha de viver em boa inteligência com a poderosa casta, e, desde então, o exilado do Bouto devia encher-se de paciência. Cheio de alegria soberba, o Sumo Sacerdote de Amon prosternou-se e pôs os lábios no pequenino pé de Hatasu; mas, nem ele nem os companheiros viram o relâmpago de mordaz ironia, de desprezo maligno, que perpassou nos lábios da rainha.

Reingressando nos aposentos, a soberana estendeu-se num leito de repouso e despediu damas e servas, proibindo que a perturbassem. Sentia-se exaurida. Passados quinze minutos de profundo silêncio, ligeiro ruído fez estremecer a rainha. Apoiando-se num cotovelo, ergueu o busto e apercebeu a velha serviçal, que, ajoelhada, se inclinava para ela, olhando-a ansiosamente.

— Que desejas, Ama? Não me deixam uns instantes de repouso? — perguntou, descontente.

A velha cruzou os braços, e bateu violentamente a testa no solo.

— Perdoa, minha real senhora; o nobre Semnut pede para te falar imediatamente, e o disse com tal persistência, que ousei vir, apesar da tua proibição.

— Semnut? Está bem. Acende a lâmpada na mesa e manda-o entrar, sozinho, porém — concordou Hatasu, passando a mão pela fronte úmida.

Pouco depois, Semnut entrou. A fisionomia mostrava tão funda e dolorosa perturbação, que a rainha exclamou:

— Fala, Semnut! Tutmés fugiu de Bouto?

— Não, rainha. A notícia que te trago vai ferir dolorosamente teu coração, e não implica em perigo para o teu poderio. Em Bouto servidores fiéis velam sobre o príncipe, mas, aqui, um crime incompreensível foi praticado: Sargon feriu Neith com uma punhalada.

Emitindo sufocado grito, Hatasu caiu numa cadeira, mas, quase instantaneamente, saltou de pé, fremindo de cólera, mãos crispadas:

— Minha desgraçada filha! Neith assassinada! Ah! o miserável, escravo ingrato que assim me retribui os benefícios! Que a sua cabeça seja entregue ao carrasco! Antes que Ra surja das sombras, tenha ele cessado do viver, tal é a minha vontade!

Semnut ajoelhou, e ergueu a mão.

— Sei que jogo a vida, desobedecendo-te, Faraó; porém, igualmente sei que tu me maldirias se executasse tua ordem, sem te recordar que tu não podes vingar a vida da filha de Naromath, matando-lhe o irmão, esse irmão que, expirando, o confiou à tua misericórdia.

Hatasu ocultou o rosto nas mãos, e apoiou-se, cambaleante, na mesa. Decorrido breve lapso, ergueu o rosto e estendeu a mão a Semnut.

— Levanta-te e ouve o agradecimento da tua rainha, fiel e corajoso conselheiro; tu me chamaste à realidade, e tiveste razão: Sargon não deve morrer. Mas, que motivo tê-lo-ia levado ao crime? Parecia ter tanto amor a Neith! A desgraçada criança vive ainda?

— Sei apenas o que ouvi de Keniamun, que retardou a saída de palácio. Ignora as razões da tragédia; mas, quando deixou o palácio de Sargon, a princesa ainda estava viva. Um médico foi mandado para lá.

— Meu espírito está em confusão, mas, eu quero vê-la, ainda esta noite, e certificar-me do seu estado. Lastimo que Tiglat esteja enfermo e não possa ir comigo; mas, penso que Abracro possui também o segredo de estancar o sangue e fechar ferimentos. Manda sem demora um portador de confiança procurá-la, a fim de que, feitas diligências para isso, possa estar aqui dentro de uma hora. Enquanto isso, providencia para que a minha barca seja posta junto da escada do jardim. Tu, Hui e Keniamun acompanhar-me-ão, e antes do amanhecer estaremos de regresso. Vai!

Hora e meia depois uma embarcação, conduzindo duas mulheres e três homens, atracava silente no desembarcadouro do palácio de Sargon. Mal havia Keniamun pisado os degraus, rápido, e havia a rainha atingido apenas o terraço, e já Pair corria a prosternar-se para receber a soberana.

— Deixa por agora as cerimônias, Pair, e conduze-me depressa junto de Neith. Vive?

— Sim, rainha. Um médico de Amon deixou-a há pouco, depois de bandar a ferida.

O encarregado das equipagens palacianas levantou-se e precedeu respeitoso as duas mulheres até à câmara nupcial, grande aposento, rico em tapeçarias, ao fundo do qual havia um leito dourado, circundado de panos de estofos fenícios. Algumas lâmpadas alimentadas a óleos perfumados espargiam claridade fraca e vacilante. Nos coxins do leito, Neith estava estendida, esbranquiçada e imóvel qual morta. Ao vê-la, Hatasu parou, respirando opressa. A luz de uma das lâmpadas incidia sobre o rosto da jovem, e jamais, então, a semelhança com o de Naromath havia impressionado tanto a rainha, cujo olhar ficou cravado nessa parecença que fazia ressurgir ante ela o belo hiteno, o único homem que fora amado pela soberba filha de Tutmés I, com um amor violento, apaixonado, total, quanto o eram todos os sentimentos de sua orgulhosa alma.

Dominando a emoção, fez sinal a Abracro para ocupar-se com a doente, e enquanto a feiticeira abria uma caixeta que levara e examinava a ferida, Satati aproximou-se da soberana para saudá-la; mas, Hatasu presumira demasiado da sua resistência, após as múltiplas emoções daquela noite. A cabeça cedeu, e teria tombado, se Satati não a houvesse amparado e feito sentar-se em uma cadeira. Abracro precipitou-se para ela, e ambas fizeram-na respirar essências aromáticas, ao mesmo tempo que lhe friccionavam as têmporas, dando-lhe depois a beber um pouco de vinho.

Dentro em pouco a rainha se refez.

— Não é nada; um tanto de debilidade produzida por esgotamento; vai passar. Tu, Abracro, volta para junto da doente (a feiticeira obedeceu). Foi verdadeiramente um espírito impuro que conduziu a mão desse louco — murmurou, movendo a cabeça. Em seguida, pediu a Satati que providenciasse um tripé e carvões acesos, e impedisse a quem quer que fosse penetrar ali. A esposa de Pair assegurou não haver perigo de tal, porque, para ocultar a presença da rainha, haviam sido afastados todos os da casa, além de estarem Pair e Semnut vigilantes à entrada. Logo depois, veio o tripé. Abracro derramou certo líquido especial num recipiente, no qual acrescentou folhas e algumas bagas pretas, e fez a mistura ferver nas brasas, acompanhando a ebulição com misteriosas conjurações. Esfriado o líquido, com ele foi lavado o ferimento, sobre o qual soprou, aplicando-lhe uma bandagem untada de bálsamo pastoso, trazido igualmente na mencionada caixeta. A enferma começou a mover-se, e, quando Abracro lhe fez massagem nas têmporas e lhe derramou por entre os lábios algumas gotas de avermelhada essência, reabriu os olhos em plena consciência.

— Minha real senhora, a doente voltou a si e tu podes fazer-lhe perguntas — anunciou a velha, dirigindo-se à rainha, que, precípite, correu para junto de Neith, beijando-a na fronte.

— Como te sentes, pobre filha, e como te aconteceu esta incompreensível desgraça?

Expressão de reconhecimento e alegria, mesclada de temor, pairou na fisionomia desfeita da moça.

— Sofro menos, depois que te vejo, minha real protetora. Quanto és boa! Mas, dize que me perdoas; sei que te afligi; eu te confessarei o que aconteceu; mas... perdoa-me!

E tentou trazer para junto dos lábios a mão da rainha que pegara uma das suas.

— Tudo eu te perdoo, tudo, filha querida. Acalma-te, não te atormentes por nenhuma coisa; vive para mim; tenho necessidade de ver o teu inocente olhar nas horas penosas da minha existência — ciciou Hatasu, em voz baixa, apenas perceptível para Neith.

— Ah! Quanto eu te amo! — respondeu, transportada de júbilo e gratidão.

Ela não compreendia a emoção que tornava assim tão indulgente e tão terna a sobranceira e inabordável soberana; mas, de repente, recordou as palavras de Satati, quando lhe dissera que secreto elo a ligava à rainha, e então um sentimento de quietude e confiança no porvir inundou-lhe a alma.

— Poderosa filha de Ra, perdoa à tua serva ousar interromper-te — veio dizer Abracro —, mas a enferma tem imperiosa necessidade de silêncio e de repouso. Entretanto, nada temas; tua velha Abracro responde pela sua vida. E tu, minha soberana, estás igualmente exaurida: bebe este vinho ao qual adicionei uma essência fortalecedora que abrandará as palpitações do teu coração e te ajudará a dormir e a recuperar as energias indispensáveis aos labores que te aguardam.

A rainha ingeriu o vinho e quase subitamente ligeiro rubor lhe coloriu não faces.

— Agradecida, Abracro. Semnut enviar-te-á de minha parte uma porção de anéis de ouro. E toma isto, ainda em lembrança desta hora e do serviço que me prestaste.

E retirou do pescoço uma fina corrente de ouro, à qual estava suspenso um soberbo escaravelho de ouro e esmeralda, e o estendeu à velha, cujos olhos reluziram de alegria.

Verificando que Neith dormia um sono profundo e reparador, Hatasu retirou-se do aposento, novamente integrada no sangue-frio e na elasticidade de espírito que a caracterizavam.

— Conduzi-me aonde está o culpado; quero eu mesma inquiri-lo — ordenou a Pair, que fazia sentinela, junto a Semnut, na câmara contígua.

Pair correu a distanciar previamente os escravos que montavam guarda ao príncipe, e depois guiou a soberana e seu conselheiro à pequena sala, ainda enfeitada de guirlandas de flores, no chão da qual Sargon jazia de pés e mãos amarrados. O desditoso moço não pareceu aperceber-se, nem mesmo ver a entrada das novas personagens. A fisionomia tinha a expressão de petrificada, num trismo de ira e desespero; flocos de espuma escorriam dos cantos da boca contraída, e a túnica de púrpura, as joias que a recamavam ainda contrastavam tristemente com as cordas que lhe prendiam mãos e pés.

— Estás pensando no teu inaudito crime? Que fizeste do jovem ser que te confiei e dizias amar? — interrogou Hatasu, severamente.

Ao timbre daquela voz metálica, o prisioneiro pareceu despertar de um sonho, e pretendeu levantar-se, mas, impedido pelas ligaduras que lhe esmagavam as carnes, recaiu com abafado gemido. Anuviou-se o semblante da rainha.

— Desligai-o e retirai-vos! — determinou ela, bruscamente.

Com rapidez, os dois homens cortaram as cordas e saíram. Cambaleante, como se estivesse ébrio, Sargon apoiou-se à parede.

— Agora que estamos a sós, responde, ingrato, e confessa: que te levou a esse crime abominável, com o qual pagaste os meus benefícios?

— Sei que sou culpado, e não devo esperar nada da tua bondade — contestou Sargon em voz enrouquecida e sibilante. — Não quero mesmo desculpar-me, porque a vida me é odiosa; mas, conheces o sangue ardente que corre em minhas veias e que obscurece meu raciocínio. Nenhum homem tolerará que, ao aproximar-se, pleno de amor, da sua noiva, seja repelido, qual ser impuro, nem ouvir da mulher amada insensatamente estas palavras: "Chegas muito tarde, amo outro; vês! Minhas faces, meus lábios ardem dos beijos desse outro ao qual pertenço de corpo e alma!..."

E calou, sufocado.

— Estás doido. Podes crer que aquela pura e ingênua criança seja capaz de semelhante traição? — disse a rainha em tom colérico.

— Escuta-me, antes de me julgar — recomeçou Sargon.

E narrou sucintamente a primeira cena entre ele e Neith, sua conversação com Keniamun, e tudo quanto se seguira até ao casamento.

— Convencido de que não me amava, nem ao oficial — prosseguiu o príncipe — e sim a um desconhecido, difícil de identificar, permaneci em reserva e observação. Depois da tua retirada do festim de núpcias, ó Rainha, ela desapareceu. Retido pelos meus convidados, meus olhos a procuraram em vão, enquanto o ciúme me estraçalhava a alma. Somente à chegada da notícia da morte do Faraó, e com a dispersão dos convivas, ela reapareceu, rosto muito corado, olhos luzentes de ventura. Impulsionado por meu legítimo zelo, disse-lhe, quando a sós, que não mais a importunaria com o meu amor, porém, velaria pela minha honra, e em resposta declarou que saíra dos braços do meu rival. Uma nuvem de sangue obscureceu meus olhos... Como chegou o punhal às minhas mãos? Como feri a traidora? Não sei. Reconheço-me culpado por haver descido mão vingadora sobre ela; mas, que homem, em tal situação, agiria de outro modo? Esse ato foi o impulso desesperado de um coração destruído. Amei doidamente essa mulher, à qual o acaso deu os traços de Naromath; por um sorriso seu, teria sacrificado a minha existência. Tendo-a matado, quero morrer também; porém, se tu és justa, soberana do Egito, tu me desculparás. Se jamais amaste (e dizem que amaste de toda tua alma a um homem do meu povo, um desditoso prisioneiro igual a mim), deves compreender os meus sentimentos e...

A rainha escutara com espanto e emoção sempre crescentes, e, às últimas palavras, empalidecendo ao auge, curvou-se e pôs a mão sobre a boca de Sargon.

— Cala-te, insensato, e nunca repitas o que acabas de dizer, se queres viver. Compreendo-te, e não condeno a violência do sangue que obumbrou teu cérebro e guiou teu braço; mas, repito: não creio na falta de Neith. Irritada e imprudente, quanto o são as crianças, ela disse coisas que te ferissem o amor-próprio. É possível que ame outro, mas, não pertenceu a esse homem, tenho a certeza, e o futuro provará. De resto, os deuses pouparam-te a consumação do crime: Neith vive, e restabelecer-se-á. Acalma, pois, o teu remorso. Convencida, agora, de que em tua companhia ela estará sempre em perigo, farei anular pelos sacerdotes o consórcio, retomando assim Neith, para dá-la ao homem amado. Tu, livre, escolherás em outra oportunidade.

Sargon deu um selvagem grito e apertou a cabeça entre as mãos.

— Manda matar-me antes, porque, enquanto existir, procurarei tirar-lhe a vida, e não a deixarei ir para os braços de um outro. Mas, eu te suplico, Hatasu, deixa-ma, e juro, pelo que tenho de mais sagrado, pela memória de Naromath, nunca repetir o atentado. As infernais horas que acabam de passar curaram-me: culpada que seja, por terrível que seja sua traição, deixa-ma, e não lhe farei mal algum, porque sem ela é impossível viver, meu coração se consome e perece.

Ajoelhara, erguendo para a rainha as mãos súplices. Estranhamente emocionada, Hatasu apoiou-se a uma cadeira. De novo, o passado ressuscitava ante o seu espírito. Sargon, pelos traços fisionômicos, não se assemelhava ao irmão; o timbre da voz era, porém, idêntico e na excitação do momento, o olhar mostrava alguma coisa do ardor e do encanto do herói hiteno que ela havia amado. O presente, o suplicante ajoelhado, as preocupações que a abismavam, tudo esmaeceu: viu somente a sala isolada no palácio meio derruído pelo incêndio, onde o irmão, triunfante, havia estabelecido seus quartéis, e o belo e altivo jovem, ainda pálido em resultado dos ferimentos, que ajoelhara, também ele, ante ela, e, num misto de revolta e de paixão, havia murmurado:

— Manda matar-me, Hatasu, por minha audácia; eu, o prisioneiro, o vencido, desonrado, eu te amo, orgulhosa filha do conquistador, do destruidor da minha raça, ou, por piedade, dá-me uma arma para que me liberte da vida e deste fatal amor.

111

Emitindo um longo suspiro, a rainha passou a mão pela fronte úmida.

— Levanta-te, desventurado insano, eu te lamento, e farei quanto possa para tua felicidade, e trazer a ti o coração de Neith. Antes, porém, é mister salvar-te a cabeça. Tu conheces a lei: pune com a morte todo estrangeiro que mata um egípcio, e tu atentaste contra a vida de uma nobre, tua própria esposa! Enfim, tratarei de reparar tua loucura.

Fez leve gesto de saudação e saiu. Ficando só, Sargon deixou-se cair numa cadeira e pendeu a cabeça entre as mãos, murmurando:

— É certo: segundo as leis do país, sou um condenado à morte, se ela não me salvar. Oh! Neith, a que me arrastou o meu amor por ti! Mas, que estranho mistério liga esta rainha altaneira a ti, que trazes os traços de Naromath? Oh! (e bateu na testa) adivinho enfim: a proteção constante de Hatasu aos do nosso povo, o túmulo que construiu sob o modelo de nossos palácios, e essa estranha cena em que Naromath moribundo lhe fez jurar proteger-me, e na qual Semnut me arrastou com ele, apesar das minhas lágrimas! Sim, compreendo agora: Neith é sua filha!

Após deixar Sargon, a rainha chamou Semnut, a quem, depois de narrar a estranha acusação do príncipe, pediu ao fiel conselheiro tomar as providências que julgasse mais eficazes para salvar o infortunado moço das consequências do criminoso desvario. Semnut meneou a cabeça, grave:

— Não é fácil, real senhora. Conheces a lei. Se o acontecimento for divulgado, provavelmente tratarão de prender Sargon, e então não poderás entravar o curso da ação judicial, sem suscitar novos descontentamentos, que é preferível evitar nas atuais circunstâncias. A meu ver, é preciso ocultar o príncipe, fazê-lo evadir e mantê-lo distante, até que a repercussão do caso tenha abrandado. A nobre Neith, se restabelecida, poderá perdoar ao marido e implorar clemência, e tudo se acomodará.

— Dedica-te imediatamente a esse assunto, meu fiel Semnut; aprovo teu conselho. Quanto a mim, volto a palácio, para repousar um pouco. Ao meu acordar, dir-me-ás do resultado.

Retornando aos aposentos, a rainha acomodou-se e dormiu sem demora, exausta de fadiga. Era avançado o dia quando despertou. Seu primeiro olhar encontrou a velha serva, que, acocorada junto da cama, espreitava cada movimento da soberana.

— Que fazes aí, Ama? Aconteceu alguma coisa?

— Não, não poderosa filha de Ra. Apenas, o nobre Semnut espera desde há algumas horas, em tua antecâmara, cheio de impaciência para ver erguer-se o sol do Egito e aquecer-se aos raios da sua graça.

— Por que não me acordaste? — perguntou a rainha, erguendo-se com vivacidade. — Depressa, ajuda-me a vestir-me.

— Não me atreveria a perturbar-te, porque não deste ordem — respondeu a velha — e estavas tão cansada! Seria clamoroso que a Faraó não pudesse repousar, quando o último dos aguadeiros dorme quanto quer!

Hatasu sorriu. A velha ama, que a servia desde a nascença, embalara-a no regaço, adorava-a tanto quanto a "menina dos olhos". Tinha, pois, grandes regalias, e podia dizer o que ninguém mais ousara fazê-lo.

— Tu não compreendes isso, Ama. De igual modo que os deuses protegem a sorte dos mortais, o Faraó deve velar para que os aguadeiros durmam em paz. Bem, bem. Depressa! Dá-me a capa e manda entrar Semnut.

— Que novas me trazes? — indagou ela, respondendo com uma inclinação de cabeça à saudação do seu conselheiro, e sentando-se junto da mesa de trabalho.

— Más, grande rainha — respondeu ele, erguendo-se. — Chegamos tarde: Sargon está preso.

— E como pôde acontecer isso? — indagou Hatasu, empalidecendo.

— Tebas não dormiu esta noite. A notícia do assassínio foi espalhada com extraordinária celeridade. Mena gritou-a no corpo das guardas de palácio; o médico de Amon, que fez curativo em Neith, levou a nova ao tom pio, na ocasião em que os sacerdotes regressavam da audiência, e estes não quiseram perder a oportunidade de destruir um dos assírios teus protegidos, e que são para eles espinhos no coração. A novidade circulou qual flecha arremessada, e um jovem sacerdote de Hator, chamado Roma, demonstrando zelo fanático, alvorotou os demais, e, mal havias saído e eu me dispunha a levar Sargon, chegavam os sacerdotes, acompanhados de soldados, que o prenderam e levaram para o cárcere.

— Que fazer, agora? Não posso deixá-lo perecer — disse a rainha.

— Se queres ouvir meu conselho, ó rainha! não entraves, no momento, os trâmites da justiça; no momento decisivo, tu farás tudo para lhe salvar a vida. Depois, aliviarás sua situação, até que tenhas ensejo de agraciá-lo.

— Seja assim! E agora deixa-me, Semnut, e que ninguém venha aqui, até que eu chame. Preciso estar só.

Quando o conselheiro se ausentou, Hatasu pousou os cotovelos na mesa.

— Oh! Naromath — murmurou então —, tal é o destino do inditoso cujo porvir me confiaste! Ele perdeu-se por suas próprias mãos, e não sei se lhe posso salvar a vida.

Uma ardente lágrima deslizou-lhe na face. Ergueu-se, agitada, e caminhou pelo aposento. Quantas lutas e cuidados lhe dava esse dia, que tão ansiosamente desejara, dia em que se instalaria sozinha no trono que lhe parecera demasiado estreito, quando teve de partilhá-lo com Tutmés II! Já poupara a vida desse homem vacilante e preguiçoso, que, escravo de sua vontade, havia deixado o poder na mão potente e ao espírito viril da esposa e irmã. Nesse instante, lamentava a ausência do amparo e garantia que representava para ela o fraco Faraó... Reinava sozinha, é certo, mas também sozinha teria de combater o exilado de Bouto e os descontentes do Reino, e esse pequeno Tutmés seria não apenas um adversário digno dela (e o sabia desde a última entrevista), porque, à sua sombra, se levantava, qual um só homem, a casta poderosa do clero do Egito, que desejava ver no trono o discípulo, instrumento da sua vontade, da vontade desses sacerdotes que ela vencera, nesse dia precisamente, e que, porém, não cessariam de sapar subterraneamente seu poderio, e espiar avidamente cada oportunidade de alcançar e ferir a rainha, quando menos nos protegidos dela, A este último pensamento, cálido rubor subiu-lhe às faces. Ela, a soberana legítima, filha da divina Aamés, dobrar-se ante o bastardo, ceder a esses homens insolentes! Nunca!

Hatasu era dotada de um caráter e de uma têmpera daqueles a quem o perigo aguça e aos quais as dificuldades parecem dar novas energias. Com um sorriso de desafio, ela ergueu orgulhosa a fronte:

— Tenho o cetro — disse falando a si mesma — e a minha vontade será tua lei, Egito! Sargon viverá, Tutmés ficará em Bouto, e sereis vós, sacerdotes altaneiros, que vos curvareis sob a minha sandália!

Mais de um mês escoara depois da noite trágica da morte de Tutmés II. Durante muitos dias ainda, a vida de Neith pareceu estar por um fio; mas, fosse pela onipotência dos conjuros de Abracro, fosse porque a natureza jovem teve forças para resistir à morte, a verdade é que o perigo foi diminuindo, e a convalescença teve início, embora, pelo depauperamento da enferma, prometesse prolongar-se por muito mais tempo. Para não irritar os sacerdotes, um médico do templo de Amon continuava a tratar de Neith, e somente à noite, sob o maior segredo, Abracro vinha examinar a ferida e repetir as conjurações.

Satati cuidava da sobrinha com grande devotamento, enviando, três vezes por dia, notícias à rainha, que, indisposta de saúde e muito sobrecarregada de afazeres, não podia sair do palácio. Roant igualmente acorrera à cabeceira da amiga e ajudava a esposa de Pair nas vigílias. A pobre senhora estava torturada de remorsos, e não se perdoava o haver proporcionado a entrevista do Roma e Neith, de tão dramáticas consequências, isso porque Chnumhotep soubera, por intermédio de um sacerdote, parente por parte materna, do motivo do atentado de Sargon, e reprovara vivamente a esposa pela leviandade com a qual induzira em tentação o irmão e a jovem amiga, causando o aniquilamento do príncipe, que definhava na prisão, e cujo processo prosseguia com encarniçada pressa.

Descrever os sentimentos de Roma durante essas penosas semanas seria difícil. Mais amargamente do que a irmã, ele se censurava haver cedido à tentação de atrair, no próprio dia do consórcio com outro, a ingênua criança a seus braços, e, também, pela confissão do seu amor, exaltado os seus sentimentos a ponto de levá-la à leviandade que quase pagara com a vida. O Sumo Sacerdote de Hator, que fizera parte da deputação, havia, regressando, dado a notícia do assassínio de Neith. Por um instante, Roma sentira-se como que esmagado; depois, concentrada raiva, uma acerba repugnância contra Sargon empolgara-lhe o ser. Tinha consciência de haver respeitado os direitos do marido, limitando-se a amar Neith com afeto resignado e puro, tendo apenas o coração da jovem, bem do qual podia ela dispor... E, no entanto, esse bruto, em seus ciúmes, havia apunhalado a esposa, poucas horas depois do matrimônio.

Seu coração gelava, tudo nele se revoltava ao pensamento de que Neith poderia permanecer sob a autoridade desse homem que, apesar do crime inaudito, a rainha protegeria sem dúvida. Não mostrava a soberana inexplicável fraqueza para com esses estrangeiros? Não havia ela, a despeito das murmurações dos nobres, elevado esse prisioneiro hiteno à hierarquia de príncipe? Ela cumulara-o de riqueza e de honrarias, e lhe dera por esposa uma das mais nobres filhas do Egito. Assim, se a vida de Neith devia correr perpétuo perigo, mister se fazia assegurar-se da de Sargon, antes que a mão real o subtraísse à justiça. Movido por esses sentimentos,

Roma havia desenvolvido energia e habilidade inusitadas; excitado e amotinado os sacerdotes; demonstrado que, depois da derrota relativamente ao túmulo, era indispensável provar a Hatasu que seus protegidos não pairavam acima da lei, que a justiça dos sacerdotes castigaria a insolência do favorito que se atrevera atentar contra a vida de uma nobre egípcia.

Tais esforços não resultaram vãos. Sargon foi imediatamente detido e encerrado na prisão. No entanto o processo prosseguiu, e antes da condenação era esperado, dizia-se, o depoimento de Neith, sem o qual impossível se tornava julgar nitidamente a situação.

Roma, cujo nervosismo cedera, não mais se imiscuía no assunto, porém supunha, com razão, que as dilações eram resultado da influência da rainha; o zelo dos sacerdotes também se ralentava, e, desde a distinção que lhe acordara Hatasu, o Sumo Sacerdote de Amon se tornara mais conciliador e tépido no fanatismo pelos deuses e pelo jovem exilado Tutmés.

Neith ignorava tudo quanto ocorria. Embora em plena convalescença, a fraqueza era extrema; permanecia acamada durante horas, sem pronunciar palavra, e o médico proibira perguntas e perturbações sob qualquer pretexto. Depois do triste acontecimento, Pair e toda a família haviam-se instalado na vivenda de Sargon. Mena, principalmente, influíra para tal resolução, e presidiu à mudança com presteza e carinho notáveis; persuadira Pair de que estava na obrigação de administrar os domínios acéfalos e ajudar Satati na direção do lar, até que as vigílias junto da enferma tomassem menos tempo.

Diante de todos, Mena perorava com habilidade sobre a estima que votava à irmã e sobre o devotamento de toda a família, que, sem hesitar, abandonava seu lar próprio para viver ao lado da doente, velar e zelar pelo seu conforto. Sem cuidados, o amável rapaz aboletara-se no apartamento de Sargon, vago desde a detenção deste, e havia revistado cofres e caixetas, apoderando-se de joias e objetos preciosos, que Satati não tivera tempo de acautelar debaixo de chave. Com suave firmeza, a nobre mulher colocara ferrolhos e fechaduras em tudo, resguardando prudentemente para Neith os tesouros acumulados por seu marido, que eram muitos, porque Sargon, poupado e taciturno, mais letrado do que vividor, pouco despendia do muito que lhe doava Hatasu. Satati, que ainda recordava, com estremecimentos, a terrível cena que tivera com a rainha, queria prevenir uma pilhagem que lhe podia acarretar nova repreminda. Por isso, pôs limites à rapacidade ávida do sobrinho.

Mena teve de contentar-se com os sobejos a que pôde deitar mão, porém, ainda assim, sentia-se muito bem na atual residência, e, no íntimo da alma, bendizia o ciúme do hiteno, porque contava reabastecer-se solidamente com os rendimentos dos domínios administrados por Pair. A presença de Roant era desagradável a Mena, e fazia má cara para a jovem mulher, ostensivamente. De há muito, porém, a esquecera, e mesmo, na sua pretensão estúpida, alegrava-se de estar liberto, podendo, por isso, candidatar-se, com o tempo, mais vantajosamente.

Tal era a situação no momento em que retomamos a narrativa.

Certa manhã, enquanto Satati (a quem coubera a noite de vigília) repousava, Roant rendera aquela junto de Neith, que dormia sono profundo e reparador. Com pena e afeição, contemplava o rosto emagrecido da amiga, espantando os insetos que podiam perturbá-la.

Afinal, Neith abriu os olhos e estendeu a mão a Roant.

— Minha boa Roant, como poderei agradecer o teu devotamento? Dentro em breve, espero, não terás necessidade de velar junto de mim; sinto-me tão bem, tão forte, que tenho vontade de levantar-me.

— Adia esse desejo por mais quinze dias, no mínimo — disse Roant, a rir. E para te distraíres, enquanto esperas, cheira estas rosas que te envia Roma. Ele te suplica que te cuides, e estou convicta de que, pelas suas incessantes orações, os deuses, importunados, concederam-te a vida, que, em verdade, parecia presa a um fio de cabelo.

Faces purpureadas, Neith pegou o ramo de rosas e o oprimiu nos lábios e na fronte.

— Ah! Se pudesse vê-lo — balbuciou. — Mas, empalidecendo, disse hesitante: Sargon!... Era a primeira vez que, depois da noite de núpcias, proferia o nome do marido.

— Calma-te! Sargon vive, porém jamais poderá fazer-te mal. Tu saberás os pormenores mais tarde. Por enquanto, pensa apenas em coisas agradáveis — disse Roant pegando-lhe a mão. Tenho boa notícia para te anunciar: a rainha virá visitar-te brevemente. Ela é tão boa para contigo quanto Hator, verdadeiramente, e, com semelhante protetora, não se deve temer coisa alguma. Eu te proporcionarei também uma entrevista com Roma. Fica tranquila...

E Roant contou todos os sofrimentos que o irmão havia suportado, tudo quanto comprovava grande amor, e notou que, ao mencionar a rainha, como que uma sombra passava pela fronte da convalescente, e, mais do que tudo, que o amoroso tema era o assunto principal para distraí-la seguramente.

Desde esse dia, a convalescença de Neith progrediu rapidamente, e as forças lhe voltavam a olhos vistos. Amparada por Satati e Roant, reiniciara o caminhar, e, desde a manhã, era conduzida no leito de repouso ao ar livre. Em uma tarde, quando, depois de intensa canícula, sobreveio agradável frescor, Neith estava no terraço, próximo do rio, no sítio exato onde Keniamun viera outrora anunciar ao príncipe hiteno a visita da soberana. Também agora ela aguardava, nesse dia, a visita de Hatasu, e, ao pensamento deste encontro, um sentimento de vergonha, de temor e de remorso contraía-lhe o coração. A rainha, sem dúvida, pediria contas da sua conduta, exigiria o nome do seu amado, por isso que, decerto, Sargon, para justificar-se, teria dito das razões do ato violento praticado. E quanto mais nisso pensava, mais se lhe obscurecia o olhar. Grande mudança se operara na alma de Neith, durante a prolongada enfermidade; os sofrimentos haviam sazonado, desenvolvido sua mentalidade infantil, e a criança se fizera mulher. Relembrando a terrível noite de noivado, o descomposto semblante de Sargon, que a ferira, espumando e cego de raiva, uma voz recôndita ciciava-lhe ter gravemente pecado contra o desditoso mancebo, que a amava com todas as forças da alma. Na sua cólera impotente, ela atirara à face do esposo um insulto e uma abominável mentira. Sentia-se maculada, ela própria, e, a tal lembrança, afogueado rubor coloriu-lhe o rosto. Sua alma pertencia ao belo sacerdote, era verdade, mas, o resto fora uma invenção vil, causadora de tão deploráveis consequências. Que acontecera a Sargon? Ninguém, inclusive a palradora Roant, lhe dissera uma palavra a respeito. Ela conhecia suficientemente as leis, para bem avaliar qual duro destino o aguardava. Talvez a rainha lhe dissesse a verdade. Com um suspiro, Neith passou a mão pela fronte, e procurou afastar os tristes pensamentos, para se concentrar na lembrança de Roma e no seu amor; contudo também nisso não encontrou encanto sem mistura. Desejava, a toda hora, inebriar-se com a sua voz, com seus olhares amorosos, e, no entanto, ainda não viera uma vez sequer. Roant transmitia-lhe, é certo, ternos recados e flores; porém constituíam fugaces alegrias; com amargura, lembrava-se de que Roma não era livre, de que era casado, e somente à semelhança de dois ladrões podiam permutar amor. Para o seu natural, franco e orgulhoso, a situação falsa transformava-se em tortura, e dor aguda trespassava-lhe o coração, cada vez que pensava no jovem sacerdote de Hator.

A entrada de Satati, seguida de Pair e dos dois filhos, deu fim aos devaneios solitários. Com indiferença afadigada, acompanhou com o olhar os preparativos que se faziam no terraço, supervisionados por Pair, e deixou-se envolver em amplo véu transparente, cobriu os pés com uma pele de leopardo, e olhou a poltrona de cobre lavrado que fora posta junto do seu leito de repouso e que devia ser ocupada pela rainha. A voz de Pair anunciando que uma embarcação, provavelmente a da soberana, se aproximava, veio interromper uma discussão entre Assa e Beba, e toda a família, precedida de Satati, correu para a escada de desembarque, exceto Neith, que, ainda impossibilitada de andar, continuou onde estava.

Um barco, muito simples, tripulado por duas mulheres e alguns homens, atracou. A rainha saltou lestamente nos degraus e subiu, seguida de Semnut, da sua comitiva e de dois oficiais. Com algumas palavras benevolentes, proibiu a Pair e aos seus fizessem as saudações de etiqueta, por não vir ali em caráter oficial. Desde quando pisou o solo, seus olhos brilhantes procuraram Neith, e, ao se aperceber de que esta tentava erguer-se, determinou, imperiosamente:

— Não te levantes, ordeno! E vós outros — falou, dirigindo-se aos demais circunstantes — retirai-vos para os aposentos próximos. Tu, Satati, vigia para que nenhum ouvido indiscreto fique à escuta.

Compreenderam todos que a rainha tencionava interrogar a sós a esposa de Sargon, e quase instantaneamente saíram do terraço, sem ruído. Quando o pesado reposteiro desceu à saída de Pair, o último a retirar-se, Hatasu aproximou-se vivamente, e atraindo, com os braços, sobre si a trêmula Neith, beijou-lhe os pálidos lábios.

— Enfim, pobre filha, te revejo quase restabelecida, e restituída à vida, depois do terrível perigo a que estiveste exposta — disse afetuosamente, enquanto a jovem, desfeita em pranto, pousava os lábios na real mão. Não, não quero ver lágrimas — prosseguiu, sentando-se e afagando-lhe a fronte. Não estou aqui para te censurar e sim para falar contigo de coração aberto. Aquieta-te, pois, e responde-me com a verdade. Meu coração está aflito, Neith, porque gravíssima acusação pesa sobre ti; mas, seja o que for que hajas feito, confessa-me. Não tens mãe, Neith. Pois bem:

pensa que sou tua mãe, e dize-me tudo, sem restrições, porque sabes que para contigo encontrarei indulgência e justificativa. És muito inexperiente. E talvez por minha culpa não tenha conquistado mais da tua confiança, nem compreendido os diversos sentimentos que agitaram o teu coração de criança que és.

— Ah! Tua bondade comigo sempre foi sem limites — murmurou Neith, com olhar de gratidão. — Eu é que estive sempre em falta. Mas... pergunta, minha real benfeitora, e desvendar-te-ei o fundo da minha alma.

A rainha apertou a mão que retinha entre as suas.

— Sabes tu o que é feito do desgraçado insensato que, em hora nefasta, te feriu? Está preso, e sua condenação à morte é iminente, porque a lei assim pune mesmo um egípcio assassino, e é triplicemente severa para o estrangeiro, para o infortunado prisioneiro que tinha por sustentáculo a minha proteção e que ousou ferir uma nobre filha do Egito. Todavia, é verdade, Neith, o que me respondeu para justificar o inaudito crime, e o que também respondeu aos juízes: que sua mulher, desaparecida durante a festa e vinda não se sabe de onde, declarou abertamente ter saído dos braços de um homem ao qual pertencia de corpo e alma?

Lívida qual espectro, olhos imensamente dilatados, Neith escutara. Às últimas palavras da rainha, um fluxo de sangue lhe avermelhou o rosto, que escondeu com as mãos.

— Não, não; isso não é verdade, não me creias assim tão impura, divina filha de Ra, e não me desprezes pela abominável mentira que disse a Sargon, no intuito de feri-lo.

— Sempre julguei assim. Confessa-me, pobre criança, o motivo de tal mentira — disse a rainha com a mesma bondade.

Em voz baixa e entrecortada, Neith narrou à protetora a história dos seus ingênuos amores com Keniamun, depois com Roma; a fatalidade que a separava do jovem sacerdote de Hator, casado com a perversa Noferura, e por fim a sua terna, mas inocente entrevista no dia das núpcias.

— Não compreendo, eu própria — disse, finalizando a narrativa —, como pude chegar a proferir falsidade tão ultrajante para mim; no entanto alguma coisa no olhar e no tom de voz de Sargon me revoltou, e, então, na minha cólera cega, atirei-lhe em rosto a ofensa, e tive o merecido por haver tão imprudentemente açulado o seu furor.

— Sim, minha filha, Sargon acreditou ser atingido nos direitos mais sagrados, e, em tais momentos, todo homem que ama é mais terrível do que um tigre faminto, errante no deserto. Que a dura lição te sirva para o futuro. És bela, e já despertaste amor em mais de um coração; sê prudente, pois, e não jogues com a paixão de um homem, usando palavras tão desarrazoadas, que destruíram teu desditoso marido, o qual, mesmo conseguindo salvar-lhe a vida, será condenado às minas e aos estaleiros; e isto basta para compreenderes o erro afrontoso que cometeste com Sargon.

— Oh! Não desejava isso — murmurou Neith, trêmula.

Temerosa de complicações com o estado da convalescente, depois de tais emoções, a rainha enxugou-lhe as lágrimas, e disse, em tom encorajador:

— Tranquiliza-te, minha filha, se me amas e confias na tua rainha, para reparação da tua imprudência. Grande alegria foi para mim saber que és pura e inocente, e Sargon paga a violência e louca cegueira. Agora vou dizer-te o que poderá calmar teus remorsos. A tua confissão diminui a culpa de Sargon, e providenciarei para que seja enviado às minas; lá dispensar-lhe-ão condescendência, e, com o tempo, eu o indultarei e lhe restituirei os bens. Então, Neith, será chegado o momento em que poderás reparar o terrível mal causado a esse inditoso homem, quando lhe acicataste a justa cólera. Pensa nisso, e busca mudar em amizade o amor que te inspira o moço de Hator; ele é casado, e um amor manchado por um duplo adultério não pode trazer ventura. Sei que é áspera a luta para vencer o coração, mas, crê, o sentimento do dever cumprido é também felicidade e nos assegura a bênção dos deuses.

Faces inundadas de pranto, Neith beijou, fervorosa, as mãos da rainha.

— Farei tudo para que fiques contente comigo. Apenas, perdoa-me.

— Tudo está perdoado e esquecido, tranquiliza-te; não quero que chores mais. E vais ter uma surpresa: sabes o que te trouxe de palácio? Meu cão branco, que nunca deixavas de acariciar. Faço-te presente dele.

— Com o colar? — perguntou impensadamente Neith, cujos olhos brilharam de imediato.

Depois, refletindo, enrubesceu.

— Com o colar, é claro. Dentro em pouco, Semnut trará o animalzinho — respondeu Hatasu, que sorrira à ingênua indagação. — E agora, adeus! Preciso regressar ao palácio.

Neith ergueu para ela suplicante olhar.

— Eu... eu desejava fazer-te uma rogativa.

— Fala, minha filha. Que posso fazer por ti? — disse, sentando-se novamente.

— Quisera ficar sozinha neste palácio, que me pertence por tua generosidade — disse, com hesitação. A família que traficou comigo e deu em penhor a múmia de meu pai é-me desagradável; demonstraram tão pouco afeto e respeito pela memória do defunto, tanta indiferença pela minha felicidade, que nem Pair, nem Mena, nem mesmo Satati me inspiram confiança. Sem eles sentir-me-ei mais livre, e minha saúde melhorará de dia para dia; quero eu própria gerir meus haveres. Tu conheces, grande rainha, as prodigalidades dos meus parentes... Se ficar à sua mercê, poderiam arruinar-me novamente.

Hatasu baixou a fronte e levantou-se.

— Teu desejo é justo e sábio, Neith, e será satisfeito imediatamente.

Beijou a fronte da jovem e saiu do terraço. Ao fundo da sala contígua, estavam reunidos o séquito e os donos da casa, aguardando as ordens da soberana.

— Voltai para o terraço, menos Pair a quem preciso falar — determinou ela.

— Tu, Semnut, leva a Neith o presente que lhe trouxe. Mas, onde está o animal?

— Ei-lo — respondeu um dos oficiais, tirando de sob a capa um encantador galgo branco de focinho afilado, cujo pescoço flexível estava ornado de uma coleira de ouro, de duas voltas, incrustada de pedrarias multicores.

A rainha sentou-se numa cadeira de marfim, e, vendo-se a sós com o chefe das equipagens, perguntou, fixando-o com ares escrutadores:

— Quem se incumbe, desde a ausência de Sargon da administração dos seus domínios, rebanhos, vinho etc.?
— Eu, grande filha de Ra, encarreguei-me da gestão desses bens.
— Lamento, Pair, não poder deixá-la em tuas mãos. És o mais próximo parente de Neith, mas... (severo olhar desceu ao semblante empalidecido do perdulário) não tenho a menor confiança em ti e em Mena. Sob a tutela de dois penhorantes de múmia, qual sois, ela estaria em risco de perder quanto possui. Vais, pois, entregar tudo nas mãos de Semnut, que escolherá um intendente para administrar os haveres de Neith. E porque sua saúde não mais exige cuidados particulares, tu e os teus podeis deixar o palácio de Sargon. Vossas próprias riquezas necessitam da tua assistência e da de Satati. Que os deuses abençoem, pois, o regresso ao teu lar. Quanto a Neith, é meu desejo que se acostume a responder e a zelar pelos seus interesses.

Sem prestar a menor atenção à palidez e a silenciosa estupefação de Pair, voltou costas e saiu.

O furor de Mena, ao ter conhecimento da ordem da rainha, não teve limite; Satati contentou-se em dizer, com expressão venenosa:
— Era de prever. Quem semeia seu dinheiro na casa das mulheres perdidas colhe desprezo e desconfianças.

Nenhum deles suspeitou que Neith fosse a causadora da expulsão. Apesar disso, quando, dois dias depois, fizeram a mudança, as despedidas com a convalescente foram gélidas, e até mesmo Satati se mostrou reservada nas visitas a Neith. Esta respirou, aliviada, quando se viu só afinal. As energias voltavam rapidamente e Roant mantinha-lhe fiel convivência, e, certa tarde, trouxe um visitante, cuja presença constituía fluido vital para jovem. Quando Roma a apertou de encontro ao peito, murmurou em voz velada:
— Neith! Enfim, enfim te revejo!

A alegria trouxe ao rosto de Neith todo o seu frescor, aos olhos todo o viço da saúde.

11
Novidades em casa de Tuaá

O luto do Egito havia chegado a seu termo. Acompanhada de todo o clero, rodeada das maiores honrarias religiosas, a múmia de Tutmés II fora trasladada para o túmulo construído por Hatasu e depositada na câmara sepulcral, cavada na rocha, onde deviam repousar um dia os despojos mortais da esposa e irmã do rei. No dia seguinte ao da grave cerimônia, a rainha tinha vindo, cercada de inusitada pompa, ao templo de Amon-Ra para sacrificar aos deuses. Depois, regressando a palácio, aparecera a uma janela, paramentada com todos os ornamentos realengos, e falara ao povo que, em massa compacta, ocupava a praça e ruas adjacentes. Em breves palavras, porém dignas e enérgicas, a rainha declarara que, apesar da amargura causada pelo decesso do real esposo; sem embargo do duplo fardo que suportava sobre os ombros, dirigindo sozinha o governo que partilhara com o finado monarca; esperava firmemente ver o Egito prosperar sob seu reinado, em glória e riqueza, e desejava conduzir o povo à vitória, seguindo o exemplo de seu divino genitor, o grande Tutmés I.

Aclamações frenéticas acolheram esse discurso, e, mesmo depois de se haver a rainha recolhido aos seus aposentos, os gritos, votos de ventura e clamores de júbilo ainda atroavam os ares, qual furacão de entusiasmos. Afinal, a barulhenta e tumultuariamente agitada massa popular escoou pelas ruas da antiga capital.

À noite desse dia cheio de emoções, uma pequena sociedade se encontrava reunida na casa de Tuaá. Não se tratava de uma daquelas festas brilhantes e frequentadíssimas, à custa das quais a viúva se tornara celebrizada em Tebas; o tempo fora escasso para os preparativos, porque poucos dias antes havia ela regressado de Mênfis, onde se demorara seis semanas, tratando de uma sucessão. Quanto a Nefert, preenchera o tedioso prazo do luto nacional, que impedia qualquer festa ou divertimento, em visita a uma parenta domiciliada em Heliópolis. Logo que se sentiram algo refeitas das fadigas da viagem, mãe e filha, ávidas de notícias e mexericos da corte e da cidade, convidaram alguns íntimos.

Uma dezena de homens e mulheres, entre as quais se contavam Mena, Noferura e Keniamun, estava reunida no terraço, ornamentado de flores. Vasta mesa atulhada de carnes frias, vinhos e frutas fora posta ao centro dos convivas, que se serviram à larga. Os escravos haviam sido afastados, para que as conversações fossem inteiramente à vontade. No extremo da mesa sentava-se Tuaá, vestindo de amarelo franjado do púrpura, cabelos tingidos e atafulhados de joias, faces pintadas, falando, estridente e em requebros, com um velho militar, comandante da guarnição de Tebas, que a lenda acusava de haver sido o primeiro a fazer cair em tentação a virtuosa Tuaá, então jovem e formosa mulher, pouco enamorada de um rico e vilão marido.

Do lado oposto, junto de Mena, Nefert retorcia-se preguiçosamente no espaldar da cadeira, mastigando um bolo, e dando medíocre atenção, quer às olhadelas, quer aos olhares fogosos do vizinho. Era uma bela criatura, formas voluptuosas e admiráveis, à qual o contraste da tez bistre, com cabelos fortemente avermelhados, dava um tom muito original. Trajava uma saia tufada, verde e branca, e uma espécie de camisa de mangas curtas, de tecido transparente, merecedor do nome de "fios de ar", não lhe escondendo nada dos encantos; pescoço, braços e tornozelos atestados de joias.

Haviam sido tratados a fundo o discurso de Hatasu e os funerais do rei; tinha-se pairado da riqueza do barco funerário, do esplendor das cerimônias religiosas e da afluência enorme de sacerdotes à consagração do novo túmulo.

— O desfile foi verdadeiramente sem-fim — comentou uma das mulheres —, como nunca pensei ver. E os sacerdotes tanto trovejaram contra o monumento, sem dúvida um pouco estranho! E agora acudiram em massa para benzê-lo e nele sepultar Tutmés II.

— Se isso te admira, Herneka, és bem ingênua — disse a rir um moço, oficial —, porque prova que o querer e o poder são "dois" e, uma vez que cederam, ocultaram o fracasso sofrido e mostraram um excesso de zelo. Oh! Hatasu é mulher que sabe querer e, o que é mais, impor as suas decisões. Suponho que Tutmés III esperará algum tempo antes de trocar o exílio de Bouto pela metade do trono!

— Também creio — intercalou Nefert. O Grande Sacerdote de Amon parece haver arrefecido depois que a rainha lhe concedeu o favor do beija-pé.

— E não se deve deixar de fazer uso de tal honraria, sempre que se ofereça ocasião para tal — agregou a sorrir o comandante de Tebas.

— Sempre a rainha é tão bondosa quanto enérgica e fiel àqueles a quem protege; ela salvou a vida de Sargon, apesar de tudo, e mandaram-no apenas aos estaleiros — disse Keniamun.

— Sim, para isso também o pezinho contribuiu — comentou, maligno, o velho oficial. O hiteno salvou a vida, apesar do crime, inominável para um estrangeiro, e foi condenado não aos estaleiros, e sim às minas, de onde regressará indultado e mais glorioso do que nunca, pode jurar-se. Amanhã, com outros sentenciados, partirá para a Etiópia; a coluna já devia estar em caminho, mas, para que os oficiais e soldados da escolta pudessem assistir aos funerais, foi adiada a partida.

— Eis um caso extraordinário, cujo fundo verdadeiro desejaria conhecer — exclamou Tuaá. Pobre Sargon!

Eu o lamento, apesar de tudo; era um belo rapaz, e tão delicado... E ter de ir para os estaleiros... É horrível! Porém que motivos tê-lo-iam levado ao crime? Sabemos todos que não se mata a mulher, horas depois do casamento, por qualquer bagatela.

— Estou convencida de que houve infidelidade no caso, e que a bela protegida da nossa Faraó não é tão inocente quanto se mostra — chacoteou Noferura. Tais descobertas tornam os homens como que danados.

— Noferura o sabe por experiência — intercalou maldosamente Keniamun. Para mim, creio firmemente, houve apenas entre ambos um mal-entendido.

— Hum! Terrível mal-entendido — disse Tuaá, meneando a cabeça. Vamos, Mena, fala, elucida-nos sobre a realidade. Deves saber a verdade sobre tua irmã.

O interpelado empertigou-se com gravidade.

— É mistério impenetrável, conhecido exclusivamente pela rainha e pelo Grande Sacerdote de Amon... E... quanto às minhas conjeturas, não me considero com direito de divulgá-las.

— Deixa-o, mãe, pois bem sabes que Mena adora o mistério, e, para discrição, não tem rival. Recorda como guardou o segredo de Chnumhotep, antes do noivado de Roant —disse displicentemente Nefert, fitando, com ironia motejadora, o rosto subitamente corado do oficial.

Olhos girando nas órbitas, lábios trêmulos de raiva, porque as gargalhadas provocadas pelo remoque de Nefert o exasperaram, Mena preparava enérgica resposta, quando Tuaá, desejosa de evitar incidentes, disse, com autoridade:

— Basta de falar neste caso e nas demais histórias de Tebas. Deixai, meus amigos, contar-vos, a meu turno, uma coisa assaz interessante, que ouvi em Mênfis e que concerne ao príncipe Horemseb, parente da família real e que conheceis, ao menos de nome.

— Horemseb, o filho da bela Anaitis? — perguntou o velho comandante. Que faz ele em Mênfis? Há bem mais de um lustro que não aparece na corte, e está completamente esquecido. Já em sua última estada, papagueava-se de diversas bizarrias do seu caráter. Deve orçar por 27 anos.

— Oh! É um homem de todo extraordinário, e sua vida um mistério que interessa toda a gente em Mênfis — exclamou Tuaá, com animação. — Quero exatamente repetir o que ouvi, a esse propósito. Há quase um decênio, começou, após a morte do genitor, a adquirir todos os terrenos e jardins circunvizinhos de seu palácio, principalmente à margem do Nilo. Segundo se diz, tão imenso espaço foi transformado em um único jardim, provido de dois lagos; tanto quanto pode o olhar abranger, percebe-se como que uma floresta de palmeiras, sicômoros, uma verdadeira confusão de verdura. O todo é cercado por um muro muito alto, com duas saídas conhecidas, sendo uma para a cidade e outra para o rio, servida esta por escada ladeada de esfinges. Ao lado da escada, existe uma espécie de abrigo de pedra que comunica também com o interior e onde se acha uma barca à qual vou referir-me dentro em pouco. Durante o dia, absoluto silêncio parece reinar na habitação, lembrando uma fortaleza adormecida, e o próprio Horemseb não aparece. Outrora, era visto pelo menos três ou quatro vezes por ano, na ocasião das grandes festas religiosas, ou para oferecer sacrifícios sobre a sepultura do pai; mas, desde há ano e meio, negligenciou mesmo estes deveres, e só à noite pode ser avistado, quando passeia no Nilo, em uma embarcação, verdadeira maravilha, e de tal riqueza, que excede a da usada no transporte de Hatasu. Imaginai, meus amigos, um barco muito grande, inteiramente dourado, com os rebordos guarnecidos de uma faixa de marfim incrustada de pedrarias, fazendo o efeito de precioso colar posto em redor; a proa representa uma esfinge alada, que parece fundida em ouro e prata maciça, e cuja cabeça é provavelmente oca, porque as órbitas dos olhos aparentam emitir clarões vermelhos, provavelmente de lanternas. Dois grandes faróis vão acesos atrás da embarcação. No interior, o navio é forrado de preciosos estofos e, sob um pálio, Horemseb em pessoa se reclina sobre almofadas, e seu olhar trespassa qual flama aqueles que cruzam com a sua barca, movida por oito remadores, surdos-mudos, segundo se diz.

— Tu narras como se houvesses visto tudo isso, — exclamou Noferura, que escutara de olhos cintilantes.

— Sem dúvida que vi a barca e o "mágico", conforme é designado em Mênfis — confirmou Tuaá, com satisfação. E confesso também que não foi sem alguma dificuldade.

— Então, narra tudo com pormenores — exigiram várias vozes, porque todos haviam acompanhado curiosamente a descrição da viúva, aliás lisonjeada pelo interesse que despertara.

— Visto assim o desejardes, meus amigos, vou relatar, com os detalhes, o quanto observei e ouvi — aquiesceu Tuaá, sorrindo. — Para isso, porém, tenho do começar de um pouco mais longe.

Sabeis todos que tive de partir inopinadamente para Mênfis, onde a morte de um irmão e as formalidades da consequente herança reclamavam a minha presença. Foi um processo complicado, no qual tive de lutar contra a má-vontade de vários primos, e, nos primeiros tempos, esses embaraços absorveram-me totalmente a atenção, a boa Noferura dera-me uma carta de recomendação a um seu parente, sob cujo teto reside a irmã, Neftis, mais nova, e o excelente homem foi para mim grande esteio e valioso conselheiro. Por seu intermédio, fiz conhecimento com alto funcionário, o nobre Psametich, cuja proteção me ajudou a tudo liquidar rapidamente, e com a família do qual me liguei a ponto de ser ali recebida qual próxima parenta. Certa tarde, cerca de oito dias antes do meu regresso, Psametich e sua consorte convidaram-me a um passeio pelo Nilo, o que aceitei com prazer. Ao passar junto de um muro imenso, por detrás do qual havia uma floresta de verdura, perguntei que era tal sítio.

— Por detrás desse muro está o palácio do príncipe Horemseb, o "mágico" de Mênfis, conforme o povo o batizou — respondeu o interrogado, sorrindo. — Essa escada ornada de esfinges, que vês, é uma das saídas da encantada habitação, e só se abre quando Horemseb faz noturno passeio no rio, e somente então pode ser visto o homem a respeito do qual correm tantas e estranhas histórias.

— Pedi ao meu amigo narrasse o que sabia, pois, embora tivesse eu própria ouvido algo de misterioso com referência ao príncipe, julgava existir nisso exageros criados pelos mexeriqueiros.

— É indubitável que se inventam muitas coisas, e se leva à conta de Horemseb tudo quanto acontece de inexplicável em Mênfis, e cuja existência ele mesmo ignora — observou Psametich —, mas o gênero estranho da vida do príncipe dá lugar a todos esses boatos. É fora de dúvida existir na habitação um silêncio suspeito durante o dia, e que à noite (dizem) ali se ouvem cantorias e como que um abafado ruído de festas. O velho Hapzefaá, o homem-procurador do príncipe, vem fazer compras acompanhado de escravos mudos, que só respondem emitindo sons ininteligíveis; compra escravos, sem limite, de preferência surdos-mudos e bem assim meninas de 10 e 11 anos, metendo toda essa gente no palácio, sem que jamais reapareça, nem se saiba o que foi feito de qualquer dos seus componentes. Dessa circunstância têm sido deduzidas enormidades, e, quando, há algum tempo, desapareceu um célebre cantor e harpista, e depois um ourives afamado, e mais um escultor assaz conhecido, e que, apesar dos esforços das autoridades, nenhum traço deles foi encontrado, o rumor público decidiu que haviam desaparecido na casa de Horemseb. Mas, porque nenhum indício veemente corroborava tais suspeitas, os casos ficaram limitados a suposições apenas. No ano transato, sobreveio um fato verdadeiramente estranho e propício a desconfianças: uma escrava, moça, nascida de prisioneira de guerra, devia ser vendida por seu senhor, vítima de aperturas pecuniárias, e Hapzefaá, discreto quanto um túmulo, a adquirira, não constando depois mais nada a seu respeito. No entanto, por acaso, cujos pormenores desconheço, a dita escrava conseguiu fugir do palácio, e retornou à casa dos antigos senhores. É fácil conjeturar de que modo foi ela interrogada; com enorme espanto de todos, porém, declarou nunca ter avistado o homem de quem tratavam. Narrou que, juntamente com muitas outras companheiras, habitava uma construção situada em enorme pátio fechado; que um homem, vestido de branco, costumava vir ensiná-las a cantar e a tocar harpa, e, a algumas, a dançar. Muitas vezes, à noite, preferencialmente nas de luar, as dançarinas eram vestidas de tecidos ligeiros, enfeitadas de colares e de diademas de ouro, e assim bailavam com jovens, também faustosamente trajados, sobre um tabuleiro de relvas, em redor de tripés, dos quais se evolavam aromas encantadores, ou às bordas de um lago iluminado por tochas, enquanto as cantoras, para execução da sua parte, eram colocadas nas árvores, ocultas pela folhagem. Porém com que fim tinham lugar tais cânticos e danças, ignorava. Do supremo senhor do palácio jamais aperceberam a sombra sequer, e falavam apenas ao velho de branco, que as instruía; os escravos que as serviam eram surdos-mudos. Calcula-se o interesse despertado pela narrativa; contudo no dia imediato ao da volta ao antigo domicílio, a moça escrava foi encontrada morta. Qual a causa? Nunca se soube.

— Podeis figurar-vos, meus amigos, a impressão que me produziu a narração de Psametich. Fervendo de curiosidade, deliberei fazer o impossível para avistar esse homem extraordinário, embora Psametich buscasse dissuadir-me de meus propósitos, por ele classificados de loucura, assegurando-me que Horemseb traz desgraça, e que eu não encontraria remadores que se arriscassem ao "mau-olhado". Eu estava, porém, resolvida e devotada ao desejo de ir avante. Quando falei a Neftis, esta fortaleceu meu projeto, e até prometeu acompanhar-me. Resolvemos então agir em segredo, para evitar falatórios e empecilhos. Contratei um barco e dois possantes remeiros, sem medo de coisa alguma, os quais asseguraram que, sendo lua cheia, quase certo se tornava encontrar o príncipe, o qual, em plenilúnio, jamais faltava ao seu passeio. Anoitecendo, embarcamos, Neftis e eu, e seguimos. Tua irmã, minha cara Noferura, estava cheia de jovialidade, e alindada a encantar.

— Toma cuidado! — disse eu. — Se agradares ao "mágico", estarás perdida!

— Riu loucamente, dizendo nada temer, e que propositadamente se havia enfeitado assim, para despertar a atenção do príncipe, dando com isso mais facilidade para examiná-lo. O argumento era valioso, e prosseguimos nosso rumo, alegres, embora com expectativa impaciente. Súbito, um dos remadores curvou-se e disse:

— Olhai, nobre senhora, ei-lo!

— Ao mesmo tempo, ele e o companheiro agacharam-se, e, abrigados pelas bordas da embarcação, estenderam os dedos indicador e mínimo, no conhecido gesto para neutralizar o "mau-olhado". Eu teria achado graça nisso, se não me encontrasse empolgada, pois a misteriosa barca aproximava-se celeremente. Já os olhos avermelhados da esfinge coloravam as águas de um tom sanguíneo e faziam cintilar as pedrarias do colar que lhe ornamentava o pescoço, e pouco depois o barco do príncipe nos alcançou, raspando quase as bordas do nosso... Toda a minha alma se concentrou nos olhos, tal o estranho e maravilhoso do que vi. Sem embargo, minha atenção recaiu no personagem, estirado imóvel sobre almofadas. Eu já o avistara, em Tebas, havia dois lustros, quando aqui estivera com o genitor, mas, decerto não o reconheceria: o adolescente, magro e um tanto débil, transmudara-se num homem de beleza surpreendente, de formas admiráveis, extremidades finas, longas, porém atléticas, rosto soberbo, embora de beleza sinistra, olhar coruscante, que dava arrepios. Vestia curto avental bordado a pedrarias, e trazia gorro ornado na frente de um diadema. Colar e braceletes, que não tive tempo de minuciar, chispavam no pescoço e nos braços. Era mudo qual uma estátua, e apenas seus terríveis olhos pareciam viver; mas eis que de repente um estranho sorriso lhe entreabriu a boca, deixando ver, por entre carminados lábios, dentes rivais de pérolas. Depois, retirou do cinto uma rosa que estava presa, e a arremessou aos joelhos de Neftis, que, pálida, olhos desmedidamente abertos, no dobrava, totalmente embevecida, a ponto de esquecer-se de apanhar a flor. Um minuto mais, e a barca havia passado, e ganhado distância, com a rapidez do clarão. Só então Neftis tornou a si, exclamando triunfal:

— Olha, Tuaá! Horemseb atirou-me uma rosa vermelha, mas diferente de todas as nossas rosas, e maravilhosa quanto o é tudo que dele vem. Que perfume exala! Que será isto? Está toda molhada!

— Curvei-me para a rosa, cujo aroma era em verdade sufocante; não me agradando, porém, os odores agressivos, e devido também à minha emoção, aquele cheiro fez-me mal, e durante muitos dias sofri atordoamento, dores na cabeça e no peito, e senti como que fogo no sangue.

— Talvez fosse o "mau-olhado" e não a emanação da rosa que assim agitou o teu sangue. És tão sensível à beleza, Tuaá — intercalou malicioso o comandante.

A viúva aplicou-lhe vigoroso tapa nas costas.

— Estás envelhecendo, Neitotep, e o ciúme contra tudo que é jovem e formoso recende de cada uma de tuas palavras. O mais provável é que o delicado de minha natureza a torne tão impressionável. Neftis, que cheirava assiduamente a flor, não se queixava de coisa alguma, quando dias depois me despedi, e até me confessou conservar a rosa em lembrança de Horemseb.

Houve risos e discussões ainda por algum tempo a propósito das extravagâncias do "mágico" de Mênfis, e agradecimentos à dona da casa pela interessante história. Depois, a conversação tomou novos horizontes, até que um novo visitante fez esquecer o primitivo tema.

Algumas horas antes da reunião em casa de Tuaá, Neith e Roant estavam reunidas no aposento particular de Neith, em animada palestra. A esposa de Sargon parecia completamente restabelecida. Nessa ocasião, porém, uma vermelhidão febril cobria-lhe as faces e profunda ruga se formara entre as sobrancelhas, além da visível expressão de cólera e de obstinação que brilhava em seus olhos.

— Roma tem ideias muito bizarras, e não compreendo que se aventure a pedir semelhante coisa — disse ela, com os lábios tremendo nervosamente. — É como se exigisse de ti perdão a Mena por haveres amado a Chnumhotep.

Roant passou o braço em torno da cintura de Neith, e, atraindo-a a si, abraçou-a.

— Vamos! Calma-te e falemos razoavelmente. Tua comparação inicialmente não vale nada, porque, escolhendo Chnumhotep, não feri o amor-próprio de Mena: sua liberdade e posição não sofreram. Sargon está destruído, e o coração generoso e honesto de Roma sofre mil remorsos; a sorte do desgraçado pesa sobre ele como se, pessoalmente, houvesse cometido o crime; sua consciência censura-lhe sem cessar o ter sido causa da terrível ferida, da ruína e do cativeiro de Sargon. Ontem ainda me disse: "— Os deuses punem sempre, quando nos desviamos do caminho dos deveres. Se eu permanecesse firme, e houvesse ocultado de Neith o meu culposo amor, não teria ela corrido esse perigo mortal, e o infortunado Sargon evitaria sua terrível sorte".

— Pobre Roma, erroneamente ele se atormenta; eu sou a única culpada; ele não tem mácula pelo meu amor — disse Neith. — Entretanto, admiro-me de que tanto lamente Sargon e se lastime de me haver dado o seu afeto. Ele chama a isto amar-me? — acrescentou, com imediato despeito. — Eu não previ que Sargon me ferisse na sua raiva; o que lhe disse foi para desembaraçar-me dele, e poupar a Roma um justificado ciúme. Agora posso estar convencida de que o meu amor é muito maior do que o dele por mim.

— Não; és injusta. Que te solicita ele? Ir ver por alguns instantes o inditoso condenado, dizer-lhe algumas palavras de consolação, para apagar de seu coração o horrível e falso pensamento de que pertences a outro. Amanhã, os condenados partem para os trabalhos forçados, e bem poucos de lá voltarão vivos. Podes ter coração bastante duro para recusar algumas expressões afetivas ao infortunado que aceitaste para esposo? Vamos! Sê bondosa, acede à súplica de Roma; irei contigo, e depois seguirás para minha casa, onde passaremos uma tarde juntas, e com alguém mais que venha agradecer-te calorosamente haver aliviado seu coração de um remorso.

Neith descansou a fronte no ombro da amiga e rompeu em pranto.

— Está bem: irei! — murmurou ela, enfim. — Mas, como chegaremos até junto dele? É permitido ver os condenados?

— Não te inquietes por isso: hoje há licença, a quantos o desejem, de dizer adeus aos condenados. Por outro lado, Chnumhotep, que está no conhecimento do segredo, deu-me recomendação para o chefe das prisões, o qual é seu amigo, e nos guiará sem dificuldade, sem indagações, deixando-nos a sós. Protege-te com espesso véu, e eu farei o mesmo; iremos na minha liteira até ao canto, e, de lá, andando até à prisão, incógnitas.

Duas horas mais tarde, ambas, trajando com simplicidade e protegidas por longos véus, apresentaram-se à portaria da prisão privativa dos deportados e a entrada da qual soldados etíopes montavam guarda. Chamado por um destes, o oficial de serviço velo informar sido que pretendiam as visitantes. Rápido olhar demonstrou-lhe tratar-se de pessoas de distinção, o, quando Roant lhe deu a ler as tabuinhas escritas que trazia e endereçadas ao comando da prisão, ele as saudou com deferência, e saiu prestamente. Depois de uma espera que pareceu interminável a ambas, o oficial regressou, convidando-as a segui-lo.

— Vossa solicitação é atendida — disse ele, olhando-as curiosamente.

Atravessado pequeno pátio inicial, cheio de soldados, depois um corredor deserto, estreito e escuro, desembocaram em outro pátio, vasto e rodeado de muros elevadíssimos. Nesta espécie de tapada, cerca de duzentas criaturas estavam dispersas em grupos, vendo-se homens de correntes presas ao tornozelo ou algemados em pares, sentados ou deitados no chão, tendo em redor mulheres e crianças, membros da família deportada por inteiro.

Tal massa de seres humanos, macilentos, quase nus, espelhava no rosto a expressão de triste desespero ou de apatia vizinha do embrutecimento. Sentinelas vigilantes, providas de bastões ou relhos, circulavam por entre os grupos, batendo naqueles condenados que lhes pareciam merecer corrigenda, até mesmo nas crianças, quando estas gritavam.

Trêmulas e perturbadas, Roant e sua amiga procuraram, com o olhar, Sargon no meio dessa turma de desgraçados, porém, o oficial beirou um dos muros no qual abriam várias portas baixas, e, próximo da última, parou. Manobrando o ferrolho exterior, deu entrada às duas mulheres em uma célula meio aberta no teto. Bem ao fundo, via-se um montão de palha, à guisa de leito, e, ao lado oposto, sobre grande pedra, servindo de assento, um homem, no qual dificilmente se reconheceria o elegante e aprumado príncipe Sargon. Uma corrente, ligada à parede, estava fixada a um dos pés; um pedaço de tecido grosseiro cingia-lhe os rins; meio voltado de costas para a entrada, pousava a cabeça contra a pedra nua, e não parecia ver nem ouvir.

Petrificada, mãos convulsivamente premidas contra o seio, Neith arrimou-se a Roant, enquanto o oficial se aproximava do prisioneiro.

— Há quem te queira ver, Sargon — avisou, tocando-lhe levemente no ombro. E voltando-se para Roant: Deixo-vos com o prisioneiro, nobres senhoras; fico, porém, ao alcance de qualquer chamado, caso necessiteis de mim.

Sargon voltara o rosto e fixava com o olhar sombrio as duas mulheres veladas. Estava indizivelmente transformado: faces encovadas; olhos fundos nas órbitas, fuzilavam semelhantes a carvões acesos; indefinível expressão de amargura, de raiva e de irrisão de si mesmo contraía-lhe a boca.

— Quem sois e que pretendeis de mim? — perguntou brusco.

Neith tirou o véu, e, avançando para ele, mãos postas, disse, com angústia e lágrimas na voz:

— Sargon, perdoa todo o mal que te causei.

Avistando a esposa e ouvindo-lhe a voz, o infortunado homem deu um salto, e quis atirar-se sobre ela; mas, retesado pela corrente, teria tombado, se não houvesse ido de encontro à parede.

— Que vieste fazer aqui, traidora? Rejubilar-te com o meu infortúnio? — rugiu, por entre um rir seco o desesperado. — Achaste um momento para sair dos braços do teu amante e distrair os olhos com a minha impotência e escarnecer de minha humilhação? Oh! Não estares ao alcance das minhas mãos, criatura depravada, lodo da minha vida e da minha honra, para afogar-te qual serpente venenosa! — concluiu numa raiva súbita, lábios espumando e punhos crispados.

Neith recuou, mãos estendidas; seus lábios, trementes, recusavam-se à fala. Roant aproximou-se, corajosa.

— Enganas-te, Sargon, supondo que Neith veio zombar de tua desgraça: o pesar e o remorso guiaram-na aqui; o desejo de confessar a verdade e calmar teu justo ressentimento.

— Sim, Sargon — exclamou ela, interrompendo a amiga — vim dizer-te a verdade: não me deves desprezar, porque não maculei tua honra, não te traí, como te disse então. Menti indignamente: tua arrogância, tuas duras palavras tornaram-me colérica, e quis ferir-te e distanciar-te de mim, mas, jamais desci tão baixo. Acredita, Sargon, e perdoa a fatal ira que te arruinou. Agora compreendo minha terrível falta...

O pranto impediu-a de prosseguir. O príncipe escutara fremente, olhos concentrados nela, e ante aquele rosto lavado de lágrimas, em face daquele olhar ansioso e cheio de mudas súplicas, reacendeu o apaixonado amor que ela lhe inspirara e um excesso de desgraça adormentara.

— Neith, dizes a verdade? — perguntou em voz quebrantada. — Não fui torpemente atraiçoado?

— Não, não! Por que viria eu ao teu cárcere para mentir? Foi o remorso que me impeliu a dizer-te a verdade, eu to juro por Hator, pelos juizes de Amenti.

Tal vibração de sinceridade vibrava na voz da esposa, que as dúvidas de Sargon se desvaneceram. Indizível arrependimento de haver destruído loucamente sua própria vida invadiu-o então, e, recaindo pesadamente sobre a pedra, premiu novamente a cabeça de encontro à parede, enquanto convulsivos soluços lhe sacudiam o corpo. Por instantes Neith contemplou-o, fremindo qual folha agitada pela brisa. Que fora feito, em breves semanas, do airoso príncipe hiteno?

Arruinado, degradado, acorrentado, condenado a trabalhos forçados, sob os quais sucumbiam mesmo os mais robustos, voltaria ele vivo? Merecera tudo isso, em troca do apaixonado amor que votara a ela? Intolerável remorso segredava a Neith haver pecado horrivelmente em sua leviana cólera, excitando o ciúme e as paixões desse homem até à perdição. É certo que tal não desejara. Uma onda de compaixão e de pesar invadiu o impressionável coração da jovem mulher, e, esquecendo o perigo de um inesperado ímpeto de raiva do prisioneiro, precipitou-se para ele, ajoelhou e lhe pousou as pequeninas mãos nos braços.

— Sargon, Sargon, perdoa, e não desesperes do futuro. O favor de Hatasu é tão imenso quanto o seu poder; ela salvou-te a vida, e disse-me que atenuará tua sorte e, na primeira oportunidade, te indultará, restituindo-te fortuna e posição. Tem coragem e espera da bondade dos deuses e da rainha... E quando retornares, então, procurarei reparar todo o mal que te fiz.

A estas palavras, que erguiam aos olhos do prisioneiro um porvir de ventura e amor, rancor e cólera fundiram-se.

— Neith! — murmurou, dobrando-se para a esposa, e apertando-lhe febrilmente as mãozinhas — juras esperar-me fiel, e que me retomarás para esposo, se eu voltar algum dia?

— Sim, juro — prometeu Neith, com exaltação. — Que Hator, ouvindo meu compromisso, me castigue, se eu faltar a ele.

Um clarão de radiosa alegria jorrou dos olhos de Sargon e iluminou seu emagrecido rosto.

— Que os deuses te bendigam mil vezes por estas palavras, minha adorada Neith. Tua promessa será meu esteio no trabalho das minas, a brisa de refrigério sob os raios escaldantes do sol do deserto... Com a lembrança desta hora, terei força, coragem, esperança e resignação.

Com impulso de amor e reconhecimento, atraiu Neith de encontro ao peito e lhe deu apaixonado beijo. Desta vez, a jovem recebeu sem aversão as carícias; afetuosa piedade trabalhava seu coração, e, sob a influência de tal sentimento, correspondeu-lhe ao beijo, beijo que — ai dele! — pagava por bem alto custo.

Nesse momento, o oficial entreabriu a porta, mas, à vista do estranho grupo, e reconhecendo Neith, retirou-se rapidamente. Vexada e descontente com a interrupção, Roant aproximou-se vivamente de Neith, fê-la erguer-se e lhe repôs o véu. Trocadas expressões afetuosas de despedidas, retiraram-se ambas. O encarcerado ficou a sós, porém não mais cheio de desespero e revolta contra os homens e os imortais; ventura infinita transbordava em sua alma; a esperança, a enganadora namorada do homem, fez esquecer o presente e lhe encheu a masmorra de radioso quadro de futuro.

Silenciosamente, as duas amigas retomaram a liteira, absorvida cada uma nos seus pensamentos. Mas, porque as emoções experimentadas excediam as possibilidades de resistência do seu organismo, Neith, ao chegar em casa de Roant, perdeu os sentidos. Com ternura maternal, Roant dispensou mil cuidados à, convalescente, e, quando tornou a si, fê-la deitar, e só a deixou quando a viu entregue a reparador e tranquilo sono. Dirigindo-se ao terraço, para repouso ao ar livre, encontrou o irmão, que ali a aguardava.

— E então?... — inquiriu, sentando-se junto da irmã.

Roant narrou com minúcias os esforços despendidos para convencer a amiga de que devia ir ao cárcere de Sargon, e depois as ocorrências da entrevista deste com a esposa. Ao ouvir quanto à promessa de Neith, sombreou-se a fisionomia do moço sacerdote. Ergueu-se e caminhou agitado: ciúme, cólera, pesar lutavam nele, e esse combate de sentimentos no coração espelhava-se-lhe no expressivo rosto. Mas, bem depressa a alma generosa e pura de Roma triunfou sobre os maus impulsos, e censurou-se por invejar ao desventurado rival uma esperança talvez jamais realizável... e felicitou-se por haver aliviado a sua aflição moral.

— Posso ver Neith? — indagou, voltando para a irmã.

— Está dormindo; porém, não importa, vem!

Um momento depois, Roma curvava-se sobre o leito onde Neith, estendida, dormia profundamente. E, como se houvesse sentido o fluido do amoroso olhar pousado sobre ela, a jovem estremeceu, e reabriu as pálpebras.

Encontrando o aveludado, carinhoso e apaixonado olhar, que possuía o dom de extinguir todas as tempestades de sua alma, Neith sorriu e ergueu as duas mãos ao jovem sacerdote.

— Fiz o que desejavas, Roma!

— Agiste muito bem — respondeu ele, com força.

— Sabes também (e seus lábios tremeram) que, por assim dizer, renunciei a ti, prometendo receber meu marido, se, indultado por Hatasu, recuperar haveres e hierarquia?

O brilhante olhar de Roma imergiu no de Neith, pleno de amor e convicção:

— Não, Neith, nada nos fará renunciar um ao outro, porque nosso amor, isento de qualquer mácula, é agradável aos deuses e independente dos nossos deveres. Tu permanecerás alegria dos meus olhos, o ser no qual concentro toda a felicidade de minha alma. Eu, enquanto viver, serei o teu amigo afetuoso, indulgente, fiel, teu conselheiro, teu sustentáculo nas horas aflitas. Esse laço de afeição desinteressada os direitos de Sargon não poderão cortar. Quanto à tua promessa, só me cabe repetir: agiste muito bem. O matrimônio é coisa sagrada, e teu dever manda reparares, na medida de tuas forças, o terrível mal causado a teu esposo. A mim, que fui involuntária causa da desgraça, incumbe o dever de te amparar nas boas e generosas resoluções.

Com lágrimas nos olhos, Neith passou o braço pelo pescoço do jovem e comprimiu a fronte contra o seu peito.

— Tu, sim, és generoso e bom qual um deus; enquanto me amares e servires de guia, serei feliz e cheia de coragem.

12
Em Bouto

Em uma planície baixa e pantanosa, bastante distanciada de outros centros habitados e dificilmente acessível por motivo dos maus caminhos, estava situada a cidade de Bouto, região de exílio para as personagens incômodas, de refúgio para os desejosos de fugir à notoriedade, e, ao tempo, residência do jovem irmão da rainha Hatasu.

À época de nossa narrativa, a cidade era pouco extensa, cercada de muro e fosso, com aspecto de praça forte. Ao centro, sobre montículo artificial, elevava-se um palacete, construído de madeira e tijolos. Os dois pavimentos da habitação, pintada de vermelho berrante, destacavam-se vigorosamente acima da verdura de grande jardim que a rodeava.

Vasto pátio estava cheio de soldados, grupados em torno de um poço, observando os escravos que circulavam em todas as direções. Havia sentinelas postadas em todas as saídas, nas escadas e até nas portas de uma vasta sala, ao centro da qual dois homens estavam sentados junto de opípara mesa, servida por numerosos escravos, solícitos em reencher os copos sempre que esvaziados. Um dos convivas era jovem, de talhe médio, e cuja fisionomia revelava franqueza e energia; mas, seus olhos pardos, calmos e profundos, desferiam por vezes olhadela perscrutadora e cautelosa, demonstrando que, sob a máscara hipócrita, se ocultava muita sutileza, astúcia e ambição. Tal personagem era Antef, o comandante de Bouto, o fiel instrumento de Semnut, que guindava com desabrida vigilância o precioso e perigoso prisioneiro que lhe estava confiado. Trazia um simples colar de ouro; larga faca enfiada no cinto, e, sobre tamborete ao alcance da mão, jaziam seu boné, a capa e pequena machadinha com cabo de marfim. Comendo com excelente apetite, observava disfarçadamente o jovem príncipe banido, que lhe ficava fronteiro, cujo olhar, inteligente e belo, estava sombreado como que por uma nuvem de tempestade. Profunda ruga marcava-lhe o entre supercílios, e surda irritação se lhe podia divisar nos olhos. Visivelmente preocupado, cotovelos apoiados na mesa, não se servia dos alimentos postos à sua frente, limitando-se a beber continuadas porções de vinho. Súbito, empurrou os pratos que lhe estavam próximos, e ergueu-se.

— Manda preparar as montarias, Antef; quero respirar um pouco de ar e distrair-me com um longo passeio — disse em tom breve.

Antef, que lhe imitara o gesto imediatamente, inclinou-se, respeitoso.

— Príncipe, lamento não poder obedecer-te, porque ordem superior, oriunda de Tebas, proíbe-me sair dos muros de Bouto. Tudo quanto te possa agradar ou divertir, dentro dos limites da cidade, porei sem demora à tua disposição; para além disso, porém, nada posso. Lamento despertar tua cólera, mas, diante de uma ordem real, compreenderás que um subalterno da minha condição tem de obedecer, sob pena de arriscar doidamente a própria cabeça.

Sombreou-se o semblante de Tutmés; fuzilaram seus olhos. Dominando com esforço a raiva e o tremor dos lábios, disse, desdenhoso:

— Que *Ra* me preserve arriscar tua cabeça, tão preciosa para a minha divina irmã e para o miserável escravo que ela tirou do lodo para dele fazer seu conselheiro. Preparem minha liteira, para eu ir ao templo — ordenou a um escravo.

Depois, voltando costas a Antef, penetrou num aposento contíguo. Sufocava, e, ficando a sós, entregou-se a um desvairado acesso de fúria, sapateando e rangendo os dentes.

— Sorte maldita — disse a si mesmo, atirando-se numa cadeira —, saber que o trono está vago, e apodrecer aqui, prisioneiro, enquanto uma simples "mulher" empunha o cetro! Mas, espera! (e crispou os punhos fechados). Quando subir ao poder, eu te arrasarei Hatasu, a ti e aos teus fiéis servidores, como se faz com as víboras!

A entrada de velho escravo etíope, que lhe trazia uma capa e o gorro, fez que se refizesse de atitude. Silencioso, vestiu-se e desceu ao pátio, onde o aguardava Antef, em uniforme de serviço, e uma liteira aberta, sustentada aos ombros de seis vigorosos homens. Quando o príncipe tomou lugar, o oficial sentou-se a seu lado, e o pequeno cortejo andou, rodeado e seguido de um destacamento de soldados, precedendo-o batedores que abriam caminho à liteira, visto que a turba aumentava a todo instante. A população da pequena cidade abandonava o trabalho para olhar curiosamente o banido príncipe. Sombrio e mudo, Tutmés não descerrou a boca em todo o trajeto, e apenas o nervoso tremor dos lábios comprovava que o íntimo vendaval continuava desencadeado nele. Quando chegaram ao templo, o Sumo Sacerdote, avisado por um dos batedores, recebeu, acompanhado de alguns profetas, o ilustre visitante, à entrada.

— Sede bem-vindo na casa do deus — disse, cumprimentando-o.

— Eu te saúdo, venerável sacerdote — respondeu Tutmés, saltando da liteira. Quero sacrificar ao deus, e espero (voltou-se para Antef, medindo-o com olhar de irônico desprezo) que a ordem suprema, vinda de Tebas, não ordene levares aos teus soberanos as preces que eu, aqui, endereçe aos imortais.

Ligeiro rubor coloriu as faces do comandante de Bouto.

— Tenho apenas um soberano — respondeu —, o Faraó *Ra-Ma-Ka*,[18] que os deuses conservem e cubram de glória! E se a ordem recebida a teu respeito não prescreve sejam ditas ao alcance de meus ouvidos, exige que a tua pessoa, mesmo no templo, fique sob minha vista.

E, com imperturbável calma, seguiu Tutmés e os sacerdotes até uma sala que precedia o santuário, onde lhe era vedado penetrar, e aí se encostou a uma coluna. Estava seguríssimo de que o prisioneiro não fugiria, por isso que soldados haviam cercado o templo e impedido todas as saídas.

Quando ficou, enfim, fora das vistas do seu guardião, Tutmés sentou-se na mais próxima cadeira, e comprimiu o peito com ambas as mãos. A ira insensata que lhe fervia no coração tirava-lhe toda presença de espírito e domínio sobre si mesmo.

---

18 N.E.: Ma'at-ka-Re – Verdade/Ordem/Balanço (Ma'at) é o Espírito (ka) de Ra.

Por um momento, o Sumo Sacerdote o contemplou, com interesse e compaixão. Era um homem já idoso, de aspecto ascético, olhar penetrante e espiritual. Passando a mão sobre a espádua do jovem, disse, em voz baixa e persuasiva:

— Coragem, meu filho; paciência, perseverança e império sobre ti mesmo, são três grandes virtudes indispensáveis aos reis. Ocupa o teu infortúnio atual em adquiri-las. De resto, não tens motivo para desesperar; amigos devotados velam por teus interesses e trabalham ativamente para a reconquista do lugar que te cabe; os astros te predizem um glorioso reinado... És adolescente ainda, pleno de saúde e de energias; olha o teu porvir confiante, e segue com submissão o caminho que te está traçado pelos imortais!

Tutmés suspirou fundamente.

— Cada uma de tuas palavras, venerável sacerdote, respira sabedoria e verdade; mas a paciência e a submissão são tão difíceis de adquirir!...

— Quanto mais custoso, mais louvável e meritório contestou o sacerdote com um sorriso. E agora ergue a cabeça, meu filho, porque vais ouvir notícias de Tebas. O mensageiro que nos anunciou a morte do Faraó teu irmão, e que havia retornado com a tua mensagem para Ranseneb, regressou esta noite. Vieste, pois, muito a propósito hoje: quero apresentar-te esse homem que uma estranha fatalidade ligou ao nosso partido e que te será fiel servidor, porque detesta a rainha e é seu inimigo pessoal.

— Por que motivo? — perguntou Tutmés, com interesse.

— Dar-te-ei pormenores em outra ocasião. Em resumo: é um homem de grande nobreza, chamado Hartatef, que ocupava elevado posto. Impelido por abominável trama a inaudito crime, deveria morrer, porém, "nós" o ocultamos e salvamos. E porque a rainha lhe haja tomado a noiva e os haveres, para transferi-los ao rival, ele a odeia mortalmente, e por isso nos serve com uma atividade e uma destreza acima de todo o louvor. Escriba do templo, circula livremente entre Tebas e Bouto, faz compras e conduz mensagens sem despertar suspeitas dos espiões reais.

— Chama, eu te peço, esse homem, pelo qual tão vivo interesse me inspiraste.

O Sumo Sacerdote abriu uma porta encoberta na parede, e disse algumas palavras a meia-voz. Logo em seguida, foi de novo aberta a porta, e um homem de alto talhe entrou e se deteve, depois de saudar. Trazia as vestes de escriba e, na cabeça, grossa e enorme cabeleira que lhe escondia a testa; sua tez era quase negra, qual a de um etíope, e seus olhos, pequenos, acerados, brilhavam com sombrio fulgor.

— Aproxima-te, Ameni — disse o sacerdote em voz baixa — e repete ao príncipe o que viste e ouviste em Tebas.

O recém-vindo inclinou-se, e sucintamente, ainda que sem omitir detalhes importantes, narrou todos os acontecimentos sobrevindos, as providências adotadas pela soberana, os funerais do Faraó, a consagração do novo monumento funerário, e por fim o discurso de Hatasu feito ao povo, quando de regresso da solene procissão ao templo.

— Vede só, esta boa Hatasu! Quer carregar sozinha sobre os ombros o duplo peso do governo — disse Tutmés, com risinho motejador. — Tratarei, o mais depressa possível, de repartir com ela o fardo muito pesado para a sua frágil constituição. Por

Osíris e Ra! É verdadeiramente um milagre para os deuses e um mistério para os homens que esse Faraó de saias, que não reconhece no mundo outra vontade além da sua, dobre a altiva nobreza do Egito, sob a direção de um miserável aldeão da laia de Semnut, e curve ao seu poderio a possante classe dos sacerdotes, levando-os a consagrar um monumento que desaprovaram e que constitui verdadeiro escárnio a todas as leis sagradas.

O Sumo Sacerdote enrubesceu fortemente, suas sobrancelhas franziram.

— É verdade que a rainha governa e manda com uma audácia e orgulho extraordinários, e por muitas razões, e no interesse mesmo da tua causa, o clero teve de ceder momentaneamente e consagrar o ímpio monumento, que é ultraje aos deuses, qual o é qualquer inovação. Os sacerdotes dobraram-se, como dizes, porém, sem aprovar, nem esquecer o que é repreensível. E fica sabendo, meu filho, que um trono só é sólido quando sustentado pelos servidores dos deuses, e que o orgulho e a falta de consideração para com esses representantes da divindade destroem um rei mais do que uma batalha perdida.

— Se algum dia chegar ao trono, recordarei tuas palavras — exclamou Tutmés, com o olhar brilhando. — Aos deuses e aos seus servidores renderei as honras a que têm jus; partilharei com eles os frutos de cada vitória, e, quanto mais me engrandecer e tornar poderoso, mais valiosos serão os monumentos que erguerei para imortalizar a minha glória e o meu agradecimento aos imortais.

— Eles te ouvem, e darão ao teu reinado glória imperecível. Um deus me inspira e me confirma o que predizem os astros: Tutmés III, Tutmés, o Grande, eclipsará todos os Faraós que reinaram no Egito. Durante muito tempo, até aos confins da velhice, a dupla coroa cingirá tua fronte: conduzirás teus soldados de vitória em vitória, e o mundo conquistado porá tesouros a teus pés e os reis sob tuas sandálias.

Exaltação profética parecia haver empolgado o sacerdote. Mãos estendidas para o príncipe, rosto incendido, o olhar extático, parecia mergulhar nas profundezas ignotas do porvir. Com emoção e temor supersticioso, Tutmés havia escutado essas palavras pronunciadas em voz vibrante e convencida, e calmo contentamento, inquebrantável fé em futuro de grandeza e poderio transbordou seu jovem coração. Nesse momento sentia-se forte, paciente, tolerante.

— Possam tuas palavras confirmar-se, e tudo que prometi ser centuplicado — disse com olhar faiscante e estendendo ambas as mãos ao sacerdote. — Agora, adeus! Não quero permanecer demasiado tempo aqui; mas, regresso calmo e consolado. Tu, Ameni, continua servindo-me com zelo e prudência; saberei, logo que conquiste o posto que me é devido, vingar os ultrajes que sofreste e restituir-te a mulher tua amada.

— Velarei e trabalharei por ti, príncipe, igual a um cão fiel, eu o juro pela minha sede de vingança! respondeu o escriba, com uma curvatura.

Quando Tutmés subiu à liteira, Antef assinalou, surpreso, a expressão de contentamento, de orgulho e de triunfo, espelhada na fisionomia do exilado. Em vão deu tratos ao intelecto para adivinhar as causas de tal mudança, até mesmo se os sacerdotes lhe haviam transmitido alguns detalhes dos funerais do Faraó, quanto ao triunfo retumbante de Hatasu e sua vitória sobre os sacerdotes na questão do túmulo, no que teria ele bem precários motivos para satisfação.

Reentrando em casa, Tutmés reteve o seu guardião, e, sob pretexto de palestrar, divertiu-se em criticar, de maneira mordaz, a rainha, sua predileção pelos estrangeiros, suas ímpias inovações, enfim, a escolha de seus conselheiros e servidores, os quais em vez de serem, de acordo com o costume, membros da primeira nobreza do Egito, recrutavam-se entre a gente da mais baixa origem.

Antef compreendeu perfeitamente que o príncipe procurava feri-lo, denegrindo sua humilde origem e seu parentesco com Semnut. Apesar disso, suportou esses ataques sem pestanejar, não se desviando, por um instante sequer, da respeitosa reserva que julgava dever ao ilustre banido.

Constatando que suas perversidades produziam tão escasso efeito no ânimo do governador de Bouto, e não conseguiam fazê-lo perder a calma, Tutmés calou e dirigiu um olhar perquiridor e pensativo ao rosto pálido, porém impassível, do moço oficial.

— "Em verdade" — pensou o príncipe — "este rapaz é mais hábil do que eu julgava; contraria-me o menos possível; nunca me faz sentir que o senhor aqui é ele; e não responde aos meus ataques. Será que, no recesso da alma, crê consigam os sacerdotes colocar-me no trono, e teme que eu, atingindo o poder, lhe faça pagar caro as insolências passadas? De fato, se assim acontecesse, o pobre comandante de Bouto ficaria em difícil situação ante sua Faraó".

De natural cáustico e chasqueador, Tutmés achou extremamente cômica esta última hipótese, de tal modo, que desatou em gargalhadas, que aumentaram ao ver o ar embasbacado do seu companheiro. De repente, ergueu-se e assestou vigorosa e amigável palmada nas costas de Antef.

— Tu és, de fato, um rapaz notável — disse, ainda rindo — e sabes sair, com admiração minha, da difícil missão que te incumbe. Verdade! Quisera ter tua santa calma, porque compreendo que tua posição entre mim e minha divina irmã é pouco invejável.

— Se compreendes isso, príncipe, por que não me mostras a generosidade que deve ser o apanágio de rol para um soldado fiel à sua senha? — respondeu Antef, com leve tom de censura.

— Tens razão, e errei fazendo-te vítima do meu mau humor — contestou o príncipe com um trejeito. Mas, se desejasses compreender que eu estouro de tédio; se ao menos me aproximasses alguma jovem para distrair-me, a vida seria mais suportável. Não amas nenhuma, tu?

— Amo e sou amado, príncipe — disse Antef, sorrindo. Tenho em Mênfis uma noiva que espero desposar no ano vindouro.

— É bela e de boa família e rica?

— Chama-se Neftis, tem 14 anos, e é, para meu gosto, de admirável formosura. Vive em Mênfis, na casa de um parente materno, muito rico e sem filhos; mas a sua beleza vale mais do que a riqueza — acrescentou, com orgulho.

— Tudo isso é muito belo, Antef, e almejo sejas feliz dentro em breve nos braços da tua Neftis; mas, "eu" não tenho proveito algum, suspirou. Eu te rogo: consegue-me uma jovem bela; é o meio único de me conservar o bom humor.

Antef riu.

— Tenho uma ideia, que tratarei de pôr em execução... Dará resultado? Não sei!
— Silêncio, silêncio, Antef. Uma pequena aventura de amor, conhecida de nós dois, não a saberá o trono da Faraó Hatasu, que os deuses conservem e cubram de glória! — exclamou Tutmés, a rir. — E agora vamos ao jardim; jogaremos a bola — acrescentou, encaminhando-se para a escada, alegre e descuidado qual um escolar em férias!

SEGUNDA PARTE
O BRUXO DE MÊNFIS
1
A rosa vermelha

"A alma é uma luz velada. Quando a descuidam, esmaece e se extingue; mas, alimentada com o santo óleo do amor, ilumina qual lâmpada imortal." – HERMES

Era noite. A calma e o silêncio invadiam pouco a pouco as ruas de Mênfis; o ruído e o movimento que desde o alvorecer enchiam a cidade imensa, qual o zumbido de uma colmeia, extinguia-se; a segunda capital do Egito mergulhava no sono para haurir as forças indispensáveis à febril atividade que deveria renascer com os primeiros raios de Ra, saindo vitorioso da escuridão. A Lua iluminava com suave luz as edificações originais da cidade antiga, os enormes templos, as casas multicoloridas, derramando-se na superfície polida do Nilo e sobre as barcas retardadas que o sulcavam.

Em grande e belo prédio, situado numa das mais animadas ruas, tudo parecia silencioso; senhores e servos repousavam fatigados, e apenas em pequena dependência do segundo pavimento ainda cintilava débil luz. Esse aposento, do qual a janela abria para um pátio plantado de palmeiras e sicômoros, era mobiliado com simplicidade, segundo permitia julgar a luz de pequena lâmpada alimentada a óleo, posta na mesa próxima do leito. Sobre um tamborete junto da janela, sentava-se uma jovem, de esplêndida beleza, imersa em profundo devaneio.

O prédio onde ora penetramos pertencia a Hor, homem rico e estimado, possuidor de vastos vinhedos, cujo produto comerciava. A jovem sonhadora era sua sobrinha Neftis, a irmã de Noferura, mais moça do que esta, e vivia sob o teto do tio, desde a morte dos genitores. A mãe de Neftis fora irmã caçula de Hor, nascida de uma prisioneira de guerra, que o pai de Noferura desposara em segundas núpcias. Por isso, decerto, Neftis não se parecia com a irmã paterna, tipo da beleza egípcia, tez bistre e olhos negros. Mais baixa do que Noferura, mais delicada e elegante de formas, Neftis era de brancura fosca, semelhante à cor do marfim; espessos cabelos, de ruivo dourado, a envolviam no momento, qual um chale ondulado, dando ao seu rosto regular e fino uma originalidade toda particular; olhos grandes, verde-escuros, fosforescentes qual os dois felinos; apática e indiferente nos cursos habituais da existência, seu olhar se tornava cauteloso e feroz, qual o do tigre, quando as paixões ou a cólera despertavam nela.

A quimera, que nesse instante lhe afastava o sono, devia ser penosa, porque febril rubor lhe tomara as faces e uma respiração custosa e refreada movia seu peito e braços, estes enlaçados em torno dos joelhos, a tremerem nervosamente. De repente, levantou-se, atirou para trás os cachos macios e lustrosos da ampla cabeleira, e, erguendo as mãos, murmurou angustiada:

— Que fazer? Deuses imortais, que fazer? Não posso mais suportar este sofrimento que me devora. Oh! Se uma vez ao menos pudesse vê-lo, seria feliz e recobraria o sossego — disse, cobrindo o rosto com as mãos, e prorrompendo em convulsivo pranto. — Noite e dia, sua imagem me persegue, seu olhar me atrai e queima, qual chama devorante; em meu sono, creio divisá-lo, curvando-se sobre mim, e, se plena de alegria quero prendê-lo, desperto, e, compreendendo ter sonhado, meu coração parece estalar!

Apoiou a fronte na parede. Depois, de súbito, correu para pequena mesa, que lhe servia decerto para arranjos da "toilette", pois era provida de espelho metálico, pente, potinhos de pomada e alguns frascos de ônix e alabastro.

Empurrando de roldão esses objetos todos, pegou uma caixinha, abriu-a, e de sob diferentes joias retirou um colar de placas quadradas e esmaltadas de vermelho e azul, presas por anéis umas às outras. A central, ornada de pingentes, foi aberta com a pressão dos dedos e mostrou uma cavidade na qual havia fanada rosa, que exalava ainda um odor fortíssimo. Neftis acocorou-se perto do leito, ao qual apoiou as costas, e, olhar voltado para o objeto, aspirou avidamente o cheiro suave e entorpecente que se evolava da murcha flor, que bem depressa saturou o ambiente do aposento. A termo de breve instante, as mãos tombaram sobre os joelhos e a fronte abateu para o beirai do leito. Parecia aturdida, mas as faces queimavam e algo de estranho lhe sacudia o corpo. Esse torpor durou pouco, e a vítima, recuperando-se de pronto, fechou o medalhão, que foi reposto na caixinha, e caminhou agitadamente no aposento.

— Nunca poderei casar com Antef, esse "ninguém", perdido entre a multidão das mediocridades iguais a ele — sussurrou a si mesma a jovem. — Horemseb! Horemseb! Belo qual Osíris, misterioso e esplêndido qual um deus, é a ti somente que amo, a ti que desejo rever, a ti desejo pertencer! Mas onde encontrar-te, se és visível apenas à noite? Não sei; mas "terá de ser", eu o quero.

Parou, apertando com as mãos a fronte latejante, olhos fosforescentes na sombra, qual os de uma pantera. Enroscada sobre si própria, lembrava, nessa posição, pela graça ondulante dos seus membros e fulvos reflexos da cabeleira, aquela princesa do deserto, quando, retesando os músculos de aço, prepara o salto à presa. Subitamente, estremeceu e abafado grito de júbilo saiu-lhe dos lábios:

— Achei! Enfim, enfim, eu te encontrarei, Horemseb! Louca que fui, por não haver pensado isto desde logo.

Radiosa e um tanto acalmada, a moça deitou-se, e dormiu um pesado e inquieto sono. No dia seguinte, apenas nascido o Sol, Neftis despertou, vestiu-se açodadamente e desceu à sala onde sua tia, Setat, esposa de Hor, estava atarefada na distribuição das tarefas cotidianas às mulheres escravas.

— Minha boa tia — disse a jovem abraçando-a —, caso não vejas nisto inconveniente, queria passar algumas horas em casa da velha Asnath. De há muito ela me pede ensinar a suas empregadas a maneira de tecer que tu adotas, e tu mesma tens vários objetos para lhe enviar.

— É verdade; quero mandar-lhe uma peça de estofo, vinho e dois patos, porque a minha pobre e velha prima não ganha muito com o tráfico dos animais que servem aos sacrifícios da gente pobre — respondeu a bondosa Setat. — Fizeste-me recordar, a propósito, que depois de amanhã é aniversário da morte do marido, e ela será feliz em sacrificar um pato verdadeiro. Aprovo teu passeio; apenas não sei se o poderás fazer hoje, pois Hor está engarrafando vinho, e talvez não possa dispensar um escravo para te acompanhar e carregar as coisas.

— Oh! tia, não é mister distrair um dos homens para isso. Levarei Anúbis. Não te inquietes, caso volte um pouco tarde, porque vou passar o dia com Asnath, mas, à tardinha, visitarei Nekebet, e ela sempre me prende por muito tempo.

— Bem, bem; vai, e diverte-te com Anúbis; nada tens a temer, — disse a tia a sorrir.

Lépida e contente, Neftis correu ao local da criadagem, e, ali, em pequeno hangar, alcançou um jovem escravo, ocupado em moer grão em pequeno moinho movido manualmente. O trabalho era lento e não irrepreensível, porque o executante era cego e só pelo tato orientava o seu labor. Reconhecendo o pisar de Neftis, Anúbis levantou-se com a fisionomia radiante. Era um jovem núbio, com aproximados quatro lustros de idade, flexível e bem proporcionado, cujos olhos negros traiam a cegueira apenas pela sua absoluta falta de expressão. Cego de nascença, fora educado juntamente com Neftis e Noferura, e, após a morte dos seus pais, Hor, cedendo aos rogos da sobrinha, havia acolhido no lar o jovem escravo, pouco útil, aliás, sendo aproveitado mais pela protetora, em pequenas tarefas, inclusive na casa, que o cego percorria com a segurança de um vidente. Anúbis adorava a sua antiga companheira de brinquedos, consagrando-lhe um devotamento de cão fiel e obedecendo-lhe também cegamente. À notícia de que ia deixar o tedioso trabalho, para acompanhá-la à metrópole, encheu de contentamento o jovem rapaz.

Duas horas mais tarde, ambos deixaram a casa. Anúbis carregando pequeno saco de pano, uma ânfora cheia de vinho e dois patos às costas, aos quais haviam sido ligados os bicos para impedir o grasnar. Neftis, que ia à frente, carregava um cestinho com frutos secos e um frasco de óleo cheiroso, e guiava Anúbis com o auxílio de um cordel amarrado ao braço. Bem depressa atingiram o Nilo, contrataram um barco, para o dia todo, e, tendo pago o ajustado preço, instalaram-se com as provisões. Neftis tomou conta do leme e Anúbis dos remos, fazendo avançar com rapidez a embarcação.

— O tempo está convidando a fazer um passeio antes de atracar — disse a jovem.

E logo depois o barco deslizava à vista do muro do palácio do príncipe Horemseb. Coração acelerado, faces afogueadas, Neftis fixou a encantada habitação onde residia, frio, invisível e indiferente a tudo, o bruxo de Mênfis, o herói de mil histórias fantásticas, de milhar de lendas. Palácio e jardim jaziam em silêncio; o mais leve ruído não se elevava por detrás da maciça muralha; tudo parecia adormecido, mesmo as esfinges de pedra, da escada, em cujos derradeiros degraus batiam as maretas do Nilo.

— Felizes aqueles que te podem ver, servir, ainda que sendo o último dos escravos — murmurou Neftis, com profundo suspiro.

O dia pareceu interminável à jovem. A alegria e as mil afabilidades da pobre Asnath, ou a garrulice da amiga, nada pôde distraí-la; seu pensamento estava fixo num ponto único; a esperança de rever Horemseb. Já era noite quando reembarcou em companhia de Anúbis, e de novo o leme guiou o barco para o rumo do palácio. Chegado à vista da escadaria das esfinges, mandou cessar as remadas.

— Temos de parar. Longa fila de embarcações carregadas interceptam a passagem do rio, e poderíamos soçobrar ou enredar-nos — disse ela.

O ceguinho meneou a cabeça em sinal de assentimento. Suspendeu os remos, e aguardou tranquilamente a ordem de recomeçar a viagem. Febrilmente agitada, Neftis fixou a escadaria. Se Horemseb fizesse nessa noite seu passeio, devia sair ou entrar por ali, ou, na pior das conjeturas, não distante desse posto de observação escolhido pela aturdida jovem. O acaso favoreceu seus projetos, e, dez minutos decorridos, do abrigo de pedra saiu a barca maravilhosa, ornamentada e iluminada conforme costumava ser, e atracou aos degraus.

Quase no mesmo minuto, a porta enquadrada no muro abriu, numerosos homens, empunhando archotes, surgiram e enfileiraram-se na escadaria, e, depois, um personagem, sozinho, desceu e instalou-se sob o dossel. A distância em que se achava, a moça não podia distinguir as feições desse homem; mas, à luz dos archotes, percebeu que era alto, delgado, vestido de branco, e que joias falseavam em seu pescoço, braços e testa. Palpitante, mal respirando, curvou-se para diante, olhar obstinadamente cravado na deslumbrante embarcação que, dir-se-ia, voava nas águas. Já distinguia, à luz vermelha dos faróis, o rosto impassível do príncipe, quando o incendido olhar deste pousou nela. Novamente estranho sorriso entreabriu os lábios de Horemseb, e, erguendo a mão, pareceu fazer leve sinal a um homem, de pé pouco atrás. Imediatamente, o barco mudou a direção, para o do ceguinho. Sem demora, tocaram-se as bordas, e o de Horemseb parou.

O coração de Neftis cessou de palpitar. Horemseb erguera o busto e se inclinara para ela, estendendo-lhe a mão, enquanto lhe fundia nos olhos um olhar profundo e incendiário. Como que fascinada, a jovem pousou a sua naquela mão fina, porém gélida, que a reteve, puxando-a. Incapaz de raciocinar, de emitir um grito, hipnotizada pelo flâmeo olhar do príncipe e pelo aroma entorpecente que se evolava dele, Neftis abandonou-se à atração. Como em sonho, sentiu que dois braços a suspendiam e colocavam aos pés do feiticeiro senhor, sobre os joelhos do qual sua cabeça descaiu pesadamente.

— Neftis! Neftis! Vamos esbarrar alguma embarcação; estou ouvindo ruído de remos! gritou Anúbis, inquieto.

No entanto, já a barca misteriosa retomava seu caminho e desaparecia, com a rapidez de flecha, no abrigo de pedra, cujos amplos batentes fecharam. Não recebendo resposta, Anúbis chamou segunda vez; depois tateou para tocar nas vestes da senhora, que supunha adormecida. Constatando que não havia mais ninguém no barco, deu desesperado grito, e, pegando os remos, impeliu a embarcação às tontas, gritando sempre, obcecado pela necessidade de informar os senhores da inexplicável desgraça. Os clamores do cego e os ziguezagues estrambóticos do barco atraíram a atenção dos pescadores, alguns dos quais abordaram-no.

Escutando-lhe a narrativa incoerente, da qual apenas entenderam o nome do seu senhor, levaram-no à casa de Hor, a quem o desaparecimento da sobrinha mergulhou num compreensível desespero. Em vão, ele e Setat interrogaram Anúbis: o pobre cego pôde apenas repetir que lhe parecera aperceber a passagem de outra embarcação junto da sua, e que, ao procurar Neftis, esta havia desaparecido. Perderam-se em conjeturas: era inadmissível que a jovem deixasse de gritar ou resistir se audacioso rapto fosse tentado; igualmente, se houvesse caído ao rio, o barco aludido teria tentado um socorro perceptível a Anúbis. Mas, coisa alguma, nenhum indício que servisse de pista à verdade. Todas as pesquisas e providências tentadas por Hor e sua esposa foram infrutíferas, e a desaparição de Neftis ficou sob impenetrável véu.

Imensamente aflitos, Hor e Setat enviaram mensagem a Antef e a Noferura, comunicando-lhes a triste nova, e também no intuito de pedir à sobrinha viesse passar algum tempo em Mênfis, para lhes dar consolo. Noferura não teve dificuldade em obter de Roma a permissão para visitar os parentes e passar um mês com eles. O moço sacerdote sentia-se feliz em desembaraçar-se da mulher, dos ciúmes e cenas, e até da presença, mais odiosa cada dia.

A perda da irmã foi um rude golpe para ela, pois a amava sinceramente; perdia com ela a sua melhor amiga, a confidente, a quem contava, sem restrições, todos os desenganos e desgostos. Apesar dos instintos frívolos e inconsequentes, Noferura sentia-se profundamente isolada e desditosa. A admirável beleza de Roma inspirava-lhe tenaz e violenta paixão, esporeada mais ainda com a frieza do sacerdote. Suas primeiras infidelidades tinham tido por alvo despertar o ciúme do marido, e, obtendo resultado inteiramente contrário a tal desígnio, sentia-se tolerada a custo; vendo o esposo cada vez mais indiferente e desgostoso, fugindo dela e da casa, procurou distrair-se com aventuras amorosas e a atordoar seu mal-aventurado amor em festas e distrações de todo gênero. Roant, que sempre desaprovara o matrimônio do irmão, nada era para Noferura, que a invejava, na riqueza e na hierarquia, e, mais que tudo, no amor de Chnumhotep.

Triste, com o coração cheio de saudade da irmã, assim tão misteriosamente morta, Noferura retornou a Tebas, ao seu deserto lar. Conforme costume, Roma estava ausente. Embora houvesse anunciado seu regresso, ele não a esperara, e foi com surda revolta que a jovem mulher penetrou em seu aposento e assistiu à desembalagem do que trouxera. Entre as coisas, encontrou a caixinha com as joias de Neftis e que Setat lhe havia doado, à véspera da partida, para recordação da morta. De posse da caixinha, passou ao quarto de dormir e examinou o conteúdo. Olhos lacrimosos, retirou anéis, amuletos, fivelas e outros objetos miúdos, com os quais Neftis se enfeitava; em seguida vieram alguns braceletes, um fio de pérolas e, afinal, um colar formado de placas esmaltadas, do qual se evolava um forte mas suave perfume.

— Ei-lo! — exclamou ela, com surpresa. É este colar que exala o incomparável odor que me feriu o olfato desde quando abri a caixinha. De onde Neftis teria obtido este extraordinário perfume? Lembra o da rosa e de outra flor que não posso precisar...

E cheirou avidamente o tentador aroma...

— Guardarei tudo isto para restituir à minha irmã, se algum dia reaparecer, o que posso esperar, uma vez que não foi encontrado o seu corpo. Contudo este colar vou usá-lo, em recordação dela, e não usarei outro; lembro-me de que pertenceu à minha boa madrasta, e o perfume que irradia é tão agradável!... E acolchetou o colar no pescoço, repondo na caixinha todas as outras joias, que fechou e guardou num móvel. Em seguida, foi para o terraço e estirou-se num leito de repouso, por sentir-se fatigada e presa de sonolência. Por sua ordem, uma preta velha postou ao alcance de sua mão uma bebida refrigerante, retirando-se.

Noferura fechou os olhos; qualquer coisa de estranho se passava com ela; um calor escaldante parecia percorrer-lhe as veias, despertando-lhe pensamentos amorosos... Mas, não era em Roma que eles se firmavam. A original narrativa de Tuaá turbilhonava em seu cérebro, e parecia-lhe divisar a maravilhosa barca do feiticeiro de Mênfis deslizar ao seu encontro, e um homem, cujo semblante era incerto, mas cujo olhar a queimava e atraía simultaneamente, curvava-se para ela. Um sentimento de amor selvagem e impetuoso impelia-a puni esse desconhecido; ela estendia-lhe os braços, para trazê-lo a si, mas, permanecia inatingível... E, exausta, anelante, a pobre mulher experimentava dor aguda no coração, suspendendo a respiração, e depois parecia despenhar-se num sorvedouro em chamas.

Noferura repousava assim por mais de uma hora, quando Roma regressou. Tendo sido informado pelos serviçais de que a mulher voltara de Mênfis, encaminhou-se ao terraço. Ao ver que dormia, deteve-se próximo, e apoiando-se a uma coluna, contemplou com ressentimento essa consorte que só lhe inspirava desprezo e repugnância, e que, qual inamovível obstáculo, lhe obstruía o caminho à felicidade, separando-o de Neith, a quem adorava. Entretanto, o mal-estar visível de Noferura terminou por lhe atrair a atenção: o rosto purpureado, a respiração opressa e como que com interrupções, os sobressaltos nervosos que lhe sacudiam o corpo, fizeram-no julgar estivesse ela enferma. E, entendido em Medicina, qual o eram todos os sacerdotes, aproximou-se, curvando-se sobre a mulher. Um odor suave e entorpecente lhe perpassou pelo rosto, mas a isso não prestou atenção, preocupado apenas com o estado de saúde da esposa. Olhava ainda Noferura, quando experimentou ligeiro atordoamento, e um fluxo de sangue lhe subiu à cabeça, fazendo que lhe pulsasse violentamente o coração.

— Quanto é bela! — pensou — e quanto sou eu louco em a menosprezar.

Quase inconsciente, curvou-se mais ainda e colou os lábios à entreaberta boca da mulher adormecida. Esta, reabriu os olhos, e, com um débil grito, abraçou o marido. Dessa vez, não a repeliu, conforme fazia sempre, e, com a mente aturdida, suportou todas as carícias apaixonadas que Noferura lhe prodigalizou. E, de súbito, abraçou-a por sua vez, retribuiu os beijos, proferindo palavras de amor. Tudo estava olvidado; a imagem de Neith esmaecera, invencível atração impelia-o para essa esposa que ele havia abominado; torrentes de lavas ígneas dir-se-ia correndo em suas veias, e, sem o avaliar, aspirava ávido o perfume delicioso e enfeitiçante que se evolava da mulher, e que o imergia num bem-estar desconhecido.

Desde esse dia, um estado estranho, incompreensível, se apossou do casal. Selvagem paixão, impetuosa, insaciável, devorava Roma, e tais sentimentos, em antítese à natureza calma, casta e harmoniosa do jovem sacerdote, mostravam reagir sobre a saúde. Era presa de atordoamentos, dores agudas no peito e uma inquietude que não lhe permitia um momento de tranquilidade, mesmo durante seus serviços no templo. A imagem de Noferura perseguia-o por toda parte, e com o aroma indefinível que a identificava; apenas em seus braços, quando a abraçava, embriagando-se com o odor que a envolvia, encontrava relativa calma, e um novo transporte de amor fazia esquecer tudo, distanciando momentaneamente a impaciência e a angústia que o devoravam longe dela.

Noferura não compreendia tão inesperada reviravolta nas atitudes do marido; mas apesar da satisfação que experimentava, por vê-lo enfim partilhar de sua paixão, não fruía essa felicidade completa, sonhada... Um desencantamento, um vácuo, sentimentos contraditórios, incompreensíveis para ela, perseguiam-na até quando nos braços do esposo. E quando, ausente ele, se estendia fatigada no leito de repouso, caprichosos sonhos atormentavam-na, a figura imprecisa de um homem incógnito dobrava-se para ela e os seus olhos brilhantes, lembrando duas flamas, diminuíam-lhe a respiração... E despertava quebrantada, palpitante de desejos que não sabia denominar.

Sob a impressão desses desencontrados sentimentos e império da mútua paixão, ambos se haviam tornado sedentários, e tal retraimento excessivo causou geral reparo. Roant não compreendia a situação; a ansiedade e o ciúme de Neith, por não mais ver o seu amado, excediam todos os limites.

— Dizem que foi tomado de louco amor pela mulher, e que, para não a deixar, se ausentou de toda parte. Acreditas isso, Roant? — perguntou à amiga, com angústia na voz e lágrimas nos olhos.

Roant meneou a cabeça, meio a rir e meio inquieta.

— Seria autêntico milagre se, depois de meio decênio de matrimônio, ele se prendesse ao amor dessa parva desonesta. Acalma-te, porém. Amanhã, cedo, irei à sua casa e tirarei a limpo o misterioso assunto, e de tudo serás informada.

Fiel à promessa, a esposa de Chnumhotep dirigiu-se à residência do irmão, e o encontrou no jardim em companhia de Noferura, e, pelo olhar, pelo modo de enlaçar o busto da mulher, caminhando lado a lado, não lhe restou dúvida quanto aos sentimentos de Roma. A presença de Roant mostrou haver causado a ambos medíocre contentamento, e a visitante constatou, com inquietude, que o irmão patenteava mau aspecto, um olhar febril e incerto, que ela jamais lhe observara, e que suas mãos pareciam queimar de tão quentes.

Percebendo que lhe evitava o olhar e só evasivamente respondia às perguntas, Roant levou-o para falar à parte.

— Que se passa contigo, Roma? Por que não me procuras mais? E, principalmente, por que deixaste de ir à casa de Neith? A pobre criança desespera-se com a tua ausência. Podes tu assim amar e fazer sofrer?

O olhar do sacerdote seguia avidamente os movimentos da mulher, que continuava andando para o fim da aleia; visível impaciência o dominava.

— Para que me falas de Neith! — esbravejou irritado. — Não a posso visitar, porque amo unicamente Noferura. Só agora compreendo o que é o verdadeiro amor; fruo junto dela algo que não te posso descrever: delícias, venturas jamais conhecidas, ao passo que Neith, por bela que seja, deixa-me indiferente e frio!

Roant ouvira muda de pasmo. Depois a vermelhidão da cólera subiu-lhe ao rosto:

— Confesso não compreender nada de teu palavrório! Perdeste a razão ou essa Noferura te enfeitiçou? Se assim não é, por que não te inspirou ela esta grande paixão desde há tanto tempo? Tua conduta para Neith é covarde e indigna, e antes de curado de tua insânia não te quero ver. Contudo antes de nos separarmos, dar-te-ei um conselho: vai ao templo e faz que te mediquem, porque estás enfermo, ou vítima de "mau-olhado". Em suma: tu e Noferura estais transformados, estranhos; tu magro, desfeito, e os olhos de ambos lembram carvões queimando, ao extremo de me fazerem medo. Que aconteceu aos dois?

— Rogo poupares-me das tuas recriminações; estou perfeitamente bem e não careço ser curado do amor legítimo que tenho por minha esposa — respondeu com raiva voltando costas à irmã.

Roant retirou-se muito preocupada e sem nada compreender quanto ao estado do irmão. Encontrou Neith, que a aguardava ansiosa e que a crivou de perguntas. Roant teve ímpetos de dissimular ou atenuar a realidade da situação; a enérgica insistência da jovem amiga, porém, bem depressa lhe arrancou a verdade integral, isto é, que indiscutivelmente violenta paixão por Noferura avassalava a alma de Roma, fazendo-o tudo esquecer.

— Isso é inconcebível, e estou segura de que existe um oculto mistério — rematou Roant com desgosto e indignação. — Ou a vil mulher o enfeitiçou, ou terrível "mau-olhado" caiu sobre ele... Mas passará, e então ele compreenderá o erro, e voltará mais amoroso do que nunca.

— Oh! se esse tempo jamais lhe chegar, espero que minha loucura tenha passado, sem perigo de retrocesso — respondeu Neith, que tudo escutara, pálida, olhos incendidos. — Eu te agradeço haveres dito a verdade, Roant. Saber que uma Noferura me substituiu no coração do homem em cujo amor cegamente acreditei é amargo, porém salutar medicação (e riu com amargor). Amar! Pude fazê-lo apenas uma vez na minha vida; mas tornado indigno esse amor, eu o arranco do meu coração qual se fosse venenosa serpente. Assim agirei com relação a ele, e se prezas a minha amizade não pronuncies aos meus ouvidos o nome do traidor; quero esquecer aquele que me renegou por uma criatura miserável.

Calou, sufocada pela emoção, e lágrimas desceram pelas faces afogueadas. Sinceramente afligida, Roant abraçou-a, e procurou fazê-la acalmar-se, insistindo em atribuir a sortilégio a inexplicável infidelidade do irmão; porém atingida mortalmente no seu orgulho e amor, Neith recusou admitir qualquer escusa em favor do homem que ousara traí-la e esquecê-la. Devorada de ciúme, dominando a custo sentimentos tumultuosos, despediu-se da amiga, e, durante muitos dias, encerrou-se no palácio, ruminando projetos de vingança. Com satisfação cruel, felicitou-se por jamais haver transposto as fronteiras da honestidade nesse amor. Ao menos, na atual conjuntura, não tinha de enrubescer em face de si mesma, e nenhuma debilidade passada a apequenaria ante o infiel, se algum dia ele recaísse sob seu domínio.

Muitas semanas decorreram sem trazer alterações.

Roma e Noferura continuavam amando-se furiosamente; todavia porque tal amor era legítimo, a reconciliação do casal, caso simples, não despertou atenções em ninguém. Somente Roant, conhecedora dos sentimentos recônditos do irmão e da aversão que a esposa lhe inspirava, pela conduta indigna, afligia-se, inquietava-se cada vez mais, pois o amava fraternalmente de todo o coração. Sem embargo da ameaça de não tornar a vê-lo, voltou a visitá-lo mais vezes, e constatava, com apreensão, que terrível mudança se operava nele. Aquele homem, tão doce, tão calmo, tão cheio de harmoniosa gravidade em cada um dos seus movimentos, tornara-se irritável, violento, brusco de gestos e palavras; um inconstante fogo incendiava-lhe o olhar, outrora tão límpido, e a sua alimentada paixão não lhe dava evidentemente nem repouso, nem ventura. Mais notável ainda era que Noferura sofrera idêntica transformação; deixara de ser a mulher frívola, árdega para os prazeres, exuberante de forças e insaciável de festas; nos traços do rosto, pálido e emagrecido, lia-se o mesmo esgotamento; a mesma inquietude a devorava, privando-a de todo repouso, de qualquer contentamento. Desolada, e cada vez mais convencida de que alguma força misteriosa dominava em Roma, Roant foi procurá-lo no templo, e ali, com lágrimas nos olhos, suplicou-lhe confessasse a realidade. Como absorto em sonho, o moço sacerdote passou a mão pela fronte.

— Tens razão, Roant. Alguma coisa de estranho ocorre comigo: um calor dentro de mim requeima, todo o meu corpo tem o peso de chumbo, e uma ansiedade sem nome distancia-me de todos os lugares. Só junto de Noferura estou confortado, encontro um pouco de sossego e de esquecimento. Sei que dantes era tudo diferente, e que um bem súbito amor me assaltou. Ocasiões há em que, orando aqui, eu próprio me admiro disso; mas que fazer? Sou escravo desse sentimento e forças me faltam para lutar contra ele.

— Meu pobre irmão, és vítima de um sortilégio, evidente; apela para todas as tuas energias, consulta sábios e mágicos, faze-te medicar, e talvez te libertes — exclamou Roant, desatando em pranto.

Roma assegurou à irmã seguir o conselho, e cumpriu a promessa, embora sem haurir resultado algum. Em seu inconformado desgosto, Roant confiou o caso à amizade de Keniamun, omitindo, é claro, o amor do irmão por Neith. Mais intrigado do que surpreso, o oficial sugeriu uma consulta a Abracro, tão perita em assuntos de sortilégios. Plena de novas esperanças, Roant, provida de ricas dádivas, foi à casa da feiticeira, obtendo vários pós e uma bebida, que devia ser administrada a Roma, à revelia deste. Nulos foram os resultados, tal como ocorrera com o tratamento dos sábios, e Abracro declarou francamente não poder adivinhar qual a bruxaria empregada no caso em questão.

Durante esse tempo, Neith continuava vivendo muito retraída. Sua primitiva e desenfreada indignação cedera, a uma calma sombria e cheia de amargor; a vida parecia-lhe deserta e odiosa; os homens inspiravam-lhe repulsa e desconfiança. Que deveriam ser os demais, se Roma, esse ideal que havia adorado qual a um deus, se Roma, à fidelidade do qual havia hipotecado uma existência, tão indignamente a tinha traído com a mulher que ele próprio dizia desprezar? Abandonando-se á vulgar paixão, ele era mais desprezível do que qualquer outro, porque ela não admitia a influência de forças sobrenaturais; no seu melindrado orgulho e no seu enceguecido ciúme, não lhe concessionava escusa alguma. Sob a tirania de tais sentimentos, Neith evitava convívio social, e mesmo na Corte raramente comparecia. A curiosidade com que se buscara esmerilhar a misteriosa pendência entre ela e Sargon tornara-a mais arredia ainda. Apenas Roant era acolhida com prazer e amizade; mas porque jamais a altiva boca pronunciasse o nome do homem que a olvidara, e evitasse mesmo qualquer assunto que o lembrasse, Roant sentia-se contrafeita. Roma fora sempre o tema principal das palestras, e agora, abordados apenas acontecimentos triviais, a conversação descaía, sobrevindo habitualmente longo silêncio de ambas as partes.

Certo dia em que Neith estava mais triste e mais isolada do que de costume, Keniamun veio procurá-la, portador de mensagem de Semnut. Recebendo-o benevolamente, fê-lo sentar-se junto dela, oferecendo-lhe bebidas refrigerantes.

— Por que apareces tão raramente, Keniamun? Sentes tédio comigo? — indagou a sorrir. O oficial balançou a cabeça, respondendo:

— Neith, é que te tornaste inteiramente outra. Muito penoso é para mim vir aqui com o pensamento de que me repeliste totalmente do teu coração, de que não te inspiro mais confiança, nem palavras de amizade.

— Enganas-te, Keniamun. Hoje, tal qual outrora, tu me inspiras sincera afeição, e nunca precisei tanto de um amigo devotado quanto agora. Ouve-me, sem cólera, e não me peças amor; não se pode doar uma coisa na existência da qual não se acredita, e eu descreio de amor profundo, eterno quanto a vida. Paguei durante a experiência de saber que esse sentimento cego tem a mesma inconstância das batidas do coração... Amei, e acreditei correspondido o meu afeto... Erro! Loucura! Fui torpemente traída. Não lamentes, pois, esse sentimento traiçoeiro, que proporciona fugitiva felicidade, frágil, e da duração do qual tu não podes estar certo, nem por um dia... Aceita mais depressa...

— Blasfemas, Neith: a traição de um não te deve fazer condenar o amor vero e profundo que inspiras a outros. Estás livre, por isso que o crime de Sargon te desliga dele; por que não experimentas ser feliz e dar ventura?

— Equivocas-te, Keniamun, supondo-me liberta — respondeu, fazendo movimento com a cabeça. Indissolúvel juramento liga-me a Sargon. Na véspera da sua deportação, tive com ele uma entrevista, no decurso da qual prometi, invocando Hator, em testemunho da minha jura, retomá-lo para esposo, se voltasse do exílio. E regressará. Em meu recente encontro, disse-me a rainha ter recebido boas notícias do príncipe, que suporta com tanta coragem quanto obediência a penalidade, e que tem sido aligeirada de todas as maneiras a sua situação, de modo que, dentro de 24 ou 36 meses, no máximo, o indultará, restituindo-o à posição social e à posse dos haveres. Vês, pois, que não te posso pertencer. Aceita minha afeição de amiga, de irmã, e dá-me recíproco afeto, único sem mácula do egoísmo e do interesse.

— Calou, olhos orvalhados de lágrimas, lábios nervosamente trêmulos. Tão abandonada estou, e tão sozinha — disse finalmente.

Keniamun baixara a cabeça. Depois, erguendo-a, pegou a mão de Neith, e respondeu emocionado:

— Agradeço a tua honrosa confiança, e procurarei tornar-me digno dela. Desde este momento, desligo do meu coração, definitivamente, todo sentimento egoístico, e serei apenas teu amigo, teu irmão, protetor e defensor, se tiveres necessidade de mim. Em troca, promete-me confiar francamente tudo quanto te afligir, e concede-me o direito de te visitar, distrair e partilhar das tuas preocupações.

— Combinado. A confiança deve, porém, ser mútua, e, assim, devo conhecer tuas inquietações, tal qual saberás as de minha parte.

E Neith, já a sorrir, estendeu-lhe as duas mãos.

A partir dessa data, relações verdadeiramente amistosas e fraternais estabeleceram-se entre ambos. Keniamun, pela sua jovialidade, espírito fino e cáustico, sabia distrair a jovem senhora, e, sem jamais demonstrar curiosidade indiscreta, dissipar as mais sombrias nuvens da fronte de Neith. Esta, a seu turno, aguardava a alegria de poder surpreendê-lo com alguma dádiva, economizando ao oficial aborrecimentos oriundos da sua escassez pecuniária.

A essa época, Noferura recebeu mensagem anunciando que sua tia Setat, sempre doente, desde a desaparição de Neftis, estava em estado melindroso, e desejava vê-la, talvez por última vez, antes de morrer. Não era possível recusar, e Roma, que não queria separar-se da mulher, resolveu acompanhá-la. Alugaram pequeno barco e encetaram a viagem a Mênfis, feita sem descanso, para chegar mais depressa. Era noite, quando se aproximaram da antiga cidade. Pesadão e exaurido como se tornara, Roma se havia instalado na pequena cabina e dormia profundamente. Noferura, porém, mais oprimida do que nunca, trabalhada interiormente por esse calor inextinguível, pelos beijos e pela insânia apaixonada do marido, fora para a frente do barco, a fim de respirar a brisa noturna, na esperança de acalmar-se. Cabeça apoiada nas mãos, contemplava as vastas construções dos templos e palácios de Mênfis, que já se apercebiam distintamente à claridade do luar, quando faróis vermelhos deslizando sua luz sobre as águas do rio lhe despertaram atenção. Levantando-se, para ver melhor, divisou bem depressa grande embarcação, prodigamente ornamentada, sob o dossel da qual um homem se reclinava em coxins. O coração começou a bater impetuoso, e a narrativa de Tuaá lhe acudiu à memória; ia ver o bruxo de Mênfis, pois a esfinge de olhos de fogo na proa não deixava dúvida a esse respeito. As duas embarcações aproximaram-se celeremente, e quase logo ficaram paralelas. Noferura, que se curvara ávida, emitiu um grito rouco, estendendo os braços. No mancebo, coberto de joias, reclinado nas almofadas, e cujo olhar, ao mesmo tempo sombrio e rutilante, parecia perder-se na contemplação do vácuo, acabava de identificar o incógnito dos sonhos, o fantasma fascinador, que se fundia entre suas mãos quando ela pretendia prendê-lo, e que Roma não conseguira substituir.

À exclamação vibrante de selvagem paixão, o desconhecido soergueu o busto, firmando-se num cotovelo, e, olhos dilatados, fixou a mulher que, de pé ainda e braços estendidos, parecia devorá-lo com o olhar flamejante. O que se passou em Noferura nesse instante seria difícil descrever: uma nuvem ígnea como que lhe subiu ao cérebro, afogando toda a compreensão, todos os pensamentos que não fosse o de alcançar esse homem, a qualquer custo, de aprisioná-lo nos braços, antes que desaparecesse novamente. Seu peito estuava, centelhas em turbilhão dançavam ante os olhos obscurecidos, o coração se lhe dilatava. Pretenderia ela, num salto desesperado, atingir a barca de Horemseb, ou refrigerar-se nas águas? A realidade é que pulou insensatamente, braços sempre estendidos para ele, e caiu desamparada no rio, na distância de um braço da embarcação misteriosa, a qual prosseguiu seu rumo, desaparecendo no progressivo afastamento.

Um dos remadores, aflito, atirou-se ao rio, na tentativa, bem-sucedida, de agarrar o corpo de Noferura, que foi depositado à proa do barco. Roma, despertado pelo alarido, acudiu, e, feito louco, atirou-se à esposa, procurando torná-la a si. Uma jovem acompanhante, que dormitava no fundo do barco, chamada Acca, acorreu também, espantada, e envidou esforços no mesmo sentido. Todos os cuidados foram, porém, infrutíferos, e inanimado chegou o corpo de Noferura à vivenda dos tios. Enquanto, sob a fiscalização de Hor, despiam o cadáver, insistindo ainda na tentativa de o reanimar, Roma correu ao templo, onde servira durante algum tempo, para trazer um sacerdote, excelente médico e do seu conhecimento. Quando os dois homens penetraram no aposento onde Noferura continuava estendida e inanimada, Roma precipitou-se rápido para ela; mas, estremecendo, experimentou não o amor apaixonado que até então o avassalara e sim uma sensação de repulsa que lhe tocava a alma. Perturbado, recuou, e seguiu com olhar quase indiferente os movimentos do amigo, que, após curto exame, constatou a morte de Noferura. Roma recebeu a comunicação sem alterar a calma inexplicável e contrastante com a agitação precedente. Declarando-se fatigado, e sem sequer voltar os olhos para a defunta, saiu do recinto e foi dormir profundo sono.

Quando despertou, alto estava o dia. Sentia-se rendido de cansaço, alquebrado, como se houvesse tido grave moléstia; tranquilo, porém, alma cheia de um bem-estar desconhecido desde muitos meses antes. Deixando o leito e sentando-se junto da janela aberta, pensou: "Que significava o molesto sonho do qual parecia estar despertando? Que se passara com ele durante esse pesadelo?" Restavam-lhe apenas lembranças confusas, nas quais se encontroavam cenas de amor, sensações penosas, mas, tudo isso se misturava emaranhado em sua reminiscência, quando ensaiava aprofundar os atos e as causas. Súbita, a imagem de Neith veio à tona do seu espírito... Também ela se apagara do seu viver, durante esse sonho escuro e doloroso. Quanto tempo, quanto tempo passara sem vê-la! Melindrara-a sem dúvida! O coração do moço sacerdote batia com violência: como pudera ele desprezar e esquecer aquela pura e encantadora criança, por uma frívola mulher, que tanto o atormentara com seus caprichos, gostos vulgares, e cuja brutal paixão lhe havia outrora inspirado tanto desgosto e aversão?

Fronte inundada de suor, Roma levantou-se. Decididamente estivera enfeitiçado. Mas... qual acaso rompera esse encantamento? A morte de Noferura? Voltou para junto do corpo, que, envolto num pano, ia ser entregue aos embalsamadores, e mais uma vez se convenceu de que nenhum sentimento o atraía para aquela mulher...

— Liberto, enfim! — murmurou, desoprimido.

No entanto, não lhe veio à mente ter desaparecido do seu olfato o aroma terrível evolado de Noferura, que o entorpecia e subjugava, prendendo-o a ela, e, simultaneamente, ter cessado a angústia febril, o fogo interior que o devorava.

Quando, por ordem de Hor, fora despido o corpo de Noferura para fricções, Acca, a serva que a acompanhava, desacolchetara o colar que a morta jamais tirava do pescoço (porque considerava valioso talismã), pois, desde o primeiro dia de uso, seu marido voltara ao seu amor, e por isso o trazia dia e noite, e o embrulhara junto com as vestes molhadas.

À convicção de que a esposa empregara um feitiço contra ele, Roma revoltava-se, tornando odiosa a sua memória, e ansioso estava para regressar a Tebas, para explicar-se com a irmã e reconciliar-se com a jovem Neith. Assim, tendo informado Hor de que os deveres do templo o reclamavam imperiosamente, deixou Mênfis alguns dias depois, e, mal desembarcara, correra à residência de Roant, comunicando-lhe o acontecimento que o restituía à liberdade. Foi acolhido de braços abertos pela irmã, que lhe disse palavras de piedoso pesar pela perda que ele sofrerá, mas, às primeiras palavras, foi interrompida:

— Deixa esse assunto, Roant. Esta perda é uma graça dos deuses. Dize-me, em vez disso, que é feito de Neith — acrescentou, com voz insegura.

A irmã olhou para ele como que embasbacada.

— Meu querido Roma, vejo, com júbilo, que os deuses escutaram as minhas preces e te livraram, ao mesmo tempo que dessa odiosa mulher, do sortilégio que projetara sobre ti. Retornas à razão e ao verdadeiro sentimento que enche teu coração; mas, meu pobre irmão, devo dizer-te que Neith, apesar da sua juventude e do grande amor por ti, demonstrou tal revolta com a tua traição, conforme ela classifica teu proceder, que, desde há meses, não mais pronunciou teu nome. Tendo fel na alma, desligou-se de ti, e o que se passa em seu coração é para mim impenetrável mistério.

Roma escutara a irmã bastante pálido.

— Reconheço-me culpado ante Neith, embora involuntariamente — disse, após momento de silêncio. Estava impotente contra a força terrível que anulava meus sentidos; recordo-me a custo do que fiz durante meses, no decorrer desse horroroso sonho, do qual acordei ante o cadáver de Noferura. Meu coração, porém, pertenceu sempre a Neith, e não posso crer que me repila, quando lhe explicar a verdade. Agora mesmo, vou procurá-la, e, se me amou verdadeiramente algum dia, perdoará uma falta involuntária.

Roant tentou dissuadi-lo, fazendo-lhe compreender ser tarde para a explicação, e que valia mais prevenir a jovem da visita. O irmão não atendeu a nada, e, açodadamente, rumou para o Nilo, onde alugou um barco, fazendo-se conduzir ao palácio assírio.

Violentamente agitado, saltou nos degraus, e ordenou ao barqueiro que o esperasse para voltar. E subiu a escada. Na porta de comunicação do terraço com o interior da vivenda, velava uma velha escrava, acocorada sobre as lajes, a qual reconheceu o sacerdote. Interrogada sobre se a dona da casa estava sozinha e em que parte da casa, respondeu, com um largo sorriso, que Neith estava no terraço ligado ao jardim, e que Keniamun, que estivera em visita, acabava de retirar-se.

Caminhando rápido e impaciente, Roma atravessou os aposentos bem seus conhecidos, e se deteve, como que enraizado ao solo, na entrada do terraço, iluminado pela claridade avermelhada de numerosos archotes e por dois amplos tripés com alcatrão aceso, colocados nos baixos da escadaria conducente ao jardim. No primeiro degrau, cabeça recostada de encontro à balaustrada, estava Neith, que, na sua imobilidade, lembrava admirável estátua. As grandes flamas vacilantes dos tripés iluminavam-na fantasticamente, projetando rubros reflexos no vestuário branco e fazendo cintilar o colar e os braceletes maciços, e ainda a larga faixa de ouro que lhe prendia os cabelos de um negro azulado, os quais, em anéis espessos e cuidados, lhe cobriam as espáduas e os ombros e esparziam nas lajes. Durante alguns segundos, Roma contemplou-a, mudo, enlevado: nunca lhe parecera tão linda a mulher que adorava e que oculta força separara dele, quanto nesse momento de devaneio, com aquela expressão de sombria amargura. Acionado pelos sentimentos que lhe transbordavam a alma, e estendendo os braços para ela, murmurou:

— Neith!

A esse som meigo, mas vibrante e tão seu conhecido, a jovem sobressaltou-se, como que impelida por invisível mola. Por instantes, olhos dilatados fitaram-no e mediram o audacioso, como se pretendessem destruí-lo. Mas, encontrando o olhar puro e acariciador daqueles outros olhos aveludados que a miravam súplices, o fulgor se extinguiu, a cólera cedeu, e, sacudida por um estremecimento nervoso, Neith encostou-se de novo à balaustrada.

— Que me queres tu? — perguntou em tom amargo. Explicar a tua indigna traição? Desculpar-te? Para que servirá isso? Não tenho direito algum aos teus sentimentos; sou mulher casada, minha palavra e minha vida pertencem a Sargon; és igualmente homem casado, teu amor é legítimo; volta para tua esposa, para aquela a quem votaste um tão súbito amor. Sai de minha casa, não perturbes o repouso que reconquistei, depois de haver reconhecido meu culposo amor.

Calou, baixando o olhar; faltava-lhe a voz e sentia-se fraquear sob o olhar de Roma, que a fitava com censura.

— Oh! Neith, não esperava ouvir de teus lábios palavras assim tão ásperas. Que poderei dizer-te para me absolver da chaga que abri em teu coração? Não tenho desculpas para a força nefasta, para o sortilégio horrendo que me cegou e teve preso, arrastando-me qual escravo aos pés daquela que exerce em mim o bruxedo subjugante dos meus sentidos. Privado do raciocínio, acreditei amar Noferura, a culpada mulher, cuja morte me libertou agora. Saneada a alma, volto a ti, meu verdadeiro e único afeto, apesar do horrível pesadelo que me fez culpado e projetou uma nuvem sobre a minha sinceridade. Pudeste, em verdade, crer que tal mulher, desestimada por mim, conseguisse tornar-se tão preciosa, a ponto de me fazer esquecer-te, nauseantemente, por sua causa? Silencias, Neith! Mas, olvidaste-me de todo (e a voz tremeu), a ponto de duvidares das minhas palavras? Olha-me, pois! Tenho semblante de haver fruído gozos durante meses de feliz amor?

A jovem mulher subiu o olhar e se fixou no rosto emagrecido e esgotado do moço sacerdote, que, recuando, testa abaixada, se encostava à ombreira da porta. Sim, esses traços exibiam o sulco de sofrimentos físicos; era possível, verdade, que fatal bruxaria o empolgara, tornando-o traidor contra a vontade própria? Neith começava a crê-lo. Roma exercia sobre ela o poder de emergir os bons sentimentos, e sua presença destruíra todo o impulso malsão ou egoísta, graças, decerto, ao afeto profundo e leal que lhe votava. Também nesse momento, a tristeza, o desânimo do amado homem, sua reserva, a piedade despertada pelos imerecidos sofrimentos, fundiram a couraça de gelo que revestira o altaneiro coração da jovem egípcia. Caminhou vacilantes passos, e depois, num brusco ímpeto, atirou-se aos braços do contristado moço, que, exultante, a apertou carinhoso ao peito.

— Tu perdoas o passado e restituis a afeição que iluminará minha ensombrecida alma? — perguntou docemente, mergulhando seu olhar radiante e caricioso nos olhos úmidos de Neith.

Um infantil sorriso, pleno de ventura, errava nos lábios da jovem. Passou os braços em redor do pescoço do sacerdote, e deu a resposta num beijo. Cólera e desgosto estavam esquecidos.

Pobre Neith! Ela se alegrava, ignorando o preço de um amor sem censura e sem sofrimento, o único que proporciona a verdadeira felicidade e enobrece o coração, porque é parcela do divino fogo que nos criou a alma. Ignorava que o porvir lhe reservaria um inferno, também denominado amor, uma dessas subjugações fatais, que arruínam o corpo e escurecem o espírito; que ela deveria sofrer, em grau ainda mais alto, todas as torturas que Roma havia suportado. Felizmente, o futuro é oculto aos mortais, e, por isso, nenhuma sombra toldou a felicidade daquela reconciliação.

— Agora, nada de explicações e querelas — exclamou Neith, desprendendo-se do abraço, olhar jubiloso. — Vem, meu pobre Roma, tomar algum alimento; tuas traições fizeram-te magro e abatido, qual uma sombra. Precisas voltar a ser gordo e belo!

Deixando-se conduzir, dentro em pouco instalava-se ante opípara e delicada refeição. Neith, havendo recuperado todo o bom humor, gracejava de modo cáustico a respeito do bruxedo de Roma, e, servindo-o, motejava tão divertidamente dele e dela própria, que o moço sacerdote ria a bom rir, sinceramente.

No entanto, uma outra argentina risada fê-los voltar o rosto: Roant estava de pé na soleira da porta. Aplaudindo com entusiástico bater das mãos, a risonha visitante avançou para Neith, abraçando-a, e depois ao irmão também. Em seguida, pegou de sobre a mesa um copo cheio de vinho, e, erguendo-o, num gesto de brinde triunfal:

— Bendita seja Hator! Está feita a paz; o passado esquecido e os espíritos impuros afastados para sempre!

2
As aventuras do colar encantado

A Acca, serva que acompanhara Noferura, coubera tirar as joias e vestes da morta. No momento da aflição, ninguém reparou nesses movimentos de despir o cadáver, nem nos objetos. Depois que o corpo foi levado para os embalsamadores, quando a serviçal começou a pôr em ordem as vestes e adornos da sua defunta senhora, para serem enviados a Tebas, a tentação lhe veio de apropriar--se do colar, que cobiçava desde havia tempo. Refletiu ser difícil provar que a falecida, ao mergulhar, não houvesse perdido a dita joia, ou mesmo durante as tentativas de salvamento; Setat, estando deitada para dormir, não tinha visto chegar o corpo da sobrinha; Hor e bem assim Roma não pensariam decerto nas minúcias das joias. Autoconvicta por essas reflexões, ocultou o colar entre os seus pertences, levando-o para Tebas, para onde foi reconduzida. Acca, embora serva, não era escrava, e sim uma pobre órfã, parenta de Hanofer, a cargo da qual ficara desde a morte dos pais; mas, a megera, avarenta e invejosa da beleza da menina, procurara desembaraçar-se dela, e conseguiu colocá-la no serviço de Noferura, que, preguiçosa, linguareira e vulgar, se agradara da loquacidade de Acca, porque esta, tendo adquirido no estabelecimento comercial de Hanofer um inesgotável repertório de histórias picantes e escandalosas, contava-as com bastante espírito.

A morte de Noferura tornou Acca inútil; mas, com a habitual bondade, Roma, ao despedi-la, recompensou-a generosamente, e ainda lhe dadivou uma parte das roupas da falecida, além de diferentes objetos aos quais estavam ligadas desagradáveis recordações. Impando de orgulho, Acca regressou à casa de Hanofer, levando, cuidadosamente escondido entre os presentes, o colar esmaltado, da existência do qual o próprio Roma havia perdido a lembrança.

A órfã propunha-se a ajudar Hanofer nos afazeres do albergue, esperançosa de que, entre os habituais frequentadores encontrasse um pretendente: agora estava rica, e podia, sem temor, dar mostra de tal, por isso que todos os preciosos objetos haviam sido doados pelo antigo patrão. Hanofer viu, com invejosos olhos, as riquezas da moça e prima, e só se conformou um pouco depois que, sob reprimendas e ameaças, a despojou de uma parte daquelas preciosidades, isso a título de remuneração das despesas que fizera com a mantença e educação de Acca.

Muitas semanas decorreram. Certo dia, em que se celebrava em Tebas uma festa anual, e grande se tornava o número de fregueses a atender, Acca ataviou-se cuidadosamente, e, retirando do esconderijo, onde permanecera até então, o famoso colar, o acolchetou ao pescoço, monologando:

— Como me invejarão no dia de hoje, a começar pela velha megera! E mirando-se vaidosa a um espelho de metal polido, que fora de Noferura, acrescentou:

— Que delicioso perfume se desprende deste colar! Nunca senti cheiro semelhante — terminou, olfatando ávida o aroma enervante que se evolava da joia.

Faces purpureadas, olhos faiscantes, Acca deixou seu quartinho para entrar na grande sala. No longo corredor que a precedia, encontrou Smenkara.

— Que boa carinha tens hoje, e... por todos os deuses! Que colar trazes ao pescoço? É uma joia de alto valor, incrustada de legítima pedra azul, sabes disso? — falou o usurário, curvando-se para a moça, palpando e admirando o lavor e o preço do colar. E qual é este divino perfume? Oh! dá vontade de cheirá-lo sempre — acrescentou, brusco, olfatando ruidosamente o pescoço da rapariga.

— O delicioso perfume vem do colar, cujo valor desconheço; dele espero que faça minha fortuna — respondeu com orgulho. — Minha defunta senhora com ele se adornava todos os dias; mas perecendo afogada com ele no pescoço, o nobre Roma mo presenteou.

O nariz de Smenkara parecia colado à joia. De súbito, seu volumoso rosto se tornou escarlate, os pequenos olhos pardos começaram a chispar estranhamente, e, enlaçando o busto de Acca, abraçou-a com ardor. Por um instante, ela mostrou corresponder ao gesto, e, abraçando o pescoço de Smenkara, permutou alguns beijos fervorosos; mas logo depois, desprendeu-se dos braços do homem, repelindo-o violentamente, e fugiu.

Na sala, Hanofer, entronizada no posto habitual, fiscalizava, com olhos de águia, a exatidão e solicitude dos serviços, visto que a baiúca estava à cunha. Reparando na superfina joia de Acca, sombreou-se-lhe o semblante, e seus olhos, fulgurando de cobiça, não mais se desviaram da moça, que circulava por entre os fregueses, em febril atividade, fixando os homens com invulgar tenacidade. Mais de um a encarava curiosa e espantadamente, e as pobres mulheres, seminuas e enfeitadas de pechisbeques, devoravam-na com os olhos. Bem depressa, porém, o ciúme de Hanofer tomou novo rumo, ao constatar, com pasmo e raiva, que Smenkara seguia, qual sombra, os passos de Acca, projetando nesta olhares de fogo, procurando curvar-se sobre o pescoço da moça, testemunhando, sem rebuços, uma preferência insultante, para ela, esposa. É certo que a fidelidade de Smenkara não era irrepreensível; mas, assim, tão às escancaras, na presença da mulher, tão ao alcance dos punhos que ele respeitava, e, com razão, jamais ousara ostentar. Hanofer franziu os sobrecenhos e atirou ao marido ameaçadora olhadela. Este, porém, com audácia jamais ensaiada sequer, não deu atenção a esse presságio tempestuoso; qual um ébrio, via apenas Acca, e insaciável do odor que a moça desprendia, ele a acompanhava, murmurando, entre dentes:

— Por Osíris! Esta criatura é irresistível; nunca me agradou tanto quanto hoje, e quero possuí-la!

Sem compreender o móvel da impertinência do marido, porque semelhante caso jamais ocorrera, Hanofer sufocava, e, surpreendendo outra "olhadela assassina" com a qual a moça animava os avanços do onzenário, o fio da paciência se lhe rompeu, e, qual pantera, avançou em perseguição de ambos os culpados, que haviam desaparecido da sala, disposta a infligir-lhes exemplar corretivo.

Após infrutífera procura inicial, pilhou os fugitivos num hangar escuro, que servia de depósito de cerveja e vinho. Seus maciços punhos abateram-se com força de dois martelos sobre os traidores; mas, Smenkara, que costumeiramente se tornava dócil e obediente, mostrou, desta vez, tal ferocidade, que Hanofer ficou atônita.

A obstinação e o temor de perder toda a sua autoridade fizeram-na tentar uma batalha, e após esforços inauditos, e esfalfada ela própria, conseguiu pôr o marido fora de combate, e quis voltar-se para a moça, que também mostrava atitude belicosa.

— Não me toques, Hanofer! — gritou ela, com olhos faiscantes. Não tenho culpa da perseguição de Smenkara. Antes de entrar na sala, ele se atirou a mim, e eu o repeli. É ridículo esse velho bobo, que só aversão me inspira.

Hanofer imediatamente se acalmou, e examinou a moça com esquadrinhador olhar.

— É verdade que não tencionavas dar-lhe atenção? Neste caso, vem; eu te conduzirei a outra seção, onde servirás aos fregueses fidalgos que se reúnem ali, e talvez entre eles consigas futuro! (E um perverso sorrir contraiu-lhe os beiços.) Uma condição apenas: posso contar com a tua discrição? Aos aposentos reservados vêm, às vezes, personagens que não querem ser vistos, nem identificados, e que têm o braço suficientemente poderoso para punir indiscrições!

— Por quem me tomas tu? Serei acaso bastante maluca, para cavar a minha ruína? —respondeu desdenhosa. Sei perfeitamente que lá se trata de assuntos vedados à publicidade, e julgo que devias contar mais com a discrição da tua parenta do que com a da velha feiticeira de Sachepris.

— Segue-me. Onde adquiriste o perfume do qual pareces ungida?

— Não estou saturada de nenhum. É do colar, que me foi doado pelo nobre Roma, e que sua mulher trazia ao pescoço quando se afogou. É do colar que se desprende o perfume.

— Louco! Doar tal joia a uma criada! — regougou a megera, despeitada.

Silenciosamente, as duas mulheres atravessaram extenso corredor, depois vasto pátio, rodeado por um muro que se prolongava por detrás do albergue, e nos limites do qual havia algumas construções: galpões, estrebarias etc., tão arruinados quanto o prédio principal. Ao fundo, num recanto escuro, havia pequena porta, que Hanofer abriu com a chave que trazia à cintura. Acharam-se então em amplo jardim, plantado de árvores frutíferas e de hortaliças, e depois num segundo jardim, separado do primeiro por tapume, constituído por sicômoros, acácias, palmeiras, por entre as quais se distinguiam canteiros de flores. Em seguida, apareceu, por entre a folhagem, uma segunda casa, menor, mas de aparência elegante. Por espaçoso terraço, ornado de arbustos, ambas penetraram em uma sala sustida por fortes colunas, pintadas de preto e amarelo, e na qual um grupo de mulheres estava reunido. Eram todas jovens e formosas, e algumas, bailarinas evidentemente, ostentavam largas faixas de metal, colares e braceletes de missangas, tendo nas mãos compridas e largas mantilhas de tecido transparente. Duas delas tinham tingido de vermelhão berrante os cabelos, enrolados no alto da cabeça, lembrando torres sangrentas, penteado que lhes dava aspecto selvagem e fantástico. Deitadas em esteiras, exibiam, despudoradas, a nudez dos seus corpos flexíveis e delgados, impregnados de óleos odoríferos. Outras, vestidas de curtas túnicas de listras, empunhando harpas de três cordas ou mandoras, estavam acocoradas conversando a meia-voz. À aparição de

Hanofer, uma curvada mulher encarquilhada, dessa fealdade repugnante que não raro atinge as mulheres, e que parecia vigiar o rebanho de jovens, levantou-se de um escabelo.

— Nenhum dos nobres visitantes se apresentou ainda, senhora — disse ela, obsequiosa, e, curvando-se, em voz mais baixa: — Somente o sarcedote Ranseneb se encontra em uma das salinhas, à espera de alguém. Pediu frutas e vinho.

— Está bem Sachepris. Eis aqui Acca, que trouxe para que te ajude. Manda-a servir os hóspedes de distinção. Para começar, ela servirá ao sacerdote os refrigerantes solicitados. Vai! —continuou, dirigindo-se à moça — e tento na língua. Um sacerdote de Amon está aqui para ultimar uma transação de dinheiro.

Acca limitou-se a um gesto de assentimento, pois, havia muito, não ignorava que mais de um sacerdote ou dignitário, embora insuspeitável de frivolidade, vinha divertir-se ali, para jogo ou outros prazeres, e sabia também que ali se ultimavam vultosas transações de dinheiro, nas quais Smenkara era intermediário. Estava disposta a ser modelo de prudência e discrição, e a transferência determinada por Hanofer agradava-lhe, visto que, desde muito tempo, anelava trocar as tarefas do albergue pelas do elegante bordel, onde se recreava uma turma de oficiais e de nobres mancebos, indolentes e generosos, semeadores de ouro a cada carinha que lhes agradava. No estado de superexcitação em que se encontrava, a moça desejava ardentemente o amor de algum homem bonito e de alta situação social. A incerta imagem de um ideal nesse gênero vacilava no seu cérebro, sem que lhe conseguisse dar forma concreta: ora tomava os contornos do belo Roma, seu antigo patrão, ora os de um oficial que às vezes frequentava a casa de Hanofer. Ambos lhe inspiravam nesse momento violenta paixão, embora sem saber a qual dos dois daria preferência, uma vez que nem um nem outro correspondia fielmente ao incógnito desejado por ela.

Preocupada com esses pensamentos, cabeça incendida e pesada, arrumou em bandeja uma ave assada, uma ânfora com vinho, um copo e um cesto cheio de frutas, e dirigiu-se a certa saleta, isolada das demais, designada por Sachepris. Nesse aposento, com saída particular, o confidente do Sumo Sacerdote de Amon estava sentado junto de pequena mesa, engolfado na leitura de tabuinhas abertas ante seus olhos. À presença da serviçal, fechou-as, e enrolou um papiro estendido na mesa. Correspondendo com um movimento de cabeça, benévolo, à profunda e respeitosa reverência da moça, Ranseneb pegou a ave e começou a comer, enquanto Acca, empunhando a ânfora, se colocou por detrás da cadeira, pronta para encher o copo, logo que o sacerdote tal ordenasse. Alguns minutos escoaram em silêncio. Ranseneb, comendo com apreciável apetite, pela segunda vez erguia o copo, quando, de repente, aspirou com força e procurou identificar algo, respirando com atenção várias vezes.

— Que suave perfume é este que estou percebendo? De onde provém?

— Venerável sacerdote, é do meu colar — respondeu um tanto perturbada.

— Mostra-me esse colar, e dize de quem te veio ele.

— Do nobre Roma, o sacerdote de Hator, que mo deu juntamente com outros objetos pertencentes à sua defunta esposa Noferura.

Acca passou para próximo de Ranseneb, curvando o busto para que pudesse ser examinada a joia, o que ele fez curiosamente.

— Eis um estranho aroma... Creio que, apesar de suave, a continuação poderá produzir vertigens — murmurou o sacerdote, continuando, sem embargo da ponderação, a aspirar avidamente, narinas dilatadas, o traidor perfume.

E, como que cedendo a irresistível atração, pegou a moça pelo braço e avizinhou o rosto quase lhe tocando o pescoço. Súbito, estremeceu, endireitou-se: o crânio lustroso e as maçãs do rosto coloriram-se de ardente púrpura, e nos olhos acendeu-se flama selvática, enquanto fixava a moça, sempre dobrada sobre ele.

— Senta-te junto de mim, filha, e dá-me vinho — disse com olhar e sorriso que contrastavam singularmente com o tipo sombrio e ascético de toda a sua aparência.

E porque Acca hesitasse, olhando com receio seu incendido semblante, Ranseneb abraçou-a pela cintura, puxando-a para si, e tentou beijá-la no pescoço e depois na boca. Nesse preciso instante, a porta foi aberta ao fundo, e um homem de elevada estatura, com a vestimenta de escriba, ostentando enorme peruca, apareceu na entrada. Deparando com a galante cena, que tinha por ator o venerável profeta do templo de Amon, Hartatef (porque era ele) duvidou do testemunho do próprio olhar. Era mesmo o rígido e fanático Ranseneb, cuja impiedosa severidade descia tão pesadamente sobre os jovens sacerdotes, e castigava a menor das faltas, era mesmo ele quem vinha buscar aventuras com uma moça de albergue?!

Acca, que, momentaneamente, cedera ao abraço do sacerdote e pagara o beijo, deu um grito, e, repelindo-o, fugiu pela porta oposta àquela junto da qual permanecia Hartatef. Como que arrancado de agoniado sonho, Ranseneb passou a mão pela testa.

— Que significa isto? Insânias vieram perturbar meus velhos dias; não vi eu bastantes mulheres lindas, para que uma vulgar moça de albergue me faça perder a razão? — murmurou ele, sombrio.

Só então percebeu Hartatef, que, profundamente inclinado, deixava ao sacerdote tempo de recompor-se. Um fluxo de sangue ascendeu ao rosto de Ranseneb, ao pensamento de que esse subalterno houvesse presenciado sua inexplicável loucura.

— Aproxima-te Hartatef — ordenou, dominando-se trabalhosamente. — Que notícias me trazes?

O escriba aproximou-se, respeitoso, entregando-lhe tabuinhas e muitos rolos de papiros, e, com a maneira clara e sucinta que lhe era peculiar, fez detalhado relatório da viagem a Bouto. O sacerdote interrogou minuciosamente sobre Tutmés, Antef, relações entre estes etc., e, emprazando-o a novo encontro, dentro de breves dias, em local designado, expôs, em detalhes, instruções secretas para excitação do povo contra a rainha, espalhando habilmente que ela, tirando a vida do irmão, e não tendo descendente varão, terminaria extinguindo completamente o glorioso sangue de Tutmés I, e ficando o Egito sem Faraó legítimo. E era isso o que o povo temia acima de tudo, e o que devia impeli-lo ao partido do príncipe, jovem cheio de futuro e do qual era lícito esperar numerosa linhagem. Enquanto os dois homens assim se entregavam à discussão dos interesses do exilado e do porvir do Egito, Acca voltara à grande sala, onde numerosos visitantes estavam reunidos. Sentado junto de uma das mesas do terraço, no meio de muitos homens entretidos a jogar, Pair, agitado e cobiçoso, não enxergava nem ouvia outras coisas além dos vaivéns dos lucros ou perdas.

As dançarinas e cantadeiras estavam meio dispersas. Algumas atada se entregavam a uma dança voluptuosa e provocante, no centro de um grupo de frequentadores, que riam, aplaudindo ou criticando sem rebuços o talento e as perfeições físicas das bailarinas. Na primeira fila dos espectadores, via-se Mena, com as duas mãos enfurnadas na cintura da túnica, a perorar barulhentamente, sobre passando a todos, em graçolas equívocas e brutais, e excitando as desgraçadas criaturas para evoluções cada vez mais arriscadas. Gasto e entediado, não sabia evidentemente a qual das mulheres presentes daria preferência, quando seu olhar divisou Acca, que reentrava no recinto. A rapariga dispunha de ótima aparência com a vestimenta ricamente bordada: rosto corado, olhos negros coruscantes, fremir nervoso que a agitava toda, distinguiam-na vantajosamente de todas as outras. Agradou a Mena, que, saindo rápido do grupo, se abeirou de Acca, e lhe disse, encarando-a audaz:

— Bela jovem, leva-me ao jardim um copo e uma sólida ânfora com vinho, que tu me servirás. Aqui, o calor e o barulho me incomodam.

Acca reparou, com olhar de brasa, a esbelta e robusta estatura do oficial. Estava cada vez mais sob a influência do enfeitiçado odor, que respirava desde muitas horas, o qual, mais entorpecente, mais excitante do que o mais forte vinho, lhe fazia fervente o sangue. Mena recolheu esse olhar, e um sorriso fátuo passou-lhe nos lábios, ao mesmo tempo que se dirigiu, em passo displicente, a um bosquete do jardim, onde havia banco e mesa, que moitas de rosas e acácias escondiam da vista dos passeantes, local que Mena conhecia e preferia, por ser retirado e discreto, e do qual guardava mais de uma voluptuosa reminiscência. Apenas sentara, e Acca chegou, trazendo a ânfora com o vinho, um copo e uma cesta de pastéis e outras massas.

— Eis-me aqui, às tuas ordens, senhor.

Mena olhou para ela com familiaridade audaciosa, usada em todos os tempos pelos mundanos para com as filhas do povo, que desejam lhes sirvam de transitório passatempo.

— Vem cá, pequena, e dize-me teu nome — começou ele, passando-lhe um braço em redor da cintura e fazendo-a sentar no banco. — Tu me agradas — acrescentou, beijando-a no pescoço.

E logo um odor suave e entorpecente lhe chegou às narinas; o sangue afluiu ao cérebro violentamente, produzindo-lhe momentâneo aturdimento. Mas, o seu beijo pareceu ter tirado à moça toda noção de senso: qual ébria, agarrou-se ao oficial, apertando-o num amplexo quase sufocante. É que na robusta natureza, violenta e voluptuosa, de Acca, o aroma envenenado exercia terrível efeito: nuvens de fogo obscureciam-lhe a vista, afogando raciocínio e pudor, e, nessa névoa, vacilava ante sua visão o rosto pálido de um homem, de olhar sombrio e profundo, que parecia encará-la com estranho sorriso. Tremente em todo o corpo, ela se retesou, procurando depois fundir seu olhar nesses olhos de fascínio; mas, em vez dos traços admiráveis que haviam surgido em sua imaginação, viu a face avermelhada de Mena, de olhar inflamado. Emitindo um grito abafado, ela se atirou para trás, meio sufocada, cabeça em chamas, parecendo estalar e multipartir-se. Dor aguda lhe perfurava o peito; com as mãos comprimindo o lado do coração superpalpitante, caiu desmaiada sobre o banco.

— Que terá esta criatura, e donde virá este delicioso perfume? — monologou Mena, curvando-se para ela, e olfatando avidamente. Olha! É do colar que se evola o divino aroma, desta grossa placa central... Mas, onde (por todas as divindades nefastas!) a brejeira furtou semelhante joia? — continuou ele, tentando abrir o prendedor de colar para mais detido exame. Não o conseguindo, usou, impaciente, um punhal para desligar os elos que prendiam o medalhão. — Para esta bruta, o que resta do colar bastará — resmungou ele.

E, sem mais voltar os olhos para a desmaiada moça, retornou à sala, satisfez os gastos feitos, e saiu do bordel.

— Eis um achado que fiz — pensou, tirando do cinto a joia e aspirando-lhe ávido o odor. — Farei prender esta placa a um dos meus colares, e todos me invejarão este perfume novo e tão admirável.

De resto, o jovem não cessava de cheirar o deletério aroma, sem reparar que, paulatinamente, um mal-estar lhe invadia todo o organismo; inquietude vaga oprimia-o; a cabeça pesada; ardente sede ressecava-lhe a garganta... Por isso, abandonou o projeto de fazer um passeio noturno, e rumou diretamente para o palácio de Pair. Atravessando uma das salas, caminho obrigatório para chegar aos seus apartamentos, encontrou Satati, que, desabituada a tão rápido regresso do sobrinho, lhe indagou surpresa:

— Já de volta, Mena? Pair veio contigo? Mas, que tens tu? Teu rosto está vermelho e teus olhos têm um brilho febril; estás doente?

— Não. Sinto-me bem. Apenas tenho espantosa sede e estou cansado.

— Então vem comigo à sala de jantar. Terminamos a refeição, e os meninos foram dormir, mas eu te servirei refrigerantes — disse Satati, conduzindo-o a um aposento dependente dos seus cômodos.

E ordenou a uma escrava trazer vinho e carnes frias. Sentou-se defronte e começou a servi-lo. Mena encheu e esvaziou vários copázios de vinho, e pousou os cotovelos na mesa, com aspecto fatigado, sem tocar nos alimentos... Satati observou tal atitude longamente. Depois, levantou-se e lhe bateu suavemente no ombro.

— Decididamente, Mena, algo de extraordinário acontece contigo; estás agitado e ao mesmo tempo aturdido; não comeste coisa alguma. Que te falta?

Mena endireitou-se, brusco. Olhos sanguinolentos e exageradamente cintilantes, fixou a tia com expressão que a fez estremecer e recuar, e, mais veloz do que um raio de luz, a enlaçou com os braços e a atirou violentamente numa cadeira a seu lado:

— Que me falta? É que te amo. Voltei; ignoro por que, mas, avistando-te, aclararam-se os meus sentimentos.

O assalto, tão imprevisto, deixara a esposa de Pair como que aturdida, com a cabeça apertada de encontro ao peito do rapaz. Depois, forcejando, ela o repeliu, e tentou, em vão, libertar-se dos robustos braços que a acorrentavam.

— Larga-me! — gritou, raivosa. Que escândalo, se uma das escravas nos visse! Enlouqueceste?

Mena sondou o aposento com olhar sorrateiro.

— Estamos sós, escuta-me; desta vez, podes crer, sinto que meu amor é verdadeiro, e que mulher alguma te pode ser comparada.

Como se a sua resistência se houvesse esvaído de repente, Satati recaiu sobre a cadeira sentindo girar a cabeça, uma indeterminada opressão a comprimir-lhe o peito. É que, na emoção causada pelo susto e surpresa, não se apercebera do enfeitiçado perfume exalado do sobrinho, e, inconscientemente, absorvido pelas narinas. Indefinível estado, novo e incompreensível para essa mulher fria, egoísta e rapace, a avassalava, pouco a pouco. Satati jamais tivera amor por Pair ou por quem quer que fosse, e apenas por fatuidade se deixara cortejar, pois os seus arraigados sentimentos eram a ambição e o cálculo das vantagens, e, se naquele instante pudesse raciocinar, ter-se-ia pasmado dos batimentos apaixonados e tumultuosos do seu coração, da admiração que Mena lhe inspirava e cuja beleza e olhar profundo a fascinavam. Fatigante embriaguez a invadia lentamente; parecia-lhe flutuar numa atmosfera embalsamada; os ouvidos zumbiam; os beijos cálidos do rapaz comunicavam fogo às suas veias... Fechou os olhos e descansou de todo a cabeça no peito dele.

Os dois enfeitiçados não se aperceberam de que largo tempo decorrera, e nem mesmo o ruído de pesados e incertos passos de alguém que se aproximava os arrancou da sua entorpecência. Apesar de bêbedo, Pair (pois era ele o recém-chegado) parou estupefato a pouca distância da mesa. Tivera na jogatina uma terrível má sorte, e perdera até o colar. Tão furioso quanto ébrio, deixara o alcouce de Smenkara uma hora depois do sobrinho. Dirigia-se direto ao quarto de dormir, quando reparou haver luz na saleta de trabalho da esposa. O espetáculo de Satati nos braços de Mena o deixou por segundos como que petrificado; mas, sem demora, uma insensata fúria o avassalou, e, apanhando de cima de uma cadeira a espada de Mena, assentou um possante golpe na cabeça do sobrinho, que, soltando um grito rouco, rolou ensanguentado nas lajes do chão. Por felicidade dele, foi da vacilante mão de um bêbedo que lhe veio o golpe, pois, da de um lúcido, seria mortal.

— Ah! traidores! — rugiu Pair, boca espumando, querendo agarrar Satati, que, bruscamente despertada do sonho de amor, buscava furtar-se ao alcance do marido, cujo furor a amedrontava.

Perseguindo-a, porém, Pair derrubou a mesa, causando enorme estrondo, inclusive pelo espatifamento dos vidros e louças, que repercutiu em todo o palácio. Sem se preocupar com isso, agarrou a esposa, procurando atirá-la ao chão, e gritava, tentando retirar do cinto o punhal:

— Vais pagar o ultraje feito à minha honra; não esperarei que o carrasco ponha na tua face a marca das mulheres adúlteras, e eu próprio te cortarei a ponta do nariz.

Procurou com uma das mãos apertar-lhe a garganta, brandindo o punhal com a outra, no esforço de executar a ameaça; mas o desespero, o indescritível pavor de ser mutilada, decuplicaram as forças de Satati, que, com um selvagem grito, se desprendeu dos dedos de Pair, e fugiu para o jardim, onde a treva impediu o prosseguimento da perseguição. De resto, o próprio excesso da raiva havia esgotado as forças do ébrio e provocado reação: pernas trêmulas, apoiou-se pesadamente a uma coluna do terraço e passou a mão na testa úmida. Dir-se-ia despertava de medonho pesadelo. Depois, lentamente, retomou o caminho da sala onde Mena jazia ainda desacordado, e em torno do qual se acotovelavam alguns escravos, pálidos e ansiosos, e bem assim Assa e Beba, atraídos pelos gritos e alarido. A presença dos filhos e dos domésticos acabou de desembriagar Pair, que, esforçando-se por aparentar calma, ordenou a remoção de Mena para o seu aposento, aquietou os filhos e respondeu evasivamente às perguntas referentes à esposa, cuja ausência parecia incompreensível, e os mandou voltar ao leito, enquanto ele ia assistir ao primeiro curativo no ferido. Ficando a sós, os adolescentes miraram-se muito espantados.

— Que significa tudo isso, e onde pode estar nossa mãe? — perguntou Assa, inquieto. — Imediatamente, Beba, cujos olhos pesquisavam curiosamente o aposento, agachou-se, e, apanhando a desastrada placa que caíra do cinto de Mena, disse:

— Olha! Nossa mãe perdeu esta joia. Parece, creio eu, uma das que Hartatef lhe doou, quando do noivado de Neith.

— Não, não; eu conheço todas as suas joias; não tem nenhuma semelhança. Com certeza pertence a Mena — respondeu Assa.

— Que belo odor exala! Onde Mena o terá pescado? Parece arrancado de alguma coisa. Vou pô-lo na jarra da nossa sala de brincar, e ele pode depois procurá-la — disse Beba com risinho sonso, conduzindo o irmão para os seus aposentos.

Pair seguira os escravos que transportavam Mena, e fizera chamar um velho sacerdote médico, que residia em sua casa, e, quando este lhe disse que o ferimento, ainda que grave, não era mortal, e que Mena não tardaria em recobrar os sentidos, retirou-se para o seu apartamento. A presença do sobrinho era-lhe odiosa nessa ocasião. Ele não tinha ciúmes de Satati, a qual, mesmo no pleno viço da juventude, nunca lhe inspirava apaixonado amor; temendo a mulher, cujo caráter firme e astucioso o dominava completamente, habituara-se a vê-la sempre severamente salvar as aparências, e só de maneira mui vaga suspeitava-a de alguns pecadilhos de mocidade, os quais, por difíceis de provar, não passavam para além da suspeita, com o que se conformava, não sendo também um modelo de fidelidade.

E, inopinadamente, essa mulher grave, reservada, prudente, de madura idade, rolava para um amor louco, com esse biltre estúpido, Mena, rapaz tão volúvel que teria de ser distanciado de qualquer mulher; Satati, tão calma, tão constante nos seus hábitos, comprometia-se até conceder um escandaloso encontro em sala aberta, expondo-se à risota dos escravos, tanto assim que Mena se esquivara do albergue de Hanofer para alcançá-la. Pair suspirou profundamente, estendendo-se no leito.

A cólera desvaneceu pouco a pouco, e chegou mesmo a lamentar ter feito tanto estardalhaço. Sem dúvida, Satati não teria desejado que ele lhe decepasse o nariz, mas... aquele escândalo em toda a Tebas!... Felizmente, ela se eclipsara, e restava apenas o ferimento de Mena, o qual daria muito que falar. Mas, também por que (por todos os espíritos impuros!) esses dois malucos se expuseram assim, quando, vivendo sob o mesmo teto, em liberdade pelas frequentes ausências de Pair, podiam facilmente esconder o seu amor? O superintendente das equipagens reais era de caráter brando e conciliador; nenhuma paixão sombria, nenhum orgulho supérfluo achavam guarida em sua alma; era estreito de espírito. Perdulário por hábito, gostava de mulheres, bons manjares e jogo, sobre o qual concentrava o maior vigor dos sentimentos. Cada vez mais preocupado, pensou nas cenas que o aguardavam. Satati, mesmo culpada e ausente, já retomava a ascendência sobre ele, e perguntava a si próprio onde teria ido esconder-se, uma vez que não voltara ao lar... No decurso dessas cogitações, o sono o surpreendeu.

Não podendo suspeitar das reviravoltas do espírito do marido, Satati achava-se no palácio de Sargon. Apenas liberta das mãos de Pair, atravessara o jardim qual flecha, e, passando por uma porta do pátio exterior, onde havia uma escrava vigilante, à qual ordenou segui-la, chegou, sempre a correr, às margens do Nilo. Saltando para a primeira embarcação chegada, rumou para o palácio assírio, onde, aliás, todos já dormiam. Conhecedora, porém, de todos os recantos, Satati penetrou sem dificuldade até a câmara de Neith.

— Salva-me! Pair quer matar-me! — gritou ela, sacudindo a jovem, que se ergueu estupefata sobre o leito.

Quando Neith, refeita do primeiro susto, desceu da cama e chamou as serviçais, achou a tia estendida e desacordada no chão, e foram necessários longos esforços para que reabrisse os olhos. A pobre mulher ignorava ter sido o feitiço do colar a causa de tudo, naquela incompreensível desgraça.

3
O palácio do enfeitiçador

Sombrio, silencioso, semelhante a um colosso adormecido, elevava-se à borda do Nilo o palácio do príncipe Horemseb, ou melhor, o muro largo e alto que cinturava o imenso terreno, não deixando ao olhar curioso perceber outra coisa além de maciços de verdura e alguns telhados perdidos por entre as sombras. Muitos olhares interesseiros, suspeitosos e malignos fixavam esse mudo enigma, contra o qual se quebravam, desde havia bastante tempo, a curiosidade e a malevolência dos habitantes de Mênfis, e este último sentimento começava a predominar. Os sacerdotes ofendiam-se com a negligência indisfarçada do príncipe quanto aos deveres religiosos; no povo, os boatos mais diversos circulavam a respeito da misteriosa habitação, cujos servidores eram invisíveis, e assim o seu patrão, e apenas a elevada origem social de Horemseb se impunha aos maledicentes, forçando toda essa animosidade surda a encobrir-se qual brasa sob cinzas. É justo dizer que a bizarra morada constituía verdadeiro contraste com o palácio de um grande egípcio, sempre cheio de vida, ruído e labor. Aqui tudo era silêncio e solitude, e os cultivadores que levavam ao palácio do príncipe os produtos colhidos nos vastos domínios, os únicos seres que se podiam gabar de haver transposto a porta do recinto aberta para o lado da cidade, narravam existir no local vasto pátio rodeado de celeiros e alpendres onde se descarregavam as colheitas. O velho Hapzefaá, ajudado por alguns escribas silenciosos, recebia e registrava tudo, pois os rendeiros eram despedidos sem mesmo poderem identificar onde ficava a porta de acesso ao resto da edificação. Tal porta, dissimulada em pequena construção, servindo de escritório, abria para um segundo pátio, igualmente espaçoso, em redor do qual estavam instaladas as cozinhas, as salas destinadas à lixívia e aos outros grosseiros misteres caseiros. Esta parte da habitação era separada, por sólido muro, dos interiores do palácio e das casas onde residiam as dançarinas e cantoras, sob a vigilância dos respectivos eunucos, e os bailarinos, coristas e outros escravos masculinos destinados ao serviço particular do senhor dos domínios.

Para condução dos alimentos, frutas, vinhos etc., servidos na mesa principesca, e bem assim para sustento do restante da misteriosa população, os escravos tinham de transpor uma porta severamente guardada por eunucos armados, e só por estes aberta. Silenciosos, cheios de temor, como que esmagados ao peso de dupla desdita, esses pobres seres cumpriam suas obrigações, e, em verdade, mais infortunados do que seus irmãos de servidão, pois eram mudos e grande parte também surdos. O próprio palácio constituía uma amálgama de arquitetura egípcia e alienígena: extensas galerias, infinidade de terraços, grandes e pequenos pátios, plantados de palmeiras e outras árvores, e uma verdadeira confusão de salas de várias dimensões. O todo estava disposto com luxo realengo: tapetes preciosos, estofos raros ou pinturas variegadas cobriam as paredes; pesadas tapeçarias, com franjas e bordados, mascaravam todas as portas; os móveis, de ébano, incrustados de marfim e mesmo de prata maciça, eram admiráveis; mas, por sobre todo esse luxo, esses esplendores da arte e da riqueza, parecia descer alguma coisa de lúgubre e de gélido; todos esses apartamentos estavam desertos, e seu ambiente sobrecarregado de odores em excesso: tripés e caçoilas de ouro em profusão estavam dispersas em todas as dependências, onde meninos, de 11 e 12 anos, circulavam como se fossem sombras, mantendo zelosamente o fogo dos carvões e neles derramando, a intervalos determinados, diferentes perfumes. Os inditosos meninos estavam ricamente paramentados de curtas faixas bordadas, ostentando colares e braceletes de ouro; mas, silenciosa tristeza se patenteava em seus semblantes. Nunca se falavam, e a apatia, o mortal abatimento de seus olhares pareciam de velhos. Nos vastos jardins que rodeavam a mansão, o mesmo silêncio, idêntica solitude; nenhuma criatura humana passeava nas aleias sombreadas; silentes e como que temerosos de serem avistados, os jardineiros deslizavam debaixo das árvores, e um sono enfeitiçado parecia pesar sobre todas as coisas.

Entre a espessa verdura, cintilava a superfície polida e tranquila de dois lagos. Um, muito grande, situava-se ante a fachada do palácio; uma barca dourada ali se balouçava presa a degraus de granito rosa por uma corrente de prata; o outro, menor, ficava na extremidade do parque, rodeado de grandes árvores e de cerrados arbustos que lhe faziam uma espécie de muralha vegetal. Em pequena ilhota, no centro desse lago, havia um pavilhão, feito de tijolos, que ocupava toda essa superfície; apenas, numa face, uma construção cilíndrica, assentada sobre estacas, avançava para dentro da água. Esta forma de torre, sem qualquer cobertura, era, em toda a circunferência, provida de compridas e estreitas janelas disfarçadas por tapeçarias. Duas ligeiras pontes serviam de comunicação com a ilhota: uma conduzindo ao palácio e a outra, do lado oposto, confinava numa aleia estreita, ladeada de arbustos espinhosos, que terminava em sombrio e espesso maciço, ao centro do qual havia ampla construção em forma de pirâmide. Contíguo a um dos numerosos pequenos pátios que mencionamos, plantados de árvores e flores, havia um apartamento composto de duas câmaras de média largura, decoradas com os refinamentos do luxo que distinguiam todo o palácio. Uma, escura, iluminada por lâmpada de óleo perfumado, servia de quarto de dormir, a outra abria, de um lado, para o jardinzinho e, do outro, para uma galeria de serviço, longa, para o interior do palácio. Apenas a porta era fechada por uma grade de madeira dourada, com ferrolho na face externa.

Sobre um leito de repouso, de cedro, coberto de estofo azul bordado a vermelho, estava jovem mulher semiestendida, a cabeça escondida em almofadas. Uma alva túnica desenhava-lhe as formas esbeltas e elegantes, e opulentos cabelos ruivo-dourados, presos por uma faixa trabalhada, lhe cobriam os ombros e as espáduas com a fartura cuidada dos seus cachos. A escuridão viera rápida e quase sem transição, mas, a mulher não demonstrara aperceber-se de tal. Subitamente, endireitou o corpo e, juntando com as mãos a cabeleira para as costas, murmurou, com angústia:

— Ah! A que horas virá ele, hoje? Hator, divindade potente e misericordiosa, dá-me paciência durante as mortais horas que passo longe dele!

E Neftis (porque era ela) ergueu os braços em atitude súplice para uma estatueta da deusa protetora do amor. A pobre moça estava bem mudada desde o dia em que, na companhia da inconsequente Tuaá, tentara a grande e aventurosa loucura que a pusera no caminho do enfeitiçador: emagrecera; suas belas cores juvenis haviam cedido a uma palidez doentia, e os grandes olhos esverdeados reluziam, exteriorizando nervosa superexcitação vizinha da demência. Pouco depois, ergueu-se, com tristonho abatimento, boca contraída por indizível amargura, e desceu ao jardim, onde fez pequeno giro a passo lânguido. Em seguida, como que tomada por novo pensamento, saltou para a porta da galeria, acocorou-se nas lajes e premiu a fronte contra a grade.

— Oh! Eu me queimo viva num braseiro — murmurou, ofegante. Onde encontrarei para refrigério uma pedra tão gelada quanto o coração daquele que idolatro e permanece impiedoso ante meus sofrimentos? Quando deixarei de anelar pelos momentos fugitivos durante os quais me concede a triste alegria de o contemplar?

Algumas ardentes lágrimas perolaram por suas faces, enquanto o olhar sondava, esquadrinhante, as sombrias profundezas da galeria que costeava sua prisão, e, de ambos os lados, parecia perder-se em longínqua distância. Inopinadamente, intenso rubor coloriu-lhe o rosto pálido, e nervoso estremecimento agitou-lhe o corpo; numa das extremidades da galeria, surgira avermelhada claridade; escravos, empunhando tochas, apareciam e em carreira escalonavam-se de distância em distância.

— Enfim, enfim, vai ele aparecer! — suspirou a jovem egípcia, concentrando o olhar na elevada estatura de um homem que, precedido e seguido de moços portadores de tochas, se apropinquava rapidamente.

Era Horemseb. Vestia túnica branca, com franjas à moda assíria, e fechada no busto por artístico cinto; largo listrão de ouro incrustado de pedrarias retinha-lhe a espessa cabeleira negra. Chegado junto da grade, parou, e, percebendo ali a jovem, genuflexa, do lado exterior, malicioso sorriso pairou-lhe nos lábios. Em seguida, tirou do cinto uma chave, e abriu. Com uma exclamação de júbilo a prisioneira avançou para ele, e, ajoelhando, cobriu de beijos as pontas da túnica e depois a mão, que ele lhe abandonara à carícia, fixando-a com indefinível expressão de ironia e piedade.

— Está bem, Neftis, calma-te! — disse com indiferença. — Sei quanto minha presença te rejubila; mas, devias recordar-te de que não gosto de ser atormentado com as tuas expansões. Vem! A refeição nos espera.

Voltou-se e prosseguiu no caminho, acompanhado de Neftis, que baixara a cabeça ante o gélido olhar de Horemseb. A galeria conduzia a uma sala, no centro da qual elegante mesa estava opiparamente servida, para duas pessoas. O príncipe ocupou uma cadeira dourada e sua companheira, *vis-à-vis*[19] a ele, num escabelo, enquanto os escravos, sempre mudos, iniciaram sua tarefa, deslizando sem ruído os pés nus sobre o chão, e, como que dirigidos pela batuta de um mágico, manejavam com os alimentos e enchiam os copos, sem que uma só palavra fosse pronunciada... O príncipe comia com apetite, mas Neftis parecia saciar-se em olhá-lo, pois mal tocou em tudo que lhes foi servido, espelhando, nesse contemplar, um amor que atingia as raias da adoração.

---

19   N.E.: Expressão oriunda da língua francesa e que possui o significado de *"cara a cara"* ou *"face a face".*

Terminado o repasto, o príncipe desceu ao jardim, e por uma aleia transversal, andando vagaroso, atingiu pequeno pavilhão elevado de muitos degraus e cujo interior estava debilmente iluminado por dois amplos tripés cheios de carvões acesos, sobre os quais dois meninos derramavam incessantemente perfumes que desprendiam atordoante aroma, saturando o ambiente interior e o externo, dos bosquetes. No fundo da pequena e delicada construção, feita de bambus e cujos tabiques de estofos podiam ser retirados facilmente, havia ampla abertura, subindo do chão ao teto, dando acesso a vasto tabuleiro de relva rodeado de árvores. Arbustos odorantes do lado de fora encobriam o pavilhão, deixando apenas uma abertura suficiente para permitir que uma pessoa deitada em leito de repouso, colocado junto de um tabique de verdura, divisasse comodamente o que ocorria no dito tabuleiro de relva. Como que fatigado, o príncipe deixou-se cair sobre os coxins de púrpura do leito, e o sonhador olhar incidiu indiferente sobre Neftis, que o acompanhava, e, sentada em rasa banqueta, acompanhava-lhe cada um dos movimentos com obsidente adoração. Horemseb permaneceu por algum tempo estirado, imerso nas suas cogitações; depois, soergueu-se um pouco e bateu palmas. Quase simultaneamente, da sombra das árvores saiu um cadenciado canto, estranho, ora suave, ora desfalecendo num melodioso murmúrio, ora aumentando para sons agudos, selváticos, símiles aos silvos dos ventos durante os vendavais, excitando bizarramente os nervos dos audientes. Por fim, o cantar cessou num acorde prolongado, lamentoso, que parecia repercutir e perder-se a distância. O príncipe, que o escutara, olhos semifechados, como que adormecido num berço de sonho por esses sons surpreendentes, que excitavam todos os sentidos e todas as paixões, ergueu-se de todo e olhou o tabuleiro sobre o qual começava um fantástico espetáculo. A Lua surgira, iluminando com a sua prateada luz mulheres vestidas de branco, que, surgindo, uma a uma, da profunda sombra das árvores, vinham postar-se na relva. Eram todas criaturas moças, mostrando através de túnicas transparentes esbeltas e elegantes formas; os braceletes e colares de ouro realçavam-se vigorosamente sobre a tez bronzeada. Algumas empunhavam harpas douradas, com enfeites floridos; outras, compridos e largos véus brancos. Acompanhadas com esses instrumentos, começaram animada e voluptuosa dança, aproximando-se ou distanciando-se do pavilhão. Seus ágeis corpos se torciam ou turbilhonavam em desgrenhadas voltas; os níveos véus, desenrolando-se, moviam-se como se fossem nuvens esbranquiçadas por sobre a cabeça das bailarinas, as quais, nivelando-se a aparições emergidas do reino das sombras, pareciam deslizar na verdura, tocada apenas de leve pelos ligeiros pés em movimento. Em seguida, surgiram rapazelhos, trazendo recipientes que desprendiam turbilhões de fumaça odorante, incorporando-se depois ao bailado, e, aumentados os clarões do alcatrão contido nos tripés, constituiu o todo um conjunto de giros em redor desses núcleos inflamados, cujo clarão avermelhado agrandava ainda mais o fantástico da extraordinária cena.

Então, um homem, trajado de branco, aproximou-se de Horemseb, trazendo, sobre bandeja, um par de copos e dois frascos cinzelados, um de ouro e outro de prata, que respeitosamente apresentou. O príncipe, pegando primeiro o frasco de ouro, encheu um copo e bebeu; depois, servindo-se do segundo, o de prata, despejou o conteúdo no outro copo e o estendeu para Neftis, a qual, prostrada contra o leito de repouso, seguira com olhar apático o maravilhoso espetáculo desenrolado ante ela. Mas, apenas o aroma penetrante do líquido lhe chegou ao olfato, estremeceu, e, pegando o copo, o esvaziou sem tomar fôlego. Como se houvesse ingerido fogo, seu pálido rosto coloriu, seus grandes olhos esverdeados acenderam-se de flamas devorantes, e, atirando-se para Horemseb, pegou-lhe a mão, murmurando com a voz entrecortada:

— Oh! Horemseb, concede-me um olhar de amor, uma palavra de afeto... Não posso mais suportar esta vida... Ama-me, tal qual eu te amo, ou deixa-me morrer a teus pés!

O jovem príncipe voltou-se, sem que qualquer emoção se espelhasse no belo rosto. Seu olhar, sereno e sorridente, mergulhou por instantes nos olhos incendidos da vítima; enlaçando o busto de Neftis para perto, e com a outra mão, dedo em riste, apontou a cena:

— Olha! Pode-se, diante desse maravilhoso quadro, pensar em outra coisa?

O contato do seu braço deu a ela um fremir nervoso.

— Horemseb, sou cega para tudo quanto não diga respeito a ti — murmurou ela, passando ambos os braços em torno do pescoço do príncipe e tentando beijar aquela boca sorridente, que parecia prometer venturas.

Como que metamorfoseado, Horemseb recuou, com fulgurações ameaçadoras nos olhos; uma expressão de inabordável orgulho crispou-lhe os lábios.

— Insensata! — disse, desembaraçando-se do abraço e repudiando-a rudemente. — Sempre com a tua paixão louca e impura a perturbar os momentos em que eu desejaria fazer-te partilhar do êxtase que me arrebata a alma!

Voltou-se, e com um pequeno martelo de bronze fez soar um timbre de metal. Imediatamente, uma fila de servos irrompeu no pavilhão, e, enquanto um eunuco se apoderava de Neftis, muda e como que bestializada, outros se desvelavam junto do príncipe a quem revestiram com um manto de púrpura, colocando-lhe sobre a cabeça uma tiara inteiramente incrustada de pedrarias, e, por fim, fixaram-lhe nas espáduas, com auxílio de correias passadas sob as axilas, duas asas douradas semelhantes às das esfinges assírias.

Assim paramentado, Horemseb deixou o pavilhão e tomou assento num trono portátil, imitando o dos Faraós, que foi erguido e sustentado pelos ombros de oito homens. Precedido de portadores de tochas, o bizarro cortejo marchou pelo jardim. De diferentes aleias desembocavam grupos de ambos os sexos, trazendo ânforas e copos, harpas e guirlandas de flores, e se incorporavam, em cânticos, ao séquito. Afinal chegaram em vasta clareira de areia, ao término da qual, sob um dossel mantido sobre colunas, se erguia um altar bem alto, junto do qual ardiam perfumes em tripés igualmente elevados. Por uma escada disposta por detrás do altar, escravos subiram, carregando Horemseb, e ali colocaram a cadeira dourada onde estava sentado, imobilizado qual um ídolo, fixando, com gélido e sombrio olhar, a turba que se ajuntava a seus pés, e entre a qual circulavam adolescentes enchendo os copos com enervante beberagem.

Imitando as danças sagradas e os cânticos mais usados nas cerimônias religiosas, os casais se aproximavam do altar, fazendo libações, e, após haverem sacrificado ao deus mortal entronizado ali, iniciavam desenfreada ronda, girando sobre si próprios, agitando as tochas ou os copos, reenchidos tão logo eram esvaziados. Sem demora, verdadeiro frenesi pareceu assenhorear-se daquela chusma desgrenhada, ofegante, que turbilhonava qual bando de demônios, ao clarão avermelhado das tochas e do alcatrão aceso nos tripés; o odor estonteante dos perfumes, amalgamado com as emanações do vinho, com o suor dessa gente exausta, formava uma atmosfera abafadiça que não se dissipava mesmo à influência do frescor noturno. Nesse vapor agitavam-se seres mais miseráveis do que irracionais; as danças haviam degenerado em orgia, que a pena recusa descrever nas suas cenas odiosas... Apenas o novo deus, entronizado no altar, parecia inacessível às brutais paixões por ele desencadeadas; impassível, mas, narinas frementes de selvagem satisfação, seguia com os olhos as peripécias da bacanal... E quando aquela massa humana, ululante, começou a rolar pelo chão, e depois a adormecer pesadamente, apenas ele ficou a olhar do seu alto isolado, contemplando, com um sorriso de mofa e contentamento, a desordem obscena e horripilante que reinava em torno dele.

Depois, desceu do altar e caminhou lentamente para a muralha do jardim que marginava o Nilo. Chegado junto de uma porta, puxou o trinco e a entreabriu: ante ele estava a escada das esfinges, ao fim da qual corriam as águas do rio, palhetadas de ouro e rubis pelos raios do Sol que surgia por detrás das montanhas. Como que fascinado, encostou-se à murada e fitou o astro brilhante que, esplêndido e vitorioso, emergia das trevas, inundando a Terra com torrentes de fogo e vida. Os raios dourados do deus protetor do Egito zombavam, espelhando-se na tiara faiscante, no manto de púrpura e nas asas douradas do pigmeu que tentava rivalizar com seu esplendor eterno... Pobre estulto, frágil deus, perecível e cego, cuja alma obscurecida não dava passagem aos raios esclarecedores da razão e do dever! Durante alguns minutos, Horemseb sonhou silenciosamente. Parecia-lhe ser um deus repudiado da sua luminosa pátria, e, por segundos, um sentimento de vácuo, de desgosto, de lassitude, o invadiu; mas, os gritos longínquos de alguns bateleiros, o frêmito da cidade imensa, acordando para o trabalho do dia, arrancaram-no bruscamente a esses pensamentos... Fechou vivamente a portinhola e regressou ao palácio. Velho escravo, que o aguardava à entrada, levou-o ao quarto de dormir, ajudando-o a despir-se. Exaurido, Horemseb deixou-se cair no leito, e adormeceu.

4
Horemseb e o seu feiticeiro

O pavilhão erguido no menor dos dois lagos do jardim de Horemseb, já descrito, tinha duas câmaras: uma, de menores dimensões, que servia de quarto de dormir, comunicava, por estreito corredor, com a edificação circular construída sobre estacas; a segunda, assaz vasta, rodeada de altas janelas encobertas no momento por espessas cortinas abaixadas, de riscas vermelhas e brancas. Ao centro do aposento, destacava-se grande mesa, atulhada de papiros, caixas, frascos e molhos de plantas secas. Uma lâmpada, alimentada a óleo, iluminava fracamente essa desordem, no meio da qual alentado gato, preto como se fosse feito de ébano, estirava as patas elásticas, fixando com olhos fosforescentes o crânio calvo de um homem sentado próximo da lâmpada e mergulhado na leitura de um dos papiros. Tal personagem, magro e médio de estatura, trajava longa vestimenta de lã branca, franjada na extremidade e presa ao corpo por um cinto bordado; seu rosto, consumido e rugoso, era pálido, apesar da tez bronzeada, e indicava férrea energia; a testa, muito ampla, denotava o vasto espírito nele contido; sob supercílios cerrados, cintilavam dois olhos pardos, sombrios, profundos, plenos de implacável dureza.

Entregue inteiramente aos seus trabalhos, desenrolou e leu diferentes papiros, e, depois, aproximando larga tira de couro, traçou sobre ela, com um ponteiro de ferro, sinais misteriosos, ao mesmo tempo que murmurava números e cifras, prova de estar procedendo a complicado cálculo. A concentração do sábio era tal, que não percebeu absolutamente haver sido aberta a porta de entrada e que Horemseb estava parado ali. A expressão do seu rosto não apresentava vestígios sequer daquela gélida soberba tão sua peculiar; fixava o sábio com olhar repleto de admiração e deferência, e, avizinhando-se, disse, respeitoso:

— Eu te saúdo, mestre!

O ancião voltou-se vivamente, e, avistando o visitante, benevolente sorriso adoçou a expressão severa do seu rosto.

— Sê bem-vindo, meu filho, e que os imortais protejam cada um dos teus passos — respondeu, estendendo-lhe a mão.

Horemseb apertou essa mão, e, sentando-se ao lado do velho, indagou, com os olhos a brilhar:

— Então, mestre, como se acham tuas experiências? Foi infrutífero teu trabalho?

O sábio esvaziou, aos goles, o leite de um copo, e, pousando-o na mesa, respondeu, satisfeito:

— Não, o Grande Ser abençoou meus esforços, e bem depressa espero conseguir manejar as ondas dos aromas na sutileza desejada. Então, meu filho, teu ardente desejo poderá ser atingido: conseguirei desvendar-te o futuro e o passado, este menos interessante decerto, por isso que apenas retrata sofrimentos e provações já suportados.

— Ah! Tadar, quanto anelo conhecer o futuro e assimilar inteiramente essas estranhas leis que nos regem — murmurou Horemseb enquanto fugitivo rubor lhe passou no pálido semblante.

— Curiosidade legítima e compreensível, meu filho. O futuro é o destino de nossa alma, e, se for possível apreender a emanação que o nosso corpo astral exala no Espaço, será conhecido, por assim dizer, o peso-gravidade que decidirá de nossas ações, porque é a emanação, dominante e vencedora das outras, que rege nossos atos, gostos ou paixões. Cada irradiação especial desenvolve sentimentos diferentes; cada homem, cada povo tem sua vibração astral à parte e, de igual modo, desde a pedra, todas as espécies de plantas e de animais. É esse princípio — odor da alma — quem cria a aversão de raça e a antipatia pessoal que torna o ser viciado odioso à virtude, e esta irritante ao vício. A que ponto esse aroma espiritual pode influir nos atos e sentimentos já verificaste, meu filho, nas culturas das flores do amor. O aroma vivificante e excitante dá vida; o excesso produz a morte, cortando o fio vital, pois é amplamente sabido que um leito de flores é mortal. De igual maneira que cada sentimento destila no Espaço certa claridade, cada aroma, assim entendido, é raiz de um sentimento. O odor dá claridade e som: o som produz a música. Cada som tem seu aroma à parte, imperceptível, sem dúvida, para o corpo espesso e para os sentidos grosseiros e não cultivados do homem, ainda sob o peso da vida material, porém cujo poder é imenso. Em prova da verdade da minha assertiva, lembra-te de que pessoas enfermas e privadas de nutrição percebem muitas vezes odores inacessíveis às que as rodeiam; igualmente, muitos animais têm o olfato tão desenvolvido, que podem seguir por meio de grandes distâncias a pista de uma pessoa ou de outro animal, guiando-se pelo cheiro que estes exalam para trás. Toda luz tem seu aroma-irradiação e bem assim os sons musicais, e se se conseguir achar meio de aumentar o poder das vibrações aromáticas sobre os sentimentos, poder-se-á dissipar as sombras que obscurecem a vista e o cérebro, e criar suficiente claridade para vislumbrar o porvir. Os nossos cinco sentidos são exercitados pelo homem bem constituído, mas, cada um deles é a grosseira raiz cujas ramificações, infinitas e cada vez mais sutis, se propagam por todo o ser, durante a vida, e, após a morte, continuam, extraordinariamente aguçadas, em seu corpo astral. Este corpo extraterrestre, aéreo e de indescritível flexibilidade, produz, por sua atividade, "sons" (quando pensa e se move), "luzes" diversas (quando trabalha e estuda), "aromas" quando impulsos da alma, jactos de vontade se manifestam, e, de tais aromas internos, verdadeiro produto das qualidades adquiridas pelo espírito, nascem o amor, o ódio, o ciúme, a abnegação, a paciência, o bem ou o mal. Diz-se que o cheiro do sangue atrai os animais carnívoros; o odor reage sobre o sentido feroz do animal e lhe desenvolve a crueldade, de igual modo que, nas batalhas, o cheiro difundido do sangue excita os combatentes, tornando-os cruéis, embriagando-os qual um vinho. Tais exemplos devem fazer-te compreender que a exalação de cada ser, unindo-se a outras da mesma espécie, pode fazer subir os sentimentos ao mais alto grau, de igual maneira que, em uma orgia, a sensualidade de uns inflama os outros. O odor do ouro provoca sensações que se chamam — avareza, e, se o corpo astral de um homem está saturado dessa aura, será dominado pelo dito vício. Tu sabes, meu filho, que vivemos muitas vezes, e que isso é indispensável para purificação dos odores que nos trabalham. Ora, o conhecimento da força, da intensidade de tais aromas, dá também a possibilidade de prejulgar as vidas futuras para uma bem extensa duração, porque é mui difícil dominar esses aromas instintivos, sem viver uma existência assaz regrada, que repila do exterior toda e qualquer vibração símile, que tornasse a luta impossível. É, pois, lentamente que se processa a depuração, porque, desde quando, em nós, um sentimento acorda outros, produz um aroma que reage sobre nossos atos, ofusca-nos e influi em nossas paixões. Homens há que fogem do mundo para viver em desertos, alimentando-se de plantas e raízes: são os desejosos de purificação dos aromas instintivos, e temem a tentação, isto é, as vibrações contagiosas, que, unidas às suas, os cegariam. Mas, também existem aromas que destroem as emanações astrais, ensurdecendo-as, conforme te comprova o cheiro do líquido que mata qualquer sensualidade, e te permite ver, sem emoção, uma linda mulher devorada de amor por ti. Convém acrescentar que tal mérito não é teu, por isso que não é produto de depuração. Se, pois, eu conseguir isolar e escrutar teus odores instintivos, então o teu porvir será desvendado, teus caminhos futuros estendidos aos teus olhos, porque os juízes do reino das sombras te impuseram existências segundo aromas-exalações de teu corpo astral até que tu os domines e se tornem puros qual o aroma dos astros, que são impossíveis e inabordáveis em sua serena gravidade, tanto quanto aqueles que os governam. Enquanto o homem não dominar em si a luta dos aromas, enquanto ele desejar avidamente o que ele atrai de fora de si próprio e lhe excita as paixões, não será satisfeito nunca... Esmagar, matar o mundo exterior, para fruir a beatitude íntima, tal é o resultado da vitória daqueles que não são mais tentados, que não mais se embriagam com os odores da matéria. O espírito encarnado é, pois, o escravo do corpo, e enquanto não vencer as tentações que se mostram ante ele, as emanações da matéria, retornará a viver na Terra, sucumbindo à embriaguez e expiando em seguida seus abusos, à semelhança das consequências da orgia, que deixa o coração vazio e o corpo quebrantado. Um aspecto final que frisar — concluiu Tadar com um sorriso— quanto mais o corpo astral está intimamente ligado aos aromas da matéria, mais difícil se torna a morte e a separação da sombra imperecível do envelope carnal, porque o corpo astral, que não é a alma, e sim a habitação da centelha divina, será como que parafusado à matéria em dissolução. Por esse motivo é que os vossos sacerdotes preservam tão zelosamente os cadáveres contra a decomposição, e os embalsamam com os perfumes mais raros, esperando tornar mais agradável à alma a permanência junto do antigo envoltório. Erro profundo, de resto, porque o necessário é queimar o cadáver; o fogo purifica tudo, é o único destrutor dos liames que unem o corpo astral à matéria grosseira.

Horemseb tudo escutara, vibrante de interesse e de emoção.

— Oh! se pudéssemos ver, mestre, aonde nos impele no futuro a vontade dos imortais! Se fosse possível palestrar livremente com aqueles que nos precederam no Espaço!

O sábio meneou a cabeça.

— Às vezes, mantenho conversação com alguns desses que deixaram a Terra, e vêm visitar-me. Ai de mim! São bem cegos ainda, e por isso que podem predizer? Contudo, seus conselhos são valiosos e me deram mais de uma ideia nova, mais de uma indicação para o meu trabalho.

— Tadar, eu te suplico, admite-me quanto antes a constatar tudo isso — exclamou Horemseb, com os olhos coruscantes.

— Paciência, meu filho; o tempo de te iniciar ainda não chegou, mas virá em breve — disse o mago, erguendo-se e apertando a mão do discípulo, como que encorajando-o.

Em seguida, aproximou-se de uma das janelas, e, levantando a cortina, olhou para fora, e acrescentou: — Amanhece o dia; vamos para junto das flores, Horemseb. Traz uma tocha, para alumiar; até que a claridade seja completa, teremos tempo de preparar o necessário. Enquanto Horemseb acendia a tocha, Tadar chegou-se a um aparador de ébano polido, sobre o qual se encontravam frascos cinzelados, potes e redomas de vidro e faiança, e bem assim vasos de alabastro de boca larga. Pegou um destes últimos, um frasco, e ainda alguns objetos miúdos, e saiu, seguido pelo príncipe. Atravessaram o dormitório, o pequeno corredor, ao término do qual o sábio ergueu a tapagem de couro, e chegaram à construção circular. À luz baça do dealbar do dia, confundida com a claridade avermelhada da tocha que Horemseb fixara a um gancho, pôde ver-se que o centro do pavilhão estava ocupado por um tanque cheio de água, em redor do qual corria uma galeria de chapas de cobre; à entrada do corredor, esta galeria formava uma plataforma em cima da qual havia dois tripés, um cofre de madeira e duas altas ânforas. O príncipe começou por fazer o giro do tanque, retirando os panos que fechavam as aberturas da construção; depois veio para junto do sábio, que tirara do cofre um pacote de plantas secas, rosas e outras flores igualmente ressecadas, as quais amontoou nos dois tripés, deitando nestes o óleo odorante contido no vidro, e pôs fogo ao conjunto. As plantas secas, encharcadas de óleo, queimavam crepitando e expandiram odor aromático de tal modo sufocante, que alguém, desambientado de tal atmosfera, teria caído asfixiado. O sábio e seu discípulo não demonstraram, porém, qualquer alteração nesse ambiente irrespirável, e Horemseb ajudou ativamente o mestre a alimentar as chamas, pondo nos tripés mais plantas secas e mais do óleo trazido no par de ânforas. Quando afinal o fogo se extinguiu, restava no fundo dos queimadores um resíduo de cinzas de óleo, formando enegrecida massa gordurosa. Tadar, então, tirou do cinto uma patena de marfim, com a qual extraiu os detritos ainda quentes, colocando-os no vaso de alabastro que Horemseb segurava. Quando foram esvaziados os dois tripés, apagou-se a tocha e ambos se avizinharam do tanque, ao centro do qual a luz do dia, já plena, permitia distinguir bizarra planta que ali desabrochava. O tanque, de larga abertura, porém pouco profundo, estava cheio de água com transparência de cristal; ao fundo, uma ampla e redonda cesta de vime, atestada de terra, por cima da qual se elevavam, tímidas, algumas raízes de coloração sanguínea, e delas se projetavam duas grossas hastes, uma das quais, de branco-leitoso e como que polvilhada de prata, subia, vigorosa e reta, cerca de 50 centímetros acima do nível da água; o segundo talo, de rosa-pálido, coberto de uma lanugem avermelhada, enrolava-se em espiral de serpente em volta da outra, e, a partir do lugar onde a planta atingia a superfície líquida, saíam folhas de um verde-escuro, estendendo-se sobre a água, lembrando, pela sua forma, a do nenúfar, embora maiores; ao cimo das hastes, viam-se ainda folhas e inúmeros botões que recobriam quase totalmente duas flores de todo desabrochadas e de tamanho pouco comum. A flor pertencente à haste branca, largamente aberta, tinha pétalas oblongas, espessas e como que cheias de umidade, de alvura notável e parecendo salpicada de prata; a corola ali se formava numa espécie de fruto, do feitio de coração, lembrando um tomate, transparente, e com o colorido vermelho-sanguíneo. A segunda flor, meio fechada qual uma tulipa, porém dez vezes maior, pendia para a água, como que forçada pelo seu próprio peso; suas pétalas, de azul-pálido, eram delgadas e transparentes, mas tatuadas de veios azuis que pareciam semeados de gotinhas de orvalho; longos estames rosados, qual a haste, vergavam em cacho fora da flor.

Libertando-se das sandálias e da túnica, Tadar desceu os dois degraus que facilitavam o acesso ao tanque, e, ajoelhando na água, pegou com ambas as mãos a negra massa que Horemseb lhe alcançava no vaso raso, e recobriu zelosamente as raízes até à altura dos talos. Quando terminou a recobertura, devidamente acamada com o auxílio das mãos, voltou à galeria, retomou as vestimentas e regressou com o príncipe à primitiva câmara.

— Os botões vão entreabrir bem depressa; dentro de duas noites, no máximo, é mister cortar as flores — disse o velho, sentando-se. Pensaste nisso, Horemseb?

— Sim, mestre. A moça que nos deve servir está preparada; mas, para a próxima vez, escolherei entre as escravas, porque receio que afinal se torne muito notada a desaparição de jovens que têm parentela. Demais, a origem não influi, desde que o sangue provenha de uma virgem.

— Sem dúvida — respondeu Tadar, que, levantando-se, apanhou de sobre o aparador um par de ânforas lavradas, porém de formato diferente, enchendo uma com incolor e transparente líquido, e a outra com um licor avermelhado. Fechou-as cuidadosamente e as deu ao príncipe.

— Eis aqui as bebidas, meu filho. Na terceira noite a partir de hoje, ela deve estar adormecida sobre o leito de flores. O resto tu o sabes.

— Sim, mestre, nesse lapso de tempo deverá esvaziar o conteúdo desta ânfora. Serás obedecido.

— A mulher que destinas ao sacrifício é a da pele alva, olhos esverdeados e cabelos tifônicos?

Eu a vi passeando no grande jardim, nas horas do teu repouso.

— Sim, mestre: é ela.

— Bem formosa criatura! Teu coração e tuas mãos deixarão de tremer no momento decisivo? — perguntou o velho, com sinistro sorrir e fitando seu acerado olhar nos olhos límpidos e claros de Horemseb.

Este fez um encolher de ombros.

— Não receio coisa alguma; o meu sangue é mais frio do que a água do tanque, e somente pelos olhos sei fruir o amor. Na hora precisa, tudo será expedito. Agora, mestre, até depois. Vou repousar.

E, apoderando-se das duas ânforas, saiu, dirigindo-se lentamente ao palácio, sem se aperceber de que um vulto, escondido nos arbustos, lhe havia espreitado a retirada do pavilhão e seguia os passos, qual sombra, e só se deteve quando Horemseb atingiu o terraço e desapareceu no interior da casa. O espião, que deslizara sob o arvoredo com a agilidade de serpente, era um rapazelho aparentando 15 anos, magro e assinalado por esse selo de senilidade precoce que caracterizava os servidores de Horemseb. Nesse momento, os traços fatigados estereotipavam sombria agitação e o olhar com que acompanhou a alta e elegante esbeltez do príncipe brilhava com ira selvagem e mortal. Logo que se assegurou da entrada do senhor, o adolescente escravo se insinuou com precaução no rumo de outra parte dos jardins, e ocultou-se nos arbustos, observando atentamente a ala do palácio que lhe ficava defronte.

Permanecia nesse posto desde uma hora antes, quando uma porta abriu para dar passagem a Chamus, o chefe dos eunucos, seguido de Neftis, com a qual trocou algumas palavras, voltando para o interior, enquanto ela descia os degraus e encaminhava seus passos lentos para a aleia arborizada que terminava ao fundo do jardim.

Cabeça abaixada, tristonho desespero espelhado na fisionomia, Neftis andava ao acaso; sombrios pensamentos agitavam-na e, sob o excesso de sofrimentos morais e físicos que a abatiam, sua razão se revoltava, maldizendo o dia em que a rosa fatal tombara em seus joelhos, na barca de Tuaá, pois, desde essa hora nefasta, jamais conhecera repouso, e o porvir se lhe antevia sombrio, fazendo descrer das venturas sonhadas. Um som rouco e ininteligível, que ressoou mui próximo, interrompeu suas meditações. Imediatamente, sentiu que algo lhe puxava a extremidade da roupa, e reparando tratar-se de um rapazinho, ajoelhado, com um dedo sobre os lábios, como que a pedir silêncio, em atitude súplice, sorriu-lhe benévola e, com expressão indulgente, indagou:

— Que desejas, pobre criança? Dize sem temor.

Intraduzível contração de ódio, amargura e desespero plicou o rosto amortecido do adolescente; moveu a cabeça, e, com eloquente gesto, mostrou os caracteres que desenhou célere na areia com uma varinha. Com indizível espanto, Neftis leu:

— Sou mudo, porque me cortaram a língua, tal como fazem a todos que o servem. Se não desejas morrer, de igual modo que morreu minha irmã, e todas que pereceram antes de ti, foge!

— Tu sonhas! — murmurou ela, recuando, pálida e tremente. — Como sabes tu, isso?

O rapazinho apagou rapidamente as letras traçadas, e escreveu de novo:

— Eu o odeio e espiono; contar-te nossa história demoraria muito. Há 36 meses caímos aqui, eu e minha irmã, bela e inocente qual tu és; separaram-nos e mutilaram-me. Certa vez, muitas semanas depois, consegui rastejar até junto dela, e então me confessou amar o monstro a ponto de que morrer por ele lhe parecia venturoso, e que, após haver ingerido uma bebida que ele lhe oferecera, tal paixão aumentava mais ainda. Foge, se não queres desaparecer, como aconteceu a minha irmã. Ignoras que o bruxo não deixa viver nenhuma de suas vítimas?

Neftis emitiu um sufocado grito, e, arrancando da cintura uma rosa rubra que Horemseb lhe doara, atirou-a para longe, horrorizada. O mudo apanhou a flor e a lançou raivosamente a um canto do palácio; depois, nivelou a areia com ambas as mãos, e, remergulhando no bosquete de onde surgira, desapareceu com o silêncio de um fantasma. Cambaleante, com o crânio em fogo, a jovem arrastou-se até um banco de relva e ali se deixou cair. Luz intensa se fizera em seu espírito:

— Sim — murmurou —, cada vez que tomo a infernal bebida, julgo sucumbir à insensata paixão: daria minha vida por um seu sinal de afeto, para sentir, uma vez que fosse, seus lábios sobre os meus. Mas... nada; ele ri dos meus sofrimentos, e quando estiver farto de me ver, matar-me-á. Devo fugir; porém, de que modo? Depois, separar-me dele não é pior do que a morte?

Espalmou as mãos no rosto e chorou amargamente. Não saberia dizer quanto tempo assim permaneceu, empolgada em sua dor, quando um som agudo e prolongado a fez estremecer: era o toque de regressar, e sob o impulso do hábito, ergueu-se e retomou o caminho para o palácio. Mas, reentrando na prisão, deixou-se cair exausta no leito de repouso. Terrível luta se desencadeara no íntimo: a razão dizia à infeliz que estava em perigo de morte; que abusavam odiosamente de sua debilidade feminina; que devia buscar um meio de fugir; mas, a todos esses justos raciocínios o coração respondia:

— Não; antes morrer do que abandoná-lo.

É que o terrível e enfeitiçante veneno, que lhe circulava no sangue, ligava-a ao bruxo encantador. Por momentos, Neftis acreditava sucumbir ao peso das duas correntes de ideias. O peito arfante, cálido suor umedecendo a fronte, dolorosa opressão garrotava-lhe o coração.

— Não; hoje recusarei o copo, quando me for apresentado — balbuciou ela.

E, completamente exaurida, adormeceu, num sono pesado e febril. O ruído dos passos de Horemseb e a claridade das tochas tiraram-na do entorpecimento. Vacilante, levantou-se e seguiu o príncipe; mas, quando sentada *vis-à-vis* com ele, quando seu olhar se firmou naquele belo rosto sorridente, naqueles olhos que refletiam a suave serenidade do céu, toda a sua aversão se evaporou, a surda revolta fundiu-se em adoração tácita. Terminada a refeição, o velho escravo, único a quem era permitido pegar no vidro da misteriosa bebida, trouxe os dois copos e o par de frascos cinzelados. Ao vê-los, Neftis rememorou os anteriores raciocínios, e, com suplicante gesto, repeliu a porção que o príncipe lhe dava. Este, com indisfarçável espanto, deixou ver um brilho de ameaça no olhar; mas, dominando-se prestamente, ordenou, por um gesto, a retirada dos serviçais, e disse ao velho escravo:

— Vai, e manda preparar a minha barca, enquanto escuto os cânticos. Depois virás buscar os copos.

Ficando a sós com a jovem, aproximou-se, enlaçou-a pela cintura, e, curvando-se quase a unir as faces, ciciou:

— Desenruga tua linda fronte, enxuga as lágrimas, minha bem-amada; bem depressa teu incendido coração reaverá a calma, nossas bocas unir-se-ão nesse beijo que desejas, e adormecerás ditosa.

Trêmula, subjugada por esse primeiro testemunho de ternura, a jovem mal percebeu o sorriso estranho e sinistro que pairava nos lábios de Horemseb quando, por segunda vez, pegou o copo e o avizinhou da boca. Fascinada pelo olhar, qual o pássaro o é pela serpente, Neftis não mais resistiu, e bebeu docilmente o conteúdo enfeitiçado do copo. Relâmpago de júbilo perpassou nos olhos do príncipe, que, retirando o braço do busto da jovem, sorveu com delícia o conteúdo do seu copo, saindo em seguida, acompanhado de Neftis, com destino ao pavilhão precedentemente descrito. Desta vez, o tabuleiro de relva estava iluminado por tochas e fogo de resinas, a cuja luz avermelhada as dançarinas formavam grupos e giros graciosos.

A jovem, porém, não viu coisa alguma de tal espetáculo fantástico: acocorada ao pé do leito de repouso, empolgava-se em tumultuosas cogitações. Nunca sofrerá tanto fisicamente. Sentia-se num braseiro, fogo líquido corria em suas veias, um formigar doloroso percorria-lhe o corpo, e, por instantes, a respiração lhe faltava. Apesar de tal, os pensamentos que a haviam trabalhado durante o dia voltavam, momentâneos, à mente obscurecida; compreendia agora que os sofrimentos eram consequência da amaldiçoada bebida; o aviso do adolescente escravo retornava à memória, e a apreensão de desconhecida morte causava-lhe desfalecimento. A representação foi curta, e Horemseb bem depressa levantou-se, e, estendendo uma rosa a Neftis, disse-lhe, com amistoso sorriso:

— Até breve, muito breve, e pensa na minha promessa.

Neftis não respondeu; mas, emudecida por instintivo sentimento, aproveitou a confusão momentânea, resultante da retirada do príncipe, para afundar em um cerrado mato ao fundo do qual se encolheu silente. Ouviu a voz de Chamus, chamando-a; depois, tudo recaiu em silêncio. Evidentemente, seguro de que não poderia ela fugir, renunciou a procurá-la na ocasião. A friagem da noite refrigerou-a e lhe deu alívio; o pensamento tornou-se mais lúcido e concentrou de novo nos acontecimentos daquele dia. Apesar do firme propósito, ela bebera, e no amanhã cederia decerto outra vez, e recairia nessas dores infernais, que parecia terem alívio apenas nos braços de Horemseb... Mas, a esse ancoradouro chegaria ela algum dia? Inopinado pensamento lhe acudiu: e se ela pudesse beber o líquido da ânfora azul, usado pelo príncipe, que se mostrava sempre calmo, isento de paixão e de sofrimento... Oh! talvez encontrasse também o repouso! Mas, como buscar a bebida libertadora?

— Devo tentar — murmurou, abandonando o esconderijo. Trata-se apenas de encontrar seu aposento e de corromper o velho Hapu. Ah! quiçá a rosa maldita que me deu sirva para alguma coisa. Caso contrário, estrangularei o velho.

Com ágil celeridade de gazela, correu para o palácio, e, margeando-o com precaução, veio passar próximo de um terraço iluminado, em cujos degraus de acesso estava sentado o adolescente escravo que lhe dera o matinal conselho de fuga.

"Hator, graças te sejam dadas pela tua visível proteção" — vibrou Neftis em pensamento, apropinquando-se vivamente.

— É este o seu apartamento, e tu o observas?

O rapazinho fez sinal de assentimento.

— E Hapu está lá?

Em resposta, moveu a cabeça em gesto afirmativo, e com a mão indicou que ela devia dirigir-se para a direita. Sem perder um segundo de tempo, Neftis precipitou-se no interior, rumou pela direita e achou-se num pequeno gabinete, que precedia o dormitório, visível por meio de uma porta cujo reposteiro estava erguido. À luz de várias lâmpadas, percebeu o velho escravo agachado próximo do limiar, cochilando. Não distante dele, sobre pequeno aparador, os dois frascos cinzelados e os copos. Um suspiro de desafogo influ o peito da jovem. Tirando a rosa da cintura, aproximou-se, deslizando qual um felino sobre a espessa esteira, e colocou a flor sob as narinas do velho. Este aspirou muitas vezes o aroma atordoante, e, depois, despertou em sobressalto; seu terno olhar vacilava estranhamente; as amplas narinas dilatavam-se, e uma expressão bravia e bestial retesava-lhe os fanados traços. Arrebatando a rosa das mãos de Neftis, ele a apertou de encontro ao nariz, voltou-se, deu alguns passos como se estivesse ébrio, apoiando-se à parede. Ela correu ao móvel, e, pegando o frasco azul bebeu o conteúdo até a derradeira gota. À medida que deglutia a misteriosa bebida, delicioso frescor se espalhava no abrasado corpo. Depois, presa de subitânea debilidade, caiu sem sentidos. Este desfalecimento foi curto, porém.

Ao termo de 15 minutos, reabriu os olhos, e levantou-se, calma; um sentimento de beatitude havia substituído as dores morais e físicas que a devoravam. O fogo que lhe esbraseava o cérebro estava extinto: friamente, lucidamente ela avaliava a situação, relembrando, com precisão, cada detalhe do passado, e compreendia estar duplamente perdida, se Horemseb descobrisse a autoria do ato que acabava de praticar. Para evitar horrível morte, devia fugir nessa mesma noite. O pensamento de abandonar o príncipe não a deteve mais, a insana paixão por ele perdera a força, e a iminência do perigo aguçava-lhe a energia e as faculdades. Todas estas reflexões, longas de descrever, tiveram a duração de 60 segundos. Fria e resoluta, Neftis, voltando-se, examinou o aposento com brilhante olhar: estava só, pois o velho escravo desaparecera. Então, pegando o frasco vermelho, que no futuro, quiçá, lhe poderia ser útil, pôs à cintura um punhal que divisara junto do leito do príncipe, e envolveu-se em amplo capote escuro, atirado sobre uma cadeira, cujo capuz desceu para a cabeça, e fugiu para o jardim. O plano estava traçado: Horemseb passeava no Nilo, e, ao regressar, devia abrir a porta de comunicação com a escadaria das esfinges... Por ali empreenderia a fuga.

O acaso foi-lhe propício. Orientou-se assaz rapidamente, e, ao chegar junto da porta, encontrou-a entreaberta. Chamus, o chefe dos eunucos, aguardava pessoalmente o retorno do senhor: de pé, no último degrau, sondava as trevas que amortalhavam as águas. Aproveitando a inesperada ajuda, Neftis escapuliu, e, com a agilidade de um felino, contornou a esfinge, a passos máximos, e encolheu-se nas moitas que margeavam o muro. Um momento depois, ouviu o eunuco ressubir a escadaria, e só então prosseguiu na marcha de fuga, rastejando com precaução... Mas, ainda não estava longe, quando estremeceu de repente e se acocorou, cabelos eriçados, na sombra da muralha. Um clarão vermelho surgira no Nilo, e desses dois olhos sanguinolentos tão conhecidos dela, e que anunciavam a aproximação rápida da barca maravilhosa, na qual fixou o olhar e onde viu o príncipe sentado sob o dossel, com o seu belo rosto impassível. Olhando-o, amargo e pungente sentimento contraiu o coração da moça; o sangue rebelde não mais obscurecia seu raciocínio; o encantamento terrível fora roto. E, no entanto, sentia que esquecer esse homem era bem difícil.

— Oh! Horemseb! — balbuciou, com os lábios trêmulos — necessitas acaso de venenos e feitiços para te fazeres amado?

Quando a barca se distanciou, a jovem reergueu-se e rumou para a cidade, com a rapidez de corça, ansiosa para atingir a casa do tio, ali encontrar Anúbis, e dele colher notícias da casa, e, se possível, ainda nessa mesma noite, embarcar para Tebas, sem ser avistada por ninguém. Os confidentes do príncipe procurá-la-iam, no intuito de reaver o frasco e matá-la, disso não tinha a menor dúvida em seu espírito. Ignorando a morte de Noferura, era no domicílio desta que contava refugiar-se.

O Sol irrompia quando chegou à residência de Hor. Conhecendo bem o interior do prédio, dirigiu-se a uma porta oculta que dava acesso ao segundo pátio, e, na ruela que conduzia a esta saída, a mesma providencial ajuda que a protegera na fugida, fez-lhe encontrar Anúbis. Reconhecendo a voz da sua querida senhora, que julgava morta, o moço escravo quase perdeu o juízo. Foi com muito custo que Neftis lhe impôs silêncio, e lhe arrancou a notícia de que Setat havia falecido, e de estar o tio em viagem por alguns dias. Por seu turno, o cego compreendeu que Neftis queria deixar Mênfis despercebidamente, e declarou a firme resolução de acompanhá-la, ainda que ao fim do mundo, informando que, se fossem imediatamente ao embarcadouro, poderiam conseguir lugar em um barco, carregado de trigo, cujo patrão era de sua amizade e seguia para Tebas. Uma hora mais tarde, a fugitiva e o ceguinho estavam instalados a bordo de uma dessas alentadas embarcações que descem o Nilo carregadas de gêneros. O frasco delator e as joias que a jovem trazia ao fugir estavam bem guardados em grosso saco, preso aos ombros de Anúbis.

Mênfis havia muito desaparecera no horizonte, quando o rapaz lembrou-se de comunicar à senhora a morte de Noferura. Embora ferida no coração por essa segunda mensagem fúnebre, Neftis em nada alterou o seu plano de fuga, pois Roma continuava sendo seu cunhado, e, portanto, sua casa um asilo seguro e conveniente. O resto ver-se-ia a seu tempo. Mas, quebrantada pela dupla perda que lhe fora comunicada, Neftis apoiou-se a um dos sacos de trigo e chorou amargamente.

5
O beijo mortal

Regressando do passeio, Horemseb ficou muito surpreendido por não encontrar o velho escravo acocorado à entrada do dormitório, conforme estava habituado. Que significava semelhante negligência por parte de Hapu, o mais exato dos servidores, o único que tolerava no seu serviço íntimo? Sobrancelhas franzidas, percorreu com o olhar o aposento; mas, subitamente, estremeceu, e, com arregalados olhos, viu a preciosa ânfora azul caída no chão. Pegando-a, agitadamente, verificou estar vazia, e uma outra mirada ao aparador mostrou haver desaparecido o frasco vermelho. Com uma surda exclamação de raiva, regougou:

— Ah! miserável cão, ousaste tocar nos segredos do teu senhor! Eu te farei pagar com mil mortes a traição!

Empunhando a lâmpada, esquadrinhou os aposentos contíguos, depois o terraço: tudo deserto e silencioso. Premindo de cólera, precipitou-se para o jardim, e ia dirigir-se ao pavilhão vizinho e apitar, chamando o chefe dos eunucos, quando, ao primeiro passo na aleia, esbarrou em algo estendido no solo e que por pouco lhe teria dado uma queda. Abaixou-se, para identificar o obstáculo, e, com um novo assombro, reconheceu o velho Hapu estirado, com a face na terra e a mão direita convulsivamente comprimida contra o rosto. Agarrando o ancião pelo cinto de pano, Horemseb o arrastou para o terraço, trazendo depois a lâmpada para alumiar o imobilizado corpo. Ao dobrar-se, para examinar melhor, um forte aroma, bastante seu conhecido, feriu-lhe o olfato, e, com grande esforço, desviou a mão do etíope, que parecia retorcida para o rosto crispado, e na qual se via uma rosa quase esmagada, cujas pétalas, murchas e estraçalhadas, se dispersavam sob os dedos.

— Ah! Que significa este novo mistério? — murmurou Horemseb, endireitando-se, inquieto. — De que modo semelhante rosa veio ter às mãos deste homem? Teria sido no desígnio de iludir a sua comprovada fidelidade que lhe deram a flor? Aproveitando então o aturdimento produzido nos seus sentidos, fracos e desacostumados a este perfume, um malfeitor teria esvaziado o vidro azul e furtado o vermelho. É mister acordar Hapu, a fim de saber o que ocorreu — prosseguiu, sacudindo o escravo, que continuava inerte. — Por todas as divindades nefastas! Creio que o velho bruto aspirou demasiado veneno do perfume e que a senil carcaça sucumbiu em consequência — engroliu o príncipe, dirigindo-se apressadamente à galeria posterior ao dormitório e na qual numerosos servos velavam, agachados próximo dos tripés espargidores de perfumes.

À ordem do príncipe, levantaram-se e seguiram-no ao terraço.

— Transportem-no, seguindo-me, à casa do sábio — ordenou Horemseb, apontando Hapu, ainda estirado e sem movimento.

Minutos depois, os vigorosos carregadores depuseram o inanimado corpo do etíope na primeira câmara do pavilhão de Tadar. Depois, despedidos pelo patrão, regressaram ao palácio.

Nesse momento da saída, o sábio apareceu no limiar do gabinete contíguo.

— Que acaso te conduz tão inopinadamente, meu filho? — indagou ele.

— Perdoa perturbar-te, mestre, mas, um incidente suspeito ocorreu durante a minha excursão no Nilo.

E Horemseb relatou sucintamente o acontecimento, e terminou por pedir a Tadar que fizesse, se possível, tornar a si o velho escravo, a fim de saber quem lhe dera a flor e provavelmente roubara a ânfora. Escutando-o, o sábio examinava detidamente Hapu.

— Deve ter sido uma mulher a autora do audacioso furto, e indispensável se torna impedir que nos aborreça — disse, meneando a cabeça. — Não te surpreendas, meu filho, do que acabo de te dizer. Por duas vezes, li nos astros que penosas lutas nos esperam, e que, por uma traição feminina, perigo de morte ameaçar-nos-á a ambos. O acontecido agora bem pode ser o primeiro passo para consumação do presságio celeste.

Horemseb empalideceu ligeiramente, mas, sem responder, ajudou o assírio a reanimar o escravo. Por muito tempo foram vãos os esforços; nem as compressas de água fria, nem as essências com as quais friccionaram a testa e as têmporas do inanimado produziram efeito. O príncipe começava a tremer impaciente, quando, enfim, Hapu suspirou, reabriu os olhos e sentou-se por movimento próprio. Mas, o olhar era inexpressivo e aparvalhado; braços e pernas tremelicantes. Tadar, então, apanhou pequeno copo no qual derramou um pouco de leite, retirado de grande jarra de três asas posta num tripé feito de madeira, e adicionou algumas gotas de incolor essência, e deu a beber ao preto a mistura, o que este fez com avidez. Quase instantaneamente, o olhar se normalizou e a memória lhe voltou, pois, reconhecendo o senhor, deu um grito lúgubre, e atirando-se ao solo, o rosto na terra, gemeu:

— Perdoa-me, senhor; tem pena de mim.

— Confessa, sem ocultar nada, o que aconteceu, e talvez eu tenha misericórdia — respondeu, severo, o príncipe. — Mas, guarda-te de dissimular ou esconder a verdade — acrescentou, com olhar sombrio.

— Tudo, tudo quanto sei será dito — bradou o velho escravo, retorcendo-se de terror. — Eu te esperava, senhor, e, receio, estava cochilando, quando extraordinária sensação fez-me reabrir os olhos: o aroma de mil rosas envolvia-me sufocante, e fogo parecia derramado no meu sangue. Todo enleado percebi então a mulher ruiva (com a qual fazes a refeição da noite), de pé, junto de mim, mantendo sob minhas narinas uma flor, que agarrei, erguendo-me sem demora. Não sabia o que desejava, mas uma vez levantado, senti uma terrível tonteira e uma tremura em todo o corpo, que me obrigou a encostar-me à parede. Vi, então, a jovem tifônica precipitar-se para a ânfora azul e beber o conteúdo, caindo, ela, quase imediatamente. Eu, ao ver praticado um crime que me cumpria ter impedido, pensei unicamente em te avisar, senhor, ou pedir socorro. Não me recordo do local para onde corri, respirando sempre a flor maldita, que parecia colada ao meu nariz, e sentindo como que uma tempestade em redor da minha cabeça... Depois, perdi a noção das coisas. Eis tudo quanto sei, senhor, os deuses imortais são testemunhas disso — concluiu o velho, chorando amargamente.

Horemseb escutara crispando os punhos.

— Considero-te inocente de culpa, Hapu, e perdoo — disse ao cabo de um instante. — Mas, a essa mulher é preciso apanhar e encarcerá-la. Feito isto, voltarei a falar contigo, Tadar. E tu, Hapu, segue-me.

Quase a correr, o príncipe voltou ao palácio, e foi direto ao aposento de Neftis, que encontrou deserto. Desesperado de fúria, fez chamar Hapzefaá e Chamus, maltratou brutalmente o chefe dos eunucos e ordenou as mais minuciosas pesquisas. Acompanhados de escravos, empunhando archotes, percorreram primeiramente todo o edifício, depois os jardins, sondando, fossando cada recanto. Tudo infrutífero: Neftis não era encontrada. Horemseb, que, lívido, espumando de ira, supervisionara e dirigira pessoalmente as buscas, não teve mais dúvidas: a jovem lograra evadir-se, levando consigo a preciosa e denunciadora ânfora. O Sol surgia quando o príncipe retornou, enfim, à presença do sábio, e, esgotado de raiva e fadiga, deixou cair o corpo numa cadeira.

— A miserável fugiu. Que fazer agora, Tadar? É preciso cortar as flores sagradas, e a vítima preparada desapareceu! — disse, passando a mão pela testa inundada de suor.

— É fatal contratempo — contestou o sábio, com expressão sombria. Mas, não sendo possível adiar a operação, por ser indispensável regar com sangue virginal os botões da flor, escolherás entre as escravas, cantoras ou dançarinas, alguma inocente criatura a quem farás ingerir a bebida que vou preparar. Agora, meu filho, vai e dorme algumas horas, pois estás esgotado.

— Tudo será feito segundo teus desejos, mestre. Antes do Sol posto, voltarei para receber tuas instruções finais.

De retorno aos aposentos, o príncipe mandou vir Chamus, que não se fez esperar. A despeito das numerosas contusões que lhe marcavam o pescoço e o rosto quadrangular, o homem de confiança prosternou-se ante o senhor, com todas as exterioridades de adoração e respeito. Horemseb, que caminhava pelo aposento, braços cruzados, parou à frente dele, e disse, em voz velada:

— Foste culpado hoje de inominável negligência, mas, em atenção a teus longos e fiéis serviços, quero conservar confiança em ti. Antes do escurecer, trarás aqui uma jovem escrava, à tua escolha, desde que seja bela, virgem e maior de 15 anos. Além desta incumbência, à hora da refeição desta noite, distanciarás todos os servos, e vigiarás para que, até amanhecer o dia, ninguém ponha pés nos jardins.

— Senhor, espero que fiques satisfeito — respondeu o eunuco, obsequiosamente. — Comprei, ontem de manhã, uma jovem de escassas 15 primaveras, tão bela quanto a própria Hator, filha de uma núbia e de um egípcio, conforme assegurou o vendedor.

— Está bem; sei que és conhecedor, e recompensarei teu zelo.

O dia estava avançado quando Horemseb despertou, lépido e bem disposto. Banhou-se, vestiu com apuro, e rumou logo para a morada do sábio; mas, antes de penetrar no pavilhão, foi à pirâmide de pedra, já descrita anteriormente, que se erguia, circundada de altas árvores e de tufos, na parte solitária do jardim situado por detrás do pequeno lago. Não longe da pirâmide, havia uma cabana de bambu, na qual dois vigorosos pretos, de ar abobalhado, estavam solidamente presos a correntes e que, avistando o senhor, se prosternaram, rosto no chão.

Horemseb soltou-lhes as cadeias e, seguido por ambos, penetrou na pirâmide, logo iluminada pela luz de muitos archotes acesos pelos dois negros e distribuídos por vários prendedores de ferro fixados nas paredes. Via-se então que, tanto no interior quanto externamente, a misteriosa construção era recoberta de lajes de granito, e que, no cimo do cone, havia uma abertura redonda servindo de chaminé ou de conduto de ar. Ao centro da sala, sobre dois degraus de pedra, estava instalado colossal ídolo de bronze, representando um homem, sentado, mãos nos joelhos, a cabeça coberta com um boné pontudo e provido de chifres de touro. Entre as duas pernas da estátua, abria uma estreita portinhola de bronze, dando acesso a uma espécie de forno, onde os ditos escravos começaram a introduzir ladrilhos, rodeando-os de madeiras, resina, palha e outras matérias de fácil combustão. Deixando-os entregues à sua tarefa, Horemseb saiu, fechando a entrada por uma grade que, dando passagem ao ar, lhes impedia qualquer tentativa de fuga. Depois, seguiu para o pavilhão.

— Vejo, pelo teu aspecto satisfeito, estar tudo arranjado — disse Tadar, sorrindo.

— Sim, mestre, e vim apenas perguntar como, isto é, em que doses devo dar a bebida que me enviaste.

— Três copos bastarão, mas, igualmente, dar-lhe-ás aquele ramo — respondeu o sábio, apontando um vaso sobre a mesa, no qual vicejavam numerosas rosas rubras.

— Então, até logo, mestre. Prepara-te. Antes que Ra ressurja das trevas, trarei a vítima.

Permutando com o velho amigável saudação, o príncipe apanhou as flores e saiu. Chegado ao terraço vizinho ao seu apartamento, apoiou os cotovelos à balaustrada, colocando as rosas no parapeito, e imergiu em profundo devaneio. Quem o contemplasse assim, sério e calmo, olhar límpido e tranquilo, como que perdido na admiração da Natureza, teria (certo) suposto que a alma, pura e entusiasta, daquele belo moço se elevava, pelo pensamento, a um melhor mundo, bem acima das misérias e das torpitudes terrestres. Quem poderia suspeitar que aquele sereno sonhador era um criminoso enrijecido, que se apresentava, com a maior quietude, para perpetrar odioso delito, e que só inspirava amor para matar a vítima?

Ligeiro rumor arrancou o príncipe do devaneio. Atentando para o lado de onde procedera o ruído, avistou Chamus, por detrás do qual estava um vulto feminino, velado.

— Senhor, eis aqui a jovem de quem te falei — anunciou o eunuco, que, empurrando a moça, ao mesmo tempo que tirava o véu, acrescentou: — Anda para a frente!

Trêmula e perturbada, a jovem fez a devida reverência, e, depois, permaneceu de pé, braços cruzados, olhos ansiosamente fixos no príncipe, o formidável senhor do qual seu destino dependia. Era uma deslumbrante criatura, dessas que o Oriente produz às vezes, desabrochante flor humana, na primeira plenitude da formosura. Flexível e esbelta, quase aérea de formas, mas admirável; rosto alongado, de colorido tão transparente que parecia querer mostrar a circulação do sangue sob a pele bronzeada; espessa cabeleira negra presa por frágil argola de ouro a cair-lhe pelas espáduas; grandes olhos aveludados, doces e medrosos quais os de uma gazela, franjados de cílios longos que faziam sombra nas faces. Mesmo o gelado olhar de Horemseb iluminou-se num clarão de surpresa admirativa, à vista de tão adorável adolescente; mas, nenhuma fibra de seu coração se contraiu de piedade, pensamento algum de pesar para com aquela vida juvenil, que tencionava destruir, lhe perpassou pelo obscurecido cérebro.

— Estou satisfeito, Chamus — disse, despedindo o eunuco de modo benévolo e curvando-se para a linda escrava, a quem dirigiu escrutadora mirada. A moça, ante esse olhar perquiridor, ajoelhou, fixando-o num misto de adoração e medo.

— Ergue-te, criança, e não tremas assim; teu senhor te estima — disse, com um sorriso e estendendo-lhe uma das mãos, que ela beijou com unção.

Novo sorriso errou pelos lábios de Horemseb, a quem tal adoração apaixonada divertia, sem que o atingisse jamais, porque tal era o seu feitio. E, sem remorso, nem pesar, fundiu um olhar fascinador nos olhos cândidos da moça escrava. Sentando-se num banco, fez aceno para que tomasse lugar num tamborete, deu-lhe o traiçoeiro ramo de rosas que estava no parapeito, e encetou amistosa conversação com a indefesa vítima, perguntando-a sobre antecedentes, nome, parentela etc. A pequena escrava, perturbada, intimidada, respondia de início, hesitante, mas, pouco a pouco, desembaraçou-se e fez ingênuo relato dos acontecimentos da sua curta existência, até o momento ditoso em que Chamus a fizera vestir aquela alva e linda túnica, bordada de ouro, e adornar-se com aquele rico colar e com belo diadema, tudo para conduzi-la à presença do senhor desconhecido, que ela havia temido tanto e encontrava o mais formoso e o melhor dos homens. Algumas horas decorreram. Kama (tal era o nome da escrava) cada vez mais se animava, à medida que sorvia o odor das rosas que tinha nas mãos; suas faces estavam purpúreas e os olhos cintilavam, quando, afinal, Horemseb se levantou para passar à sala das refeições. Desta vez, ninguém o acompanhava: a extensa galeria, e assim a sala, estava deserta e silenciosa. Sentando-se à mesa, provida de riquíssima baixela, colocou a jovem defronte dele e a serviu de diferentes gulodices, estimulando-a, com benevolência, a comer e beber.

A ingênua e simples criatura julgava estar, antes, sob o império de um sonho; mas, embora admitida pela primeira vez na vida a semelhante festim, o apetite lhe faltou, em antítese a uma sede ardente que a devorava e lhe fez esvaziar, avidamente, um copo oferecido por Horemseb. Este, com atenta observação, assinalava a flama vermelha que enrubescia o rosto da escrava, e bem assim o tremor nervoso que agitava seus delicados membros. Depois, quando ela readquiriu um pouco de calma, de novo, servindo-se da ânfora cinzelada, encheu um segundo copo, que foi esvaziado pela vítima, com um sorriso de ventura. Afinal, tomada por subitânea embriaguez, atirou-se aos pés de Horemseb, abraçando-lhe os joelhos e premiu o rosto de encontro à mão úmida e fria do príncipe. Com um gesto acariciador, este lhe brincou com os espessos caracóis do cabelo negro e a fez sentar-se junto dele, ciciando-lhe aos ouvidos palavras de amor, e lhe propinou a terceira dose do veneno. A escrava pareceu aturdida por momentos; logo depois, fremente, procurou abraçar Horemseb, mas este já se havia erguido.

— Espera-me aqui; voltarei para te buscar — disse ele, a sorrir, dirigindo-se ao jardim.

A jovem quis segui-lo, porém as pernas tremelicantes recusaram andar, e ela recaiu sentada, braços estendidos e olhos paradamente fixos na porta por onde o príncipe desaparecera. Este rumou apressadamente para um grande bosquete de rosas, situado por detrás do grande lago e ao centro do qual se erguia o pequeno pavilhão oculto pelas folhagens. A Lua recém-surgira, inundando com a sua luz mágica as aleias, os sombrios maciços de árvores, e fazendo resplender a superfície polida da água, tornada a semelhança de um espelho argênteo.

O interior do pavilhão oferecia aspecto feérico: lâmpadas, industriosamente escondidas por arbustos, alumiavam, suaves, o pequeno recinto, literalmente coberto das mais raras flores, inclusive alcatifando o chão; ramos floridos, colocados em grandes vasos, formavam como que uma abóbada odorante por cima de um leito de repouso, feito de cedro e marfim, e cujos coxins, de púrpura, sumiam-se quase sob um lençol de rosas e de flores de lis. A cabeceira do traiçoeiro leito, estava um tamborete de marfim. Horemseb examinou todos esses preparativos com meticuloso e vivaz olhar, e após, retirando do bolso pequeno frasco de vidro azul com ranhuras amarelas, aspergiu com o conteúdo o leito florido, atirando depois o vidro para um recanto. Feito isso, saiu, fechando cuidadosamente a porta, retomou o caminho do palácio e já se achava bastante próximo quando soluços ruidosos o fizeram parar, e apercebeu Kama, fora de si, cabeleira esparsa, vestimenta em desordem, buscando-o, evidentemente, a correr em todas as direções. Avistando o príncipe, deu selvagem grito e atirou-se insensatamente a ele, que a abraçou, apertando-a ao peito e passando-lhe a gélida mão no incendido rosto, tentando extinguir, por doces palavras, o convulsivo soluçar. Embalando-a assim, ao som da sua sonora e melodiosa voz, enlaçou-a pela cintura, amparando-a a caminhar, e a conduziu pouco a pouco, para o pavilhão, onde a deitou sobre o colchão de flores, ficando ele sentado no tamborete ao lado. A moça nenhuma resistência opôs; braços rodeando o pescoço do príncipe, cabeça encostada ao ombro, ela parecia imersa num torpor de paixão extática. Apenas os olhos, voltados para os lábios de Horemseb, falavam ardente linguagem. Então, ele se curvou para colar a fria boca à de Kama, num beijo longo, sufocante, mortal, em que foram fundidos todos os sofrimentos da inocente vítima, e no qual também pareceu extinguir-se a sua vida, porque, quase instantaneamente, um tremor lhe agitou o frágil corpo, embaciaram-se-lhe os olhos, enrijaram-se as pequeninas mãos e a cabeça recaiu inerte, afundando no lençol de flores.

Horemseb endireitou-se, lívido qual um cadáver; abundante suor perolava-lhe a testa e seu robusto corpo tremia como se estivesse acometido de febre. A passo vacilante, deixou o pavilhão e, com olhar inexpressivo, foi para um banco, sob uma árvore, e nele se deixou cair, apertando a cabeça de encontro à fria casca do tronco. Mais de uma hora passou em absoluto silêncio. Gradativamente, a friagem da noite espaireceu o torpor, a prostração produzida sobre o próprio treinado organismo do príncipe pela ação sufocante dos aromas deletérios que olfatara. Recompondo-se, alisou fortemente os cabelos com as mãos, depois do que retirou do cinto pequeno frasco de gargalo pontudo, fechado por um tampo de ouro preso por curta correntezinha a uma pequena asa, e cujo conteúdo cheirou repetidas vezes, aplicando também a dita essência em fricções na testa e têmporas. Com isso, todo o seu vigor pareceu retornar. Levantou-se, fez ligeira caminhada na aleia, estirou braços e pernas, e depois, em passadas vivas e lentas, subiu de novo ao pavilhão.

À claridade discreta das lâmpadas, a escrava estava em decúbito no leito de repouso, imobilizada; um ditoso sorriso parecia condensado nos lábios lívidos; palor cadavérico invadira o sedutor semblante. Horemseb contemplou-a por breves minutos, com estranha expressão, misto de admirarão e crueldade; mas, refreando imediatamente qualquer impulso mais imperativo, ergueu o corpo da jovem, levando-o nos braços para fora, e rumou para a morada do sábio.

Cheio de impaciência e evidentemente acionado por excitação fanática, Tadar aguardava-o na primeira câmara. Mudara a vestimenta costumeira: trazia agora um avental de tecido preto, que lhe descia às rótulas, bordado de bizarros desenhos; sobre o peito nu, suspenso por elos de ouro, um largo peitoral, também de ouro, com o desenho de alada mulher, despida, de boné pontudo na cabeça, sustendo os selos com ambas as mãos, e tendo em derredor, grupadas, muitas figuras horrendas, com cabeças e caudas de animais. Um boné preto, cônico, ornado com dois chifres dourados, completavam a indumentária do velho sábio.

Sem trocar palavra, os dois passaram ao aposento do tanque e do qual todas as cortinas estavam suspensas. A luz lunar penetrava em ondas pelo teto aberto, clareando fantasticamente a bizarra planta que ali florescia e bem assim a plataforma onde estavam postos um altar de alabastro, baixo e quadrado, e uma pequena mesa, em cima da qual se viam um prato cheio de terra, dois vasos esmaltados de diversos matizes, um par de copos e uma faca de reluzente lâmina. Horemseb depositou o corpo da escrava sobre o altar sacrificatório, afastando-se depois alguns passos para permanecer de pé, mãos unidas ao peito, a direita sobre a esquerda. O temor e o recolhimento estavam espelhados no seu semblante.

Tadar abriu as vestes da moça, e, armando-se com a faca, ergueu o braço e encetou, em voz baixa, mas vibrante e cadenciada, uma conjuração, evocando Astarté e determinando aos demônios submeterem à sua vontade as forças da Natureza. Terminado o esconjuro, desceu a lâmina, enterrando-a no peito da desfalecida vítima. Viu-se então horrível espetáculo; um estremeção sacudiu o corpo de Kama, abriu os olhos, velados, mas transbordantes de espanto, um gemido abafado saiu-lhe da boca entreaberta... Depois, tudo cessou. Tadar retirou a faca, e uma caudal de sangue rubro jorrou borbulhante do ferimento. O sábio encheu alternativamente os dois copos, que ele e Horemseb haviam aproximado, e beberam deliciados...

Uma terceira porção de sangue, enchendo novamente um dos copos, foi espargida sobre os rebentos da estranha planta, que pareceu estremecer e colorir-se de púrpura debaixo da sangrenta rega. A seguir, Tadar amassou com sangue a terra preparada, recobrindo as raízes, cortou as duas flores desabrochadas e as encerrou

185

meticulosamente nos vasos esmaltados, acompanhando todos os movimentos com esconjuros ritmados, ora a meia-voz, ora alta, e gestos místicos. Terminada esta primeira parte do sacrifício, pegou o cadáver e, ajudado por Horemseb, saiu, recuando, do pavilhão.

Após atravessar o lago, parou, fez voltear três vezes o corpo, e a passo acelerado caminhou para a pirâmide, precedido do príncipe, que abriu lestamente a grade de entrada.

O colosso, aquecido desde horas antes, expandia calor sufocante, e sua vizinhança devia ser mais do que desagradável aos dois infelizes pretos, que, agachados junto da saída, sorviam avidamente o ar que vinha de fora. À chegada do senhor, ambos correram para cada um dos lados do deus e pegaram as longas correntes presas às mãos do mesmo.

Nesse ínterim, entrava também Tadar, que, entoando um cântico estranho, selvagem, subiu uma escadinha portátil postada ante a entrada e que o colocava quase à altura dos joelhos da estátua sobre os quais atirou o corpo que conduzira. Tão logo os dois escravos entesaram as correntes, o estômago de bronze abriu lentamente, deixando sair um feixe de labaredas, e o ligeiro fardo encurvou-se e desapareceu no abismo incandescente, e a abertura fechou.

O sábio, então, desceu, permutou um abraço com Horemseb, felicitando-o por haver bebido o elixir da vida.

Depois, regressou ao pavilhão, enquanto o príncipe se entregava à tarefa de repor tudo em ordem. A lousa de pedra que fechava a entrada da pirâmide foi recolocada, e os dois pretos novamente acorrentados na respectiva choça. Mudos, providos apenas da nutrição indispensável, cada oito dias, trazida por servos, igualmente mutilados, os infelizes não poderiam trair qualquer indício desses horríficos mistérios. Estranhas e silenciosas sentinelas velavam junto do cruel Moloc, que, sorrateiro, se havia deslizado e estabelecido em Mênfis, esse centro de elevada ciência e da civilização elegante e requintada do Egito.

Dois dias mais tarde, Horemseb veio encontrar o mestre, à tarde, e, após curta palestra referente ao sacrifício da antevéspera, disse:

— Tenho de te falar de várias coisas importantes, Tadar. Em primeiro lugar: decorridos os oito meses de abstinência com a qual me preparei para receber o elixir da longa vida e da eterna juventude, tu me autorizas a fruir de novo os prazeres materiais?

— Sim, meu filho, durante três meses tens liberdade de gozar todas as alegrias que a vida oferece a um homem robusto e são, da tua hierarquia e idade; mas, recorda-te de que, se desejas ver o futuro, deverás submeter-te a uma nova abnegação de 10 meses, porque somente em face de uma alma impassível se desvenda o desconhecido, somente um corpo de têmpera e purgado pelo jejum se torna apto a sentir e contemplar o invisível.

— Obedecerei; submeto-me a tudo, pois quero conhecer o destino que os imortais me reservam — respondeu Horemseb, com resolução sombria. — Adquirindo a vida eterna, não veremos ciclos infinitos desenrolarem-se ante nossos olhos? Quiçá, ao extinguir-se a derradeira dinastia dos Faraós, quando os destinos do mundo estejam prestes da sua meta, viveremos ainda e sempre; nós, invulneráveis às misérias dos mortais, salvos dos quarenta e dois[20] terríveis juízes que pesam os corações dos homens... Porvir esplêndido! Que é que não mereça ser sacrificado para te conhecer, para saber o que seremos, como viveremos, quando, então, milhares de gerações terão adormecido no sepulcro?

Animara-se ao falar: exaltação extática iluminava-lhe o rosto. Tadar escutara-o, com orgulhoso sorriso nos lábios. Olhos cintilantes, inclinou-se e disse, em voz entrecortada:

— Sim, quanto dizes cumprir-se-á; viveremos eternamente, e o futuro erguerá para os nossos olhos suas dobras misteriosas. Durante minhas mais recentes orações e experiências, Moloc, em pessoa, apareceu-me e revelou que, tocado pelas nossas preces e incessantes sacrifícios, concordava em ser nosso guia.

Horemseb recuou, descorado e estremecido.

— Viste o deus? Qual é o seu aspecto?

— Sua estatura é de proporções estarrecentes; um manto esverdeado, sulcado e flamas, flutua em seu redor; suas asas negras e imensas alçam-se para o céu qual enxame; o olhar é coberto por um véu, mas a voz tem a semelhança de um vento de tempestade, mesclado com o crepitar de braseiro. Essa terrível divindade prometeu-me auxílio.

— Feliz és tu, Tadar, grande pelo saber e pelo mérito, se um tal deus te favorece. Quanto a mim, permanecerei teu fiel discípulo, e não falirei, nem a ti nem à divindade. E agora, mestre, ouve-me ainda, e dize-me se aprovas o que tenciono fazer. Quero ir a Tebas e ali passar o tempo de liberdade que me concedes. Tenho duas razões para esta viagem: uma é o dever imperioso de saudar Hatasu e de lhe oferecer os votos de feliz ascensão, e que, para um príncipe da sua casa, já chegam com atraso; o outro é que, segundo indagações feitas por Hapzefaá, pode ter-se certeza de que a miserável Neftis está refugiada na capital. Minha permanência dará ensejo de fazer, sem causar reparo, as diligências para captura dessa mulher, reaver a ânfora furtada, e fechar-lhe a boca para sempre.

— Teu projeto é razoável, meu filho, e eu o aprovo.

— Escusado dizer que, durante minha ausência, serás aqui o senhor obedecido tal qual eu o sou. Agora, a derradeira questão: sei, por intermédio do fiel Hapzefaá, que muitos boatos de suspeita circulam a meu respeito; que os sacerdotes de Mênfis

---

20 Nota do tradutor: 42 Juízes – Após a morte, o Espírito seguia para o mundo inferior, para submeter-se, no *Amenti*, a Julgamento, sob a presidência de Osíris, o Espírito do Bem, rodeado de 42 Espíritos dessa "outra Terra", um para cada pecado capital, ornados com penas de avestruz, emblemas da Verdade e da Justiça. A sombra, duplo (*Ka*) ou Espírito começava por dar as razões pelas quais rogava ser acolhido por Osíris, mencionando todos os pecados não cometidos por ele, suplicante, no decurso da vida corporal. O Julgamento se fazia, pesando a sinceridade das declarações e preces do Espírito. Num dos pratos da balança era colocado o coração do *Ka*, e no outro, servindo de peso compensador de equilíbrio uma pena de avestruz. Se o resultado fosse favorável, o Espírito seguia para as campinas de *Ra*, o deus-sol; se desfavorável, o condenado era expedido para o Inferno, região dividida em 75 distritos, guardados por demônios providos de gládios, onde sofria torturas inauditas (LETOURNEAU, Charles-Jean-Marie. *L'évolution religieuse dans les diverses races hunmaines*. Paris: Ed. Vigot, 1898. p. 313 e seguintes, narrando o curioso júri e suas consequentes penalidades).

me acusam de irreligioso, sendo que tais malévolas suspeitas da parte destes poderiam levantar desconfianças na corte e acarretar consequências mais desagradáveis ainda. Para opor um dique a esses falatórios e contentar a casta sacerdotal, pretendo, antes da minha viagem, tomar parte em uma grande procissão religiosa, depois sacrificar solenemente no túmulo de meu pai. Ofenderei Moloc com semelhante ato?

Cínico e gélido sorriso pairou nos lábios do velho sábio.

— Não temas nada, meu filho: a fé, a prece, impulso da alma, é que estabelecem o elo entre o homem e a divindade, e nunca as fórmulas exteriores. Vela, pois, tranquilo, pela nossa segurança. Moloc vê o teu fiel coração, e ele, e assim todos os deuses, prescrevem o respeito pelos mortos.

— Tu me libertas de todo escrúpulo. Ainda esta noite, expedirei um mensageiro a Tebas, para que preparem o meu palácio.

6
Os projetos de Neftis

Após viagem bastante longa e sofrivelmente tediosa, embora isenta de qualquer ocorrência incômoda, Neftis desembarcou em Tebas, dirigindo-se, em companhia do dedicado Anúbis, à residência do cunhado. Durante horas de inação forçada, a jovem readquirira a calma e refletira no passado e no futuro. A lembrança de Horemseb ainda lhe enchia a sensibilidade; mas, não mais o amava com insensata paixão, e compreendia agora que ele tivera para com ela apenas uma crueldade cínica, que a excitara para rir dos seus sofrimentos, divertindo-se com o seu coração de mulher, tal qual o gato brinca com um rato... No entanto, quando o desgosto e a raiva lhe inspiravam a ideia de denunciar o príncipe e os crimes inauditos que se cometiam no palácio, o coração fraquejava, e percebia que, apesar de tudo, aquele homem dominava-a ainda, e jamais teria coragem de arruiná-lo. Não, jamais alguém devia conhecer o segredo da sua misteriosa desaparição, e para Horemseb devia sumir-se, também para sempre, por isso que, conhecendo-o suficientemente, sabia estar condenada se ele a encontrasse.

E sem que de tal se apercebesse, profunda transformação, moral e física, se operara nela, depois da misteriosa fuga: expansiva e apaixonada por natureza, superexcitada pela ação do veneno às raias da loucura, dir-se-ia que toda essa vivacidade, toda essa exaltação de sentimento se extinguira sob súbito gelo que lhe invadira o ser. Estava calma, fria; seu espírito, aguçado e como que sutilizado, dominava todos os impulsos do coração, que, entorpecido, indiferente, parecia bater mais lento; o sangue não a escaldava, conforme acontecia outrora, nem lhe coloria as faces, tornadas pálidas, de tonalidade mate semelhante à da cera; estranho fulgor brilhava nos olhos; a boca, antes risonha e gárrula, se havia contraído numa expressão sombria, dura e amarga.

Mal se poderá imaginar a estupefação de Roma ao ver chegar, viva, em sua casa, essa Neftis, tida por morta desde havia quase um ano; mas, porque as obrigações do templo o chamassem, entregou a instalação dos recém-vindos aos cuidados da sua velha despenseira, aconselhando repouso à jovem, e transferindo as explicações para depois do jantar. Efetivamente, terminada a refeição, o jovem sacerdote conduziu a cunhada para o terraço e solicitou-lhe explicar o mistério da desaparição e o do regresso, e, enfim, onde e de que maneira vivera durante tal interregno.

— Poderia mentir, satisfazer tua curiosidade, legítima, com uma fábula — falou Neftis, depois de algum silêncio — e assim vou proceder com relação às demais pessoas; mas, a ti, dirigirei apenas uma rogativa: não me perguntes nada, Roma, pois coisa alguma poderei dizer-te sobre este episódio da minha vida. Juro-te, porém, que mereço sempre a tua estima, e que comigo nenhuma desonra entrou em teu lar.

— Isso me basta, e eu te agradeço a franqueza — disse o moço sacerdote, com um sorriso.

Neftis apertou-lhe a mão, e transferiu o assunto da conversa para a falecida irmã, causas da morte e pormenores que ignorava. À menção de Noferura, sombreou-se o semblante do sacerdote, e o breve relato que fez das circunstâncias referentes à morte da mulher ressentiam-se tão visivelmente de penosa repulsa, que Neftis notou isso.

— A razão que a levou a precipitar-se no rio, tão inopinadamente, permanece segredo — concluiu Roma. Os remadores julgam que repentina loucura a invadira, e isso em consequência de um aziago encontro que ocorreu com a barca do feiticeiro de Mênfis, que traz desgraça a quem o avista.

— O feiticeiro de Mênfis! — repetiu Neftis, empalidecendo repentinamente.

— Isto é, o nobre príncipe Horemseb, que o povo estúpido tem, não se sabe por que, na conta de nigromante. Mas... que tens tu?

— Nada. Apenas notei que falavas de Noferura, com evidente má-vontade, e isso me fere, tanto que desejo saber os motivos de tal atitude.

— Por minha vez, serei franco — respondeu Roma, depois de breve hesitação. — O caráter de tua irmã era violento e apaixonado em excesso, e sua conduta deu-me tais aborrecimentos que eu não a pude amar de acordo com as suas exigências. Ela, então, se permitiu ter comigo um procedimento ignóbil e criminoso, usando um malefício que fora buscar em Mênfis, onde estivera, em seguida ao teu desaparecimento, a pretexto de consolar Hor e Setat. Desde o retorno dessa viagem, comecei a sentir por ela um amor que não tinha nada de humano: fogo circulava em minhas veias, meus sofrimentos eram indescritíveis, e somente junto dela encontrava relativo repouso. Mais tarde, recordo que, durante todo o tempo da minha loucura amorosa, era eu perseguido pelo aroma sufocante de uma flor que Noferura parecia exalar, e que, logo que tal odor me faltava, eu me sentia como que privado de ar. Certamente teria sucumbido de esfalfamento ou perdido a razão, se os deuses não se apiedassem de mim. Quando ela foi para junto de Setat moribunda, eu a acompanhei, a fim de não nos separarmos um dia que fosse... Desde o momento de sua morte, o encantamento cessou, e basta a sua lembrança para inspirar-me uma repulsão indominável.

Pálida, sobrancelhas franzidas, Neftis ouvira a narrativa, da qual o sentido oculto ela compreendia bem melhor do que o narrador.

— Eu te compreendo, e lamento haver evocado essas recordações desagradáveis — disse afinal. — Sabes, porém, se Noferura trouxe de Mênfis o meu cofrezinho de joias? Eu guardava nele algumas lembranças de minha mãe, e seria ditosa em reavê-lo.

— Imediatamente virá às tuas mãos, pois mandei que o guardassem.

E, alguns minutos mais tarde, a encarregada do guarda-roupa trouxe o cofrezinho, que Neftis remexeu, retirando dele um anel que pôs num dos dedos. Depois, displicente, indagou:

— Não sabes se minha irmã trouxe ou guardou entre as joias um precioso colar de placas esmaltadas, presas por anéis e escaravelhos? Era da maior estimação para mim, presente de núpcias dado à minha falecida mãe.

— Placas esmaltadas a azul e vermelho? Sim, lembro: Noferura usava-o sempre, desde o regresso de Mênfis, por lembrança de ti, segundo me disse, e o conservava no momento do acidente. Mas, depois disso, não mais tornei a ver a joia:

roubaram-na, ou caiu nas águas do Nilo, desprendido durante os movimentos da retirada do corpo? Ignoro; estava perturbado demais para cogitar disso, e só agora tu me fizeste recordar essa joia. Deploro sinceramente, cara Neftis, tenhas sido despojada de tal prenda, mas, espero que me dês alegria de aceitar alguns adornos de uso de tua irmã, em ressarcimento da que perdeste.

Neftis agradeceu, e tendo sabido o que desejava quanto ao colar, mudou de assunto, falando do futuro, de Antef, o noivo que continuava fiel à memória da desaparecida e que provavelmente quereria reclamar seus direitos, uma vez que ela estava viva... A este propósito, Roma achava que o mais sensato era transferir-se ela para Bouto, e ali celebrar o matrimônio.

— Para uma jovem, na tua falsa posição, é duplamente necessário colocar-se sob a proteção de um esposo. O mistério destes últimos meses não te trouxe ventura, isso está escrito em teu semblante... Mas, se não tens de te ruborizar desse passado, olvida-o nos novos deveres de esposa, e crê que só uma sincera amizade me inspira este conselho que te dou.

— Não tenho dúvida, Roma, e sei que implante generoso para não me acolheres de má-vontade em teu teto. Além disso, o meu próprio bom senso diz que tens razão; mas, tão grave resolução deve ser meditada; dá-me alguns dias para refletir.

— Sem dúvida, tu decidirás quando e como quiseres. És para mim uma irmã, Neftis, e, com este título, teu lugar está marcado em minha casa. Agora, permite que te deixe, porque tenho de ir à casa de Penbesa, um velho pastor do templo de Amon e meu amigo, que está enfermo e a quem prometi visitar.

Ficando a sós, Neftis voltou ao seu aposento, onde se estirou num leito de repouso, entregando-se a sérios pensamentos. Roma tinha razão: era preciso regularizar sua posição e erguer uma barreira entre ela e o passado, a respeito do qual não podia nem desejava desvendar o mistério. Também sob o aspecto de sua segurança, Bouto era asilo bem recomendável, pois, lá, Horemseb não a procuraria decerto, e, quanto a Antef, ela o desposaria, se a tal se resolvesse... Não possuía ela um recurso seguro de lhe reavivar o amor, caso houvesse diminuído, e de vencer escrúpulos, caso ele os tivesse? Nesse ponto de suas reflexões, a imagem do jovem oficial desenhou-se em seu espírito. Ele lhe agradara muito outrora: airoso, espiritual, rico, e seguro de brilhante futuro, pois era sobrinho de Semnut, Antef parecera-lhe sempre um ótimo partido, e de bom grado prometera desposá-lo. A nomeação do moço oficial para comandar a guarnição de Bouto retardara a realização do consórcio; mas, impressionante carta de Antef, decidira Setat a conduzir a sobrinha até Bouto, quando a fatal aventura com Tuaá veio tudo transmudar. Mas, nesse instante, o pensamento de matrimoniar-se com Antef inspirou a Neftis uma quase repulsa; a figura do antigo noivo pareceu-lhe tão apagada, seu exterior tão vulgar, o porvir em comum tão árido e tão mesquinho! Entre ela e Antef projetavam-se o vulto pálido, os sombreados olhos de Horemseb, aquele olhar fascinador do bruxo, que podia gelar as almas com o desdém, mas também cativar, quando, sorridente, pródigo em carícias, prometer infinita felicidade.

— Ah! Horemseb — ciciou ela para consigo própria, com profundo suspiro — que fatalidade me força a amar-te ainda, cruel de quem devo fugir? Porque, junto de ti, vela a morte, e nenhuma piedade detém o punhal na tua mão.

E na reminiscência surgiu a imagem do rapaz que a prevenira da sorte que a aguardava, e, depois, pareceu-lhe regressar às sombreadas aleias do jardim onde se desenrolavam as poéticas e fantásticas danças, ao palor da Lua, e também as espantosas peripécias das orgias, a cavaleiro das quais se entronizava o nigromante, qual um deus. Muitas vezes assistira, acocorada por detrás do trono, a esses espantosos mistérios, e à sua recordação, agora, um arrepio percorria-lhe o corpo. Não! era necessário repelir toda a evocação do passado e tentar reaver a paz no amor de Antef.

Repentinamente, infernal ideia sulcou-lhe o cérebro, fazendo-a estremecer e avermelhar o rosto: por que não lhe ocorrera, desde antes, que Tutmés, o pretendente ao trono, residia em Bouto, sob a vigilância de Antef, o antigo noivo? Sem dúvida, Tutmés, banido e prisioneiro, interessava mediocremente; mas, se subisse ao trono, que não daria a quem o ajudasse para tal evento? E por que não seria ela, Neftis, tal colaborador? Não possuía um bruxedo ultra poderoso ao qual Hatasu estaria subjugada tal qual o mais humilde aguadeiro? Se conseguisse propiciar a evasão do jovem rei, munindo-o de uma rosa encantada para dominar o coração da rainha, Tutmés recusaria alguma coisa a quem lhe houvesse prestado semelhante serviço? Uma vez escolhido esse caminho, Neftis começou a ruminar o plano, sazonando-o e elastecendo-o: pensamentos mais e mais ambiciosos derramavam-se na imaginação... Não poderia, ela própria, fazer-se amar por Tutmés, e, ao seu lado, sentar-se no trono do Alto e Baixo Egito? Hatasu era mortal, e, pelo caráter e pela aversão que lhe votavam os sacerdotes, poderia perder a vida ao mesmo tempo que a coroa. Neftis, então, tomaria o seu lugar, e esse mesmo Horemseb, que havia motejado dos seus sofrimentos, prosternar-se-ia e beijaria o chão diante dela. As faces de Neftis abrasavam, seus olhos esverdeados pareciam expelir chamas; ela já se via rainha, adorada do Faraó, que o enfeitiçamento tornava escravo das suas mais leves vontades, e, a seus pés, dobrava-se o mago de Mênfis, trêmulo ante a sua cólera e a sua vingança. Mas, a imagem do príncipe possuía o condão de absorver e desbotar qualquer outro sentimento. Empalidecendo de súbito, Neftis contraiu as mãos de encontro ao peito.

— Ventura, porvir, sossego, tudo, Horemseb, me furtaste; meu cérebro está lúcido, meu sangue já não ferve, e, no entanto, meu rebelde coração não quer esquecer-te... O mando supremo, o amor do Faraó, as lisonjas do Egito, tudo eu trocaria por um beijo dos teus lábios, para ver teu olhar, na embriaguez do amor, mergulhar no meu!

E cobriu o rosto com as mãos, de novo se abismando nos seus pensamentos; mas, de pronto, ergueu-se, atirou para as costas a farta e cuidada cabeleira ruiva, e murmurou, em decidido tom:

— Basta de louco sonhar! Horemseb é incapaz de amar igual aos outros homens; seu coração está ressequido e vazio; ele não deve ser empecilho para que eu atinja meus desígnios. A caminho de Bouto, e, lá, os deuses me inspirarão!

No dia imediato, conversando com o cunhado, Neftis declarou-lhe haver refletido e deliberado seguir para Bouto, mas, antes, desejava visitar uma jovem parenta que habitava em Tebas e a quem queria pedir a acompanhasse.

— Mentchu é viúva — acrescentou —, e porque o marido era primo de Antef, isto me dá o direito de a visitar. Se, conforme espero, ela aquiescer, será um grande auxílio, pois não me conviria chegar sozinha, ignorando se o meu antigo noivo me guardou fidelidade, e também se, até o dia do casamento, poderia alojar-me no palácio, de onde provavelmente as mulheres são excluídas. Em companhia de uma viúva, sua parenta, minha situação será decente, e tudo se poderá realizar sem precipitações inoportunas.

— Aprovo totalmente tua resolução, minha cara Neftis. Minha liteira e meu pessoal estão ao teu dispor quando quiseres realizar a visita e, na época de tua partida, obterei de Semnut uma licença para penetrares em Bouto, que é considerada fortaleza.

A visita de Neftis à parenta colheu o esperado êxito: Mentchu, moça e formosa, contando 23 primaveras, recebeu-a de braços abertos, e, sem hesitações, declarou estar disposta a acompanhá-la. Alegre, frívola e ávida de prazeres, a jovem viúva entediava-se, porque, embora decorrido o lapso de tempo de luto, diversas complicações de família impediam-na de aparecer em público, conforme desejava, de modo que a perspectiva de uma viagem lhe pareceu oportuna distração concedida pelos deuses. Ficou assentada a partida, tão depressa Roma obtivesse a permissão de entrada na cidade, e Mentchu, preocupada com os preparativos da viagem, não cogitou de aprofundar a veracidade do que Neftis lhe impingiu sobre a nebulosa desaparição. Acreditou nas palavras da parenta. A intervenção de Roma obteve igualmente êxito, e ao término de dois dias anunciou, satisfeito, à cunhada que o poderoso conselheiro de Hatasu acolhera benévolo a solicitação e expedira o salvo--conduto. Mais ainda: por feliz coincidência, a viagem ia ser feita em companhia de alto dignitário e sua escolta.

— O escriba real, Hornecht, que encontrei hoje, saindo de palácio — narrou o sacerdote —, segue depois de amanhã em visita de inspeção, tomada de contas dos recebedores de impostos; escalará em Bouto, e prometeu levar-vos, sãs e salvas, até junto de Antef. Fareis a viagem com toda a comodidade.

Tudo assim combinado, Neftis teve apenas de cuidar da bagagem. Com habitual generosidade, Roma havia abastecido largamente de todas as provisões a cunhada (que à sua casa chegara com a roupa do corpo), inclusive um belo enxoval. Na sua caixinha de valores, novamente acrescida de adornos que haviam pertencido a Noferura, levava, cuidadosamente acolchoada, a pequena ânfora vermelha furtada ao enfeitiçador, e por ela considerada agora a base de sua futura fortuna. No intervalo desses dias, teve oportunidade de fazer estranhas descobertas quanto às propriedades do precioso líquido: durante o dia, seu odor era fraco; à noite, a exalação aumentava a ponto de se tornar sufocante. Constatara igualmente que, derramado sobre uma rosa, o deletério perfume conservava sua força irradiante mesmo de dia, e ocasionava cefaleias e aturdimento, se aspirado; e, mais ainda, que, banhando imediatamente o rosto e as mãos em água fria, o efeito do veneno se atenuava.

Na data aprazada, as duas encetaram a viagem. Mentchu estava esfuziante de alegria, não cessando de tagarelar sobre Antef, de anunciar o seu contentamento, a surpresa, ao ver chegar, viva e formosa, a noiva que fora chorada, como se perdida para sempre; depois, conversava e ria, com Hornecht, quando o galante escriba real, viúvo, de média idade, se aproximava do carro de quatro rodas, tolda de couro, que conduzia as belas protegidas. Neftis partilhava escassamente de tal animação. Preocupada e silenciosa, concentrava-se completamente no amadurecimento e pormenorização do plano que arquitetara, fazendo da jovem viúva mero instrumento para desembaraçar-se de Antef (pois desejava poder agir livremente junto de Tutmés), e, ao mesmo tempo, para experimentar em ambos a dose e os efeitos do enfeitiçamento. Nesse intuito, comprara um colar de madeira perfumada e um escaravelho de prata, oco. O colar foi imerso durante muitas horas em óleo temperado com algumas gotas de elixir, e o escaravelho recheado de pétalas igualmente saturadas do perfume.

O resultado pareceu-lhe satisfatório. Quanto a Tutmés, resolvera não lhe provocar amor, pois era conveniente que ele alcançasse antes situação de destaque. Quando Hatasu morresse ou fosse destronada, então sim, conviria atraí-lo e desposá-lo, caso ela própria, a esse tempo, não houvesse preferido seguir uma ideia que a tomara. Com o coração cheio de uma inapagável imagem, todo pensamento de amor e de pertencer a outro homem lhe parecia odioso; mas, se a Faraó ordenasse a Horemseb desposá-la, o príncipe não ousaria recusar, e muito menos arriscar-se em matar a mulher protegida pelo rei. Neftis estava persuadida de que Tutmés, agradecido pelo que lhe teria aproximado da liberdade e do trono, daria deferimento a essa pretensão. Relativamente à felicidade problemática, resultante de tal matrimônio, não se preocupava: poder dar a Horemseb o nome de — esposo, ter sobre ele direitos inatacáveis, eis o apogeu dos seus desejos. O que sobreviesse, pouco importava, satisfeitos que fossem o seu ciúme e seu orgulho. Aproximava-se o término da jornada, quando Mentchu, cuja loquacidade não esmorecia, e que se impacientava com o silêncio e as divagações mentais da companheira, perguntou, pegando-lhe a mão:

— Que tens, Neftis? Por que estás triste? Não te rejubilas em rever Antef? Lembro-me de que, quando o meu pobre Ptahotep se ausentou para a guerra, eu contei as horas até seu retorno, e esses momentos pareceram-me infindáveis, e quase adoeci de alegria ao revê-lo.

— Ptahotep era teu esposo, e assegurada estava a sua afeição por ti, ao passo que eu vou ao encontro de um noivo que, há doze meses, me considera morta. Admiras-te de que eu tema esse primeiro encontro, que talvez me demonstre estar esquecida?

— Podes recear isso? — exclamou a inconsequente Mentchu. — Tu és tão bela, tão diferente das outras, com a tua tez lisa, teus olhos glaucos brilhantes e teus cabelos de ouro! Não; não. Estou certa de que, ao primeiro olhar sobre ti, o amor de Antef se reacenderá mais ardente do que nunca, e terá um pensamento apenas: abreviar a vossa união!...

Interrompeu-se bruscamente, golpeando a fronte com as mãos e repetindo a exclamação:

— Ah! louca, oh! estúpida que sou... Que fui fazer? — Sou uma cabeça sem miolos; esqueci em casa um pacote que Tachot, a irmã de Antef, me incumbiu de lho entregar. Contém um colar com amuletos.

— Se é apenas isso não te preocupes — respondeu Neftis, a sorrir. — Tenho um lindíssimo colar, ornado de amuletos de madeira cheirosa, comprado há pouco tempo, porque me encantou o raro e admirável perfume que dele se desprende. Eu to darei, e Antef ganhará com a troca, e eu nada perderei, porque meu será depois das núpcias. Quanto a Tachot, quem lho dirá? Até que se reencontrem, o fútil incidente estará esquecido.

— Agradecida, muito obrigada! És verdadeiramente boa e salvas-me de grande embaraço.

Ao anoitecer, chegaram a Bouto e fizeram-se conduzir à residência de Antef, o qual julgou cair para trás ao reconhecer Neftis. Cheio de sincera e plena alegria, o jovem aceitou, sem as aprofundar, as explicações de Neftis sobre o desaparecimento, declarou que o casamento devia celebrar-se dentro do menor prazo possível, e alojou a ambas no seu apartamento, contentando-se ele com um leito provisório na antecâmara do príncipe, a quem informou da sua inesperada felicidade.

Antes de acomodar-se para dormir, Neftis desembrulhou o colar envenenado e o entregou à viuvinha, evitando cuidadosamente aspirar o perfume deletério. Mentchu, ao contrário, sorveu o odor, sem desconfiança, e ficou encantada.

— Ah! Que admirável perfume! Nunca respirei algo semelhante, nem vi jamais uma tal joia, e confesso-me pesarosa por ter de entregá-la a Antef...

Estranho sorrir aflorou aos lábios de Neftis, que pensou: — "Os deuses são-me propícios. Por este modo, eu o prenderei mais seguramente a ela".

E em voz alta:

— Se, de fato, esse colar tanto te apraz, aceita-o por dádiva da minha parte, cara Mentchu, e desculpa-te depois com Antef do teu involuntário esquecimento. Dou-te o colar, apenas com uma condição: a de que o usarás frequentemente.

— Agradecida — disse Mentchu, satisfeita, chocalhando o colar nas mãos. Aceito, e, para executar conscienciosamente a tua cláusula, começarei a usá-lo desde amanhã, todos os dias.

No dia seguinte, Neftis achou ocasião de dizer, divertindo-se com isso:

— Repara, Antef, no colar de Mentchu. Ele te estava destinado: mas, essa formosa traidora, não satisfeita de esquecer o presente que Tachot te enviava, confiscou esse colar que eu lhe dera para remediar o esquecimento. Exala um perfume delicioso, desconhecido, porém. Poderias dizer-me de que madeiras são feitos esses amuletos?

— Eis um lindo procedimento, furtar assim um objeto que me era destinado! —comentou o oficial a rir. Mas, vejamos o infiel perfume que a Mentchu inspirou tal rapacidade.

Inclinou-se para a viúva, que, faces avermelhadas, parecia nervosa e excitada, e sorveu por várias vezes, curiosamente, o aroma evolado dos amuletos presos ao pescoço de Mentchu. Neftis, que o observava, viu que o rosto se purpureava subitamente e que o olhar deslizava, com expressão demudada, para as espáduas desnudas, e bem assim para as faces enrubescidas de Mentchu. Em seguida, ele aproximou uma cadeira do local, e, sentando-se, entabulou palestra tão animada, que pareceu esquecido de Neftis.

Alguns dias decorreram, durante os quais houve incoerente mudança nos modos e mesmo no caráter do moço comandante de Bouto: inesperada e cega paixão parecia impeli-lo para Mentchu. A presença da noiva se lhe tornara penosa, e buscava em vão dissimular os atuais sentimentos; à fria impassibilidade do seu feitio, sucedera febril e nervosa irritação; negligenciava seu ilustre prisioneiro, servindo-se de mil pretextos para ausentar-se e reunir-se à viúva, a qual também o procurava muito avidamente.

Certa manhã, ao vê-los absorvidos de novo em interminável conversação, Neftis retirou-se discreta (ela sabia que tal momento seria aproveitado para abraços), e encaminhou-se ao jardim onde passeava o príncipe Tutmés, ao qual fora apresentada e com quem palestrara muitas vezes. Num banco de pedra, à sombra de enorme sicômoro, o jovem banido estava sentado, sombrio e pensativo, mas, ao avistar a jovem, desenrugou os sobrecenhos e um sorriso iluminou-lhe o semblante. Tutmés era muito sensível à beleza feminina; as paixões começavam a despertar em seu coração, e a presença da formosa mulher era suficiente, no momento, para desviá-lo dos ambiciosos sonhos e fazer olvidar momentaneamente o exílio.

— Bom dia, bela Neftis — disse ele, correspondendo por acolhedora inclinação da fronte ao respeitoso saudar da recém-vinda. — Senta-te perto de mim; vem distrair o pobre prisioneiro, que teu noivo vigila como se fosse um criminoso. Fala-me de Tebas, onde reinam alegria e vida.

Atraiu-a para o banco, e, fixando-a com olhar cintilante e animoso, acrescentou:

— O amor deve-te uma grande compensação, pelo que tu lhe sacrificas, trocando a Capital por Bouto. De minha parte, estou assaz satisfeito, e quisera apressar o teu casamento, porque a presença de tão bela e jovem esposa tomaria muito tempo a Antef, libertando-me de sua presença, que se me torna odiosa, por ver nele um carcereiro.

Neftis suspirou, baixando a fronte.

— Duvido, príncipe, que eu venha a ser algum dia a esposa de Antef, pois, durante minha longa ausência, seu coração esfriou no amor por mim, e a formosura da jovem parenta subjugou-o.

— Impossível. Antef sempre me falou em ti com tanto afeto! Sua alegria, reencontrando-te, foi tão sincera, que, a meu ver, tu te equívocas e fazes suposições errôneas. Antef é honesto e espiritual, e preenche com admirável tato as suas difíceis funções para comigo, e, apesar dos irrestritos poderes que lhe deram os meus inimigos, sabe conciliar as obrigações com a deferência que me é devida. Eu o creio incapaz de uma contradição.

— Conheço o mérito de Antef, e por isso mesmo deploro o havê-lo perdido. O futuro provará, príncipe, que tenho razão. De resto, eu o estimo suficientemente para não criar embaraços à sua felicidade, e, sem ciúme, cederei meus direitos a Mentchu.

Interrompeu-se, ao aperceber Antef que para eles se dirigia, parecendo superexcitado, com o olhar, habitualmente tão claro e tão impassível, perturbado e indeciso.

— Perdoa, príncipe, ter demorado em vir receber tuas ordens — disse. — Desejas talvez passear ou ir ao templo?

— Não, não tive desejo algum, porque tua bela noiva fez-me companhia — respondeu alegremente — e, embora sejas bom companheiro, confesso que a prefiro para guardião da minha pessoa. Espero, Antef, que não sejas ciumento, e que autorizes tua noiva e futura mulher a distrair-me algumas vezes com as suas narrativas de Tebas, de Mênfis, desse mundo, enfim, do qual estou separado.

— Sentir-me-ei feliz sempre que Neftis possa amenizar a tua solitude, e jamais ousaria ter ciúmes de ti, príncipe! — respondeu Antef, num riso contrafeito, evitando o escrutador olhar da moça.

Zombeteiro e satisfeito sorriso esboçou-se nos lábios de Neftis, enquanto, em pensamento, dizia a si própria, rejubilada: "A metade da tarefa está realizada; Antef não embaraçará meus projetos."

Novamente, muitos dias decorreram. O moço comandante empedernia-se cada vez mais em sua louca e cega paixão, partilhada por Mentchu, parecendo indiferente a tudo, esmorecendo a vigilância ao seu perigoso prisioneiro, e fugindo à presença da noiva. Neftis conduzia-se com a maior discrição, evitando importunar os dois enamorados. Em compensação, procurava todas as ocasiões de reencontrar Tutmés, que não deixava mais o jardim, no intento de a rever, pois cada vez mais se tornava mais afeiçoado. Numa tarde, estavam ambos, conforme de costume, sentados sob o sicômoro, mas a conversação rareava, por isso que sombria preocupação plicava a fronte do exilado e profunda tristeza velava-lhe o olhar, de hábito brilhante e vivaz.

Na véspera, no templo, soubera da morte da avó, e o desaparecimento daquela que o amara sem restrições, sem segunda intenção, pesava fundamente em sua alma e lhe tolhia o fluxo da palavra. Neftis, em silêncio, observou tal atitude durante algum tempo, mas, depois, inclinando-se para ele, lhe tocou ligeiramente no braço:

— Ergue a cabeça, príncipe Tutmés, e não deixes que o desânimo ensombre tua alma, nem o desgosto entibie a tua energia. Readquire esperanças e jovialidade, filho de Ra; o deus potente, do qual és instrumento, saberá arrancar-te ao exílio indigno, e — quem sabe? — estás mais próximo do trono do que a esperança mais audaciosa não te fez sonhar?

O jovem ergueu o busto, e, pálido, dirigiu desconfiado e perquiridor olhar aos olhos faiscantes de Neftis, mas, a sua inata perspicácia deu-lhe imediata convicção de que a moça falava sinceramente.

— Vejo que me estimas; porém, engodar-me de vã esperança seria loucura. Minha irmã Hatasu é demasiado ambiciosa para dividir o trono por segunda vez. Enquanto ela viver, agonizarei miseravelmente aqui. E que oportunidade podes ter para arrancar o cetro àquela férrea mão?

Neftis inclinou-se, aproximando-se ao ouvido do príncipe, e disse, em tom baixo e vibrante:

— Uma força que dobra o mais orgulhoso e doma até a ambição: o amor impera mesmo sobre os reis! Hatasu está a isso submetida, qual acontece a todos os mortais; ela te dará lugar a seu lado no trono dos Faraós.

Lívido palor invadiu bruscamente o adolescente rosto de Tutmés; entreabertos os lábios, seus dilatados olhos olhavam a interlocutora com incrédulo espanto.

— Divagas, Neftis, e não te compreendo — pronunciou afinal com insegura voz.
— Como poderia Hatasu sentir por mim um amor que dominasse sua ambição?

Essa mulher, de espírito e coração viris, é inacessível ao amor. Além disso, já transpôs a primeira juventude e de há muito, primogênita, me detesta por pretendente e filho ilegítimo de nosso pai. Não; não; ela jamais terá amor por mim.

— Falas a verdade — disse Neftis, depois de amplo sorriso — e eu, tal qual tu, não ousaria esperar coisa alguma, contando apenas com os meios comuns, se não possuísse o poder de te fazer amado pela rainha.

— E qual é esse meio? — murmurou Tutmés, com a voz afogada pela emoção.

— Eu te darei um feitiço, o qual, se puderes fazer chegar às mãos de tua irmã, inspirar-lhe-á afeição tão profunda, que não poderá mais viver sem ti, e fará com que teu poder sobre ela seja absoluto.

— Realiza isso, Neftis, e não te arrependerás jamais, porque serei grato durante toda a minha vida! — disse o príncipe, olhos brilhando e premindo as mãos da jovem mulher. — E agora revela-me em que consiste o encantamento que possuis.

— É um perfume — segredou Neftis, curvando-se de novo para Tutmés.

— Segundo creio, impregnar com ele um papiro que enviarias à rainha bastaria para que te mandasse chamar.

O moço príncipe meneou a cabeça, depois de refletir:

— Não; esse meio não serve, pois me parece bastante perigoso entregar aos azares do acaso objeto tão precioso. Quem sabe as desordens que causaria, em que mãos poderia cair, antes de chegar às da rainha? Antes de tentar algo, preciso estar livre, Neftis, isto é, fugir para Tebas onde o Sumo Sacerdote de Amon e o principal profeta do templo, Ranseneb, me asilarão e ensejarão a possibilidade de aproximar-me de minha irmã, facilitando que eu próprio lhe faça entrega do sortilégio.

— No entanto, o mistério do bruxedo deve ser ignorado dos sacerdotes — disse ela, inquieta.

— Tranquiliza-te. Supões que transmitiria semelhante segredo aos sacerdotes, para ficar depois escravizado a eles? Nunca! Pretendo utilizá-los unicamente para seguro asilo em Tebas e para chegar ao palácio. Mas, para isso, preciso estar em liberdade.

— Sim, é necessário que o estejas — acrescentou energicamente Neftis — e creio que a ocasião de fuga se apresentará muito em breve. Tens visto que Antef, absorvido com os amores, relaxou consideravelmente a vigilância. O dia do festim de noivado deve ser o escolhido para a evasão. Cuidaremos mais tarde dos meios; mas, desde já, deves expedir mensagem ao templo de Amon, para prevenir tua chegada. O casamento só se fará em data posterior à da resposta. Deixa a meu cuidado manobrar as coisas até o momento propício.

— É ótima ideia; vou imediatamente comunicar-me com o templo, de onde veio um mensageiro anteontem. Deveria regressar dentro de alguns dias, mas vou fazê-lo voltar hoje mesmo com a mensagem para Ranseneb, e ele mesmo me dirá quando trará resposta. Enquanto isso, tomaremos nossas providências. Vem encontrar-me, aqui, amanhã, cedo, porque ainda tenho muito que te perguntar.

Ficando a sós no banco onde acabava de tecer os fios de futuros eventos, dos quais nem ela própria avaliava sequer a importância, Neftis deu surto a pensamentos sonhadores de brilhante porvir. A imagem de Horemseb, tornado seu esposo, espelhava-se em seu espírito. Ignorava estar sendo instrumento inconsciente de um desses acasos que mudam o destino de um império, e que, seguindo apenas seus mesquinhos e personalíssimos interesses, ia imprimir ao governo do Egito um movimento de consequências bem graves. Mas... as criaturas humanas são cegas, e, felizmente para ela, Neftis não previu coisa alguma do futuro.

Coração inflado de novas esperanças, julgando sentir já o hálito da liberdade e a embriaguez do poder, Tutmés foi ao templo. O mensageiro fiel, de quem falara a Neftis, era Hartatef. O príncipe teve com ele e com o Sumo Sacerdote curta conferência, no decurso da qual ficou decidido que o pseudoescriba retornaria na mesma noite, e estaria de regresso dentro de doze dias, ficando o restante para ser resolvido de acordo com as notícias e os conselhos trazidos de Tebas. No dia imediato, pela manhã, Tutmés comunicou à confidente as resoluções que assentara, e na sua impaciência rogou que lhe explicasse como deveria empregar o sortilégio para conseguir e conservar domínio sobre Hatasu.

— Dar-te-ei um frasquinho — respondeu ela, sorrindo — e quando tenhas certeza de te aproximares da rainha, derramarás sobre uma rosa rubra algumas gotas do perfume, dando-lhe depois a flor. Por outro lado, dar-te-ei um colar ornado de amuletos, o qual deverás ter ao pescoço quando lhe falares, colocando-se de modo que o aroma exalado do colar lhe fira o olfato. Tal perfume é fortíssimo, e sofrerás um tanto com seus efeitos, mas, banhando repetidamente o rosto e as mãos em água fria, terás alívio. Enfim, quem deseja vencer deve ter paciência, e espero que, depois de tua ascese ao poder, ajudes por tua vez a minha felicidade.

— Podes ficar tranquila. Quanto desejares, riquezas, honrarias, ou mesmo um esposo escolhido entre os maiorais do reino, eu te darei, sob palavra de Faraó — concluiu, a rir.

Para que o mensageiro de Tutmés tivesse tempo de regressar de Tebas, Neftis deixou escoarem muitos dias sem parecer notar os sofrimentos e a luta íntima que trabalhavam a alma de seu antigo noivo. Incapaz de dominar o insano amor, sem perder a compreensão da sua conduta desonesta para com Neftis, Antef estava como que em estado febril; o fogo que lhe circulava nas veias obscurecia seu raciocínio, e o combate recôndito que sustentava desmoralizava-o definitivamente; estava cego e surdo para tudo quanto ocorria em redor, e por isso deixara a Tutmés amplo vagar para o preparo da fuga. Afinal, certa manhã, Neftis aproveitou um momento em que ele estava sozinho no terraço, e veio sentar-se junto dele. Evitando olhá-la e tremendo nervosamente, ele pretendeu erguer e esquivar-se, mas a moça lhe pegou a mão e o reteve.

— Fica, Antef, e deixa-me esclarecer o que tu não tens a sinceridade de mo confessar. Julgas-me tão cega, a ponto de não ver que amas Mentchu, e que és amado por ela? Teu honesto coração sofre por faltares às obrigações que julgas ter para comigo, e essa tortura tácita te devora. Mas, meu bom Antef, tenho por ti uma afeição muito verdadeira, e não desejo outra coisa além da tua felicidade, e sou eu quem te vem dizer: desposa Mentchu, sê ditoso; eu permanecerei algum tempo junto de vós; sem ciúme, partilharei da vossa felicidade, e espero que me concedais em vosso lar os direitos e a amizade de uma irmã.

Antef escutara, corando e empalidecendo alternadamente. Às derradeiras palavras, pegou-lhe as mãos, e as levou febrilmente aos lábios.

— Neftis, tua doce generosidade mais me humilha ante meus próprios olhos; mas, dizes a verdade; amo a Mentchu com insensata paixão, não posso viver sem ela; invencível força acorrenta-me à sua presença, e, desde que a deixo, uma inquietude e um sofrimento me assaltam de maneira insuportável, e somente reavistando-a experimento relativa calma. Talvez que, com o teu perdão e unido a Mentchu, recupere a saúde do corpo e da alma. Terei necessidade de te assegurar que serás sempre para mim uma irmã querida, e que minha casa é também tua, até que um marido, mais digno do que eu, te conduza para seu lar?

Nesse momento, chegou Mentchu; mas, reparando na animada palestra, deteve-se, pálida de ciúme e de cólera. Ao vê-la, Neftis ergueu-se, e disse, alegremente:

— Acalma teu injusto enfado, e deixa-me colocar tua mão na mão do nosso bom Antef. Tudo está explicado; tu és a noiva, e em breve sua esposa. Jura-me apenas, Mentchu, que o farás feliz.

Com uma exclamação de júbilo e de agradecimento, a viúva abraçou Neftis. Depois, falaram do porvir. Os dois pobres enfeitiçados acreditavam-se sinceramente os mais venturosos dos mortais. Com o concurso de um sacerdote versado nesses graves assuntos, foi escolhido um dia propício para celebração do casamento, e disto se cuidou ativamente, quanto aos indispensáveis preparativos. Três dias antes do matrimônio, chegou Hartatef, com a mensagem de Ranseneb. O profeta do templo de Amon exprimia tanta curiosidade quanto surpresa com relação aos projetos do príncipe, assegurando, porém, que tudo estaria pronto para recebê-lo, sugerindo que a evasão se fizesse sob o disfarce de escriba, em companhia de Hartatef, munido este de instruções detalhadas para segurança do fugitivo.

Febril impaciência devorava o jovem banido; o chão parecia queimar sob seus pés, porque Neftis já lhe dera o colar, ornado com um escaravelho de prata, e o precioso vidrinho que lhe devia subordinar a vontade de Hatasu. Apesar disso, deu prova de domínio sobre si mesmo e de dissimulação, que foram de bom augúrio para o seu futuro papel de rei. Com a maior e franca jovialidade, tomou parte nos preparativos da festa, e exigiu que o festim fosse feito em sua residência, e também constituiu um dia de gala para os soldados e servos. Enfim, parecia tão divertido, estar tão longe de qualquer pensamento suspeito, que mesmo um homem bem mais perspicaz do que Antef, em sua atual situação, ter-se-ia equivocado.

Chegou afinal o tão desejado dia. Tutmés, aparentando mais alegria do que nunca, ofereceu à desposada um valioso bracelete e ao noivo uma preciosa espada, e presidiu, ele próprio, ao festim. O vinho foi servido à farta, animando, de instante a instante, a alegria dos convivas. Antef, particularmente, estava em embriaguez quase total, porque Neftis achara meio de derramar no vinho algumas gotas do elixir encantado. Quando terminou o banquete, ninguém fez reparo na desaparição de Tutmés.

Enquanto prosseguiam os risos e festejos, por isso que eram os noivos acompanhados à residência nupcial, o príncipe, envolto num manto escuro, deslizava para fora do palácio e chegava, sem embaraços, a sombria ruela, onde Hartatef o aguardava, com dois muares e uma vestimenta de escriba, para disfarce. Vertiginosamente, Tutmés despiu as ricas vestes e as substituiu pela simples túnica, enfiando na cabeça a enorme peruca, e montou no animal. As roupas que despiu foram amarradas e sumidas num fosso cheio de água.

Seguindo a trote curto, os dois homens chegaram às portas da cidade, que transpuseram sem óbices, por isso que sabiam a "palavra de passe". A uma certa distância de Bouto, na habitação de um pastor do templo, trocaram de animais, cavalgando então dois soberbos corcéis sírios, dirigindo-se a galope rumo à capital. Em consequência do copioso festim, com superabundante distribuição de vinhos, o sono foi prolongado no palácio de Bouto, e o dia havia avançado em horas quando Antef saiu do seu apartamento, sentindo-se como que alquebrado, cabeça pesada. Queria, entretanto, procurar o príncipe, para agradecer os favores recebidos. Neftis reteve-o em caminho, felicitando-o e palestrando alegremente com ele. Embora convencida de que seu aliado estava bem distante, e que esse avanço tornava inútil qualquer perseguição eficaz, apesar disso, todo o tempo que retardasse a descoberta da fuga lhe pareceu precioso. À porta da câmara do príncipe, o seu servo, tremente, declarou que Tutmés não havia aparecido durante toda a noite.

A notícia era assaz grave e suficiente para dissipar mesmo o efeito do veneno, e, por isso, subitaneamente desembriagado, com a lividez de um morto, o oficial precipitou-se para o interior do aposento: estava deserto. Depois de haver revistado todo o palácio, Antef correu ao templo, na esperança, frágil embora, de ali reencontrar o prisioneiro; mas, responderam-lhe, com espanto, que o príncipe não fora lá, e ofereceram, sem hesitar, fizesse Antef incursões inclusive no santuário. Com a morte na alma, retornou ao domicílio. Não podia iludir-se: Tutmés fugira. Sem atender às ansiosas perguntas da esposa e de Neftis, atirou-se a uma cadeira, murmurando soturnamente:

— Joguei minha cabeça e perdi.

Um sentimento de piedade para o homem que a amara tão fielmente, e que ela sacrificara a frio egoísmo, constringiu o coração de Neftis. No íntimo, jurou que o faria perdoar por Tutmés, se este subisse ao poder. Aproximando-se, disse, energicamente:

— Em lugar de lamúrias, deves pensar na tua segurança, Antef. Dirige-te ao deserto, ou busca infiltrar-te em alguma caravana, mas protege-te contra a primeira cólera de Hatasu. Semnut é poderoso e pode obter teu perdão; no momento, porém, deves desaparecer, levando quanto possuas em ouro e joias. Não te inquietes por Mentchu, porque eu velarei por ela, e não a abandonarei em caso algum.

Antef compreendeu a oportunidade do conselho, e, após bem tristes despedidas à jovem esposa, saiu da cidade, tendo ficado decidido que Neftis e sua companheira regressariam a Tebas, combinando-se também a maneira de obter notícias a respeito dele. Sem embargo da impaciência de Neftis em abandonar Bouto, foi retida por grave enfermidade de Mentchu, que, esgotada e superexcitada pelo venenoso perfume, atingida em pleno coração pela desgraça do marido, foi presa de violenta febre. Muitas semanas decorreram, antes que recobrasse forças suficientes para empreender a viagem a Tebas.

7
Hatasu sob a ação do feitiço

Serena e calma era a noite. Na sombra azul do céu cintilava tal multidão de estrelas, que semelhava um dossel tecido em fios de prata. Nas ruas desertas e silenciosas de Tebas adormecida uma liteira, carregada por quatro vigorosos homens, dirigia-se celeremente rumo ao templo de Hator, em cuja entrada se detiveram, sob as maciças colunas pintadas, que projetavam sombras profundas. Um vulto feminino, envolto em extenso véu, desceu da liteira, e, seguida de uma preta velha, subiu os degraus e penetrou no templo, no limiar do qual um sacerdote, empunhando archote, recebeu-a respeitoso, iluminando-lhe o caminho. A noturna visitante não suspeitou que um ser humano, oculto na sombra de uma das colunas junto da qual acabava de passar, a observara, com fuzilante olhar, desde quando descera da liteira. Esse alguém, protegido por escuro manto, de capuz, tinha na mão um objeto escondido zelosamente nas dobras da vestimenta, sem desviar os olhos da entrada do templo. Devia ter esperado muito; a impaciência fazia-lhe tremer a mão e arfar o peito, quando, afinal, a luz da tocha reapareceu e projetou débil ralo de claridade avermelhada nas lajes do peristilo e na sombra do talhe esbelto da mulher velada. No instante em que a desconhecida passava rapidamente junto da coluna, o homem escondido à sua sombra fez-se ver e surgiu de modo tão inesperado ante a visitante, que esta recuou involuntariamente, fixando, com surpresa, os contornos indecisos de um semblante iluminado por dois olhos fosforescentes, lembrando os de um felino, sob a proteção do capuz; mas, antes que ela pudesse dar-se conta da situação, sentiu que lhe pegavam a mão, nela depondo um objeto úmido e frio, ao mesmo tempo que um vulto de homem reimergia na penumbra, desaparecendo.

— Que significa isto? — exclamou a mulher, voltando-se e chamando o sacerdote, que se detivera no umbral.

O sacerdote atendeu prestamente, e então Hatasu, porque era ela, viu que tinha na mão uma virente haste de roseira em cuja extremidade vicejava uma flor purpurina, recém-desabrochada, e um botão de rosa prestes a abrir também.

— Quem ousou seguir-te, rainha, e ingressar no recinto sagrado? exclamou por sua vez o sacerdote. Vou dar alarme imediato e fazer apanhar o ímpio.

A rainha fez rápido gesto negativo.

— Detém-te, Setnecht. Proíbo-te fazer ruído por uma futilidade, e perseguir um pobre lunático, que, sem dúvida, me tomou por outra pessoa.

Subiu à liteira, e, a sorrir, respirou várias vezes a flor, cujo perfume forte e acariciador lhe pareceu dos mais deliciosos de quantos houvera conhecido. Afogueada, cabeça pesando, reentrou no palácio, e, chegada aos aposentos, examinou ainda a rosa tão misteriosamente oferecida. Relembrando o devorante olhar que por instantes se fixara sobre ela, não teve dúvidas de que o ofertante se equivocara.

— Homenagem de flores à rainha ou à mulher? — murmurou para si própria.

Desdenhoso sorriso aflorou-lhe aos lábios, ao pensar que ninguém no Egito ousaria erguer os olhos para vê-la simples — mulher —, a ela, a orgulhosa Faraó Hatasu, que, desprezando as fraquezas do sexo, sustentava, audaz, simultaneamente o cetro, a espada e a postiça barba do rei! Sem embargo, respirou a rosa repetidas vezes, dando-a depois a ama, para que a colocasse numa floreira próxima. Em seguida, deitou-se e adormeceu; mas, a respiração perturbada, os estremecimentos nervosos que lhe agitavam o corpo, a inquietude com que se voltava ora para um ora para outro lado do leito, demonstravam que o sono estava bem longe de ser o de repouso. Efetivamente, sonhos, pesados e enervantes quanto o são os pesadelos, povoavam-lhe o cérebro; parecia-lhe ver Tutmés, o jovem irmão e rival, pretendendo estrangulá-la sob uma avalanche de rosas cujo odor sufocante lhe tolhia a respiração. Depois, apercebia-se de que não era mais o exilado de Bouto, e sim um jovem desconhecido que se dobrava sobre ela, trespassando-a com olhar terrivelmente agudo, a ponto de lhe dar a sensação de um dardo atravessando o peito. Afinal, tudo se fundiu, e divisou Naromath, vacilante em esbranquiçada nuvem, estendendo-lhe os braços, na vã tentativa de aproximar-se.

Hatasu despertou tarde, invadida de forte mal-estar, a cabeça pesada e dolorida, faces incendidas, recôndito sofrimento a torturá-la, e a impaciência e cólera durante o serviço da sua "toilette" espantaram e atemorizaram as fâmulas.

No Conselho que presidiu a seguir, ouviu distraída os relatórios dos dignitários, repreendendo severamente pequenas omissões, e, assim, nessa plenitude de irritação, e de indeterminada angústia, regressou aos aposentos. Casualmente, o olhar incidiu na rosa, que ainda permanecia na jarrinha. Pegando a flor, novamente a cheirou, mas o aroma diminuíra sensivelmente, embora as pétalas conservassem pleno frescor. Depois, presa de súbita impaciência, murmurou:

— Estúpida flor! Foi decerto o teu forte odor que me produziu dor de cabeça; mas, creio loucura guardar a dádiva suspeita de um audacioso admirador.

E, com um brusco movimento, atirou a flor pela janela aberta. E a rosa ficou suspensa num tufo espesso de jasmins, enquanto a rainha se recostou inquieta, descontente de tudo e pensando em Naromath.

Depois da refeição da tarde, recebeu uma notícia que lhe dissipou como que por encanto qualquer quimera sentimental: lívido, trêmulo, Semnut veio anunciar-lhe a fuga de Tutmés. Embora fora de si, pela cólera, Hatasu, ante o perigo que ameaçava o seu poderio dominou quaisquer outros sentimentos, para determinar, com calma, enérgicas providências. Muitos dias escoaram em febris atividades, mas Tutmés continuava eclipsado. As medidas de precaução, no entanto, eram de tal ordem, que uma sedição, tentada nesse ambiente, não oferecia qualquer probabilidade de êxito.

Aproximadamente oito dias depois da visita ao templo de Hator, a rainha, exausta moral e fisicamente pelos labores, inquietudes e emoções da semana, refugiara-se para o terraço privativo. E, afastando os serviçais, estendera-se num leito de repouso, afundando-se em silencioso pensar. Era uma vasta balaustrada, ornada em redor de maciços de arbustos odoríferos, plantados em amplas selhas; alguns degraus, ao cimo dos quais vigiavam dois leões de granito, conduziam ao jardim. Duas palmeiras, ao término da escada, projetavam a sombra de seus verdes leques vegetais sobre as lajes de granito róseo, e, por entre os bosquetes, cintilava a superfície lisa de grande tanque. A Lua surgira havia pouco, iluminando com brilhante, mas suave claridade todo o local, pleno de calma profunda e misteriosa. Apenas o coração humano não correspondia à quietude da Natureza. A senhora desse soberbo palácio, desse encantado jardim, estava enceguecida pelas galas que a rodeavam; a grande voz da divindade, que, por suas criações, lhe predicava a calma, a contemplação das perfeições e a das fragilidades humanas, não lhe atingia a alma intumescida pelo orgulho, sombreada pela ambição. Pensamentos amargos e tempestuosos agitavam o espírito de Hatasu; repreendia-se por haver confiado a guarda de Tutmés a estranhas mãos, deixando ensejos aos inimigos, os sacerdotes e os descontentes, de exasperar o coração do adolescente, despertando nele precoces ambições, que servissem para torná-lo dócil instrumento de criminosas intrigas. Não (pensava a rainha), junto de mim deveria eu tê-lo guardado para lhe plasmar a alma juvenil segundo a minha vontade. Onde se ocultava o perigoso fugitivo, que, de um instante para outro, poderia surgir onde menos o esperassem, e arvorar o estandarte da revolta?

Ideias ainda mais penosas, mais mescladas de esperanças e temores, faziam bater com violência o coração de um adolescente, de pequeno talhe, escondido no outro extremo do terraço, entre os maciços artificiais, e cujos olhos flamejantes não se desfixavam do rosto da soberana. O silencioso companheiro de Hatasu era Tutmés, vindo para tentar conseguir algo, sob o efeito do perfume enfeitiçante. Agora, ao pensamento de que o sortilégio não produzisse efeito, gélido suor umedeceu-lhe a fronte, porque, nesse caso, teria arriscado e perdido a liberdade, e quiçá a própria vida. Os sacerdotes, na ignorância do segredo, haviam tachado de insano o projeto de aproximação, e tentado mesmo impedi-lo; mas, pela primeira vez, o jovem abutre mostrava bico e unhas, afirmando imutável a resolução de triunfar com a irmã e obter a liberdade irrestrita, ou morrer imediatamente, pois preferia a morte à existência de prisioneiro ou fugitivo. Um dedicado ao templo lhe havia facilitado a entrada no palácio, indicando-lhe também o terraço onde preferencialmente a rainha costumava fruir as brisas do anoitecer, e por meio do qual poderia igualmente chegar aos apartamentos da soberana.

Tutmés estivera cerca de meia hora oculto entre os arbustos, quando a rainha apareceu no terraço. Depois de agitado andar ao longo do local, estirou-se no leito de repouso. Largo intervalo decorreu, e o jovem não se decidia ainda a dar o passo decisivo. Olhava a irmã, com agitação progressiva; o odor forte e deletério do encantado colar que trazia ao pescoço subia-lhe ao cérebro, intensificando o latejar das têmporas e oprimindo-lhe a respiração; mil suposições sobre o que deveria sobrevir turbilhonavam em sua mente superexcitada... Mas, de súbito lhe veio o pensamento de que, se o perfume enfeitiçante despertasse em Hatasu amor por ele, a rainha poderia desposá-lo; mas, embora tal solução lhe solvesse todas as dificuldades, estranho sentimento comprimiu o coração do adolescente, um fluxo de sangue lhe subiu às faces, e, pela primeira vez, examinou e quis descobrir a mulher nessa irmã, na ambiciosa soberana que sempre olhara apenas sob o aspecto de rival.

O acaso favoreceu-lhe a contemplação, pois a claridade era perfeita e a admirável transparência atmosférica permitia-lhe distinguir cada incrustação do móvel de repouso, as esculturas da pequena mesa de sândalo sobre a qual estavam um copo feito de ouro e um leque de penas brilhantes. E o olhar de Tutmés deslizou desses objetos para fixar ardentemente a mulher imobilizada sobre os coxins de púrpura pontilhada de ouro. Ligeira e ajustada túnica de linho vestia a rainha, amoldando-se ao corpo e fazendo ressaltar as formas esbeltas e elegantes, que ainda não haviam perdido em nada a elasticidade e a graça da primeira juventude. O braço, que lhe despontava da curta manga vigorosamente e se destacava sobre a alvura da vestimenta, era de admirável contorno e terminava por pequenina mão, fina, dedos afilados, parecendo incrível que tal mãozinha, quase infantil, soubesse tão áspera, tão rudemente suster o cetro, dirigir e governar um grande império; a espessa cabeleira, liberta de qualquer penteado ou adorno, espargia-se nos coxins, envolvendo, qual negro véu, seu semblante e perfil de puros e regulares traços. Assim estendida, com o fino nariz, boca severa e enérgica, pálpebras descidas e franjadas de longos cílios recurvados para o alto, parecia sósia de uma estátua.

— Sim, ainda é bastante bela para fazer pulsar um coração — pensou involuntariamente Tutmés. Contudo o aroma enfeitiçante agiria sobre essa natureza, da qual ele conhecia a têmpera? Mudar-lhe-ia o curso dos pensamentos que se agitavam sob aquela fronte pálida, as decisões talvez sinistras pressagiadas nos supercílios subitamente contraídos?

Ao peso desta preocupação e do mal-estar que o enervava, o jovem esqueceu o lugar onde estava, suspirou profundamente, e o brusco movimento que executou, para levar a mão à fronte, fez tilintar os braceletes de encontro aos elos do colar. A esse som metálico, a rainha soergueu-se rápida, seu perscrutador olhar investigou tudo em redor, e, com indizível estupefação, viu pequeno e esbelto corpo de adolescente surgir do fundo do terraço, e avançar para ela, célere e silencioso qual uma sombra. E, antes que pudesse coordenar o pensamento ou emitir um grito, o jovem ajoelhara, abraçando-lhe os joelhos e dizendo em baixa e emocionada voz:

— Não chames alguém, Hatasu; sou eu!

— Tutmés! Insensato! Ousas penetrar aqui? — murmurou a rainha, atônita e recaindo no leito.

— Sim, sou eu; mas não venho na qualidade de rebelde, e sim na de suplicante, que se entrega ao teu arbítrio. Por piedade, mata-me, se a minha vida constitui obstáculo, ou, então, deixa-me viver junto de ti, na condição fraterna de teu súdito, príncipe da tua família; mas não me exiles mais para esse charco onde perco a razão, à força de tédio e desespero; lembra-te de que somos filhos do mesmo pai, não me repilas mais.

Ele se curvou, como que para ler na fisionomia da irmã, e pegando-lhe ambas as mãos a atraiu a si. A rainha não respondeu. Como que invadida por depressão inédita, apoiou-se nos cotovelos. O efeito enervante do veneno perfumado, que respirou então, agiu, aturdindo-a e dificultando-lhe a respiração. Apesar disso, porque o aroma deletério perdesse eficiência ao contato do ar ambiente, ou porque o natural dominador da rainha e o hábito de sofrear sentimentos lhe servissem de preservativo, a verdade é que apenas lhe veio um pensamento de piedade, de indulgência maternal por esse adolescente, que, a despeito de tudo, era seu irmão.

Como se as palavras ouvidas a houvessem invocado, a imagem do pai surgiu ao seu espírito, e então recordou certa noite, no decurso da qual o genitor, pouco antes de morrer, lhe levara ao aposento um franzino meninote, de aproximados 7 anos, e dissera com tristeza:

— Tenho pressentimento de que meu fim está próximo. Promete-me, Hatasu, que, por amor de minha memória, protegerás esta criança, e que esta súplica que te dirijo servirá de escudo ao orfãozinho, quando eu me for.

Agitada, olhos plenos de lágrimas, pousou então as mãos na fronte do pequeno e respondeu:

— Que nefasto espírito te inspira esses tristonhos pensamentos? Viverás, pai querido, para glória de teus povos; mas, se minha promessa te causa alguma alegria, juro-te velar por esta criança.

Depois, erguendo o menino, ela o abraçou, enquanto um sorriso de satisfação iluminava o pálido semblante de Tutmés I. Agora, não era a sombra do velho rei a relembrar tal promessa feita pela filha e sucessora? Esse adolescente era passível de censura por haver a casta sacerdotal feito dele um instrumento de perturbação, destinado a humilhar a orgulhosa independência de espírito da rainha, que lhe desprezava a supremacia? Nesse momento, não lhe oferecia a sorte inopinada ocasião de reparar uma falta que ela própria deplorava alguns minutos antes?

A rainha, suspirando, ergueu-se e desceu o olhar para o semblante infantil de Tutmés, que, ainda ajoelhado, lábios ansiosamente entreabertos, olhos lacrimosos, a olhava, sem lhe compreender o longo silêncio. Novamente, lânguido sentimento de afeição e de pesar, uma necessidade de ternura invadiram-lhe a alma. Inclinando-se, cingiu com as mãos a fronte do adolescente e a beijou.

— Tu vens, súplice, apelando para a memória do nosso divino e glorioso pai. Não foi vã a invocação, e eu te dou o beijo fraternal, porque é mais doce amar do que maltratar. Age agora de modo que jamais tenha de lamentar este momento. Não te dou o trono, porque devo reinar sozinha, mas concedo-te os direitos e honrarias devidos ao meu irmão, e um dia (Hatasu sorriu com tristeza) a coroa que ambicionas te caberá, por direito, pois não tenho herdeiros.[21]

A estas palavras, a esse ósculo tão francamente dado, tumultuoso sentimento de vexame e humilhação turbilhonou a alma jovem, honesta e orgulhosa, de Tutmés; à lembrança do recurso traiçoeiro que empregara para captar uma afeição que não merecia, e da qual os sacerdotes queriam abusar para destruir aquela mulher que lhe dava o beijo fraternal, ardente rubor tingiu-lhe as faces.

---

21 Nota do tradutor: Apesar do muito que nos merece o rutilante Espírito Rochester, esta particularidade esbarra em afirmativa contrária, feita por Arthur Weigall, "antigo inspetor das antiguidades do governo egípcio". À página 108 da sua *História do Egito antigo*, afirma que, pouco depois do matrimônio com Tutmés II, houve Hatasu uma primeira filha, a quem deu o nome de Nefrouré, e mais tarde, depois de animosidade surgida no casal, reconciliado, uma segunda filha, que recebeu o nome de Hatshepsut-Meritrê. Do próprio Tutmés II, segundo dito autor, ficou um filho bastardo, havido com uma criatura sem qualquer hierarquia social.

— Sou um traidor para contigo! (quase gritou, sob o impulso de tais sentimentos e do enervamento que lhe produzira o envenenador aroma). Contudo, ainda teve forças para reter essa confissão, embora elas lhe faltassem para conter as lágrimas que emanaram subitamente dos seus olhos, inundando as mãos da rainha e contra as quais premiu as incendidas faces.

Hatasu, emocionada por esse acesso de desespero, que atribuiu à reação aos temores e apreensões sofridos pelo jovem, levantou-lhe a fronte, enxugou as lágrimas que ainda perolavam o rosto do irmão, e disse, a sorrir:

— Calma-te. O passado está extinto e esquecido, e o futuro Tutmés III não deve ser choramingas. Senta-te nesse tamborete, e conversemos um pouco a respeito da nova existência que vais viver. Tua hierarquia e tua idade descortinam largo e radioso porvir. Frui esse futuro alegremente, mas, dentro dos limites razoáveis, com as despreocupações e prazeres que são apanágio da juventude. Bem depressa virão os cuidados e árduos labores do governo, pois é bem pesada a grande coroa dos soberanos do Nilo. E ainda uma coisa, Tutmés: não escutes, nem acolhas cegamente as insinuações dos sacerdotes. Um futuro rei deve aprender a julgar por si mesmo, e a ler na alma dos homens. Os servidores dos templos ensinaram-te a detestar-me, no grau de inimiga, e agora eles nos separaram, fazendo de ti arma contra a minha vida e autoridade. Para quê? Para que a criança inexperiente, que colocariam no trono, fosse seu escravo, o instrumento do seu poderio, que desejariam elevar acima da vontade real, uma vez que se dizem representantes, mandatários dos deuses que reinam sobre o Universo. Seja! Que o povo assim os considere; no entanto os soberanos do Egito são filhos de Amon-Ra, o sangue do deus lhes circula nas veias, e não necessitam de intermediários entre o Faraó e seu Imortal Pai. Os imensos templos, os suntuosos túmulos que construímos são homenagens aos deuses, monumentos destinados a perpetuar nossos nomes, nossa glória, a grandeza de nossos atos; essas construções gigantescas, na elevação das quais fundimos somas incalculáveis, tomadas à totalidade dos povos vencidos, o clero, insaciável e intrigante, desejaria fazer delas um pedestal, e, autorizando-se com o nome da divindade, colocar-se acima do rei. Nenhum soberano, digno deste título, admitirá isso, porque só um Sol brilha no céu, e a vontade do Faraó deve reger o império.

Animara-se a rainha, à proporção que falara; o desmesurado orgulho que lhe enchia a alma transbordava nos olhos flamejantes, na curva dos lábios, na máscula vibração da voz metálica. Tutmés escutava, violentamente agitado: tal ensoberbecida convicção de pairar acima da Humanidade, tal arrogância real, encontrava eco em sua alma altaneira e ambiciosa, sentindo que Hatasu dizia a verdade, ao afirmar que ele era instrumento nas mãos dos sacerdotes, e, pela primeira vez, surda revolta bramiu-lhe recôndita contra aqueles que sempre lhe repetiam que a eles deveria todo o poderio a alcançar no futuro. Arquitetava ainda uma resposta, conciliante de seus pensamentos com a prudência a guardar, quando a rainha, com a mobilidade habitual do seu espírito, o dispensou de tal, perguntando-lhe, bruscamente:

— De que modo conseguiste fugir? Foi Antef quem te ajudou?

— Não; e sobre a memória de nosso divino pai, juro que Antef é teu servidor fiel; aproveitei a oportunidade festiva do seu casamento para evadir-me.

— Com quem e onde te esconderte aqui? O inquérito apurou que dois servidores do templo, servindo-se da palavra de passe, franquearam uma das portas da fortificação.

— Sim, eu me disfarcei de escriba, e fui ocultado no templo de Amon. Mas, Hatasu, tu não punirás ninguém por isso — balbuciou Tutmés, intimidado pelo trespassante e perquiridor olhar da soberana.

— Tranquiliza-te, não punirei pessoa alguma, pois que já te perdoei. Foram os sacerdotes que te aconselharam também a vir aqui?

— Não, isso foi resolução minha.

Indefinível sorriso perpassou pelos lábios de Hatasu.

— Foste bem inspirado em não seguir conselhos deles, na espreita de momento favorável para atacar-me abertamente. Mas, basta, por hoje. Segue-me, vou dar ordens para tua instalação provisória.

Ergueu-se e levou Tutmés para seus aposentos, onde mandou que a aguardasse. Passando a outra dependência, fez soar três vezes um disco sonoro. Sem demora, foi erguido o reposteiro da porta, e o oficial de serviço apareceu: era Keniamun.

— Transmite ao chefe do palácio ordem de reunir, na sala pequena de recepções, o comandante das guardas, oficiais e funcionários de serviço esta noite, e bem assim meus escribas particulares, e ainda o astrólogo Rameri, a quem incumbi de ler hoje, nas estrelas, a vontade dos Imortais. Apressa-te, porque dentro de meia hora quero estar na sua presença. Caso Semnut não se haja retirado, dize-lhe que venha falar-me imediatamente.

O oficial correu a executar as ordens recebidas, e, antes da premarcada meia hora, uma verdadeira multidão de oficiais, padressacerdotes e funcionários de todas as categorias e idades se acotovelava na designada sala, feericamente iluminada por lâmpadas e archotes. Todos estavam ansiosos, sem nada compreender daquela convocação noturna; porém as conjeturas transformaram-se em absoluto assombro, quando apareceu Hatasu, guiando pela mão o jovem Tutmés. Sabia-se, em Tebas, que o exilado fugira de Bouto, e aguardavam-se acontecimentos terríveis e sangrentos a propósito, e jamais aquela cordialidade absolutamente incompreensível.

A rainha, que vestira sobre o traje branco uma túnica de linho finíssimo e purpurina, cingindo a fronte com diadema de ouro, subiu ao estrado, permanecendo de pé junto do trono. O príncipe ficara no penúltimo degrau. Então, designando-o à assembleia, a rainha declarou que, inspirada por Amon-Ra, se reconciliara com o irmão, concedendo-lhe os direitos e as honrarias devidas ao herdeiro presuntivo do trono. Aclamações, gritos e bênçãos responderam à comunicação, na sua maioria sinceras, porque tal miraculosa reconciliação afastava a inquietante perspectiva da guerra civil. Em seguida, a rainha ordenou que, para o dia seguinte, fossem convocados os conselheiros, os escribas reais dos domínios e os guardiães dos tesouros, para regularização das condições e domicílio do príncipe. O encarregado dos apartamentos recebeu ordem de alojar Tutmés, provisoriamente, e o chefe das guardas a de lhe formar uma pequena escolta de segurança noturna. Depois, Hatasu de todos se despediu bondosamente, e cada um voltou à sua tarefa.

8
O enfeitiçador em Tebas

A notícia da reconciliação da rainha com Tutmés produziu em todo o Egito profunda sensação. Todos os partidários da ordem e da tranquilidade rejubilaram-se sinceramente; os descontentes e ambiciosos calaram, na expectativa de que tal pacificação não seria duradoura. A população de Tebas tomou, no grave acontecimento político, parte muito ativa, não só pelas discussões, mas também pelo que constataram com os olhos, uma vez que a rainha foi ao templo de Amon-Ra, acompanhada de Tutmés, e depois à cidade morta, onde ambos ofereceram sacrifícios sobre o túmulo do genitor. Às duas solenidades, celebradas com excepcionais imponências, assistiram não só os habitantes da capital, mas também as populações circunvizinhas, tendo a soberana recebido aclamações superiores a quantas até então lhe haviam sido tributadas.

Não se extinguira ainda a emoção causada pela reconciliação da família real, quando uma notícia, não menos inesperada, veio excitar a curiosidade de todos: o príncipe Horemseb (dizia-se) viria a Tebas saudar a real parenta e soberana, e apresentar-lhe os preitos de reverência pela sua ascensão ao trono.

A longa ausência do príncipe, seu misterioso e retirado viver haviam gerado muitos comentários estranhos, de modo que, ao anúncio da chegada, a atenção geral se fixou imediatamente no vasto palácio, deserto e silencioso havia muito, do príncipe, próximo da residência do Faraó. Como que por encantamento, a imensa habitação se animara, e, sob as ordens de Hapzefaá, um exército de serviçais trabalhava para limpar e pôr em ordem todas as coisas; numerosos barcos, atestados de objetos preciosos, haviam chegado de Mênfis, e, segundo a grandiosidade dos preparativos, fácil se tornava avaliar que o príncipe desejava "fazer figura" na capital. Causou reparo o fato de haver o intendente do palácio comprado numerosos escravos, em vez de os trazer de onde viera, e a curiosidade em torno da chegada de Horemseb aumentou ainda mais.

Em uma bela tarde, aproximadamente três semanas depois dos sucessos narrados, Neith e Roant estavam reunidas no terraço da casa desta. A esposa do chefe das guardas falava animadamente, acalentando nos braços um tenro filhinho. Adormecida a criança, a jovem mãe retomou com entusiasmo o assunto das últimas novidades concernentes ao príncipe Horemseb. Estava informada, pelo esposo, de que a rainha fixara a apresentação do príncipe para a mesma data da grande recepção das deputações dos povos tributários, que viriam apresentar homenagens à soberana, cerimônia que devia ser das mais suntuárias, de modo que as cogitações de Roant se concentravam na chegada do enfeitiçador e no lugar que ela obteria no séquito real, a fim de colocar-se bem e assim apreciar o desfile do cortejo. Preocupada com o filhinho e com os projetos para a festa, Roant não pareceu reparar no sombrio silêncio de Neith, que, com a cabeça reclinada no encosto da cadeira, olhar perdido para o alto, dir-se-ia que mal a escutava.

— Como podes tomar verdadeiro interesse pela chegada desse homem desconhecido, vaidoso e gasto? Todo o mistério de que se rodeia é forjado apenas para chamar atenção —interrompeu Neith, subitamente, com irritado nervosismo vibrando na voz. — Deixemos esse imbecil Horemseb, e dize-me antes quando Roma regressará de Heliópolis. Quero vê-lo e dizer-lhe que ele, apenas ele, é culpado de tudo, pois, de há muito, estaríamos casados e ditosos, se ele não me houvesse forçado a aceitar esta fatal separação. Agora, não ouso faltar à promessa feita, para a qual invoquei o testemunho de Hator.

Roant olhou para Neith, surpreendida.

— Roma regressará brevemente, e, decerto, não espera ouvir censuras sobre esse velho assunto. Quanto ao príncipe, não compreendo que te irrites contra ele, salvo (e começou a rir) se é pressentimento de te apaixonares por ele, pois, dizem, todas as mulheres escravizam o coração, quando Horemseb as olha com afeto, e não será junto de ti, a mais bela filha de Tebas, que passará indiferente.

Longe de alegrar-se, Neith ia responder com ímpeto, quando a entrada do chefe das guardas interrompeu o diálogo. Chnumhotep, tendo abraçado a esposa e o filho, apertou a mão de Neith, depois desembaraçou-se das armas, e, sentando-se, disse, jovialmente:

— Estavam falando em Horemseb, e tenho o prazer de anunciar a sua chegada. Encontrei o cortejo esplêndido que o acompanhou da barca ao palácio, estando ele, na liteira, impassível e indiferente, semelhando um deus de granito.

— É ele tão formoso, quanto o dizem? — interrogou Roant, curiosa.

— Não sou juiz competente em beleza masculina, mas, apesar disso, parece-me suficientemente sedutor para inspirar temores, a mim e todos os maridos, pais e amantes de Tebas — respondeu Chnumhotep, rindo expansivamente. — Dizem-no terrivelmente perigoso, quanto cruel, e aviso a vós! — seu coração permanece inabordável e frio aos mais divinos atrativos, contentando-se em inspirar paixões.

— Para mim, pode ele ficar gélido qual um morto, porque me interessa muito pouco, além de que o pensamento que me oprime, desde esta manhã, é suficiente preservativo contra frivolidades de amor — disse Neith, em atitude preocupada.

— Que significam estes mistérios? — exclamou Roant, impaciente. — Desde há algumas horas, vejo que tens a morte na alma, sem que digas o motivo de tal, a mim, a tua melhor amiga!

— Sargon foi agraciado — murmurou Neith, com angústia e cólera alterada na voz.

— Sargon comutado! Desde quando? É impossível! — disse Roant, no auge da estupefação.

— Nada é mais verdadeiro, entretanto, e não é ele só que, por imerecida graça, fugirá a uma justa punição — interveio Chnumhotep, dirigindo compassivo e pesaroso olhar a Neith, que fechara os olhos, apoiando a fronte no ombro de Roant.

— Quais os outros?

— Ainda não sei os nomes de todos os que vão ser anistiados, mas, ao cimo da lista, figuram Sargon, Hartatef e Antef.

— O traidor! O sacrílego! — exclamaram ambas, simultaneamente, tiradas dos preocupados pensamentos ante a insólita notícia.

— Apenas compreendo que a rainha indultasse Sargon, mas, a Antef, que traiu!... É principalmente estranho que ela queira ofender os sacerdotes, agraciando um blasfemo, sacrílego, qual o foi Hartatef — concluiu Roant.

— Os milagres não são raros em Tebas, desde há três semanas: foi o próprio Sumo Sacerdote quem impetrou e obteve a comutação de Hartatef — respondeu-lhe o esposo, em tom chocarreiro, divertido com a expressão embasbacada e incrédula do rosto de ambas.

Mas, refeitas do pasmo, assediaram-no para minuciosos pormenores da inusitada novidade, e, porque ele se fizesse rogado, prodigalizaram-lhe delicadas atenções, no intuito de demovê-lo das reservas: Neith, meio refeita do abatimento anterior, adquirira tom de voz rival da de um comandante de tropas; Roant afagou o marido, servindo-lhe vinho e frutas, e depois sentou-se ao seu lado, abanando-o com um leque, para amenizar o calor durante a esperada narrativa. Chnumhotep, após motejar um pouco do zelo e da curiosidade da mulher, disse, retomando a seriedade:

— Tendes razão, porque tudo isso é inverossímil, e, apesar disso, foi tudo combinado simplesmente, ontem à noite, de modo inesperado. Os detalhes que vou dar são exatíssimos e, os a que não assisti, eu os ouvi de Ranseneb, que acompanhava o Sumo Sacerdote. Já sabeis que a conciliação entre a rainha e Tutmés excedeu a todas as expectativas, e não ouso pensar se foi o coração ou apenas a habilidade política que a inspirou. Em qualquer hipótese, porém, a meu ver, a reconciliação neutralizou a influência dos sacerdotes sobre o jovem príncipe, o qual, inebriado de liberdade e prazeres, pensará somente em gozar a vida e recuperar o tempo perdido no exílio. É justo salientar que a rainha o dotou regiamente, apresentando-o herdeiro do trono, e parece prazerosa em cumulá-lo de dádivas e honrarias. A caçada de ontem esteve esplêndida, e a rainha, ela própria, abateu duas gazelas, com aquela espantosa segurança de mãos. Quanto a Tutmés, chegou a irritar-se, e, quando teve ensejo de atingir um leãozinho (de regular tamanho, diga-se), seu entusiasmo e satisfação foram sem limites. Ao regresso, pediu para substituir o oficial condutor da rainha, a fim de lhe narrar em minúcia essa grande proeza, sendo atendido.

— Encontrei, ontem, o séquito, quando eu regressava da casa de Tahoser — interveio Neith —, e fiquei atônita ao ver Tutmés guiando o carro da rainha. Que linda parelha de cavalos! As mantas vermelhas estavam de tal modo bordadas e cheias de pedrarias, que faziam inveja, e eu até lamentei que tão belas preciosidades estivessem emporcalhadas de poeira!

— Sim, Hatasu aprecia a magnificência, mas retornemos à narrativa. Entrou no palácio o bom humor; lá estavam o Sumo Sacerdote de Amon e Ranseneb, para agradecer à rainha uma carga de madeira de sândalo e numerosas ânforas de finas essências que ela enviara em dádiva ao templo. Como era natural, falaram da caçada (e aqui começa o que ouvi do profeta, depois que deixei o palácio), e a rainha elogiou o denodo e a destreza do irmão, a quem doou soberba coleção de armas acumuladas por Tutmés I, por julgar ser ele digno de as possuir. Tutmés expandiu a alegria, e a rainha julgou oportuno, embora a rir, aconselhá-lo a moderar essas expansões; mas, avaliai do constrangimento de todos, quando o imprudente moço declarou que não podia deixar decorrer um dia no qual a rainha espalhava tanto contentamento em torno de si — verdadeira filha de *Ra* — sem lhe impetrar uma graça em favor de alguém, de cuja desventura se gerara a felicidade dele, Tutmés. E pronunciou o nome de Antef. Penoso foi o silêncio que se seguiu, e Semnut, ao que se diz, mostrava no rosto a lividez de um cadáver, ao pensamento de que merecia condenação a trabalhos forçados, por haver recomendado o estúpido sobrinho. A rainha, porém, não pareceu contrariada, e disse:

— Tua rogativa é honrosa, pois convém a um rei não esquecer aqueles que, mesmo involuntariamente, lhe prestam serviços. Vou anistiar Antef, e com isso desejo provar, mais uma vez, a estima e a gratidão que tenho pelo meu zeloso e fiel servidor, Semnut.

Comovidíssimo, sem dúvida, Semnut prosterna-se, e, por entre lágrimas, agradece à soberana, balbuciando depois:

— Ah! rainha, divina benfeitora, se a tua misericórdia perdoa tão grande criminoso, não poderá estender-se a outro culpado, Sargon, também perdido pelo amor, e que se consome longe dos teus olhares vivificantes e da jovem esposa, nos trabalhos forçados dos estaleiros?

— Ranseneb — prosseguiu o narrador — julga (e estou de acordo com ele) que o manhoso Semnut agradou à rainha, proporcionando-lhe tal ensejo para repatriar o seu protegido, tanto assim que, sempre a sorrir, concedeu o indulto, acrescentando desejar fazer daquele incidente oportunidade para mais ampla graça, e autorizava o Sumo Sacerdote e Semnut a organizarem a lista daqueles que poderiam ser anistiados. Foi então que o Sumo Sacerdote pediu por Hartatef, e, ante a natural surpresa da soberana, explicou que Hartatef, homem religioso e honesto, fora levado ao ato sacrílego pela influência de apavorante sortilégio, e que, isto constatado, os deuses perdoavam, e, pela boca de seu servidor, intercediam por ele. Hatasu não fez objeção, e determinou a restituição dos respectivos bens, exceto a parte doada ao templo. Eu soube tudo isso hoje, pela manhã, e foi sem dúvida Semnut quem te comunicou as ocorrências; mas, não te entristeças, Neith, porque dois meses, no mínimo, decorrerão antes da chegada de Sargon, e assim terás tempo de aceitar esse pensamento. Crê, o cumprimento de um dever atrai a bênção dos imortais; eles tudo conduzirão para bom termo.

— Agradeço-te, Chnumhotep, as benévolas palavras, mas, bem difícil se torna ser boa esposa, quando se ama outro homem — respondeu, tristonha, a jovem, e, erguendo-se, terminou: Vou recolher-me, pois estou mal da cabeça e sentindo indisposição geral. Até mais tarde, meus amigos.

— Cuida-te bem, e recorda que depois de amanhã realizar-se-á a cerimônia da apresentação de Horemseb — disse a alegre Roant, acompanhando a amiga e prometendo visitá-la no dia seguinte.

A noite precedente à recepção dos tributários foi meio insone para Tebas. Devendo a cerimônia celebrar-se pela manhã, antes da grande canícula, desde a tarde da véspera um exército de servos e funcionários se encarregou de tudo preparar. Na sala aberta diante da qual devia desfilar o cortejo, foram suspensos tapetes e esteiras, fixadas armações e bandeirolas e erguido o trono.

Nas ruas, os curiosos previdentes se assenhoreavam dos melhores postos, e, muito antes do alvorecer, compactas massas humanas congestionavam as ruas adjacentes ao palácio real; os destacamentos policiais aplicavam empurrões e golpes de bastão para manter a ordem e impedir que o povo invadisse o caminho privativo. E quando enfim o Sol surgiu no levante, redobrou a animação geral. Inicialmente, chegaram as formações de soldados, cantando, empunhando ramos floridos, escalonando-se nos dois imensos pátios, circundados de colunatas, ao término dos quais estava situada a sala aberta: eram tropas de seleção, chamadas "filhos de Tebas" e os "bons filhos reais", brilhantemente equipados e providos de lanças e machadinhas. Em seguida, os assistentes privilegiados começaram a encher os dois recintos, ocupando os lugares que lhes estavam reservados, enquanto, no exterior, já o cortejo dos tributários se organizava, segundo as indicações dos mestres de cerimônias. Finalmente, Chnumhotep, com um destacamento da Guarda Nobre, ocupou os degraus que conduziam à sala aberta, esplendidamente engalanada, e na qual já se reuniam diversos dignitários.

Esta sala, cujo acesso se podia fazer do pátio por uma dezena de degraus, abria, por um lado, para extensa galeria, conduzindo ao interior do palácio, e por ela devia chegar o pessoal da Corte. Os muros estavam literalmente cobertos por tapetes caros e armações de púrpura, e, junto da escadinha, duas longas hastes sustinham, projetadas para a frente, um vasto pano raiado de ouro e vermelho, e, em frente à escada, sobre alto e longo estrado de madeira dourada, as poltronas reais. No centro do estrado, havia um dossel, apoiado em quatro colunatas esmaltadas de cores vivas e terminadas em folhas de palmeira; sobre o friso do baldaquino e ao fundo também esmaltado de rubro, via-se bordada a ouro, a "uraeus" com o disco solar sobre a cabeça. O trono, de ouro maciço, quadrado, quase sem encosto, era ornado em ambos os lados com incrustações de lápis-lazúli representando duas hastes de lótus e de papiro ligadas, emblema simbólico do Alto e Baixo-Egito, unidos sob um cetro único.

No mesmo nível, fora porém do dossel, havia outra cadeira igual, destinada a Tutmés. Tudo estava disposto, os retardatários, apressados, ocupavam seus lugares, os tributários escalavam já o primeiro pátio, quando chegou Horemseb. Sentado em dourada liteira, o príncipe permanecia indiferente e sonhador, não parecendo notar nem os milhares de curiosos olhos que o fixavam, nem o murmúrio admirativo à formosura do seu rosto e ao esplendor do seu séquito.

A entrada do segundo pátio, menor, a liteira parou: Horemseb apeou e avançou, a pé, rumo da tribuna. Nesse instante, inúmeras fanfarras estrepitosas anunciaram a aproximação da corte; cessaram todos os mil ruídos da turba; a multidão ondulou em todos os sentidos, imobilizando-se nos pontos conquistados; todos os olhares convergiram para a galeria, ao fundo da qual se via desenrolar como que imensa fita marchetada de reflexos metálicos, encimada por uma floresta movediça de plumas e de sedas.

À frente do séquito, Hatasu caminhava rapidamente, vestindo traje branco, justo, bordado a ouro na barra, na cintura, nas mangas e gola; fina mantilha vermelha, franjada de ouro e bordados de pedrarias cobria-lhe o busto; um colar de sete voltas, de incalculável preço, ornava-lhe o pescoço; pesados braceletes moviam-se desde os pulsos até quase os cotovelos. Em lugar da dupla coroa, a rainha exibia um penteado de plumas de Angola sobre o qual assentava uma coroa redonda e recortada; de sob as penas, que formavam asas erguidas, saíam os negros cabelos anelados, e, coisa pouco acreditável, tão estranho penteado, difícil de ser exibido na cabeça de mulher de nossos dias, combinava perfeitamente com o rosto regular e fino de Hatasu. A alguns passos de distância, caminhava Tutmés, tendo à cabeça um boné-capacete, ornado na frente de duas "uraeus" de ouro, cujas caudas se enrolavam em espiral, e trazendo na mão uma comprida varinha dourada, com a cabeça de Hator encimando-a. A rainha subiu o estrado a passo firme e sentou-se.

Avistada assim, na sua atitude hierática, fulgurante de joias, na imobilidade serena que a antiga etiqueta do Egito exigia de seus reis, semelhava um ídolo de pedra. Em conjunto, aquela cena, emoldurada de construções imensas e estranhas, espelhando diversas colorações e personalidades humanas, de modo a causar vertigens, constituía um quadro do qual solenidade alguma de nossos tempos poderia dar sequer idéeia aproximada.

Desde quando Tutmés tomou lugar e os porta-abanos e os dignitários se colocaram em redor do trono, um mestre de cerimônias prosternou-se, anunciando que o príncipe Horemseb implorava a graça de saudar Sua Majestade e de depor a seus pés ofertas de boas-vindas. Depois, erguendo-se, estendeu a mão, e os servos do príncipe começaram a galgar os degraus, conduzindo as dádivas, verdadeiramente deslumbrantes, que Horemseb oferecia à sua real parenta. Em seguida, veio ele; mas, olhando-o, expressão de desagrado delineou-se no rosto imóvel da rainha, um sentimento de quase aversão elevou-se no íntimo da alma contra esse jovem, belo, que parecia ter sido criado para inspirar simpatia. Cólera e angústia lutaram por instantes no imo de Hatasu, enquanto as faces brônzeas de Tutmés se cobriam de fugaz palidez e interno desfalecimento fazia-lhe fechar os olhos por momentos.

Sem suspeitar do mal-estar e da hostilidade provocados pela sua presença na alma dos soberanos, Horemseb prosternara-se, beijando o solo; mas, ao erguer-se, deparou com o olhar de Hatasu, frio e acerado qual um dardo, e dura severidade vibrava na voz, quando, em sumárias palavras, agradeceu as ofertas, acrescentando:

— É um pouco tardiamente que vens cumprir os deveres para com o chefe da tua família; o lugar dos príncipes é junto do trono. Por que foges tu do mundo, vivendo uma existência inativa e inútil? Por que te furtas aos deveres de esposo e de pai, não tendo até hoje esposa, nem herdeiro que perpetue a tua raça?

Rubor fugace colorou as faces de Horemseb; contudo, recalcando a raiva que o invadiu, àquela reprimenda pública, inclinou-se profundamente, braços cruzados, e retorquiu respeitoso:

— Divina filha de *Ra*, digna-te de ouvir, sem cólera, a resposta do teu mais humilde e fiel súdito: um voto feito aos imortais impôs-me vida de solitude o isolamento: tu sabes que as promessas feitas aos deuses são invioláveis, e a luta entre o ardente desejo de prosternar-me a teus pés e o temor de perjurar dilacerou minha alma, muito tempo. Um signo visível da divindade afinal me autorizou a deixar o retiro, para refazer e reflorir meu espírito no espetáculo da tua grandeza, impondo-me a condição de reentrar, ao fim de algumas semanas, no meu palácio de Mênfis.

A rainha escutara com visível surpresa a misteriosa explicação. Muitos boatos, estranhos e suspeitos, haviam chegado ao seu conhecimento, relativamente ao enfeitiçador de Mênfis, mas, nenhuma queixa fundamentada, e, por muito anormal que fosse um jovem e belo príncipe ligar-se por voto a viver solitário, uma vez que não praticava o mal contra ninguém, podia-se crê-lo indiferente a tudo.

— Longe de mim a ideia de te fazer perjuro para com os deuses — disse ela.
— Age segundo a tua consciência. Serás bem-vindo à minha Corte durante o tempo em que permaneceres em Tebas. E agora vem sentar-te no teu lugar imediato ao do príncipe meu irmão.

Tão logo Horemseb chegou à cadeira designada, dois dignitários vestidos de túnicas brancas, sobre as quais se envolvia um estofo transparente, igualmente níveo e finamente plissado, aproximaram-se de Hatasu. O primeiro, cujo "claft" era ornado de uma "uraeus", levava na mão direita um saco de ouro e na outra uma ventarola; o segundo uma espécie de pasta ou pequeno saco dourado. Ambos prosternaram-se, e, em palavras pomposas, rogaram permissão, o primeiro, para fazer desfilar o cortejo, o segundo, o da pasta, para apresentar à rainha príncipes tributários da Ásia, vindos para implorar a continuação da paz e a benevolência real. Hatasu baixou o cetro, em sinal de assentimento, e o desfile teve início.

À frente, vieram os príncipes tributários asiáticos, alguns morenos, qual os egípcios, outros de um amarelo pálido, barbados e de pronunciado tipo semítico. Vestiam túnica interior amarela, inteiriça até os tornozelos, formando calções colantes, de mangas justas, por cima da qual os envolviam longos chales franjados, encarnados e azuis; na fronte, faixas estreitas, brancas, caindo para as costas em duas longas pontas. Chegados junto do trono, flectiram os joelhos para o chão, e mãos ao alto, clamaram:

— Glória a ti, rainha do Egito, sol feminino que iluminas o mundo com as tuas claridades, tal qual o disco solar; sê propícia a nós outros, dispensadora de vida e alegria, senhora de milênios, por isso que tua palavra é o destino da Terra; e digna-te de aceitar o tributo que nós, teus mais humílimos escravos, te trazemos, para recrear teus olhos e aumentar teus tesouros.

Após esta arenga, começou um desfile, verdadeiramente interminável, de todas as riquezas da Ásia e da África: pratos de ouro e de prata repletos de lápis-lazúli, ágata, cornalina e de pedrarias diversas, ânforas de todos os tamanhos, cheias de vinhos ou óleos preciosos e odorantes. Algumas dessas ânforas, brancas, terminando em ponta e cercadas de ouro, tamponadas com cabeças de bode ou de vaca, eram transportadas por dois homens, havendo também vasos de ouro, ornados de flores para enfeite de mesa, tecidos, armas e um carro admiravelmente cinzelado e incrustado de esmaltes multicolores.

Depois dos asiáticos, vieram os cuchitas, destacáveis pela tez mais clara, ostentando blusas brancas e cintos vermelhos, casquetes enfeitados de penas, pele de pantera sobre os ombros; negros, de carapinha, com aventais mosqueados de branco e encarnado ou preto, sendo que as negras vestiam longas saias raiadas azuis, rubras ou amarelas, e lenços na cabeça. Estes africanos traziam por tributo arcos e flechas, abanos, plumas e ovos de avestruz, dentes de elefante, andores empilhados de peles de leão e de leopardos, perfumes, ouro e prata, leões e panteras vivos, e até uma girafa. Finalmente, ao término do desfile, vinham gado, símios, plantas raras, estas em amplas caixas de madeira trabalhada e colorida.

Quando o longo desfilar, que se estendeu por mais de duas horas, terminou enfim, a rainha, visivelmente fatigada, erguendo-se, dirigiu breves e benevolentes expressões ao Sumo Sacerdote de Amon, anunciando lhe que remeteria consideráveis presentes ao templo. Em seguida, acompanhada de Tutmés, e do seu séquito, regressou aos aposentos, ao som das fanfarras e sob aclamações frenéticas da multidão. O povo, entusiasmado e discutindo ruidosamente sobre a magnificência da cerimônia, a riqueza dos tributos e preço incalculável dos tesouros que haviam passado sob seus olhares, escoou lentamente, embora cada um estivesse pressuroso de regresso a casa para narrar o deslumbrante espetáculo a quantos impedidos de a ele assistir.

O tempo seguinte decorreu alegre, e foi uma continuidade ininterrupta de festa para a alta sociedade de Tebas: todos desejavam ser agradáveis a Tutmés, infatigável amigo de distrações, e ao mesmo tempo atrair o misterioso solitário de Mênfis, a respeito do qual circulavam tantos estranhos boatos e a quem todos estavam desejosos de conhecer. Horemseb prestava-se de boa vontade, com a melhor graça possível, a essa curiosidade geral, que ele simulava não perceber; com amável simplicidade, aceitava todos os convites, recebia em sua residência com hospitalidade principesca, e tomava parte, sem pestanejar, nos prazeres da juventude álacre, e soube — coisa difícil — granjear o bom conceito dos velhos dignitários e o dos moços estouvados da metrópole.

Quanto às mulheres, estavam fanatizadas por esse belo e ilustre mancebo, sempre amável para todas, embora sem destacar nenhuma em particular. Apenas sobre este aspecto Horemseb não se modificara: seu coração permanecia gélido, e não demonstrava aperceber-se das perigosas paixões que excitava no imo das moças, ardentes quanto o sol do trópico sob cujos raios, haviam nascido. As herdeiras mais ricas e formosas demonstravam-lhe aberta preferência, e ter-lhe-ia bastado pronunciar uma palavra para obter por esposa qualquer das mais orgulhosas; mas, o príncipe, já se disse, sempre amável, permanecia frio a todas as investidas, e tudo foi em vão: mais de uma pretendente prestigiosa viu-se desdenhada, mais de uma aliança, prestes a concluir, foi desfeita.

Assim decorreram mais de três semanas.

Neith não havia comparecido a nenhuma das festas, porque indisposição grave, prolongada por extrema debilidade, retivera-a em casa, onde, por intermédio de Roant, que a visitou assiduamente, se mantivera ao corrente de todos os acontecimentos. Afinal restabelecida, Roant arrancou-lhe a promessa de participar de um grande festim que seu esposo ofereceria em honra do príncipe, e que fora adiado para que ela, Neith, pudesse comparecer.

Aquiesceu, apesar da recôndita tristeza que a assediava; o regresso de Sargon, cada vez mais próximo, oprimia-a qual um pesadelo; esse insuportável obstáculo ia colocar-se entre ela e Roma, e a tal pensamento, o de pertencer ao homem que lhe inspirava piedade tão somente, dava-lhe calafrios. Os tristes pensamentos faziam pálido o fino semblante da jovem egípcia, e velavam de melancolia os seus grandes e aveludados olhos. No entanto, tudo isso não lhe negligenciou o senso da elegância, e preparou-se para a festa com magnificência e gosto que mais realçaram sua maravilhosa formosura. Vestiu comprido e amplo vestido de pano escarlate, bordado na parte inferior com ouro e pedraria fina; cinto trabalhado com incrustações de pérolas e turquesas contornava-lhe o talhe, esbelto e flexível; um colar e braceletes, também de pedrarias preciosas, ornavam-lhe o colo e braços; pequeno "claft", igualmente escarlate, cobria-lhe a cabeça, ornado, na frente, com admirável diadema, dádiva de Hatasu.

Não desejando fazer aparecimento sensacional, Neith foi para a residência de Roant antes do início da festa; mas, estando a amiga atarefada com a "toilette" e as derradeiras providências domésticas, encaminhou-se para um dos terraços, e, estendendo-se numa poltrona, ficou como que em sonho, fruindo a frescura aromática do jardim, sem que pudesse depois avaliar por quanto tempo assim ficara perdida na selva dos pensamentos, até que Roant irrompeu ali.

— Que fazes, Neith, relegada a este terraço, enquanto estou à tua procura por toda parte? Os convivas já se estão reunindo, e Horemseb deve chegar de um momento a outro. Estás lindíssima hoje! — acrescentou, olhando e abraçando a jovem. Até a palidez e esse vinco de tristeza em torno dos lábios têm encantador fascínio. Horemseb será decididamente cego, se permanecer indiferente ao contemplar-te.

Neith fez desdenhoso movimento de ombros.

— Duvido que meus encantos tenham maior império do que os de todas as belas que suspiram e sofrem aos pés do impiedoso encantador, e não o desejo de modo algum. Homem igual a ele, acostumado a agradar a todas as mulheres, deve ser tedioso e revoltante, e (um clarão de orgulho fulgurou em seus olhos) eu recuso atrelar-me ao carro triunfal desse vaidoso, que já arrasta as mais formosas jovens do Egito.

— Neith! Neith! Que linguagem! — exclamou Roant. — Tu serás mais benévola para com as pobres criaturas que perderam o coração, quando o hajas visto. Digo-te que é belo quanto Horus e que seu olhar fulgente envia indestrutível chama ao coração da mulher moça e sem compromissos de amor. Preveni-te, Neith, para que não sucumbas, tu também, à fascinação.

Escarninho sorriso deslizou pelos lábios da jovem, e algo de hostil vibrava em sua voz, quando respondeu:

— Belo quanto Horus, um deus digno de amor! Não sabes tu que se adora um deus, porém jamais se ama um deus? Assim, estou disposta a adorar o divino Horemseb, mas não tenho receio de amá-lo, nunca.

— Neith, imprudente, não provoques esse homem estranho e misterioso: secreta voz diz-me que isso te acarretará...

Roant interrompeu-se, empalidecendo, e abafado grito fugiu-lhe da boca; seu olhar caíra sobre um homem que, braços cruzados, se encostara ao leão de granito que ornava o último degrau da escada do terraço. Angústia e terror comprimiam-lhe o coração. De que modo Horemseb (porque era ele) ali chegara, e desde quando ali estava? Afeito sem dúvida à predileção das súbitas aparições, entrara pela porta particular, enquanto era aguardado cerimoniosamente pela da fachada do prédio. Roant teve o pressentimento de que, se ouvidas houvessem sido as palavras de Neith, teria esta de as pagar bem caro.

À exclamação da amiga, a jovem voltara-se, e, com desagradável surpresa, olhou o homem de pé no terraço. Ela jamais o tinha visto, mas teve a intuição de tratar-se do príncipe, que aparentava indiferença, embora, sob as pálpebras semifechadas, seu olhar acerado e chamejante se dardejasse sobre as duas mulheres, enquanto indefinível sorriso lhe pairava nos lábios, descobrindo, por entre a púrpura cavada, o esmalte impecável dos dentes.

— Ah! príncipe, que susto nos pregaste! Não é justo surpreender-nos assim — disse afinal Roant, dominando a emoção.

— Bem ao contrário, felicito-me por isso, porque é belo espetáculo ver reunidas duas formosas mulheres, sem que suspeitem estarem sendo admiradas — respondeu Horemseb, subindo lestamente os degraus de acesso ao terraço.

Apertou amigavelmente a mão de Roant, e depois, encaminhando-se a Neith, saudou-a respeitoso, com uma expressão de surpresa e ironia no olhar que fixou na audaciosa jovem, que afrontava e desdenhava o seu poder. À aproximação, Neith erguera o busto, alteando desdenhosa a fronte, com a exteriorização de inabordável orgulho plissando-lhe a boca, com os lindos olhos brilhantes, velados de gélida indiferença, como que espelhando de toda a sua personalidade surda revolta e inimizade, sem qualquer disfarce.

— Eu te saúdo, mais bela das tebanas, e sou feliz em fazer enfim o conhecimento da nobre filha de Mena, o glorioso amigo de meu pai — disse Horemseb, não demonstrando reparar na atitude hostil da sua interlocutora. — E deixa-me dizer-te — prosseguiu — que ouvi tuas cruéis e injustas palavras: tu me condenas por faltas que não pratiquei. Não teria eu o mesmo direito, Neith, de recriminar tua beleza, encantos com que os deuses te dotaram? Aos adoradores que suspiram a teus pés podes tu amar, a todos?

Curvou-se para ela, tanto, que seu hálito escaldante soprou a face de Neith, e seu olhar pareceu atravessar a jovem.

— Eu próprio — ajuntou ainda — estou prestes a descer do meu carro de triunfo, para atrelar-me ao teu, a fim de obter um sorriso dessa pequenina boca, que é tão rebelde e tão desdenhosa.

O rosto subitamente purpureado, Neith recuou vivamente. Suave aroma, mas sufocante, ferira-lhe o olfato, oprimindo a respiração; os lábios fremindo nervosamente, a voz parecendo enrouquecida, quando respondeu:

— O deus não deve descer do pedestal em cujo cimo é adorado pela multidão, para se transformar em escravo junto de uma simples mortal. Aliás, seria em vão, pois não tenho sorrisos para te dar, Horemseb, uma vez que sou casada, e meu esposo, Sargon, regressará dentro de algumas semanas. Seu braço é forte, seu punhal bastante agudo, e não permitirá que outro, além dele, se atrele ao carro de triunfo onde lhe está a esposa.

A jovem falara com agitação crescente; começava a compreender que aquele homem, por sua beleza, e por estranha influência que ela experimentava sem poder defini-la, podia exercer fatal domínio sobre corações femininos. Como que movida pelo instinto de conservação, evocara o nome de Sargon, o marido, seu legítimo defensor, para fazer disso um broquel contra o perigoso fascinador. Pálida e emudecida, Roant escutara o diálogo, que para seu imenso alívio foi interrompido por Chnumhotep, acompanhado de duas senhoras da parentela.

A palestra generalizou-se, então, pois passaram a uma grande sala repleta de convidados, onde Horemseb foi logo posto em assédio, enquanto Neith conversava com Keniamun. Mas, este, chamado por um velho dignitário, ausentou-se, e a jovem sentiu-se, sem saber por que, triste e isolada em plena festa, pesada a cabeça, a imagem de Horemseb a persegui-la, com o hálito a queimar-lhe a face, e, atormentada por intenso mal-estar, esquivou-se e desceu ao jardim, onde a aura fresca a reconfortou um pouco. Apesar disso, as pernas tremiam-lhe e respirava com dificuldade, enquanto um peso plúmbeo parecia invadir-lhe os membros.

— Ainda estou enfraquecida da doença; não devia ter vindo — murmurou para si mesma.

Deixando-se cair sobre um banco, à sombra de opulento sicômoro, apoiou a fronte de encontro ao tronco da árvore, e sonhou no seu esvaecimento. A imagem do príncipe perseguia-a; ela, porém, repelia-a com raiva, esforçando-se por pensar em Roma, comparando seu puro e suave olhar com os olhos sombrios de Horemseb, sob o encanto dos quais dir-se-ia oculto algo de cruel e gelado. Leve letargo surpreendera-a durante essas reflexões, e não saberia por quanto tempo durou o sono; mas, despertando em sobressalto, respirou delicioso perfume, fortíssimo embora, que a envolveu como se estivesse no meio de um roseiral. O rosto escaldava e o coração palpitava violentamente. Levando a mão ao peito, sentiu algo de úmido, que retirou com susto; era uma haste de rosa em botão quase a eclodir, presa ao corpinho do vestido...

— Ah! adormeci, e alguém se aproximou para me dar esta rosa. Quanto é desagradável isto! — murmurou ela, arrancando a flor, com repulsa, e atirando-a ao chão. Precipitadamente regressou à grande sala, e sentou-se junto a um grupo de senhoras.

Pouco depois, os escravos trouxeram pequenas mesas e serviram vinho, frutas e bolos, enquanto músicos e dançarinas distraíam os convivas. Horemseb encontrou ensejo de colocar-se na mesa onde estava Neith, e encetou uma conversação da qual não pôde a jovem fugir de tomar parte. Aparentemente alegre e animada, sustentou brilhante palestra, respondendo com espírito e finura de expressão, que excitava risos e admiração do auditório; mas, atento observador teria constatado que o rubor das faces era febril, o brilho dos olhos anormal e que, na voz, lhe passavam por instantes como que lágrimas represadas.

Efetivamente, Neith estava num estranho estado de alma: surda aversão lutava nela contra uma atração apaixonada para o príncipe; tão logo lhe era impossível desviar os olhos do belo semblante, ela se revoltava contra a misteriosa sugestão por ele exercida sobre ela. Então, acreditava ler no sombrio olhar de Horemseb a avidez malvada e cautelosa de um tigre em negaças; o amável sorriso lembrava o ríctus vitorioso e chasqueador de um demônio. E ela se inteiriçava, em apelo ao seu orgulho, e um olhar frio e hostil, uma resposta arrogante e mordaz terminavam os jocosos dizeres, cortando a harmonia, qual dissonância aguda.

Neith regressou a casa seriamente indisposta; o corpo queimava, a cabeça em revoluteios, angústia pungente contorcia-lhe o peito. Enquanto as servas a despiam, desmaiou, e já os raios do Sol douravam o horizonte quando adormeceu alfim, num sono inquieto e agitado. O tempo que se seguiu foi penoso para a jovem senhora, porque experimentava a sensação de estar quebrada, física e moralmente; seu coração estava deserto, não mais parecendo que Roma tivesse ali um lugar; e Sargon havia sido olvidado. Em antítese, a imagem tentadora de Horemseb flutuava incessantemente ante seu espírito, perseguindo-a até nos sonhos. Ela própria, não mais se compreendendo, tomou a resolução de fugir a todo e qualquer encontro com esse homem perigoso, que era sem injustiça chamado enfeitiçador, e, sob pretexto de moléstia, confinou-se em seu palácio, recusou obstinadamente todos os convites. Muitas semanas escoaram-se sem que revisse o príncipe, do qual toda Tebas continuava ocupando-se.

Hatasu veio visitá-la, uma vez, repreendendo-a carinhosamente pela reclusão, que o estado de saúde não justificava de todo, e comunicou que Sargon enfermara seriamente durante a viagem de regresso, tendo sido necessário interná-lo em uma fortaleza do percurso. Estava, porém, fora de perigo, e dentro de seis semanas devia chegar a Tebas.

Em uma tarde, à hora em que agradável frescor substitui o sufocante calor do pleno dia, Neith estava no seu local favorito, no terraço da borda do Nilo, sentada preguiçosamente sobre macia poltrona, com os delicados pezinhos em sandálias brancas apoiados num escabelo: sonhava, desfolhando, distraída, uma flor de lótus que colhera de grande vaso da balaustrada; uma jovem serva, de pé por detrás da cadeira, abanava-a suavemente, enquanto uma segunda, acocorada a curta distância, cantava, acompanhando-se de harpa, uma ária, cadenciada e monótona, embora de extrema doçura. A entrada de uma pretinha, que trazia uma cesta de flores, veio tirar Neith dos quiméricos pensamentos.

— Senhora, um criado ricamente vestido, mas recusando dizer quem o mandava, trouxe isto — disse ela, apresentando soberbas rosas rubras, dispostas com arte no cesto dourado.

Algo surpresa, Neith inclinou-se para as flores, mas, tão logo delicioso e penetrante aroma, já respirado, feriu-lhe o olfato. Fatigada e subitamente esmorecida, recuou, encostando a nuca no espaldar da cadeira; violento ardor corria-lhe nas veias e céleres batimentos assaltaram-lhe o coração, enquanto, de novo, a imagem de Horemseb se desenhou ante ela, atraindo-a invencivelmente. Jamais, qual então, experimentara tão ardente desejo de revê-lo, e viver sem ele parecia-lhe acima de suas forças. Mas, ainda a natureza enérgica, a alma reta e altiva lutaram contra os efeitos do veneno. Passando a mão úmida pela fronte, ergueu-se.

— Sou bem louca, por deixar-me assim dominar por estas humilhantes quimeras! Antes morrer do que amar Horemseb!

E, com um brusco movimento, sem mesmo aperceber-se do motivo que a fazia agir assim, pegou a cesta e atirou-a com violência ao rio. Satisfeita e como que aliviada, debruçou-se na balaustrada; mas, imediatamente, estremeceu e fixou os olhos em elegante barca dourada, cuja proa visava a margem e parecia dirigir-se para a escada do terraço. Na parte fronteira estava sentado Horemseb, de quem ela divisava perfeitamente o rosto e o cintilante olhar voltado para o ponto onde desaparecera a corbelha, deixando esparsas as rosas, que balouçavam coquetes no dorso das águas. Pareceu a Neith que expressão de raiva e de incrível perversidade desfigurava a fisionomia do príncipe; mas, rápido, ele se curvou, apanhando uma das flores, e, de pé, exclamou, erguendo a mão:

— Salve a ti, nobre Neith! Os deuses hoje favoreceram-me duplamente: enviam-me uma dádiva de tuas mãos, e me permitem avistar-te de boa saúde. Autorizas-me a chegar junto de ti por alguns instantes? Tenho algumas palavras que te dizer.

Coração fechado, ela inclinou a cabeça, fazendo com a mão sinal de assentimento, visto que não tinha razão plausível para repelir tão simples solicitação, feita por um príncipe aparentado de Hatasu. Enquanto ordenava aos escravos trouxessem uma cadeira e servissem refrigerantes, a barca chegara, e Horemseb lestamente subira a escada. Sem dar atenção à atitude glacial e cerimoniosa com que estava sendo recebido, o príncipe sentou-se, aceitou um copo de vinho, e, após algumas expressões sem importância, disse, a sorrir:

— Vim certificar-me se verdadeiramente está enferma, segundo se diz, a mais bela mulher de Tebas, pois que não a revi depois da festa do nobre Chnumhotep. Mas —acrescentou com ligeiro suspiro — minha permanência aqui chegou ao termo, pois retorno à solitude de Mênfis, para sempre sem dúvida; e, antes de nos separarmos, quero reunir ainda uma vez, em minha casa, os amigos de Tebas, que tanta benevolência me demonstraram. Assim, venho solicitar a honra de te ver também, nobre Neith, embelezar minha festa com a tua presença. Recusarás este favor àquele que parte, sem intenção de voltar?

Inclinando-se para ela, fundiu, nos olhos perturbados e inocentes da jovem, um olhar acariciador e cheio de súplicas.

"Ele vai embora! Louvados sejam os deuses" — disse Neith a si mesma, respirando mais desafogadamente.

Mas, apesar desse pensamento de alívio, dor aguda, pungente, atravessou-lhe o coração, e, à ideia de não mais rever Horemseb, como que um véu de luto pareceu cobrir o porvir da sua vida. Partilhando sentimentos assim tão contraditórios, baixou a cabeça, e respondeu em tom inseguro:

— Agradeço a honra que me fazes com este convite, príncipe Horemseb, e esforçar-me-ei por assistir à tua festa, se minha amiga Roant a ela igualmente comparecer.

— A formosa esposa de Chnumhotep não deixará de ir a uma festa que a nossa gloriosa rainha prestigiará com a sua presença. Assim, nada pode impedir teu comparecimento, nobre Neith, além da tua própria vontade — respondeu Horemseb, fixando com olhar de cruel satisfação a fronte inclinada da jovem que balbuciara uma promessa.

Instantes depois, ergueu-se e fez suas despedidas, deixando Neith como que sob o peso de uma opressão. E, quando o barco do príncipe desapareceu, apertou a fronte escaldante, murmurando:

— Devo e quero olvidá-lo!

A festa de adeus com a qual Horemseb se despedia de Tebas primava por inigualável magnificência. Todas as personagens de distinção, da cidade e da Corte, ali estavam reunidas em assembleia. A rainha não faltou; mas, acometida de renitente cefaléia, que a assaltava periodicamente de certo tempo, pouco se demorou, deixando para substituí-la o jovem Tutmés, cuja inesgotável jovialidade, vivaz e afável, se mesclara à animação do festim.

Horemseb excedia-se em atenções para com os convidados, mas distinguia a Neith muito particularmente, reencontrando-a sempre no labirinto da multidão, para dizer-lhe palavras amáveis, ofertar flores ou mostrar algum objeto raro e valioso, convidando-a afinal para ligeiro passeio no jardim, que então fora iluminado feericamente, Neith acedeu. Sentia-se contrafeita, cabeça pesada, testa ardente, olhar incendido, meio sufocada com o aroma das flores que o príncipe lhe doara, e por isso esperançou-se de que o ar exterior lhe fizesse bem. Silenciosamente, caminhou ao lado de Horemseb, que parecia não reparar na indisposição, falando alegremente, e que, depois de alguns giros nas iluminadas aleias, retomou o rumo do palácio, mas chegados a um terrapleno, então deserto, o príncipe se deteve, e disse, olhando Neith com atenção:

— O calor parece perturbar-te, nobre Neith. Permite que te ofereça um refrigerante.

— Agradeço-te, e aceito — respondeu, apoiando-se à balaustrada. Em verdade, tenho muita sede, e sinto-me exausta de calor.

— Aguarda-me um momento, aqui: mandarei servir-te.

Horemseb rumou para o interior do palácio; mas, ao decurso de alguns minutos, reapareceu, trazendo, ele próprio, um copo, que ofereceu à jovem. Esta bebeu avidamente, porém, no mesmo instante, brusco arrepio a sacudiu, fazendo que o copo lhe resvalasse da mão, e, como que presa de vertigem, cambaleou, olhos fechados, arrimou-se a uma colunata. Horemseb permaneceu imóvel, observando, com escarnecedora satisfação, o estranho estado da sua vítima. Subitamente, Neith se retesou. A púrpura das faces, sucedeu lívido palor, e, olhos desmedidamente dilatados, parecia fixar, com horror execrável, invisível objeto.

— O abismo, o abismo hiante e terrível, lá, a nossos pés — murmurou —, e esse rio de sangue! Oh! Quem são essas mulheres ensanguentadas, com uma chaga aberta no peito e rodeadas de chamas?

Ela recuou, tremente, braços estendidos, parecendo repelir sombras visíveis para ela, e teria caído, se Horemseb não houvesse corrido a ampará-la.

— Torna a ti, Neith! Que visão te atormenta? Que abismo vês a teus pés? — indagou ele, empalidecendo e curvando-se para a jovem, que, prostrada em seus braços, parecia não o ver, nem ouvir.

De súbito, ela ergueu a mão, e, com estranho timbre, pronunciou:

— Renuncia a Moloc, que te encadeou e quer a tua perda, ou melhor, foge, Horemseb, antes que seja demasiado tarde: o abismo escancarado te atrai, as vítimas para ele te impelem!

A voz extinguiu-se-lhe bruscamente, e sua cabeça descaiu pesadamente: estava desmaiada. Cadavérica palidez havia invadido por instantes as faces do príncipe, e seu olhar se fixara nos trêmulos lábios da jovem; mas, dominando tal emoção, ergueu Neith, e monologou:

— Estranha criatura, quem te pôde desvendar meus atos e meus segredos? Razão demais para que me apodere de ti, não hoje, mas logo que possa, e ninguém duvidará de que tu me seguiste. Sim, tu serás minha, bonequinha preciosa e linda, tua forma de alma interessa-me, tuas visões podem servir-me; não te deixarei jamais para o mísero escravo hiteno a quem chamas esposo!

Em sala contígua, encontrou Roant, que buscava a amiga, e que soltou um grito de susto, ao vê-la inanimada.

— A nobre Neith deve estar enferma, porque desmaiou durante pequeno passeio que fizemos no jardim; mas, tranquiliza-te, Roant, vamos fazê-la tornar a si.

Num aposento dos privativos de Horemseb, sem acesso dos convidados, a jovem em pouco reabriu os olhos, embora parecesse presa de extrema debilidade. E em voz baixa, quebrantada, disse desejar ser imediatamente reconduzida para o seu lar.

— Vou mandar vir tua liteira, e a ele eu mesmo te conduzirei — disse o príncipe. É uma honraria que me pertence, na qualidade de dono da casa, e que não cederei a quem quer que seja.

Neith não fez objeção. Muda, olhos fechados, deixou-se erguer por Horemseb, mas, o ligeiro tremor que lhe vibrava pelo corpo, fez que o príncipe compreendesse estava ela na plena consciência dos acontecimentos, foi momento, ele fixou, com olhar meio cruel, meio apaixonado, o fascinante rosto da jovem. Depois, curvando o busto, ciciou ao seu ouvido:

— Tu me amas, bela rebelada, apesar do teu orgulho e resistência. Vou partir, mas voltarei, quando estiveres no fim da dissimulação, e confessarás o sentimento que te liga a mim para toda a vida.

Neith estremeceu, e reabriu os olhos; seu orgulho parecia quebrado, e, encontrando o olhar sombrio e também devorante do príncipe, indizível angústia o seu a refletiu, tal qual o da vítima quando vê erguido contra si o punhal do assassino. Pouco depois, Horemseb a colocava na liteira, onde já se encontrava Roant. Dirigindo derradeiro olhar a Neith, que refechara os olhos, ele se inclinou respeitosamente, e, após algumas expressões de despedida, retornou ao palácio. Sorriso de satisfação enfeitava-lhe as feições, e jamais seus convivas o conheceram mais alegre, animado e brilhante.

9
Frutos da estada de Horemseb em Tebas

Dois dias depois da festa que descrevemos, o príncipe havia, em solene audiência, apresentado despedidas à rainha. Durante a noite que se seguiu a tal encontro com a sua real parenta, o feiticeiro deixou Tebas, sem evidências, e o palácio recaiu, como que por magia, no silêncio e no abandono. O misterioso e sedutor príncipe, centro e ornamento de todas as festas em que o esplendor e os excessos haviam, durante dois meses, ocupado a capital, regressara à solitude de Mênfis, para sepultar-se até o fim de sua vida, segundo dissera aos numerosos amigos. Apesar disso, a estada de Horemseb em Tebas devia deixar após ele um sulco fatal, que parecia justificar os temores supersticiosos do povo de Mênfis que o acusava de "mau-olhado". Seu fascínio sobre as mulheres era evidente, mas, porque jamais distinguisse alguma da "sua sociedade", não se podia, em sã consciência, acusá-lo de haver deliberadamente suscitado paixões. Todavia, muitas moças, pertencentes às principais famílias do Egito, haviam manifestado por ele insano amor, contra o qual nenhuma persuasão dos parentes, nenhuma tentativa de esmaecer tal paixão, recorrendo a matrimônios condizentes, nada conseguia reconduzi-las à razão.

Consumidas por estranha febre, por uma angústia que lhes impedia qualquer repouso, as infortunadas perambulavam noite e dia, possuídas do exclusivo pensamento de rever o príncipe, a custo fosse do que fosse.

Quinze dias não eram decorridos do regresso de Horemseb, e duas jovens caíram enfermas. No delírio de ardente febre, julgavam ver o príncipe, curvado sobre elas, e lhe pediam concedesse-lhes um olhar de amor. E assim sucumbiram, sem recobrar a lucidez. Essas duas prematuras mortes pareceram abrir caminho a uma série de desgraças de pior consequência: a filha de um dos grandes sacerdotes enforcou-se no dormitório; duas sobrinhas de um Conselheiro Real afogaram-se no Nilo; outra novel criatura apunhalou-se; duas Damas de Honor da rainha envenenaram-se no jardim do palácio do próprio Horemseb, onde haviam conseguido penetrar. Os suicídios, a tal época, não eram comuns (tal como ocorre em nosso tempo), de modo que as mortes violentas e voluntárias de tantos jovens seres, o luto inopinado que atingiu nobres famílias,, provocaram profunda agitação na capital e despertaram surda malquerença contra o autor de tantos malefícios. Contudo, ninguém ousava acusar Horemseb, porque — acaso era ele responsável por amores que não encorajara? A própria rainha, cientificando-se desses acontecimentos, sentiu renascer a antipatia que experimentara no momento da apresentação do príncipe, e teve ocasião de afirmar, em voz alta certa vez, que graças eram devidas aos deuses pela jura que ele fizera de exilar-se perpetuamente e solitário no seu palácio de

Mênfis, e que ela esperava jamais fosse esquecida tão solene promessa. Tais expressões, equivalentes ao desfavor real e ao exílio, foram do conhecimento de toda a capital, o que, de algum modo, constituiu uma satisfação aos diversos sentimentos hostis excitados contra o enfeitiçador. Roant também observava, com progressiva inquietação, a mudança operada na personalidade de Neith, as alternativas de febre e de apatia que a devoravam, a irritabilidade nervosa, a estranha misantropia com que ela se esquivava da sociedade e da luz solar, refugiando-se avidamente na obscuridade e no silêncio. A todas as perguntas da amiga, a jovem respondia evasivamente:

— Não é nada, e passará tão logo eu reveja Roma.

Jamais mencionava Horemseb, e, apesar disso, a voz recôndita dizia a Roant que nenhum outro era causa dos sofrimentos de Neith. Revivia repetidamente na memória o fatal momento em que o príncipe surpreendera a confidencial palestra de ambas na festa que o marido oferecera, e, coração confrangido, relembrava o fulgurante e indefinível olhar dirigido à altiva jovem, quando esta, motejadora, declarara desdenhar atrelar-se ao carro triunfal do príncipe. Horemseb teria atirado algum sortilégio a Neith? Por vezes, Roant parecia identificar em Neith os mesmos sintomas verificados em Roma, ao tempo do encantamento por Noferura, e, por isto, escrevia ao irmão, instando para que regressasse sem tardança, esperançosa de que talvez sua presença e seu amor restituíssem o repouso àquela que amava.

Inquieta pelo estranho estado da sua favorita, Hatasu fez Neith ir ao palácio, e tentou, bondosamente, a confissão dos pesares que a afligiam, prometendo satisfazer a tudo quanto desejasse, se humanamente tal fosse possível. Embora sensibilizada e agradecida, no fundo da alma, Neith respondia apenas com lágrimas copiosas, porque seus lábios recusavam confessar a luta, com todas as forças do seu ser, contra o fatal amor por Horemseb; que invencível poder, subjugando-lhe a razão e a vontade, a arrastava para o belo e gélido homem que, divertindo-se, destruía o coração e a vida das mulheres, sem amar nenhuma. Rubor de vergonha subia-lhe ao rosto, lembrando as acerbas e cruéis zombarias de Keniamun e de outros, a propósito do amor ridículo e desdenhado das moças loucas que só puderam encontrar na morte remédio para os seus abrasados corações. Devia confessar que ela também havia sucumbido ao fascínio? Sem dúvida, a poderosa protetora podia anular o seu matrimônio, e ordenar a Horemseb que a desposasse; mas, poderia a rainha mandar também que o príncipe a amasse, a ela, Neith? Cada fibra do seu orgulhoso coração se rebelava ao simples pensamento de tal união imposta pela Faraó, à perspectiva de encontrar o olhar irônico de Horemseb, que lhe predissera a insânia e já zombara da derrota a que fora levada. Não! Mil vezes não! Antes viver com Sargon, a quem dera jura de esposa. Todos esses tumultuosos pensamentos agitaram Neith, enquanto, ajoelhada aos pés de Hatasu, escutava as afetuosas palavras da sua protetora; mas, a vergonha e o orgulho chumbavam seus lábios, e foi com esforço que pôde balbuciar:

— Não posso dizer o que sinto: uma angústia terrível avassala-me, tirando-me sono e repouso; fujo ao dia, ao sol, cujos raios me fazem mal; somente à noite ou na escuridão encontro um pouco de calma.

Desassossegada e aflita, a rainha despediu-a, e, convencida de que algum maléfico "mau-olhado" descera sobre a jovem, encaminhou a esta os melhores médicos de Tebas para tratá-la e repelir o espírito impuro causador do mal. Havia muito, as más notícias que lhe transmitia Roant inquietavam Roma, e ele acelerava quanto possível os assuntos que o retinham em Heliópolis; mas, ao receber a última carta, abandonou tudo e seguiu para Tebas apressadamente. A primeira visita foi para a irmã, a qual, jubilosa por esse retorno, lhe disse dos alarmes que lhe causava o estado de Neith, fazendo-o ciente também das suspeitas de tratar-se de um enfeitiçamento igual ao que a ele fora dado por Noferura, e concluiu:

— Apenas uma particularidade me faz vacilar: Neith não manifesta preferência por ninguém, nenhum nome de homem é pronunciado por ela, e, no entanto, pressinto que algo de funesto se prepara. Quiçá a tua influência a liberte do espírito maléfico que a acorrentou.

— Que a bondade de Hator preserve a desditosa Neith dos sofrimentos que suportei outrora — suspirou o jovem sacerdote. — Em todo caso, vou imediatamente ao seu encontro.

O palácio de Sargon estava deserto e silencioso. Nenhum visitante transpunha aqueles umbrais, porque a jovem proprietária, enferma e misantropa, não recebia ninguém. Apesar disso, os servos não opuseram qualquer dificuldade ao acesso de Roma, pois sabiam que o irmão de Roant era sempre bem recebido. Além disso, por ordem de Hatasu, desde muitos dias, numerosos sacerdotes tinham vindo tratar de Neith, do "mau-olhado", de modo que os serviçais do palácio já estavam afeitos a dar entrada a todos os sacerdotes que se apresentavam ali.

Seguindo a indicação que lhe segredara um velho doméstico de confiança, Roma dirigiu-se para uma sala comunicante com o jardim e preferida por Neith. Erguendo o reposteiro raiado que escondia a porta, ele, com ansioso olhar, esquadrinhou o aposento: meia escuridão dominava. Bem ao fundo, num divã, estava estendida Neith, com semblante de torpor, tendo aos pés, acocorada, a sua velha nutriz, sendo que esta mostrava, no rugado rosto e nos grandes olhos fixados na jovem senhora, a profunda angústia de que se achava possuída. Sem embargo disso, à chegada do moço sacerdote, a serva voltou-se, e, reconhecendo-o, quis erguer-se e falar-lhe, mas um gesto expressivo do recém-vindo indicou-lhe silêncio e retirada do local. Depois, com toda a precaução, aproximou-se do divã e curvou o busto sobre a adormecida. Febril vermelhidão cobria as faces de Neith; custosa e irregular respiração saía de seus lábios entreabertos; bruscos estremecimentos sacudiam-lhe o corpo; suas pequeninas mãos, cruzadas sobre o peito, acusavam nervoso tremor. Pungente pesar invadiu a alma de Roma ante esse sofrimento exteriorizado, e, com fervorosa unção, coração opresso, ergueu uma prece aos imortais.

— Neith! — murmurou ele, pegando-lhe a mão.

A jovem despertou em sobressalto, e, com abafada exclamação, estendeu-lhe os braços. Sentando-se na borda do leito, Roma aconchegou-a ao peito, indagando com ternura:

— Que tens, minha bem-amada? Que mal te consome, e de onde provém a causa de tua transformação? Sê franca, dize-me: que te oprime?

Algumas lágrimas candentes deslizaram pelas faces de Neith, e profunda angústia refletiu-se no olhar, fixado então no querido amigo.

— Roma! Salva-me de mim própria, fica a meu lado, para que eu não role pelo abismo que me atrai; teu puro amor curar-me-á, e expelirá... o outro! — acrescentou em voz mais baixa — porque este é labareda que não aquece, e sim devora, destrói e mata.

"É o regresso de Sargon que ela teme; esse medo consome-lhe a vida" — pensou. Mas, bruscamente resoluto, disse, afagando-lhe as mãos:

— Acalma-te, Neith, repele qualquer apreensão pelo futuro. Sei agora quanto fui culpado por deixar-te sofrer tão longamente. Ainda hoje, irei a Semnut, solicitar-lhe audiência e, amanhã, espero, poderei ajoelhar ante a rainha, dizer-lhe do horror que Sargon te inspira, e implorar que te dê a mim para esposa. Queres assim, Neith? Reencontrarás junto de mim saúde e ventura?

— Sim, sim, és o único que pode ser meu esposo; sob o teu olhar, esmaece a dor que me aniquila; mas, não me deixes — ciciou, oprimindo a fronte no peito do jovem sacerdote, que a observava ansiosamente.

Apesar disso, ele não deixou perceber a inquietude, e, pelo curso da palestra, ou talvez pela oculta influência que sua voz e seu olhar exerciam sobre a enferma, conseguiu atenuar a febril agitação de Neith. A noite era plena quando ele afinal se ergueu.

— É forçoso que nos separemos, minha querida, pois tenho de ver Semnut e apresentar-me ao Grande Sacerdote; mas, amanhã, cedo, voltarei, e combinaremos nossas deliberações, antes de avistar-me com a rainha.

Neith mandara aprestar uma embarcação, e fez questão de acompanhar Roma à base das escadarias das esfinges, e, de pé nos degraus, acompanhou com o olhar o afastamento do seu querido. Depois, regressou tristemente, e, despedindo todos, a aia inclusive, caminhou pelo terraço, abismada na torrente dos seus pensamentos. Muito tempo decorreu assim. O frescor da noite e o profundo silêncio haviam reagido sobre a jovem de modo benéfico. Reaproximando-se da escadaria, apoiou-se na esfinge e contemplou o rio, cuja superfície quietíssima espelhava a Lua no seu primeiro quarto crescente, difundindo suave e misteriosa luz.

— Deus misericordioso — murmurou ela —, libera-me do amor por esse homem fatal. Poderá ele suportar uma comparação com Roma, tão puro, bondoso, afetivo?

Mas, ante seu espírito surgiu vitoriosamente a imagem de Horemseb, de vibrante olhar, motejadora boca, com o encanto estranho e fascinador, que se exalava da sua personalidade, e, subitamente, invencível desejo de revê-lo atravessou-lhe o coração e o cérebro, parecendo que seu sangue se transformava em fogo líquido; serpentes incendidas, movendo-se, picavam-lhe o corpo; dor aguda perfurava-lhe o peito. Com abafado gemido, a sofredora moça premiu a fronte contra o frio granito da esfinge a que se apoiara. Assim absorta, não se apercebeu de que grande barca, de aparência comum e pintada de cor sombria, mas vigorosamente movida por oito robustos remeiros, aproximava-se célere do terraço; e não viu que homem de avantajado talhe, envolto em escuro manto, surgindo de uma cabina situada à popa, depois de olhar para cima, fez sinal para acostar à escadaria. O misterioso viajor era Horemseb. Divisando a alva silhueta da jovem mulher, iluminada pela claridade da Lua e com a fronte escostada ao colosso de pedra, na atitude de recalcado desespero, um sorriso de satisfação irônica fez-se refletir no semblante.

— Estás esmagada, orgulhosa criatura — monologou ele —, e o próprio acaso facilita meus planos e te entrega nas minhas mãos — concluiu, saltando sobre os degraus, que galgou sem ruído.

A dois passos da sua vítima, alheia a tudo, se deteve e desembaraçou do manto, pois sabia que olhado assim, à luz do luar, produzia deslumbrante efeito sobre as que estavam devoradas de amor por ele. Braços cruzados, permaneceu imobilizado, fixando Neith, que tremia nervosamente; uma rosa purpurina que trazia à cintura exalava estonteante fragrância, que terminaria por atingir o olfato da jovem e tirá-la do torpor em que estava imergida. Com experiente olhar, constatara achar-se deserto o terraço. Fosse o aroma enervante, atuando eficientemente, fosse a vibração pesada do olhar, agindo sobre a superexcitação nervosa, Neith voltou-se, e, apercebendo quase junto de si o ser fascinador, cuja imagem obcecava-a noite e dia, recuou, descorada de susto e pavor, e, estendendo ambas as mãos, como que para reprimir um espectro, murmurou:

— Sombra funesta, tem piedade de mim, e cessa de perseguir-me!

Olhos flamejantes, Horemseb inclinou-se e prendeu-lhe a mão. Jamais lhe pareceu tão bela quanto nesse momento de terror e de angústia moral; algo semelhante a um desejo despertava em seu coração seco e álgido.

— Neith, não sou uma sombra e sim realidade viva; sou aquele por quem sonhavas aqui, sem esperança. Não negues o que está revelado em cada traço do teu semblante, confessa que me amas, formosa revoltada! — acrescentou, acompanhando com satisfeito olhar o combate íntimo que se desenhava na fisionomia de Neith, que, meio afastada, forcejava por libertar a mão.

Ainda uma vez, a alma altiva e enérgica da filha de Hatasu rebelou-se contra o fascínio envenenado que a avassalava.

— Não, eu te abomino, criatura sem coração! Maldito seja teu amor, que destila sofrimento! Tu não me verás a teus pés; antes a morte do que tal humilhação! — afirmou ela com a voz convulsa, e, repelindo violentamente o príncipe, tentou, com um movimento rápido, atirar-se ao Nilo; mas, céleres qual o pensamento, dois possantes braços a agarraram e ergueram como se suspendessem uma pluma.

— Criança louca, não é sofrimento que te trouxe, e sim ventura e repouso — segredou ele unindo seus lábios num beijo. — Eu te amo, cioso de cada olhar que se embriaga da tua beleza; no meu palácio de Mênfis, porei a teus pés tudo quanto possuo, e tu viverás unicamente para mim.

Resguardando-a com o seu manto, desceu, correndo, a escadaria, mas não reparou, ao saltar para a barca, que o véu de Neith, preso por uma saliência de degrau, caíra, arrastando com ele a rosa que Horemseb levava à cintura. A perturbada vítima não ofereceu qualquer resistência. Qual pássaro fascinado pelo magnetismo da serpente, ela se deixou arrebatar, oprimida de encontro ao peito do raptor, pois, nesse momento, tê-lo-ia acompanhado num braseiro, tal o poder que exercia sobre ela. O derradeiro esforço de reação que fizera quebrara-lhe as forças; as ondas do perfume entorpecente exaladas de Horemseb queimavam-na e paralisavam-na simultaneamente; os beijos recebidos haviam-na imergido numa embriaguez de felicidade. Mas, tal ventura não era completa.

Pobre Neith! Bem no fundo do coração, inundado de vitoriosa paixão, agitava-se uma agrura vaga, operava-se uma dilaceração interior; a imagem meio velada de Roma, buscando-a desesperado, erguia-se ante ela; cada remada, fendendo o Nilo, levava-a para longe de Tebas, do seu passado, dos seus amigos, rumo de uma felicidade, nova sem dúvida, mas igualmente incógnita. Súbito, Horemseb, que a acomodara a seu lado, sobre uma pilha de almofadas, notou estar sua vítima tremendo e que escaldantes lágrimas caíam sobre a mão que a amparava.

— Tu sofres, pequena rebelde — disse em tom acariciante e aconchegando-a ao peito —, bebe alguns goles de vinho, e isso te reconfortará.

Aproximou-se de um móvel, colocado ao fundo da cabina e que discreta lanterna iluminava parcamente, e, abrindo uma caixeta de ébano, dela retirou diminuta ânfora de vinho, um copo e um pequeno frasco de esmalte azul incrustado. Tendo enchido o copo, derramou neste algumas gotas do frasco, e o deu a Neith. Esta, devorada de sede, esvaziou-o de um trago e, imediatamente, sentiu-se aliviada; delicioso frescor invadiu-lhe o corpo, uma sensação langorosa, calma e fatigada, substituiu a febril agitação. Apoiando a fronte na espádua do príncipe, fechou os olhos, e, bem depressa, profunda e regular respiração demonstrava que adormecera. Horemseb estendeu-a nos coxins, agasalhou-a cuidadosamente, e, sentando-se a seus pés, monologou, satisfeito:

— Eis o que vale mais do que o orgulho e a repugnância, inspiradores da veleidade de me abandonares no meio do caminho. Dorme, bela caprichosa, pois despertarás por detrás dos muros sólidos do meu palácio de Mênfis, e, uma vez lá, não haverá regresso.

Apoiando nas almofadas os cotovelos, contemplou demoradamente a adormecida, que, bafejada de luz, fazia esplender o formoso rosto e a admirável cabeleira desnastrada.

— Em verdade, ela é deslumbrante — murmurou. — Eu a deixarei viver, e espero que Moloc não terá zelos, nem me castigará por isso. Eu lhe sacrificarei as mais belas das minhas escravas, vivas se necessário, mas guardarei Neith para os dias de repouso e júbilo, decorridos os dez longos meses de abnegação que preciso guardar. Ninguém suspeitará onde ela desapareceu, e o príncipe Sargon terá tempo de sobra para procurar a bela esposa!

O sorriso irônico e mau, esboçado nos lábios, pronto desapareceu, substituído por concentrada raiva, à lembrança de que existia alguém conhecedor da força entorpecente e dos efeitos das rosas rubras. Esse espectro era Neftis: ela podia adivinhar onde Neith se perdera, à semelhança de várias outras lindas egípcias antes dela. Suas mãos se fecharam crispadas e os olhos despediram fulgores sinistros.

— Miserável traidora e ladra, onde te escondes de todas as buscas? — rugiu, rangendo os dentes. — Ah! se te apanhar, caro pagarás tua audácia: eu te queimarei viva nas entranhas de Moloc. Eu a encontrarei — pensou depois, mais calmo.

— Mena servir-me-á bem; esse desprezível ser, a quem um pouco de ouro estimulará o zelo, há de buscá-la ativamente, e, encontrada, ele de tudo me informará, como o tem feito com relação a tudo que ocorre em Tebas. Quanto a mim, prefiro viver no meu misterioso palácio, pois só ali me considero verdadeiramente feliz e poderoso. Na Corte, todos são escravos, e, mesmo os ricos e altamente colocados, tornam-se joguetes nas mãos de Hatasu, escravizados, como ela própria, às rigorosas leis. Sem tua ordem, rainha do Egito, não mais pisarei em tua Corte, nem desejaria trocar por teu trono o meu poderio ilimitado; mais do que tu, exerço arbítrio de vida e morte, e quantos de mim se avizinham se prosternam e rastejam no pó; impunemente, Hatasu, me apossei da tua protegida, e reino sobre os corações das mulheres; não conheço outra vontade alheia à minha, e esse poder eu o terei para sempre, porque Moloc me prometeu a vida eterna! — Indefinível sorriso de orgulho contraiu seus vermelhos lábios, e concluiu: — Sim, só eu reino sobre o tempo destruidor de todas as coisas. Oh! Tadar disse a verdade: eu sou bem Osíris encarnado sobre a Terra, uma centelha de *Ra*, bendito entre todos!

Quando o sol nascente despertou a cidade imensa para nova jornada de atividade e de trabalho, o palácio de Sargon foi tomado pela inquietude e estupor, ao se constatar a inexplicável ausência da sua senhora. Acca, a velha ama, encontrando vazio o leito de Neith, acreditou inicialmente que se houvesse dirigido ao jardim, sem a chamar, embora isso jamais ocorrera; mas, depois de percorridos todos os aposentos e interrogados todos os domésticos, sem que resultassem indícios de Neith, foi presa de terror, e perdeu totalmente a serenidade. À chegada de Roma, tudo estava em tumulto, e a velha aia a ele se dirigiu em soluços e lágrimas:

— Nobre mestre, sabes para onde foi a minha senhorazinha, a joia dos meus olhos? A nobre Roant não veio buscá-la ontem à noite? Não a encontramos em parte alguma da casa!

Roma empalideceu.

— Que dizes, mulher? Teria Neith desaparecido? — inquiriu ele, pegando o braço da serva.

— Ignoro, senhor. Ontem, após tua partida, a senhora despediu a todos, e a mim disse: "Vai dormir, Acca, porque ficarei ainda no terraço; eu te chamarei." Adormeci junto do seu leito, e, ao acordar, verifiquei que não se deitara, nem a encontrei em parte alguma. Aconteceu-lhe alguma desgraça, porque aonde iria ela sem mim? — concluiu a velha, chorando desesperadamente.

Fremente de inquietação, o moço sacerdote procedeu minuciosa busca no palácio e nos jardins. Chegado ao terraço, olhou casualmente para a escadaria, divisando então, no último degrau, algo branco, cuja extremidade pendia na água, balançando levemente. Coração constringido por lúgubre pressentimento, desceu a correr, e identificou o véu que Neith usara na véspera, na extremidade do qual estava suspensa uma rosa vermelha. Com dedos amortecidos pela emoção, pegou os dois objetos e os premiu de encontro ao peito: não era tudo quanto restava da sua destruída felicidade? Não havia dúvida: voluntariamente ou por acaso, Neith findara a vida nas águas do rio. O ruidoso desespero de Acca interrompeu o torpor, e, dominando-se com esforço, saiu da enlutada mansão. Subindo ao carro, rumou para a casa de Semnut, a fim de comunicar-lhe o acontecido, que tornava inútil a audiência solicitada na véspera. Aflito e profundamente agitado, Semnut seguiu imediato para a real residência.

Desperta desde o alvorecer, como era de hábito, a rainha regressara de matinal passeio, e almoçava, quando lhe anunciaram que o seu conselheiro pedia ser recebido imediatamente. Ao notar a fisionomia transtornada do fiel servidor, deixou a refeição, erguendo-se inquieta. Informada da provável morte de Neith, recaiu na cadeira como que aniquilada: o imprevisto golpe feriu-lhe de pleno o coração, quebrava o derradeiro laço que a ligava à fugitiva felicidade haurida no amor de Naromath. Com toda a tenacidade, toda a violência própria do seu caráter, amara o jovem hiteno, e, à morte deste, sepultara com ele todas as fraquezas femininas, deixando apenas soberana a ambição no seu peito invulnerável. E, agora, uma incompreensível morte furtava-lhe a filha de Naromath, a sua viva imagem. Decorrido longo silêncio, que Semnut não perturbara por um movimento sequer, Hatasu, enxugando as lágrimas que lhe inundavam o rosto, indagou, em voz embargada:

— Que se sabe das derradeiras horas da inditosa criança? Quem e em que sítio lhe falou pela última vez?

Semnut referiu tudo quanto lhe narrara Roma, e disse da suspeita de que o desgosto provável de renunciar definitivamente ao jovem sacerdote, liberto agora com a morte da esposa, aliado ao temor e à repulsão que lhe inspiravam o retorno de Sargon, dera talvez motivo à resolução mortal de Neith.

— Deuses imortais! Por que não me confessou ela a verdade, quando a interpelei há dias? — exclamou Hatasu. — Afinal — acrescentou com dolorosa amargura — eu mesma estava em culpa, por não lhe haver dito, desde há muito, quem eu sou para ela. Ante o Faraó, guardava a reserva devida à realeza, enquanto à mãe desvendaria todas as dobras da alma.

Constatando a comovente dor da sua soberana, Semnut tentou persuadi-la de que talvez as suposições formuladas fossem infundadas e de que o estado doentio de Neith, tão agravado depois da festa de despedida de Horemseb, degenerasse em momentânea alucinação, em vertigem causadora da queda nas águas do rio. Ao nome do príncipe, súbita suspeita surgiu no espírito da rainha, recordando os numerosos suicídios, ocorridos após a sua partida, de todas essas jovens a quem um fatal amor arrastara à morte. Teria Horemseb lançado a Neith algum sortilégio, e inspirado a ela também esse nefasto sentimento? Mas, de pronto, repeliu tal pensamento, porque nunca ouvira Neith mencionar o enfeitiçador, e evitara ostensivamente encontrá-lo, além de que, se o "mau-olhado" de Horemseb a atingira, difícil seria acusá-lo disso.

Desolada, fundamente aflita, Hatasu sentiu necessidade de ficar a sós. Depois de ordenar a Semnut que fizesse esquadrinhar o Nilo, para achar o corpo de Neith e dar-lhe as honras funerárias, encerrou-se nos seus aposentos, proibindo perturbá-la sob qualquer pretexto.

O fim deplorável e misterioso de Neith produziu em Tebas tanto interesse quanto compaixão, e, apesar de todas as sondagens, o corpo não foi encontrado, admitindo-se, por isso, houvesse sido, pelas correntes fluviais, arrastado para distante.

Roant pranteou sinceramente a amiga; o sombrio desespero de Roma era superior a qualquer descrição. Na família de Pair, o triste acontecimento restabeleceu a concordância tão terrivelmente abalada pela cena escandalosa que ia custando o corte do nariz de Satati e a vida de Mena. Para salvar as aparências, marido e mulher se haviam reconciliado no dia seguinte, mas essa paz factícia encobria mil espinhos ocultos. Entretanto, continham-se e olvidavam o passado; sentiam que a morte de Neith arrebatara-lhes a sua mais segura proteção. A que era dada a Pair e seu sobrinho, em razão de Neith, mas da qual Satati bem sabia o vero motivo, tinha sido o único fio sólido que lhes assegurava a benevolência da rainha. Por múltiplos motivos, nenhum deles chorou por Neith, exceção feita de Keniamun, que, além da sincera simpatia, tinha dívidas, sempre pagas pela generosa amiga, desaparecida antes que ele lhe pudesse confiar suas novas dificuldades. Triste porvir! Que fazer, sem ela? Mas, teria ela realmente perecido? Apesar das aparências, Keniamun duvidara, e resolveu vigiar e perquirir sem trégua quanto à realidade da morte de Neith, consagrando a esse inquérito secreto toda a sutil esperteza e tenacidade de espírito de que era dotado.

TERCEIRA PARTE
NEITH EM PODER DO FEITICEIRO

1
Antigos conhecidos

"As lágrimas da mulher atraem o fogo celeste sobre aqueles que as causarem." – Vedas

"Desgraçado de quem ri dos sofrimentos das mulheres; Deus rirá das suas preces." – Manu

A alguma distância de Tebas, por entre vinhedos e vastos jardins, erguia-se pequena e elegante habitação, escondida dos olhares curiosos por espessa verdura de sicômoros, palmeiras e acácias que a rodeavam. Neste atraente retiro, vivia Neftis, juntamente com Ísis, moça aparentada de Antef, que a ela muito se afeiçoara e que partilhava prazerosamente tal solitude. Neftis, com efeito, vivia muito retirada, evitando, tanto quanto possível, atrair atenção, e recebendo raros visitantes, entre os quais o príncipe Tutmés, o mais frequente, dado pelos maldizentes por seu amante.

Para tornar compreensíveis essa mudança de posição e diversos acontecimentos subsequentes, é mister retroceder de alguns meses e retomar a narrativa desde o dia seguinte ao da fuga de Tutmés da fortaleza de Bouto.

Após a fugida de Antef, Mentchu tombara gravemente enferma, mas seu estado não a salvaguardou da cruel lei egípcia, que estendia a toda a família a punição do culpado, sem atender a idade ou sexo. A esposa do comandante desertor foi assim aprisionada, e bem assim Neftis, que, corroída de remorsos, não a quis abandonar.

Quando veio de Tebas a ordem de cessar procedimentos e não prosseguir o processo sobre a fuga de Tutmés, as duas mulheres foram postas em liberdade, o Grande Sacerdote do templo de Ouazit se interessou pela sorte de ambas, e, quando afinal Mentchu se restabeleceu, facilitada lhe foi a volta a Tebas, sob a proteção de um velho sacerdote. Antes do regresso, tiveram uma entrevista secreta com Antef, que, não procurado, nem perseguido, apesar disso não se animava a aparecer abertamente, por omitir o rescrito real qualquer disposição especial a seu respeito. Enquanto isso, a reconciliação de Hatasu com Tutmés propiciava aos três nova esperança, e, a conselho de Neftis, Antef decidiu ocultar-se na casa do velho parente, que vivia solitário num prédio isolado, e ali aguardar o momento favorável para obter da rainha graça completa.

Com terror natural, Neftis soube, logo à chegada, que Horemseb estava na capital, e uma casualidade a informou, alguns dias depois, de que Hapzefaá, o homem da confiança, fazia secretas e ativas diligências para reencontrá-la. Estaria perdida, se descoberta, sem sombra de dúvida para ela, e, temerosa, pensou, sem detença, em colocar-se imediatamente sob a salvaguarda do seu poderoso cúmplice, ao qual mandou suplicar, em expressões compreensíveis apenas por ele, mencionando seu regresso e solicitando uma entrevista secreta para fazê-lo ciente do perigo que a ambos ameaçava.

Tutmés, reconhecido e generoso por índole, e também desejando, tanto quanto Neftis, não fosse divulgado o segredo do perfume enfeitiçador que de tanto lhe servira, foi ocultamente à casa de Mentchu, e, assegurando a Neftis guardar inalterável lembrança do quanto Antef por ele fizera durante o exílio, prometeu aproveitaria o primeiro ensejo favorável para obter mercê da rainha.

Em novo encontro com Neftis, fez-lhe doação da bela casa de campo, situada não distante da capital, e bem assim de vultosa soma que tornava a jovem mulher independente e rica, circunstância que à própria Mentchu deu a ideia de que ela fosse amante do príncipe.

Sem citar o nome de Horemseb, Neftis explicou a Tutmés haver adquirido o segredo do perfume-feitiço durante a sua misteriosa desaparição, que durara um ano, e que indispensável lhe era permanecer oculta por certo período, sob pena de ser tudo descoberto. Implorou, pois, que a ajudasse a conservar-se assim escondida, coisa bem difícil depois que perdera o seguro asilo proporcionado pela fortaleza de Bouto. Apesar de todas essas reticências, Tutmés, dotado de sutileza e penetração bem acima da sua idade, compreendeu imediatamente que o primitivo e misterioso possuidor do perfume-feitiço devia ser o príncipe Horemseb, que tirava do odor encantado o domínio extraordinário que exercia sobre as mulheres e do qual tagarelava toda a cidade.

Longe de conceder qualquer gravidade à sua conclusão, o inconstante e negligente moço nela encontrou motivo para rir intimamente, e, durante alguns dias, o pensamento de que somente ele conhecia a verdade sobre os acontecimentos de Tebas divertiu-o imensamente. Depois, esqueceu o episódio, no turbilhão de todos os prazeres dos quais parecia insaciável. Com efeito, após a reconciliação com Hatasu, o jovem príncipe sentia-se feliz e só cogitava de ressarcir-se do tédio que o consumira durante o exílio. A rainha não lhe embaraçava os gostos e lhe proporcionara recursos para divertir-se regiamente, tratando-o com inalterável bondade. Invencível, mas estranho e por vezes molesto afeto a impelia para esse irmão, do qual observava, com interesse, o rápido desenvolvimento físico e intelectual.

A rainha possuía muita perspicácia para deixar de perceber nele uma alma parenta da sua própria, e o esboço de um grande rei, cujo espírito instável parecia talhado com mil facetas, e não raro, na intimidade, divertia-se, pedindo-lhe opinião sobre vários assuntos políticos, administrativos e privados, verificando sempre que as respostas de Tutmés denotavam segurança de vistas admirável, astúcia cautelosa algumas vezes, crueza mascarada de displicente generosidade, que assombravam a rainha. Sua argúcia fazia-lhe compreender que essa brilhante personalidade, dotada de tão rara destreza de espírito, de sedutor encanto e de natural eloquência, própria para dominar e encher de entusiasmo as turbas, constituía para ela perigoso rival.

Por isso, recusou sempre aquiescer a um único desejo do príncipe: ser enviado à frente de uma frota, a longínqua expedição, por isso que considerava imprudência concentrar as vistas e a admiração do povo sobre um jovem herói, regressando vitorioso e trazendo copiosos despojos.

Ela conhecia o povo egípcio, sua vaidade e avidez de riquezas fáceis, obtidas pelas conquistas, e tal auréola de triunfador considerava supérfluo e arriscado dá-la a Tutmés. Além disso, havia razões de ordem política: Hatasu detestava a guerra. Favorita do genitor, acompanhara Tutmés I na sua campanha longínqua às bordas do Eufrates, e, meio inacessível embora a qualquer sensibilidade exagerada, as cenas de morte e de carnagem que testemunhara causaram-lhe funda impressão na alma, que mal saíra da infância.

E o amor que lhe inspirara Naromath reforçou ainda mais esse sentimento de repulsa íntima pela guerra e suas consequências, pois viu morrer miseravelmente, degradado e prisioneiro, o homem querido, sobre cuja fronte ela quisera colocar todas as coroas; impotente, assistira ao saque, à pilhagem das cidades, à destruição do povo, à morte ou escravidão de tudo quanto fora caro ao coração do belo hiteno. Por isso, ela, ao assumir o poder, evitara a guerra, tanto quanto possível, pois desejava um reinado pacífico, cogitando de melhorar a situação do povo, com a proteção à agricultura e às artes; pondo fim às murmurações dos sacerdotes, com a restauração dos numerosos templos danificados pelos Hyksos, afagando a vaidade dos egípcios com expedições brilhantes, pacíficas, a outras regiões.

Com esse intuito, preparava, demoradamente e com especial cuidado, uma flotilha que devia rumar a Pouna, conduzindo, além dos guerreiros e dignitários, uma comissão de sábios e artistas. Aliás, as inclinações bélicas de Tutmés visavam, no momento, mais uma distração apenas; ele, repitamo-lo, considerava-se inteiramente ditoso: herdeiro do trono, cumulado de honrarias, tendo à sua disposição o ouro e os prazeres que almejasse; até mesmo sua vaidade de adolescente estava satisfeita, porque a rainha o fazia seu representante em várias cerimônias, proporcionando-lhe assim ser posto em destaque, sem os ônus dos serviços do Estado. Com profundo desgosto, embora secreto, os sacerdotes e os descontentes na alta nobreza compreenderam que a enérgica e astuciosa soberana havia habilmente arrancado a eles a poderosa arma que pensavam empregar por alavanca na derrubada de Hatasu. Por enquanto, deviam curvar a cerviz sob a potente mão da Faraó, e aguardar pacientemente que a idade e a saturação dos prazeres lhes reconduzisse a alma do príncipe, para então nele reacenderem o fogo da ambição e da avidez de mando.

A estranha formosura de Neftis havia, desde o início, agradado muito a Tutmés; mas, apesar do devotamento de que ela lhe dera provas, não encorajara assiduidades: dir-se-ia que secreto pesar atormentava-a, sempre sombria, gélida, misantropa, vivendo num mundo interior. O volúvel jovem nenhum esforço fez para aliviar a misteriosa melancolia de Neftis, e voltou as atenções para Ísis, a partícipe da solidão daquela.

Ísis, parenta de Antef, era, além de órfã, malquista da família, por motivos dos quais não lhe cabia culpa alguma. O pai, distinto oficial e irmão da mãe de Antef, noivara com uma parenta, mas, havendo trazido da guerra uma jovem prisioneira de rara formosura, rompeu os antigos compromissos, e desposou aquela a quem todos passaram, desde então, a chamar uma escrava. Toda a parentela voltou costas, com desprezo, ao "imbecil que elevara às honras de esposa uma criatura que, sem empecilho qualquer, podia ser sua concubina". Quanto a ela, acusaram-na abertamente de feiticeira e de haver, por meio de algum filtro amoroso, monopolizado o coração do marido.

Em consequência de todas essas cizânias, o militar obteve transferência para Mênfis, onde sua felicidade decorreria sem nuvens, se a morte não lhe houvesse roubado, em tenra idade, a maior parte dos filhos, restando-lhe apenas duas meninas: Senimutis, a primogênita, e Ísis, sete anos mais moça, que haviam herdado a beleza peregrina da genitora, a tez alva, cabelos louros e olhos de azul tão profundo quanto o do céu. Cruel epidemia, que assolou Mênfis, fez órfãs as duas meninas, sendo acolhidas, no grau de filhas, pela viúva de um escrivão da Corte, senhora que, ao completar Senimutis 16 primaveras, a fez noiva de Rui, filho único do seu findo matrimônio, esponsais que não se consumaram em casamento, porque a noiva, dias antes do consórcio, desapareceu inexplicavelmente, e jamais se soube seu paradeiro, e o jovem Rui, voluntariamente ou não, pereceu afogado ao banhar-se no Nilo. A esse desgosto, a pobre mãe, coração cruciado, não resistiu e se finou pouco depois.

Com a morte de sua protetora, Ísis ficou amparada por Antef, nomeado seu tutor, mas, porque Tachot, a irmã deste, e, por esta instigada, Mentchu a olhassem mal, denegrindo-lhe a origem em todas as oportunidades, afeiçoou-se ela a Neftis, e, quando esta se instalou na nova residência, Ísis para ali também foi, constituindo ímã do jovem herdeiro do trono à isolada mansão. À data da retomada da nossa narrativa, Neftis, Ísis e Tutmés encontravam-se reunidos num terraço sombreado por árvores. Afundada na sua poltrona de espaldar, pálida e silenciosa como de hábito, a dona da casa ouviu distraidamente as notícias e histórias de toda espécie que o príncipe narrava, enquanto se servia das frutas que Ísis, descascando-as, oferecia, rindo dos comentários cáusticos com que ele adubava os casos.

— Encontraram afinal o corpo de Neith? — interrogou Neftis, de súbito.

— Não; continua desaparecido, apesar de pescadores e mergulhadores haverem sondado o Nilo desde há seis dias — contestou Tutmés. A rainha, que consagrava grande afeto a essa inditosa moça, prometeu um "talento de Babilônia" a quem a encontrasse, infrutiferamente, até agora.

— Não sabes os detalhes desse triste acontecimento, príncipe? — indagou Ísis.
— Recordo-me de que, certa vez, num passeio, encontramos a nobre Neith, de regresso do palácio real. Estava muito bela, mas parecia entristecida e enferma.
— Sim, estava doente desde alguns meses, motivo que a impediu de assistir à maior parte das festas dadas por Horemseb; mas, a respeito da sua morte, ninguém sabe algo de positivo. Despedindo os familiares, ficou sozinha no terraço, e, pela manhã, viu-se sobre o último degrau da escadaria o seu véu e uma rosa vermelha: escorregou ou voluntariamente se precipitou no rio? Quem o sabe? O temor pelo regresso do marido, que uma vez a apunhalara, tê-la-ia impulsionado ao suicídio? Salvo se, à semelhança de tantas outras apaixonadas pelo enfeitiçador de Mênfis, só conseguiu afogar a sua paixão no Nilo — concluiu Tutmés, com riso sutil.

À menção da rosa rubra, achada com o véu, após a desaparição de Neith, Neftis teve um estremecimento; mas, à alusão final do príncipe, empalideceu e sinistro clarão iluminou seus esverdeados olhos. Quase imediatamente, ergueu-se e desceu ao jardim, deixando Ísis e Tutmés entretidos na palestra, e, em rápidos passos, rumou para um bosquete isolado no término do jardim, onde se deixou cair sobre um banco, escondendo a cabeça entre os braços cruzados. Mil sentimentos tumultuosos oprimiam-na, tornando-lhe quase difícil a respiração. A notícia do desaparecimento de Neith despertara-lhe vaga suspeita, agora transformada em certeza, ante o achado da flor purpurina: a formosa esposa de Sargon não morrera e sim fora raptada, com aquela habilidade demoníaca que jamais deixava traços do crime, e sumida por detrás das sólidas muradas daquele palácio, do qual as vítimas só por milagre podiam regressar. Ela própria, Neftis, não fora tida por afogada nas águas do Nilo? Mas, qual razão levara Horemseb a consumar tão perigoso rapto, em vez de contentar-se com as vítimas vulgares da burguesia ou de secundária nobreza? Ousaria torturar, associar às hórridas orgias, ou destinar a algum terrível fim a favorita da Faraó, uma das principais mulheres do Egito? Acaso Neith lhe havia agradado a ponto de levá-lo a tudo arriscar para possuí-la? Era bastante bela, ilustre bastante para incendiar mesmo o brônzeo coração do fascinador. A este último pensamento, selvagem ciúme desgarrou-lhe o peito, e surdo gemido veio-lhe do íntimo. Nesse instante, braços acariciadores envolveram-lhe os ombros, e a voz de Ísis ciciou, com afetuosa tristeza:

— Neftis, querida, que te falta? Vejo tuas mãos escaldantes e teu rosto com a palidez da morte! Estás enferma? Que secreto desgosto corrói tua existência, o que tenho em suspeita, de há muito, e sem ousar interrogar-te?

— Adivinhaste, com acerto: terrível mistério pesa sobre minha vida. Mas, por que deixaste o príncipe? Tive necessidade de buscar alguns minutos de isolamento.

— Tutmés foi embora — respondeu Ísis. — E tu não podias dizer-me qual o teu pesar? Eu te amo qual a uma querida irmã, e juro fazer-me digna da tua confiança.

Neftis meneou vivamente a cabeça.

— Não; não. Isto que me mata não te posso revelar, embora saiba que me amas sinceramente, e é em retribuição a esse afeto que te vou dar um conselho: se eu morrer ou sumir, não aceites, nunca, rosas vermelhas, de perfume estonteante que oprime a respiração e transforma o corpo num braseiro ardente. Não o esqueças: queima, queima, destrói a flor maldita. És bela, e a fatalidade poderia arrastar-te ao abismo onde perecerias sem remissão.

— Que dizes?! — exclamou Ísis, num grito, empalidecendo. — Que trágica reminiscência acordas na minha memória? Uma rosa rubra, de odor sufocante, fazia as delícias de minha irmã antes da sua incompreensível desaparição. De quem houvera ela tal flor? Ignoro, pois já se passou um lustro depois disso, e eu então contava 9 anos; porém recordo que Rui teve ciúmes, por essa rosa, cujo perfume também aspirava, e muito interrogava minha irmã a respeito da flor. Depois, Senimutis escondeu-a num pequenino saco, que trazia ao pescoço; mas, à noite, eu a vi, mais de uma vez, abrir o saquinho, beijar a rosa, aspirando-a, e chorar. Um dia, enquanto me encontrava em visita a amigas, desapareceu, e não foi encontrada.

Parou de falar, sufocada pelas lágrimas. Depois de algum silêncio, acrescentou, com súbita energia:

— Está morta, sem dúvida, a minha pobre Senimutis, tão boa, tão afetuosa, e a sua perda também ceifou as vidas de Rui e de minha segunda mãe; mas, eu, estou viva, e, se algum dia descobrir que criminosa mão desencadeou sobre nós todas essas desgraças, vingarei as três mortes, mesmo que haja de perecer no desempenho da tarefa. O teu conselho, Neftis, deixa entrever saberes algo a respeito: dize, então, eu te suplico.

— No momento, não sei, nem te posso dizer coisa alguma — respondeu Neftis. Mas, quem sabe? Talvez bem depressa nos aliemos, e satisfarei a tua curiosidade.

Silenciosamente, reentraram em casa, dirigindo-se cada uma para seus aposentos. Por longo tempo Neftis divagou, encolhida numa cadeira, junto da janela, e, pelas rugas que se sucediam na fronte e pelos fulgores que, rápidos, acendiam seus olhos, percebia-se que alguma resolução muito séria estava sazonando no seu espírito. Afinal, endireitou-se e, com ambas as mãos, alisou para as costas os fartos e dourados cabelos.

— Monstro insaciável de sofrimentos e de jovens vidas destruídas, é feitiço ou amor que emudece a minha boca? — monologou ela. Ainda não tive coragem para te trair; mas, toma sentido, Horemseb! Se poupares a vida de Neith e ousares conceder-lhe um raio de teu amor entorpecente, não haverá piedade para contigo: denunciar-te-ei ao ódio de todo o Egito, destruir-te-ei e infligir-te-ei todas as torturas que tu causas aos outros. E a verdade, eu a saberei, introduzindo-me em teu palácio.

Seus olhos verdes cintilavam, e uma dura crueldade contraía os lábios, descobrindo-lhe os dentes alvos e pontiagudos, dando ideia, nesse momento, de uma pantera prestes a saltar sobre a presa. Sobrava razão a Horemseb para procurar com tenacidade, e temer, esse demônio destruidor que lhe conhecia os segredos.

Cabe dizer aqui algumas palavras, com referência a uma personagem da nossa narrativa, e um tanto olvidada nos precedentes últimos capítulos: Hartatef. Agraciado, por intercessão dos sacerdotes, retomara, em Tebas, sua antiga hierarquia, reintegrado que fora nas honras e dignidades, e se instalara no belo palácio que outrora fizera construir para seu lar, recomeçando os antigos hábitos sociais; o tenaz e apaixonado amor por Neith não se extinguira, mas, destituído de qualquer esperança, dissimulava esse sentimento. Compreende-se que o desejo de rever a jovem mulher era dos mais violentos, porém, a indisposição e o viver retirado da cobiçada Neith, além dos imperativos dos seus próprios encargos, ajudavam a criar sempre empecilhos, de modo que somente no ensejo da festa de despedida de Horemseb a tão desejada ocasião se apresentou, enfim. Revendo Neith, tão estranhamente transformada, embora mais bela do que nunca, paixão, raiva e desespero rugiram-lhe no coração.

Observou, à distância, os movimentos da moça, e se colocou à passagem, quando Horemseb a acompanhou à liteira. E porque o ciúme dá multiplicada perspicácia, sob as pálpebras semidescidas do príncipe, Hartatef surpreendeu um olhar que lhe atingiu fundo o coração, qual punhalada, pois, ao ter notícia do desaparecimento de Neith, inafastável desconfiança fez-lhe estabelecer uma relação entre Horemseb e o misterioso acontecimento.

Inspirado pela ciumenta paixão, Hartatef quase adivinhava a realidade; não admitia a morte, e sim o rapto de Neith, consumado pelo enfeitiçador de Mênfis. É certo que nenhum indício direto confirmava tal suposição, por isso que Neith e o príncipe se haviam avistado duas ou três vezes, e Horemseb ausentara-se de Tebas um mês antes da fatídica ocorrência. Assim, atacar abertamente um aparentado da família real, por simples suspeita, era atitude perigosa. Hartatef era demasiado prudente para arriscar, segunda vez, sua situação social numa aventura temerária; mas, a íntima convicção permaneceu inabalável, e resolveu pesquisar, sem alarde, e sondar, a qualquer preço, o mistério do palácio de Mênfis, e, verificada que fosse a presença de Neith ali, denunciar a verdade à rainha.

Com a paciência perseverante que lhe era peculiar, Hartatef iniciou a indagação, sem se aperceber de que, ele mesmo, era o objeto de ativa e oculta vigilância, por parte de Keniamun. Este, não acreditando igualmente na morte de Neith, admitia a probabilidade de haver sido ela raptada pelo antigo adorador, cuja violenta paixão era de todos conhecida, por isso que o considerava capaz de, por vontade ou à força, ter-se apoderado de Neith, e escondido a jovem, sob o impulso de selvagem ciúme e pelo desejo de subtraí-la ao marido. Keniamun, porém, estava bem distante de pensar que a vigilância exercida sobre o rival de Sargon deveria conduzi-lo a outra pista, de diferente gravidade e completamente imprevisível.

Ignorando todos estes acontecimentos, Sargon, coração partilhado pela esperança e pelo receio, estava a caminho de Tebas. Os 24 meses pesadamente escoados desde a sua condenação, haviam modificado muito o príncipe, moral e fisicamente; crescido e magro, seu corpo, meio débil e efeminado, bronzeara ao sol do exílio; severa ruga, gerada de amarguras, dava expressão inteiramente nova à sua fisionomia. Apesar de todas as atenções, que secretas ordens lhe proporcionavam, serviços leves que lhe poupavam desumanos tratamentos e indescritíveis privações infligidas aos outros condenados, mais de uma vez acreditou sucumbiria sob o fardo daquela existência desprovida de tudo quanto lhe era antes habitual; mas, a vontade de sobre-existir, a esperança, enraizada no coração pela promessa de Neith, sustentaram-no, dando-lhe a coragem para esperar que a bondade de Hatasu o retirasse daquele penar.

E a libertação chegara mais depressa do que o previsto, e na correspondência que trouxera o ato de mercê, para ele e outros infortunados, também viera um recado de Semnut, avisando-o de que, por assentimento de Neith, uma barca tripulada por serviçais seus, e aprovisionada de tudo necessário, aguardá-lo-ia num determinado ponto. Como que transfigurado pela alegria e pela esperança, Sargon empreendera imediatamente o regresso; mas, a reação fora demasiado forte, e perigosa enfermidade o colheu, pondo-lhe, durante semanas, a vida em risco.

Os cuidados de idoso sacerdote e a força vital da juventude triunfaram, entretanto, do mal, e, restabelecido, reencetou a viagem. No local pré-indicado por Semnut, encontrou os serviçais e a barca que o aguardavam, e foi com indizível sensação de bem-estar que vestiu as roupas da sua classe, e reentrou no conforto de que fora privado por tanto tempo. Impaciente, ordenara viajar noite e dia, permitindo fazer apenas as indispensáveis paradas, para as provisões de água fresca e alimentos. O avanço era rápido, pois a grande barca, tripulada por doze remadores que se revezavam de duas em duas horas, fazia o menor número de paradas possível.

Estendido sobre almofadas, abrigado em pequena cabina assentada sobre o costado, Sargon devaneava horas inteiras, tentando prever e positivar, na imaginação, como seria o novo primeiro encontro com a esposa, de que modo o receberia, e como combinar o futuro da vida conjugal; a exaltação, que o sustentara no período de desdita, cedera com o término dos sofrimentos; não mais duvidava de que Neith manteria a promessa, feita sob a invocação de Hator, e de que o acolheria no grau de marido, o que decerto estava confirmado pelo envio da barca. Apenas em um ponto não lhe restava ilusão: o impulso generoso da esposa era fruto do remorso e do pesar despertados pela desgraça que o alcançara, mas, esse bom sentimento já tivera tempo de arrefecer, e o mais que podia razoavelmente esperar era ser tolerado. A este pensamento, um fluxo de sangue coloriu as faces emagrecidas do príncipe, e acerba onda de desespero, impotência e orgulho ferido constringiu-lhe e pareceu rasgar o coração. Por vezes, revoltando-se, projetava forçar Neith a partilhar do seu amor; mas, regressando logo a ideias mais sãs, propunha-se conquistá-la pela paciência e pelo afeto, e, então, insensivelmente, sonhos de radioso porvir faziam-no olvidar todas as tempestades do passado.

Anoitecera, quando se avizinhou de Mênfis. Próximo da cidade, uma barca de extremo esplendor, iluminada por farol vermelho e trazendo à proa uma esfinge dourada, com olhos purpurinos, atraiu a atenção de Sargon.

— Nossa gloriosa Faraó Hatasu estará por acaso em Mênfis? — perguntou, voltando-se rapidamente.

Antes, porém, que qualquer dos tripulantes respondesse, a embarcação que parecia voar sobre as águas, apropinquou-se da de Sargon, e este viu, com surpresa, que, sob um dossel de púrpura e ouro, repousava, em coxins, um moço, admiravelmente formoso e faiscante de joias, cujo rosto, impassível qual o de uma estátua, mostrava, vivos, apenas dois grandes olhos negros, coruscantes, de expressão arrogante e sinistra. Esse olhar, plúmbeo e estranho, perpassou com gélida indiferença sobre Sargon, e as duas embarcações distanciaram-se, em seguida, uma da outra.

— Quem será? — interrogou, tentando reprimir a desagradável impressão que lhe produzira o excursionista.

— É o príncipe Horemseb, senhor — disse um dos remadores — e é bem lamentável que o encontrássemos: tem "mau-olhado" e traz desgraça a quem o encontra. Não ria, senhor, pois, o que digo todos o sabem. Talvez o nobre Horemseb conheça quanto seu olhar é funesto; vive muito retirado e sai somente à noite. Quando recentemente esteve em Tebas, todos os infortúnios sobreviveram.

— De que gênero? — indagou o príncipe.

— Mortes de diferentes maneiras. As mulheres são principalmente sujeitas ao "mau-olhado": tomam-se de insensato amor por ele, e depois suicidam-se. Foi o que aconteceu a muitas filhas das mais nobres famílias.

E o remador enumerou os nomes de algumas das vítimas do fascinador. Sem compreender o porquê, súbita angústia invadiu o coração de Sargon: esse estranho homem perturbador estivera em Tebas, e Neith devia tê-lo visto. Resistira ela à fatal influência destruidora de tantas risonhas existências? Tão moça, abandonada a si mesma, ligada a um esposo não amado, ficava bem exposta a sucumbir. Esse pensamento, explodindo no cérebro superexcitado do hiteno, bem depressa tomou proporções de ideia fixa, pois não podia separar a imagem de Neith da figura de Horemseb: raiva e ciúme contra este envolveram-lhe a alma, e lamentou não possuir asas para chegar mais depressa.

O Sol mergulhara no horizonte, quando a barca do exilado chegou ao almejado término. De pé, à proa, sondava, avidamente, com o olhar, a escuridão, até que lobrigou os contornos maciços do seu palácio, a escadaria e os colossos de granito que faziam sentinela à entrada do terraço.

O coração do jovem príncipe latejava tumultuosamente: as lembranças do passado e as apreensões do porvir abalroavam-se. E quando a embarcação acostou, ele, de um salto, atingiu os degraus, antes mesmo da amarração do barco, absorvido por um único pensamento, dominante sobre todos os outros: ver Neith!

Quase a correr, atravessou o deserto terraço, depois câmaras escuras e silenciosas, detendo-se, afinal, surpreso: que significava aquela quietude, aquele abandono em que estava mergulhado todo o edifício? Neith estaria ausente ou enferma? Coração confrangido, recomeçou a andar, orientando-se na treva, sem atinar com o motivo da ausência dos servos que habitualmente populavam o agora deserto palácio. Por fim, saiu num aposento interior, iluminado por archotes, e divisou numerosos escravos que, grupados em torno de uma fonte, palestravam ruidosamente.

— Que significa a negligência que encontrei? — inquiriu, com irritado tom de voz. Conversais, enquanto a casa, deserta, permanece às escuras e à mercê do primeiro invasor, sem que estejam os vigias nos seus postos? Chamem Apopi, imediatamente!

À voz do senhor, os escravos calaram, assustados, ao mesmo tempo que um alentado homem, rechonchudo e musculoso, aparecia na porta do recinto. Crendo ter ouvido o sonoro timbre, da voz de Sargon, e apercebendo-o, prosternou-se, braços cruzados.

— Perdoa-me, senhor, por não te haver preparado recepção digna de ti, pois contávamos com a tua chegada depois de amanhã. Além disso, o luto que domina teu palácio dispersou os servos desolados.

— Explica-te, Apopi, de que luto falas tu? Chorais? — perguntou o príncipe, empalidecendo. Onde está Neith, minha esposa? Nenhum luto deve impedir-vos de servi-la com zelo.

Antes que o intendente pudesse responder, Beki, a velha nutriz, se precipitou no aposento, gemendo lastimosa, vestes rasgadas, cabelos em desordem, cobertos de cinza e lodo. Avançou para Sargon, e, abraçando-lhe os joelhos, exclamou, desesperada:

— Oh! senhor, é em hora de desventura que regressas; aquela que buscas, Neith, a joia do teu coração, o sol deste palácio, morreu!

Grito rouco eclodiu do íntimo do príncipe, que comprimiu a fronte com as mãos crispadas. O golpe fora demasiado rude para o seu depauperado organismo;

cambaleou, e teria caído, não fora a intervenção dos fâmulos, que o ampararam. Sob ordens de Apopi, conduziram-no ao aposento preparado para ele, e, rapidamente, tudo se iluminou e adquiriu movimento e animação. O desacordado foi posto no leito, e Beki prodigalizou-lhe os primeiros socorros, com fricções nas têmporas e nas mãos, entremeando-as com soluços e lamentações. Mais de uma hora assim escoou; Sargon permanecia em decúbito dorsal, mudo, olhos fechados, insensível, aparentemente. Em verdade, porém, não estava desmaiado: a concentração febril de todo o seu ser, fixada sobre um pensamento único, tornava o corpo inerte, e era: "Neith morreu!".

O futuro que sonhara fruir junto dela, e fora seu sustentáculo até então, desmoronava-se entre suas mãos; a realidade, horrenda e imprevista, esmagava, retorcia-lhe a alma em indizível dor física. Pouco a pouco, no entanto, a reflexão fez-se luz no caos do desespero: de que se finara a jovem criatura, plena de juventude, de força e de saúde? Sem que pudesse tal explicar, ao lado da imagem de Neith, que lhe espelhava o porvir, subitamente surgiu a sombra negra do enfeitiçador de Mênfis, o destruidor de mulheres. Como impelido por molas, Sargon ergueu-se, e, pegando o braço da velha, ajoelhada junto do leito e ainda segurando um frasco de essência, perguntou, com febril aflição:

— Quando morreu, como aconteceu tal desgraça? Conta-me tudo.

— Ah! Senhor — soluçou Beki — o mais terrível é ignorarmos de que modo sucumbiu. É verdade que a nobre Neith estava doente desde algum tempo, e que não ia a parte alguma, mas, ninguém previa semelhante desenlace. Exatamente há oito dias, vários médicos, enviados pela Faraó, visitaram a minha senhorazinha; à noite, veio o sacerdote de Hator, Roma, irmão da nobre Roant, e, quando este se retirou, Neith despediu-nos, dizendo querer ficar ainda no terraço, o que ninguém estranhou, pois a noite estava linda e repetidas vezes Neith demorava-se a sonhar à luz da Lua, e ia deitar-se ao amanhecer. De manhã, verificamos, com estranheza, que havia desaparecido. Sobre o último degrau da escadaria apenas o seu véu e uma rosa vermelha. Segundo toda a evidência, caíra ao Nilo, mas, o corpo não foi encontrado, embora vasculhado o rio em todos os sentidos, e prometido, pela nossa gloriosa rainha, um "talento de Babilônia" de prêmio a quem descobrisse os despojos da nobre senhora.

Sargon escutara, pálido e ofegante; às últimas palavras de Beki, saltou do leito, e, agitando os punhos contraídos, bradou, olhos incendidos:

— Ah! tudo confirma as minhas desconfianças; Neith não morreu, está desaparecida, porém saberei onde reavê-la, pelas inspirações do meu coração. Dize, mulher, o príncipe Horemseb vinha muitas vezes aqui? — acrescentou, voltando-se para a nutriz, que o olhava aparvalhada.

— Oh! não, senhor, veio somente uma vez convidar Neith para a festa de despedida antes do seu regresso, e à qual devia comparecer a rainha, que os deuses conservem e cubram de glória! Minha senhorazinha foi, mas a nobre esposa de Chnumhotep a trouxe de volta muito doente: perdeu os sentidos, e não mais se restabeleceu até morrer.

Esta resposta parecia destruir pela base a suspeita do príncipe, mas, este, inabalável na sua convicção íntima, viu em tudo isso uma coisa única: a dificuldade em seguir a pista de Horemseb, pois descobri-lo para desmascaramento implicava quase sacrificar a vida. Em dias subsequentes, Sargon teve uma entrevista com Semnut, depois com a rainha, que o acolheu com a maior benevolência. Falaram sobre Neith, mas não soube outros detalhes além dos que já eram do seu conhecimento; o amor da jovem pelo sacerdote Roma não foi assunto, nem por parte de Semnut, nem por parte de Hatasu. Uma vez tudo terminado, para que acrescer tal chaga no coração do desventurado Sargon, tão cruelmente amargurado?

Repartido entre o desespero e a raiva, excitada pela suposição do rapto de Neith, o príncipe manteve-se alguns dias recluso no palácio, mas, depois, acudiu-lhe o desejo de ver Roant e falar com ela da que lhe fora melhor amiga.

A esposa de Chnumhotep achava-se em companhia do irmão, quando ali chegou Sargon. Mostrando-se bastante compadecida, ela o acolheu muito amigavelmente, no entanto, na alma de Roma, a presença do príncipe desencadeou uma tormenta de sentimentos diferentes. Honesto, puro e generoso até ao imo do ser, o jovem sacerdote experimentava ciúme, piedade e remorso ante aquele homem que, ignorando estar em presença de quem lhe havia roubado o coração da mulher amada, apertava, sem reserva mental, a mão do rival feliz, do causador dos seus sofrimentos. Influenciado por esse misto de vergonha e hostilidade, Roma sentou-se afastado, para não partilhar da conversação, e simulou estar absorvido na leitura de um papiro. A palestra, como era de supor, versou exclusiva sobre Neith.

— Não compreendo coisa alguma do misterioso desgosto que a consumia, do qual me falas, de igual modo que ouvi da rainha e da nutriz — disse afinal Sargon, com sombria expressão. — Ignoro se esse pesar tem qualquer relação com o estranho desaparecimento; mas, de uma coisa estou certo: Neith não morreu, é a voz do coração quem mo diz, a voz que jamais se equivoca; ela foi arrebatada, e eu a descobrirei, pacientemente, alerta, procurando até achar a pista e desmascarar o infame raptor. Apenas quero que me digas, Roant, se veio a Tebas um homem cujo olhar fatal atinge mortalmente o coração das mulheres por ele fixadas, e se Neith privou com esse enfeitiçador.

Como se fosse atingido por um raio, Roma estremeceu violentamente ao ouvir tais palavras, e levou a mão à fronte, de súbito inundada de suor. Recordou-se das expressões de Neith, no derradeiro encontro de ambos: "Salva-me de mim mesma, Roma; teu puro amor expelirá o outro... porque este é labareda que não aquece, mas devora, destrói e assassina!" Tais palavras bem podiam ter alvo além de Sargon. Fora ele tão cego, a ponto de pensar apenas no hiteno? Roant, lívida, dominando-se a custo, respondeu, num gesto negativo:

— Não te entregues a conjeturas sem fundamento algum; Neith mal conheceu Horemseb, e nunca pronunciou o nome do príncipe, que vive em Mênfis, num retiro absoluto, consagrando-se à Ciência, ao estudo; jamais distinguiu ou incitou mulher, porque um voto o prende e força a permanecer liberto.

Sargon riu, seca e estridentemente.

— Todas essas histórias nada provam. Sabes do que se trama por detrás dos muros desse enigmático palácio? Encontrei esse homem, ao passar por Mênfis, e a magnificência extravagante da embarcação e da sua personalidade é mais do que singular para um sábio, consagrado a retiro e estudo. Esse homem semeia o infortúnio e a morte pelo caminho: numerosas vítimas deram disso prova em Tebas; qualquer coisa se abalou em mim, à vista daquela face insolente, como que petrificada no orgulho e no menosprezo pelo Universo. Tal sentimento maligno não era aparentemente sem motivo.

Roant escutara, cada vez mais perturbada; com ansioso olhar, viu o semblante do jovem assírio crispado por selvagem ódio, e disse:

— Guarda-te, Sargon, de atacar Horemseb, baseado em vagas suposições; não esqueças de que esse homem poderoso é membro da família real, e que arriscarás, por segunda vez, vida e liberdade, em vão, provavelmente.

— Sei quanto a fortuna e a posição do vencido e prisioneiro são coisas frágeis, e 24 meses de humilhação e tortura desgostaram-me da vida — respondeu ele, com amargor. — Sem embargo, seguirei teu conselho, Roant, e serei cauteloso, porque não quero morrer antes de vingado.

2
As pesquisas

Já mencionamos que, trabalhado por secreta dúvida, Keniamun espionava ativamente Hartatef, esperançoso de, por essa vigilância, descobrir a generosa amiga, que suspeitava haver sido raptada pelo antigo noivo. Apesar disso, cerca de dois meses eram decorridos desde a desaparição da jovem, sem que houvesse descoberto a menor pista. Começava a perder a coragem, quando, certa manhã, soube que Hartatef havia partido, só, para viagem de fins desconhecidos. A notícia era grave, pois suspeitou que o raptor ia visitar secretamente a sua prisioneira. Era, portanto, necessário surpreendê-lo, no próprio local do delito. E, recordando-se de que uma vez Hanofer, a mulher de Smenkara, lhe prestara serviço, informando-o de segredos de Hartatef, foi visitá-la, e, mediante dádiva condizente, a megera narrou-lhe, sem escrúpulo, que o seu amigo viajara para Mênfis, a fim de ajudar parentes no andamento de complicado assunto de família. Era claro que Hanofer não desconfiava da verdade, e Keniamun bem se absteve de elucidá-la.

"Ah! Miserável" — pensou ele — "arrastaste a tua vítima para tão longe, na esperança de que ninguém ali a procurasse, mas, espera! Se tal ousaste, perderás o disfarce".

Sem perda de tempo, foi a Chnumhotep solicitar uma licença para negócios de família, e, obtida, rumou para Mênfis, onde, chegado, disfarçou-se, instalando-se em local que permitia vigiar a residência de Hartatef. Bem depressa constatou que este saía à noite, sumindo-se por longas horas, e isso com habilidade, já que, por três vezes consecutivas, lhe perdeu as pegadas. Afinal, certa noite, o oficial conseguiu segui-lo.

Em escura ruela, viu Hartatef cobrir a cabeça com enorme cabeleira postiça, envolver-se até ao nariz em seu escuro manto, e dirigir-se, após, ao Nilo, onde pulou para uma pequena embarcação. Temeroso de mais uma vez perder a pista, Keniamun cortou a amarra de pequeno barco de pescador, e, remando vigorosamente, seguiu Hartatef, mantendo sempre a conveniente distância para não ser percebido. Atravessaram assim a cidade, rodearam em seguida o imenso muro que circundava a morada de Horemseb, e, não distante da escadaria das esfinges, Hartatef acostou, escondeu a barquinha nos vimes, depois do que desapareceu na sombra dos arbustos que cresciam ao longo da murada. A centenas de passos de distância, Keniamun também desembarcou, e, andando o mais silente possível, aproximou-se quanto pôde do local onde presumiu devia encontrar-se Hartatef.

Não demorou muito, e, do seu esconderijo, viu a barca maravilhosa sair do respectivo ancoradouro, e nela instalar-se o príncipe para fazer o passeio noturno nas águas do Nilo. Logo que a embarcação se distanciou, apareceu o vulto de Hartatef, encaminhando-se para a escadaria em cujos degraus se percebia vagamente a silhueta de um escravo acocorado. O que ocorreu depois, Keniamun não pôde ver: ouviu o indistinto murmúrio da voz profunda de Hartatef, interrompido bruscamente por grunhidos roucos e ferozes, e, afinal, o sapatear típico de luta corporal. Instantes após, o egípcio pulou por cima de uma das esfinges e correu para o seu barco, à altura do qual deslizara o oficial na intenção de tudo presenciar.

— Chacal! — murmurou Hartatef, desprendendo a corda de amarra. — Apesar de tudo, saberei se escondes Neith por detrás desses muros tão bem sentinelados. Não é em vão que amas a noite e o mistério, animal impuro, feiticeiro maldito!

Ergueu o punho crispado, num gesto de ameaça, e saltou para a embarcação. Keniamun imitou-o sem demora, por isso que, na escadaria, haviam aparecido muitos homens, com archotes, aprestando-se, sem dúvida, para a ronda em torno do muro. Rapidamente atingiu a margem oposta do rio, e, sem açodamento, regressou a casa.

O moço oficial estava aturdido com as palavras que ouvira e derribavam todas as suas suposições: Hartatef não fora o raptor, pois a procurava nos domínios de Horemseb, o que era tão inesperado quanto inconcebível. Keniamun, conhecendo a astúcia e prática de Hartatef, estava seguro de que este não perseguiria fantasmas, e de que só por indícios bem fundados afrontaria o risco de penetrar, a qualquer preço, no inabordável e misterioso palácio. Mas, que acaso o conduzira àquela pista, se é que um louco ciúme não o impelia para falso roteiro? Em vão o oficial torturou o cérebro para estabelecer relação entre o príncipe e o desaparecimento de Neith: não encontrou o fio condutor.

Frequentara Horemseb, quando da sua estada em Tebas, e não lhe notara que se interessasse pela moça, não lhe ouvira louvores à beleza de Neith. Quanto a esta, esquiva a todas as festas da época, quase não frequentava a sociedade. Keniamun recordava-se de que o estado doentio da jovem datava da chegada do príncipe, mas também coincidia com o perdão concedido pela rainha a Sargon. A silenciosa tristeza, a surda agitação que devorava Neith, o fulgor estranho e febril de seus olhos lhe haviam, então, inspirado inquietude, mas porque a jovem não pronunciara jamais o nome do príncipe, de cuja presença mais fugira do que se aproximara, não podia compreender houvesse entre ambos um vínculo secreto. Duas vezes apenas ele os vira juntos: no festim de Chnumhotep e na festa de despedida do príncipe, e numa e noutra, este, indiscutivelmente, distinguira Neith. Era, porém, natural que tão formosa mulher atraísse atenção, e, além disso, em toda parte se homenageava a protegida da rainha.

Keniamun nunca se detivera nessas circunstâncias, mas, sob a influência das suposições ora despertadas, rememorou de súbito dois incidentes, os quais a sua superexcitada imaginação interpretava, agora, de maneira nova. Encontrara o príncipe quando este, saindo dos aposentos privados, ordenara a um servo mandasse aproximar a liteira de Neith. Impressionado pela lividez e ar de perturbação, indagou sobre o que ocorrera.

— A esposa do príncipe Sargon está sentindo-se mal, e vou levá-la à liteira — respondeu Horemseb, distraidamente.

Agora, Keniamun perguntava a si mesmo se a extrema preocupação do príncipe poderia ser provocada naturalmente pelo acidente sofrido por uma jovem senhora, completamente estranha, convidada por mera polidez. O segundo incidente ocorrera cerca de meia hora depois. A poucos passos de Horemseb, o príncipe Tutmés indagara qual fora a causa da súbita indisposição da favorita de sua irmã Hatasu.

— A nobre Neith desmaiou ao regressar de um passeio no jardim. Pareceu-me enferma de alma e de corpo. É verdade — ajuntou Horemseb, com escrutador olhar e baixando a voz — que a expectativa do retorno do marido tem reagido tão desfavoravelmente sobre a sua saúde? O hiteno deve ser bem horrendo para que ela tanto tema o seu regresso.

— De modo algum! Sargon é um belo rapaz, com o defeito de ter a mão demasiado impulsiva. Boqueja-se que a bela Neith tem um fatal e irrealizável amor por um homem casado, segundo alguns, e por alguém muito abaixo do nível social dela, segundo outros — disse Tutmés, a rir.

Horemseb voltou bruscamente a cabeça e pegou um copo de vinho, e Keniamun notou que a mão estava trêmula, imperceptivelmente, e que sombrio olhar, pleno de cólera e ameaça, se mostrara através das pálpebras semifechadas do enfeitiçador. Chegado a esse ponto das suas reflexões, o militar esbarrou em outra nova e inextricável dificuldade: se Horemseb amava Neith e era correspondido, qual a necessidade de rapto, de todo esse perigoso enigma? Hatasu, que tão ostensivamente protegia a filha de Mena, teria achado plausível razão para anular o matrimônio com Sargon, ligando sua favorita a um príncipe da casa reinante. Tudo isso era incompreensível, e podia-se perder o siso em tal dédalo.

Keniamun teve uma noite de insônia, mas quando a aurora filtrou os primeiros raios de Sol no minguado espaço que ocupava, o espírito sutil e inventivo do oficial havia obtido a solução que o acalmou: convencera-se de que, embora Neith vivesse, impossível era chegar até ela, porque a elevada hierarquia de Horemseb tornava-o inatacável, no momento. Decerto o ciumento e fero Hartatef não se deteria ante essa consideração, nada empecilharia a tenacidade na busca da mulher amada, e, se a descobrisse, o escândalo seria enorme.

No entanto, longos meses se escoariam, sem dúvida, antes de tal descobrimento, e Keniamun, crivado de dívidas, não poderia esperar tanto, sob pena de ser devorado pelos credores. Não existia, porém, um homem em condições de tirá-lo de embaraços, e olhá-lo agradecido? Essa criatura era Sargon, o qual, restituído à posse de imensa riqueza, vivia solitário, e desesperado, pranteando Neith, que considerava morta. Que daria ele a quem lhe levasse nova esperança, um fio condutor, a ele que já abrigava uma desconfiança? Tendo decidido definitivamente lançar Sargon na trilha de Hartatef e do enfeitiçador, Keniamun tranquilizou-se, readquiriu o bom humor, e, nesse mesmo dia, embarcou para Tebas.

Entristecido e desencorajado, por não haverem suas indagações produzido qualquer resultado, Sargon retomara o viver mais solitário do que nunca; revoltado e cheio de aversão contra homens e deuses, arrastava seus dias na apatia, ou fatigando o cérebro na busca de meio de alcançar o raptor de Neith, pois, tanto agora quanto anteriormente, não acreditava na morte da jovem. A visita de Keniamun causou-lhe medíocre satisfação, e ouviu, com a indiferença de homem fatigado, a loquacidade alegre do visitante. Este não mostrou reparar na fria recepção, e, interrompendo o banal assunto em foco, disse, com interesse:

— Vejo que tens a alma enferma, Sargon; a morte de tua esposa acabrunha-te, e isso seria efetivamente um terrível golpe, se tal morte estivesse suficientemente comprovada; mas, eu não a aceito, e vim confiar-te uma descoberta que fiz, e quiçá te proporcione um fio condutor para encontrar Neith.

Sargon, que se estirara displicentemente sobre um leito de repouso, retesou o busto, olhos flamejantes.

— Ah! também tu não a julgas morta. Mas, depressa, depressa, fala; que sabes tu?

— Calma! Sei pouco, mas, constitui um indício. Lembras-te de Hartatef, o antigo noivo de Neith?

— Louco, cego que fui — interrompeu o príncipe, golpeando a fronte. — É ele? O miserável caro pagará a audácia!

— Sossega-te, Sargon; tu te precipitas muito, e tomas rumo errado; quis apenas relembrar que esse homem, tenaz e enérgico, amou Neith, ama ainda, e, tal qual nós, não acredita na sua morte. Não foi o raptor de tua esposa.

— Se não foi ele, quem pôde praticar o rapto? — disse o príncipe, desencorajado, pois contava já conhecer o inimigo.

— Não; Hartatef não foi, mas nos ajudará a encontrar Neith, que ele procura na casa de um homem que, sem ele, nunca seria por nós suspeitado.

E narrou quanto havia surpreendido em Mênfis; Sargon escutava, pálido, lábios contraídos.

Quando Keniamun findou, disse, com a voz concentrada:

— Estou persuadido de que o ciúme bem inspirou Hartatef; a mim também a voz do coração soprou o nome desse homem nefasto. Sua figura (eu o encontrei próximo de Mênfis) perturbou-me o repouso, e eu ignorava, então, o desaparecimento de Neith. Quando seu olhar se cruzou com o meu, raiva cega invadiu-me a alma. Mas, como chegar até esse miserável, cuja hierarquia o torna intacável? Oh! se eu tivesse qualquer prova!

— Deixa-me dizer-te, Sargon, que antes de tudo, é mister armar-se de paciência; em semelhantes assuntos, o acaso, muitas vezes, é o melhor guia. Mas, certamente, sepultando-te neste palácio não é meio de obteres um indício. Sem que ele o suspeite, temos em Hartatef um aliado astuto e intrépido, que precisamos seguir de perto; mas, tu próprio, deves ir a toda parte, ver e ouvir o que se passa, pois ninguém adivinha onde e de que modo se pode cair sobre um rastro sério. A minha aventura com ele o prova. Assim, deverás visitar Tuaá, muitas vezes, mulher que tem parentes e amizades, em Mênfis, que a procuram. Agora, precisamente, um de seus primos está aqui. Tais relações são indispensáveis a ti.

— Tens razão: irei à casa de Tuaá; esta inatividade me enerva, e não serve para coisa alguma. Tu, Keniamun, sê meu aliado; nós dois venceremos, eu o espero firmemente.

O oficial suspirou.

— Receio não te ser tão útil quanto o desejara e de acordo com a minha amizade por Neith; meus assuntos são tão deploráveis, que não sei mesmo se poderei permanecer em Tebas.

— Tens dificuldades de dinheiro? Dívidas? — perguntou vivamente o príncipe.

E vendo que Keniamun fazia gesto de confirmação, acrescentou, pegando-lhe as mãos:

— Não penses mais nessas bagatelas; sinto-me feliz por desembaraçar de tão mesquinha preocupação um amigo, que me presta um inapreciável serviço. Amanhã, enviar-te-ei um "talento de Babilônia". Bastará isso?

O oficial se fez de rogado, para depois agradecer, contente, pois a soma era o triplo do que necessitava. Uma hora mais tarde, os dois moços despediram-se grandes amigos, e Keniamun prometeu voltar, no depois de amanhã, para levá-lo à casa de Tuaá.

A reunião na residência da viúva não era numerosa; quando Sargon e seu companheiro chegaram, Nefert e alguns moços, admiradores assíduos, jogavam bola no jardim; Tuaá, velhas amizades e o primo de Mênfis agrupavam-se em redor de mesa lauta. A estes convivas juntaram-se os recém-vindos. Tuaá acolheu Sargon com grandes demonstrações de alegria, fazendo-o sentar-se a seu lado e procurou tirá-lo do taciturno mutismo. Keniamun, jovial e conversador de sempre, dirigiu habilmente a palestra e alcançou que versasse sobre Horemseb, informando-se, do residente em Mênfis, de alguma possível novidade a respeito do príncipe enfeitiçador. O interrogado, um velho sacerdote, melancólico e rabugento, respondeu, a visível contragosto:

— Que se pode saber de um homem que vive misteriosamente, e sai apenas à noite? É de desejar que tal existência, tão cuidadosamente escondida, seja agradável aos imortais e não receie o olhar dos vivos.

Tuaá clamou contra a opinião suspeita do parente, a quem classificou de resmungador, e, em seguida, espraiou-se sobre a formosura e encanto fascinador do príncipe, que lhe causara indelével impressão desde a primeira vista. Enlevada com as recordações, narrou pormenorizadamente seu noturno passeio em companhia de Neftis e o encontro com Horemseb, que atirara uma flor àquela. Sargon e o oficial prestaram atenção, sendo que este se lembrava de ter ouvido antes esses detalhes, pormenores que agora se revestiam de outro interesse, aliás.

— E que faz agora a moça distinguida com a lisonjeira dádiva? Guarda-a? — perguntou com aparente despreocupação.

— Em verdade! Não pensei em perguntar. Mas, meus amigos, a história desta moça tornou-se tão estranha, que eu não resisto a narrá-la.

E notando a curiosidade dos convivas, vivamente excitada, Tuaá prosseguiu, animadamente:

— Devo lembrar que, à data do encontro, Neftis era noiva de Antef, o antigo comandante de Bouto, e dispunha-se a seguir para ali, com a tia, a fim de celebrar o casamento, quando, subitamente, desapareceu, algumas semanas depois da minha partida. Acreditou-se ter-se afogado no Nilo, porque, regressando, à noite, da casa de uma das amigas, sumiu da embarcação que a conduzia. O escravo, cego, que a acompanhava, diz ter ouvido como que barulho de remadas, mas, é admissível fosse Neftis raptada sem proferir uma interjeição qualquer? O certo é que continuou desaparecida, e sua desolada irmã, Noferura, o noivo e todos choraram sua morte. Pode-se calcular o assombro geral quando, repentinamente, reapareceu. Onde passou durante quase um ano? Ninguém o sabe, pois o que ela narra sobre tal ausência é evidente patranha. Minha convicção é que esse mistério encobre tristes coisas, por isso que a felicidade não transforma assim as pessoas. Imaginai que Neftis, outrora alegre e risonha, tendo a frescura das rosas, atualmente está irreconhecível: tem a palidez da cera, olhos febricitantes e estranhos, não ri nunca, fala escassamente, esquiva-se de todos, e parece viver tão somente para as suas quimeras. Oh! às vezes creio que o encontro com o príncipe Horemseb traz desgraça, e que o belo rapaz tem "mau-olhado". Voltemos, porém, a Neftis. Depois da reaparição, seguiu para Bouto, no propósito de desposar Antef. Uma viúva, sua parenta, Mentchu, acompanhou-a por mera conveniência; mas, imagine-se que, desde a chegada, Antef enlouqueceu de amor pela viúva, a qual, em formosura, não vale as sandálias de Neftis, e com ela casou, pois a antiga noiva desfez o compromisso assumido. Foi isso pura generosidade, ou (Tuaá baixa a voz e sorri com ar significativo) terá ela agradado a outro? O positivo é que, na atualidade, Neftis habita não longe de Tebas, bela casa, doação de Tutmés, que a visita assiduamente. Fui vê-la uma vez com Nefert, porque soube de Antef que ela estaria aqui, mas, tornada estranha, pouco sociável, tanto que não me retribuiu a visita.

Enquanto os assistentes riam e discutiam o que acabavam de ouvir, Sargon e Keniamun permutaram um compreensivo olhar. É que a ambos acudira a reminiscência da rosa rubra presa ao véu de Neith, encontrada no dia seguinte ao da desaparição.

— Com efeito! Vivemos num tempo cheio de aventuras que, outrora, não ocorreriam num largo ciclo de tempo — disse um moço, escriba real. — Vou contar-te, Tuaá, uma história à qual nada falta de picante. Tu, e muitos de vós, meus amigos, conhecestes, ao menos de nome, Tatmut, a viúva do astrólogo do templo de Amon. Sua filha única, Chonsu, é linda, e a genitora fazia grandes projetos com relação a essa filha, contando matrimoniá-la com Bock-en-Ptah, que a rainha nomeou chefe dos pintores que trabalham no seu túmulo em construção. Tudo estava quase concluído, as famílias de acordo, quando a noiva mudou de preferência e se apaixonou doidamente... adivinhai de quem? De um escravo, de um impuro amonita. Paixão tenaz, contra a qual são inúteis castigos, persuasão, orações. Tatmut tudo envidou para que o escândalo não transpirasse; eu, porém, o soube por intermédio da irmã de Bock-en-Ptah, furiosa que está com a ofensa feita ao irmão.

Essa história suscitou ainda maiores comentários do que a precedente, mas, a entrada de Nefert e dos acompanhantes do jogo distraiu a atenção, e mudou o tema da palestra. Saindo da casa de Tuaá, Sargon propôs a Keniamun levá-lo no seu carro, e, para maior liberdade, despediu o condutor. Durante o trajeto, e após discutirem os incidentes da tarde, disse o príncipe, animadamente:

— Devo avistar Neftis, porque tudo indica existir correlação entre o seu desaparecimento e estranha mudança e o miserável nigromante, que semeia morte e loucura em seu caminho. Talvez por ela apreendamos alguma coisa. A melhor maneira de chegarmos à sua casa, seria o intermédio de Antef. Consegue isso, se o conheces.

— Creio que sim. Antes de ir para Bouto, servimos ambos no mesmo destacamento, no qual, aliás, foi reintegrado, depois do seu regresso, situação que não lhe deve ter agradado, tendo em vista o posto anteriormente exercido. Fui muito ligado ao pobre rapaz, e, se depender dele aproximarmo-nos da ex-noiva, ele o fará. Fica tranquilo, Sargon. Amanhã, avistar-me-ei com ele.

Dando cumprimento à promessa, Keniamun foi, no dia seguinte, à morada do antigo comandante de Bouto, que encontrou bem alterado. Embora restituído à fria calma e destreza enérgica que lhe eram características, estava triste e visivelmente ferido no seu orgulho, por haver sido rebaixado do posto que deixara, quando já esperava atingir o primeiro degrau de brilhante carreira. Os dois jovens sentaram-se à mesa, saboreando um bom vinho. Keniamun sabia inspirar confiança, e Antef transbordava de amargor, pois toda a família, Semnut inclusive, não lhe poupava censuras, nem perdoava a louca imprudência que poderia tê-lo atirado aos trabalhos forçados; o ministro negava-se a dar-lhe qualquer emprego, e a sua reintegração fora de iniciativa e ordem diretas da rainha. Sob o império de tais sentimentos, Antef usou de desacostumada franqueza.

— Não posso compreender — disse Keniamun — qual o espírito impuro que se apossou de ti; sei que não és volúvel, de teu natural, mas, no entanto, abandonaste muito depressa a noiva, que amavas desde havia tanto tempo, por um novo amor, que te levou mesmo ao esquecimento dos teus deveres.

Antef apoiou a fronte nas mãos.

— Eu próprio não posso compreender o que, então, se passou em mim — ciciou ele em voz abafada —, estava enfeitiçado, pois teria renunciado à vida antes de privar-me de Mentchu. Atualmente, não posso atinar como havê-la amado, nem ela compreende a transitória paixão que teve por mim. Desse tempo de insânia, guardo apenas vaga reminiscência, e só me ficou o sentimento do que sofri horrorosamente: meu sangue parecia transmudado em fogo, minha cabeça dir-se-ia prestes a eclodir, e um aroma, suave quanto atordoador, perseguia-me por toda parte. Sabes que bebo sempre moderadamente, e, dadas as minhas responsabilidades, mais sóbrio eu me fizera. Pois bem: a sede então me devorava, e no dia do meu desastrado matrimônio bebi, dizem, desmesuradamente. Nessa mesma noite Tutmés fugiu, o que constitui estranha coincidência. Ah! o malefício foi bem calculado, e não é menos estranho que Mentchu experimentasse idênticas sensações, embora me confessasse que, malgrado a paixão por mim, não se sentia satisfeita, pois, nos sonhos, via sempre um homem, belo, de grandes olhos sombrios, curvar-se sobre ela e sufocá-la com ardente hálito. E mais estranho ainda é que, segundo ela, o desconhecido dos seus sonhos é o príncipe Horemseb. Quando, certa vez, o encontrou, nas águas do Nilo, a impressão teve a violência de fazê-la perder os sentidos, sem embargo de jamais haver visto o príncipe, nem ouvido pronunciar seu nome.

"Sempre esse homem, ligado a algum mistério malfazejo, a algum malefício impossível de identificar" — pensou Keniamun. "Decididamente, começo a crer que Horemseb farejou a boa vida".

Tendo obtido de Antef a promessa de fazer a apresentação desejada a Neftis, caso fosse possível vencer a relutância da jovem em permitir novos conhecidos, Keniamun despediu-se. Alguns dias mais tarde, o oficial recebeu tabuinhas escritas por Antef, anunciando estar tudo combinado e fixando a data em que ele e o amigo podiam ir à casa de Neftis, que acedera contrariada, pois o consentimento fora obtido pelas rogativas de Ísis, empenhada em conhecer o príncipe hiteno.

Desde o reencontro com Sargon, Roma vivia mais arredio ainda, dedicando-se exclusivamente aos serviços do templo. A desconfiança, oriunda das palavras do hiteno, haviam-lhe envenenado o sossego; não mais conseguia prantear Neith por morta, e, à ideia de que ela fora arrebatada e sofria talvez, longe dele, ficava desesperado; a hipótese de que ela amasse Horemseb fervilhava-lhe o sangue. Nos momentos de calma, tentava persuadir-se de que aquela trama, inverossímil, não passava de criação do enfermo cérebro de Sargon; logo depois, aprofundava-se, avidamente, nas circunstâncias que haviam precedido a desaparição da bem-amada, e nelas descobria mil indícios da verdade das asserções do jovem príncipe. Sob o império de tão penosa preocupação, Roma insulava-se de todos, evitando mesmo os parentes.

Por isso, grande surpresa foi, ao reentrar no templo, encontrar alguém que o aguardava: era um velho amigo da família, o venerável Penbesa, pastóforo do templo de Amon, e que não avistava desde havia muitas semanas. O aspecto do ancião era profundamente aflito, de modo que Roma, no momento, olvidou seu próprio desgosto, para indagar, com verdadeiro interesse, do que assim angustiava o encanecido sacerdote.

— É uma desgraça de família que me traz a ti, Roma; venho rogar-te ajuda e conselho — disse Penbesa. — Trata-se de Chonsu, a filha do meu finado filho; algum ciumento ter-lhe-ia atirado terrível malefício, ou espírito impuro, de poder extraordinário, dominando a infortunada criança? Obstinadamente, tomou-se de amor por um de nossos escravos, da imunda raça dos amonitas, e nenhuma persuasão, nenhum remédio produz efeito, pois ela não pode passar sem avistar esse rapaz. Vendo-nos intransigente na recusa a semelhante matrimônio, quer, evidentemente, morrer, e seu estado piora, dia a dia.

— É mister afastar esse homem que a empolga e excita, sem dúvida.

— Difícil se torna qualquer compreensão: Neftali tem 18 anos, é tímido, dócil, governável com um simples olhar. Entretanto, também ele foi atingido por igual loucura: em vão o castigamos a pancadas, com prisão; ele tudo arrosta para encontrá-la, e o mais extraordinário é que muitas mulheres da casa estão cativadas por ele. Vim, pois, suplicar-te, Roma, vás a nossa casa falar a Chonsu, e vê se consegues repelir o espírito mau que a consome; tu, o sacerdote da grande deusa que dirige os corações dos mortais; tu, cuja rígida virtude se impôs a todos, talvez tenhas a força que nos falece — terminou Penbesa, com desolação.

Muito a contragosto, Roma aquiesceu, embora convencido de que não conseguiria persuadir a jovem louca; prometeu atender, porque lhe faltou coragem para negar tão simples auxílio ao velho amigo. No dia imediato, compareceu ao lar de Tatmut, a nora do pastóforo. A pobre mãe, desfeita em lágrimas, detalhou a triste aventura. Interessado por alguns pormenores verdadeiramente estranhos, o jovem sacerdote pediu fosse levado junto à doente e que o deixassem a sós com ela. Tatmut obedeceu, açodadamente, e, chegados ao aposento, fez sinal a duas escravas vigilantes para que se retirassem, e saiu também.

Roma ficou junto da porta, e dali observou, atento, a adolescente, acocorada num almofadão, não parecendo ter-se apercebido da presença de alguém: era uma quase menina, de 12 a 13 anos, frágil e emaciada; o fino rosto e a lassidão do corpo denotavam completo esgotamento; fechados os olhos, a cabeça mal apoiada sobre o estofado de uma cadeira posta por detrás; rubor febril tingia-lhe as faces, pesado respirar, entrecortado, saía-lhe dos lábios entreabertos e descorados. Profundo suspiro de comiseração arfou o peito do sacerdote: aquela vítima, involuntariamente, recordava-lhe Neith, também presa desse mesmo aspecto exausto e arquejante, com um mal misterioso na alma. Roma levou uma cadeira para junto de Chonsu, sentou-se e lhe pôs uma das mãos na fronte. Imediatamente a adolescente abriu os olhos e tomou posição.

— Vim conversar contigo — disse, curvando-se, amigável.

Mas, no mesmo instante, estremeceu, e a palavra se lhe parou nos lábios. É que do agitado peito da enferma se evolava em ondas um suave aroma, agradabilíssimo de respirar sempre, mas, simultaneamente, acre, atordoador, que apertava o coração e derramava fogo nas veias. A respiração se lhe embaraçou, um arrepio escaldante percorreu-lhe o corpo e uma nuvem ígnea ascendeu-lhe ao cérebro. Saltando da cadeira, correu para a janela, desviou a cortina e absorveu ávido o ar fresco do jardim, e, após, avistando uma bacia cheia de água, banhou o rosto e as mãos. Refazendo-se, ainda que lívido e trêmulo, apoiou-se à parede: identificara o perfume fatal, que outrora lhe dominara a razão e o sossego, acorrentando-o a uma vergonhosa paixão. Tal aroma não mais o sentira em parte alguma, desde a morte de Noferura: que acaso o ressuscitara ali?

— Que te acontece, venerável sacerdote? — perguntou Chonsu, que, espantada, olhos desmesuradamente abertos, acompanhara o inusitado procedimento de Roma.

— Dize-me, filha, de onde houveste esse perfume que exalas?

— Suave e raro, não é verdade? Veio-me da pobre amiga Moéris, que se afogou nas águas do Nilo: sua mãe doou-me, em lembrança, seu cofre de joias, e nele encontrei muitos saquinhos iguais a este.

Ergueu-se e tirou do seio um saquinho, preso a leve corrente, o qual, aproximando-se, estendeu a Roma.

— Dá-me também o cofrezinho de Moéris, o qual te devolverei mais tarde.

Recebendo-o, nele encerrou o saquinho, colocando tudo no parapeito da janela aberta, depois do que, reavizinhando-se de Chonsu, a fez sentar-se e lhe disse, bondosamente:

— Agora falemos do que me trouxe aqui, do amor desarrazoado que sentes por um serviçal, homem impuro, tão abaixo do teu nível. Dize-me desde quando começou essa paixão, do momento em que tiveste a ideia de desposar Neftali: sê franca, cara menina, pois desejo o teu bem, e, com a ajuda de Hator, eu te restituirei a saúde e a felicidade.

A adolescente parecia mais tranquila; ergueu o olhar receoso para o sacerdote, mas, sem dúvida, a bela e calma fisionomia deste inspirou-lhe confiança, porque respondeu sem hesitar:

— Não sei, eu mesma, como aconteceu isso. Conheço Neftali desde a infância, brincamos juntos, sempre me serviu e sempre o estimei, de modo diferente de agora. Quando recebi o cofrezinho de Moéris, eu lho mostrei e bem assim as joias, e o perfume agradou-lhe a ponto de não mais poder separar-se dele. Então lhe fiz presente de um saquinho e eu também passei a trazer um comigo. Depois disso, não podemos passar um dia sem nos avistarmos, e, quando não está junto de mim, sinto-me morrer. A seguir, fiquei doente, desde há tempo; não posso esquecer Moéris, e, quando durmo, vejo sempre o belo príncipe Horemseb, que ela amou e por quem se atirou ao Nilo.

Depois de haver feito muitas perguntas e palestrado um pouco, Roma deixou Chonsu e foi ao encontro de Tatmut e Penbesa, que o esperavam ansiosos e a quem tranquilizou, recomendando banhassem muito bem a doente, a vestissem com roupas completamente novas e a levassem por algumas semanas para longe de Tebas. Em seguida, foi ter com Neftali, de quem tomou o saquinho do perfume e a quem recomendou fosse feito igual tratamento. Afinal, despediu-se. Às instantes interrogações do velho pastóforo, respondeu apenas que julgava ter sido inspirado pela grande deusa para destruir o malefício.

Regressando a casa, Roma sentou-se ao ar livre, ligou ao rosto um pano úmido, de modo a proteger as narinas e a boca, abriu a caixeta que trouxera e dela retirou os saquinhos, em número de quatro. Curioso de saber que continham, rasgou o tecido com uma faca, e apenas encontrou murcha rosa vermelha, não desfolhada, cujas pétalas, amolgadas e ligeiramente viscosas, pareciam embebidas de um suco incolor que umedecia as paredes do saquinho. Nos outros três, idêntico conteúdo.

Roma, apoiando-se nos cotovelos, meditou demoradamente. Por qual acaso as estranhas flores tinham chegado ao poder da insensata moça, cujo fatal amor por Horemseb a arrastara ao suicídio? Erguendo-se bruscamente, rumou ao aposento, para buscar o escrínio de marfim no qual conservava as derradeiras lembranças de Neith, o véu e a rosa presa nele. Desprendendo o pano que lhe defendia o olfato, abriu o escrínio e começou a retirar o véu; mas, tão logo foi desfazendo as finas dobras do transparente tecido, estremeceu: não havia dúvida, o odor suave, porém, atordoador que se evolou, era igual ao dos saquinhos; a rubra flor, úmida e emurchecida, era irmã das conservadas pela jovem vítima de inexplicável sortilégio. Premente de amargura e de indignação, o sacerdote descaiu numa cadeira. Que ligação existia entre essas rosas malditas e o desaparecimento de Neith, a demente paixão de Chonsu e o suicídio da filha do escriba real? Quem fora o doador das flores funestas? Após meditação, guardou o véu e os saquinhos no escrínio de marfim, que encerrou em móvel bem fechado.

— É mister guardar estas provas do crime e haurir informações com as famílias das outras vítimas — monologou ele. — Claro está que as desgraçadas não se podem separar do veneno até o final. Quem sabe, se, na busca das rosas, encontrarei talvez um traço do malfeitor, remetente dessas mensagens de fatalidade e morte?

Mais depressa do que pudera prever, teve Roma oportunidade de novas descobertas. Desde alguns dias, ouvira falar, no templo, de uma ocorrência inexplicável, verificada na cidade-morta e referente a dois embalsamadores. No seu estado de espírito, não dera maior atenção a essas histórias cochichadas misteriosamente, mas, de pronto, o caso repercutiu. O indiscreto permaneceu incógnito, porém toda a cidade soube que dois embalsamadores se haviam apaixonado de múmias de mulheres nas quais trabalhavam, recusando, obstinados, separarem-se delas e restituí-las às famílias à quem pertenciam. Perturbação e terror espalharam-se no povo, e enorme afluência de gente intransitou a cidade-morta, sendo necessário isolar o quarteirão dos embalsamadores para impedir a invasão pela turba. Houvera, através dos tempos, alguns escândalos naquele local, mas, tais casos, extremamente raros e cruelmente punidos, diferiam do atual, que alvorotava e espavoria a população. Narrava-se que os dois homens, como que cravados aos cadáveres, já em termos de sepultamento, nem sequer cogitavam de comer e beber, e, armados, ambos ameaçavam matar quem lhes tentasse arrebatar as múmias. Semelhante aberração mental era atribuída à influência de espíritos impuros, que, indubitavelmente, haviam tomado posse dos corpos das mulheres, mortas, uma e outra, por suicídio. As murmurações que transbordavam na capital não permitiram ficasse Roma alheio a elas, principalmente porque os detalhes, ouvidos de Ranseneb, excitaram de imediato todo o seu interesse: a causa de todo o alvoroço era serem as múmias de duas moças que se haviam suicidado por amor a Horemseb.

— Ah! — pensou ele — o maldito aroma deve ter desempenhado algum papel na tragédia. Alguma joia ou adorno enviados pela família, para ornar as mortas, não estaria impregnado?

Sem mesmo regressar a casa, o sacerdote atravessou o rio e rumou para a cidade-morta. Por toda parte, agrupamentos de curiosos, mantidos a distância por soldados e policiais. Suas vestes de sacerdote e as tabuinhas com a assinatura de Ranseneb deram-lhe livre ingresso. Falou inicialmente com um dos funcionários, segundo o qual, de uma nova tentativa para afastar os dois furiosos, resultara sair ferido gravemente um dos servos do templo. Contemporizava-se ainda, antes de usar de medidas extremas, porque os dois possessos haviam sido, até então, exemplares trabalhadores, além de mestres em sua arte.

A seu pedido, o funcionário conduziu o sacerdote de Hator à sala dos últimos retoques nas múmias, onde se viam numerosos bancos de pedra sobre os quais eram estendidos os cadáveres para o enfaixamento em tiras. No momento, os bancos estavam vazios, exceto os dois ocupados pelas múmias enfeitiçadas, junto das quais se acocoravam os seus adoradores. Todos haviam sido afastados pelos sacerdotes, temerosos de contágio da bizarra loucura. Roma deteve-se, não distante da porta, e examinou atentamente todas as minúcias da cena: um dos embalsamadores era idoso, e seu olhar habitualmente discreto e plácido, ardia como em febre, e os olhos, injetados de sangue, mostravam vigiar o audacioso que ousasse vir desalojá-lo; empunhava a faca que ferira o servo do templo. O segundo enfeitiçado era um belo rapaz, pálido e visivelmente exausto. Pendido para a múmia, meio enfaixada de tiras, ele a fixava com adoração típica de demência, e parecia, na ocasião, não ver, nem ouvir. Sobre o peito de uma das mortas ostentava-se um colar de amuletos, e, próximo de ambas, cofrezinhos abertos, visivelmente cheios de joias, colocados sobre banquetas. Não mais duvidando da verdade de suas suspeitas, o jovem aproximou-se do moço embalsamador, e, tocando-o na espádua, disse, suavemente:

— Não temas coisa alguma, Nebenhari, não quero arrebatar a que amas, e sim apenas vê-la.

— E crês que a deixarão comigo? — indagou, olhando ansiosamente o sacerdote.

— É possível que os parentes se deixem vencer pelo teu amor.

Sempre falando, Roma esquadrinhara a caixeta de onde o aroma venenoso se evolava abundante, e, no fundo, sob as joias, descobriu duas úmidas rosas, envoltas num pedaço de fino tecido. Com o asco que sentiria se tocasse em víboras, repeliu o achado, e, voltando-se para o embalsamador, disse:

— Para que a família te conceda a múmia, precisa convencer-se do teu desinteresse, pelo que levarei estas joias para restituí-las.

Sem aguardar resposta aquiescente, retirou o colar de amuletos e o meteu na caixinha, levando-a e confiando-a ao funcionário que o esperava.

— Os desgraçados estão sob o império de terrível malefício, que julgo haver descoberto — disse Roma. — Manda trazer-me um pano bem encharcado de água, e ordena aos servos que encham vários baldes na sala contígua. Feito isso, que dois me acompanhem. — Reaproximando-se de Nebenhari, que recaíra na contemplação, envolveu-lhe bruscamente a fronte com o pano molhado. Antes que pudesse oferecer resistência, os servos arrastaram-no para o pátio, onde, desembaraçado do pano, lhe inundaram a cabeça com a água dos baldes.

— Que significa isto, que me fazeis? — gritou Nebenhari, meio sufocado e enceguecido pelas cargas de água que o encharcavam, atirando-se a um banco, logo que lho permitiram.

— Significa que era indispensável que te refrigerasses um pouco. Agora, vós outros, enxugai-o, deem-lhe vestimenta nova e conduzi-o para o seu alojamento para que se alimente e descanse.

Com espanto de todos, o rapaz deixou-se levar, sem qualquer objeção. Parecendo esfalfado e como que ébrio, seguiu docilmente seus condutores. Animados por esse primeiro êxito, Roma e os servos regressaram para o segundo embalsamador. Um grande jacto de água que lhe atiraram de improviso sobre a cabeça atordoou-o suficientemente para que o pudesse agarrar e desarmar. Levado para ar livre e amplamente refrigerado também, o velho desmaiou. Depois de recomendar que dessem os idênticos cuidados prescritos para Nebenhari, Roma voltou para junto do guardião dos embalsamadores, o qual, maravilhado de tão pronto êxito, o felicitou e lhe agradeceu.

— Consente o menos possível que se toque nas múmias enfeitiçadas e faz sepultá-las com a maior brevidade. Quanto a estas caixetas, eu as levarei, se tal me autorizas, para restituí-las, pessoalmente, aos parentes das mortas.

— Antecipas meu desejo, nobre Roma. Compreendo que esses objetos estão igualmente contaminados, e estou certo de que os restituirás purificados pelas tuas preces.

A repercussão dessa estrondosa cura, de tão incrível enfeitiçamento, foi total na cidade, e a cura de Chonsu igualmente se tornou pública; mas, porque Roma silenciara absolutamente quanto aos meios pelos quais penetrara no segredo do sortilégio, atribuíram o êxito à sua rígida virtude e exemplar piedade. Em poucos dias, o jovem sacerdote tornou-se personagem célebre, venerado e alvo de supersticiosa admiração pelo povo, e de distinção e honraria para os da sua casta. O herói de tão súbita nomeada não teve alegria alguma, e quase a ignorava, buscando a solitude mais do que nunca; o desejo de penetrar no mistério das rosas funestas absorvia-o cada vez mais. A cada uma das flores que descobria ligava-se o nome do príncipe Horemseb; todas essas criaturas moças, que nefasto amor havia vitimada, possuíam-na... Mas, que acaso doara a Noferura uma rosa daquelas, e com a força da qual ela o fascinara? Onde a escondera então? Jamais lhe notara portadora de um dos agora conhecidos saquinhos... Instantaneamente, porém, lhe acudiu à recordação um colar de placas esmaltadas que Noferura usava sempre, desde o seu regresso de Mênfis, em lembrança da irmã, joia que Neftis lhe reclamara após a reaparição, e que não aparecera, possivelmente roubada ou perdida no fundo do Nilo.

Chegado a esse ponto das reflexões, estremeceu: Noferura caíra no rio no momento em que passava a barca de Horemseb, e os remeiros lhe haviam descrito a estranha agitação da jovem mulher, e atribuído a súbita loucura ao "mau-olhado" do príncipe. Podia ser mera coincidência; mas, porque perdera o equilíbrio justamente ao ver o homem misterioso para o qual convergiam todas as ramificações do bruxedo? E esse colar suspeito pertencera a Neftis, cuja desaparição e regresso estavam acobertados por insondável mistério. Nisso também, talvez, se escondesse algum elo com Horemseb, Roma o sentia instintivamente, mas faltava o fio condutor a esse dédalo, e quanto a obter um esclarecimento da cunhada, a gélida estátua animada por sinistro fogo, ele de tal não cogitava. Por isso, entregou-se à procura de novos indícios.

3
A conjura

Sargon e Keniamun se haviam tornado hóspedes assíduos da casa de Neftis. Prudentemente, para não a espantar, observavam atentamente a jovem mulher, que, silenciosa, sombria, indiferente, os tolerava, sem encorajar novas visitas. Às vezes, eles se encontravam com Tutmés, que, igualmente, visitava Neftis com frequência, mas, Keniamun depressa se convenceu de que, apesar das aparências de íntimas relações, não existiam laços de amor; Tutmés não era cioso de Neftis, nem esta representava algo para ele, indiscutivelmente. Que elo, então, poderia haver entre o poderoso herdeiro do trono e a desvalida filha de um mercador? Teria sido uma ligação passageira a causa de haver o príncipe tão ricamente a recompensado? A hipótese era admissível, e em parte indiferente ao oficial, pois, qualquer que fosse a origem da sólida riqueza de Neftis, esta a possuía, circunstância que inspirara a Keniamun uma variante nova no seu plano primitivo.

Desejoso de casar e de garantir, por um conveniente matrimônio, um futuro rico e tranquilo, acudira-lhe a ideia de desposar Neftis. A mulher agradava-lhe e o passado misterioso devia fazê-la aspirar a casamento honroso; mas, contra toda a expectativa, mostrou-se ela indiferente e acolheu as inequívocas assiduidades do rapaz com reservas quase irônicas. Estimulado no amor-próprio, o oficial redobrou as atenções, e, às pesquisas das pegadas de Neith, se associou o propósito de saber se não era também, no caso, o bruxo de Mênfis que lhe barrava o caminho. Por duas vezes, constatara que ao nome de Horemseb, pronunciado inopinadamente na presença dela, um súbito lampejo alterara os olhos ternos de Neftis, e, à menção da vida dissoluta que o príncipe mantivera em Tebas, indefinível expressão de raiva e de sofrimento revelara-se no seu rosto pálido e impassível. Sobre tal ciumenta conjetura, Keniamun arquitetou um plano de prova decisiva: se alguma coisa podia levar Neftis a trair-se e deixar transparecer uma parte do íntimo segredo, era decerto esse sentimento onipotente — o ciúme — que cega as criaturas e desencadeia todas as paixões.

A ocasião almejada fez-se esperar um pouco; mas, numa tarde em que Sargon e ele eram os únicos visitantes, achou propício o momento para desfechar o golpe definitivo. Ísis, que se tomara de grande amizade pelo assírio, talvez mesmo de secreto amor, e que muito gostava de palestrar com ele discretamente, convidou-o para ver uma rara flor desabrochada no jardim. Keniamun, presumindo que não regressassem sem demora, resolveu aproveitar o bom momento. A conversação arrastava-se e Neftis, no seu mutismo, não se dava ao trabalho de mantê-la. Assim, decorrido longo silêncio, Keniamun curvou-se bruscamente para ela, e disse, pegando-lhe a mão:

— Neftis, por que sempre tão pálida, tão sombria? Por que mostras só indiferença àquele cujo coração está cheio de fiel afeto por ti?

Estremeceu, e seus grandes olhos esverdeados fixaram o oficial, com ironia não disfarçada.

— Creio que não serás tu, Keniamun, volúvel e galante borboleta, o penetrado de tão belos sentimentos de fidelidade. Aliás, seria em pura perda: meu coração morreu para o amor, desde quando tive de renunciar a Antef, pois, semelhantes sacrifícios petrificam as mais ardentes almas.

— Tua resposta é áspera, porém, não a tenho por definitiva — respondeu, com bonomia. — Sabes que da pedra se tira fogo, quando se sabe atritá-la, e não se deve confiar no próprio coração. Conheci um homem que parecia invulnerável, pelo qual as mulheres morriam sem lhe alcançar o brônzeo peito. Pois bem: o amor venceu-o igual a qualquer outro, e disso me convenci por uma pequena aventura que me aconteceu em Mênfis, ao tempo de minha recente viagem ali.

Como que absorvido pelas recordações, silenciou, e ingeriu um gole de vinho; sua fisionomia espelhava franca jovialidade, inocente malícia, de modo a excluir a ideia do ardil. A citação de Mênfis, sombreou-se o semblante de Neftis, e, com um gesto nervoso, aproximou um copo de cristal, que encheu, dizendo, com alterada voz:

— Isso promete ser interessante: conta, Keniamun. Quem é esse homem que conheces?

— Guardarás segredo? Trata-se de uma grande personagem — respondeu, sempre jovial.

A um gesto afirmativo da interlocutora, prosseguiu:

— Pois bem: confesso-te que o príncipe Horemseb, por tudo quanto dele se diz, sempre me despertou viva curiosidade. Achando-me em Mênfis, passei muitas vezes próximo do muro que circunda sua habitação, e a vista desses misteriosos jardins, desse palácio perdido entre sombras, aguçou mais a minha curiosidade. Resolvi ali penetrar, a todo custo, e certa noite, não sem esforço, confesso, subi pelo muro.

— E conseguiste sair de lá vivo? — interrompeu Neftis, em voz rouca. — Estava lívida e os lábios tremiam-lhe nervosamente.

— Pelos deuses *Ra* e *Osíris*, não se trata de um antro de bandidos! — respondeu, simulando não reparar na emoção. — Demais, não me aventurei até muito longe, e tudo estava deserto; mas a sorte levou-me direto ao fim. Em uma aleia, ao termo da qual cintilava a água de grande lago ou tanque, vi um banco e nele sentado um casal. No homem, reconheci imediatamente o nosso invulnerável herói; a mulher não identifiquei, não a pude ver porque enlaçara os braços em volta do pescoço do príncipe e ocultava o rosto no peito deste. Notei apenas que era delicada e tinha cabelos escuros. Como que para dissipar minhas derradeiras dúvidas, ele se fez ouvir, e nas palavras pronunciadas vibrava tão intensa paixão que...

Interrompeu-se, pasmo, ele mesmo, do efeito da ousada mentira. Neftis pulara, emitindo rouquenho grito, enquanto o copo, desprendendo-se-lhe dos dedos, se espatifava com estrépito no chão. Seus olhos verdes pareciam vomitar chamas; o semblante, tornado violáceo, crispara-se na exteriorização de selvagem paixão; o peito arfava: a personificação do ciúme devorante, prestes a destruir e a matar.

— Ah! ele pode amar! — explodiu ela, em tom sofreado.

E, recaindo sobre a cadeira, cobriu o rosto com as mãos. Refeito do seu primeiro receio e espanto, Keniamun aproximou-se, vivamente: conseguira muito além da expectativa, e disso queria tirar toda a vantagem.

— Cara Neftis, teria eu involuntariamente te feito sofrer? Tua perturbação faz-me suspeitar tenhas estado por detrás desse muro enfeitiçado e ali sido vítima de grave ofensa. Dize-me tudo, em tal caso; acredita-me teu dedicado, capaz de te vingar, mesmo de Horemseb!

Neftis ergueu a cabeça.

— Se me ofendeu? — disse, num rir desesperado. — Ele me torturou, destruiu, arrancou o coração, e, todavia, aniquilei-me, tudo tenho sofrido em silêncio, porque acreditava ser ele incapaz de amar, pensei que a bebida mágica por ele usada lhe havia paralisado a alma; mas, sabendo agora, Horemseb, que teu olhar gélido pode incendiar-se de amor; tua boca, fria e zombeteira, preme-se em beijos apaixonados de mulher, não mais terei piedade de ti, e denunciar-te-ei, aniquilarei, arrancarei a bruxaria que te ganha corações, e farei pagares todos os meus sofrimentos!

Calou, sufocada. Indefinível expressão de ódio, de desespero e de selvática obsessão crispava-lhe todo o rosto.

— Calma-te, Neftis, e conta com o meu auxílio, em qualquer iniciativa que tomes. Possa o meu devotamento provar a sinceridade do meu amor por ti.

— Creio e agradeço, Keniamun, e, a meu turno, juro que, no dia em que Horemseb, destruído, degradado, preso a corrente, for arrastado pelas ruas de Tebas para comparecer ante os juizes, nesse dia, serei tua esposa. Possam Hator e todos os imortais punir-me e negar-me as moradas da felicidade, se eu faltar a este juramento.

Keniamun apertou fortemente a tremente mão da jovem mulher.

— Para tal conseguir — disse ele —, é indispensável saber o que se pratica sob as sombras misteriosas dos sicômoros, nesse palácio onde se consomem mulheres...

— Onde também se tragou Neith — interrompeu Neftis. Quanto aos segredos do feiticeiro, conheço uma parte...

E narrou sucintamente tudo quanto testemunhara. O oficial ficou aturdido, pois jamais suspeitara tão inauditos crimes. E falou:

— Para libertar Neith e desmascarar um criminoso tão temível e tão altamente colocado, não te parece que nós ambos somos insuficientes? Se perecermos, é preciso que outros prossigam nossa tarefa; nessa intenção, ofereço-te Sargon por aliado, pois é seguro, ousado e já suspeitou a verdade.

— Muito bem. E de minha parte proponho inteirar Ísis do assunto: também ela é enérgica e fiel, e tem três mortos a vingar.

— De acordo que estamos — rematou o oficial, levantando-se —, permite que vá buscar nossos dois aliados, para formarmos conselho e assentar um plano de ação: quanto mais depressa melhor.

Meia hora mais tarde, os quatro conjurados reuniram-se em aposento cuidadosamente garantido contra indiscrições, e Neftis, concentrada e resoluta, minudenciando desta vez, narrou de que forma havia caído em poder do nigromante, descreveu a vida estranha que se mantinha na vivenda de Horemseb, a indigna mutilação de quase todos os fâmulos, as orgias noturnas, o poder das rosas enfeitiçadas e o do contraveneno, o pavilhão inescrutável onde o príncipe desaparecia para trabalhar com um sábio desconhecido, enfim, o que lhe havia dito o jovem escravo a respeito da horripilante morte infligida a vítimas inocentes. Suor álgido porejara a fronte dos ouvintes ante a inacreditável narrativa. Ísis agora compreendia o que teria acontecido à irmã, morta quiçá por entre atrozes sofrimentos. E ao pensamento de que Neith estava nesse inferno, e de que sua alma, pura e inocente, encontrava-se enodoada pela vista de tais misérias, pungente dor física feria o coração de Sargon, que foi o primeiro a romper o silêncio, perturbado apenas pelo soluçar de Ísis, pelos dolorosos suspiros de sua amiga e a respiração ofegante e refreada dos dois homens.

— Pois que se trata, em primeiro lugar, da libertação de um ser que me está ligado e a quem amo — disse o hiteno, erguendo o busto, pálido e de olhar incendido —, é a mim que incumbem o direito e o dever de penetrar, antes de todos, nesse local de morte e dissolução, e, porque ali só se aceitam mudos, serei surdo e mudo. Embora simular isso não seja fácil, mas possível, triunfarei, fazendo-me comprar por escravo. Seu intendente, segundo se diz, compra muitos, pois necessita renovar o gado humano dizimado pelas orgias! E, uma vez dentro da praça, vigiarei Horemseb e encontrarei minha mulher, se ali se acha.

— E se te reconhecem? — interrogou Ísis, murmurante.

— Quem me pode reconhecer? O príncipe nunca me viu, e eu posso evitar Neith. Além disso, estou bastante mudado, e o seu orgulhoso olhar não descerá até um mísero escravo.

— E de que maneira nos comunicaremos, para estarmos ao corrente do que descobrires? — perguntou Keniamun.

— Combinaremos, quando chegados lá; teremos de descobrir ou escavar no muro um buraco ou fenda onde eu possa depositar, cada dia, um pequeno rolo de papiro, e, se este faltar, significa ter sido eu descoberto. Dareis então o alarme.

— Irei contigo, Sargon: tenho três mortos a vingar sobre esse miserável, e não quero permanecer inativa — disse, energicamente, Ísis.

E, ao notar o sinal negativo feito bruscamente pelos outros, acrescentou:

— Não temais coisa alguma, pois, perigo conhecido, já está por metade evitado, e a tarefa de Sargon será bem facilitada não estando ele sozinho na goela do leão. Nós nos ajudaremos reciprocamente, e, se um perecer, ficará o outro para vos dar a notícia; esforçar-me-ei para ser enfeitiçada pelo bruxo, pois não ignoro ser bastante bela para constituir seu divertimento. Apenas não terá poder algum sobre mim, porque destruirei todas as rosas e porei fora a bebida enfeitiçada. Não tenteis dissuadir-me: minha resolução é inabalável.

Após curto debate, o oferecimento de Ísis foi aceito, de igual modo que a proposição de Keniamun, de obter uma licença de meses para acompanhar seus aliados a Mênfis.

— O comandante das tropas etíopes é amigo, e, em caso de necessidade, dele obterei soldados para cercar o palácio, ou forçar a entrada — acrescentou.

— Resta-nos apenas fixar o dia da partida — disse Neftis, de olhar coruscante — porque eu, meus amigos, posso oferecer-vos abrigo seguro, onde ninguém nos procurará. Possuo, do chefe de meu pai, pequena moradia, situada em paupérrimo quarteirão de Mênfis, não distante do mercado de escravos. Tal habitação, simples e modesta, mas adequada às nossas necessidades, fica em centro de jardim, quase inculto, e foi residência de uma parenta falecida recentemente. Velho escravo, fiel e devotado qual um cão, nela reside, só, atualmente, e ninguém o conhece, porque está de pouco tempo em Mênfis, vindo de um vinhedo pequeno que possuo. Servir-nos-á, e será o vendedor de Sargon no mercado. Asseguro que não nos trairá.

Depois de assim haverem decidido a perdição do nigromante, os conjurados separaram-se. As duas mulheres, a sós, ainda conversaram longamente.

— Uma coisa ainda me horroriza e gela de terror o peito: é a tua deliberação, Ísis —frisou Neftis, com um suspiro. — Confessa-o, é por amor do hiteno que vais segui-lo ao antro do leão; mas, se o feiticeiro, apesar de tudo, envenenar tua alma e te destruir? Não desdenhes da grandeza do perigo; ainda é tempo de desistir; tu não conheces o poder da feitiçaria e a força fascinadora de Horemseb. Que vale Sargon, comparado a ele? Senti sobre mim esse olhar que gela e queima; vi o sorriso que zomba e, apesar disso, prende para sempre a ele. Eu o abomino, e, no entanto, não o esquecerei jamais, e é porque ninguém o possui, e eu não o possuí, é por isso que eu o traio e destruo.

— Tens razão: deixei-me prender a Sargon, sem segunda intenção, porém, visto que é casado, pretendo apenas ajudá-lo a reaver a esposa. No que concerne a Horemseb, não temas por mim, Neftis, porque não amarei nunca esse homem horripilante, cuja alma tem o negrume dos abismos, que a ninguém ama e que destrói, por prazer, inocentes criaturas, que jamais lhe causaram mal algum. A tal monstro, por formoso que seja, não encadearei minha alma: quero vingar minha pobre irmã, e fazer Horemseb pagar os sofrimentos de tantas desgraçadas.

Uma tarde, quinze dias, aproximadamente, após o memorável conciliábulo em que, arrebatada pelo ciúme, Neftis havia traído o nigromante e jurado sua perda, o príncipe Tutmés, deitado num leito de repouso, jogava damas com um oficial das guardas. O herdeiro do trono estava visivelmente entediado e de mau humor. É que, três semanas antes, em grande caçada, uma das rodas do seu carro, incidindo num baixio da estrada, quebrou, fazendo com que, pelo desequilíbrio, fosse projetado violentamente no chão, luxando um braço e ferindo um joelho. Seu estado não apresentava gravidade, mas forçava repouso, em casa, além de severíssimo regímen alimentar. Por isso, à proporção que as dores diminuíam, o turbulento e vivaz príncipe mais e mais se impacientava, e, na manhã do dia citado, o aborrecimento e o mau humor haviam atingido o apogeu. Descontente de tudo, maltratara os familiares, e, para ver cara nova (segundo textual expressão sua), convidou para uma partida de damas o oficial de serviço, coincidindo que era Mena. De resto, o jogo não o entreteve por muito tempo: repelindo o tabuleiro, pousou as costas no leito.

— Não quero jogar mais; vai, Mena, e dize que me enviem os objetos que comprei ontem no mercador estrangeiro; depois, conta-me uma história bem picante, das muitas que deves saber, pois, ao que se diz de ti, és assíduo onde florescem as mais escandalosas aventuras.

— Procurarei contentar-te, príncipe. É certo que sei muitas coisas, digo-o sem me gabar, porque são as aventuras que correm para mim — respondeu Mena, com fatuidade, inclinando-se profundamente.

Em seguida, ordenou a vinda dos objetos reclamados, e, enquanto Tutmés se distraía em examinar os ricos tecidos estrangeiros, joias e armas trazidas da região de Kewa (Fenícia), Mena desfiou uma série de anedotas, algumas menos e outras mais arriscadas, o que restituiu o bom humor ao príncipe, pois riu perdidamente. Como que em retribuição, presenteou Mena com soberbo punhal, de cabo cinzelado, escolhido de entre os objetos ali esparsos. Subitamente, recordou que, em uma das recentes visitas, Ísis mostrara desejo de possuir uma joia fenícia, do gênero da que vira em Nefert, a filha de Tuaá, e resolveu enviá-la, para o que escolheu um colar e um prendedor que lhe pareceram adaptar-se à descrição que ouvira, ajuntando mais um lenço bordado e franjado de ouro, objetos que encerrou em elegante cofrezinho de marfim. Mas, para não descontentar Neftis, preparou para esta um segundo cofrezinho de presentes, e disse, fechando-o:

— Pronto! Amanhã, enviá-los-ei, e creio que Ísis e Neftis ficarão satisfeitas.

Mena, que ajudara Tutmés, alcançando-lhe os objetos que iam sendo escolhidos, prestou atenção a este segundo nome.

— Não poderia eu ser o teu mensageiro, príncipe? Seria prazer para mim — disse, obsequioso.

— Tu farejas as mulheres belas, tal qual o cão um bom osso mas, para recompensar as tuas boas histórias, acedo à solicitação: leva as caixinhas, e amanhã cedo vai ao subúrbio de Tebas (e indicou o local) onde está a moradia de Neftis; saúda-a em meu nome, e bem assim sua amiga, a formosa Ísis, e entrega-lhes os presentes, dizendo-lhes, outrossim, que irei vê-las, tão logo possa sair.

Para compreender o interesse que o nome de Neftis despertara no oficial, é mister retroceder a sete meses antes, à época da estada de Horemseb em Tebas. Mena, cujo natural, baixo e interesseiro, o levava a rastejar ante os ricos e altamente colocados, fizera enormes esforços para imiscuir-se na intimidade do fascinador, conseguindo-o, em parte. O príncipe compreendera que o servil personagem poderia ser-lhe útil, em vários sentidos, e que, não estando os hábitos e gostos de Mena no nível dos recursos pecuniários, seria fácil, por dinheiro, fazê-lo instrumento do que conviesse. Para comprovar se poderia usá-lo no fim a que se propunha, o príncipe empregou Mena primeiramente em pequenos serviços, não oficiais, que saldou prodigamente, e, convencido de que nenhum escrúpulo constrangia a consciência do oficial, convidou-o para solitário passeio, dias antes do regresso a Mênfis. E, quando se distanciaram para sítios sem ouvidos indiscretos, o príncipe, abaixando a voz, disse, sem preâmbulos:

— Notei que gostas de mulheres e de jogo, belas coisas, porém caras, mais caras do que podes pagar. Queres ganhar, cada lua, uma redonda soma, em retribuição de serviço que me prestarás?

Um clarão de cúpida avidez iluminou os fulvos olhos de Mena.

— Que posso fazer para te servir, Horemseb? Não duvides da minha boa vontade.

— Desejo algo fácil de ti — disse lentamente o príncipe. — Informar-me-ás de tudo quanto de interessante ocorrer na Corte de Tebas e do que se diga de mim; mas, principalmente, tratarás de saber se aparece em Tebas certa mulher chamada Neftis, bela, ruiva, pele alva, olhos esverdeados. Se a descobres, avisar-me-ás, e dar-te-ei recompensa especial por isso. A cada lua, um homem, a meu serviço, virá buscar um relatório teu, entregando-te, ao mesmo tempo, a soma que combinaremos.

O acordo estava concluído, e Mena, que não encontrava nada de humilhante no seu papel de espião, uma vez que isso lhe rendia dinheiro, havia mantido Horemseb fielmente informado das novidades da Corte e da cidade, faltando apenas descobrir Neftis. Ouvindo Tutmés pronunciar esse nome, tratou logo de obter meios de ver a mulher em questão, pois, se acaso fosse a que tão encarniçadamente o príncipe buscava, poderia reclamar a prometida soma extra, da qual estava em grande carência, por isso que a falta de dinheiro em Mena era um mal crônico.

No dia imediato, rumou para a designada habitação. De início, o escravo guarda-porta não lhe quis dar entrada, alegando que a senhora, indisposta, não recebia ninguém; mas, Mena declinou a qualidade de enviado do herdeiro do trono, e insistiu em ser admitido. O nome de Tutmés produziu efeito, e a porta abriu amplamente para o carro do visitante. Quinze minutos depois, estava em presença da dona da casa e de sua amiga. Desculpou-se, em escolhidas frases, da insistência, transmitiu as mensagens e as dádivas principescas, e, após pequena refeição que lhe foi oferecida, retirou-se radioso, não duvidando de que favorável acaso conduzira-o direto ao fim: a bela mulher de tez pálida, cabeleira dourada, devia ser a que Horemseb buscava. Mas, que ligação existiria entre eles? Teria ela preferido Tutmés, entrando em jogo o ciúme?

Devendo o enviado do príncipe tardar oito dias ainda, Mena tomou outras informações e redigiu seu relatório, farto em citações dos custosos e árduos esforços que lhe acarretara a descoberta de Neftis. A seguir, relatou ser a jovem mulher amante de Tutmés, o qual, depois da reconciliação com Hatasu, a beneficiara ricamente. Por fim, pedia instruções ulteriores sobre o assunto.

Mena jamais poderia suspeitar que, precisamente na noite da data da sua visita, a residência ficaria desabitada, sob a guarda de alguns escravos zeladores, transferidos todos os outros servos a distante propriedade, para outros afazeres. Ao anoitecer, Neftis e Ísis, cuidadosamente protegidas por espessos véus, saíram, pelo jardim, alcançaram, a pé, o Nilo, e subiram para uma embarcação de aparência comum. Dois homens, vestidos de modestos burgueses, ali as aguardavam: Sargon e Keniamun. Este último, tendo dito a Chnumhotep necessitar atender a um velho parente de que era herdeiro, obteve licença de alguns meses.

Atingiram Mênfis, sem embaraços, e instalaram-se na pequena casa de Neftis. Esta comunicou imediatamente ao escravo guardião o necessário, e bem assim o papel que lhe estava destinado, na venda de Sargon. O velho Cheops era um desses servos que obedecem cegamente, sem nunca discutir ou examinar as ordens dos senhores; por isso, apenas pensou em bem executar o que dele se esperava. Além de tudo, ignorava a qualidade dos dois homens, que conservavam as vestes do povo e guardavam nas conversações a maior discrição.

O príncipe e o oficial trataram, no primeiro tempo da sua estada, de uma indispensável preparação: cada noite, encaminhavam-se às proximidades da moradia de Horemseb, e cavavam dois orifícios no muro que a rodeava, aberturas que deveriam servir para a correspondência de ligação entre Sargon e seus aliados. Lá depositariam as folhas de papiros, dando notícia do que fosse descoberto, e seriam recebidas as respostas e novas do exterior. A fim de orientar-se mais facilmente, o assírio transpôs o muro, com auxílio de escadas, aproveitando-se da propícia escuridão de uma noite, preparou alguns sinais que lhe facilitariam reconhecer o local, e escondeu, na espessura de um bosque, sob monte de folhas, um punhal, um machado de cabo curto e uma longa corda com anel corrediço. Terminados tais preparativos, restava aguardar que o intendente do príncipe viesse ao mercado dos escravos, o que era fácil de saber, dada a proximidade da casa.

Todavia, muitas semanas se escoaram sem que se apresentasse a almejada oportunidade. Desesperado e impaciente, Sargon começava a perder ânimo, quando, afinal, certa manhã o velho Cheops acorreu esbaforido, anunciando que Hapzefaá aparecera, e estava fazendo grandes compras. Sombrio e resoluto, Sargon preparou-se para partir. Por última vez apertou as mãos amigas dos que o rodeavam, emocionados, obrigando-os a jurar prudência e imediatas notícias suas. Depois, seguiu Cheops. Na tarde desse mesmo dia, Ísis realizaria sua primeira excursão ao Nilo, no intuito de encontrar o bruxo.

Cheops, completamente senhor do papel a representar, levava após si o falso escravo, oferecendo-o a quantos encontrava, e aproximando-se, sem ostentação, do ponto onde Hapzefaá adquiria algumas raparigas. Muitos compradores detiveram-se a examinar Sargon, mas, informados de que era surdo-mudo, recusaram-no ou ofereceram preço ínfimo, dando lugar a que Cheops voltasse costas, cuspindo, colérico:

— Que vamos fazer deste animal estúpido e inútil? Depois, esticando-se, berrou, a toda força dos pulmões: — Quem precisa de muito hábil servo, entendido em todos os trabalhos caseiros, e cujo defeito único é ser surdo-mudo?

A voz aguda e ganida chegou ao ouvido de Hapzefaá, que, concluídas suas compras e aproximando-se dos dois homens, encarou Sargon, com escrutador olhar.

— É um mudo que estás vendendo, velho? Quê! É surdo também? Triplo trabalho, então, para lhe explicar o que tenha a fazer — engrolou o intendente, sacudindo os ombros.

— Oh! Um simples aceno basta para que entenda que Karapusa é hábil e diligente servo. Não tem rival para entrançar guirlandas, ajeitar flores em jarras e corbelhas, alimentar os tripés de perfumes, limpar e ter em ordem os apartamentos, servir e alumiar os hóspedes, carregar fardos e abanar contra as moscas. Por outro mérito, tem o de não escutar às portas e abusar da língua para caluniar os senhores — clamou Cheops com espantosa volubilidade, agitando os braços.

— Calma! Crês tu, velho imbecil, ser o primeiro escravo que compro na minha vida, para me aturdires assim? É certo que o galhardo parece robusto, e eu o comprarei, se tu te contentas com um preço razoável, e se me convenceres de que sua inteligência não é muito obtusa.

265

Para atrair a atenção de Sargon, que parecia mergulhado na indiferença mais estúpida, Hapzefaá lhe aplicou um pontapé, e, gesticulando com os braços ao ar, simulou os movimentos de quem colhe flores e as ajeita para uma corbelha. O falso Karapusa demonstrou animar-se alegremente, mostrando os brancos dentes e movendo a cabeça em sinal de haver compreendido. Pegando uma corbelha e um feixe de flores começou a confeccioná-la, apesar dos gritos e protestos da dona vendedora. Sem poder represar o riso, Hapzefaá gesticulou para que cessasse a tarefa, pagou a soma pedida por Cheops, e acenou a Sargon para que se reunisse ao grupo de alguns homens igualmente comprados.

Meia hora depois, Sargon, coração agitado, carregando pesada ânfora, e seus companheiros, tão silenciosos quanto ele, entravam no vasto domínio de Horemseb, cuja maciça porta se fechou após. Hapzefaá entregou os novos escravos ao subintendente, retendo apenas Sargon, que guiou, por meio de longos corredores, até uma outra ala do palácio, introduzindo-o numa câmara onde alentado homem, de flácidas bochechas, escrevia.

— Chamus, trago-te o homem que me encomendaste para substituir Chnum — disse Hapzefaá. — Olha! Creio ter feito boa compra para o serviço íntimo do amo: este rapaz se chama Karapusa, é surdo-mudo e me parece expedito e cuidadoso.

O chefe dos eunucos, erguendo-se, examinou atentamente Sargon, que simulava a maior e perfeita indiferença.

— Podia ser mais moço, porém não importa! É suficientemente delgado e bem parecido — comentou Chamus. Vou acomodá-lo, e começará seu serviço hoje, na refeição da noite.

Depois de permutarem acertos sobre as tarefas domésticas, separaram-se os dois homens, e Chamus conduziu o novo servo a ampla sala onde havia, ao centro, grande tanque cheio de água, e o confiou a outro eunuco. Este fê-lo entrar num pequeno aposento contíguo, pôs à sua disposição substancioso repasto, e fechou a porta. Decorridas muitas horas, escoadas com bem compreensível agitação para o príncipe, a porta foi reaberta, e o eunuco o reconduziu à sala do tanque, acenando-lhe para despir-se e fazer um mergulho na água. Sargon obedeceu, sem hesitar, e, depois de banhado, dois escravos enxugaram-no esmeradamente, esfregando-o com óleo aromático, e pondo-lhe um avental de fina lã bordado a ouro, além de amplo colar de ourivesaria ao pescoço e largas pulseiras nos braços e tornozelos, terminando por assentar-lhe à cabeça um "claft" listrado de azul e ouro.

— É evidente que Horemseb deseja ver em seu redor riqueza e elegância; tudo que se aproxima desse monstro sanguinário deve recrear seu embotado olhar e acariciar o olfato —pensou Sargon, pleno de raiva e amargura.

Concluída a *toilette*, o eunuco levou-o à presença de Chamus, que o examinou, com satisfação e um balancear de cabeça aprobativo.

— Os outros estão aprestados?
— Sim; esperam na galeria.

Chamus escolheu uma vestimenta leve, ornou de joias o pescoço e os braços, e saiu, fazendo aceno a Sargon para que o seguisse. Anoitecera. Atravessaram muitas e silenciosas câmaras, iluminadas por tochas, depois uma galeria onde sete jovens escravos, com vestimentas idênticas à de Sargon, se incorporaram. Ao longo de extenso corredor, Chamus se deteve, puxou um reposteiro de couro e abriu, com a chave que levava, alta grade dourada. Uma série de apartamentos, mobiliados com realengo luxo, fartamente iluminados, seguia-se ante ele; por toda parte, viam-se móveis preciosos, objetos de arte e custosos vasos atestados de flores raras. Moços, ricamente trajados, transitavam, sem ruído, alimentando os tripés com aromas suaves, mas sufocantes.

O coração de Sargon batia desordenadamente; parecia-lhe entrar em mundo encantado e novo; naquela casa de suntuosidades, silenciosa qual um templo, vivia, pois, Horemseb e, junto dele, Neith, talvez amando e feliz nos braços do rival. A semelhante pensamento, cólera e ciúme turbilhonavam na alma do assírio. Teria sido para libertar uma ingrata que ele descera ao nível de escravo, entregue, de mãos e pés ligados, a esse chacal para quem a vida humana valia menos do que a do animal? Não! Esse homem, frio e cruel, não dava a nenhum ser nem amor nem felicidade; se Neith ali estava, devia sofrer, e a vingança aproximava-se. O punho se lhe crispou; o momento em que Horemseb, preso a correntes e degradado, fosse de rastos pelas ruas, esse momento pagaria tudo quanto ele, Sargon, estava arriscando e padecendo.

Logo em seguida, Chamus e seu séquito penetraram em grande sala, que, por uma das faces, abria para o jardim; brandões e lâmpadas acesos iluminavam profusamente; muitos domésticos, sob a direção de mordomo, terminavam, céleres, os preparativos de uma refeição para duas pessoas. Sobre largo degrau dourado, viam-se mesa e soberba poltrona; duas esfinges de metal sustentavam esta, de alto espaldar, forrado de estofo púrpura com ramagens de ouro; um tamborete de marfim, fronteiro, destinava-se ao conviva do senhor. O eunuco indicou a Sargon o posto, por detrás da poltrona, e lhe deu soberba ânfora cinzelada, explicando, por gestos, que deveria encher o copo do amo, todas as vezes que este lho estendesse.

A seguir, Chamus ergueu enorme e pesado pano suspenso a um lado da sala, e o hiteno percebeu, através da tapeçaria, dourado gradil que separava este recinto de um aposento ou galeria parcamente iluminada, na sombra da qual se viam mulheres vestidas de branco e trazendo harpas. Nesse momento, prolongado e vibrante som fez-se ouvir, vindo do fundo do palácio. Chamus deixou cair vivamente o reposteiro, e, ajeitando uma fisionomia de adoração quase estúpida, correu para junto da mesa, em torno da qual vieram postar-se, em semicírculo, dez homens munidos de tochas, enquanto servos, trazendo os pratos, escalonavam prestes, segundo as ordens do mordomo. Houve um momento de silêncio solene, depois, ruído de passos, e, da sala contígua, saíram dois adolescentes, empunhando tochas, e se detiveram imóveis como se fossem estátuas, e, sucedendo-os, caminhou Horemseb, acompanhado de esbelta mulher e muitos escravos. Desde o aparecimento do amo, Chamus e o mordomo prosternaram-se e beijaram o chão; todos os demais servidores ajoelharam, e Sargon, fremindo de raiva, teve de imitá-los. Mas, quase instantaneamente, tudo esqueceu: na mulher, que se avizinhava e que se instalou afinal no tamborete, reconheceu Neith. Dominando, num quase super-humano esforço, o desfalecimento que por um instante ameaçou atirá-lo ao solo, inteiriçou-se

267

na posição do seu posto, observando avidamente a jovem mulher, a qual, e assim Horemseb, não dirigira olhar aos escravos de serviço.

Neith trajava uma veste de lã branca ricamente bordada a ouro; joias de elevado preço cintilavam no pescoço e braços, e uma coroa de flores ornava-lhe os lindos e negros cabelos; mas, seu rosto encantador estava pálido e emagrecido; taciturna tristeza velava-lhe os olhos, e a boca, em recalcitrante mudez, denotava sofrimento e exaustão. Com tanta surpresa, quanto satisfação íntima, Sargon constatou que nenhuma palavra, nenhum olhar de amor foram permutados: com expressão fria e altanada, o príncipe servia sua companheira, que, vez alguma, ergueu o olhar para ele.

Coincidindo com o início do repasto, suave canto se elevou, por detrás do pano, melodia estranha, algo monótona, parecendo embalar os convivas, provocando um descanso voluptuoso e contemplativo. Neith de quase nada se serviu, e bem depressa se apoiou na mesa como que absorvida pela música, enquanto Horemseb comia com apetite, erguendo muitas vezes o copo, que Sargon enchia, deplorando no imo da alma não ser veneno aquele líquido.

Por momentos, louco desejo o invadiu: erguer a pesada ânfora e esmigalhar o crânio do miserável sentado diante dele, mas, a cada impulso, o ódio espelhava-lhe ante o espírito vingança mais requintada. Oh! matar, apenas, era muito pouco! A humilhação de Horemseb, o encarceramento, a tortura, morte horrível e degradante, eis o que poderia contentar o rancor feroz de Sargon. Terminada a refeição, Horemseb também se apoiou à mesa, fixando Neith com olhar metade colérico, metade apaixonado; mas, porque os olhos da jovem permanecessem teimosamente abaixados, profunda ruga se lhe formou na fronte. Levantando-se, curvou-se sobre ela, enlaçou-lhe a cintura, forçando-a a erguer-se.

— Vejamos, bela rebelada, concede-me afinal um olhar, um sorriso — disse meio a rir, meio agastado.

Neith não ofereceu resistência, mas os olhos continuaram abaixados, mesmo quando ele lhe beijou os lábios fechados. Felizmente para o falso escravo, Chamus, atarefado com o amo, não viu o clarão odiento, fero e mortal, que relampejou nos olhos de Karapusa/Sargon.

Na noite desse mesmo dia em que Sargon entrara para o serviço de Horemseb, no disfarce de escravo surdo-mudo, Neftis, com as mãos trêmulas, enfeitava a amiga para o passeio pelo Nilo, que redundaria em cair, ela também, nas mãos do feiticeiro. A despeito da resolução, Ísis, igualmente, estava agitada: esperava reconquistar a liberdade, mas, não alimentava ilusões quanto ao perigo a que ia expor-se. Acompanhada de Keniamun, vestido com avental de grosseiro pano e com o "claft" riscado dos escravos, a moça entrou no pequeno barco, que o oficial dirigiu, apressadamente, rumo ao palácio de Horemseb. Parando em face das escadarias, não esperaram muito tempo, pois viram, em breve, o fascinador entrar na maravilhosa barca, e, dentro em pouco, as duas passaram uma junto da outra. A vista da formosa jovem, da qual o luar iluminava a branca tez, os louros caracóis dos cabelos, e cujo olhar parecia voltado para ele, Horemseb ergueu o busto, e, sorriso, misto de escarninho e de paixão, que lhe era habitual, olhar cintilante, tirou uma rosa do cinto e fê-la cair direta no regaço de Ísis. Distanciadas que foram as embarcações, a moça atirou, com aversão, a flor para um cesto adrede, posto a seus pés para tal fim, no intuito de conservar as rosas para prova de que Horemseb as distribuía.

— Qual seria a indignação do bruxo, se visse o teu descaso pela sua preciosa dádiva! — comentou Keniamun, motejando.

— Grande, sem dúvida, e maior ainda, se pudesse avaliar o asco que me inspira. Tão bonito e ricamente dotado pelos imortais, duplamente culpado se torna em assenhorear-se dos corações, por sortilégios, e destruir depois todos que o amam.

Durante os três dias que se seguiram, Ísis fez vãs excursões, pois não encontrou o príncipe, que, evidentemente, desejava fazê-la languir; mas, quando, enfim, suas barcas se cruzaram de novo, outra rosa foi-lhe atirada, acompanhando-a com olhar de não disfarçada paixão. Ao terceiro encontro, que ocorreu alguns dias mais tarde, a rosa trazia preso à haste pequeno rolo de papiro, que Keniamun decifrou, no regresso a casa. Dizia assim:

"Bela desconhecida, se teu coração confirma o que teus olhos exprimem; se é com intenção que cruzas meu caminho, sejamos felizes, ambos, porque também te amo. Se, pois, te inspiro confiança para que creias em meu afeto, vem, amanhã, à primeira hora da noite, à margem do Nilo (estava indicado o ponto), onde encontrarás uma barca, tripulada por dois homens, um dos quais exibirá uma rosa no boné. Tu lhes mostrarás a que ora te dou, e serás conduzida aos meus braços, segura e discretamente."

Pálida e trêmula, Ísis escutara a leitura da mensagem: chegara o momento decisivo.

— Recuas? — perguntou Neftis, pegando-lhe a mão.

Repelindo o momentâneo desfalecimento, a moça retesou o corpo:

— Não — replicou energicamente —, não recuo, e amanhã estarei no local indicado. Fartos de tantos crimes, os deuses protegem os nossos empreendimentos; eles me inspirarão para que eu possa auxiliar Sargon e vingar todos os inocentes destruídos pelo bruxo.

Nessa noite, ambas não dormiram. Achegadas num banco do jardim, trataram primeiramente da mensagem trazida da fenda mural, por Keniamun, dias antes, e na qual Sargon lhes informava estar Neith realmente no palácio, e que ele fora posto no serviço íntimo de Horemseb. Depois, Neftis indicou à amiga a maneira, a seu ver, mais fácil de subtrair-se à influência do aroma enfeitiçante e evitar beber, sem despertar atenção, o licor venéfico. Falaram também da participação de Tutmés no uso do enfeitiçamento, pois Neftis confiara esse segredo aos seus aliados, para que estes pudessem, em caso de morte desta, exercer pressão sobre o príncipe e este sobre a rainha, na hipótese de querer a orgulhosa soberana subtrair à justiça o seu criminoso parente. Pouco a pouco, a conversação esmoreceu e cessou totalmente. Pesados e tumultuosos pensamentos perturbaram o coração das duas mulheres; um pressentimento, que em vão tentavam combater, segredava-lhes ser mais razoável desistir da desigual luta do fraco contra o forte; que aquela noite talvez fosse a derradeira de suas jovens existências, em que, livres, não sujeitas a vergonhosa subjugação, contemplavam o céu estrelado sobre suas frontes. A ideia de que no dia seguinte, àquela hora, estaria em poder do desalmado nigromante, só e separada do mundo, um gélido tremor percorreu o corpo de Ísis; mas, a resolução não fraqueou; um amor bem mais profundo, que não confessaria, ligava-a a Sargon, e disposta estava a tudo sofrer para revê-lo e estar junto dele, no momento do perigo.

O dia transcorreu pesarosamente. Até sobre o alegre Keniamun parecia haver tombado plúmbea nuvem, e seu olhar se obscurecia, ao contemplar a denodada moça que, destemerosamente, se expunha a um fim talvez medonho. Chegada a noite, Neftis, sombria e muda, adornou a amiga, pôs-lhe ao pescoço um bento amuleto, e, após derradeiro ósculo, envolveu-a num manto. Tendo-se igualmente despedido de Keniamun, que quis acompanhá-la até certa altura do caminho, Ísis saiu e andou rápida em direção ao Nilo. A vista do rio, apertou mais uma vez a mão do oficial, e correu para uma pequena barca, provida de dois homens, atracada no ponto indicado.

Quando se aproximou bastante, um dos remadores levantou-se, e, vendo a rosa na mão de Ísis, lhe indicou, com o gesto, a que trazia presa ao boné. Depois, ajudou-a a embarcar. Como que alquebrada, deixou-se cair no banco do barco. Findara tudo. Impossível a retirada, por instantes a coragem abandonou-a; mas, mulher corajosa e enérgica, a prostração foi fugaz; o próprio instinto de conservação inspirou-lhe a necessidade de, mais do que nunca, sangue-frio, lucidez de espírito, para tudo ver e enfrentar, a tempo, qualquer eventualidade. O trajeto foi feito celeremente e no mais completo mutismo, parecendo que os remadores eram surdos-mudos, por isso que palavra alguma lhes saiu da boca.

Em breve, apareceu a muralha imensa que cinturava os domínios de Horemseb, e a embarcação, sem se deter, contornou a escada e sumiu no ancoradouro, cuja porta, silenciosamente aberta, com a aproximação, silenciosamente também fechou, após o ingresso. Ísis olhou, escrutadora. Ao fundo do hangar, iluminado por archote preso ao muro, via-se, amarrada, a barca maravilhosa, e sobre os degraus da escada de pedra, subindo para o talude, estavam dois escravos, muito moços, ricamente vestidos, empunhando tochas. Um dos remeiros ergueu Ísis e a deixou no primeiro degrau, indicando-lhe, por aceno, os dois adolescentes, os quais, por sua vez, convidaram-na, por gestos, a segui-los.

Embora com o coração latejando descompassadamente, a nova hóspede acompanhou dócil os dois guias, que a precediam, iluminando o caminho. Atravessaram aleias arborizadas, que lhe pareceram sem fim, tudo deserto, e onde apenas o rumor dos passos perturbava o silêncio, profundo e solene, daquela verde solidão. Inopinadamente, à curva de escura aleia, desembocaram em vasta esplanada, ao término da qual se erguia o palácio. Como que deslumbrada, Ísis parou, incapaz de desviar os olhos daquela visão mágica. À esquerda do caminho que ia seguir, dominava um imenso lago, cujas polidas águas refletiam labaredas acesas em altos tripés de bronze, colocados, equidistantes, em torno das bordas. A fachada monumental do palácio mostrava uma série de colunas maciças, pintadas de cores vivíssimas, iluminadas por infinidade de vasos e tripés, queimando alcatrão. Tal claridade, rival de um avermelhado luar de incêndio, promiscuía-se fantasticamente sobre as esculturas e ornamentos multicolores, os bosquetes de flores raras e os degraus de granito que conduziam ao jardim; na bruma avermelhada, via-se distintamente moverem-se silhuetas humanas, atarefadas em manter os fogaréus. Recobrando-se, ao grunhido de um dos guias, Ísis recomeçou a andar, esperando encontrar Horemseb a cada instante; mas, este não apareceu, e foi Chamus que a recepcionou, conduzindo-a a elegante e pequeno aposento, semelhante ao que fora ocupado por Neftis, diferindo apenas em que abria para o grande jardim.

— O amo te saúda — disse o eunuco. — Ele escolheu para tua morada este aposento, no qual acharás tudo que necessites, em vestidos e enfeites. Lá, sobre a mesa, fiz colocar refrigerantes: come e bebe, se te apetece, e depois descansa. As determinações ulteriores tu as receberás diretamente dele.

E, saudando-a ligeiramente, retirou-se. Ficando a sós, Ísis acocorou-se sobre um leito de repouso, e, enlaçando os joelhos com as mãos unidas, meditou a fundo: "Que lhe trariam as próximas horas? O senhor da casa viria ainda hoje dar ordens à nova escrava? Infame, que deixava cair a máscara, tão logo a vítima transpunha o limiar da sua morada! Oh! quando soaria a hora das represálias, em que Horemseb, mais degradado do que um escravo, aguardaria as ordens dos juízes?..."

Deixando-se deslizar de joelhos, a moça ergueu as mãos, e muda, mas ardente prece elevou-se de sua alma para os imortais, implorando a abreviação do dia da vingança.

Nessa mesma noite, algumas horas mais tarde, Tadar, o velho sábio, encontrava-se sozinho na sala do pavilhão que lhe servia para estudo e trabalho. Descera do observatório, instalado acima do teto, onde observara os astros, tentando neles ler o futuro; mas, era evidente não lhe ter sido revelado bom augúrio, porque profunda ruga lhe vincava a testa, e seu rosto, encarquilhado e anguloso, espelhava sombria ansiedade. Cabeça apoiada nas mãos, fixava uma folha de papiro, na qual estavam traçados alguns cálculos astronômicos, e se achava profundamente absorto, a ponto de não se aperceber da chegada de Horemseb. Somente quando este lhe tocou ligeiramente na espádua, entesou-se, em sobressalto.

— São, suponho, pensamentos desassossegados os que ouso perturbar, mestre — disse o recém-vindo, sentando-se. Haverá novos obstáculos à grande mostra prometida por Moloc, e que nos desvendará o porvir? Leste nos astros algum sinal desfavorável?

— Essa experiência a que aspiras tão ardentemente, meu filho, verificar-se-á mais depressa do que esperas; porém o que por duas vezes li, no céu, enche-me de apreensões o coração. Claramente, as estrelas anunciam que mortal perigo paira sobre nosso teto; tu, principalmente, és ameaçado por um homem, e também por mulher, que almejam destruir-te, contudo, não pude ver detalhes, porque sempre sombras negras se interpõem e impedem distinguir nitidamente o que se prepara.

Horemseb estremeceu, e seu semblante, pálido e preocupado, desde a chegada, mais se sombreou.

— Esta noite trouxeram uma jovem destinada a Moloc — disse — e não sairá viva daqui; dentro de meses perecerá tal qual as outras. Não creio seja ela a designada perigosa pelos astros. Não será de Neith que possa vir o perigo? Essa tenaz e orgulhosa criatura tem transformações tão estranhas e inesperadas!

— Não; já te disse que Neith não te trairá, e hoje acrescentarei: é a única que te ficará fiel e devotada. É de outra e de um homem, cheio de ódio, que provirá o mortal perigo que parece ameaçar-te de destruição. Tem cuidado, Horemseb, seja prudente, mais do que nunca.

Expressão de raiva, mesclada de ansiedade, desfigurou por instantes o belo rosto do príncipe, e seu punho se crispou.

— Não posso duvidar, mestre, de que é Neftis o ser perigoso que ameaça minha vida; a miserável conhece nossos segredos, furtou a bebida encantada, da qual, desconfio, já abusa. Por ela, tudo será desvendado, se eu não conseguir deitar-lhe a mão, em tempo, e para falar nela é que vim aqui. Já te fiz ciente do relatório de Mena, anunciando tê-la descoberto, e que é a amante de Tutmés. Imediatamente suspeitei que tal ligação, que lhe proporcionou a riqueza, e a miraculosa reconciliação da rainha com o irmão são efeitos do aroma sagrado. Escrevi imediatamente a Mena, recomendando vigiá-la de perto e indicar a moradia dela ao meu enviado, homem de confiança, o qual devia raptá-la ou, se isso impossível, dar-lhe uma punhalada; mas, incontestavelmente, os espíritos impuros protegem-na, e advertiram-na, pois, esta noite, meu mensageiro regressou, e Mena comunica que Neftis desapareceu, e que sua casa está vazia e fechada, e o guardião ignora o rumo que a ama seguiu. Saiu de Tebas? Esconde-se apenas? Quem o sabe? Mas, infeliz dela, se o acaso a colocar em minhas mãos!

— Bem podes ter razão, meu filho, suspeitando dessa Neftis, e se ela açular Tutmés contra ti, poderá ser ele o terrível inimigo assinalado pelas estrelas.

Horemseb acenou com a cabeça.

— Esta última hipótese parece-me improvável: o príncipe real não se imiscuiria numa intriga dirigida contra um membro da sua casa; mas, entre os sacerdotes, possuo irredutíveis adversários. Acalmei um pouco os de Mênfis, mediante sacrifícios, oferecidos antes da minha viagem, e pela minha participação na festa de Ápis; no entanto, em Tebas, a padralhada manteve-se em reserva, mostrou-me a sua desconfiança, e um profeta do templo de Amon, de nome Ranseneb, homem duro e fanático, disse-me certo dia, sem constrangimento:

"Pretende-se, príncipe, que tu afetas mais do que negligencias pela religião e culto dos teus avós. Deixa-me dizer-te que nem a hierarquia, nem o nascimento dispensam da deferência devida aos deuses e aos seus servidores. Toma cuidado para que Ra não golpeie tua orgulhosa cabeça e não ilumine com desfavorável luz a sombra que envolve tua existência e teu misterioso palácio".

— Indubitavelmente ninguém pode proibir-me viver conforme quero, em minha casa; essa casta, porém, ávida, é insaciável de donativos, e Ranseneb bem pode ser o inimigo que temes.

— Sacrifica, então, e aplaca os sacerdotes com ofertas valiosas.

Horemseb suspirou.

— A coisa me é incômoda, e não posso, no momento, sacrificar o quanto seria necessário para lhes tapar a boca. Devo confessar-te, mestre: a vida que levo esgota a minha fortuna. Sou rico, ainda, sem dúvida, porém já tive embaraços, e prevejo o dia em que Hapzefaá venha dizer-me que estou arruinado. Devo, pois, inventar um meio de reparar meus haveres, uma vez que não posso mudar de costumes; estou habituado a viver da maneira que vivo, por detrás destes muros, e a isso não renunciarei. Eis o que pretendo fazer, caso dês a tua aprovação: dentro de três semanas, após os grandes sacrifícios, terei alguns meses de ócio, e aproveitarei o ensejo para desposar Neith. Ama-me e possui grandes cabedais, que Hatasu não deixará de acrescer. A própria Neith obterá o perdão do rapto e, confessando que, por amor, me seguiu voluntariamente, a rainha não poderá desejar, mesmo para a filha de Naromath, partido melhor do que um príncipe da casa real.

— Teu plano é bom e prudente, meu filho, mas, esqueces que Neith é casada, e que seu esposo, indultado segundo me disseste, regressou a Tebas? Ele ama a esposa, conforme dizem, e não te cederá seus direitos de marido.

— Voluntariamente, não, sem dúvida — obtemperou Horemseb, com cínico sorriso —mas um tão mesquinho obstáculo não me deterá: Sargon morrerá, uma vez que me atrapalha, e será Mena quem me desembaraçará do empecilho, pois, por dinheiro, assassinaria o pai! Amanhã mesmo, dar-lhe-ei ordem para agir. Isto, porém, é detalhe secundário. Dize-me antes, Tadar, quando tentarás afinal a experiência autorizada por Moloc?

— Depois de amanhã, à noite, meu filho. Purifica-te, pois, por um severo jejum, toma um banho e bebe a essência que dilata os sentidos; transportarás Neith aqui, para que eu a adormeça: Moloc exige sua presença. Providencia para que todos os serviçais sejam afastados nessa noite, e que ninguém perturbe nosso solene silêncio.

— E verei o que faremos nos séculos futuros, quando apenas nós sobre-existirmos às gerações descidas ao túmulo? — interrogou Horemseb, com ávida curiosidade.

— O deus me prometeu. Ele pesará os aromas que enchem nossas almas, e, feito isso, verá a direção dos nossos instintos e o ambiente onde projetaremos nossos atos; porque é o excesso de um ou outro que faz balancear nossas ações e decide das provas que teremos de suportar. Os demais homens morrem e regressam, em novo corpo, para lutar contra os aromas instintivos; nós, que viveremos sem mudar de envelope, nós nos transformaremos mais lentamente ainda, e, por muitos milhares de ciclos anuais, Moloc poderá fixar e nos mostrar o que nos aguarda.

4
Neith e Horemseb

Retrocedamos agora, para retomar a narrativa no momento em que Neith, estendida sobre as almofadas da cabina, adormecera na barca de Horemseb, para despertar no palácio. Após haver transportado a jovem para o apartamento que lhe havia escolhido, e determinado a Chamus que ele e os servos da recém-vinda lhe viessem testemunhar o mais profundo respeito, o príncipe rumou para o pavilhão do sábio e lhe disse da bela e ilustre presa que acabava de consumar. Tadar meneou a cabeça, preocupado e descontente.

— Terias procedido melhor pedindo-me conselho, antes de trazer essa moça para aqui. Uma vez o fato consumado, peço-te que cuides da sua saúde e de atormentá-la o menos possível.

— Por que tantas recomendações? — inquiriu Horemseb, surpreso e desconfiado.

— Porque a filha de Mena não deve ser sacrificada a Moloc. Li, esta noite, nos astros, que a mulher que transpusesse, hoje, teu limiar tornar-se-ia a nossa salvação e salvaguarda, no momento de perigo mortal. É, pois, em teu próprio interesse que zelarás pela sua vida. Expliquei-me clara e convincentemente para dissipar dúvidas? Confesso que esperava maior confiança da tua parte.

— Perdoa-me, mestre; serás obedecido, e Neith aspirará apenas a porção de aroma necessário a manter o amor por mim.

Satisfeitíssimo, o fascinador regressou ao palácio. O conselho do sábio coincidia com o seu próprio intuito: o de conservar a vida de Neith; a arrogante e espiritual mulher agradava-lhe, e a fatuidade estava contentada com haver, afinal, se apoderado daquela jovem de alto nascimento, em vez de escravas e pobres filhas de burgueses, das quais fazia joguete e o tratavam por senhor. A filha de Mena, pela origem e caráter, era de outra têmpera: amada, mimada, adulada por todos, havia fruído a posição honrosa e privilegiada que os costumes egípcios concedem às mulheres. Levar à compunção essa bela caprichosa, humilhar seu orgulho, fazendo dela dócil e humilde brinquedo, devia constituir um divertimento tão novo quanto interessante, do qual Horemseb se prometia usar a bel-prazer.

Tornando a si, Neith encontrou-se num delicioso pequeno apartamento, decorado com luxo real. As paredes do salão tinham incrustações de lápis-lazúli sobre fundo de ouro; todos os móveis, de madeiras preciosas, marchetados de marfim e pedrarias, possuíam acolchoados de púrpura. Servos, mudos porém hábeis, serviam-na com respeito, e as vestimentas postas à sua disposição agradaram ao seu apurado bom gosto. Mas, esta primeira impressão, toda favorável à nova morada, não foi duradoura: a cativa jovem compreendeu bem depressa que aquela áurea gaiola era cárcere; não mais poderia ter contato com Roma, que, terno e amoroso, delicado e benévolo, cedera sempre aos seus caprichos, olhando o seu amor como o dom mais precioso, e que, ante as suas mais desarrazoadas fantasias, as acolhera em silêncio. Mesmo Hartatef e Sargon, em obediência a sincera paixão, tornaram-se seus escravos; mas, o homem a quem imprudentemente seguira demonstrara-lhe, sem delonga, não estar disposto a diverti-la com amor, a passar os dias a admirá-la, a distraí-la, e sim que ela se dera a um senhor brutal e insolente, e não devia ter outra vontade além da dele.

Amanheceu o dia seguinte, e Neith, depois da refeição, manifestou desejo de fazer um passeio no Nilo.

— É impossível — respondeu tranquilamente o príncipe.

— Por quê? Teu palácio está na margem do rio, e eu quero sair! — disse, surpresa e contrariada.

— Lamento; mas uma vez entrando aqui, não se sai mais. Assim, não farás teu passeio no Nilo.

Neith ergueu-se, de olhos chamejantes. É que não tendo absorvido nova dose do venenífero feitiço, estava na plenitude do seu natural, e também na força violenta do seu caráter. Amava ainda Horemseb, é certo, mas acreditava-se correspondida, e conhecia o poder que ela exercia sobre os homens. Além disso, habituada a que se dobrassem à sua vontade, a recusa, a coisa tão simples, ofendeu-a duplamente.

— Que significa isto? Quero sair e sairei! — quase gritou, impetuosamente. — Ordeno que, agora mesmo, me aprestem uma barca; não vim aqui para ser prisioneira.

Horemseb voltou-se na cadeira, e fixou-a, com ostensiva ironia.

— Já te disse que não se sai do meu palácio. Tu me seguiste livremente; habitua-te a obedecer-me e ter por vontade a vontade do teu senhor.

Fremente de pasmo e de orgulho, mediu-o, com olhar de desprezo:

— Tu disseste "senhor", creio, mas erraste a palavra, decerto. Caso contrário, fica sabendo, Horemseb: a filha de Mena nunca teve senhor; a própria Hatasu diz-se minha protetora; Tutmés trata-me de igual para igual; os homens, que tenho honrado com o meu amor, consideravam-se meus escravos. Se agora, como jamais o fizeste, ousares tratar-me tão insolentemente, eu te detestarei, em vez de te amar.

O príncipe ergueu-se, e o olhar se fixou, com glacial dureza, sobre a sua vítima, dobradamente formosa na passional revolta.

— Experimenta detestar-me — disse em tom vibrante —, mas fica sabendo também que, se pretendes conservar meu amor, jamais deves pronunciar palavras tão insensatas. Neste palácio todos me são submissos; eu sou o senhor da tua alma, da tua vida, do teu corpo. Compreende isto e adapta a isto o teu procedimento. Horemseb só tolera junto dele mulheres humildes, que suspiram a seus pés e imploram o seu amor, e nunca uma rebelada. Se persistires na tua teimosia, eu te distanciarei de mim.

— Eu desejo regressar; não ficarei perto de ti — retrucou, trêmula de cólera.

Sem honrá-la com um olhar sequer, o príncipe voltou-se, e disse, com indiferença:

— A solitude dará cura à tua insânia. Só me verás novamente quando, arrependida, humilde, implorares perdão. — E voltando-se para Chamus: — reconduz esta mulher ao seu apartamento.

Muda, fulminada, Neith julgou enlouquecer. Sem enxergar, sem ouvir, maquinalmente acompanhou Chamus, que a aconselhou, respeitosamente, acalmar-se e repousar.

Ficando a sós, sua raiva e desespero se fundiram numa torrente de lágrimas, e a noite avançara bastante quando adormeceu, exaurida. Durante três dias, Neith não saiu do aposento. Primeiramente, escutou, com ansiosa expectativa, o menor ruído nos corredores ou no terraço contíguo, na esperança de ver surgir, a cada instante, Horemseb, que, arrependido e cheio de remorso, viesse rogar paz. Tal esperança foi vã; ele não veio, e, com intenso amargor, a jovem teve de reconhecer que aquele homem não a amava, conforme estava ela habituada a ser querida; que, duro e indiferente, aguardava que ela se humilhasse ante ele. E, a este pensamento, tudo em sua altiva alma se rebelava: pedir perdão a esse insolente, culpado único, nunca!

Se Neith pudesse ver a irritação e impaciência do príncipe, ter-se-ia consolado enormemente; mas, apesar disso, ele se manteve firme, e só na tarde do quarto dia remeteu uma rosa rubra, por mão de um dos escravos. Recebendo a dádiva pérfida, Neith se agitou fortemente: ele enviava uma flor, prova de que cedia e entabulava assim as preliminares da reconciliação. Recuperando o bom humor, à espera de Horemseb, sentou-se e cheirou a rosa envenenada. Longo tempo decorreu, sem que o príncipe aparecesse.

Assaltada por uma inquietude, uma angústia sem nome, a pobre enfeitiçada passeou pelo aposento, e depois correu para o terraço; faltava-lhe o ar, dir-se-ia sufocada em um braseiro; a imagem do príncipe espelhava-se diante dos seus olhos; o desejo de revê-lo, a qualquer custo, invadia todo o seu ser. Incapaz de permanecer quieta, embrenhou-se, errante, no jardim, devorada por mortal sofrimento moral e físico, nas aleias desertas e silenciosas. Por fim, exausta e alquebrada, avistou um banco colocado à sombra de duas palmeiras, e, atirando-se ao chão, encostou a testa ardente na pedra fria. A sensação de frescura úmida aliviou-a, e a mergulhou numa espécie de fatigado torpor. A Lua, que ascendia para o seu percurso, iluminava de suave claridade a luxuriante vegetação da pequena clareira e as alvas vestes da prostrada jovem. Nesse abatimento, Neith não ouviu os passos ligeiros que se aproximavam, e, mesmo quando Horemseb se instalou no banco, ela não fez reparo em tal. O príncipe a seguira, a distância, desde quando ela entrara no jardim, e, por um instante, contemplou, num duplo sentimento de despeito e admiração, a deliciosa criatura estendida, imobilizada a seus pés. Abaixando-se para ela, murmurou, com apaixonado timbre:

— Neith!

A jovem, estremecendo, ergueu o corpo.

— Horemseb!

Todo um universo de sofrimento, humildade e amor vibrava na entonação dessa única palavra, e brilhava nos seus olhos velados de lágrimas. Ancho de íntima satisfação, terminou de levantar Neith e a sentou no banco junto dele. A rosa havia cumprido a sua missão, e estilhaçado o orgulho da bela caprichosa.

— Muito bem! Neith, meu amor, ainda queres ter outra vontade, além da minha? — perguntou ele, em voz cariciosa, dando um cálido beijo nos carminados lábios da vítima.

— Não, se em troca me deres todo o teu coração — respondeu, tão baixo que as palavras chegaram qual sopro ao ouvido do príncipe.

As semanas que se seguiram decorreram pacíficas. Neith não recebeu mais rosas, porém a atmosfera de toda a habitação estava suficientemente saturada de odores deletérios, para manter o delicado organismo da enfeitiçada num estado de superexcitação nervosa. Agora não sofria, e Horemseb, que a cuidava e encontrava mil distrações na convivência dessa mulher instruída e espiritual, procurava entretê-la, de modo a evitar novos dissídios. Era uma época áspera e cheia de privações para ele: no interesse das experiências que desejava empreender, e deviam desvendar-lhe o futuro, adstringia-se, por ordem de Tadar, a rigorosíssimo regímen, alimentando-se somente de legumes e leite e bebendo apenas dois copos de vinho por dia; vivia existência casta e severa.

O velho sábio dissera-lhe que todo e qualquer excesso absorver-lhe-ia forças, ligando a isso o êxito da grande experiência. Embora violento e sensual em demasia, por natureza, submetia-se implicitamente a essa dieta rígida, sendo nisso ajudado pelo suco da incógnita planta que cultivava, e tinha o duplo dom de arrefecer o sangue e satisfazer o apetite. Após ingerir a portentosa essência, calmo, espírito lúcido, descansado, quase não sentia fome; alguns legumes, um copo de leite saciavam-no completamente. Se, porém, os sentidos amodorrados nada reclamavam, os instintos da alma conservavam plena atividade, e Horemseb, nesse regímen de jejum, desforrava-se com os prazeres da vista, encontrando satisfação extrema em contemplar as orgias mais dissolutas. Entronizado, qual um deus acima das paixões brutais que desencadeava, assistia ao caos turbilhonante a seus pés.

Certa tarde, após a refeição, disse a Neith, que desejava, como de costume, ir para o terraço:

— Fica, e vem conversar um pouco em teu salão. Depois, eu te proporcionarei um espetáculo que te interessará, pois não quero que te entedies no meu palácio.

— Tu me levarás a passear no Nilo, na barca maravilhosa? — indagou a jovem, enrubescida de emoção e prazer.

— Será verdade que ainda sonhas com essas velharias? Não, eu te mostrarei as deslumbrantes coisas que tenho aqui, convencendo-te de que posso substituir o Nilo por algo de melhor. Tu mesma convirás em que aqui se está melhor do que em qualquer lugar, fora destes muros; em que o Sol, com os caniculares e cegantes raios, com a sua brutal claridade serve bem para o populacho, e em que a vida real começa à noite, sob as rutilações prateadas do luar. Mover-se sob os sombreados meios perdidos na escuridão; sonhar, escutando o murmúrio da folhagem ou de suave música; enfim, amar, sem a realidade grosseira do amor; eis uma existência digna de nós. Quanto à satisfação rude dos sentidos, pode-se vê-la exercida por seres subalternos. Confessa, pequena caprichosa, que uma vida assim é o cimo da felicidade!

Enquanto falava, seu olhar de fogo imergia nos olhos límpidos e inocentes de Neith, que o escutava embasbacada. Uma hora mais tarde, Horemseb, precedido de portadores de brandões, conduziu a jovem ao jardim. Em torno do palácio tudo estava, desta vez, escuro e silencioso, mas, em breve, desembocaram numa aleia extensa e feericamente iluminada por altos tripés dentro dos quais ardia alcatrão em vasos de metal. Em todo o percurso, o caminho estava juncado de pétalas de flores, e braseiros colocados no chão expeliam turbilhões de fumaça perfumada. Bem depressa se avistou, ao fundo da aleia, uma praça circular coberta de areia, na qual se erguia uma espécie de templo, pequeno, ao qual se subia por quinze degraus. Em um nicho, onde duas colunas brancas sustentavam o teto, projetado para a frente, ostentava-se amplo trono, circundado de arbustos de flores desabrochadas. Flores ainda, esparsas pelos arredores e sobre os degraus, em torno do templo, e guirlandas verdes, esticadas, como que a constituir uma abóbada odorante. Nos degraus, Neith julgou divisar, escalonadas, singulares estátuas, tendo nas mãos, erguidas, tochas e lâmpadas; mas, aproximando-se, verificou não serem estátuas, e sim rapazes, ricamente vestidos, imobilizados como se fossem pétreos. Aos pés de cada um, uma caçoula emanava perfumes; archotes e fogachos de alcatrão iluminavam amplamente a clareira, povoada por multidão de homens e mulheres, grupados em semicírculo.

Chegado à frente da escada, Horemseb parou e examinou, com ar satisfeito, a decoração do local; Neith permaneceu de pé, pálida e emudecida: o que estava vendo deslumbrava-a e surpreendia, mas o odor sufocante das flores e dos perfumes reagia muito violentamente sobre sua natureza nervosa e sensível; a cabeça parecia rodopiar e uma lassidão, mesclada de torpor, chumbou-lhe o corpo. Ao aceno do senhor, um enxame de raparigas portadoras de flores e corbelhas destacou-se da turba e rodeou Neith, e, antes mesmo que esta se apercebesse da intenção delas, despiram-na, substituindo-lhe a roupagem por uma túnica de tecido leve e transparente, coberta de bordados de prata. À guisa de cinto, apresilharam-lhe uma guirlanda de flores, e uma outra foi-lhe ajeitada sobre os cabelos desprendidos. A pobre Neith, aturdida, não opôs resistência, e, quando as mulheres a deixaram, seu desnorteado olhar encontrou o de Horemseb, que, ardente desta vez, parecia querer atravessá-la.

Apesar do aturdimento que lhe oprimia os sentidos, um acerbo sentimento de humilhação, de vergonha e de cólera impotente despertou no coração da jovem, que fechou os olhos, cambaleante. Horemseb susteve-a e, erguendo-a nos braços, subiu os degraus com o leve fardo. Sentou-se no trono e a colocou a seu lado. Notando a lividez da companheira, cuja cabeça se firmava sem forças no seu ombro, o príncipe acenou a Chamus para que lhe trouxesse um copo de vinho. Levantando a cabeça de Neith, fê-la beber o líquido, ao que obedeceu maquinalmente. O capitoso vinho espalhou-se nas suas veias qual rastilho de fogo; as faces avermelharam, os negros olhos fulgiram num clarão febril, retesou-se, com o sorriso nos lábios.

Horemseb bateu palmas, e, a esse sinal, elevou-se um canto discordante, embora de impressionar, tão depressa melodioso e suave, qual cântico de amor, tão logo agudo, dissonante, selvática, sacudindo os nervos dos audientes com as potentes vibrações, excitando nas almas as mais múltiplas paixões. No mesmo instante, uma "troupe" de dançarinas surgiu da multidão. Protegidas apenas por longos e alvos véus, que sustinham em uma das mãos, faziam soar os anéis, os colares e as pulseiras que lhes ornavam os ágeis membros. As belas mulheres executaram voluptuosa dança, cada vez mais veloz; seus véus volteavam por sobre as cabeças, quais nuvens esbranquiçadas, e poses diversas punham em relevo suas admiráveis formas. Recostado na cadeira, olhar fuzilante, Horemseb contemplava esta animada cena com satisfação, com visível bem-estar.

A própria Neith, superexcitada pelo vinho, pela música e aromas atordoantes, não podia afastar os olhos do mágico espetáculo, ao qual o príncipe deu fim, erguendo-se. Desaparecidas as dançarinas, a multidão formou alas para passagem do senhor e sua acompanhante. Seguido e precedido do cortejo, que cantava e atirava flores a seus pés, Horemseb encaminhou-se para o grande lago, agora brilhantemente iluminado quanto o palácio: as tochas, as lâmpadas e as grandes flamas do alcatrão aceso cobriam a vasta toalha líquida com avermelhada bruma. Ao término dos degraus de granito rosa, que desciam para a água, estava amarrada uma flotilha de pequenos barcos, ornados de flores e iluminados, em cada um dos quais havia um eunuco, uma tocadora de harpa e grande ânfora. No local de honra, junto da escada, esperava a embarcação do senhor, dourada e incrustada, e, no momento em que Horemseb e Neith tomaram assento sobre coxins de púrpura, seis rapazes e outras tantas raparigas, tendo por único vestuário guirlandas de flores, atiraram-se ao lago, e uns, pegando a comprida corrente de prata presa à frente do batei, e outros, empurrando-o pela popa, nadaram, levando a pequena embarcação para o centro do lago. Toda a mole humana, que seguia o príncipe ou o aguardava nas margens, dispersou então. Uns tomaram lugar nos barcos, outros mergulharam no lago, nadando em redor das canoas, emitindo gritos e cantorias de selvática alegria. A todos tinham sido distribuídos copos, que os eunucos enchiam sempre que ávidas mãos se estendiam para eles. Bem depressa a bebedeira apossou-se daquele ajuntamento tumultuoso, que nadava a esmo, ao som das harpas e das cantarolas, rodeando a chalupa do senhor, ou descansando sobre uma jangada unida à margem, não mui distante. Neith, inicialmente, olhara, interessada e curiosa, a fantástica exibição, mas, à medida que a festa degenerava em espantosa orgia, o terror empolgou-a: jamais, até então, seu casto olhar fora maculado por espetáculo tão abjeto; à vista das faces incendiadas, descompostas pela embriaguez e reverberando as paixões bestiais que a cada instante se mostravam próximo da barca; esses seres humanos, nadando em torno dela e estendendo a mão, segura ao copo, por vezes crispada, como se pretendesse descarregar-se em golpe sobre a cabeça do senhor; tudo isso lhe causava calafrios, e, trêmula, se achegava ao companheiro.

— Que temes tu? — perguntou Horemseb, açoitando com chicote o braço e as costas nuas de um escravo, que se aproximou demasiado e originou um grito de terror de Neith.

A festa, ou melhor, a odiosa bacanal aquática chegara ao apogeu: os cantares e a música fundiam-se num caos de dissonâncias; a selvagem alacridade dos desgraçados seres, embrutecidos pela embriaguez, pelo veneno que lhes propinavam e por todos os excessos, degenerava em demência. Sem embargo, os eunucos, que circulavam pelo lago, tentaram manter certa ordem: a golpes de relhos, repontavam para as bordas os mais barulhentos, pescavam com arpões os que afundavam e amontoavam as mulheres na jangada, impedindo-as de retornar à água.

Apesar de tais precauções, muitos desses infortunados pereceram afogados. A festa chegara a esse ponto, quando surgiu junto da barca do príncipe um nadador, superexcitado às fronteiras da loucura. Era um jovem núbio, robusto e de possante estrutura; seu largo peito arfava e os olhos, furibundos e injetados de sangue, pousaram sobre Neith, com uma expressão de fazer coagular o sangue nas veias. Imediatamente, o escravo agarrou-se às bordas do barco com as mãos, e, alçando-se com força, dobrou-se sobre a jovem, em cujas espáduas nuas premiu os lábios. A semelhante contato escaldante, sentindo sobre o rosto o hálito avinhado do miserável, atirou-se para Horemseb, que se voltou, surpreso com o violento choque que quase virara a embarcação. Insensato furor demudou-lhe o semblante ao ver o insolente.

— Bruto enraivecido, ousas tocar no tesouro do teu senhor! — rugiu, fora de si.

Num relâmpago de tempo, tirou do cinto a acha de punho de ouro e assentou impetuoso golpe sobre a cabeça do escravo. O crânio abriu, qual casca de noz e um fluxo de sangue e de massa encefálica atingiu Neith, quase cegando-a. Como que fulminada, sem pronunciar palavra, a jovem caiu desacordada. Por fração de minuto, o horripilante cadáver ficou aferrado à beirada do barco; depois, os músculos dos braços distenderam, e, pesadamente, escorregou para o fundo do lago. Horemseb cuidou de Neith, e, pondo água na mão, enconchada, aspergiu-lhe o ensanguentado rosto; mas, constatando a ineficácia do recurso, resmungou, despeitado:

— Estúpido incidente! Ora! terminará por acostumar-se!

Deu, em seguida, ordem para atracar, e, pegando-a nos braços, conduziu-a aos aposentos do palácio. A retirada do senhor fez findar a festa. Todos os desditosos que haviam servido à ignóbil distração do príncipe foram reconduzidos para terra firme: os que podiam arrastar-se ainda, foram tangidos, a relho, para as habitações, tal como se faz com um rebanho de gado. Dos que restaram, alguns eunucos, sob a supervisão de Chamus, fizeram rol; transportaram-se os em coma alcoólica, removeram-se os mortos para um sítio especial, a fim de serem consumidos, e três ou quatro que apresentavam ferimentos graves, sem probabilidades de cura, atirados, mesmo inconscientes, no viveiro, para alimento dos peixes destinados à mesa de Horemseb.

Quando, afinal, Neith despertou do longo desfalecimento, todos os traços do terrível incidente haviam desaparecido do seu corpo, e, ao recobrar a memória, inquiriu, com angústia, se a sua reminiscência era de realidade, ou apenas de um pesadelo vivido pelo enfermiço cérebro. Efetivamente, sentia-se indisposta; seus membros pesados; arrepios gélidos trepidavam-na, e a dolorida cabeça parecia-lhe cinturada por um círculo de ferro. Em compensação, os pensamentos estavam mais lúcidos do que nunca, e também menos influenciados pelo venenoso aroma: o esgotamento nervoso parecia ter amortecido o veneno.

Com árdua clareza, encarou a situação, e o coração se lhe fechou: nesse momento, Horemseb inspirava-lhe horror e tormento, e, pela primeira vez, depois de muito tempo, a bela fisionomia de Roma surgiu-lhe ante o espírito, alteando-se vitoriosa entre ela e o fascinador. Neith comprimiu a fronte ardente entre as mãos: era possível haver esquecido e cessado de amar aquele homem tão nobre, tão bom, de quem cada olhar, cada palavra lhe haviam despertado bons sentimentos, espalhando-lhe na alma quietude e ventura? Com pungente emoção, reviveu suas conversações: ela sempre desvelara a Roma todos os pensamentos; o que lia nos límpidos olhos dele jamais a ruborizara; seu beijo trazia-lhe paz ao coração; entre seus braços, julgava-se em inviolável asilo.

Comparando, que inferno era o amor de Horemseb! Sem dúvida, este igualmente a respeitava, nunca atentara contra sua honra de mulher, mas, por que, à vista do príncipe, todo o sangue lhe subia à cabeça? Por que lhe parecia sufocar numa atmosfera de fogo, quando se curvava para ela? Por que seu beijo lhe causava agonia inominável e o olhar de chamas semelhava reduzi-la a cinzas? Num arrepio, confessou a si mesma que o amor de Horemseb destruíra-lhe a vida, sem lhe dar felicidade; a subjugação estranha, que exercia sobre ela fazia-lhe desejar a presença, em seu beijo buscava um consolo; uma compensação ao sofrimento inexplicável que a minava; jamais, porém, encontrara a calma, o descanso.

Pobre Neith! Arrancada, inopinadamente, a todos os seus hábitos, às honestas afeições que a rodeavam, a uma existência regular e sã, para vegetar num mundo fantástico, onde, dir-se-ia, subvertida a Natureza, se encontrava constantemente como que sob o império de sonho. Na singular morada, onde se mudava o dia para a noite, os clarões do poente despertavam os habitantes do palácio; à claridade dos archotes começava febril atividade; nuvens de fumaça odorante enchiam os apartamentos e os jardins; cenas idênticas às da véspera podiam fazê-la crer que se encontrava no reino dos demônios. Todas essas circunstâncias eram suficientes para enervar os mais robustos organismos, e muito mais o de uma jovem mulher, delicada e impressionável. Por outro lado, a influência malsã exercida por Horemseb era mais nociva à alma de Neith do que o novo gênero de vida para o seu corpo. O príncipe, é certo, não mais lhe propinava o veneno, que infalivelmente a teria morto pouco a pouco, mas usava amuletos perfumados, e todo o seu corpo exalava o odor deletério, que feria o olfato de Neith sempre que ele se curvava para ela, despertando-lhe no sangue irritação nociva.

O dia decorreu custosamente; o sono fugia das pálpebras da jovem, e quando o calor cedeu lugar a agradável frescor, ergueu-se e fez sinal às servas que a vestissem para o jantar. Pretendia, em seguida, dirigir-se ao jardim, para fruir algumas horas do dia e de um pouco desse sol que raramente via. Deixou-se vestir maquinalmente; seus pensamentos estavam junto de Horemseb; a necessidade de vê-lo na refeição inspirava-lhe horror e repulsa, e, apesar disso, coisa estranha, não renunciaria, a preço algum, a esse encontro, e ela própria contava, impaciente, as horas da separação. Terminado o vestir, as escravas saíram, exceto uma, que terminava os adornos, alcançando as joias e aspergindo todo o corpo de Neith com essências odoríferas. Quando lhe apresentou um grande espelho de metal, Neith, por acaso, olhou o rosto da serva e impressionou-se com a expressão de sombrio desespero estampado no seu semblante. Generosa e compassiva por índole, Neith agora estava mais acessível à piedade, no atual estado de espírito. Pela primeira vez, examinou-a, com atenção, e viu a máscara de precoce velhice, os sulcos de fadiga e de sofrimento indeléveis naquela criatura. Pondo a mão na testa da moça escrava, indagou, bondosa:

— Ouves-me ou és também surda-muda?

Para melhor ser compreendida indicou, com a mão, a boca e as orelhas. A escrava elevou o olhar: dor e gratidão nele se demonstraram; depois, em acenos rápidos, explicou não ser surda.

— Por que motivo perdeste o uso da palavra, pobre filha? As tuas companheiras são surdas de nascença?

Com profundo espanto de Neith, a essa pergunta, extraordinária emoção apoderou-se da serva; tremor nervoso agitou-lhe o corpo; seus olhos reluziram e roucos grunhidos saíram-lhe dos lábios. Ao termo de instantes, dominou-se, moveu negativamente a cabeça, e, por animada pantomima, explicou que Chamus (ela arremedou o eunuco sem possibilidade de ser incompreendida) decepara-lhe a língua.

— Oh! horror! Por ordem de quem? — exclamou Neith, tocada por mau pressentimento.

Rir, irregular e desesperado, flui da boca da moça escrava, e, por acenos, ainda mais expressivos, porém marcados, de pavor e aversão, designou o senhor da casa como o instigador da mutilação e da de seus companheiros. Presa de inopinado esvaimento, Neith deixou-se cair numa cadeira e escondeu o rosto nas mãos: consternação, receio, asco, entrechocaram-se na sua alma para com Horemseb, acrescidos das lembranças da véspera. E era a esse monstro que ela amava! Por ele abandonara e esquecera Roma, que, sem dúvida, a chorava por morta!...

Ligeiro contato tirou Neith dos amargos pensamentos. Procurou a causa e viu a escrava, ajoelhada, mãos postas, olhando-a ansiosamente. Encontrando o olhar da ama, levou a mão aos lábios, com súplice e sugestiva expressão.

— Não te arreceies; não revelarei o que me confiaste.

E estendeu a mão, que a moça beijou agradecida. E saiu para o jardim. O Sol ainda não se escondera no horizonte; seus raios vivificantes espraiavam-se sobre a espessa verdura do arvoredo e cintilavam na superfície cristalina do lago. Neith respirou sofregamente o ar puro e a própria claridade do dia que quase nunca lhe era dado fruir; mas, a vista do lago fez-lhe horror, e, retornando, entrou pelas aleias. Após curto andar, sentiu-se fatigada; o mal-estar que a atormentara toda a manhã, recrudescia, com intensidade maior ainda; alcançou o terraço mais vizinho, e, sentando-se num banco, encostou-se a uma coluna.

Ante seus olhos estendia-se uma clareira circundada de moitas e sombreada por algumas palmeiras, ao termo da qual começava uma aleia de sicômoros. Tudo estava ainda deserto e silencioso; nenhum dos fâmulos aparecia para acender as tochas e tripés a expandir os perfumes, pois não soara a hora do aparecimento do senhor da casa. Gradativamente, singular torpor assenhoreou-se da jovem; a cabeça pesou-lhe, glacial arrepio sacudiu-lhe os membros e negro véu pareceu descer sobre seus olhos. Imediatamente, teve a impressão de ver uma sombra surgir detrás de uma das palmeiras e avançar: reconheceu um tipo feminino, cujo rosto estava recoberto por negro véu, tendo os braços ornados de braceletes, estendidos para diante. Parecia deslizar para o terraço, roçando o solo obliquamente.

— Quem poderá ser? — pensou Neith. Uma das dançarinas ou auxiliar? E como ousa vir aqui e aproximar-se de mim?

No mesmo instante, muitas novas sombras apareceram. Davam a ilusão de surgir das moitas e até das colunas do terraço. Num abrir e fechar de olhos, todo o bando cercou a jovem egípcia, emudecida de espavento, incapaz de se mover, como que chumbada ao banco. As veladas mulheres comprimiram-se em redor de Neith; a atmosfera gelada que as envolvia e o cheiro nauseabundo que exalavam quase afogavam a jovem. Então, mãos crispadas, dedos inteiriçados e cobertos de queimaduras estenderam-se para ela, e vozes roufenhas e sufocadas exclamaram:

— Ei-la, aquela para quem guarda beijos diferentes do mortal que nos concede, aquela que ele não destina à morte. Foge deste palácio, ou não sofreremos tua presença; foge, Neith, porque aquele a quem amas nos pertence, ou, então, torna-te igual a nós e partilha da nossa sorte.

Os atros véus caíram, e Neith viu jovens e belos semblantes desfigurados pelo sofrimento e por brutais paixões; chamas envolviam-nas, e de uma chaga no peito de cada uma das vítimas escorria negro e espesso sangue. Os véus estavam transmudados em fumaça, sulcada de clarões que turbilhonavam em torno do assustador conjunto. Ela quis fugir, mas, as extremidades, paralisadas, recusaram obedecer: toda a vida parecia concentrada na visão e no ouvido.

— Olha, estas chagas são obra dele — disse um dos terrificantes seres, cuja fisionomia contraída respirava ódio selvagem —, o sangue que fluiu do nosso peito Horemseb o bebeu, e por esse elo sangrento ele se ligou a nós; pertence-nos, e nós o arrastaremos ao abismo, onde, despojado do corpo de carne, estará à nossa disposição. Se queres partilhar do nosso poder, dá também a tua vida para nutri-lo!

Rindo lugubremente, as sombras horrendas comprimiam-se ainda mais, quando, subitamente, turbilhonaram-se, e, quais bolas incendiadas, varridas por um golpe de vento, sumiram no terraço. Libertando-se, por desesperado esforço, do torpor que a chumbara ao banco, Neith recuperou-se, trêmula, e seu olhar, atarantado, incidiu sobre Horemseb que, indolente, sorriso nos lábios, se encaminhava para ela, vindo da aleia dos sicômoros. Esquecendo tudo, movida somente pelo desejo de não se sentir sozinha, correu para ele; mas, as forças lhe faltaram, e, com abafado grito, caiu ajoelhada.

— Que tens, Neith? — indagou o recém-vindo, curvando-se surpreso para ela, cujo semblante demudado mostrava um medo intenso.

— Mulheres, com uma chaga no coração e envoltas em chamas, sitiaram-me e ameaçaram-me — ciciou ofegante —, dizendo que não tenho direito ao teu amor, enquanto não beberes meu sangue, tal qual fizeste com o delas, e que te arrastarão ao abismo onde ficarás inteiramente sob seu domínio. Ah! ei-las que voltam e te rodeiam e se agarram a ti. Expulsa-as, se me amas!

A voz extinguiu-se-lhe, e rolou desacordada no chão. Por instantes, Horemseb permaneceu imobilizado: lívido, olhos embaciados, parecia levantar-se sobre ele mesmo. Não seria o hálito das suas vítimas que, semelhante a gelado vento, lhe soprava na testa molhada de suor e fazia eriçar os cabelos? Os braços não se estendiam para ele, vindos de cada moita, de cada ponto sombrio? Dentes cerrados, ergueu Neith, saltou para o terraço, e, depondo-a sobre um banco, bateu palmas. Chamus e numerosos escravos acorreram.

— Vinho e essências! ordenou Horemseb, em alterada voz. Graças aos cuidados que prodigalizou, a jovem reabriu os olhos.

— Como te sentes? — indagou, abraçando-a.

— Melhor; creio que um sonho mau me atormentou — respondeu, tentando sorrir.

— Decerto sonhaste. Vamos agora comer, e isto te reconfortará completamente — acrescentou, enlaçando-a pelo busto, para ajudá-la a caminhar.

A refeição foi silenciosa: Neith estava incapacitada de comer, e Horemseb observava-a, preocupado, vincada a testa com progressiva ruga.

— Teus sonhos malsãos fazem-te doente, Neith; estás pálida, desfeita, sem apetite, e isto não pode prolongar-se assim. Depois da refeição, conduzir-te-ei a um grande e sábio médico, que prescreverá remédios, e resta-te...

Interrompeu-se: Neith retesara-se, descorada e arrepiando-se; olhos desmesuradamente abertos, dir-se-ia concentrados sobre algo pavoroso.

— Quem é essa mulher pálida, envolta em chamas, com uma rosa vermelha na mão, e que quer agarrar-te, Horemseb? — murmurou.

Seus pequenos e gelados dedos fecharam-se crispadamente no colar do príncipe, fazendo-o voltar-se, brusco.

— Não há ninguém, Neith, tu sonhas!

— Ei-la! E se interpõe entre nós... Eis o abismo: para! para! Não te deixes empurrar para lá!.. — gritou ela, recuando a tremer.

— Tu estás enferma, querida — disse Horemseb, atraindo-a para si —, tu me amas, bem o vejo, porque não queres que tombe na voragem; mas, aquieta-te, nunca nos separaremos.

Ele aconchegou-a mais, abraçando-a. Quando, porém, aproximou os lábios dos de Neith, esta sentiu um odor de carne queimada, acre e fumegante, saindo da boca de Horemseb; línguas de fogo rodeavam-lhe a testa, iluminando-lhe os olhos com sangrenta luz.

Sentindo-se num braseiro, perdendo o fôlego, cegada, a jovem mulher debatia-se, e seu franzino corpo tinha contorções de convulsão.

— Perdão! Horemseb, não me queimes; as chamas sufocam-me! — gritou, tentando desprender-se. Depois, inteiriçou-se e descaiu inanimada entre os braços do príncipe.

Novamente, repentino palor cobriu o rosto de Horemseb.

— Que significa isto? Ela vê as que pereceram? — murmurou, inquieto e pensativo.

Imediatamente, porém, o olhar fez-se vivaz, e indefinível expressão de orgulho e de satisfação íntima desenhou-se-lhe nos lábios, já sorridentes:

— Suas almas não podem encontrar repouso; amam-me ainda e têm zelos. Pobre Neith, essas sombras loucas invejam-lhe a preferência que lhe concedo e a perseguem. Tadar deve ter remédio para o caso.

Readquirindo a calma, como que por encantamento, tomou Neith nos braços e a levou ao pavilhão do sábio, que, dir-se-ia, esperava-o, pois estava de pé, na entrada. Sombrio, silencioso, sem qualquer indagação, pegou, ele mesmo, o corpo ainda inanimado da moça, e, tendo-o colocado num leito de repouso, fez detido exame para afinal, voltando-se, dizer, com descontentamento:

— Os sentidos desta criança dilataram-se mais do que a matéria pode suportar; ela vê as vítimas sacrificadas a Moloc e ouve as palavras desbordantes de ódio e de ciúme.

— Sabes isso, mestre? — exclamou o príncipe, admirado. — Uma vez que feriste o assunto, permite-me uma pergunta: Neith vê as almas dessas mulheres porque elas existem? É verdade, então, que tais sombras vingativas rodeiam-me, incendiadas de cólera e de amor, e querem arrastar-me para algum abismo, e ali se vingarem de mim?

E voltou à preocupação, sacudido por um arrepio nervoso.

— Já te disse que coisa alguma se destrói na Criação, e, por muito mais forte razão, essa qualquer coisa tão perfeita e tão sutil a que chamamos Alma — respondeu gravemente o velho. — Sem dúvida, esses seres, separados de seus corpos, no desabrochar da existência e da juventude, turbilhonam aqui, sobre estes lugares onde viveram; essas mulheres queriam possuir-te e têm ciúmes de cada olhar, cada pensamento que concedes a outras que não elas, porque nesses seres sem corpos lutam desencadeadas todas as paixões dos vivos; os sentidos sobre-existem à morte, faltando-lhes apenas os órgãos carnais que as paixões põem em ação. O sofrimento é, pois, duplicado, porque os desejos, impotentes, esbarram em condições intransponíveis, e é por isso que esses seres querem arrastar-te ao abismo, que é a morte. Só assim, e então, poderiam, realmente tornar-se perigosas e terríveis a ti; igualado, por teu corpo transparente, serias acessível às perseguições das sombras devoradas de raiva e de amor. Mas, porque nós viveremos eternamente, nutrindo-nos do sangue das vítimas, esse perigo não existe, com relação a ti, e a convicção da tua invulnerabilidade superexcita mais ainda a fúria impotente dos invisíveis.

— Oh! mais do que nunca, sacrificarei vítimas e beberei seu sangue — exclamou Horemseb, com selvagem exaltação. — Eu quero e devo viver sempre; essas almas brutais e odientas nunca terão poder sobre mim.

— Nada tens a temer. Mas, tornemos a Neith: o aroma poderoso e os espetáculos do gênero dos de ontem superexcitaram seu organismo; ela vê e ouve o que é imperceptível para os outros, nos quais os fios sutis que ligam a alma ao corpo estão presos muito estreitamente, e só se libertam, de modo imperfeito, durante o sono. Em Neith, esse desprendimento excede os limites ordinários; nesse estado, os órgãos da alma começam a vibrar e desvendam, ao vivo, o que se acha oculto na atmosfera populada de maravilhas. Tal estado, porém, é igualmente perigoso, porque pode acarretar a ruptura do coração. Neith necessita de ar puro e descanso absoluto; já te recomendei cuidá-la, mas, porque encaras displicente os meus pedidos, eu a conservarei aqui, na câmara superior do pavilhão, e a tratarei, porque precisas saber, Horemseb, que Neith é uma filha do meu povo, e aqui está sob a proteção do seu deus e sob a minha salvaguarda.

O velho sábio recostara-se, majestosamente, e pousara a destra na cabeça da desacordada.

— Tu devaneias, Tadar. Como pode Neith, filha de Mena, chefe dos pavilhões reais, ser da raça dos hitenos? — disse o príncipe, incrédulo.

— O engano é teu. Neith é filha da Faraó Hatasu e do príncipe Naromath, o irmão mais velho de Sargon, e foi por isto que disse: em caso de perigo, esta filha seria nossa poderosa proteção, porque a rainha adora essa lembrança do seu amor único.

Horemseb escutara atônito.

— Por que só hoje me dizes isto? Mas, é impossível: a arrogante Hatasu teria amado um vencido? E, além disso, de que modo ocultaria tal situação a seu pai?

À palavra "vencido" sombreara-se a fisionomia do velho hiteno, e um clarão venenoso fugiu-lhe nos cavos olhos.

— Um vencido da sorte! Lembra-te de que os Hyksos provaram ao Egito que nem sempre este era vitorioso — respondeu Tadar, asperamente.

— Desculpa-me, caro mestre, pois não pretendi ofender-te; foi o pasmo que me inspirou a injusta expressão. E porque tanto me revelaste, dá-me, por favor, algumas explicações, caso Neith não esteja reclamando imediatos cuidados teus.

O sábio muniu-se de um frasco, friccionou com o conteúdo a testa e as têmporas da jovem, e disse, limpando as mãos:

— No momento, não necessita ela de maior atenção, e quero satisfazer, de bom grado, a tua compreensível curiosidade, se bem que só a necessidade de te impor um freio foi que me levou a revelar-te o segredo.

Tadar apoiou-se nos cotovelos, e pareceu abismar-se em recordações. Horemseb afogueava-se de impaciência, quando, afinal, o velho recostou-se novamente.

— É desagradável rememorar esses tempos de humilhação e desgraça — disse. — Os deuses haviam voltado costas ao nosso desditoso povo, e o orgulhoso vencedor acampava no palácio, meio incendiado, de nossos reis. Uma batalha decisiva, perdida pelos nossos, havia entregue aos egípcios milhares de vencidos, entre os quais Naromath, o mais formoso dos hitenos, esperança e orgulho da sua nação. Crivado de ferimentos, e principalmente esgotado pela perda de sangue, o moço herói foi encontrado entre um monte de cadáveres, durante a contagem feita pelos egípcios, na presença do rei. Tu sabes que Hatasu acompanhava Tutmés nessa campanha. Embora quase menina então, linda quanto Hator, porém enérgica e orgulhosa ao máximo, avaliarás da influência que já exercia sobre o rei pelo que se segue e me foi narrado por teu pai, testemunha ocular do episódio. O Faraó, que destinava ao trono essa filha favorita, procurava, por todas as formas, dar-lhe têmpera viril ao caráter, pois, à sutilidade da mulher, devia aliar a coragem do homem. Com semelhante intenção, levava-a com ele a assistir às batalhas, a distância suficiente para não ser atingida, e naquela vez também a levou para estar presente à contagem dos mortos. De pé no carro real, olhava, sem pestanejar, como se computavam as mãos decepadas, vindas de todos os pontos e que os escribas anotavam nas tabuinhas, quando começaram a remover o montão de cadáveres junto do qual se detivera a carruagem real. Deste é que foi retirado, desde logo, Naromath, sem sentidos. Pelo capacete dourado e insígnias que o adornavam, Tutmés identificou o príncipe que havia combatido na véspera, e disse: "É um leão, um herói que morreu com bravura".

— Qual impulso moveu o coração de Hatasu é difícil sabê-lo, pois não deixou de olhá-lo.

"Acho, meu pai e Faraó, que um filho de rei não deve ser mutilado por subalternos, mesmo quando morto e vencido, e se um triunfador da tua estirpe, um deus da guerra faz tão precioso louvor à sua memória, o herói não merece as honras de um sepulcro?"

— O rei pareceu encantado, e elogiou o tato e a magnanimidade da filha, e mandou inumar Naromath, com honrarias, sem mutilação; mas, quando se transportava o corpo, a dor, arrancando-lhe um gemido, mostrou não estar morto, sendo então conduzido para o palácio. De que maneira se encontraram e amaram, Naromath e a filha de Tutmés I, ignoro; somente Semnut, à época pequeno oficial subalterno do séquito da princesa herdeira, e uma das criadas graves, de nome Satati, a serviram durante o enredo. Esse amor, único que conseguiu subjugar a altaneira Hatasu, dominou-a então completamente e enterneceu-lhe o coração em favor dos vencidos, obtendo de Tutmés I, para eles, muitos alívios; e, certamente, Naromath galgaria o trono de seu genitor hiteno, na categoria de tributário do Egito, se Hatasu pudesse decidir-se à separação. Mas, aqui o egoísmo prevaleceu a todos os sentimentos: o príncipe devia acompanhar o exército e... seus ferimentos reabriram. Naromath sucumbiu e Hatasu regressou a Tebas, desesperada e grávida. Um acaso auxiliou esconder esta circunstância. Tutmés I teve de seguir quase imediatamente para a Líbia, e, julgando a filha fatigada pela demorada campanha que vinham de fazer em companhia, não a levou dessa vez. Foi durante tal ausência que nasceu Neith. Mena, seu pai nominal, contraíra segundas núpcias com uma parenta do rei, e a ele a princesa a confiou. Mena, chefe dos pavilhões reais, estava em Tebas convalescendo de ferimentos, aceitou ficar com a menina, como se fosse filha do casal; a esposa faleceu de parto, dando à luz um filho morto, o qual foi substituído por Neith. Desse segredo apenas partilharam: Mena, Satati, Semnut e dois hitenos, Tiglat e a feiticeira Abracro. Eu o soube de Tiglat, e, de mim, teu pai, e tu agora.

Horemseb tudo escutara com ávida curiosidade.

— Agradecido, Tadar. Quanto me acabas de revelar explica muitas coisas, e também o desmesurado orgulho de Neith, herança maternal. Com relação a ela, conformo-me com as tuas razoáveis disposições, e enviarei para aqui tudo quanto necessite. Permitir-me-ás visitá-la?

— Certamente, autorizo; apenas é mister que ela se restabeleça de todo, antes de suportar um ambiente tão diverso do seu. Eu ta devolverei também mais forte, porque os aromas serão assimilados pelo sangue.

Para grande espanto seu, Neith despertou no pavilhão e ali permaneceu, e depressa se afez à convivência do velho sábio, que a tratava com bondade e se divertia com o seu espírito atilado e réplicas finas e cáusticas. Sob a influência de sério tratamento e de uma existência mais sã, a jovem recuperou paulatinamente as energias e o viço. Horemseb visitava-a com assiduidade. É que o segredo do seu nascimento inspirava-lhe, para com ela, um novo interesse, e a esplêndida formosura da moça fazia-lhe desejar impacientemente vê-la a seus pés, devorada de amor. Ela, porém, ainda estava enferma, e a presença de Tadar impedia o recomeço do criminoso e fútil divertimento.

Durante a lenta convalescença, íntima e encarniçada luta se travara na alma de Neith. Subtraída à subjugação malsã, que o príncipe exercia sobre ela, sua razão e sua consciência ressuscitavam, as lembranças do passado assaltavam-na cada vez mais, confessava-se incorreta e ingrata, esquecendo Roma e deixando na ignorância da sua situação a real protetora, sempre boa e indulgente. E Sargon? Não lhe havia ela jurado, invocando Hator, esperá-lo fielmente e reparar, quanto possível, o agravo afrontoso que lhe fizera? Como tinha cumprido a sagrada promessa? Quase à véspera do regresso do seu desventurado esposo, deixara-se, ela própria, arrebatar, não pelo meigo Roma, e sim por um homem que a tratava igual a escrava, degradava-a pela exibição de horrores indescritíveis, e que (sentia-o, amargurada) não a amava, brincando com ela à semelhança do gato com o ratinho. O olhar desse homem fascinava-a, tal qual a serpente atrai o pássaro; mas, o fundo do fogoso olhar de Horemseb encobria glacial indiferença, e seu coração devia ser mau, porque decretava a mutilação de desgraçadas moças, e divertia os olhos com orgias abomináveis.

E, apesar disso (coisa incrível), dessa convicção, do horror que o príncipe lhe inspirava muitas vezes, a ideia de abandoná-lo apertava-lhe o coração numa angústia sem nome: não vê-lo era pior do que a morte. Assim se escoaram alguns meses, e estando refeita na saúde, deixou o pavilhão e reinstalou-se no palácio, no antigo modo de viver, encontrando-se mais vezes com Horemseb e recaindo sob seu domínio. Mas, sem embargo de tal influência, e porque não lhe era propinado mais veneno e absorvia menor porção do perfume, a razão não estava muito obscurecida. Horemseb tornou-se mais assíduo, ou antes, habituou-se mais à formosa e inocente companhia, e só a necessidade de privar-se desse convívio para assistir às exibições com que se distraía da vida ascética contrariava-o profundamente, tanto assim que resolveu tentar, ainda uma vez, acostumar Neith aos lodosos espetáculos. Numa noite em que ela assistira, no pavilhão já descrito, a danças executadas sobre o tabuleiro de relva, trouxeram o trono, e Neith viu, com assombro, prenderem nas espáduas de Horemseb duas grandes asas douradas e lhe adaptarem à cabeça uma tiara cintilante de pedrarias. Quando ele lhe fez sinal para sentar-se a seu lado, compreendeu que assistiria a alguma nova cena orgíaca, e, trêmula pela aversão, inundada de suor frio, estendeu as mãos juntas para o algoz, e exclamou, súplice, mas vibrante de indizível repulsa:

— Não! Não! Imploro: deixa-me, não quero ir contigo!

Horemseb não estava afeito à resistência; tudo devia dobrar-se ante a sua vontade. Por outro lado, a fatuidade impelira-o até a necessidade mesquinha, e aquela recusa diante da sua gente, o menosprezo dado à honraria de assentá-la junto dele, puseram-no em estado de cólera furiosa.

— Ah! o lugar junto do teu senhor não te basta! — rugiu, fulminando Neith com ameaçador olhar.

Inclinou-se para Chamus, a quem transmitiu algumas palavras, ordenando depois ao cortejo que iniciasse a marcha. Como que ébria, a jovem se apoiou numa árvore: raiva, desespero, vergonha ulceravam-lhe a alma, e essas reações decuplicaram, quando o eunuco, aproximando-se, braços cruzados, lhe disse respeitosamente:

— O senhor me ordenou te fizesse assistir à festa; segue-me, pois, sem resistência, nobre mulher; não me obrigues a usar de violência com a tua pessoa. E se um ínfimo servo, qual eu sou, te pode fazer uma advertência: não resistas jamais à vontade do príncipe, porque sua vingança é cruel, sua cólera e o seu rancor te destruiriam.

Neith comprimiu a fronte entre as mãos. Oh! por que seguira esse abominável homem, que a desprezava e degradava ao nível de escrava; obrigava-a a assistir a espetáculo que lhe causava horror e desgosto, e não lhe atendia à súplica direta, pondo-a à mercê de um doméstico? A convicção de que Chamus poderia em verdade usar de violência aguilhoou todo o orgulho de Neith. Endireitando-se vivamente, disse:

— Mostra-me o caminho.

Quando, em companhia do eunuco, ela chegou ao local da festa, viu Horemseb sentado no altar, que já descrevemos no princípio da narrativa. A turba, a seus pés, oferecia libações, dançava e, graças às bebidas irritantes, distribuídas profusamente, já se encontrava num vero delírio. Chamus fez Neith subir, e, indicando-lhe uma coluna a poucos passos do trono:

— Fica aqui!

No entanto, a ofendida jovem julgou cair-lhe um raio em cima, ao ver o eunuco manusear uma corda que, passada lestamente em redor da cintura, a amarrou à coluna. A este ultraje, que a rebaixava à condição de animal, o sangue fluiu-lhe na cabeça com inaudita violência, e não percebeu mais nada do que se passou em derredor, e os gritos e o tumulto da orgia desencadeada chegavam-lhe ao ouvido como se fossem um sussurro longínquo. Sem demora, cambaleou e caiu sobre os joelhos, cobrindo as faces com as mãos. Ódio selvagem contra Horemseb fervilhava-lhe no íntimo e os cabelos se lhe eriçavam à lembrança de que estava em poder dele. Vagamente, percebeu que vigorosos braços a erguiam e sentavam em confortável cadeira, mas, o conhecido contato de úmidas e frias mãos fizeram-na abrir os olhos. Horemseb, já sorridente, estava curvado para ela.

— Torna a ti, caprichosa; meu ressentimento passou.

Um perfume atordoante que se exalava do seu corpo agia de maneira enervante sobre o organismo de Neith, e toda a cólera anterior pareceu fundir-se naquele apaixonado amor que a precipitara nos braços do príncipe; mas, por estranha cisão, a alma não correspondia à subjugação dos sentidos e continuava vibrando de repulsa e desprezo. Incompreendendo-se ela própria, quebrantada por esse despedaçamento recôndito, recuou, instintivamente, para trás, murmurando, inconsciente:

— Perdão!

O sorriso típico, que gelava e abrasava suas vítimas, perpassou-lhe nos lábios.

— Que perdão pedes tu, Neith? Que mais te posso dar, além da metade do meu reinado? Vamos! Cessa teus caprichos, ergue tua bela cabeça e olha como se espoja a nossos pés essa desprezível multidão de escravos e de fâmulos; compenetra-te da convicção de que, semelhantes a deuses, nós pairamos bem acima de todas as paixões brutais.

Neith não respondeu. Completo abatimento sucedeu à superexcitação espavorida; com o olhar sem expressão, apoiou-se no espaldar da cadeira e mergulhou num letargo que degenerou em esvaecimento. Quando despertou, viu-se estendida num banco do jardim, não distante dos muros. Horemseb estava sentado junto dela e ajudou-a a erguer-se.

— Sentes-te melhor? — indagou. — Sim? Então vem, vou fazer com que respires ar puro e fresco que te reconfortará.

Conduziu-a próximo do muro, abriu uma porta e chegaram à escada que comunicava com o Nilo. Os clarões do Sol no oriente faziam cintilar a superfície do rio sagrado, como que lhe estendendo um lençol de ouro e rubis; os cimos das montanhas, que limitavam o deserto, cobriam-se de tons rosa e alaranjado. Depois, o disco resplendente do astro diurno subiu no horizonte, inundando de luz a esplêndida paisagem, os templos e palácios de Mênfis, cujas silhuetas maciças se desenhavam vigorosamente sob o céu esbraseado.

Palpitante, respirando a plenos pulmões o ar vivificante vindo do deserto, Neith contemplava o mágico espetáculo do qual a sua vida malsã desabituara. Intensamente, nela despertaram recordações do palácio de Sargon, onde tantas vezes, sentada no terraço, contemplara o nascer e o pôr do sol, respirara a frescura da brisa vinda do rio, e sonhara com a imagem de Roma, ou com a do infortunado esposo. Então, ela se julgara desventurada, e era livre; seu coração não se esmagava ao peso de agora; jamais enfrentara esse combate horrível, entre a razão e uma força nefasta que lhe curvava vontade e orgulho e a atirava, contra o seu próprio querer, aos pés de um homem que ela aborrecia, desprezava, e idolatrava, também contra o seu próprio querer.

Subitamente, a lembrança da humilhação dessa mesma noite ressurgiu-lhe na memória, e o rubor da vergonha tingiu-lhe o rosto: sentiu-se indizivelmente degradada, infeliz; um desejo infrene de liberdade invadiu-a. Para deixar aquela prisão, não mais ver aqueles muros, não mais respirar aquele ar viciado, teria dado a vida em tal instante. Involuntariamente, ergueu os olhos para o homem que exercia tão fatal domínio sobre ela, à mercê do qual se encontrava, e lhe acudiu a ideia de que ele também fruía de uma espécie de libertação, nas paisagens da Natureza, na claridade do dia, num ar isento de aromas deletérios; que, talvez, qual ela mesma, se embriagaria longe desse palácio, sob a sombra do qual se tornara escravo de paixões impuras, onde ele se saciava de crimes, calcando, no próprio íntimo, todo o sentimento humano. Encostado à umbreira da porta, Horemseb, braços cruzados sobre o peito, aparentava estar imerso na contemplação da admirável paisagem. Seu olhar mudara de expressão: orgulho, aspereza, ameaça, tudo se esbatera, para dar lugar a uma contemplativa calma; os olhos sombrios brilhavam com satisfação, pura e entusiástica; doce sorriso sonhador entreabria-lhe os vermelhados lábios. O olhar de Neith mediu, admirativo, a alta e esbelta estatura do belo jovem, coberto de joias, ostentando ainda sobre os cabelos encaracolados a tiara, sobre as espáduas o manto de púrpura, do qual se revestira para presidir à abominável orgia.

— Tão belo corpo, e tão asquerosa alma! — ciciou ela a si mesma, comprimindo as mãos de encontro ao peito.

De novo, uma confusão de repugnância e amor se lhe amalgamou dentro do coração, e depois se fundiu no único desejo de fugir daquele lugar de sofrimento, onde perdia a razão, não mais se compreendendo ela própria. Resoluta, bruscamente pegou-lhe o braço.

— Horemseb!
— Que me queres tu? — perguntou, estremecendo e fixando, com surpresa, o semblante estranhamente animado de Neith.

— Restitui-me a liberdade da alma, fascinador de Mênfis; tu a acorrentaste, eu o sinto, e todo o meu ser se rebela contra o poder que exerces sobre meus sentidos e que encarcera minha razão. Nunca, antes de te ver, conheci este fogo devorador que me chameja nas veias, me impele aos teus braços, me envilece a dignidade, me envergonha de mim própria. Se sabes prender, deves saber libertar: devolve-me, pois, o repouso, a estima de mim mesma, desobstrui meu coração da paixão nefasta que tanto me faz sofrer. Isso não te deve custar, Horemseb, porque tu não me amas, tu me relegas ao grau de escrava, sou apenas um joguete para tuas mãos.

Neith animara-se cada vez mais, com os negros olhos fulgurantes, o débil corpo fremente de orgulho e desespero. Súbito, essa exasperação transformou-se numa torrente de pranto; mãos postas, ela se avizinhou mais, e, em voz súplice e entrecortada pelas lágrimas, prosseguiu:

— Tem piedade, Horemseb, deixa-me partir; não te trairei nunca, por uma palavra que seja, a respeito do que vi; jamais perturbarei teu sossego; bem ao contrário, procurarei, por todos os meios, defender-te, mesmo ante a rainha, porque algo me diz que nuvens sombrias se acumulam sobre tua cabeça. Ou, se me amas, se desejas guardar-me, procurarei suportar, sem murmurar, a fascinação que exerces sobre mim; mas, então, por ti mesmo Horemseb, renuncia a essa terrível vida de crimes, a esses festins noturnos, a essa horrenda solitude, a essa existência contra a Natureza; retoma o posto que te corresponde na sociedade; antes que seja tarde, toma à convivência dos homens, sob o azulado do céu, sob os clarões dourados de Ra; foge a essas trevas, a esses aromas enervantes, a esses espetáculos tenebrosos que assassinam tua alma, gelam teu coração!

O príncipe escutara, espantado; depois, sombria nuvem cobrira-lhe a fronte; mas, a convicção profunda que vibrava na voz da formosa egípcia não deixou de todo de produzir seu efeito. Uma boa intuição advertia o príncipe.

"Renuncia, antes que seja muito tarde; Tadar, também ele, prevê um perigo que te ameaça."

Com um longo suspiro, passou a mão sobre a testa, subitamente empalidecida; mas o mal era demasiadamente inveterado; fatuidade e teimosia venceram a frágil voz do bem. Endireitando-se, com indefinível sorrir, vergou-se para Neith, e, enlaçando-lhe a cintura, disse caricioso:

— Tu divagas, Neith; o amor é o único fascínio que te liga a mim, e "essa magia" eu não tenho o poder de arrancar de teu coração. Contudo, porque te sentes desditosa aqui, parte, vai; não te quero reter; segue a margem do rio, e a primeira barca que chegar conduzir-te-á a um dos templos de Mênfis, e de lá a Tebas. Seguir-te não me é dado, pois devo viver aqui; jamais nos reveremos; regressa à tua casa, e sê feliz nos braços do teu esposo, o príncipe Sargon. E, agora, adeus!

Inclinou-se, abraçou-a, e, tirando do cinto uma rosa rubra, prendeu-a nos cabelos da jovem. Em seguida, voltou-se, e, saudando-a com a mão, lentamente reentrou no jardim. Por momentos Neith sentiu-se como que aturdida; o aroma sufocante que se exalava do colar do príncipe e da flor posta na cabeleira já exerciam sobre ela sua terrível influência; todo o seu corpo fervilhava; seus fascinados olhos estavam concentrados em Horemseb, que se aprestava a fechar a porta do jardim. Ao pensamento de nunca mais revê-lo, não lhe ouvir a voz, não ter sobre ela o caricioso e dominante olhar, indizível desespero dela se apossou. Não! Antes renunciar à liberdade, ao Sol, ao ar puro, do que abandoná-lo! Qual arminho soprado pelo vento, correu para o feiticeiro príncipe e se alçou ao seu pescoço.

— Horemseb! — murmurou anelante — retorno voluntariamente para morrer aqui. Aconteça o que os imortais decidirem! Não posso viver sem ti; mesmo com o sol do dia, longe de ti, a vida é treva.

Incapaz de prosseguir, apoiou a fronte de encontro ao peito do nigromante, e lágrimas férvidas perolaram de seus olhos, e por isso não viu o zombeteiro sorriso de satisfação que contraiu a boca de Horemseb.

— Sê, pois, bem-vinda por segunda vez à minha casa — disse, abraçando-a.

Em seguida, fechou a porta da escadaria, correu o ferrolho, e ambos regressaram sob a espessa sombra do arvoredo. Neith inclinou a fronte, com a impressão de que lhe cimentavam sobre a cabeça a pedra de um túmulo. Desde esse dia, Horemseb renunciou fazer Neith assistir às festas noturnas por ele presididas. Ele a poupava, mas lhe agradava a convivência, porque, espiritual, instruída e bastante ilustre para lhe falar de igual para igual, a formosa egípcia era em verdade a primeira mulher que tratava com familiaridade, pois as que até então lhe haviam passado pelas mãos, belas sem dúvida, eram simplórias e de origem obscura, temiam-no, ingênuas e inocentes vítimas, na qualidade de quase senhor, adoravam-no qual um ídolo, lábios fechados pelo respeito, ousando apenas murmurar palavras de amor. Neith, menos minada pelo veneno, altaneira e caprichosa, mordaz e zombadora, reagia sempre contra o efeito do odor enfeitiçado, e essa recalcitrância obstinada, reunida à formosura encantadora, esporeava a depravada alma de Horemseb, despertando um interesse que jamais tivera por mulher alguma, mas também arrastando-o a recomeçar o perigoso divertimento, proibido por Tadar. Quanto mais rebelde e orgulhosa ela se mostrava, mais ele saboreava o encanto do excitamento e o de em seguida dobrá-la, sob o jugo de paixão insana; acompanhar, nos traços mutáveis, nos grandes olhos expressivos, todas as nuanças da luta entre o orgulho e o amor, tornou-se para ele uma distração da qual não se privava, e que afinal lhe inspirou a ideia de desposar Neith, por julgar esse o meio de restaurar os haveres, e de Neith obter o título pouco invejável de sua esposa. Em tais alternativas de paz e guerra, decorreram alguns meses. Sem que ele o suspeitasse, a tempestade, predita pelos astros, anunciava-se cada vez mais sombria sobre a sua cabeça de nigromante: dois mortais inimigos haviam sub-repticiamente ingressado no palácio, espionando seus atos e espreitando, avidamente, o momento de perdê-lo.

Agora, retomemos a narrativa desde o dia em que Ísis transpôs os umbrais do palácio de Horemseb, e houve entre este e Tadar a grave conversação, durante a qual a solene experiência, que lhes devia desvendar o porvir, foi fixada para o dia seguinte.

5
O futuro

O dia impacientemente aguardado por Horemseb raiou, enfim, e, chegada a noite, encaminhou-se ao pavilhão do sábio, no intuito de ajudá-lo nos derradeiros preparativos. Todos os serviçais receberam ordens de permanecer na ala do palácio que lhes estava destinada e da qual não poderiam sair, sob pena de morte; suspensos quaisquer serviços, Chamus devia vigiar cuidadosamente para que nenhum ser vivo penetrasse nos jardins. A grande câmara, que servia habitualmente de sala de trabalho a Tadar, estava quase vazia, pois os mil objetos que a inundavam haviam sido transportados para o apartamento superior, e substituídos por pequena mesa de cedro, duas cadeiras e um leito de repouso. A alguns passos da mesa, estava colocado enorme tacho de cobre cheio de água até às bordas; uma lâmpada, posta num recanto, iluminava o amplo recinto com incerto e mortiço clarão. Por último, o velho sábio trouxe uma caixeta repleta de frascos, que deixou em tamborete próximo de uma das cadeiras, e, voltando-se para Horemseb, que empilhava, silencioso, muitas peles de leopardo no extremo do leito, advertiu:

— Tudo concluído, meu filho; trarei apenas a ânfora cheia de vinho quente, enquanto vais buscar Neith. Ela bebeu o líquido preparado?

— Sim, mestre, e dorme aqui perto, no pequeno pavilhão azul. Vou trazê-la.

Saiu e tornou logo, carregando nos braços Neith, profundamente adormecida, rosto lívido e o corpo com a inércia da morte. Tadar auxiliou Horemseb a estendê-la sobre o leito de repouso, acomodou os coxins para sustê-la comodamente e a recobriu cuidadosamente com uma pele de pantera. Depois, encheu um copo com vinho aquecido, derramando nele gotas de um frasco, e o ofereceu ao príncipe, ocupado em atiçar carvões acesos num tripé. Ingerido o vinho, Tadar retirou da caixeta um punhado de ervas secas e as pôs sobre as brasas, produzindo-se espessa fumaça, que subiu e espalhou na sala um aroma atordoante e acre. Em seguida, despiu-se, no que foi imitado pelo príncipe.

— Agora, só nos resta aguardar o deus — disse o sábio, sentando-se. Toma lugar defronte de mim, Horemseb, dá-me a mão, e firma teu olhar sobre a água: lá é que ele aparecerá.

Mais de um quarto de hora decorreu em completo silêncio; mão fortemente ligada e posta sobre a mesa, os dois homens fitavam atentamente o tacho.

— Estou gelado, meus membros dir-se-ia serem de chumbo e picadas de fogo martelam todo o meu corpo — murmurou o príncipe, sacudido por violento arrepio.

— Pior ainda será, quando as substâncias aromáticas das tuas paixões se retirarem do teu corpo — retorquiu o velho, também em voz baixa.

Nesse momento, Neith emitiu rouco suspiro, e murmurou, com voz apenas inteligível:

— Ele vem!

Horemseb estremeceu, e um supersticioso temor cobriu-lhe a testa de gélido suor. A água agitou-se, placas vermelhas e amarelas sulcaram a superfície, e depois, do centro do recipiente, subiu, turbilhonando, uma nuvem enegrecida, ao centro da qual eram vistas distintamente várias mãos vermelho-incandescentes, qual se fossem de metal fundido.

A massa informe aproximou-se rapidamente, envolvendo, qual negro véu, a cabeça e o peito de Horemseb, que se retesou de encontro ao encosto da cadeira, murmurando, com a voz sufocada:

— É a morte; arrancam-me o coração e o cérebro!

Tadar reteve convulsivamente a mão do discípulo, a qual forcejara para libertar-se. Estava amarelo, lábios nervosamente trêmulos; mas, o olhar, claro e faiscante, seguia, com agitado interesse, o estranho e maravilhoso espetáculo que se desenvolvia ante ele. De todo o corpo de Horemseb desprendia-se uma chuva de centelhas multicoloridas, que as mãos de fogo condensavam em compacta massa e tomavam a forma de um cometa, o qual recuava com a nuvem negra até ao tacho, flutuando sobre a água e permanecendo unida ao corpo do príncipe por larga faixa ígnea, que lhe brotava do peito. Durante alguns momentos, toda essa massa redemoinhou como que em fusão, produzindo um ruído crepitante e fraco; as mãos haviam desaparecido. Subitamente, houve uma detonação, e um jacto de fogo deslumbrante, parecendo vir do teto, caiu sobre a nuvem, que violentamente se agitou e fendeu e sumiu, sendo substituída pela aparição de sete duplicações de Horemseb, sete sombras transparentes com os traços do príncipe, unidas entre si por delgados fios de fogo, filamentos esses que iam confundir-se na larga faixa ígnea projetada do corpo de Horemseb e que, como soprada por impetuosa ventania, tremelicava e se contraía.

Cada um desses duplos possuía cor diferente, lembrando as do prisma: o de uma extremidade, vermelha, e o da outra, violeta. Tais corpos, da transparência do cristal, deixavam perceber nitidamente todos os órgãos do corpo humano, trabalhando com vertiginosa celeridade; a substância com coloração típica de cada um dos duplos, circulava em cascata cintilante no corpo diáfano, e, sobre esse fundo, com brilhos de joias, destacavam-se, à semelhança de placas de ébano, duas nódoas unidas por uma artéria preta, que uma das manchas ocupava o lugar do coração, e a outra o do cérebro das sete sombras vaporosas. Reaparecendo, as mãos de fogo trabalhavam ativamente em retirar da água e do ar flamas azuladas, amarelas e esverdeadas; depois, uma delas subiu e lançou largo jacto de luz branca, cegante qual o reflexo do Sol na neve, luz que se abateu sobre um dos duplos de Horemseb, envolvendo-o por instantes, para depois retornar ao espaço, deixando apenas, nas negras placas, como que gotinhas de orvalho. O mesmo fenômeno reproduziu-se nos outros seis duplos, e, em seguida, uma derradeira torrente de luz inundou a todos, os corpos translúcidos fundiram-se em um único e, depois, a massa purpurina, estriada de veias pretas, volteou, qual torrente, na faixa de fogo e com esta submergiu no corpo do príncipe. Este suspirou roucamente, e, sem grande demora, abriu os olhos, reaprumando-se.

— Foram medidas tuas emanações — murmurou o sábio — mas, lúgubres e confusas foram as vibrações.

Interrompeu-se, porque, nesse instante, uma ígnea mão reapareceu, traçando sobre a água caracteres fosforescentes, que sumiam à proporção que o velho os decifrava.

— Vais ver cenas de distante porvir e outras de tempos mais próximos, concernentes todas à tua existência em épocas em que todos os ora vivos terão descido à tumba.

Palpitante de ávida curiosidade, Horemseb pendeu para a frente, fixando uma nuvem azulada que se erguia vagarosa do tacho. Gradativamente, a nuvem agrandou e adquiriu a forma de imenso globo, que ocupava todo o fundo do recinto, cujas paredes pareciam ampliadas e o teto afastado para lhe fornecer lugar. Ao centro do disco de luz, vacilavam nuvens que, por instantes, o cobriram inteiramente, para recuarem depois, amalgamando-se todas, em seguida, em torno da placa luminosa, que mudara totalmente de aspecto: a superfície, polida e cintilante, transmudara-se em desproporcionada área, circundada de construções em estilo arquitetônico de todo diferente do egípcio, tendo ao fundo grande edifício, o qual se atingia por escadarias; mas, coisa estranha, as paredes de tal prédio pareciam transparentes, mostrando a Horemseb quanto ocorria no interior, e lá se via colossal ídolo, em redor do qual se moviam sacerdotes trajados de branco. O monstro estava incandescente e imenso braseiro chamejava-lhe por dentro. Em todo o local, e bem assim nos arredores do templo, enxameava gente, formando fileiras lateralmente a extenso caminho, pelo qual avançava lúgubre cortejo: mãos ligadas para trás, acorrentados um ao outro, marchavam homens nus, fisionomias ferozes e desesperadas; soldados, providos de relhos e aguilhões, faziam avançar. Qual desproporcionado listrão, a intérmina fila de infelizes atravessava a praça, subia a escada e, chegados ante o ídolo, um após outro era lançado na voragem de fogo, incinerantes entranhas de um deus insaciável de vítimas. Por momentos, a procissão detinha-se junto de grande e elevada tribuna sobre a qual se agrupavam mulheres, tocando harpa e instaladas à frente do tablado. Em uma de tais paradas, um dos prisioneiros, avantajado e vigoroso jovem, de cujo corpo, cortado de chicotadas, manava sangue, voltou a cabeça e seu olhar, turbado e fero, buscou o de Horemseb. Gélido arrepio estremeceu o corpo do príncipe: no preso, sob correntes, nu, degradado, pareceu-lhe reconhecer a sua própria pessoa; não eram os seus fiéis traços, mas, o coração acelerado gritava-lhe:

— És tu!

O cortejo prosseguiu, e, quando o prisioneiro sósia, ao qual parecia ligada a alma do feiticeiro, franqueava o liminar do templo, as nuvens dilataram-se e cobriram toda a cena.

— É impossível; enganei-me; não posso morrer! — balbuciou Horemseb — apertando nas mãos a fronte perolada de suor.

Imediatamente, o disco revelador absorveu toda a sua atenção. O cenário cambiava de aspecto, e, desta vez, o príncipe estremecia de júbilo: a rua, margeada de casas multicolores, a extensa aleia de esfinges que a confinava por um colossal pilono (pórtico típico da arquitetura egípcia) não era uma vista de Mênfis? Sim, decerto! Lá se elevava, à esquerda, bem conhecido obelisco, e a turba que circulava alegremente reunia-se perto de uma tribuna sobre a qual estava uma cadeira, encimada de dossel. Eram autênticos egípcios, com suas vestimentas brancas e "clafts" listrados. E quem era aquele guerreiro, coberto de armas preciosas, que avançava, montando admirável cavalo branco, seguido de enorme escolta? No pálido rosto do cavaleiro, moldurado por barba da negrura do ébano, dois olhos, grandes e sombrios, vagueavam indiferentes pela turba. Chegado em frente da tribuna, apeou-se, subiu e sentou-se no trono, em redor do qual se agruparam guerreiros da escolta, dignitários egípcios e os porta-abanos reais.

— Desta vez sou eu, e serei Faraó! — pensou Horemseb, com orgulhoso agrado, que lhe inundou o coração.

Pela aleia das esfinges, caminhava agora um bem conhecido desfile: cantores e cantoras do templo, sacerdotes conduzindo estátuas de deuses. Era a festa de Ápis, porque também ali estava o animal sagrado, com enfeites de flores e tirinhas. A festa e a procissão em que era parte agora, o príncipe conhecia-a muito bem, mas, seu olhar também recaiu vivamente sobre aquela sua própria pessoa lá figurante, elevado, sem dúvida, pela extinção da dinastia dos Tutmés, ao trono dos faraós. Mas, que significava isto agora? Ao redor da real cadeira surgiam, uma após outra, mulheres pálidas e desgrenhadas, exibindo no peito nu escancarado ferimento, e nas mãos, erguidas, sacudindo rosas vermelhas. A multidão horrenda aumentava rapidamente, formando círculo em redor do rei; depois, uma das mulheres deslizou para junto dele, sentou-se no braço da poltrona, enlaçou o pescoço real, e, com a outra mão, agitou um feixe de rosas rubras diante dos olhos do guerreiro coroado.

O pálido semblante desta mulher estava contraído pelo ódio e sofrimento; desmesurados cabelos ruivos, soltos, pareciam envolvê-la qual véu de flamas. Com horrorizado espanto, Horemseb nela reconheceu Neftis. O homem sentado no trono mostrava ressentir-se de extraordinária emoção; sua fisionomia avermelhara-se; nos olhos, exageradamente dilatados, luzia demência. Nesse instante, o turbado olhar fixou-se sobre o boi Ápis que passava em frente da tribuna, e, como se fosse picado por uma serpente, pulou para o animal sagrado e o abateu com um punhal que retirara do cinto.[22] As nuvens velaram o tumulto que pareceu seguir-se ao ato sacrílego, e Horemseb não se refizera da emoção que lhe agitava o peito, quando um novo quadro já se lhe oferecia ao olhar.

Desta vez, árida superfície, juncada de cadáveres a perder de vista; guerreiros de pontudos capacetes, caras barbadas e selváticas, perambulavam em bandos no campo da carnagem, despojando os mortos e mutilando os feridos. Um dos grupos retirou, do montão desses defuntos, um homem evidentemente atordoado, pois seu capacete, com ornatos em relevo, estava amolgado e a mão contraída segurava uma espada partida. Entre as manoplas dos soldados o homem tornou a si, mas o seu ar altaneiro, ou imprudente palavra, teria ofendido os vencedores? Sem demora, a raiva se desencadeou, e, num pestanejar de olhos, o despojaram das vestes, cortaram-lhe o nariz e as orelhas, abandonando-o depois

---

22 Nota do tradutor: Este episódio, na reencarnação de Cambises, é histórico e mencionado por vários autores. Esse rei persa (529–522 a.C.), que dominou o Egito (em 525), fundou a 27ª dinastia. Médium, instrumento de Espíritos terríveis, era, segundo Maspero (*História antiga dos povos do oriente*. p. 694): "desde a infância acometido de crises de epilepsia, durante as quais tornava-se furioso e sem consciência de suas ações", doença que (conforme esclarece Heródoto, livro III, 33) então era denominada "gota coral" ou, segundo outros, "morbo sagrado". Furioso por insucessos na África, entrou, derrotado, em Mênfis, na ocasião em que os saerdotes celebravam em festa a entronização do boi Ápis. Cambises, supondo que o júbilo popular era regozijo pelos seus reveses guerreiros, supliciou os sacerdotes e matou o pseudodeus simbólico, o boi Ápis. Cambises morreu de modo mais ou menos misterioso, admitindo-se que se haja suicidado.

de vazarem-lhe os olhos, a rir ironicamente. A infortunada vítima, que não sucumbira a essas horríficas mutilações, arrastava-se errante entre os cadáveres, mascando ervas para distrair a fome, buscando em vão com que atenuar a devorante sede, para finalmente tombar sem forças, retorcendo-se desesperado.

Esse rosto sangrento, desfigurado, não condizia com Horemseb, mas a sua respiração teve um colapso, porque, em torno do mutilado, surgia de novo a massa esguedelhada das vítimas de Moloc, sacudindo as vermelhas rosas, contemplando o desgraçado com zombadora satisfação, e apontando-lhe, distante, a mágica visão do palácio de Mênfis, do Nilo ao clarão da Lua, da barca maravilhosa sobre os coxins da qual se pavoneava o nigromante príncipe.

Rodopiava a cabeça de Horemseb, seu pensamento confundia-se, e teve ímpetos de fugir; mas, invencível força prendeu-o à cadeira. Muitas visões seguiram-se a esta, tão depressa de tortura, tão depressa de riqueza e poderio, mas o príncipe compreendia-as cada vez menos, tão estranhas lhe pareciam as construções e as personagens e a própria Natureza, completamente transformada. Três, porém, de tais visões causaram-lhe particular impressão: a primeira mostrava uma câmara redonda, cujas paredes eram forradas de tapeçarias com personagens e iluminada por duas altas e estreitas janelas. Temperada luz enchia o apartamento, filtrada através de vidros multicoloridos, e distribuindo-se sobre maciços móveis e cadeiras de altos espaldares esculpidos. Em um desses assentos, via-se formoso jovem, de expressão altiva e zombeteira, e de pé, junto dele, enlaçando-lhe pescoço e fitando-o apaixonadamente, uma franzina e alta mulher, trajando negra e longa vestimenta, a cabeça coberta de véu, tendo ao pescoço uma cadeia de ouro, da qual pendia faiscante cruz. Tal mulher, Horemseb não podia equivocar-se, era Neftis, e o homem sentado era ele mesmo. O príncipe via-os conversar, sem perceber som algum, e no entanto compreendia que ela falava de amor e de ciúme, e exigia que a desposasse, ao que ele respondia, com sorriso e gesto significativos, que, para contrair matrimônio, havia entre ambos "quatro olhos demais". A cena metamorfoseara-se, mostrando um aposento iluminado por lamparina, ao fundo do qual se elevava grande leito de colunatas. Neftis, pálida e desgrenhada, dobrava-se para duas crianças adormecidas, murmurando:

— Quatro olhos demais!

Depois, qualquer coisa lhe brilhou na mão, abaixando-se rapidamente sobre a cabeça dos pequenos adormecidos, e a mãe criminosa fugia espavorida, e corria para o homem amado e cuja imagem flutuava ao longe; mas, à aproximação, ele se voltava, com horror e desgosto, desaparecendo na bruma. Neftis ficava só, mas, em seu derredor, tudo mudava: um longo corredor, escassamente iluminado, desenhava-se, e, lentamente, olhar fixo e perscrutador, mãos cruzadas, ela deslizava, vestida da negra roupa; ao avizinhar-se, porém, todos lhe fugiam, loucos de espanto, e, a isso, um sorriso de cruel zombaria crispava os lábios do espectro, mensageiro de desgraça.

Quando de novo as nuvens, apartando-se, desvendaram uma página futura, os raios da Lua iluminaram, qual espelho, a superfície polida de imensa toalha líquida: uma barca, transportando numerosos homens e soldados, de cujas armas a luz fazia tremeluzir reflexos metálicos, deslizava sobre a água, aproximando-se rapidamente de grande e sinistra construção, erguida às bordas do mar e da qual as torres maciças sombreavam na água suas silhuetas dentadas. Quando a barca acostou e os passageiros saíram, Horemseb viu que um deles, ao qual os outros falavam de cabeça descoberta, tinha o rosto coberto por máscara preta. Em seguida, reviu dito homem sozinho em uma câmara, cuja estreita janela, gradeada, estava quase rente ao teto; a máscara continuava tapando o rosto do prisioneiro, que caminhava agitado, e, triste e desencorajado, se deixou afinal cair numa cadeira, parecendo mesmo não se haver apercebido de que, do recanto mais escuro, surgia uma forma feminina, vestida de negra roupagem de cauda, cadeia de ouro ao pescoço.

Retirando do seio uma rubra rosa, a visitante agitou-a por cima da cabeça do prisioneiro, e, inclinando-se para ele, pareceu ciciar-lhe qualquer frase ao ouvido. Imediato, maravilhoso quadro começou a desdobrar-se, retirando ao sonhador os muros da prisão; viu soberbo palácio, rodeado de jardins, depois salas, de paredes douradas, plenas de luz, e nas quais se acotovelava verdadeira multidão de homens e de mulheres recobertas de pedrarias; lá, sob elevado dossel, de muitos degraus, sentava-se um jovem, de copiosos caracóis de cabelo esparsos sobre o dorso e espáduas, com larga faixa azul no peito, e um manto flordelisado, com forro de arminho, preso aos ombros. A brilhante turba desfilava ante o estrado, saudando, curvada, o belo rei, olhando-o, com adoração, e recebendo em dom precioso um sorriso ou palavra de seus lábios. Tomado de selvático ciúme, o prisioneiro saltou, rasgando as vestes na altura do peito, tentando arrancar a máscara fixada sobre o rosto, batendo a cabeça de encontro às paredes, qual insensato. Lá, liberdade, poderio, adulação, amor; aqui, solidão, cárcere, morto-vivo. O contraste era para destroçar a alma e arrebatar a razão. A misteriosa visitante havia recuado, e, lentamente, levitado; seu persistente olhar, brilhante de ódio, mirava o encarcerado, parecendo saborear esse desespero; um sorriso de crueldade satisfeita banhou-lhe a descorada face, e murmurou:

— Teus olhos desta vez é que são demais!

Declinando obliquamente para o lado da janela, sempre suspensa no ar, atravessou as grades. Nesse instante, Horemseb identificou Neftis. Com um cavernoso suspiro, o príncipe retesou-se na cadeira, cheio de terror e medo desse porvir que evocara, e lhe apresentava tão lúgubres e ameaçadores quadros. A vida eterna, tão almejada, era tão terrífica e a morte não se tornava preferível a isso que havia visto e teria de padecer? Oh! por que tinha ele erguido, imprudente, o véu que, misericordiosamente, esconde o futuro aos mortais? Por segunda vez, tentou escapulir, mas, seu corpo, pesado como se fosse de granito, recusava obedecer, e força mais forte do que a sua vontade levava-lhe o olhar para o disco cintilante, que de novo se revelava. Esse desfile esmagador e estranho não terminaria nunca?

Desta vez, via-se grande sala, onde numerosas personagens, ricamente trajadas, se adensavam junto de um trono, ante o qual jovem homem estava de pé, com um manto de arminho ajustado nos ombros — um rei — sem dúvida. O coração de Horemseb inflou: agora era ele; seu talhe, destro e esbelto, seus grandes olhos, sombrios e sonhadores, seu sedutor sorriso. Essa alta hierarquia acenava-lhe, enfim, com uma existência sem escuridades, repleta de glórias e poderio. Ancho de alegria e de orgulho, curvou-se para melhor minuciar, mas, com arrepio de pavor, atirou-se para trás: as sombras que surgiam, uma a uma, nos degraus do trono, eram novamente as vítimas de Moloc. Sangue manava de sob os véus denegridos que as cobriam; seus olhares eram ameaçadores, e nas mãos crispadas balançavam as fatais rosas vermelhas. Desse assédio hostil destacou-se mais distintamente uma esguia mulher, vestida de preto, cruz refulgente ao peito. Seu descorado semblante era impassível, mas, nos grandes olhos, esverdeados, bailava implacável ódio. Instalando-se ao lado do jovem rei, pousou-lhe a mão na espádua e os gelados dedos mergulharam no arminho, e um som, apenas acessível ao pensamento de Horemseb, saiu dos lábios do terrífico espectro:

— Quatro olhos demais! E tu, agora, fica sozinho; nenhuma esposa se assenhorará do lugar que me pertence; passo a passo, nós te empurraremos para o abismo; nós te isolaremos de todos; nós te arrancaremos essa coroa, que te dá poder e riqueza; entre ti e cada vivente que pretendas amar, se interporá uma de nós; quiseste o nosso amor: que ele te baste!

Como se tivesse sentido a presença do aterrador cortejo que o prendia com invisível cadeia, o olhar do moço rei se obscureceu; passou a mão pela fronte pálida, como que para afugentar importunos pensamentos. Em seguida, ergueu os olhos para o céu e então uma sombra, alva e pura, dobrou-se para ele, dizendo:

— Trabalha, sacrifica-te pelo teu povo, e ora: serás mais forte, e teus inimigos recuarão; mas, não te esqueças de que a ociosidade te entregará em suas mãos.

O jovem rei, obedecendo a esta boa inspiração, imisciuiu-se na turba, buscando um apoio entre o seu povo e os dignitários que se agrupavam em seu redor; por toda parte, contudo, as sombras vingativas se intrometiam, soprando-lhe loucos pensamentos e toldando-lhe a razão. Mudando pouco a pouco, o implacável disco refletiu uma cena trágica: a luta desesperada de dois homens, à borda de um lago, cujas águas plácidas bem depressa serviram de túmulo a ambos. A noite desceu sobre esse local de infortúnios, e em tal escuridão desfez-se e sumiu igualmente o disco luminoso, espelho incoercível e aterrorizante no qual se haviam espelhado os crimes, as expiações e as lutas futuras do bruxo de Mênfis. Esmagado pelo medo e pelo horror, mortalmente exaurido, Horemseb abateu-se na cadeira, em completa prostração. Não viu Tadar levantar-se, lavar o rosto e as mãos na água do tacho, e, depois, aproximar-se dele, com um frasco. Somente após haver o velho sábio lhe esfregado as têmporas e posto o vidro sob as narinas, abriu os olhos.

— Lava-te na água do tacho, meu filho, veste a roupa e depois bebe deste copo. Logo que eu desperte Neith, leva-a para seus aposentos, pois necessitará de muitas semanas de descanso para recuperar-se da noite de hoje. E tu, igualmente, vai dormir, porque estás esgotado.

Aproximou-se de Neith, que, inteiriçada e gélida, jazia qual morta, e lhe prodigalizou cuidados, enquanto o príncipe obedecia silencioso às suas determinações. Depois de haver abanado violentamente Neith, e lhe escorrido na boca uma substância avermelhada, a jovem teve um brusco sobressalto e reabriu os olhos; mas, quebrantada, seu extremo estado de fraqueza não permitiu ficar de pé. Sombrio e preocupado, Horemseb despediu-se do sábio, e, soerguendo-a, reconduziu a jovem ao palácio, onde a deixou no leito, rumando em seguida, ele próprio, para o seu aposento, e se abateu na cama, adormecendo sem tardar, num sono mais parecido a esvaimento.[23]

---

23 Nota do autor espiritual: Foi muito difícil escrever o capítulo que aqui terminou. Pretendendo reviver estranhos acontecimentos de longínquo passado, repetidas vezes faltaram-me vocábulos para exprimir com clareza, e fazer compreensíveis, aos vivos, assuntos tão escassamente conhecidos ainda. O tecido invisível, envoltório da nossa alma, é difícil de apreender e muitos leitores nele não acreditam, sem embargo de representar imenso papel em nossa vida espiritual.

No entanto, as descobertas se sucedem; já a Ciência tece a rede fluídica que faz funcionar o Invisível. Mais um passo, e ela constatará a sua existência. Mãos inábeis e indecisas tateiam ainda nesse mundo novo, porém, o magnetismo animal, o hipnotismo, a sugestão mental já fizeram larga brecha nos velhos preconceitos e revelaram faculdades da alma, desconhecidas até então, e diante das quais os homens param estupefatos. A seu pesar, sábios recalcitrantes são arrastados para uma estrada onde encontrarão maravilhas, de cuja existência nem sequer suspeitam. Almejo que minhas obras concorram para apressar o momento em que a Ciência, vitoriosa, descobrirá o corpo astral, penetrará as leis que regem a alma e analisará os aromas (eflúvios, emanações) das paixões, com a mesma exatidão, atingida hoje, com que determina as vibrações da luz, a velocidade da corrente elétrica e mede as distâncias que separam os astros. Repito: descrever coisas tão escassamente conhecidas, custou muita dificuldade e labor; esforcei-me por ser claro e verídico, tanto quanto possível. Assim, a cena que precede as visões é rigorosamente exata: é a descrição das manipulações e do processo invisível que um Espírito deve empregar, quando deseja sondar o estado de uma alma e fixar, aproximadamente, seu futuro, de conformidade com os instintos que vivem nela e com as paixões que ainda não foram dominadas.

No que concerne às visões propriamente, para não entediar o leitor e manter na minha obra o interesse literário, tive de as modificar um tanto, não no fundo e sim na forma: grupei as cenas mais interessantes, e dei relevo a quadros que passaram vagos e quase incompreendidos ante o criminoso egípcio, contemporâneo dos Tutmés. A diferença enorme trazida pelos séculos aos costumes, vestuários, ideias etc., tornaram quase letra morta para Horemseb essas existências de porvir, das quais era incapaz de apreciar o alcance; o Espírito que, sob o nome de Moloc, dirigiu a sessão, não lhe emprestou a exatidão, nem a ordem cronológica que fiz observar: inteligência cruel e zombeteira, desejava impressionar e amedrontar, e isso conseguiu. Aproveitei esse episódio para esclarecer o leitor espírita, que acredita na reencarnação, sobre as vidas de provação e de expiação padecidas pelo feiticeiro de Mênfis. Com tal intento, precisei, pelo vestuário colorido da época e de cenas bem conhecidas, suas vidas mais frisantes, mais próprias para fazer sentir o papel imenso que o passado representa no presente de cada criatura. Assim, ele foi, alternativamente, Cambises II, que a loucura prendeu na terra egípcia onde havia pecado; o amante da sombria condessa de Orlamünde; o Máscara de Ferro, devorado de ciúmes, sonhando pompas de Versalhes no seu calabouço da ilha de Santa Margarida; enfim, o desditoso rei Luís II de Baviera, cuja terrível obsessão tinha raízes no passado, no aroma nefasto do qual o seu corpo astral ainda se achava saturado, e que formava um elo entre ele e as sombras vingativas.

Estas, ai de nós! não querem perdoar, e, depois de milênios, perseguem sem descanso seu antigo perseguidor, envenenando as vidas de provas onde o poder lhe foi concedido, escarnecendo-o impiedosamente no infortúnio e na expiação.

Não posso resistir ao desejo de dizer algumas palavras sobre a última existência do nigromante de Mênfis, sobre esse jovem rei, tão ricamente dotado, cuja vida estranha e trágica morte foram um enigma para os seus contemporâneos. Esclarecido e depurado pelas provações, expiação e arrependimento, colocado, por seus guias, em situação que lhe propiciava oportunidade de experimentar forças, o poder que adquirira sobre os instintos do passado, faltou a Luís II a energia e a perseverança para trabalhar, ininterruptamente, pelo bem do seu povo; não atendeu à voz íntima e amiga que o inspirava — "só o trabalho é útil"; a prece humilde e sincera e o devotamento aos interesses do seu povo poderiam manter, a distância, os invisíveis adversários, romper a cadeia de seres rancorosos que tentavam apoderar-se dele. Tal coragem, repito, o jovem rei não teve; deixou-se envolver e subjugar pelas fúrias que o seguiam e irritavam os sentidos, fazendo ressurgir ante seu espírito os quadros meio esmaecidos de longínquo passado.

Tal qual Horemseb, abandonou-se a perigosa ociosidade, que lhe transmudou a vida real em sonho malsão. Em consequência deste último embate à vida fracassada, encontrou aquele que havia outrora arrastado o príncipe egípcio à senda do crime: Tadar, o sábio hiteno. Pobre e desconhecido da multidão, que não queria compreender e apreciar suas composições caóticas e inarmônicas, o antigo sacerdote de Moloc reencontrou o antigo discípulo. Apaixonado e tenaz, ainda na ebriedade do passado, mordido por mil sofrimentos, impetuoso e revoltado contra toda a lei de harmonia humana e divina, a alma de Wagner buscava uma saída para esse caos interior nos sons, atordoantes quanto a planta que havia cultivado, selváticos e discordantes quanto eram as tempestades que fervilhavam nele. Para Luís II, a estranha música foi toda uma revelação: essas notas, que sibilavam semelhantes a ventos desencadeados, ululavam qual borrasca, embalavam como se fossem cantares junto de um berço para fundirem-se, inopinadamente, em melodia voluptuosa e suave, evocaram na alma do moço rei todo um mundo de recordações vagas, confusas, mas enervantes. Essas potentes vibrações, que eram a voz do passado, tornavam-se incompreensíveis para o público, que podia sentir apenas a emoção de algo grandioso e desconhecido; para Luís II, esses sons constituíam o elo que o ligava a Horemseb, espanavam a poeira dos séculos, faziam vibrar sensações ignotas, acalentavam-no com visões fantásticas, e assim se vinculou ao compositor ignorado. Seu ouro e seu poderio abriram, tal como outrora, o caminho a Tadar; o mundo aclamou um grande maestro; o público habituou-se à sombria e inarmônica música do gênero da alma do seu criador; admirou essa expressão musical de rudes e selvagens paixões. Contudo para o jovem rei esse reencontro foi fatal: sob a impressão das vibrações do passado, sua vontade fraqueou, as sombras sangrentas retomaram império sobre ele, envolvendo-o mais de perto, separando-o, gradativamente, de toda relação com a vida concreta, com a família, deveres e súditos. Ensombrecido de espírito e de coração, buscando a noite e a solitude, perdido em fantásticas quimeras, o infortunado monarca construía, ilusoriamente e sem interrupção, ora reproduções da Versalhes tão cobiçada, ora as fortalezas e as cabanas de lendário passado.

Não tentou reconstruir o palácio de Mênfis, porque vago sentimento de medo e horror a isso sempre se opôs. Cada vez mais subjugado pelos adversários invisíveis, que o afligiam e o empuxavam para o abismo, Luís II perambulou a alma, atenazada por mil tormentos incompreensíveis, pelos castelos desertos, arrastando o real manto nas galerias vazias e iluminadas e que, só para ele, se populavam de legiões de sombras revindas do túmulo, motejadoras e plenas de raiva satisfeita, as vítimas de Moloc balançavam, à guisa de troféus, por sobre a sua cabeça, as vermelhas rosas do bruxo de Mênfis. A fatalidade prosseguiu, seu caminho, e somente quando a coroa, esse baluarte do seu poderio e orgulho, devia ser-lhe tirada, para salvação do povo, os inimigos recuaram: Neftis, a sombria condessa de Orlamünde, o gênio mau do rei, abandonou, e, subitamente restituído à razão, ele compreendeu, em toda a nudez, o terrível de sua situação: destronado e tido por louco (e ele estivera desassisado, em verdade), embora não mais se encontrasse em tal estado nesse instante de humilhação. Os grandes sábios que o assistiam e constataram a doença cerebral não puderam debelá-la, nem compreender a reviravolta mental, pois não admitiam a enfermidade da alma, nem acreditavam nas influências poderosas que o passado exerce sobre a vida presente das criaturas. Tudo quanto turbilhonou em desespero e vexame no espírito do rei destituído — é difícil descrever; mas, exercitando astuciosa cautela na própria desgraça, dissimulou a cólera e bem assim a aversão contra o médico que o assistia, Ignorando que este era Amenófis, um dos sacerdotes de Mênfis, que, implacavelmente, havia agido contra ele no processo de feitiçaria. Instinto odiento, porém, surgido das profundezas do passado, inspirou-lhe o desejo de destruir o esculápio: uma luta, combate mortal foi travado nas águas entre o rei e o vigoroso sábio; com a decuplicada energia que a desesperação momentânea empresta, o monarca venceu, e só o largou — morto. O esforço, porém, excedera das forças e o exaurira, de modo que se desgovernou a cabeça, perdeu o apoio no fundo escorregadio do lago, atordoou-se, teve vertigem e tombou também e... a alma se desprendeu do atormentado corpo. Representara-se um dos mais surpreendentes dramas dos tempos modernos.

Mas, acima do lugar da desgraça, rodopiava, qual mancha negra, o enxame das inteligências vingativas, destilando na atmosfera o odor deletério que as havia vitimado, e do qual os rebeldes Espíritos não queriam separar-se. Espionando o Espírito liberado do nigromante, estes precipitaram-se sobre ele, acorrentando-o no sítio do seu crime, increpando-o por um passado sempre revivescido para essas sombras, porque o interregno dos séculos não existe para o ódio, e o tempo é um sopro na eternidade, que não mensura a faúlha inextinguível da alma. Não se suponha que na superfície espelhante do lago possa balançar-se estranho grupo, em meio o qual se debate um Espírito atormentado de remorsos e arrependimento; mas, triste daquele que, ligado por algum fio desconhecido a esse pretérito tempo, venha absorver imprudentemente o odor fatal que plana sobre esse local funesto! Inacessível aos sentidos grosseiros, esse perfume sutil e deletério invade o temerário, ensombrece-lhe o cérebro e o arroja sem piedade nas águas transparentes onde está cravada a alma do feiticeiro de Mênfis.

6
Derradeiros dias de poderio

Dez dias haviam passado depois da noite em que o futuro levantara o véu para Horemseb, e Ísis ainda não avistara o seu senhor. O príncipe, dissera Chamus, estava enfermo, servido apenas pelo velho Hapu; todos os divertimentos noturnos estavam suspensos. O pasmo entre a criadagem era enorme, porque jamais semelhante coisa fora vista; mas, ninguém, por uma expressão de olhar sequer, ousara formular qualquer pergunta a respeito. Aguardavam todos, entristecidos e desencorajados, que recomeçasse a sua corveia.

Apenas Sargon estava presa de indizível agitação: que significava a invisibilidade de Neith e de Horemseb, desde a noite misteriosa em que o acesso ao palácio e aos jardins fora interdito a todos? Que ocorrera, então? Mil suposições retorturavam o jovem homem, despertando umas vezes o ciúme e outras o receio de uma adversidade. Rilhando os dentes, jurou a si mesmo que, tão logo adquirisse qualquer certeza sobre a sorte da esposa, fugiria, para dar imediato final àquela intolerável situação.

Horemseb estivera realmente enfermo, de alma e de corpo; as múltiplas emoções da terrível noite haviam-no exaurido de todo, ocasionando uma turbação no cérebro, que não lhe permitia coordenar os pensamentos. Durante alguns dias, permaneceu na cama, atristado e abatido, rememorando quanto havia visto, e tentando orientar-se e interpretar o caos daquela vida vindoura, tão bizarramente amalgamada de miséria e de grandeza. Ao fim desse tempo, sua flexível natureza começou a readquirir plenitude; o orgulho e a fatuidade por auxiliares, ele explicou a si mesmo tudo para sua glória e honraria, admitindo, complacente, que, no curso de uma existência sem término, algumas gotas de amargura não podiam deixar de cair. No entanto, o organismo ainda se encontrava quebrantado demais para apetecer as habituais distrações.

Enfim, na tarde do décimo primeiro dia, Chamus veio pedir a Ísis que se aprestasse para partilhar da refeição do seu senhor. Agitada por nervoso tremor, a moça enfeitou-se: ia defrontar o mais perigoso momento da sua voluntária missão; os deuses a ajudariam a evitar os efeitos do pernicioso aroma e a repelir o veneno que lhe seria oferecido? Ao pensamento de ser dominada pelo feitiço, de ser forçada a amar o odioso homem, que destruíra os seus e que ela detestava mortalmente, sentiu vertigens. Ardente prece reconfortou-a; os imortais não lhe podiam recusar proteção à justa causa.

Assim, quando Chamus veio buscá-la e a deixou na galeria, recobrara a calma e a energia, e preparava-se para simular amor e humildade em face daquele que ela pretendia destruir. Sem demora, viu aproximar-se o príncipe, à frente do costumeiro séquito: estava pálido, mas impassível, e seu olhar, áspero e glacial, percorreu a galeria procurando a nova vítima. Nervosamente trêmula, Ísis prosternou-se, e, mãos cruzadas ao peito, inclinou a cabeça até ao chão. Dedos úmidos e frios pegaram logo seu braço, e uma voz, sonora e doce, disse, bondosamente:

— Ergue-te, bela filha. Uma indisposição impediu-me até hoje de te saudar.

Ísis levantou-se, mas, ao encontrar os olhos faiscantes e zombeteiros que a fitavam, baixou a fronte. Horemseb sorriu.

— Pega essas rosas e segue-me, pequena. Não sei que nome te dê.

— Ísis — murmurou ela.

— Belo nome, e, por teus encantos, podes rivalizar com a grande deusa que o tem.

A refeição decorreu como era habitual. Apesar da precaução adotada para não respirar das exalações das rosas envenenadas, os perfumes narcotizantes, desprendidos do príncipe e de tudo que o rodeava, reagiam dolorosamente sobre a moça; peso e fraqueza invadiam-lhe os membros, e o coração se contraía de angústia e vago terror. Concluído o repasto, foram para o pavilhão do jardim; Ísis assistiu às danças sobre o tabuleiro de relva, e conseguiu derramar, num vaso de flores, a funesta bebida que lhe estava destinada. Horemseb, longe de qualquer desconfiança, não se apercebeu de tal, e partiu tranquilamente para o passeio ao Nilo. No dia imediato, foi bisado o da véspera; mas, em vez do espetáculo na relva, a jovem assistiu a uma orgia em miniatura, embora nem por isso menos odiosa, e que terminou com a morte de jovem e formosa escrava. Tomado de súbito furor, Horemseb precipitara-se sobre a cativa e a estrangulara, e, depois, refeito, mas descontente, dera por terminada a festa.

Pela primeira vez, a bebida que lhe esfriava o sangue não havia desempenhado totalmente a sua função; o aroma que ele espalhava parecia haver-se transformado em fio de dois gumes: as brutais paixões, que nele dormitavam, despertaram, inspirando-lhe, subitamente, o desejo feroz de afundar o punhal naquele seio lindo, e em seguida sorver, a longos traços, o quente e rubro sangue, premir com a boca os lábios abertos na carne pelo ferimento, e saborear, voluptuosamente, os derradeiros estremecimentos daquela vida, que se extinguia para reviver nas veias dele próprio. No entanto, beber sangue só lhe era permitido em determinadas épocas, e, recordando-se dessa proibição imposta por Tadar, repôs o punhal no cinto, mas a vítima havia perecido afogada em uma constrição mortal.

Ísis regressou espavorida e incapaz de conciliar o sono. Por isso, empregou o resto da noite em escrever a narrativa minuciada dos horrores a que assistira. Pela manhã, quando ainda todos dormiam no palácio, Sargon esgueirou-se no jardim e veio para junto do gradil que o separava do jardinzinho contíguo ao apartamento da moça. Esta aguardava-o já, porque muitas vezes, assim, haviam conseguido comunicar-se mutuamente. Rápida, passou-lhe o escrito, recomendando assiná-lo também, tal qual ela o fizera, e pô-lo no escaninho combinado.

— Se ambos perecermos nesta caverna de banditismo, esse documento valerá por um libelo contra Horemseb, por uma prova dos horrores que se praticam aqui — finalizou Ísis.

Sargon falou-lhe dos receios quanto à sorte de Neith, e disse que, se dentro de alguns dias não a encontrasse, fugiria, apesar de tudo, e indicou a Ísis um grande vaso colocado na aleia por onde a ela era permitido passear, e pediu que ali depositasse suas mensagens, pois ali também ele deixaria as suas. Isso combinado, separaram-se, e, nessa mesma data, à noite, Keniamun levava a Neftis o terrível documento, assinado por Ísis e Sargon.

— Conheço tudo isso, e vi igualmente um assassínio mais ou menos assim — disse Neftis, suspirando. Sargon fará bem em fugir o mais depressa possível, pois já temos suficientes provas para destruir o traidor!

O organismo de Neith sofrerá um golpe bem mais rude que o do príncipe, e, durante muitos dias que se seguiram à memorável noitada, ressentiu-se de fraqueza que a prostrou deitada, imersa em letargo. Contudo, pouco a pouco, readquiriu forças, e estranhou não mais rever Horemseb. O orgulho e o ciúme começaram a lutar: que significava tal descaso? Haviam-lhe dito, é certo, que ele estava indisposto, mas não acreditou, por um momento sequer, na veracidade da escusa, e mortificou o cérebro para adivinhar as razões da ultrajante indiferença daquele a quem amava. Neith ignorava que, para lhe proporcionar repouso completo, Tadar proibira o príncipe de visitá-la. Sem embargo do ciúme que a minava, Neith possuía altivez e obstinação suficientes para não tentar atrair o príncipe ao seu domicílio. Ao pensamento de mendigar sua presença, o rubor subia-lhe às faces, e resolveu, se o acaso lhe fizesse encontrá-lo, mostrar-lhe desprezo e indiferença.

Certo dia, à hora em que, habitualmente, o príncipe não mais saía dos aposentos, Neith desceu ao jardim. Enfraquecida ainda, andava lentamente, cabeça baixa, e absorta, quando, à curva de uma aleia, esbarrou com alguém que caminhava célere: era Horemseb, que regressava do pavilhão de Tadar. Reconhecendo-o, Neith recuou como se tivesse pisado num réptil: o sangue soberbo de Hatasu ferveu-lhe nas veias, dando-lhe, no momento e apesar da diferença de traços fisionômicos, flagrante parecença com a rainha: o mesmo olhar chamejante e acerado, a mesma boca de cantos descidos, exprimindo desmesurado orgulho, o gesto imperativo da inabordável soberana. Horemseb dedicou-lhe um olhar admirativo e apaixonado, aquela arrogância real agradava-lhe, e também titilava o amor-próprio. Que prazer quebrar, incontinenti, o grande orgulho, mudar o desdém, o desprezo, em amor e humildade! Todavia, recordando as recomendações de Tadar, e recuando um passo, disse, desviando o olhar:

— Como vai tua saúde, Neith? O ardente rubor que incendeia tuas faces faz supor que ainda estás enferma.

A chufa irônica que vibrava nessas palavras mudou imediatamente o rubor em lívida palidez.

— É verdade que, sob teu teto, esqueci o que seja calma e saúde; entretanto, estou bastante forte para deixar esta prisão, e aproveito nosso encontro para te dizer que aceito, hoje, a liberdade que já me ofereceste. Deixa-me sair, e manterei a palavra dada de não divulgar nada sobre a vida que levas.

Por sua vez, Horemseb mediu-a com um olhar de ameaça e surpresa: toda a sua fatuidade arranhada vibrou no tom, áspero e peremptório, da resposta:

— Devias ter aceito, então, e ido embora. Agora, não permito mais.

E, voltando costas, desapareceu numa aleia adjacente.

Neith regressou desesperada, e durante horas chorou loucamente, recaindo em debilidade, que a forçou a permanecer dois dias em casa. Na noite do terceiro dia, sentiu-se melhor, porém tristíssima, oprimida, e, por isso, novamente desceu ao jardim, na esperança de que o ar fresco lhe daria alívio. Esplêndida era a noite: o ambiente doce e embalsamado, o firmamento cintilante de milhares de estrelas, a grandiosa calma da Natureza reagiram, qual refrigério, sobre a alma ulcerada e enferma de Neith. Havia muito que andava, sem rumo, pelas desertas aleias, quando distante cantar chegou-lhe ao ouvido. Parou, estremecendo, e, invadida por invencível desejo de rever Horemseb, verificar o que estaria fazendo, enveredou na direção dos sons melodiosos. Bem depressa estes ficaram mais próximos, e Neith arredou, cautelosa, os ramos espessos de uma sebe que a separava de sítio fartamente iluminado.

Viu, assim oculta, o pequeno pavilhão aberto, no qual ela assistira muitas vezes a danças e cânticos dos escravos, e Horemseb meio estirado, conforme seu habitual, sobre um leito de repouso, tendo a seus pés, sentada, uma jovem de deslumbrante formosura, de dourada cabeleira, lembrando trigal maduro, que lhe cobria costas e espáduas, qual manto sedoso, e cujos braços alvos, pejados de largos ornatos, pousavam nos joelhos do príncipe. Este, voltado para ela, sorrindo sonhador, ciciava palavras que só podiam ser amorosas. Ante esse quadro, difícil é descrever o que se desencadeou no coração de Neith. Seu pensamento inicial foi que acabava de descobrir o motivo do abandono insultante, no qual ela vegetava; a ideia de ser preterida por outra mulher, ela — que tantos homens distintos haviam idolatrado ao nível de uma divindade — subiu-lhe ao cérebro qual labareda; misto de fúria e cego ciúme cortou-lhe a respiração; avermelhada bruma obscureceu-lhe o olhar. Apertando o peito com ambas as mãos, como se sentisse romper-se o coração, emitiu um grito sem timbre humano, e rolou desacordada na relva.

Ainda que diminuído pelas cantilenas, esse grito foi percebido por Horemseb e Chamus. De um salto, o príncipe atingiu a proximidade da sebe de sarças, de onde partira a voz, e, ajudado pelo eunuco, afastou as ramas, deparando, a pouca distância, com o corpo de Neith, estatelada qual morta. Não a identificando, devido a escuridão, olharam-na de mais perto, e Horemseb, ao ver a filha de Hatasu, começou a rir. Ordenando a Chamus que reconduzisse Ísis ao palácio, e desse por findo o espetáculo, levantou Neith e a transportou aos aposentos.

— Veja-se quanto esta louca pequena está enciumada, apesar de todo o seu orgulho! — murmurou, enquanto caminhava. — Pobre Neith! Se soubesses como é vão o teu zelo, e quão caro aquela mulher pagará alguns olhares amorosos, ficarias consolada.

Graças aos cuidados que lhe dispensou, a jovem bem depressa voltou a si, mas os olhos continuaram obstinadamente fechados. Compreendendo que, para não a excitar mais ainda, o melhor era deixá-la sozinha, Horemseb retirou-se, dissimulando um sorriso.

Tão logo ele saiu, Neith ergueu-se, e, por gesto brusco, despediu as servas: bramia-lhe no íntimo uma tempestade que a ameaçava talvez de perder a razão. Além da sanha ciumenta, ela não podia suportar a ideia de que houvesse deixado perceber a extensão do louco amor por ele, pois não ignorava quanto poderia feri-la no coração por isso, e que não perderia oportunidade de assim agir. Quanto se divertiria com o orgulho humilhado! Parecia-lhe mesmo já estar vendo o sorriso zombeteiro, que lhe fazia ferver o sangue e subir a vergonha às faces. Fremente de superexcitação nervosa, com tremores febris, trilhava o aposento, retorcendo as mãos e soltando exclamações sufocadas.

— Não! Tal viver não pode continuar; se eu não recobrar a liberdade, ao menos poderei morrer, porque a morte é também liberdade e descanso.

Algo abrandada pela resolução, sentou-se novamente no leito de repouso.

— Oh! Roma! — balbuciou ela. — Se soubesses quanto sofro, perdoarias minha traição. E nunca saberás como fui cruelmente punida; enquanto os que me amam choram por mim, morro aqui, voluntariamente, mísera, mais degradada do que uma escrava, privada mesmo de sepultura, como se fosse um animal impuro.

Escondendo o rosto nos coxins, verteu lágrimas amaríssimas, pranto que a aliviou, embora sem apagar a resolução tomada. Neith era enérgica, tal qual a rainha, sua mãe, e, nos momentos graves, assumia a atitude das frias deliberações, o que constituía um dos traços salientes de Hatasu. Tendo chegado à convicção de que era impossível viver assim mais tempo, não hesitou em procurar morrer. Enxugou as lágrimas e levantou-se. Primeiramente, pensou fazer nó corredio com uma charpa que estava sobre a cadeira e enforcar-se, pendente de um gancho de bronze fixado na parede, porém, mais depressa ainda, repeliu a ideia; esse gênero de morte desfigurá-la-ia. Apre! Toda a sua coqueteria revoltou-se. E para que isso, quando podia afogar-se!

Sem hesitar por mais tempo, esgueirou-se para o jardim, e correu para o grande lago. Chegando junto da água, notou que todas as luzes do palácio estavam apagadas; a sombria fachada do vasto edifício desenhava-se, qual massa negra, sob o azul-escuro do céu lantejoulado de milheiros de estrelas. Por breve minuto, contemplou, olhos fulgentes e coração desbordante de amargor, a esplêndida prisão onde tanto sofrerá; depois, voltando-se, brusca, ajoelhou no primeiro degrau, e, tirando no seio pequena escultura da deusa Ísis, em lápis-lazúli, presa à correntinha de ouro, elevou-a para o alto. De início, orou silenciosamente, porém, exaltando-se cada vez mais, começou a exprimir em voz alta os pensamentos que lhe torpedeavam o cérebro, invocando as divindades do reino das sombras, sem esquecer de citar tudo quanto realizara em honra de todas, durante a vida, apontando os numerosos sacrifícios, as dádivas soberbas oferecidas aos templos, para obter dos deuses fosse sua alma liberta da nefasta paixão por Horemseb. Enfim, levantando ambos os braços ao firmamento, exclamou:

— Ó Ísis! potente deusa! Osíris! senhor do reino subterrâneo! Anúbis! protetor das almas, perdoai-me por terminar voluntariamente uma vida que não mais posso suportar; fostes surdos aos meus rogos, não me liberastes de um indigno amor. Agora, protegei-me nas esferas inferiores, defendei-me contra os espíritos impuros que me assaltarão nas regiões de pavor; intercedei por mim ante Osíris, no solene momento em que os 42 juízes ponderarem meu coração e meus atos. Poderoso Anúbis, não permitas que meu duplo (Ka) imortal pereça com a minha alma, se meu corpo for privado de sepultura, e se nenhum servidor da divindade abrir meus olhos e meus ouvidos. Meu pai, Mena, minha mãe, Tachot, vós, cujos sepulcros estão cercados de honrarias, ajudai-me e protegei-me!

Levantou-se, beijou o amuleto, e quis descer, correndo, os degraus para lançar-se na água, quando robusta mão segurou-a, imprevistamente, pelo largo cinto de prata que lhe contornava o talhe, e a impediu de mover-se. Emitiu abafado grito, ao encontrar, com turbado olhar, o de Horemseb, que, caloroso e escarnecedor, parecia mergulhar fundo na sua alma.

— Oh! Neith! Morrer de ciúmes, tu, a mulher indômita! Tranquiliza-te, jamais amei outra mulher.

Ele não acrescentou: "amo a ti somente", isso porque, verdadeiramente, não amava ninguém; naquele coração, frio e pervertido, havia lugar apenas para adoração dele próprio. A jovem mulher não respondeu; surpreendera tão somente a vibração chasqueadora das palavras do príncipe, e sentia-se morrer, sob o peso daquela hora de humilhação. Por um instante, pareceu petrificada, mas, inesperadamente, abriu o colchete que fechava o cinto e, livre, saltou para atingir a água. Horemseb, que não contava com semelhante gesto, cambaleou e esteve a ponto de perder o equilíbrio, porém, firmando-se, transpôs num pulo vários degraus e tornou a pegar Neith no momento em que ela se deixava cair para dentro do lago. Sustendo-a de encontro a si, voltou e seguiu para um banco distante. Ela não ofereceu resistência; tocara o extremo da debilidade e das resoluções; a cabeça apoiava-se pesadamente sobre o ombro do príncipe, e as exalações atordoantes do envenenado colar deste a empestavam, reacendendo-lhe no sangue a irritação apaixonada que lhe era tão nociva.

No que concerne a Horemseb, ele pairava entre a cólera e a admiração: nunca talvez aquela mulher lhe parecera tão formosa quanto nesse momento, e a fascinação exercida por ela chegou ao apogeu. De novo, qual ocorrera dois dias antes com a escrava, despertou nele o selvático desejo de fundir o punhal naquele corpo franzino e flexível, e beber o generoso sangue, que devia ter especial sabor, porque era de veias fidalgas. Sob o império de tão abominável sentimento, seu sangue ferveu; cingiu a jovem contra ele, quase a asfixiá-la, e colou a boca nos lábios lívidos da indefesa mulher; mas, um derradeiro lampejo de raciocínio fez-lhe entrever estar ali a filha de Hatasu, a sua salvaguarda em caso de perigo, e que ele arriscava destruir... Dominando-se, com esforço, ele a afastou, recuando. Grande, porém, foi seu alarme quando Neith, desamparada, caiu e ficou estendida, sem movimento!

— Eu a matei! — disse, ofegante e passando a mão pela testa inundada de suor frio.

Bruscamente resoluto, apanhou o inerte corpo da sua vítima, e correu para o pavilhão do velho sábio, a quem narrou quanto ocorrera, enquanto Tadar examinava atentamente a jovem egípcia. Preocupado, sobrencenhos franzidos, o sábio falou a Horemseb:

— Insensato! — disse severamente, pegando-lhe o braço. — Começo a crer, em verdade, que os imortais querem perder-te, pois obscurecem tua razão e te impelem a destruir o único ser que poderá defender-te em caso de perigo. A quem tenho dado meus conselhos e minhas ordens? Fica sabendo, agora, que, se eu não conseguir reanimar esta desgraçada criança dentro de uma hora, esta letargia é prelúdio da morte.

Pálido, lábios contraídos, Horemseb não respondeu à dura reprimenda, e, silenciosamente, ajudou Tadar, e só respirou desafogado quando, após 60 minutos de esforços, Neith abriu os olhos e fez ligeiro movimento. A um sinal, o príncipe se refugiara para o fundo do aposento, de modo a tornar-se inapercebido pela enferma. Neith, de resto, estava em absoluta prostração de espírito, e não deu resposta às palavras carinhosas e amigas do sábio; porém, bebeu, sem relutância, o conteúdo do copo que este lhe apresentou. Ao termo de um minuto, fechou de novo os olhos, e recaiu na imobilidade.

— Eis o que é necessário fazer — disse Tadar chamando por gesto o príncipe: — em local bem arejado, é mister preparar um leito cômodo, para nele repousar esta criança. O sumo que lhe administrei mantê-la-á em sono durante muitas semanas, o que é necessário, para suspender a ação do pensamento, que ela não suportará. Sem este intervalo, morreria de congestão cerebral, ruptura do coração ou do mal que vitima teus servos, os quais, com o decurso do tempo, parecem incapazes de suportar o ar saturado dos aromas que respiram. Para sustentar as forças, tu lhe derramarás, diariamente, dez gotas da essência contida neste vidro, o que corresponde à nutrição, e se acaso os dentes estiverem cerrados, afasta-os com uma lâmina. A seu tempo, dar-lhe-ei o remédio para despertar. Enquanto isso, visitá-la-ei cada três ou quatro dias.

— Não se poderia deixá-la aqui, no aposento superior, já uma vez por ela ocupado?

— Não, porque ficaria muito próxima da sagrada planta. Além disso, os perfumes que estou preparando para o grande sacrifício, que celebraremos dentro de oito dias, prejudicá-la-iam bastante. É imperioso transferi-la para o pequeno pavilhão de pedra, o mais vizinho do Nilo, e não abaixar as cortinas das janelas, porque ela tem necessidade de ar fresco, dia e noite.

Uma hora depois desta conversação, Horemseb transportou Neith para o designado pavilhão, estirou-a comodamente sobre almofadas de um leito de repouso, e a recobriu com um grande véu de gaze, e saiu em seguida, puxando apenas a porta, rumo do palácio, receoso e preocupado. Após haver dado a Chamus ordem de interditar aos escravos a aproximação do pavilhão de granito, deitou-se, e adormeceu, sem que lhe acudisse ao pensamento a possibilidade de alguém burlar tal ordem.

A inquietude de Sargon por não ver Neith, desde havia quinze dias, mudou para ira e desespero; em vão se insinuava em todas as aleias, espiava o palácio e o pavilhão do sábio, arriscando-se, às vezes, até à imprudência; Neith continuava inencontrável. Ísis, igualmente, nada sabia, e, na sua exasperação, Sargon tomara a decisão de enviar a Neftis ordem de seguir para Tebas, onde tudo narraria à rainha, para obter permissão de bloqueio e busca no palácio, pelas autoridades. Um acaso, no entanto, fê-lo descobrir o que buscava. Certa manhã, estando de serviço nos apartamentos do príncipe, viu este descer ao jardim, e, despistando com habilidade, conseguiu segui-lo, pela parte do jardim marginal ao Nilo, e vê-lo penetrar no pavilhão de pedra, às vizinhanças do qual, desde havia pouco, nenhum escravo podia chegar. Oculto na espessura de uma sebe, Sargon não despregou o olhar do local do pavilhão.

— Que novo crime estará sendo ali tramado? — murmurou, rancorosamente.

Após alguma demora, que pareceu uma eternidade ao moço hiteno, Horemseb saiu, alegre e despreocupado, e, assobiando uma ária guerreira, retomou o caminho do palácio. Sargon acompanhou-o com o olhar, e seus punhos crisparam-se de ira e aversão.

— Canta, canta — disse, baixo — porque são as tuas derradeiras músicas, assassino de mulheres, monstro vomitado pelo inferno; bem depressa a justiça te alcançará, e o castigo dobrará tua insolente cabeça; mal sabes, envenenador assassino, quão próximo está o teu fim!

Quando Horemseb desapareceu, o hiteno deslizou para o pavilhão, cuja porta, fechada por ferrolho exterior, ele empurrou. Achou-se em pequena câmara, iluminada por duas largas janelas, de cortinas levantadas, mobiliada com leve mesa, onde havia uma ânfora de alabastro e copo, e um leito de repouso sobre o qual estava deitado um corpo de mulher, a julgar pela farta e longa trança caída para o chão. Essa humana forma estava coberta por alvinitente véu. Sem hesitar, Sargon aproximou-se, e levantou vivamente a gaze, para, imediato, vacilante, recuar, emitindo refreado grito de pasmo:

— Neith!

Lábios trêmulos de emoção, ajoelhou, inclinando-se para o rosto lívido da esposa, que parecia petrificada na exteriorização de indizível sofrimento.

— Morta! — balbuciou, beijando as pequeninas mãos geladas, postas cruzadas sobre o peito, inundando-as de lágrimas ardentes.

Subitamente, estremeceu, ao perceber que débil, mas perceptível respiração alçava os seios. Sim, não era ilusão: um sopro, despercebido para desatento observador, fugia dos lábios de Neith. Fremente de ventura, o moço príncipe, firmando-se de pé, sacudiu a adormecida, tentando despertá-la, repetindo:

— Neith! Neith! Torna a ti; não estás abandonada e só; a libertação está próxima!

Entretanto, ao notar que vãos eram seus esforços, que a cabeça de Neith recaía inerte, que os olhos continuavam obstinadamente fechados, o júbilo mudou-se logo em angústia e desespero:

— Ele a mergulhou em sono enfeitiçado — murmurou, arrimando-se à parede e premindo a fronte com as mãos, em rápida prostração. — É tempo de entrar em ação; devo fugir e pôr fim a tantos horrores; mas, triste de ti, bruxo maldito, se esta respiração extinguir-se antes do meu regresso!

Recuperando-se, por esforço de vontade, calmo e enérgico, novamente se curvou para o rosto imoto da jovem esposa, deu apaixonado beijo na pálida boca, e, recobrindo cuidadosamente o corpo, fechou a porta e correu ao palácio. Decidido a fugir sem tardança, o hiteno procurou avidamente a oportunidade de executar seu projeto, e, com espanto, verificou que algo inusitado se preparava. E porque não era surdo-mudo, nem embrutecido, nem aterrorizado, como estavam os demais escravos, que desempenhavam as tarefas com a triste apatia de um animal, conseguiu surpreender uma conversação entre Chamus e outro eunuco, e soube, assim, da chegada de nova remessa humana, constituída exclusivamente de mulheres e crianças, e também que se separavam e isolavam, em ala à parte, servos atacados de singular enfermidade, que ele, Sargon, havia notado já. Esses desgraçados, sãos em aparência, estavam como que embebedados; durante muitas horas, permaneciam caídos, inertes, em modorra, da qual coisa alguma os despertava, nem ameaças, nem espancamento. E, quando cessava o torpor, os olhos espantadiços e reluzentes, lábios bambos e repuxamentos incoercíveis da face davam-lhes a aparência da idiotia. Viu também o sábio, que raríssimamente se deixava avistar, falar muito azafamado com Hapzefaá; mas, ainda pouco depois, fez a desagradável descoberta de estar sendo observado por Chamus, e surpreendeu mesmo, neste, um olhar de desconfiança, o que mais lhe robusteceu a decisão de fugir a todo custo.

Sombrio pressentimento fechou o coração de Sargon, quando, na noite do segundo dia depois da descoberta de Neith, Chamus o conduziu à sala dos escravos doentes e ali o trancou. O tempo que a isso se seguiu pareceu-lhe uma eternidade, e só ele, entre os infortunados companheiros, não pôde dormir, quando as trevas noturnas invadiram a vasta sala. O ruído da porta que se abria o tirou de tumultuosos pensamentos. Deitado num recanto, fingindo dormir, viu muitos eunucos, empunhando tochas, fazerem o giro nos adormecidos, grupando junto da porta os que podiam erguer-se sem dificuldade, e derramando algumas gotas na boca dos que não podiam despertar. Com arrepios, mas parecendo eletrizados, os infelizes pulavam em pé, e em breve a tropilha humana estava em marcha, sob a direção dos eunucos, rumo dos jardins. Tendo atravessado o parque em toda a extensão, chegaram a vasta clareira, rodeada de uma fila de espinheiros e árvores ramalhudas, ao centro da qual se erguia uma pirâmide de pedra. Sargon jamais vira esse lugar, tão habilmente dissimulado na espessura de denso mato, e de cuja existência jamais suspeitara.

Essa parte dos jardins, próxima do pavilhão do sábio, era território interdito aos escravos, os quais só ali apareciam sob vigilância, e o hiteno por ali não se aventuraria, salvo clandestinamente. Sargon examinou curioso o ambiente que o cercava: tudo era vivamente iluminado pelo clarão dos archotes; não longe da fileira vegetal, à esquerda da pirâmide, achavam-se postos, em mesa de pedra, um grande tacho, que lhe pareceu cheio de vinho, e copos de alabastro. Do interior da pirâmide ouviam-se ruídos metálicos e o crepitar semelhante ao de imenso braseiro. Sem demora, a clareira se povoou, em multidão, de mulheres e crianças de todas as idades, e bem assim de eunucos, que se ocuparam no enchimento dos copos, constrangendo as desgraçadas a beber. A embriaguez começava a dominar toda a turba, quando apareceram o sábio e Horemseb. A multidão seguiu-os, formando colunas ante uma espécie de altar, erigido à entrada da pirâmide. Chamus trouxe uma ânfora cinzelada e dois copos de ouro. Após haver bebido, e o príncipe também, Tadar entoou um cântico selvagem, com o qual os submissos fizeram coro, a dançar, em volteios de velocidade cada vez maior. Sargon não tocara na bebida, embora fingisse tê-la ingerido, e, esgueirando-se para o recanto mais escuro, encolheu-se sob as sarças, sem que o notassem, porque a vertigem de todos atingira o apogeu, e, entre esses seres, desvairados e rodando sobre si mesmo, com vertiginosa rapidez, era difícil distinguir alguém. De outra parte, os eunucos estavam ocupados em vigiar as saídas e encher novos copázios.

Súbito, viu Horemseb pegar uma das desgrenhadas dançarinas e atirá-la ao altar, e em seguida Tadar servir-se de um punhal, que afundou no peito da vítima. No mesmo instante, o olhar do hiteno incidiu sobre a alta porta aberta da pirâmide, e, com sufocada exclamação, apertou as têmporas com as mãos: o ídolo entronizado lá, iluminado por tochas de avermelhados clarões, e cujos membros inferiores se coloriam com o rubro orvalhado do metal incandescente, era Moloc, o deus do seu povo, e ao qual, ele mesmo, havia orado, desde a tenra infância. O que se passou, nesse momento, no cérebro de Sargon, não se descreve. Mil lembranças acordavam, e, imediatamente, inesperada luta desgarrou-lhe a alma: aqui faziam sacrifícios ao deus dos hitenos, à divindade do seu povo, e ele pretendia trair esses homens, destruir esse santuário! Podia fazê-lo? Ousaria semelhante sacrilégio?

Com olhar vago, viu o sábio atirar a mulher imolada na fornalha, e depois Horemseb lançar nos braços fumegantes do deus um filho arrancado dos braços maternos. Sargon sabia que isso estava certo, e que muitas outras vítimas ainda seriam engolidas pelas entranhas da sanguinária divindade.[24] Inesperadamente, novo curso de ideias fez-se aurora na mente superexcitada do jovem homem: que consideração devia ele a esse deus, que deixara ser vencido o seu povo; matar todos os seus; que o deixara arrastar, feito prisioneiro, ao país inimigo? Por essa divindade ingrata, abandonaria sua vingança, deixaria viver e prosperar o homem que ele mais detestava no mundo, renunciar a Neith e perecer, ele próprio, miseravelmente? Não. Nunca! Devia fugir, imediatamente, pois era visível que Chamus já suspeitava dele, e o havia trazido ali para morrer.

No entanto, como consumar a fuga? A saída estava com sentinelas, e o renque espesso era intransponível, qual muralha. A iminência do perigo decuplicava todas as faculdades de Sargon: qual réptil, rojou-se, achatando-se quanto possível de encontro ao chão, para perto da saída, e ali aguardou algum acaso favorável. A espera não foi mal recompensada: convencidos de que os infelizes, destinados à morte, estavam incapazes de fugir, os dois eunucos abandonaram seus postos e avançaram um pouco, para melhor apreciar os sacrifícios, e o hiteno aproveitou a oportunidade. De um pulo atingiu a saída, embrenhou-se no sombreado de um mato bravo, e, constatando não ser perseguido, se fez ao largo, qual cervo sob latidos. Atingiu,

---

24 Nota do tradutor: Em todos os semitas bárbaros, os infanticídios, principalmente de meninas, não eram raros. Enfim, no culto de Moloc, comum a todos os semitas, em dado momento de sua existência, os sacrifícios de crianças eram de regra, queimadas vivas sob as narinas do ídolo. Na *Bíblia*, *Levítico*:18:21; 20:2, estão expressamente condenados tais sacrifícios, e *Amós*, 5:26, alude esses falsos deuses conduzidos pelos israelitas ao deserto, (LETOURNEAU, Charles. *La Psychologie ethnique*. Paris: Ed. Schlelcher Frères, 1901. p. 326 e MARTIN. *Les Civilisations primitives en orient*. Ed. Didier, 1861. p. 432): "O mais monstruoso desses ídolos era Moloc, o mesmo descrito por Diodoro, falando de Saturno dos cartagineses: 'Uma estátua de bronze representando Kronos (Saturno), tendo as mãos estendidas e inclinadas para a terra, de modo que as crianças que lhe eram depostas nas mãos caíam, rolando, em um sorvedouro de fogo'". *Jeremias*, 32:35, verbera esse culto: "Edificaram os altos de Baal, que estão no vale do filho de Hinnom, para fazerem que seus filhos e suas filhas passassem pelo fogo a Moloc".

não sem custo, a parte conhecida dos jardins, e, tendo traçado algumas linhas sobre pequena tabuinha oculta na jarra da correspondência com Ísis, correu ao sítio onde, antes de ingressar no palácio, fingido escravo, escondera corda, machadinha e punhal. Não tardou em encontrar os objetos intactos.

Com o punhal em uma das mãos, a machadinha na outra, Sargon andou, junto do muro, até a porta comunicante com a escadaria para o Nilo. Dois escravos ali vigiavam, acocorados na areia. Qual tigre, caiu sobre um, a quem fendeu o crânio, e, antes que o outro, aturdido, pudesse gritar, o mesmo lhe sucedia. Sem perda de um minuto, abriu o trinco e saiu para a escadaria, e, depois de fechar a porta, escorregou para a extremidade inferior de uma das esfinges, e, abrigado entre os tojos, parou um pouco para tomar fôlego. O mais difícil estava feito, e o ar fresco e puro que subia do rio refrigerou-lhe a fronte que manava suor. Mas, o solo como que queimava sob os pés, e imediato retomou a fugida, só se detendo às portas da casa de Neftis. Esta e Keniamun, despertados, formaram conselho e, sem discrepância, foi decidido que Sargon e o oficial deviam seguir, imediatos, para Tebas, e tudo comunicar à rainha. E porque, na previsão daquela eventualidade, Keniamun havia, por antecipação, alugado um barco, movido por escolhidos remadores, tudo se concluiu rapidamente, e a noite ainda escurecia Mênfis com a sua sombra, e já os dois moços estavam instalados na embarcação e rumavam céleres para a capital.

Quando, na manhã dessa noite memorável, Chamus despertou, um dos subintendentes anunciou-lhe, descorado e inquieto, que os dois escravos guardiões da porta do Nilo haviam sido encontrados mortos, ao serem rendidos na vigilância, e que a porta fora aberta. O eunuco saltou a essa notícia, e como temesse acordar Horemseb, que repousava exausto, fez, à conta própria, severo inquérito, chegando à conclusão de que o assassino e fugitivo devia ser o escravo Karapusa.

— Tive razão em desconfiar do miserável — resmungou, atirando-se fatigado sobre um leito de repouso —, ele rodava muito nestes últimos dias. Possivelmente, não é surdo, nem mudo, e de tal se fingia para melhor espiar. Mas quem poderá ser? E como conseguiu escapar-se, ontem? Meu raciocínio perde-se nesse enigma.

O Sol ia desaparecer quando Horemseb, bem refeito, lépido e disposto, fez lhe servissem uma refeição; mas o apetite desapareceu completamente, no momento em que Chamus, lívido e trêmulo, disse-lhe dos acontecimentos da véspera e das suposições quanto à pessoa do fugitivo. O eunuco esperava um acesso de cólera e pancada; viu, porém, pasmado, o príncipe empalidecer apenas, e, sobrecenhos contraídos, apoiar os cotovelos na mesa. Após prolongado silêncio, ele se retesou e disse, com bastante calma:

— É indispensável ter certeza de que o traidor não deixou cúmplices no palácio; deves estabelecer, a este propósito, severa vigilância, mas oculta, sobre todos que não te mereçam absoluta confiança. E, se algo descobrires, comunica-me imediatamente, qualquer que seja a hora do dia ou da noite.

No dia seguinte, à hora habitual, Chamus procurou Ísis nos aposentos è a conduziu ao jardim, retirando-se em seguida. Cada manhã assim se fazia, e a jovem tinha, por ócio, permissão para passear, durante duas horas, regressando, a um sinal, ao palácio. Ignorando os acontecimentos da noite, e supondo não estar sendo vigiada, Ísis encaminhou-se para o recanto onde havia a jarra da sua correspondência. Certificando-se, ainda uma vez, de que ninguém a seguia, mergulhou a mão no fundo da jarra e retirou a tabuinha deixada por Sargon, a qual leu e ocultou na roupa. Contudo, enorme foi o seu espanto quando, no mesmo instante, um homem surgiu da sombra, e, atirando-se a ela, lhe arrebatou brutalmente o escrito.

— Ah! miserável traidora, apanhei-te em flagrante! Vejamos que missiva vieste buscar aqui — disse Chamus, amarrando solidamente pés e mãos de Ísis.

Isso feito, abriu a mensagem e leu, admiradíssimo: "Fujo imediatamente, e se escapar vivo deste antro de assassinos, seguirei ainda esta noite com Keniamun. Sê prudente, e só em caso de urgência deposita missiva onde sabes, e Neftis virá procurá-la e deixar notícias, se necessário."

— O caso se complica e assume proporções de conjura amplamente organizada —regougou o eunuco, carregando ao ombro a desacordada. — Valeria bem ao senhor o trabalho de vir aqui, se esta fosse a Neftis que o persegue.

Tendo atirado a moça ao chão de seu quarto, qual se fosse uma trouxa, Chamus trancou-a, e foi em busca de Horemseb. O príncipe dormia, mas, Hapu, que decerto recebera ordens nesse sentido, correu a despertá-lo, e poucos minutos depois o eunuco foi levado à presença do amo. Tendo relatado o que acontecera, estendeu-lhe a tabuinha, e, tão logo Horemseb lhe pôs os olhos, saltou do leito, com um grito de raiva.

— Neftis! a miserável traidora está metida nesta intriga! E quem é o cúmplice, o pseudo Karapusa? Ísis deve saber.

Sacudido de cólera e impaciência, Horemseb vestiu-se, sumariamente, e se encaminhou, seguido de Chamus, ao aposento de Ísis. O pavor de se ver descoberta privara a moça de todos os sentidos, e o príncipe a encontrou desmaiada no solo. Pegando uma ânfora cheia de água, despejou-a sobre a cabeça da desmaiada, que, instantes depois, reabriu os olhos; mas, encontrando o olhar iracundo do príncipe, o terror emudeceu-lhe a voz, e ele, apesar da fúria, logo percebeu que, naquele estado de medo, era mais fácil matá-la do que obter confissão, e o principal era conhecer a verdade. Agitado ao auge, pela inquietação e pela ira, mandou Chamus buscar um frasco de gotas calmantes, e destas derramou algumas na boca de Ísis. Simulando sossego, em aparência, assegurou-lhe considerá-la apenas um instrumento de Neftis, e que, se quisesse salvaguardar a vida e merecer clemência, devia dizer, sem restrições, tudo quanto sabia a respeito.

— Dize-me, em primeiro lugar, quem é o escravo Karapusa, e com que intuito, ele e tu, se introduziram aqui. Depois, quem é o Keniamun, citado na mensagem.

— É Sargon, o esposo de Neith, e Keniamun um oficial das guardas, que o ajuda nesse cometimento — murmurou ela.

Ao ouvir o nome de Sargon, Horemseb julgou que um raio lhe caíra em cima. Por sua vez, durante algum tempo, emudeceu. Afinal, em timbre enrouquecido, recomeçou a inquirir, e, a cada resposta da moça, parecia-lhe abrir o chão sob os pés, afundando-o no abismo entrevisto por Neith. A descoberta do formidável perigo que lhe pendia sobre a cabeça apagou, no primeiro momento, o desejo de se vingar de Ísis: seu pensamento único foi comunicar o caso a Tadar e pedir conselho. Sem mesmo dirigir um olhar à jovem, semimorta de medo, saiu, e correu à casa do sábio; mas, descendo os degraus para o jardim, o olhar incidiu sobre o lago, e, instantaneamente, lhe veio o pensamento de que estavam terminadas as festas noturnas, e finda a vida encantada, e de que, se os sacerdotes surpreendessem os cultos a Moloc, as consequências poderiam ser incalculáveis. A perspectiva do que o aguardava talvez, e de que isso o deveria a Neftis, seu desprezado joguete, foi tomado subitamente por um acesso de fúria louca. Correndo, qual cego, bateu com a cabeça de encontro às árvores; depois, caindo na terra, se rebolçou, mordendo o pó, arrancando as vestes e tudo que as mãos tocavam, emitindo urros de animal selvático, boca espumante, retorcendo o corpo como se estivesse num ataque epiléptico. Seu aspecto era de tal modo amedrontante, que os servos, atraídos pelo clamor, não ousaram aproximar-se, e somente quando o frenesi se extinguiu, em profundo esvaimento e imobilidade, os aterrorizados escravos levantaram-no e conduziram para os aposentos. Era noite fechada quando Horemseb despertou da prostração que o tomara, ao término do delíquio; o velho Hapu, amarelo e inquieto, velava sozinho junto do príncipe. Este, erguendo-se, alijou, com esforço, a lassidão que lhe entorpecia o corpo; tentou coordenar os pensamentos e ajuizar da situação.

Sentindo-se mais calmo, teve ideia de que talvez não estivesse tudo perdido, e de que, se conseguisse dissimular os vestígios mais comprometedores dos seus crimes, não seria perseguido com rigores um homem da sua hierarquia, e cuja desonra recairia também sobre a família reinante, e ainda que, dada a lentidão do processo, teria decerto tempo de tudo acomodar, antes da chegada do Comissário Real ou de um Delegado dos sacerdotes.

Quanto a Neftis, caro pagaria as horas de tortura que ele estava sofrendo. A simples lembrança dessa mulher, ele julgava perder a respiração; mas, antes de tudo, era mister entender-se com Tadar. Reconfortado por suas reflexões e pela esperança de uma vindita requintada, dirigiu-se à morada do sábio, que encontrou nos portais do pavilhão.

— Ia a tua casa, meu filho, pois há algumas horas, quando te visitei, a tua gente não me soube informar das causas da tua súbita indisposição.

— A causa é a descoberta inopinada de incrível infâmia de que somos vítimas — disse Horemseb, sentando-se e bem assim o velho, junto da mesa de trabalho deste. — Estamos traídos, mestre, e, segundo todas as probabilidades, uma comissão de sacerdotes virá visitar o palácio. Se, pois, não conseguirmos ocultar ou destruir Moloc e a planta sagrada, estaremos perdidos, porque seremos acusados de sacrilégio e feitiçaria.

— Destruir o deus ou a planta sagrada? Mas isso é impossível! — exclamou Tadar, saltando da cadeira e oprimindo a cabeça com as mãos. E quem nos traiu?

— Neftis! A miserável suspeitou da presença de Neith aqui, e transmitiu esse segredo a Sargon. Fingindo-se surdo-mudo, o hiteno penetrou no palácio, disfarçado em escravo, e, ajudado por uma jovem, que suponho enamorada dele, tudo espionou e afinal fugiu, na noite dos grandes sacrifícios. Após isso, com outro cúmplice seguiu para Tebas, para denunciar-me à rainha; mas, resta saber de que modo Hatasu acolherá essa denúncia contra um membro da família real, sendo mesmo provável que, por orgulho, não autorize um escândalo público, pelo menos até que a acusação seja positivada, e sim um inquérito secreto. Pois bem: tal comissão não deve encontrar aqui coisa alguma de suspeito; Neith confessará que me seguiu voluntariamente, fugindo de Sargon e de seu amor, e... com a ajuda do deus, tudo se acomodará ainda — terminou Horemseb, retomando, cada vez mais, a tranquilidade e a jactância habituais.

O sábio meneou a cabeça.

— Dar-te-ão tempo de tudo arranjar assim? A demolição da pirâmide e a destruição da estátua exigem muitos dias. Não seria mais seguro e mais prudente fugires comigo, carregando os maiores e preciosos tesouros? Uma vez fora do Egito, pode-se deliberar e estabelecer em outra parte, ao invés de arriscar ou cair em poder dos sacerdotes, que já te abominam, segundo me disseste. Não contes com Hatasu, porque a feriste no que ela tem de mais caro.

— Será esse ente querido quem defenderá minha causa, e a ganhará. Quanto a fugir, para vegetar miseravelmente no meio de estrangeiros, não, Tadar: outras terras e recursos teremos sempre; primeiramente, ensaiaremos algo melhor. Antes de duas semanas não nos incomodarão.

— Seja como queres — disse Tadar. — Deixa-me somente algumas horas para reler minhas notas, sobre o modo de proceder com a sagrada planta no caso presente. É pela destruição da pirâmide que começarás?

— Não, porque me proponho oferecer ainda um sacrifício expiatório ao deus; outros trabalhos indispensáveis tomarão o nosso tempo até lá — respondeu Horemseb, enquanto indefinível expressão de crueldade lhe crispou o semblante.

Aos primeiros clarões da alvorada, o príncipe, acompanhado de Chamus, encaminhou-se ao muro, à procura da fenda indicada por Ísis, e, tendo encontrado o esconderijo, nele introduziu a mão, retirando pequeno rolo de papiro. Lábios trêmulos de ira, Horemseb leu:

"Eles partiram. Dentro de quatro noites, a partir de hoje, virei buscar teu escrito. Não deixes de me dar notícias tuas."

— Não apanhamos a miserável agora, mas não perderá por esperar — disse, voltando-se para Chamus.

Depois, deu ordens, e seguiu rumo do pavilhão de Tadar. Sua sanha contra Neftis era indescritível, e por momentos pensou em ir tirá-la do próprio domicílio. Refletindo, porém, julgou tarefa assaz arriscada; o tempo era demasiado precioso para ser perdido futilmente. A traidora não lhe fugiria.

A partir de então, febril atividade começou no palácio. O primeiro labor foi levado a termo pelo príncipe e Tadar, sob absoluto sigilo: retiraram do tanque a planta misteriosa, com o respectivo cesto, que foi posta em profunda fossa, com água, num local úmido e sombreado. Depois de curvadas as hastes, recobriram-na de terra fresca e relva. A seguir, Tadar encheu com o pernicioso líquido grandes frascos vermelhos e azuis, e também uma caixeta com sementes do perigoso vegetal, reuniu seus mais preciosos manuscritos e bem assim alguns objetos concernentes ao culto, e ainda as suas insígnias sacerdotais, encerrando tudo num cofre que, à noite, fez conduzir, num barco, para o sítio do qual falaremos oportunamente. Todo o restante, ervas, pomadas, vidros, papiros e bagagem científica, foi enterrado sob uma árvore. Isso concluído, começou o desmonte das bases de estacas e do pavilhão; o tanque ocupado pela planta foi arrancado, as lajes quebradas, e desfeitos os altares sacrificatórios, assim, dois dias decorridos, só restava ao centro do lago uma ilhota vazia, coberta de abrolhos e sem comunicação com a terra firme.

Em prosseguimento, foi destruído ou distanciado quanto possível, dos locais das orgias, tudo quanto pudesse caracterizar a sua antiga serventia, e o próprio palácio passou por transformação radical: as centenas de tripés e caçoilas foram empilhadas, e bem assim os perfumes venenosos integrantes das bacanais, em cava subterrânea, devidamente murada em seguida. Todas as salas foram arejadas e suprimidas as grades isolantes dos apartamentos separados das vítimas de Moloc; os servos despojados dos ricos trajes e joias que usavam, e vestidos, em troca, simplesmente de linho. Horemseb juntou a esses objetos tudo quanto possuía de mais precioso em feitura de joias, de baixelas e armas e também as asas douradas, tiara e paramentos hitenos de que se servia, e os escondeu em vários pontos do imenso jardim.

Em meio das febris atividades, passou o tempo rapidamente, e chegou a noite designada em que Neftis devia vir. Horemseb estava satisfeitíssimo: tudo marchava bem, e se conseguisse demolir ainda a pirâmide e quebrar o colosso, cujos pedaços iriam parar no Nilo, podia ser feito o inquérito, porque as provas palpáveis dos seus crimes teriam desaparecido. Antes, porém, de empreender esta última parte do trabalho de salvação, queria apoderar-se de Neftis e vingar-se, por alguma tortura inaudita. Ao se lembrar do que lhe custava a traição dessa mulher, da mutação no estranho viver que ele tanto adorava, dos desgostos, perigos e humilhações que o aguardavam talvez, cada fibra do seu robusto corpo se encolhia de raiva: o ódio, a sede de vindita quase lhe suspendiam a respiração.

Quando o Sol transpôs para baixo a linha do horizonte, Horemseb, em companhia de Chamus, deixou o palácio, pela escadaria das esfinges, e esgueirando-se ao longo do muro, ambos se agacharam nas sarças, a poucos passos do escaninho-correio. Aguardaram muito, e a hora era bastante avançada quando, enfim, perceberam uma sombra que se aproximava cautamente: era Neftis, que, envolta em escuro manto, vinha buscar as notícias de Ísis. Chegada junto do esconderijo combinado, ajoelhou e remexeu o interior, à procura do rolo de pergaminho; mas, eis que dois braços vigorosos a pegaram, repuxando-a bruscamente, e, antes que pudesse dar um grito, espessa mantilha lhe foi passada em volta da cabeça. Sentindo que a conduziam, debatia-se em desespero, compreendendo que qualquer coisa fora descoberta, e, uma vez por detrás desses muros, entregue à vingança de Horemseb, teria morte, e morte horrível. Exausta pela luta, abafada pelo pano que lhe cobria a cabeça, teve um atordoamento e perdeu os sentidos. Horemseb, ele próprio, havia levantado Neftis, apesar da resistência, e, auxiliado pelo eunuco, levou-a para o jardim. Enquanto Chamus fechava cuidadosamente a porta, atirou o fardo em terra e disse:

— Acende uma tocha, Chamus. É preciso ver se não erramos a caça.

O eunuco obedeceu.

— Não erramos, é a víbora, desmaiada de medo! — falou Horemseb, com desprezo. Leva-a, e segue-me para a pirâmide. Vamos ver de que maneira a traidora conversará com o deus. Fizeste acender o braseiro?

— Sim, senhor — respondeu Chamus, carregando Neftis nos ombros.

Chegados à pirâmide, o eunuco depôs a jovem no chão, e desapareceu. Horemseb encostou-se à entrada, ora fixando a vítima, com olhar malvado, ora prestando ouvido ao crepitar do fogo nas entranhas do colosso — condenado por essa mesma vítima — a ser destruído. Logo depois, Chamus regressou, trazendo um cesto coberto e uma jarra cheia de água, e, enquanto o príncipe descobria a cesta, cheia de rosas, e dela retirou um copo e um vidro vermelho, o eunuco derramava água no rosto e peito de Neftis, na intenção de reanimá-la. Vendo que esta fazia um movimento, Horemseb despejou sobre ela todas as flores. A moça estremeceu e se retesou, com o olhar perturbado: o aroma atordoante subia-lhe ao cérebro, colorindo de febril rubor as pálidas faces. Encontrando, porém, o olhar do príncipe que a fixava sombrio, ameaçador, cheio de impiedosa crueldade, ergueu as mãos juntas, murmurando:

— Graça!

— Graça, a ti! traidora, espiã, ladra! — respondeu Horemseb, num rir estridente. — Graça a ti, que me denunciaste e traíste! Dize-me, antes, que tortura devo inventar para te fazer pagar quanto ousaste contra mim! Perfurarei essa língua delatora, ou vazarei esses olhos de serpente?

O furor tirou-lhe a voz. Rangendo os dentes, espumando pelos lábios, ficou desfigurado e horripilante. Por momento, o punhal que retirara do cinto brilhou sobre a carne de Neftis, que lhe sentiu a friúra da lâmina e permaneceu petrificada, paralisada de horror e medo. Mas, Neftis era alma enérgica, de varonil coragem, apaixonada, odienta e vingativa em excesso; compreendeu que soara a sua derradeira hora, e que o homem criminoso, que jogara com a sua vida e a destruíra, ousava erigir-se em juiz para julgá-la, como se tivesse ela correspondido com ingratidões e traição a quaisquer benefícios dele recebidos. Todo o seu ânimo se rebelou, e, nessa exasperação, dominou, momentaneamente, até a influência do veneno. Repelindo as rosas que a cobriam, endireitou-se, olhos esbraseados.

— Tens razão, Horemseb; estava louca ao pedir o perdão que eu obteria mais depressa de um tigre do que de ti, para quem a morte é uma distração. Quando o acaso me ajudou a fugir, compreendi ser apenas um joguete destinado a horrível fim; porém silenciei, durante mais de um ano, e não te trairia, porque te amo muito mais do que à própria vida, apesar da impiedosa zombaria com que propinavas o veneno para despertar no meu coração insensato amor, que repelias tão logo elevava a ti os olhos, recusando-me mesmo esse amor indigno que se concede a uma escrava. E, no entanto — tomo por testemunho os deuses imortais e esta hora trágica —, teria sofrido em silêncio este amor, jamais saciado, e não te trairia, pois considerava teu coração gélido, incapaz de amar. Neith desapareceu, e eu soube que uma rosa rubra fora achada presa ao véu perdido na escada. Uma suspeita veio-me: essa mulher, tão bela e tão ilustre, bem podia ter vencido teu coração. E quando uma testemunha ocular te viu, sentado num banco, enlaçando nos braços um corpo de mulher e cobrindo-lhe as faces de apaixonados beijos, a raiva e o desespero cegaram-me.

— Quem é essa testemunha, e onde me viu? — interrogou Horemseb, que escutara, surpreso, a veemente explosão de Neftis.

— Keniamun, que, impelido pela curiosidade, galgou o muro e te identificou. Ele não viu quem era a dama, porém eu compreendi — eu — que era Neith e que a "ela" tu sabias amar.

— Louca! — interrompeu, com lúgubre gargalhada.

Ele possuía a consciência de não amar Neith; apenas o divertir-se com a ilustre egípcia lhe parecia mais excitante do que com as da plebe, iguais a Neftis. Esta prosseguiu, exaltando-se cada vez mais:

— Sim, nesse cruel instante, meu amor por ti se transmudou em ressentimento, e contei a verdade a Sargon e a Ísis, de quem destruíste a irmã, a infortunada que também recebera rosas, as malditas mensagens de morte que envias às tuas vítimas. O esposo de Neith insinuou-se em teu palácio, fazendo-se passar por escravo; Ísis, que o ama e quis vingar a irmã, o seguiu, e nossa vingança triunfou: todos os detalhes da tua vida misteriosa, todas as provas dos teus crimes devem estar, à hora presente, no conhecimento da Faraó. Justiça será feita, e sobre tua cabeça criminosa cairão as humilhações e os sofrimentos rivais daqueles que infligiste sem compaixão.

A estas palavras, a calma relativa com que Horemseb escutara mudou-se em sanha; pensou em um golpe de faca para cortar a vida da jovem; mas, mudando bruscamente de ideia, repôs a arma no cinto, e, com ódio frio, mais assustador ainda que a superexcitação insana, encheu o copo e, apresentando-o à vítima, disse, com sanguinária ironia.

— Bebe, e muda tua raiva em amor; ser-te-á mais doce o morrer, amando-me!

Neftis recuou, com horror.

— Deixa-me: não quero beber esse veneno.

— Bebe! — rugiu ele — ou furo-te os olhos.

E, pegando a moça pela nuca, derramou-lhe na boca o conteúdo do copo. Durante alguns momentos, a desditosa permaneceu prostrada em completo aniquilamento. Depois, um estremecimento percorreu-lhe o corpo, o rosto purpureou e os grandes olhos esverdinhados acenderam-se, concentrando-se no príncipe, com expressão de fera espreitando a presa. Inopinadamente, saltou para ele, e, enlaçando-lhe os joelhos, exclamou, em voz enrouquecida, na qual vibrava estranhamente um misto de aversão e de amor:

— Horemseb, concede-me um olhar de amor, um beijo único, e morrerei sem te maldizer.

Por breve instante, ele contemplou, com satisfação cruel, a formosa criatura abatida e palpitante a seus pés; em seguida, curvando-se, murmurou com sardônico sorrir:

— Recebe o beijo que as traidoras merecem.

Com um grito desgarrador, Neftis torceu para trás o busto, o sangue jorrando de um ferimento lateral. Desatando em lúgubre risada, Horemseb pegou o corpo da vítima, e, subindo os degraus da escadinha, atirou-o aos joelhos do colosso. Neftis não estava morta, e a dor atroz despertou-a do torpor da agonia. Emitindo gritos que não pareciam de garganta humana, ela rolou sobre o incandescente leito; mas, bem depressa lhe faltaram forças, de seus lábios saiu, como que num sibilar, terrível maldição. Depois, emudeceu, e apenas os sacudimentos, os sobressaltos convulsivos demonstravam que a vida ainda não abandonara o jovem e robusto organismo.

O espetáculo era de tal modo horrendo, que o próprio Chamus encostara o rosto no chão, para não ver, e tapara as orelhas para não ouvir o crepitar do sangue no metal aquecido, esforçando-se também para não olfatar o nauseante odor da carne queimada.

Horemseb, ao contrário, estava imperturbável, impassível, braços cruzados, saboreando a vingança; nenhuma fibra do seu brônzeo coração estremeceu sequer, ao ver o belo corpo da infortunada cobrir-se de bolhas, a pele fender-se, os membros revirarem-se à semelhança de tições sobre carvão aceso, depois o montão de cabelos dourados incendiar-se e torvelinhar em torno dela em uma nuvem de centelhas. Mas, então, seu olhar encontrou o da vítima, concentrado sobre ele. Esses olhos fixos, fulgurantes, injetados de sangue, não mais pareciam pertencer a um ser humano: os sofrimentos e as maldições de uma criatura torturada até à loucura sintetizavam-se nesse horrível mirar, que, queimando qual labareda, pesado quanto o chumbo, dir-se-ia perfurar, paralisando, a alma do nigromante. Horemseb voltou o rosto, com involuntário arrepio: ignorava que, naquela hora nefanda, uma alma desbordante de ódio se havia ligado a ele por milênios; que esse fatal olhar persegui-lo-ia através de séculos, pesando sobre suas vidas sucessivas, envenenando-lhe o repouso, destruindo-lhe por vezes a razão. Quando o príncipe teve dominada a fraqueza e seu olhar voltou-se para a supliciada, os terríveis olhos estavam extintos, Neftis morrera. Horemseb saiu da pirâmide e chamou o eunuco, que se erguera lívido e em calafrios.

— Faz apagar o fogo imediatamente, lança por agora o cadáver da traidora no fornilho vazio, e que os designados comecem em seguida a demolição da pirâmide.

Agitado por estranha inquietude íntima, Horemseb regressou aos aposentos e se atirou ao leito; sentia-se derreado, e fechou as pálpebras; mas, ante seu espírito reviveu a cena a que assistira: o olhar semiextinto de Neftis fixava-o sem cessar, o cheiro da carne queimada sufocava-o, e espessa fumaça enegrecida surgia-lhe em torno, entorpecendo-lhe os membros, colando-se-lhe à pele, interrompendo-lhe a respiração. Com abafado grito, ergueu-se e seu espantado olhar viu o velho Hapu, que, tremelicante, lhe apresentava tabuinhas.

— Senhor, um homem, vindo de Tebas, pede para falar-te imediatamente. Insistiu de tal modo, que ousei despertar-te.

O príncipe pegou as tabuinhas e as abriu, brusco, lendo apenas uma palavra — Mena — ali traçada, mas bastante para fazê-lo pálido.

— Faz entrar o desconhecido — disse, levantando-se.

Pouco depois, um homem, envolto em manto escuro, que lhe escondia o rosto, foi introduzido por Hapu. Logo que se retirou o escravo, o recém-chegado se desfez do manto: era o irmão de Neith, cujas vestes, amarrotadas e sujas, atestavam afadigada e ininterrupta viagem.

— Que grave notícia me trazes tu? — indagou Horemseb, apertando a mão do visitante e oferecendo-lhe uma cadeira.

— Sim, o que te venho dizer é de tal modo grave, que arrisquei minha cabeça para prevenir-te. Pretextando assunto de família, pedi licença e, secretamente, corri a comunicar-te. Estarás perdido, príncipe, se não conseguires fugir. Sargon, diz-se, acusou-te ante Hatasu de sacrilégio, assassínios inauditos e do rapto de Neith, que manténs prisioneira aqui.

— Neith está aqui, é verdade, mas me seguiu voluntariamente, para fugir ao esposo, que ela teme e que a aborrece. Dize, porém, minuciosamente, quanto aconteceu.

— Ninguém sabe, ao certo, o que ocorreu. Sargon obteve audiência da rainha, presente Tutmés, que, por motivo ignorado, apunhalou o hiteno, o qual expirou duas horas depois. Mas, à cabeceira do moribundo, Hatasu reuniu um Conselho extraordinário, ao qual o ferido formulou uma denúncia detalhada, acusando-te de crimes inomináveis. Desde esse dia, o príncipe Tutmés foi posto incomunicável em seus aposentos e teu nome anda de boca em boca; Tebas está abalada pelas mais diversas murmurações. Soube, de Satati, que uma comissão, composta de Ranseneb, Roma e alguns outros sacerdotes, virá a Mênfis, e, com o concurso do Grande Sacerdote, fará inquérito em teu palácio. Keniamun, o oficial das guardas que tu conheces, acompanha Ranseneb, e traz ordem para o comandante de Mênfis pôr força armada à disposição dos sacerdotes, caso o destacamento de guardas, comandado por Antef, não seja suficiente para te prender. Precedi a comissão, que, presumo, não chegará antes de amanhã cedo; tens, pois, tempo de fugir, e, se queres ouvir meu conselho, trata de deixar o Egito, porque a tua vida não vale um anel de prata, e em verdade foi preciso todo o meu desinteressado devotamento para preveni-te, em semelhante ocasião.

— Recompensarei tua dedicação, Mena, e, se conseguir contornar o perigo que me ameaça, e defender-me, podes ficar certo de que farei a tua fortuna — respondeu Horemseb, a quem terroso palor cobrira o rosto, no decurso da narrativa do oficial.

— Tu contas fugir a tal perigo e salvaguardar tua posição? — perguntou Mena, embasbacado. Não te iludes? Diz-se mais, que Neftis deverá depor contra ti e desvendar fatos horríveis.

— Neftis não dirá coisa alguma, porque está morta, e, quanto ao resto, os deuses me ajudarão, eu o espero, a tudo acomodar — disse Horemseb, levantando-se.

Retirou de um móvel uma caixeta cheia de joias e um saquinho de anéis de ouro e os entregou a Mena.

— Aceita isto, em primeiro sinal da minha gratidão, e agora descansa. Decerto queres ver Neith.

— Não; é inútil saiba ela da minha vinda aqui, desde que me asseguras estar ela viva e passando bem, fico tranquilo. Além disso, devo deixar-te sem tardança, pois ainda tenho assunto na cidade e pressa em retomar o caminho de Tebas. Mas, a propósito, dizes que Neftis morreu, e sabes onde residia?

— Sim (e Horemseb indicou o local). Mas, bebe ao menos um copo de vinho para te reconfortares. Espera! Eu to trarei pessoalmente, e vou dar algumas ordens.

Tão logo o príncipe se ausentou, Mena correu à mesa colocada junto do leito e sobre a qual havia percebido um colar e braceletes, de grande preço, que Horemseb ali pusera ao deitar-se, e os fez desaparecer nas vestes, e bem assim outros pequenos objetos em lápis-lazúli e em malaquita. Depois, reenvolvendo-se no manto, murmurou, chacoteando e girando em torno um olhar sorrateiro:

— Doido, que, com a corda no pescoço, sonha com acomodações, em vez de fugir, como faz o veado perseguido pela cainçalha! Eu o supunha mais atilado! Quanto ao teu vinho, muito agradecido! Bem poderia impedir-me, para sempre, de reentrar em Tebas!

Voltava Horemseb, trazendo um copo de vinho. Mena o aceitou e fingiu nele molhar os lábios; depois, deixando-o, disse:

— Agradeço-te, príncipe, mas, escusa-me; cada minuto me é precioso. Adeus! Possam os deuses permitir que te reveja brevemente, liberto de todos estes aborrecimentos!

Ficando a sós, Horemseb deixou-se cair numa cadeira, e fechou os olhos. Tinha necessidade de disciplinar os pensamentos e tomar uma decisão. Seu primitivo plano de destruir todos os vestígios dos seus crimes era impraticável, porque demolir, de um dia a outro, a pirâmide e o colosso se tornava impossível. E agora, na perspectiva de perder definitivamente sua hierarquia e os haveres, para vagar, fugitivo e miserável, longe do Egito, seu orgulho se rebelava. Aquela alma tirânica, cega pela fatuidade, pela adoração de si mesmo e de desmesurada teimosia, não podia convencer-se de que o príncipe Horemseb fosse tratado no nível de um criminoso vulgar; devia ser poupado, desde que fornecesse aos juizes pretextos para ser agraciado. De repente, lembrou-se da morte de Sargon, que acabava de saber, e tal circunstância inspirou-lhe novo plano, que devia ser a sua salvação. Ergueu-se vivamente e encaminhou-se para o quarto de Tadar. Instalado agora no palácio, o velho sábio não dormia: sombrio e silencioso, ele andava no aposento, de lá para cá, e não mostrou surpresa com as notícias que Horemseb lhe comunicou.

— Hesitas ainda em fugir? — perguntou apenas.

— Tenho outro projeto que me parece mais eficiente: disse-te que Sargon morreu; nada mais me impede de desposar sua viúva, e de fazer dela um sólido escudo. Venho rogar-te que despertes Neith, a quem falarei, e dentro de algumas horas partiremos para Sais. Lá, o Grande Sacerdote do templo de Neith, meu tio, Ameni, casar-nos-á e concederá asilo à minha esposa, até que ela vá a Tebas, defender minha causa ante Hatasu. Isso feito, na previsão de qualquer perigo, eu te procurarei no refúgio de Spazar, e juntos ficaremos ocultos até acalmar a tempestade.

Tadar ouvira silencioso.

— Seja; despertarei Neith, e, após vossa partida, tomarei aqui as derradeiras providências, antes de seguir para casa de Spazar. Quando a adormecida estiver em condições, eu te mandarei chamar.

— Não; manda-a ao meu aposento. Enquanto isso, vou regular um assunto indispensável, e preparar tudo para a viagem.

Regressando, Horemseb chamou Hapzefaá e Chamus. Aquele recebeu todas as ordens concernentes à viagem. Em seguida, acompanhado do eunuco, o príncipe encaminhou-se à câmara de Ísis, a quem, por sua ordem, rasparam a cabeça, sendo conduzida após, amordaçada, para um barco, no qual entraram os dois homens.

Tendo subido o rio, a certa distância, Horemseb feriu Ísis com uma punhalada, e, sangrando, atirou-lhe o corpo às águas. Voltando aos aposentos, esfalfado de fadiga e de emoção, o príncipe apoiou os cotovelos e deu curso a reflexões, mas, sem grande intervalo, ergueu-se e pegou uma pequena ânfora vermelha e a esvaziou no copo de vinho que havia servido a Mena. Terminava isso, quando o reposteiro foi erguido, e Neith, perturbada e indecisa, parou no limiar. Refeita e confortada pelo longo sono, a jovem mulher havia recuperado toda a beleza e viço. Com exclamação de contentamento, Horemseb precipitou-se para ela, e a apertou apaixonadamente de encontro ao peito.

— Minha bem-amada, quanto me afligiste com o teu louco ciúme! É a ti unicamente que eu amo! És a soberana do meu coração e de minha casa. Como te sentes?

— Bem; apenas um tanto fatigada e com a sensação de cabeça oca — respondeu, apoiando a testa no ombro do príncipe.

— Então bebe este copo de vinho, reconforta-te, minha querida, porque tenho bem graves coisas a te confiar.

Neith bebeu, e, quase instantaneamente, rubor febril colorou-lhe o rosto. Horemseb a observou com satisfação: estava seguro de que nenhum poder lhe arrancaria aquela mulher; o veneno lha entregava com insensata paixão.

— Que tens a dizer-me, Horemseb? É feliz ou triste notícia — indagou ela, erguendo para o príncipe um olhar pleno de amor e de ansiedade.

— Quero comunicar-te que mortal perigo ameaça-me, porque fui traído.

— Neith soltou um grito. Esse momento ela o previra, e em vão suplicara renunciasse ele à vida culposa, que terminaria por perdê-lo.

— Quem te traiu?

— Sargon, teu marido, que, disfarçado em escravo, se introduziu neste palácio, e, tendo espionado tudo, denunciou-me a Hatasu; mas, pagou com a vida suas espionagens, porque Tutmés apunhalou-o. Uma comissão de sacerdotes, acompanhada de soldados, chegará aqui amanhã para prender-me, sob acusação de sacrilégio e feitiçaria e outros crimes incríveis. Acusar-me-ás tu também, Neith? Narrarás tudo quanto viste nestes recintos? Ou amar-me-ás bastante para guardar segredo e não revelar coisa alguma aos sacerdotes?

A jovem mulher recuou, muito pálida, revelando no expressivo semblante a luta violenta entre a verdade, que estava acostumada a dizer, e a mentira que lhe era solicitada. O coração do príncipe contraiu-se: se a força do feitiço não chegara a subjugar aquela altiva e honesta natureza, a derradeira esperança estava perdida. Com um enrouquecido suspiro, Neith contorcia as mãos; compreendia que a revelação da verdade implicava na morte de Horemseb; e como viveria ela, quando se extinguisse para sempre aquele olhar de flama que tão fundo penetrava o seu? Aquela voz harmoniosa calaria por toda a eternidade?... Comprimindo as têmporas com as mãos, e fundindo-se em pranto, exclamou:

— Não, não, nunca uma palavra da minha boca te trairá, meu bem-amado; morreria antes do que desvendar aos sacerdotes coisas que te acusariam; para te salvar, sacrificarei mil vezes a minha vida; mas, tu, foge! foge!

Horemseb abraçou-a apaixonadamente.

— Agradecido! Antes da fuga, desejava unir-me a ti para toda a vida. Sargon morreu, nada te impede de ser minha esposa, e, por isto mesmo, minha salvação.

— De acordo! Eu o desejo, mas de que modo nosso consórcio te salvará? — balbuciou ela.

— Defenderás, perante Hatasu, a causa de teu esposo, e lhe obterás o perdão dos erros.

— Oh! sem dúvida, eu lho suplicarei, como jamais o fiz, porém, apesar da sua bondade, atender-me-á em tão grave caso?

Horemseb curvou-se para ela, olhos brilhando.

— Se existe no mundo um ser ao qual Hatasu não saberá recusar coisa alguma, esse alguém, és tu, sua filha e de Naromath, o único homem que ela amou.

— A rainha, minha mãe? — repetiu Neith, estupefata.

Recordando, porém, a inexplicável afeição que a soberana lhe testemunhava, e as palavras de Satati sobre um misterioso elo que as ligava, ficou convencida, e, enlaçando o pescoço do príncipe, exclamou, com exaltação:

— Sim, sim, a rainha não desejará destruir a felicidade de sua filha, e te salvará. Oh! depressa! providencia para nossa união, a fim de que eu tenha o direito de te defender.

Horemseb explicou sucintamente o plano que arquitetara, e, 60 minutos mais tarde, uma barca fechada conduzia o casal a Sais. O príncipe ordenara a Hapzefaá conservar o palácio estritamente fechado até seu regresso, e acelerar a demolição do deus; mas, embarcando, e à medida que a sombria silhueta do palácio desaparecia da treva, baixou a cabeça sob turva prostração. Neith, coração contraído por lúgubre pressentimento, inclinou a fronte para o peito do príncipe e desatou a chorar.

7
A morte de Sargon

Fatigados e profundamente agitados, Sargon e Keniamun chegaram a Tebas. Haviam viajado com toda a celeridade possível, porque o príncipe hiteno fervilhava por fazer seu relato à rainha. Certamente, a notícia de que Neith estava viva deveria encher seu coração de júbilo, e ele conhecia bastante Hatasu para estar seguro de que a libertação da jovem esposa e a punição dos delitos de Horemseb, castigo que abrandaria a sua sede de vingança, não se fariam esperar. Munido dos papiros que continham a correspondência com Neftis e um traçado da planta do palácio e dos jardins, traçado feito durante a viagem, Sargon rumou para a residência real, e, sabendo, com satisfação, que Chnumhotep estava de serviço, pediu para vê-lo imediatamente. O chefe das guardas recebeu-o com tanta alegria quanto surpresa.

— De onde surges tu, Sargon? Pensamos que o Nilo te engolira. E que péssimo semblante! — acrescentou, apertando-lhe a mão.

— Lá, onde estive, o ar era detestável; mas, não é de mim que se trata: devo falar imediatamente á rainha, revelar-lhe fatos da mais alta importância. Poderei ser recebido?

— A rainha está na sala particular, com Tutmés. Vou pedir suas ordens — respondeu Chnumhotep.

Após ligeira espera, que pareceu interminável à impaciência de Sargon, o chefe das guardas reapareceu.

— Segue-me. Sua Majestade aquiesce em receber-te — disse ele, conduzindo-o, por uma sala e pequena galeria, até junto de um reposteiro listrado de ouro e branco, que suspendeu.

Achou-se Sargon num salãozinho, do qual um dos lados era aberto para um pátio interior, plantado de acácias, palmeiras e arbustos cheirosos. A folhagem desta luxuriante vegetação penetrava no aposento, por entre as colunetas pintadas, formando como que um gradil de frescura e perfume. Junto de dourada mesa de cedro, colocada sobre estrado, de pintura vermelha, estavam sentados Tutmés e Hatasu, com um tabuleiro do jogo de damas posto entre ambos; mas o anúncio de Chnumhotep havia interrompido a partida, e o jovem príncipe tamborilava com os dedos no dito tabuleiro, mostrando descontentamento, e o olhar desceu com desdenhoso rancor sobre o hiteno, que se prosternara após haver transposto o limiar.

— Levanta-te, Sargon, e dize o que de grave tens a comunicar-me — falou a rainha, benevolamente.

— Filha de *Ra*, tua sabedoria decidirá do valor de minha narrativa, porém o que tenho a proferir somente por teu ouvido pode ser escutado — respondeu Sargon, fixando Tutmés, com olhar sombrio e significativo.

O príncipe ergueu a cabeça, e um relâmpago de cólera iluminou seus negros olhos.

— Fala sem temor; o Faraó meu irmão tem a minha plena confiança — disse a rainha, acomodando-se na mesa e endereçando amistoso olhar a Tutmés, que, satisfeito e reconhecido, se havia levantado, e, após lhe apertar a mão, apoiou-se no encosto da cadeira.

— Pois que o ordenas, minha gloriosa soberana, falarei para desvendar-te crimes inomináveis — começou Sargon, depois de hesitar brevemente. É de Neith que se trata.

Ao nome da desaparecida, a rainha estremeceu e seu olhar se velou.

— Que soubeste sobre o seu destino?

— Ela vive, porém está em poder do príncipe Horemseb. Este criminoso homem, possuidor de um veneno desconhecido, mas terrível, que submete a ele a alma e os sentidos das suas vítimas, enfeitiçou Neith, que arde de amor por ele. Atualmente, ele a mergulhou num sono maléfico, pois, insensível qual morta e apesar de viva, dorme desde há algumas semanas num pavilhão oculto do jardim.

— Tens consciência da gravidade de semelhante acusação contra um membro da família real? — atalhou suspeitosamente Tutmés. É mais admissível que um homem belo e sedutor, qual o é Horemseb, conquistasse o coração de Neith, sem sortilégio algum, e ela o tenha acompanhado voluntariamente e se esconda no palácio precisamente para te evitar, a ti, Sargon, o esposo que ela jamais amou e cuja feroz paixão já uma vez lhe pôs em perigo a vida.

Um clarão de ódio mortal percorreu os olhos sombrios de Sargon.

— O que avanço, posso provar, Faraó. Disfarçado em escravo, introduzi-me na habitação desse príncipe, nódoa do Egito, espionei sua vida íntima, descobri seus crimes e seus segredos. Sei que, com a ajuda e sob a direção de um velho sábio, cultiva venenosa planta cujo sumo expande um aroma atordoante e escraviza quem o respira a brutais paixões. Atira rosas vermelhas, saturadas desse veneno, a quantas deseja ligar a ele por insensato amor, e ele próprio traz sobre si um perfume que as atrai invencivelmente, e, ainda, quando saciado de suas torturas, assassina as desgraçadas, sacrificando-as a um ídolo impuro que ele adora, renegando as divindades do seu povo. Oh! minha língua se recusa a relatar todos os horrores de que fui testemunha. Foi uma das vítimas do nigromante, miraculosamente fugida do seu poder, quem me pôs no caminho da verdade. Essa mulher, de nome Neftis, ajudou-me, e eis aqui a correspondência que mantivemos, durante a minha estada na mansão de Horemseb — acrescentou o narrador, fixando irônico e dissimulado olhar ao rosto subitamente pálido de Tutmés, que estremecera, ao nome de Neftis.

— Conta, em minúcias, tudo quanto viste e apreendeste, pois desejo tudo saber — ordenou Hatasu, com a voz enrouquecida de emoção, arrebatando das mãos de Sargon as tiras de papiros, antes que ele se ajoelhasse para lhas entregar.

Com satisfação cruel, prelibando antecipadamente a vindita que se aproximava, o moço hiteno relatou abreviadamente as revelações de Neftis, o plano que concertara com ela, Ísis e Keniamun, e bem assim a maneira pela qual penetrara no palácio dos dois bruxos. Em compensação, descreveu pormenorizadamente tudo quanto surpreendera da vida de Horemseb, de suas relações com Tadar, o misterioso sábio e guardião da planta nefasta, dos sacrifícios humanos que ambos ofereciam a Moloc, e, finalmente, mencionou as festas noturnas e as orgias inauditas com que se recreava o príncipe e às quais obrigava Neith a assistir, mau grado o horror da infortunada, horror que lhe desfigurava as feições.

— Desgraçada criança! Serás liberta e vingada — explodiu Hatasu, trêmula de emoção e cólera. Sem perder minuto, vou dar ordens para que sejam presos os dois miseráveis, e farei julgar as iniquidades que excederam a paciência dos imortais.

Quis erguer-se, mas Tutmés, cuja palidez aumentara no decurso da narrativa de Sargon, curvou-se vivamente e pôs a mão no braço de Hatasu.

— Minha soberana e irmã, inclino-me sempre ante a tua vontade, guiada por uma superioridade de espírito que reconheço; mas, por esta vez, antes de tomar resolução definitiva, permite-me algumas ponderações. Não será lamentável imprudência entregar ao poder dos sacerdotes um príncipe ligado à nossa casa? Esses homens, insolentes e ávidos de poderio, não deixarão decerto fugir este ensejo de se apossar da imensa fortuna de Horemseb e humilhar a família real, condenando um de seus membros a morte infamante. Reflete, igualmente, em que, se o escândalo se tornar público, o pânico se espalhará no povo, que passará a enxergar em toda parte malefícios, e esse segredo perigoso, conhecido somente de Horemseb neste momento, tornar-se-á espólio de todos; as rosas que ele atirava, e que talvez se conservem em poder dos parentes das vítimas, tornar-se-iam, nas mãos dessa gente, terríveis armas a serviço dos seus interesses. Enfim, por derradeiro argumento, farei observar que essa Neftis, denunciante do príncipe (cujo principal feitiço é talvez a sua formosura), pode, quiçá por ciúme, ter inventado muitas coisas, pois a amante abandonada e exasperada é capaz de tudo. Suplico-te, Hatasu, confia-me o inquérito deste caso: eu te restituirei Neith, destruirei a planta venenosa e porei fim a esta história, sem repercussão e sem nisso imiscuir os sacerdotes.

A rainha escutara, com atenção, o especioso plano desenrolado pelo jovem príncipe: a ideia de ser juiz único em tal assunto de família, com exclusão dos sacerdotes, evidentemente agradava ao seu caráter íntegro e imperioso.

— Tu és muito jovem! — ponderou, entretanto.

— Se temes que me falte prudência e severidade, associa Semnut — rogou Tutmés. — Com ele e alguns homens devotados, irei a Mênfis, e faremos inquéritos secretos. Se Horemseb for culpado, verdadeiramente, de tudo quanto o acusam, se merecer a morte, morrerá, mas sem ruído, e a honra de nossa raça permanecerá pura de opróbrio e de mácula, porque, qualquer que seja sua culpa, é nosso sangue que lhe corre nas veias. Só nós podemos julgar, e tu condená-lo; os sacerdotes nada têm a fazer aqui, e eu executarei fielmente cada uma das tuas ordens.

Com agitação sempre crescente, Sargon acompanhara a conversa entre irmão e irmã, não duvidando de que Tutmés queria intervir neste caso, para impedir a descoberta da sua cumplicidade com a infeliz Neftis; de que o príncipe, que por esse mesmo veneno havia conquistado o posto que desfrutava, jamais usaria para com Horemseb a merecida severidade, e deixá-lo-ia fugir talvez. O pensamento de que, graças a este Tutmés, tendo no momento, ao pescoço, um colar que sabia provir de Neftis, o miserável que lhe roubara Neith, que pisara aos pés todo o sentimento humano — estaria a salvo da desonra e da justiça — tornando inócuo o pesado sacrifício —, esse pensamento deu vertigens em Sargon.

— Rainha — exclamou em voz destimbrada — há crimes tão grandes que a punição deles deve ser proporcionada. Empenhando minha vida nesse perigoso empreendimento, jurei que, se os imortais me protegessem, arrastaria esse indigno nigromante pelas ruas de Tebas, coberto de correntes e de opróbrio. Que caia sobre ele a colheita do que semeou! E tu, Faraó Tutmés, não te encarregues de um julgamento que poderia ser muito pesado aos teus ombros: recusarias e abrandarias, talvez, ante o perfume das rosas rubras e dos colares enfeitiçados que encadeiam a alma e a vontade das mulheres.

O tom e olhar que acompanharam estas palavras fizeram subir um fluxo de sangue ao rosto de Tutmés.

— Insolente! — gritou fora de si. — Teu ciúme contra Horemseb te cega a ponto de ousares intrometer-te na conversação de teus senhores!

Depois, dobrando-se de todo para Hatasu, que via surpreendidíssima a alteração e o furor de ambos, disse:

— Minha irmã e soberana, em sinal de teu favor e confiança, de que não desmereci, concede-me, na qualidade de primeiro príncipe do sangue, regular este assunto de família.

Sargon, que seguia cada um dos movimentos, compreendeu o intento de Tutmés: o aroma enervante do colar devia atingir o olfato da irmã e submeter a vontade independente e enérgica de Hatasu. Insensata raiva devorou Sargon, deixando-lhe vívido apenas um pensamento: destruir a todo custo o sortilégio que lhe ia furtar a vingança.

— Abaixo o feitiço pelo qual captas a afeição da rainha! Que ela saiba qual a razão por que acobertas Horemseb e temes o processo — gritou Sargon. — E não se diga que um Faraó de Egito governa — em vez de por sua vontade — pelo malefício de um bruxo!

Atirou-se feito louco, para Tutmés, e, pegando-lhe o colar, lho arrancou com tal violência que os anéis, quebrados, e os amuletos se espalharam por todo o recinto, e o dono cambaleou, soltando um grito.

— Ah! bando de traidores! — disse a rainha, voltando-se lívida e medindo o irmão com olhar faiscante. — Nem a minha pessoa respeitaste. Agora compreendo a rosa vermelha!

Tutmés, que contemplara como que aparvalhado os pedaços do colar, pareceu tornar a si.

— Víbora, caluniador, morre! — rugiu ele, destacando da cintura um punhal.

E antes que Sargon, a quem não poderia ocorrer a ideia de nada semelhante em presença da rainha, pensasse em defender-se, caiu-lhe em cima, qual tigre, e lhe afundou a arma no peito. O hiteno tombou com selvagem grito.

— Acudi, meus guardas — gritou estridente a rainha.

E vendo Tutmés erguer o braço para desferir segundo golpe, agarrou-o e lhe tirou a arma, com a força e destreza das quais ninguém a julgaria capaz. Espumando, doido de ira, Tutmés refez-se e difícil seria prever o subsequente, se nesse minuto não fosse aberto o reposteiro e no limiar da porta não surgissem Chnumhotep, arma em punho, seguido de numerosos oficiais e soldados. Ante o quadro visível, o chefe das guardas pareceu de início petrificado, mas, dominando-se, determinou que fossem vedadas todas as saídas, e depois, com os companheiros, postou-se junto da rainha, aguardando ordens. Punhal ainda na mão, Hatasu continuava de pé, muda e imóvel qual uma escultura, os grandes olhos sombrios fixados, coruscantes, sobre o irmão, que, inseguro quanto um ébrio, se apoiava fortemente na mesa. Nem por um instante a denodada mulher perdera a presença de espírito, e apenas o arfar tumultuoso do seio e o tremor nervoso dos lábios denotavam que uma borrasca se desencadeava no seu íntimo. Durante alguns segundos, temível silêncio reinou na câmara; depois, Hatasu arremessou a arma sangrenta, e, avançando um passo para Tutmés, disse, em voz alterada:

— Sai daqui! E não ouses aparecer ante meus olhos, sem seres chamado. Eu te farei saber a minha resolução. E, até lá, Chnumhotep, que o príncipe não se mova do seu apartamento, sem ordem minha, formal. Responderás por isso com a tua cabeça.

Tutmés soltou estrangulada exclamação e caminhou para a porta; mas, talvez porque o acesso de fúria que tivera reagisse mui violentamente sobre a sua nervosa constituição, de súbito, cambaleou e caiu desfalecido. Enquanto o transportavam, sob a vigilância do chefe das guardas, a rainha ajoelhou junto de Sargon e apoiou o ouvido sobre o peito do ferido. Imediatamente, estremeceu e levantou-se, lestamente.

— Respira ainda; depressa, chamem médicos. E vós outros, levantai-o.

Ergueram Sargon e estenderam-no, com precaução, num leito de repouso, e a rainha, ela própria, bandou provisoriamente a ferida, com uma faixa tomada a um dos oficiais. Tiglat, o velho médico hiteno, acorreu em primeiro lugar, e, fundamente emocionado, curvou-se sobre o apunhalado.

— Oh! rainha, todo o socorro humano é inútil; a ferida é mortal — disse dolorosamente.

Um sábio egípcio, chegado nesse interregno, confirmou o diagnóstico. Sombria, supercílios franzidos, Hatasu não havia abandonado a cabeceira de Sargon.

— Quanto tempo viverá ainda? Recobrará o conhecimento e possível lhe será, então, falar e responder às perguntas de um conselho extraordinário? — perguntou, em alterada voz.

— Resistirá até ao pôr do sol, e, segundo creio, recobrará os sentidos, — respondeu o médico egípcio. — Se ordenares, Faraó, dar-lhe-emos remédios que animarão as derradeiras forças vitais e lhe permitirão falar.

— Fazei tudo quanto estiver em vosso poder para lhe dar a força de repetir, ante o Conselho, o depoimento que há pouco me prestou.

Enquanto os médicos se desvelavam junto de Sargon, Hatasu passou para a câmara contígua, onde estava reunida, silenciosa, verdadeira multidão de oficiais e cortesãos, ansiosos e perturbados todos, porque a notícia de uma extraordinária cena no apartamento real circulara em todo o palácio.

— Ameni! — chamou a rainha.

Um jovem cortesão, já agraciado com um colar de honra, aproximou-se, respeitoso.

— Envia imediatamente mensageiros aos Grandes Sacerdotes dos principais Templos, a Semnut, aos Antigos do Conselho Secreto e ao chefe dos escribas da minha mesa, com ordem de se reunirem aqui, — imediatamente. Ordena aos mensageiros irem correndo — acrescentou ela, com um olhar que deu asas a Ameni.

Sem atentar nos cortesãos ali reunidos em assembleia, voltou costas e regressou para a cabeceira do ferido, observando, silenciosamente, os esforços dos médicos para reanimá-lo.

Ao fim de meia hora, Sargon reabriu os olhos, e surdo gemido saiu-lhe da boca. Imediatamente, Tiglat soergueu-o com precaução, enquanto o sacerdote lhe aproximava dos lábios o copo cheio de uma beberagem preparada. Tendo ingerido, Sargon pareceu reconfortado e seu olhar se avivou. Então, Hatasu ergueu-se, e, ordenando aos médicos afastarem-se para o outro extremo da câmara, curvou-se para o ferido.

— Reúne tuas forças, pobre filho, para repetires quanto me disseste ante um Conselho extraordinário que vai reunir-se — murmurou ela. — Teu depoimento será a perda do miserável sacrílego. Apenas, não menciones que Tutmés usou o aroma contra mim.

Selvagem clarão de alegria animou os olhos do moribundo.

— Silenciarei sobre o sacrilégio ousado contra ti; mas, prometes-me, Faraó, não agraciar o infame?

Frio e cruel sorriso deslizou fugitivo pelos lábios de Hatasu.

— Tranquiliza-te: serás vingado. Por agora, basta; não te esgotes.

Cerca de 30 minutos se escoaram em profundo silêncio, quando Semnut apareceu, pálido e inquieto, e anunciou à rainha que os dignitários convocados estavam reunidos, aguardando ordens. A rainha tomou algumas breves deliberações, executadas prontamente. O leito do ferido foi posto no meio do aposento, a poltrona real ao lado, e bem assim alguns tamboretes para os mais velhos dignitários, e sobre uma esteira colocados os apetrechos necessários para escrever. Terminados tais preparativos, ingressaram os do Conselho. Hatasu, então, levantou-se e disse, em tom firme:

— Veneráveis servidores dos deuses, e vós, fiéis conselheiros, eu vos chamei para que ouçais da boca do próprio acusador os crimes e sacrilégios que ele atribui ao príncipe Horemseb. Chamados a velar pela justiça e respeito devidos aos imortais, vós deliberareis e pronunciareis, em seguida, a vossa decisão sobre o assunto. Agora, aproximai-vos, porque a voz do ferido é fraca, e tu, Nebsuon, prepara-te para tomar por escrito o depoimento do príncipe Sargon.

Depois de todos agrupados junto do leito, Semnut soergueu o enfermo, e, acomodando-o, sustentado por almofadas, lhe disse:

— Fala agora; os veneráveis homens reunidos aqui estão prontos para te ouvir. Narra com a maior exatidão, porque aquele a quem acusas é um membro da família real.

Com a voz fraca, entrecortada, porém audível, começou a narrativa. Quando o fôlego lhe escasseava, o médico acudia com a bebida reanimadora das forças do agonizante.

Ao chegar ao culto prestado a Moloc, exclamações de horror e de assombro irromperam de entre os egípcios; mas, mortal palor cobria a fisionomia de Tiglat. Tendo, com esforço, terminado o depoimento, Sargon descaiu, sufocado, nas almofadas.

— Ar! Afogo-me! — murmurou ele, ao fim de alguns instantes. — Levem-me à soteia, por derradeira vez: quero ver o céu!

— Quais são tuas ordens, Faraó, para um caso tão extraordinário? — perguntou um dos Grandes Sacerdotes, dominando a tumultuosa agitação, excitada pela denúncia inaudita de Sargon.

— Quero que a justiça siga seu curso tão inexoravelmente como se se tratasse de um "parachite"[25] — respondeu Hatasu. — Ficai aqui e discuti as medidas a tomar, enquanto velo os últimos minutos daquele que acaba de prestar tão imenso serviço ao Egito.

Durante esse colóquio, vendo todos afastados, Tiglat abaixou vivamente para o ferido, e disse-lhe, vibrante na voz:

— Traidor, que atraiçoas teu deus, e entregas à morte um homem venerável de teu povo; sê maldito!

Um rancoroso lampejo de desprezo iluminou os olhos, meio extintos, do hiteno.

— Esse deus que nos entregou à destruição e me deixa matar qual a uma fera das selvas, esse deus eu renego e detesto! — murmurou ele.

E, presa de debilidade, calou. A rainha aproximara-se e, por sua ordem, o ferido foi acomodado numa cadeira de encosto e alguns homens vigorosos conduziram-no à soteia, retirando-se depois. Ela e Semnut foram os únicos a ficar junto do moribundo.

O olhar embaciado de Sargon divagou pela paisagem que se estendia a seus pés: o Sol ia sumir na curva do horizonte, espetáculo maravilhoso naquelas regiões; dir-se-ia que a Natureza desdobrava todos os seus esplendores a fim de tornar mais penoso para o desgraçado moço o adeus à vida; num céu deslumbrante, marmorizado de veios róseos, rubros, metálicos, unindo-se, por uma faixa iluminada de verde, ao horizonte azul-safira, o astro-rei descia rapidamente, transformando em feérica paisagem a Terra, que ia abandonar. Como que por último adeus, tudo se iluminou, e, sob esse céu de joias, todas as construções pareciam de ouro, os campos e os jardins de esmeralda, o deserto ao longe, qual ametista imensa, cuja moldura de colinas se fundia na bruma.

— Destino misérrimo que me fez nascer livre nas bordas do Eufrates, para trazer-me ao Nilo e morrer escravo! — ciciou ele, com indizível amargura.

A rainha acercou-se mais e apertou-lhe a mão, com uma lágrima em pérola nos longos cílios.

— Pobre filho! Quis fazer-te ditoso, mas meu poder é vão ante a fatalidade que destruiu teu destino.

— Eu te agradeço, Hatasu, tua bondade para comigo jamais me abandonou, e disso darei testemunho a Naromath, quando avistar a sua sombra. Contra a sorte que podias tu? Liberta Neith, não a deixes entre as mãos do ímpio.

---

25 Nota do tradutor: Na classe dos embalsamadores profissionais, aquele que, no preparo das múmias, era o encarregado de dar o corte lateral, no cadáver, para retirada das vísceras.

— Podes duvidar? Demais, eu te juro. Que derradeira mensagem devo transmitir à tua viúva? Não creias que ela tenha pretendido fugir de ti; Neith é vítima do sortilégio; eu sei que ela desejava reparar sua imprudência infantil e ser junto de ti uma esposa afetuosa e dedicada.

Fraco sorriso luziu nos lívidos traços do moribundo.

— Dize-lhe que a amei acima de tudo no mundo, e que morri para libertá-la.

A voz faltou-lhe; sanguinolenta espuma subiu-lhe à boca, seguida de uma torrente de sangue rútilo. Retesou-se, olhos parados; ligeira convulsão sacudiu seu corpo. Depois, inteiriçou-se, e não se moveu mais.

— Tudo terminou, Faraó: está morto! — disse Semnut.

A rainha, que recuara vivamente, nada respondeu. Seu obscurecido olhar voltou-se para o céu, cujas últimas tintas de azul-anil se fundiam nas trevas; mas, instantes depois, passou a mão pelos olhos, e se refez.

— Vou descer. Tu, Semnut, encontra-me na câmara do Conselho, logo que hajas dado ordens com relação ao morto. Toma cuidado para que o corpo do príncipe seja embalsamado como se procede com as múmias realengas.

Quando a rainha reapareceu entre os dignitários, compreendeu, pelas fisionomias afogueadas e pela agitação de todos, que a discussão fora das mais vivas.

— E então? Que haveis deliberado? — inquiriu ela, retomando seu posto.

Ranseneb, que substituía o Grande Sacerdote de Amon, acamado desde algum tempo, aproximou-se respeitosamente.

— Somos de aviso, Faraó, que convém, em primeiro lugar, prender o culpado. Para tal fim, uma comissão, de tua escolha, deverá ir a Mênfis, e, conjuntamente com Amenófis, visitar o palácio e apoderar-se da pessoa do príncipe e do seu cúmplice.

— A meu ver, um criminoso da têmpera de Horemseb não se deixará agarrar facilmente: é bastante atrevido para recuar mesmo diante de rebelião declarada — observou um velho dignitário do Conselho Secreto. — Por detrás dos sólidos muros está como se fosse numa fortaleza; os seus escravos são numerosos, e defender-se-á.

— É mister, pois, para prevenir toda eventualidade, que a comissão disponha de força armada — disse Hatasu. — Ranseneb, é a ti que designo para dirigir o inquérito em Mênfis. Amanhã, darei todas as ordens indispensáveis, e, à tarde, o Conselho reunir-se-á novamente, para decidir em definitivo sobre as últimas medidas a adotar, e escolher os membros componentes da comissão que acompanhará o profeta. Tudo deve ser feito depressa, a fim de que nenhuma notícia advirta o criminoso.

Ficando só, a rainha isolou-se; mil diversos sentimentos trabalhavam-lhe a alma. A notícia de que Neith, a filha que tanto pranteara, estava viva, inundava-a de júbilo; o pensamento de que Tutmés, o insolente rapaz, ousara enfeitiçá-la, e depois assassinar — ante ela própria — o irmão de Naromath, fazia fervilhar-lhe o sangue. Mas, pouco a pouco, todas essas sensações fundiram-se em odienta ira contra Horemseb. Para castigar o audacioso, que se atrevera pôr as impuras mãos sobre a filha querida, o sacrílego instigador de tantos crimes, nenhuma tortura lhe parecia suficiente. À simples lembrança dele, os dedos da rainha crispavam-se e implacável crueldade empedernia-lhe a alma.

Na tarde desse agitado dia, já a informação dos acontecimentos sobrevindos no palácio real se espalhara na cidade, e esses mesmos informes, engrossados, amplificados, desfigurados até, encheram de surdos rumores a imensa capital. Um fundo de verdade transpirara, em consequência da indiscrição de funcionários subalternos, e a notícia de que Sargon morrera, assassinado no decurso de sangrenta rixa com Tutmés — em presença da própria rainha, corria de boca em boca, com as variantes cada vez mais inverossímeis. Alguns acreditavam em conspiração abortada pelo hiteno, o que confirmava a convocação extraordinária do Conselho, reunido em palácio, dando ideia de que a rainha havia perecido, boato que acarretou congestionamentos de gente defronte ao palácio; mas, a presença de Hatasu, que, em liteira, acompanhada do costumeiro séquito, rumara para o templo, aquietara o povo.

Outros narravam que Sargon, para vingar-se do exílio, tentara assassinar a rainha, no que fora impedido por Tutmés, enquanto outra versão pretendia, bem ao contrário, que Tutmés pretendera matar a irmã, e Sargon havia perecido em defesa de sua protetora, após haver, durante a luta, ferido gravemente o herdeiro do trono, tendo sido Tutmés levado, sem sentidos, para seus aposentos.

Quem primeiro imisciuiu no misterioso caso o nome de Horemseb foi difícil constatar, mas, bruscamente, o príncipe nigromante passou a desempenhar, no acontecimento, papel preponderante. Contava-se, com arrepios, que Horemseb havia raptado e matado a bela Neith; que estava acusado de enfeitiçamento, de sacrilégio e de outros crimes inomináveis, e a lembrança da morte violenta de tantas moças, vítimas do seu louco amor, ressuscitou em todas as memórias, e apenas a inexplicável querela entre Sargon e Tutmés tornava embrulhadas as variações do ocorrido. Era admissível, também, que a descoberta dos delitos do feiticeiro fosse a causa de mortal combate em presença da Faraó.

Enquanto essas estranhas e contraditórias novidades circulavam e eram discutidas nas ruas, agitação bem maior ainda reinava nos palácios: Satati, ao despertar, ouvira de Pair uma parcela da verdade; em seguida, este, indo à casa de um sacerdote, seu parente, obtivera detalhes ainda mais circunstanciados, corroborados pelas notícias que ela diretamente colhera na Corte. Neith estava viva, e isso fazia que o casal se enchesse de alegria. Embora por motivos diferentes, ambos consideravam a jovem mulher — fonte e garantia da fortuna deles. Mena, que estivera de serviço nessa noite em palácio, chegou ao lar muito depois do meio-dia e excitou surpresa na tia, pelo aspecto concentrado e pela indiferença demonstrada com relação aos acontecimentos que apaixonavam toda a Tebas. Após um novo giro, à noite, o oficial declarou que urgente assunto reclamava-o em distante propriedade, e que, tendo obtido licença para isso, partiria na madrugada.

Em outra ocasião, Satati suspeitaria qualquer mistério na conduta do sobrinho, mas, naquela oportunidade, tanto quanto o marido, estava muito preocupada para reparar em Mena. Agitação bem maior ainda devorava Roant; em vez de regressar, à noite, terminadas as obrigações, o esposo enviara-lhe lacônica missiva, anunciando que ocorrências imprevistas o retinham ainda em palácio, e que ela não se devia inquietar. Apesar desta final recomendação, Roant estava atormentada por mil suposições, e, pela manhã, quando o rumor público lhe chegou ao conhecimento, o temor e a curiosidade aumentaram. A visita de duas amigas havia levado ao auge sua inquietude, pois essas duas mulheres, esperançadas de conhecer a verdade por intermédio da esposa do chefe das guardas, sem dúvida melhor informado do que ninguém, passaram à visitada todas as extravagâncias com que se matizavam a notícia da morte de Sargon e da descoberta dos delitos de Horemseb. Ficando só, Roant andou e reandou nos aposentos, com ansiedade sempre progressiva. Chnumhotep não viria mais, para confirmar ou desmentir tudo quanto acabara de ouvir? Finalmente, o passo, lesto e firme, do chefe das guardas ressoou na primeira sala. Toda perturbada, Roant correu ao seu encontro, e, sem mesmo reparar que o marido não viera sozinho, atirou-se-lhe ao pescoço.

— Afinal, chegaste! Oh! Dize-me a verdade a respeito de tudo quanto estão narrando.

— Se soubesse a verdade, eu mesmo estaria bem satisfeito — respondeu ele, meio a rir, meio agastado. — Enfim, posso dar-te duas notícias certas: Neith vive e Sargon morreu. E agora, torna a ti, e saúda Keniamun, que não sabe mais do que todos, a respeito do belo Horemseb, que, parece, é um canalha sem rival no mundo, até o dia de hoje.

Algo confusa, Roant saudou Keniamun, que parecia triste e pensativo, e, em seguida, guiou os dois homens para o terraço, onde vinho e pastéis aguardavam-nos.

— Aqui estamos ao abrigo de indiscretos; dizei ambos: Então é possível tal ventura? Neith está viva?

— Sim, está viva, porém não te rejubiles demasiado — respondeu Keniamun, enquanto Chnumhotep enchia um copo com vinho. Atualmente, a inditosa se encontra mergulhada em sono enfeitiçado, que não é nem vida, nem morte. Conseguirá despertar? Ainda é uma pergunta. Sargon, que se introduzira no palácio, disfarçado em escravo, descobriu-a, tentou em vão reanimá-la.

— Deuses imortais! Horemseb será em verdade um feiticeiro? — exclamou Roant, perturbadíssima.

— Pior do que isso: é um envenenador, que cultiva certa planta embruxada, da qual o sumo excita louca paixão por ele; rosas rubras, temperadas com tal veneno, são ofertadas às vítimas, e, quando delas se farta, assassina-as, bebe-lhes o sangue ou as sacrifica a um horrendo ídolo hiteno. Por vezes, faz-se adorar como se fosse ele próprio um deus, e, para que nenhum servo possa traí-lo, ele os mutila, cortando-lhes a língua. Mas, deixa-me narrar-te, em minúcia, tudo quanto sei...

E Keniamun descreveu o que ouvira de Neftis e de Sargon sobre a vida do bruxo.

— O espírito recusa conceber tão espantosos crimes — murmurou Roant, que escutara, pálida e como que petrificada. — E que se fará agora?

— Uma comissão, da qual farei parte, por ser uma das principais testemunhas, vai seguir para Mênfis — respondeu Keniamun. — Saía eu do palácio, aonde fui chamado para prestar depoimento, quando teu marido me encontrou.

— Mas, qual foi afinal a causa da morte de Sargon? Contam-se a esse propósito tantas versões, que é impossível destrinçar a verdade — disse a jovem mulher.

— Sobre isso, não compreendo coisa alguma, embora haja sido uma das primeiras testemunhas da aventura — comentou Chnumhotep, pensativo. — Ao grito de chamada, dado pela rainha, nós nos precipitamos no aposento; Sargon já estava caído no chão, num mar de sangue; Hatasu, toda fremente, segurava na mão o ensanguentado punhal de Tutmés, e, este, como que enraivecido, parecia querer atirar-se sobre ela. Que havia acontecido? É difícil adivinhar. Quando a rainha o fez prisioneiro, ele desmaiou, e desconheço o que ocorreu em seguida, porque recebi ordem de guardar à vista Tutmés. Disseram-me apenas que Sargon, reanimado pelos médicos, fez ante o Conselho seu arrasador depoimento.

— Será que Tutmés, tão orgulhoso que é, arrebatado pela cólera, matou o hiteno, ante a audaciosa acusação contra um parente da família real? — observou Roant.

— Pode ser; embora, quanto a orgulho, a irmã valha o irmão, a verdade é que Hatasu abandonou Horemseb à Justiça, sem restrições; ordenou seja o processo instruído com a maior severidade, sem nenhuma consideração pela sua hierarquia.

— Desgraçado Horemseb, que terrível sorte te aguarda! — exclamou Roant, emocionada.

— Guarda a tua compaixão para alguém mais digno do que esse celerado — disse, no momento, uma voz, vibrante e irritada.

Todos se voltaram, surpreendidos.

— Roma, tu? Sabes já que Neith está viva? — exclamou Roant, correndo para o irmão.

— Viva, talvez; que vale, porém, uma vida metade destruída pelo veneno? — respondeu o sacerdote, com amargura.

Seu semblante, tão doce e tão calmo, exprimia agora uma cólera concentrada, uma dureza rancorosa que jamais se lhe notara.

— De resto, as revelações de Sargon não me causaram surpresa; desde há muito eu desconfiava a verdade. Apenas, os indícios eram muito tênues para permitir-me acusar. Agora é diferente, e já fiz minhas declarações a Ranseneb, que corroboram as do hiteno, e deixei em suas mãos as provas palpáveis da culpabilidade de Horemseb.

Notando o espanto dos seus ouvintes, Roma relatou, abreviadamente, as circunstâncias que o haviam levado à pista das rosas vermelhas, e os indícios que, pouco a pouco, tinham feito concentrar as suspeitas sobre Horemseb.

— Pobre Sargon, seu devotamento e sua coragem foram verdadeiramente sublimes, e sua morte resgata os erros com relação a Neith — concluiu Roma, suspirando.

— Também sua memória será rodeada de honrarias — informou Chnumhotep. — A rainha ordenou o embalsamento igual ao das múmias da casa real, custeará os funerais, e Ranseneb declarou que todo o clero assistirá à cerimônia, cumprindo os ritos, e dirá as preces usitadas para os príncipes de raça, o que o finado mereceu, pelo serviço que prestou à religião, desvendando um sacrilégio abominável, e renegando, por isso mesmo, o deus impuro e sanguinário do seu próprio povo.

— Sim, ele bem mereceu das divindades do Egito; mas, uma outra razão me traz — disse Roma. — A comissão segue amanhã, e porque devo acompanhá-la, vim despedir-me de vós.

— Já amanhã? — exclamou Keniamun. — Julguei que somente dentro de três dias partiria, e ignorava mesmo que nos acompanharias.

— Eu solicitei, embora Ranseneb me houvesse escolhido, à revelia. É compreensível que eu deseje rever Neith e reconduzi-la para aqui. Quanto à partida, está sendo acelerada o quanto possível: Ranseneb arde por assentar a mão sobre o sacrílego.

— E também sobre a sua fortuna, que será presa dos templos — acrescentou Chnumhotep, com malicioso sorriso.

Enquanto Keniamun, o chefe das guardas e esposa continuavam a discorrer a respeito da incrível aventura, Roma sentou-se, e, apoiando os cotovelos sobre a mesa, abismou-se em profundo cismar: verdadeiro temporal de sentimentos sanhudos, desesperados, ciúme, se desencadeara na alma pura e harmoniosa do jovem sacerdote; previa o áspero combate que o aguardava, a pungente dor de ver a mulher amada preteri-lo por um outro, sob a ação do terrível veneno, do qual ele mesmo já experimentara o poderio. E, ao pensamento de que o abominável criminoso lhe roubara o ídolo, para manchá-lo, e de que, gota a gota, havia derramado o veneno e a corrupção na alma honesta e cândida de Neith, seus punhos se crispavam, e, sem piedade, teria entregue Horemseb às mais bárbaras torturas. Nenhuma punição era bastante severa para esse assassino de almas. Que cenas espantosas, que vícios repugnantes tinham manchado o olhar, que sentimentos abomináveis haviam assolado quiçá todo o ser da jovem mulher, que ele, Roma, respeitara, não abusando nunca do poder que o amor lhe dava sobre ela? Quanta paciência e abnegação, quanta luta íntima contra seu legítimo ciúme precisaria suportar, antes de erguer, purificar, curar tudo quanto o monstro havia pisado, ferido e destruído?

A voz de Keniamun, que se despedia, arrancou o sacerdote aos pungentes pensamentos. Ergueu-se, igualmente, e, pouco depois do oficial, deixou a residência da irmã. Necessitava ainda concluir preparativos para estar em condições de embarcar na manhã seguinte.

Alguns dias após a partida da comissão para Mênfis, a rainha achava-se, sozinha, em um gabinete do apartamento particular. Esse retiro favorito, das horas de liberdade, estava, em grande parte, consagrado à lembrança de seu pai, Tutmés I, cuja memória era sagrada para Hatasu. Ao fundo do aposento, em um nicho, via-se a estátua do falecido rei; em prateleiras, estavam reunidos objetos que lhe haviam pertencido, alguns troféus que trouxera das campanhas, enquanto pinturas, cobrindo as paredes, ilustravam os altos feitos do Faraó, suas vitórias nas margens do Eufrates e suas caçadas.

Os diversos objetos, armazenados nessa câmara, provavam que o móbil espírito da ocupante recreava-se por diferentes maneiras: ali figuravam engenhos de caça e pesca, planos e modelos do túmulo em construção na cidade-morta, e bem assim dos anexos destinados ao templo de Amon-Ra. Uma grande harpa, de 24 cordas, maravilhosamente incrustada, jazia a um canto, e um trabalho feminino pousava sobre um tamborete; mesa de expediente, sobrecarregada de papiros e tabuinhas, instalada junto da janela.

Silêncio profundo reinava no gabinete e nas câmaras circunvizinhas, quebrado apenas pelo roncar sonoro do lebreiro favorito da rainha, que dormia em grande almofada, listrada e de franjas nos dois extremos. Recostada no alto espaldar da sua poltrona, Hatasu refletia, mas, os supercílios contraídos, seu olhar sombrio, lábios fortemente plicados, demonstravam que os pensamentos eram desagradáveis. Realmente, a deliberação que tomara, e se preparava para comunicar ao irmão, custava viva luta íntima. Sempre o olhar voltava a um papiro aberto e revestido da sua assinatura.

Ao ruído de um caminhar, ora rápido, ora hesitante, que se aproximava, Hatasu retesou-se. Sabia tratar-se de Tutmés, a quem não mais avistara desde o fatal dia da morte de Sargon. Pouco depois, a cortina bordada a ouro foi afastada, e a elegante estatura do príncipe apareceu na moldura da porta. Visivelmente, estava mais magro e pálido; seu semblante, carrancudo e taciturno, dizia claramente não esperar nada agradável dessa entrevista com a real irmã; mas, nos olhos brilhantes e na ruga da caprichosa boca, alternavam-se a pertinácia e a resolução desesperada de encarar o inevitável. Evitando o olhar claro e perfurante da rainha, andou para ela, e, sem fazer a saudação de estilo, cruzou os braços, e, em soturno tom, disse:

— Chamaste-me: eis-me aqui, minha irmã! — falou, acentuando as duas últimas palavras — Que desejas dizer-me?

Hatasu franziu levemente as sobrancelhas, mas o rosto permaneceu impassível, quando disse, calma e severa:

— Obstinação e insolência, em lugar de humildade e arrependimento, é o remédio eficaz, quando não se pode negar; é o recurso dos poltrões, que temem uma justa punição. Ah! muito me enganei contigo, supondo que, com o sangue, herdaras as qualidades de alma do teu glorioso pai, o qual, armas na mão, triunfava dos inimigos e conquistava o mundo, rei pela audácia, tanto quanto pela origem! E "tu", seu filho, filho que sonha ser um dia Tutmés, o Grande, armado de colares enfeitiçados e de flores envenenadas é que abres caminho tortuoso para o poder? Por haver usado tais meios, vergonha sobre ti e sobre o sangue real que te corre nas veias!

À medida que escutava, púrpura violácea invadiu as faces do príncipe; vergonha e raiva insensata sufocavam-no. Arfante, espuma nos lábios, por instantes não pôde falar. Depois, torrente de palavras sofreadas e incoerentes acudiu-lhe. Afinal, dominando-se, com esforço, balbuciou, em voz refreada:

— Corta-me a cabeça, mas não me insultes; prefiro ser morto do que ridicularizado por uma mulher.

Hatasu observara, sem pestanejar, o louco acesso de ira, e, com a mesma serenidade severa vibrando na voz, respondeu, erguendo a mão:

— Basta! Torna a ti, insensato, e cala, quando a tua soberana te fala. Não tenho necessidade da tua cabeça, menino estúpido, que pões a tua honra à mercê de uma rasteira mulher que vende filtros e está ligada a uma tenebrosa teia de crimes! Tens necessidade, eu vejo, de uma escola mais rígida do que a vida da Corte, para seres digno do poder. Vice-rei da Etiópia, ensaiarás tuas forças; não esqueças, pois, desde este momento, que não é mais o rapaz malcriado, e sim o primeiro funcionário do reino que se acha em presença da sua Faraó.

Ao título de vice-rei da Etiópia, um assombro incrédulo desenhou-se primeiramente no expressivo rosto de Tutmés; depois, acalmando-se súbito, disse, com respeitosa gravidade, que trouxe leve sorriso aos lábios da rainha:

— Não olvido na presença de quem estou; apenas observo que teu irmão, o vice-rei da Etiópia, como acabas de chamá-lo, não deve ser denegrido e desconsiderado em sua presença.

— Não foram as minhas palavras, e sim teus próprios atos que te desconsideraram; mas, quero esquecer o tom estranho das tuas observações.

— Sempre fui obediente executor das tuas ordens, minha irmã — ponderou Tutmés, enrubescendo. — Minha falta única foi usar o encantamento, sem dele jamais abusar, contentando-me com a tua amizade, sem te inspirar um louco amor, o que me seria tão fácil!

— És especioso na desculpa; apenas, desta vez, fazes de teu interesse uma virtude —respondeu, com ironia, a rainha. — Não sou suficientemente jovem para que me desejes na qualidade de mulher, e, em contrapeso, meu amor e meu ciúme seriam os mais incômodos do mundo para um jovem libertino. Agiste sabiamente, preferindo a minha amizade enfeitiçada, que te proporcionaria facilmente todos os favores desejados. Agora, basta, sobre esse incidente: o que passou, seja esquecido para sempre! Horemseb pagará os abusos provocados pelo filtro que inventou, e tu seguirás, dentro de três dias, para assumir o cargo, com teu séquito, do qual designarei a metade, deixando-te livre à escolha do resto dos teus companheiros. É muito perigoso ter junto de si um irmão armado de filtros de amor. Quem sabe? Terás ainda em reserva esse irresistível meio de êxito?

— Não; não. Atualmente, eu próprio me horrorizo disso — exclamou, vivamente, o príncipe.

— Tanto melhor! — disse a rainha, estendendo-lhe o papiro aberto diante dela. Eis a tua nomeação; torna-te digno da minha graça. Tu havias posto em minhas mãos terrível arma, enredando-te nesse criminoso caso; nunca me faças arrepender de haver resguardado tua vida, arriscando quiçá a minha própria. O feitiço agia ainda em mim? Não sei, mas não quis destruir-te.

Tutmés ajoelhou e recebeu, respeitosamente, o precioso rolo de papiro, que lhe restituía liberdade e poderio.

— Perdoa-me, Hatasu — disse, voz baixa — e despede-me sem cólera. Nossa amizade, ai de mim! era enfeitiçada, mas o poder do filtro é recíproco, minha irmã; esse malefício que me salvou, também me impedirá de estender a mão contra tua coroa.

— Se ele te inspirar paciência para aguardares, honestamente, que eu desapareça, e então subires ao trono dos teus progenitores, esse filtro terá prestado serviços a nós e ao Egito — disse a rainha, com melancolia. Sabes que és meu herdeiro, a esperança da gloriosa raça de Tutmés. Vai agora preparar-te para a partida, e possam os deuses assistir-te e conceder êxito em tudo que empreenderes no país em que te envio!

Tutmés, sempre ajoelhado, pegou a mão da irmã e a beijou, com respeito e gratidão; depois, despediu-se e retirou-se alegre, cabeça erguida; sua natureza elástica reconquistara todo o aprumo.

Hatasu permaneceu imersa em sombria quimera, e, olhar fixo na efígie do rei, murmurou:

— Cumpri minha palavra! Acontece o que tem de acontecer!

8
Derradeiras vítimas

Depois da partida de Horemseb e de Neith para Sais, o velho sábio, que os havia acompanhado ao embarque, reentrou, precipitadamente, no palácio. Sombrio e preocupado, subiu ao mais alto telhado liso e examinou, atento, o céu estrelado. E, quanto mais estudava os astros e calculava os símbolos traçados sobre um papiro, mais seu semblante se anuviava e assumia expressão de ansiosa cólera.

— Só trevas; constelação terrível; presságio de desgraça e morte — murmurou. É evidente que forças inimigas o carregam, e Horemseb não reingressará senhor neste palácio. Ele não quis fugir; é que o destino inexorável lhe obscureceu a razão. Fatalidade maldita! Quando penso que mais dois anos de tranquilidade ainda, teriam bastado para ultimar a grande obra, a conquista da vida eterna!

Seus dentes rilharam e os fechados punhos ameaçaram o invisível. Tadar estava horrendo nesse momento; o frenesi interior retorcia e sacudia-lhe o corpo ossudo, e seus angulosos traços, seus profundos olhos refletiam ira e malvadez infernais. Ao fim de alguns minutos, pareceu acalmar-se; passou as mãos pelo rosto e estirou os braços.

— À tarefa, em vez de perder tempo precioso! — falou a si mesmo.

Enrolou o papiro que consultara e desceu à sua câmara. Ali, pegou pequena ânfora, que escondeu na ampla vestimenta, e fez misteriosa excursão pelas despensas do palácio, o que lhe custou quase uma hora. Ao voltar, chamou Chamus, o qual, com Hapzefaá e todos os homens válidos, trabalhava na demolição da pirâmide.

— Deixai esse trabalho; vós o reiniciareis amanhã, quando eu o ordenar — disse. — Agora, é mister dar descanso aos homens, que devem regressar aos seus alojamentos. Vós, Hapzefaá e Chamus, segui-me, e bem assim todos os eunucos e vigias, à sala de refeição.

Quando ali reunidos, Tadar falou:

— Tomai cada um os preciosos copos que se acham nos aparadores, enchei-os com o vinho das ânforas. Bebei e guardai os copos, dádiva que vos faz o príncipe Horemseb, em retribuição do vosso zelo em servi-lo neste momentâneo dissabor que o atinge. Se continuardes fiéis e não revelardes, a quem quer que seja, tudo quanto tiverdes visto aqui de anormal, ele vos recompensará mais generosamente, quando regressar, pois compreendereis que um parente da Faraó se desenvencilha de qualquer embaraço e de qualquer calúnia.

Contentes e surpresos de tal munificência régia, os homens beberam, protestando fidelidade e devotamento, e retiraram-se para descanso.

— Agora sereis fiéis e discretos, tenho certeza — murmurou Tadar, irônico. — E ainda vos poupei a tortura, que talvez vos soltasse a língua.

Regressou ao aposento e despiu a ampla vestimenta branca, da qual fez um pacote, cingindo-se com o avental de pano grosso e pondo o "claft" de homem do povo.

Depois, atirando às costas o saco onde enfurnara diversas coisas, dirigiu-se ao jardim, que atravessou em toda a extensão. Habilmente disfarçada em espesso mato bravo, havia pequena porta secreta, de cuja existência ninguém jamais desconfiaria, e que, aberta, lhe deu passagem a um segundo abrolhal, não distante das bordas do Nilo.

Tadar margeou o rio, sem encontrar viva alma, pois ainda era noite, e todos evitavam as vizinhanças do palácio encantado. Sem estorvo, esquadrinhou os caniçais e achou pequena barca, na qual, agarrando os remos, rumou célere para o lado oposto. Tendo costeado a cidade-morta até seus últimos confins, encostou em local escondido, ocultou o barco e prosseguiu pedestremente.

Após fatigante e rápida marcha, chegou próximo de uma cadeia de rochas, nas quais se viam, aqui e ali, negras aberturas, rasgões hiantes de velhas tumbas violadas por malfeitores. A região era selvática, deserta, de total desolação e supersticioso horror para aqueles que ali se aventurassem, porque ali repousavam, em milhares de túmulos, gerações desaparecidas, contemporâneas das primeiras dinastias faraônicas.

No entanto, mais de um habitante de Mênfis deslizava misteriosamente rumo desse desolado local, porque lá vivia um homem que, na cidade, desfrutava, mais ou menos, da mesma fama que Abracro conquistara em Tebas. Era igualmente um feiticeiro, aparecido ali pouco depois do regresso de Tutmés I da sua campanha na Ásia. A voz pública tinha-o por hiteno liberado ou fugido, de qualquer modo, do senhor que o trouxera, e o tipo do mago, sua tez clara, e o sotaque estrangeiro com que falava um vernáculo egípcio mui defeituoso, confirmava a suposição. Não se conhecia o nome do incógnito, e, por isso chamavam-lhe o "homem da montanha", e o mistério que lhe cobria o viver envolvia-o de supersticioso temor, o que lhe dava mais segurança do que a de uma escolta.

Desde sua aparição, o desconhecido da montanha não mais deixara o sítio solitário que escolhera para residir. De que se alimentava? Era também mistério, porque jamais fazia compras e não aceitava, absolutamente, qualquer remuneração de quantos tinham coragem de vir solicitar-lhe conselhos. Tal desinteresse e a fama de extraordinário saber atraíam-lhe clientes, embora bem menos numerosos do que os de Abracro.

Chegado perto de um conjunto de rochas, Tadar escondeu-se e emitiu, com perfeição, o prolongado grito de um pássaro noturno, e idêntico som fez-se ouvir em resposta, som que, permutado três vezes, em sinal, fez que o sábio encetasse, a correr, caminho para a cadeia de rocha. À metade da distância, encontrou o solitário, que o saudou, com respeito.

— É a prevista desgraça que te traz hoje, venerado mestre?
— Sim, Spazar; tudo vai muito pior do que eu julgava. Entremos, porém, depressa, porque estou exausto de fadiga.

Haviam chegado junto da montanha. Spazar, seguido do sábio, rastejou, com as mãos e joelhos, por entre fragmentos da rocha e grandes pedras; depois, ergueu uma cortina de espinhos e penetrou em longo e escuro corredor. Após muitas viravoltas, em completa escuridão, Spazar empurrou uma lousa de pedra, que girou sobre si mesma, e ingressou, com o companheiro, em uma cova bastante espaçosa, iluminada por lâmpada.

Era antiga sepultura, composta de duas câmaras sepulcrais, que o hiteno havia adaptado para habitação; o ar, embora pesado e aquecido, era respirável. Quem deitasse um olhar à segunda das duas divisões, não se admiraria de que o bruxo não comprasse mantimentos, pois lá se achavam amontoadas provisões consideráveis; carnes defumadas e salgadas, frutas secas, queijo, mel etc., e bem assim grandes ânforas de óleo, vinho e cerveja. A fonte de tal abundância era Horemseb, que autorizara Tadar a suprir seu compatriota de tudo quanto necessitasse. Cada mês, o velho sábio, durante a noite, transportava para lá todo o suficiente, e, depois do temor da descoberta, Tadar escondera no refúgio de Spazar os seus mais preciosos haveres.

Na primeira câmara, confortavelmente mobiliada, Tadar se estendera num leito de repouso, e, reconfortado por um copo de vinho, narrou a Spazar os recentes acontecimentos.

— Se Horemseb estivesse comigo, neste seguro teto, eu não desesperaria do futuro; mas, o insensato preferiu fazer derradeira tentativa para salvar a posição, e receio que, nessa empresa, ele venha a perder a cabeça. Em qualquer conjuntura — concluiu o velho sábio, com um suspiro —, ele conhece o caminho do teu retiro, e aqui se refugiará, em caso de necessidade.

No dia seguinte ao desta agitada noite, cerca de seis horas da tarde, muitos barcos, ocupados por sacerdotes e militares, chegaram a Mênfis: era a comissão incumbida de proceder a inquérito no palácio de Horemseb, chegada de Tebas algumas horas mais tarde do que previra Mena. Enquanto Ranseneb, Roma e seus companheiros sacerdotais se encaminhavam ao templo de Apis, para combinações com o Grande Sacerdote Amenófis, e comunicar-lhe o depoimento de Sargon, Antef, com o destacamento que comandava, dirigiu-se à cidade para entregar uma ordem real ao comandante de Mênfis. Keniamun ficou, para localizar a flotilha, que devia manter-se à parte, sem comunicação com pessoa alguma. Estava ele incumbido igualmente de prevenir Neftis e fazer uma visita ao esconderijo do muro, para colher as últimas notícias. No dia seguinte, à alvorada, propunha-se forçar a entrada no palácio. O oficial começava a subir a rua que, do rio, conduzia ao interior da cidade, quando, com grande espanto, viu Hartatef, que, sombrio e preocupado, caminhava ao lado de uma liteira fechada, que quatro homens carregavam com precaução. Keniamun aproximou-se célere e bateu no ombro de Hartatef.

— Pensei estares ainda em teu posto — disse, após as primeiras saudações. — Que transportas tu nessa liteira, com tanto mistério, se a pergunta não for indiscreta?

— Terminei minhas ocupações mais cedo do que esperava, e nessa liteira se encontra uma jovem ferida que os meus pescaram, esta noite, no Nilo, e eu levo para Tebas, para onde regresso.

Sem esperar permissão de Hartatef, Keniamun pegou e ergueu a cortina da liteira, e, ao primeiro olhar para o interior, recuou, pálido, exclamando, com abafada voz:

— Ísis!

— Conheces esta mulher, que murmura incessantemente o nome de Horemseb? — indagou, vivamente, Hartatef.

— Sim, e não é a Tebas que deves conduzi-la, e sim ao templo de Apis imediatamente: salvaste uma terrível testemunha contra o bruxo! Mas, ainda não sabes nada; vou pôr-te ao corrente dos fatos, e depois tu me dirás onde e de que modo encontraste esta pobre criaturinha.

Keniamun relatou, abreviadamente, a morte de Sargon, seu depoimento, disse que Neith estava viva, e ainda que um inquérito se preparava. Súbito rubor cobrira as faces de Hartatef, ao ouvir as extraordinárias notícias.

— Suspeitava tudo isso, desde há muito, e não me equivoquei, desconfiando que os deuses haviam posto em minhas mãos terrível arma contra o miserável. Eis de que maneira isso aconteceu: voltava eu, ontem à noite, quando, aproximando-me de Mênfis, julguei ouvir sobre a água débil gemido. Fiz parar e iluminar tudo em redor, e então foi vista esta mulher, agarrada a uma tábua, que largou no momento em que a apercebemos. Pela minha gente, foi ela retirada, e, já em nosso barco, vi estar ferida gravemente. Enquanto eu banhava o ferimento, reabriu os olhos e murmurou: "Horemseb, não me mates!" Tais palavras causaram-me alarma, e, porque o nome do nigromante lhe voltasse incessantemente aos lábios, resolvi tratá-la em minha própria casa.

Aceitando o conselho de Keniamun, Hartatef transportou o seu achado ao templo, onde os sacerdotes deram a Ísis todos os cuidados possíveis. Algumas horas mais tarde, Keniamun, muito agitado, anunciou que Neftis, que saíra de casa, na noite anterior, não havia retornado.

Os primeiros raios do Sol douravam o horizonte, quando destacamentos de soldados sitiaram o palácio de Horemseb e bloquearam a saída comunicante com o Nilo, enquanto os sacerdotes, à frente de forte escolta, batiam na porta de comunicação com a cidade. Durante algum tempo, silêncio de morte foi a resposta aos golpes, e já se preparava o arrombamento, a golpes de machado, quando os ferrolhos foram retirados interiormente, e um jovem preto, tremendo, apareceu. Interrogaram-no, mas, a todas as perguntas, respondia apenas não saber coisa alguma, e que, desde a noite precedente, o chefe dos eunucos, Chamus, o intendente Hapzefaá e todos os vigias haviam desaparecido. Quanto ao senhor, jamais o avistara.

— Pressinto que vamos descobrir algum novo crime — disse Amenófis, ordenando ao escravo indicar o caminho da habitação do intendente.

Com tanta estupefação quanto horror, a comissão constatou que o intendente, todos os eunucos e vigias estavam mortos, evidentemente envenenados, porque os corpos não apresentavam nenhum traço de violência, nenhum ferimento; os infortunados pareciam pacificamente adormecidos. Então, os padres ordenaram a todos os seres vivos existentes no palácio se reunissem em um dos pátios, e, bem depressa, um rebanho tremente de homens e mulheres agrupou-se; mas, o interrogatório não trouxe, igualmente, resultado algum.

— Não sabemos nada; somos dançarinas e cantoras do senhor — repetiam as mulheres.

Outros, empregados em trabalhos grosseiros da casa, nunca haviam transposto o recinto reservado ao palácio; alguns homens, apenas, declararam terem sido levados ao jardim, duas noites antes, para demolir uma construção de pedra, mas o trabalho fora prontamente mandado cessar. Quanto aos do serviço íntimo, tanto masculino, quanto feminino, eram invariavelmente mudos e também surdos, em parte. Impossível se tornava obter algo, e já os da comissão se aprestavam para prosseguir na visita, quando da turba se destacou um rapazelho, que, prosternando-se, começou a traçar diversas letras no chão.

— Sabes escrever? — exclamou Ranseneb, admirado. E, erguendo o adolescente, acrescentou, bondoso: — Vamos dar-te tabuinhas. Escreve nelas, se puderes, tudo que sabes de teu senhor. — Um escriba apresentou o necessário, e o jovem traçou: "Anteontem, à noite, Horemseb seguiu para Sais, com a mulher chamada Neith."

Os sacerdotes permutaram olhares espantados. Roma exclamou, impetuosamente:

— É preciso perseguir o facínora, e saber com que fim arrastou com ele a sua vítima. Deixai-me libertar Neith!

— O que propões é justo, e nós disso te diremos, logo que esteja terminada a visita — respondeu, gravemente, Amenófis. — Regressados ao templo, interrogaremos a fundo este rapaz e obteremos informações que te auxiliarão a libertar mais depressa a infortunada moça. No momento, ele nos servirá de guia, pois havendo pertencido ao serviço íntimo, deve conhecer os meandros deste covil.

Conduzidos pelo jovem escravo, cujo olhar faiscava de ódio satisfeito, os sacerdotes, oficiais e soldados penetraram na misteriosa casa onde Horemseb, durante tanto tempo, escondera a todos os olhares indiscretos seu estéril e criminoso viver, suas orgias e seus assassínios. O palácio perdera, em grande parte, sua feição original: as mil caçoletas estavam extintas, o ar purificado dos aromas atordoantes, os mais preciosos objetos desapareceram, os servos adereçados não mais circulavam nos aposentos desertos. Contudo, o luxo real do mobiliário, a arquitetura bizarra, a arrumação fantástica e toda particular, excitavam a cada instante o pasmo dos visitantes.

Pelo terraço, no qual tantas vezes Horemseb escutara os cânticos ou contemplara, sonhador, o fascínio da Natureza, e onde Chamus também lhe apresentara Kama, a inocente vítima que substituiu Neftis, a comissão penetrou nos jardins. Lá, igualmente, se constatou que grandes modificações haviam ocorrido, depois da fuga de Sargon. O pavilhão do sábio e a planta misteriosa tinham totalmente desaparecido.

Enfim, a vista da pirâmide, em via de demolição, convenceu definitivamente aos sacerdotes que Horemseb tentara destruí-la e apagar todo traço visível dos seus crimes, o que teria conseguido, se a chegada prematura da comissão não houvesse anulado tal projeto. Mas, de que maneira fora ele avisado? Isso ficava por descobrir.

Quando os soldados desentulharam a entrada da pirâmide, obstruída por ladrilhos e lousas de pedra arrancados, os padres e oficiais nela penetraram, e a seus olhos se apresentou, em todo o seu grandioso horror, o colossal ídolo hiteno, a sanguinária divindade sorrateiramente surgida no coração do Egito vitorioso, para nutrir-se, durante largo tempo, com o sangue de seus filhos.

— Ah! — gritou Amenófis, olhos cintilantes — infame sacrílego! Era esta a verdadeira razão da tua negligência para com todos os deveres religiosos!... Muitas vezes eu lhe recordei as obrigações que tinha de cumprir para com os verdadeiros deuses. Compreendo agora que permanecesse surdo às minhas admoestações. Osíris, farto de crimes, fez surgir a verdade.

— Sim, também eu desde há muito suspeitava — observou Ranseneb. — Mas, que significa o cheiro de putrefação que enche este impuro local? O cadáver de alguma vítima estará aqui?

Os soldados pesquisaram, alumiaram cada recanto com archotes, porém em vão. Afinal, avistaram a porta existente acima das pernas do colosso, e abriram-na: nauseante cheiro saiu do interior. Apesar disto, todos se inclinaram, avidamente, para olhar o que ia ser retirado das entranhas do ídolo. Primeiramente, detritos de combustíveis e ossamentas calcinadas; depois, algo volumoso foi retirado de um montão de cinzas úmidas, o que provava haver sido o braseiro extinto bruscamente.

Era um corpo de mulher, crivado de horrorosas queimaduras, enegrecido, inchado, porém não consumido. Quando o cadáver foi trazido para a luz plena, verificou-se que a um lado havia um ferimento hiante e que o sangue, correndo a jorro, ficara calcinado em torno das ancas, formado como que uma cintura negra; o rosto intumescido, pele fendida, estava, entretanto, menos desfigurado do que o resto, e de sobre o crânio pendiam, em alguns pontos, tufos de espesso cabelo ruivo, colados na fronte pelo sangue ou pelo suor da agonia.

Petrificados de horror, todos contemplavam esse resto humano, de membros retorcidos, face crispada, sobre a qual estava indelével uma expressão de sofrimento super-humano, quando Keniamun expeliu um grito enrouquecido, e, cambaleante, recuou violentamente.

— Que tens tu? — perguntou Ranseneb, amparando o oficial.

— É Neftis! — murmurou ele, oprimindo a cabeça entre as mãos e tentando readquirir calma.

Por momentos, reinou tumular silêncio; a revelação pesava sobre todos, consternando-os. Súbito, um dos sacerdotes curvou-se e pegou uma das mãos do cadáver, enegrecida e crispada, cujos dedos, fechados, pareciam apertar qualquer objeto. Com dificuldade, ele os abriu e achou espremida contra a palma, que se conservara alva e macia, uma rosa rubra, murcha e machucada.

— A prova flagrante da culpabilidade de Horemseb, conservada pela justiça celeste, na mão da própria vítima! — afirmou, solenemente, o velho. Esta flor, idêntica às reunidas pela perseverança de Roma, afasta as derradeiras dúvidas sobre a origem dos crimes cometidos em Tebas.

Enquanto isso se passava no interior do palácio, o sussurro de um inquérito na residência misteriosa e acusações capitais trazidas contra Horemseb se haviam espalhado na cidade. As sentinelas, postadas em todas as saídas, tinham confirmado a novidade, e, pouco a pouco, enorme multidão de curiosos, entre a qual eram vistas escassas pessoas categorizadas, aglomerou-se em redor do palácio; a agitação era febril, falava-se de crimes cometidos, de mortes constatadas, de sacrilégios inauditos... Toda a raiva suspeitosa, que, desde muito tempo, jazia na alma dos habitantes de Mênfis, começava a transbordar.

Assim, quando a comissão apareceu na saída, foi cercada de pessoas notáveis que solicitavam informações. Os sacerdotes não fizeram dificuldade em narrar quanto haviam visto, silenciando apenas sobre a fuga de Horemseb para Sais, carregando Neith. Enquanto Amenófis falava aos dignitários e lhes concedia permissão, inclusive às respectivas famílias, para visitar o palácio, Antef informou Ranseneb de que os escravos de Horemseb declararam não haver comido coisa alguma desde a antevéspera, e suplicavam que lhes dessem qualquer alimento. O profeta do templo de Amon ordenou verificasse se existiam provisões no palácio, e, caso afirmativo, as distribuísse aos famintos, até que destes ficasse decidida a sorte. Em seguida, todos os sacerdotes retornaram ao templo, para deliberar, levando o pequeno escravo, que iam submeter a um interrogatório em regra.

Depois de haver registrado o depoimento desta grave testemunha, decidiu-se que Roma, com Keniamun e um destacamento de soldados, rumariam a Sais, para prender o culpado, se ali ainda se encontrasse, e tomar-lhe Neith para ser reconduzida a Tebas, conforme ordem da rainha. Amenófis terminava uma carta endereçada ao Grande Sacerdote do templo, missiva que Roma devia levar para ter assegurado o concurso desse dignitário, quando acorreu, todo atarantado, um oficial enviado por Antef.

Viera rogar aos sacerdotes se dirigissem, o mais rapidamente possível, ao palácio de Horemseb, onde ocorriam funestos acontecimentos. Em primeiro lugar, os privilegiados admitidos a visitar a misteriosa casa, que fora durante longo tempo um enigma para todos, divertiam-se em examinar em detalhe os maravilhosos apartamentos, os encantados jardins, teatro das selvagens orgias, mortes e enfeitiçamentos, distrações do príncipe. Entre esses curiosos, contavam-se muitas moças e rapazes, imprudentemente levados ali pelos parentes. Esses estouvados haviam retirado do vaso que servira para a correspondência de Ísis e Sargon um maço de rosas nefastas que a jovem conspiradora ali atirara para livrar-se do mortal efeito. Ignorando o perigo, os imprudentes tinham cheirado, avidamente, o aroma deletério, e, tomados de súbita loucura, esqueceram honra e decência. Com dificuldade, os parentes, espantados, separaram os infelizes e os afastaram; todavia, o efeito do veneno foi tão violento sobre os tenros organismos, que muitos estiveram longamente acamados, e uma das jovens enlouqueceu.

A perturbação ocasionada por este incidente ainda agitava todos, quando clamores nos pátios e casas de serviço para ali atraíram os oficiais, que viram os desgraçados escravos correr, embravecidos, batendo com a cabeça de encontro às paredes ou debruçarem-se, ansiosos, sobre os companheiros estendidos, sem movimento, junto das tigelas que tinham esvaziado. Alguns tombavam para sempre. Antef, fora de si, mandara chamar os sacerdotes; mas, quando chegaram, a toda pressa, puderam apenas constatar a morte de todos os infortunados que se haviam saciado com as provisões encontradas no palácio, e, entre eles, alguns soldados, que se tinham deixado tentar por uma ânfora de vinho, vinho também envenenado por Tadar, antes de sua retirada.

Mudos de horror, os sacerdotes moveram-se no meio daquela hecatombe inaudita, contemplando os homens, de todas as idades, as arrebatadoras moças estendidas em grupos, lembrando flores atingidas por uma foice. Todos haviam servido Horemseb, recreado seus olhos com as danças, encantado o ouvido com os cânticos — estavam mortos; todas essas bocas, fechadas para sempre, não mais poderiam acusá-lo ante os juízes terrestres; mas o número dessas novas vítimas causava estupor ao mais animoso.

Embora Horemseb ignorasse os derradeiros crimes cometidos pelo sábio, foi sobre sua cabeça que se acumulou a raiva excitada por essa atrocidade. Um clamor de reprovação e de repulsa se elevou em toda a Mênfis; o nome do nigromante, maldito e apupado, tornou-se sinônimo de crime; sua personalidade, agrandada pelo terror e pelas narrativas exageradas, alcançou dimensões de um ser fantástico e horrífico, que dava morte a todos que se lhe aproximassem.

O palácio foi fechado e voltou a ser inacessível, como havia sido no tempo do seu esplendor; seu acesso proibido, sob pena de morte; seu recinto guardado por sentinelas, qual fortaleza; nas salas, vazias e quietas, instalado Antef, com uma companhia de soldados e alguns oficiais subalternos.

Neith e seu acompanhante atingiram Sais sem empecilho, e foram recebidos de braços abertos pelo velho Grande Sacerdote, parente de Horemseb. O príncipe tivera o cuidado de não confiar ao venerável Ameni as verdadeiras causas da sua fuga de Mênfis, impingindo-lhe uma intriga de Corte, complicada com rivalidade de amor, o que lhe suscitara inimigos poderosos, obrigando-o, por prudência, a ocultar-se com a jovem que desejava desposar, até que o assunto ficasse resolvido; rogava a Ameni lhe conceder, por algum tempo, asilo e proteção.

O velho sacerdote, não tendo dúvida alguma quanto à veracidade dessa história, e após haver consagrado e legalizado em boa forma a união do príncipe e de Neith, escondeu o jovem casal em pequena casa que possuía, fora da cidade. Essa habitação, à qual se chegava por uma extensa aleia de plátanos e sicômoros, comunicava, pelas serventias, com vastos jardins, plantados de árvores frutíferas e de hortaliças, servidos por aleias umbrosas e comunicantes com campinas.

Temendo, apesar de tudo, ser localizado, Horemseb mantinha, noite e dia, um cavalo aparelhado, num pátio precedendo os jardins, para fuga, ao primeiro alarme. Propunha-se enviar Neith a Tebas, para defender sua causa ante Hatasu, e ela esperava, para tal, apenas a ocasião segura e cômoda que Ameni lhe havia prometido. Em caso de perigo, Horemseb contava refugiar-se no retiro inacessível de Spazar, e lá aguardar o indulto e reabilitação; fracassada esta, deixaria o Egito.

Neith estava informada de todos esses projetos, e o príncipe lhe confiara os detalhes circunstanciados, tanto com relação à furna onde vivia Spazar, quanto ao meio de penetrar no palácio de Mênfis, pela porta secreta do muro exterior; ela devia ter todas as facilidades de comunicar-se com ele, em qualquer imprevista eventualidade.

Certa tarde, três dias mais ou menos depois do casamento de Horemseb, um grupo de homens, composto de um sacerdote, um escriba real, um oficial e destacamento de soldados, veio bater à porta do templo de Neith; eram Roma, Keniamun e um funcionário do Departamento da Justiça que chegavam de Mênfis para prender o criminoso príncipe e solicitar a extradição à jurisdição do templo, se ali se houvesse refugiado.

— De que é acusado o príncipe? — indagou Ameni, quando os enviados chegaram à sua presença.

— Esta carta, que te envia o Grande Sacerdote Amenófis, dará todos os esclarecimentos necessários, venerável sacerdote — respondeu Roma, apresentando-lhe a missiva.

Apenas, porém, terminou de ler, tomado de horror, deixou-se cair numa cadeira.

— Deuses imortais! Que tecido de crimes me revela Amenófis! O culpado convenceu-me com mentiras, mas, vou indicar seu esconderijo, imediatamente, e vos fornecerei servidores do templo, para ensinar o caminho e auxiliar a prisão.

Embora acreditando-se em segurança, sob a proteção de Ameni, Neith e Horemseb permaneciam sombrios e entristecidos; desesperada raiva corroia o príncipe, e invencível pressentimento de próxima desgraça perseguia a jovem. Desde o amanhecer desse dia, principalmente, inquietude e angústia aumentavam, de hora em hora, e, cedendo a uma súplica, Horemseb subira com ela à soteia do prédio. Apoiando os braços na amurada, Neith avidamente sondava a planície circunvizinha. De repente, estremeceu e o olhar se concentrou em uma nuvem de poeira que se aproximava, e bem depressa percebeu dois carros ocupados por sacerdotes e oficiais e por um destacamento de soldados e servidores do templo.

— Olha! — gritou ela, pegando o braço do príncipe, que sonhava, de supercílios franzidos.

Endireitando-se, viu, juntamente com a jovem, a caravana deter-se na aleia dos sicômoros, dividir-se, combinada, distanciando-se alguns, no visível intuito de cercar a habitação.

— Devo fugir; é a mim que vêm prender! — murmurou Horemseb, com a lividez de um morto.

— Sim, sim; apressa-te. Eu ficarei aqui e irei defender tua causa em Tebas — respondeu Neith, arrastando-o, tremente.

Sem perda de um instante, o príncipe apanhou suas armas e envolveu-se em escuro manto; depois, atraindo a si a jovem mulher, lhe deu incendido beijo.

— Adeus, minha bem-amada; emudece, quanto ao passado; não esqueças que é teu esposo quem vais defender, e que a rainha do Egito é tua mãe. Se tiveres boa notícia a comunicar-me, na casa de Spazar ou no esconderijo de meu palácio tu me encontrarás. Mena servirá de teu mensageiro.

Neith retribuiu o abraço, com o corpo a fremir de paixão e de desespero; depois, afastando-o, exclamou:

— Foge! Cada minuto é precioso.

O príncipe lhe dirigiu derradeiro adeus com a mão, e precipitou-se para fora. Neith caiu, alquebrada, sobre uma cadeira; mas, violentos golpes na porta de entrada arrancaram-na da prostração, e, com instantânea energia, levantou-se, pegou uma machadinha deixada sobre a mesa, e saiu correndo. Continuavam os golpes na porta, com a intimativa:

— Em nome da Faraó e do Grande Sacerdote Ameni, abri, sob pena de morte!

Um escravo, a tremer, abriu os ferrolhos, e os soldados iam ingressar no interior da casa, quando, no estreito corredor de entrada, surgiu um vulto de mulher, vestindo de branco. Momentaneamente surpreendidos, os homens retrocederam, e Neith apareceu no limiar, brandindo a arma e gritando, em voz vibrante:

— Para trás! Aqui não se passa, e o primeiro que se aproximar, eu o matarei!

A jovem mulher estava soberba na sua desesperada exaltação: olhos fulgurantes, lábios frementes de orgulho e de virilidade, semelhava um gênio da guerra, aparição fantástica. Por momento, todos recuaram; mas, destacando-se dos companheiros, Roma avançou.

— Neith, torna a ti, desditosa criança!

Ao som daquela voz melodiosa, à vista daquele que tanto amara, Neith tremeu, como que despertando de uma embriaguez; os braços, erguidos, descaíram; a machadinha rolou ao chão, e, correndo para o Sacerdote, exclamou, com a voz embargada:

— Roma! Tu, aqui? — Oh! então tudo está bem.

— Sim, Neith, todos os teus sofrimentos findaram; estás liberta de Horemseb.

— Horemseb? Ele me é mais precioso do que a vida. Salva-o, Roma, se me amas! — implorou ela, de mãos postas.

O jovem recuou, como que picado por uma serpente.

— Salvar esse assassino infame? Nunca!

Vendo que a moça estava em mãos seguras, Keniamun, o escriba e os soldados invadiram a residência. Neith cobriu o rosto com as mãos, e chorou amargamente.

— Minha bem-amada — murmurou Roma, pegando as duas mãos de Neith — torna a ti, e compreende estares cega por um sortilégio que te faz amar esse homem abominável; Horemseb roubou-te o sossego, envenenou tua alma, enlodou teus olhos e teu corpo com um malefício que acorrenta os sentimentos. Essa paixão não emana de teu coração, porque é produto do veneno que excita teus sentidos e avilta a tua dignidade de mulher. Minha altiva Neith, torna a ti, desperta desse pernicioso sonho; restitui-me teu coração, a mim que te amo muito mais do que a mim mesmo. Podes tu preterir-me por esse assassino cheio de sangue humano?

Ela baixou a cabeça, aniquilada. Tudo quanto ouvira era verdade, ela o sabia, mas, aquele fogo, que queimava em seu peito, devorava ódio e desprezo, para só deixar de pé a paixão indomável.

— É feitiço ou amor que me devora? Não sei — ciciou ela, curvando a fronte. Mas, em qualquer caso, não existe mais salvação para mim, minha existência está destruída, meu coração, devastado, só tem lugar para sua imagem; não posso viver sem seu olhar de fogo, sem o amor entorpecente; dever e sentimento prendem-me a ele. Não sabes que sou sua mulher, desde há três dias?

Roma emitiu um grito.

— Tu te casaste com Horemseb? Ah! o infame coroou bem dignamente a criminosa carreira, ligando a inconsciente vítima ao seu futuro de vergonha.

Penoso silêncio fez-se; o moço sacerdote foi quem primeiro se dominou.

— Apesar de tudo, permanecerei teu amigo — disse, passando a mão pela fronte. Tem confiança em mim, e deixa-me acompanhar-te a Tebas, de acordo com a ordem da rainha. Não podes ficar aqui por mais tempo.

— Sim, sim, quero ir a Tebas, partamos! — respondeu Neith, com um clarão de esperança no olhar.

Roma compreendeu e se voltou, com amargo e irônico sorriso. Esperava ela salvar o criminoso? Sem responder, porém, envolveu-a com uma capa, conduziu-a a um dos carros, e rumou para o templo.

Horemseb conseguira fugir; a salvo da casa, parecia ter-se abismado no solo, e após muitas horas de galopes e de infrutíferas buscas, o escriba regressou ao templo com uma parte dos servidores. Keniamun, cheio de fúria, encarniçara-se na perseguição do fugitivo, do qual julgava ter descoberto a pista, não se sabendo, por isso, quando retornaria.

Roma decidira partir o mais depressa possível, e Neith, que julgava conquistar em Tebas a salvação do esposo, partilhava desse desejo. Assim, aos primeiros raios do nascente dia, o moço sacerdote instalou sua companheira de viagem em vasta barca, comodamente preparada, e, após haver dado ordem de içar velas, colocou-se no outro extremo da cabina. A jovem mulher deixara-se cair sobre a almofada de sua cadeira; sentia-se alquebrada; a excitação, as emoções dos recentes dias, somadas ao terrível veneno que Horemseb lhe propinara, faziam quase sucumbir seu delicado organismo, e somente à força de vontade ela dominava a debilidade que a invadia cada vez mais. Neith convencera-se de que só ela estava em condições de pleitear em favor de Horemseb, e, enquanto pudesse manter-se de pé, esperava salvá-lo. Desde que, morta ou enferma, desaparecesse do cenário de ação, voz alguma se levantaria em favor do homem que todo o Egito abominava, e que não soubera fazer um único amigo.

Bem quisera dormir e aumentar forças para a luta que a esperava, esquecer também a presença de Roma, cujo silêncio, olhar sombrio e entristecido estraçalhavam-lhe o coração. Voz íntima segredava-lhe que ele tinha direito de se ofender, que era bem superior ao homem impiedoso que havia desencadeado sobre ela tantas dores e tantos sofrimentos; mas, ante a paixão insensata que a devorava, todo outro sentimento cessava: a presença de Horemseb e o suave aroma exalado por ele faltavam-lhe, tal qual a água à planta, aquela atmosfera asfixiante se lhe tornara uma necessidade para a existência, e o ar fresco e vivificante do Nilo parecia-lhe acre e aniquilador.

Evitando o olhar de Roma, Neith recostou a cabeça e fechou as pálpebras, mas o sono lhe fugia. Maquinalmente, prestou ouvido ao barulho regular dos remos, ao da água fendida, e, ninada por esses ruídos monótonos, esqueceu onde estava, sua imaginação evocou imagens de um passado recente. Sentiu-se sob as sombras copadas do jardim misterioso: na relva iluminada pela Lua, viravolteavam, em danças fantásticas, moças vestidas de branco, e do fundo dos bosquetes subia um cântico bizarro, tão depressa vibrante e selvagem, no ritmo de elementos desencadeados, tão depressa doce, melancólico, agonizante, extinguindo-se qual um lamento do zéfiro. E esses sons, dissera-lhe Tadar, eram o reflexo das sensações da alma, sua respiração, de algum modo, na luta com a divindade. Uma borrasca irresistível e destruidora não intumesce o peito humano, quando, impotente e dolorido, em choque com o seu destino? Todo sentimento não se extingue, amortecido e embriagado, nos momentos de inefável ventura? Não passava ela própria por uma dessas horas terríveis, quando a alma luta contra o inevitável? Uma tempestade não estrondeava nela contra o destino que a constringia?

A voz ruidosa do piloto, comandando manobras náuticas, tirou-a bruscamente das quimeras; reabriu os olhos; danças, cânticos mágicos, o feiticeiro e seu palácio, tudo desaparecera; a realidade, o porvir, em toda a sua nudez, ressurgiram à memória, e, avassalada por súbito desespero, desatou a soluçar.

Raiva e ciúme apertaram o coração de Roma: ele estava presente, e ela não pedia consolação, nem mais lhe estendia as mãos. Coração e pensamentos pertenciam a um outro.

Neith chorou durante largo tempo, e, sucumbindo à fadiga e esgotada de lágrimas, terminou por adormecer, num sono pesado e febril. Somente então Roma se avizinhou, e, com olhar de mortal aflição, fixou o semblante desfeito e emagrecido da mulher amada.

— Neith! Neith! — murmurou ele — estarás em verdade perdida para mim por todo o sempre, joguete infortunado de impura mão que te roubou àqueles que te amam, para te destruir e acorrentar tua alma? Não; deve existir um meio de curar-te, de libertar-te do carrasco pelo qual queres interceder.

O jovem sacerdote estava devorado de cólera e amargura, pensando na ironia da sorte que arrastava aquela inocente vítima, cega por infame enfeitiçamento, a defender, com amor, o destruidor da sua própria vida.

A noite tombava, quando se aproximaram de Mênfis, onde Roma devia deter-se, para dar contas a Amenófis do resultado da viagem a Sais, e aguardar o dia para prosseguimento no rumo de Tebas.

Com a rapidez típica de tais regiões, a escuridão se fazia, afogando tudo em uma noite impenetrável. Inclinada sobre a borda da barca, Neith havia contemplado, com olhar velado, o quadro feérico do sol cadente; seus olhos e seu pensamento buscavam apenas uma coisa: o palácio misterioso que abrigara tantos sofrimentos e tantos crimes, a testemunha de tão revoltante violência feita ao fraco pelo forte. O farol aceso à proa da barca iluminava o rio que se estendia, e a essa luz a jovem mulher percebeu o muro imenso que cercava os jardins de Horemseb. Subitânea angústia comprimiu-lhe o coração; tomou-a invencível convicção de que seu amor seria impotente para defender o príncipe. O temerário não havia desafiado todas as leis, divinas e humanas? As maldições das vítimas haviam chegado aos imortais, e, abandonado às forças do mal, o culpado ia despenhar-se no abismo que ela tinha visto abrir-se aos pés dele.

Nesse momento, apareceu a escadaria das esfinges, iluminada por uma tocha: duas sentinelas vigilavam nos degraus... Mas, quem eram essas, como que sombras, voluteando entre os soldados, parecendo estenderem-se sobre a escada, ou, à semelhança de longos listrões, com reflexos sanguinolentos, ondulavam sobre as águas? Os olhos de Neith concentraram-se nessas estranhas aparições, mas, subitamente, o coração parou de bater; as negras nuvens tomaram formas, e ela reconheceu as mulheres horrendas, extravasantes de ódio, que havia visto, empurrando Horemseb para o abismo. Duas dentre elas pareciam nadar na direção da barca, e, erguendo fora da água o torso coberto de chagas, brandiam nas duas mãos, erguidas, tufos de flores vermelhas, gritando:

— Não esperes arrancar-nos o monstro cheio do nosso sangue, recreando-se com as nossas vidas; ele vai rolar no abismo, entregue, afinal, à nossa vingança!

Mortalmente pálida, Neith atirou-se para trás e soltou um grito de angústia, para depois cair sem sentidos entre os braços de Roma, que acorrera. Ele não vira coisa alguma, e atribuiu a penosa emoção à vista do palácio de Horemseb. Sombrio, sobrecenho franzido, prestou cuidados à desfalecida, que só voltou a si ao termo de algumas horas, e num tal estado de abatimento, que, na opinião dos médicos do templo, era indispensável observar uns dias de repouso, antes de prosseguir viagem para Tebas.

Cinco dias depois, mais ou menos, das ocorrências precedentes, depois do jantar, a barca do jovem sacerdote de Hator aproximava-se rapidamente de uma escada servindo para desembarque. Pálida e desfeita ainda, Neith estava de pé, procurando avistar Roant, a quem dera aviso por um mensageiro e devia vir buscá-la, pois era em casa da amiga que desejava alojar-se, aguardando os acontecimentos. O palácio vazio de Sargon causava-lhe medo, e, depois da visão noturna de Mênfis, ficara nervosa e impressionável. Quanto mais se aproximava da capital, mais diminuía a esperança de salvar Horemseb. Talvez Roant, a sempre risonha, a quem jamais faltava um recurso, pudesse dar-lhe um conselho.

Quando a barca atracou, Neith divisou, não sem surpresa, Chnumhotep, que descia lestamente, ajudou-a a saltar e a conduziu a uma liteira fechada, dizendo-lhe cordialmente:

— Graças sejam rendidas aos deuses que me permitem rever-te viva, pobre criança! Roant tem um pé machucado e não pôde vir, mas espera-te, impaciente.

Tendo instalado a jovem mulher, o chefe das guardas voltou-se para o cunhado, que o seguira silencioso, e, apertando-lhe a mão, disse:

— Felicito-te, por haveres triunfado em tua missão; vem no meu carro, e conversemos em caminho.

— Agradeço, mas devo deixar-te, entrego Neith em tuas mãos. Minha presença lhe é inútil; não posso remediar seu sofrimento; ela recusa todo tratamento; retorno, assim, a casa. Amanhã, irei abraçar Roant e as crianças.

Surpreendido com a amargura de tais palavras, Chnumhotep não fez objeção alguma, e olhou curiosamente Neith, que, olhos baixos, não parecia ouvir; e, após curtas saudações, separaram-se.

Roant recebeu a jovem amiga com alegria mesclada de dor. Notando-lhe a fisionomia de enferma, celebrou sua vinda com palavras entrecortadas, e, apertando-a de encontro ao coração, inundou-a de lágrimas e beijos. Neith retribuiu-lhe silenciosamente as carícias, com o corpo a tremer nervosamente. Assim, o chefe das guardas julgou oportuno pôr um termo à comoção recíproca.

— Tua recepção não fará muito bem a Neith; não vês que tem necessidade de repouso, de uma alimentação reconfortante, e não de pranto? — disse com a sua vivacidade franca.

A esposa voltou-se depressa, e respondeu, a sorrir:

— Tens razão; vou imediatamente levá-la ao aposento e acomodá-la para dormir, e depois conversaremos. Dá-me o braço, Neith, e vamos! porque ainda claudico um pouco com o pé.

Chegando à câmara que lhe era destinada, Neith foi recebida pela velha nutriz que, louca de alegria, rindo e chorando, de joelhos, apalpava, com ansiosa incredulidade, sua senhorazinha adorada, que, durante tanto tempo, chorava por morta. Profundamente emocionada, Neith enlaçou os braços em volta do pescoço da sua fiel guardiã, e, tal qual nos tempos da infância, encostou o rosto, inundado de lágrimas, de encontro à cabeça encarapinhada da preta.

— Calma-te, minha velha, e ajuda a deitar tua senhora, que necessita de repouso — disse Roant.

A nutriz levantou-se e, celeremente, despiram e deitaram Neith, que, exausta e apática, tudo deixou fazer silenciosa. A rogos da amiga, bebeu um pouco de vinho e serviu-se, com esforço, de um pedaço de ave assada, fria, mas Roant sentiu o coração contraído de consternação, ao constatar as devastações que o sofrimento e a doença haviam produzido em toda a pessoa de Neith. Tendo despedido todos, Roant inclinou-se para a jovem, abraçou-a e disse com ternura:

— Minha pobre amiga, estamos a sós, e espero que, tal qual outrora, me desvendes tua alma. Vejo que muito sofreste, mas, eis que estás liberta, e, com a liberdade, saúde e alegria voltarão. Se agora algo oprime especialmente teu coração, confia-me esse particular, e tudo envidarei para te ajudar.

— Agradecida, Roant; sei que me compreendes, e não me condenarás, como o fez Roma, que se afastou de mim, colérico — murmurou Neith. — Em verdade, estou livre, mas o futuro não me deixa esperança alguma.

— Compreendo; amas Horemseb, apesar de todas as acusações — respondeu Roant, hesitante. Mas, reflete, minha querida, que esse fatal amor é um produto do terrível feitiço, com o qual destruiu muitas mulheres!

— De que feitiçaria falas tu? — perguntou Neith, admirada. — Sei que se atribui injustamente a Horemseb toda sorte de crimes: acusam-no também de usar feitiços para fazer-se amar?

— E sem dúvida alguma. Todo o mundo sabe agora que ele possui um veneno, desconhecido, porém terrível; esse veneno, que exala delicioso aroma, ele o derrama sobre rosas vermelhas, que envia às mulheres nas quais pretende despertar insensata paixão. Tu mesma, delas recebeste, porque, no dia imediato ao da tua desaparição, encontrou-se uma flor envenenada presa ao véu que perdeste na escada. Algumas vezes, ao que se diz, ele faz também beber do veneno.

— Existem provas palpáveis do feitiço? — indagou Neith, em voz sumida.

— Tenho certeza. Em Tebas mesmo foi descoberta toda uma série de delitos e de flores enfeitiçadas.

Com um rouco suspiro, Neith cobriu o rosto com as duas mãos. Não podia duvidar; recordava-se das rosas que ele lhe dava, cada vez que ela ousava uma veleidade de resistência. Antes da partida para Sais, não lhe havia ele feito beber um vinho estranhamente picante? E, após havê-lo ingerido, não havia aumentado a paixão insana? Oh! covarde aquele que se furta ao amor e impõe amor! Entretanto, malgrado o desprezo e o tormento que lhe torturavam a alma, sentia-se presa a ele, e as palavras de Horemseb retiniam-lhe no ouvido:

— Ser-me-ás fiel, a despeito de tudo que te digam? Não revelarás nada do quanto viste?

Movida por instantânea resolução, levantou a cabeça.

— Feitiço ou amor, estou acorrentada a ele; não me desprezes tal qual mereço, Roant, por amar um homem que me aniquilou frivolamente, sem me amar, e para quem fui apenas um brinquedo nos dias de sua opulência e esposa na hora da sua ruína.

Roant recuou, com um grito.

— Tu és sua esposa? É impossível; há somente quinze dias que Sargon morreu!

— Alguns dias depois de recebida essa notícia, o Grande Sacerdote do templo de Neith, em Sais, casou-nos, em boa forma, e será o perdão de meu esposo que implorarei de Hatasu.

Com um gesto de afetuosa compaixão, Roant atraiu-a a si.

— Então, minha pobre querida, arma-te de coragem. Devo prevenir-te de que toda a esperança está perdida. Os crimes de que acusam Horemseb são de tal modo enormes, que os sacerdotes, e assim a lei, têm de puni-lo impiedosamente, e, ainda que o pretenda, a rainha não pode opor-se à justa satisfação reclamada pelo povo contra o sacrílego homem que zombou de todo sentimento humano.

Neith baixou a cabeça, com prostração.

— Não importa! Devo tentar comover a rainha e os sacerdotes; talvez o sacrifício de tudo quanto possuo consiga abrandá-los.

Roant não quis insistir, compreendendo que quaisquer palavras redundariam em pura perda.

— Sim! Esperamos que sejas bem sucedida! E agora trata de dormir; necessitas de todas as tuas forças para o dia de amanhã.

Totalmente exausta, a jovem mulher deitou-se e fechou os olhos. Roant agasalhou-a cuidadosamente, e só se retirou quando a viu entregue a profundo sono.

Quando Neith despertou, no dia seguinte, sentiu-se mais forte. Levantou-se, ajudada pela nutriz, e apenas terminava de vestir-se, quando Roant veio avisá-la da presença de Semnut, trazendo ordem para conduzi-la, sem demora, à presença da rainha. Neith pegou um véu, na intenção de sair, mas, mudando de ideia, disse, subitamente:

— Querida Roant, roga a Semnut vir falar-me, pois desejo consultá-lo, sem testemunhas.

— Então, vem para este gabinete contíguo, onde estarás a coberto de qualquer curioso. Vou transmitir teu pedido a ele.

Trêmula de emoção, Neith arrimou-se a um móvel, com o coração batendo a termo de romper-se, quando, pouco depois, o reposteiro foi erguido, e o poderoso conselheiro de Hatasu encaminhou-se para ela, saudando-a, com benevolência.

— Benditos sejam os deuses que me concedem rever-te viva, nobre Neith — disse, apertando afetuosamente as duas mãos que ela lhe estendera.

— Semnut, em memória da amizade que sempre me testemunhaste; tu, que tantas vezes me carregaste em teus braços, quando eu era pequenina, não recuses ouvir-me e aconselhar-me. Minha alma está cheia de temor e de desespero.

— Tu o sabes; mas, sossega e fala, nobre Neith; minha amizade e minha ajuda te estão asseguradas.

Fê-la sentar-se, sentando-se ele também; mas, notando molesta a hesitação da sua interlocutora, disse, gravemente:

— Calculo, em parte, do que me vais falar. Esta manhã, Roma esteve em minha casa, e me fez ciente de que o maldito, cujos crimes afinal cansaram os deuses, ousou fazer de ti sua esposa.

— Oh! Semnut, não fales assim tão cruelmente — exclamou ela, unindo as mãos; não é tão culpado quanto julgas, e se trata de meu marido. Ajuda-me a obter o perdão para Horemseb; tu tens tanto poder junto da rainha!

O sobrecenho de Semnut franziu.

— Estás sonhando! Seria mais fácil deslocar a pirâmide do rei Queops[26] do que subtrair a uma justa expiação semelhante criminoso. Só o feitiço que te acorrenta a ele e obscurece o teu senso desculpa tal pedido.

Ardente rubor invadiu bruscamente as faces de Neith, cujos olhos fuzilaram.

— Tu também, tu condenas Horemseb? Pois bem: é preciso arriscar meu derradeiro recurso, porque a sua vida é a minha; implorarei a *minha mãe*, pois ela não quererá matar-me, com o mesmo golpe que o matar.

Semnut ergueu-se, empalidecendo.

— Desgraçada criança, que dizes tu, e quem te insinuou semelhante pensamento?

— Quem mo disse não importa: sei que Naromath era meu pai, que Hatasu amou, tal qual eu amo Horemseb, e *ela* me compreenderá.

Semnut pegou um braço de Neith, e, vergando-se para ela, sussurrou, severamente:

— Guarda-te de tocar imprudentemente nesse perigoso mistério, que só um infame te teria desvendado. Os reis não gostam que se fale daquelas coisas que preferem silenciar, e tu podias acarretar prejuízo, em vez de ajuda, àquele a quem desejas salvar! Não te esqueças, além disso, de que teu casamento com Horemseb pode ser declarado nulo: os sacerdotes decidirão se um matrimônio com tal sacrílego, e ainda quando o corpo de Sargon não foi sepultado, pode ter validade. Sê prudente, pois. E, agora, vamos; a rainha nos espera.

Vacilante e desfeita, Neith seguiu-o. Deixou-se instalar na liteira, silenciosamente, e durante o trajeto nenhuma palavra foi pronunciada.

A rainha estava no pequeno gabinete particular, já descrito quando da entrevista de despedida de Tutmés, e estudava atentamente o plano de uma casa de campo que se propunha construir. Ao ouvir os passos de Semnut, que acabava de chegar, com a sua acompanhante, Hatasu ergueu a cabeça, e, reconhecendo Neith, que, pálida e trêmula, permanecia de pé perto da entrada, estendeu-lhe as duas mãos.

— Minha filha querida, aproxima-te; deixa-me abraçar-te, tu, que chorei por morta.

Neith correu para ela, e, caindo de joelhos, enlaçou os da rainha, murmurando, com a voz estrangulada pelos soluços:

— Perdão! Perdão!

---

[26] Nota do tradutor: Pirâmide do rei Kheops (Queops): Este soberano teria arruinado o Egito durante meio século, fazendo construir a grande Pirâmide, famosa pelos requintes que lhe são característicos e que, para os nossos tempos, parecem exagerados e até incríveis. Na obra trabalhavam milhares de homens, revezáveis trimestralmente, durante 4 lustros; a pedra era cortada no monte da Arábia e transportada, inclusive em travessia de rio, pelos caminhos especialmente abertos para esse fim (e que exigiram um decênio para sua conclusão); a pedra menor era de cerca de 10 metros (30 pés). A obra, não destruída pelo tempo, consumiu quantias fabulosas, inclusive para sustento e vestimenta dos trabalhadores forçados (Heródoto. *Los Nueve libros de la história*. v. 2. Buenos Aires: Ed. J. Gil, 1948. p. 124 a 127).

Hatasu abraçou-a e lhe beijou a descorada boca. Mas, talvez pelas muitas emoções demasiado fortes para o enfraquecido organismo de Neith, subitamente descaiu e deslizou sem sentidos no pavimento. Semnut precipitou-se para ela e, erguendo-a, a colocou sobre um leito de repouso.

— Quão mudada está a desgraçada criança! O que fez dela aquele miserável, em poucos meses! — murmurou a rainha, com os olhos úmidos. — Mas, de que perdão falou ela?

— Do de Horemseb, que espera obter de ti, Faraó. E sou obrigado a fazer uma revelação, ó rainha! Neith foi informada do segredo do seu nascimento, que, sem dúvida, o criminoso revelou-lhe, pois só ele o podia ter conhecido, por intermédio do hiteno que vivia em sua casa, e que decerto tinha relações com homens do seu povo.

Fugitivo rubor passou pelo móbil rosto da rainha, e os supercílios franziram.

— Compreendo agora com que intuito ele se uniu a esta pobre criança. Apenas, ele se engana (e a voz vibrou duramente); não fugirá à punição merecida, e nós a curaremos. Agora, Semnut, manda ao templo de Amon chamar os mais peritos médicos, e dizer a Rameri que venha imediatamente ver a doente.

O velho esculápio chamado pela rainha não tardou em vir, e graças a seus cuidados Neith bem depressa reabriu os olhos, em plena consciência, mas em tal estado de debilidade que Rameri aconselhou não lhe falar. Sem demora, os sacerdotes de Amon chamados reuniram-se no gabinete de trabalho de Hatasu, depois de haverem examinado Neith.

— E então? Qual o vosso parecer, veneráveis sacerdotes? Posso esperar que cureis esta criança? — perguntou a rainha. — As rosas envenenadas que se encontram em vossas mãos vos revelaram o segredo do feitiço que se liga a esse veneno?

— Potente filha de *Ra*, seria necessário muito tempo para aprofundar todas as qualidades desse nefasto suco — respondeu gravemente um velho sacerdote, de aspecto venerável. — Entretanto, podemos dizer-te que se a nobre Neith olfatou apenas o deletério aroma, poderemos restabelecê-la totalmente do cego amor que, sem dúvida, tem por Horemseb; mas, se ele a fez beber o suco envenenado, será mais difícil, porque, em tal hipótese, seria necessário dar-lhe o contraveneno, que é o suco da planta gêmea, e nós não o possuímos. Em todo o caso, nós te rogamos levar a jovem para o templo, onde ficará alguns dias. É necessário purificá-la e estudar o seu estado para lhe dar alívio.

A rainha achou razoável esse alvitre e aquiesceu imediatamente. Neith ficou indiferente a tudo, e, algumas horas mais tarde, estava instalada em uma das construções dependentes do templo de Amon, para ser ali purificada, antes de penetrar no santo lugar.

Sob a direção de um velho sacerdote centenário, célebre pelos conhecimentos de Medicina, foi ela submetida a sério tratamento: remédios internos, abluções, fumigações deviam purificar-lhe o corpo dos miasmas deletérios, da sobrecarga de aromas sufocantes que nele se acumulara. Por vezes, um dos padres impunha-lhe as mãos sobre a cabeça, pronunciando invocações aos deuses, e então ela mergulhava em profundo sono, que se prolongava por muitas horas, parecendo morta, e do qual despertava mais forte e mais calma. Após oito dias desse tratamento, Neith pareceu restabelecida exteriormente; belas cores, mais vigorosa, readquirira a calma exterior; mas, a alma continuava enferma, tanto quanto anteriormente, algo queimava no imo, e cada fibra de seu ser chamava por Horemseb.

Os sacerdotes de Tebas desconheciam o veneno que a devorava, e não podiam, consequentemente, administrar-lhe o antídoto; contudo, declararam-na restabelecida, e foi autorizada a regressar a domicílio, após uma derradeira e solene purificação. No dia da cerimônia, Neith foi conduzida, pelas virgens consagradas do templo, ao sacro lago, e, depois de sete vezes imersa na água santa, as donzelas vestiram-na de roupas novas, de espelhante alvura, ornaram-na de joias, e, por entre cânticos e danças simbólicos, conduziram-na à entrada do templo, onde foi recebida pelo Grande Sacerdote, que, após havê-la benzido e posto ao seu pescoço amuletos consagrados, e seguido dos mais veneráveis sacerdotes, introduziu-a no lugar santo, onde ela sacrificou aos deuses e rezou fervorosa, orou (ai! dela!) pelo seu perseguidor, implorando aos imortais subtraí-lo à sorte que o esperava.

Terminada a cerimônia, subiu para a liteira, ornada de flores, e, seguida pela família de Pair, de Chnumhotep e esposa, e ainda de numerosos amigos e dignitários da Corte, que se haviam reunido no templo, rumou para o palácio de Sargon, onde uma refeição estava preparada. Todavia, tudo foi simples e teve o aspecto de reunião íntima, pois a morte recente do príncipe hiteno, ainda insepulto, impunha à viúva, a despeito do estranho casamento posterior, a maior reserva. Em todo o percurso do cortejo, havia gente em multidão, curiosa de ver a jovem egípcia miraculosamente ressuscitada, e cuja estranha sorte e misteriosas aventuras haviam tomado proporções de lenda.

À noite dessa mesma data, Neith foi ao palácio real, para audiência a que fora chamada por Hatasu. Introduziram-na no gabinete, e, vendo-se a sós com a soberana, atirou-se-lhe aos pés, fundida em pranto. Hatasu atraiu-a a ela e lhe deu um beijo nos trêmulos lábios.

— Filha querida, enfim, não existe mais mistério entre nós; sabes que o amor de tua mãe vela por ti. Oh! por que não te disse há mais tempo a verdade! Muitas infelicidades, sem dúvida, teriam sido evitadas.

— Mãe, salva-o! — implorou, com indescritível consternação.

— Minha pobre filha, não estás curada, e ainda sonhas com o impossível? — disse a rainha, com tristeza. — Compreende, Neith, eu não poderia salvá-lo, mesmo que tivesse tal intenção.

— Teu poderio é tão grande!

— Sim, mas, por grande que seja, meu poderio, e assim minha vontade, esbarra ante as leis, que sou chamada a sustentar, e não a afrontar. Esse homem, que calcou aos pés todas as prescrições divinas e sociais, pertence à Justiça do Reino e ao julgamento dos sacerdotes: nisso reside a barreira onde o meu poder termina. O povo clama e pede vindita para o sangue de suas filhas. Quantas infortunadas pereceram, sem sequer ter sepultura! Horemseb destruiu-lhes os corpos e arruinou as almas. Por semelhantes delitos, as famílias ultrajadas têm direito a uma reparação meridiana.

— Não há, pois, salvação para ele? — murmurou ela, desatando em soluços.

— Salvação terrestre, não. Mas, esse homem ímpio e criminoso merece verdadeiramente tantas lamentações? Levanta a cabeça, Neith, e dize-me, com franqueza: acreditas no amor de Horemseb por ti?

Neith curvou silenciosamente a fronte. Não, ela sabia não ser amada por ele, e que não passava de um instrumento de salvação.

— Tua muda resposta é bastante eloquente — disse, grave, a rainha. — Esclarecido este último ponto, faço um apelo à tua dignidade de mulher: lembra-te do soberbo sangue que corre em tuas veias; revigora tua vontade, e expele o feitiço impuro que te cega. Com o esquecimento, a felicidade virá.

9
Hartatef

Em consequência desta conversação com a rainha, profundo desânimo apoderara-se de Neith, e Hatasu, receando que a tristeza da filha e o isolamento a que se condenara no seu palácio reagissem fatalmente sobre a saúde, designou-lhe, na residência real, um apartamento, no qual Neith devia passar grande parte do seu tempo, quer ao serviço da soberana, quer recebendo as numerosas visitantes, que a curiosidade e a bajulação faziam acorrer para ela.

A amizade de Roant continuava sendo constante esteio. A jovial e ditosa mulher sabia, melhor do que ninguém, distrair a amiga, transmitindo-lhe fielmente todos os constas referentes a Horemseb, que circulavam na capital, e isso, apesar da proibição do marido e de Semnut; Roant, tagarela e romanesca, não podia privar Neith das novidades cujo interesse para esta ela compreendia, e, também, em verdade, a sorte do formoso Horemseb inspirava-lhe curiosidade e compaixão. Por esse veículo, Neith soube dos detalhes da visita dos sacerdotes ao palácio de Mênfis, e bem assim que os assassínios, em massa, dos infelizes servos do príncipe, haviam exasperado todo o Egito.

Malgrado a abominação que esses novos crimes despertaram, Neith continuava escrava da sua paixão, e o pensamento da espantosa sorte que aguardava Horemseb causava-lhe estremecimentos. Com o coração batendo fortemente, ela esperava, de hora em hora, a notícia da prisão; mas, o tempo decorria... E já se passara um mês desde sua chegada a Tebas, e o príncipe continuava desaparecido. Teria ele conseguido deixar o território do Egito, ou perecer em algum esconderijo? Em vão tentou adivinhar.

Certa manhã, Roant, que viera passar junto dela alguns minutos, contou que Hartatef chegara de Mênfis, trazendo com ele Ísis, agora em convalescença, e a quem se pretendia submeter a interrogatório, por ser uma das principais testemunhas contra Horemseb. Hartatef, que mostrava o maior interesse pela sua protegida, havia instalado Ísis em sua própria residência, cercando-a de cuidados e conforto.

Após a partida da amiga, Neith entregou-se a pensamentos agitadíssimos, sentindo quase ódio contra a pobre Ísis, que traíra o príncipe e não deixaria de narrar, com vigorosas minúcias, todos os mistérios da vida fantástica que o bruxo tinha tanto interesse em esconder. Recordou o interrogatório a que ela mesma fora submetida; mas, ficara — impenetrável — e, a todas as perguntas de Ranseneb e do funcionário encarregado da instrução do inquérito, limitara-se a responder que tudo ignorava e que não vira coisa alguma, porque habitara sempre um apartamento isolado, do qual se afastava apenas para as refeições com o príncipe, ou para passear nos jardins, sempre desertos nessas ocasiões. De Ísis, o pensamento passou para Hartatef, revivendo na imaginação a imagem quase apagada do antigo noivo.

Que sentimento o levava a proteger Ísis? Seria ainda ressentimento, desejando vingar o desdenhado amor, com o aniquilamento do rival preferido?

A chegada da nutriz veio interromper as reflexões. A boa velha anunciou que um homem, dizendo-se enviado de Mena, pedia ser recebido imediatamente para transmitir mensagem direta a ela e da mais grave importância. Surpreendida e intrigada, ordenou o imediato ingresso do mensageiro, e sem demora a nutriz guiou um homem, obeso, pele negra, provido de enorme cabeleira, e vestido com roupas de servo de casa rica.

Ficando a sós, o enviado tirou do cinto pequeno rolo de papiro e o estendeu, dizendo, baixinho:

— Da parte do nobre Hartatef.

Neith desenrolou vivamente o escrito e leu, com estupefação:

"Tenho notícias daquele em quem pensas dia e noite, e a esse respeito quero dizer-te coisas tão graves, que uma entrevista secreta parece-me indispensável. Não desconfies: juro pelos 42 juizes de Amenti que venho na qualidade de amigo leal. Marca-me hora e ponto do encontro; não recuses, pois tu o lamentarias amargamente. O portador é pessoa de confiança; destrói este recado, imediatamente."

Não havia assinatura, mas o mensageiro declinara o nome do autor da estranha missiva; mil pensamentos contraditórios esbarravam-se no espírito de Neith: que lhe queria Hartatef? Que sabia ele do príncipe? (pois a alusão a Horemseb era iludível.) O ardente desejo de receber notícias do fugitivo calou todos os escrúpulos de Neith. Demais, que recear? Era livre em suas ações, e conhecia bastante Hartatef para estar segura de que nenhuma insolência de sua parte havia a temer. Sob o impulso de tais sentimentos, pegou em tabuinhas e escreveu:

"Ao pôr do sol, estarei no jardim, junto do pequeno pavilhão que abre para o rio. A porta ficará aberta."

Não assinou, igualmente. Fechando o recado, estendeu as tabuinhas ao mensageiro, que, saudando humildemente, se retirou.

O dia pareceu interminável. Que lhe iria dizer Hartatef? Que fim visava ele, trazendo-lhe novas do fugitivo, cuja cabeça estava a prêmio? Com estranho sentimento, pensou no tempo em que Pair a fizera, a contragosto dela, noiva desse homem tenaz e apaixonado... Então, ela supunha amar Keniamun, e mais tarde Roma havia dominado seu coração, e depois a imagem de Roma sumira, a seu turno, ante a paixão desenfreada que a chumbara a Horemseb, amor que lhe devorava o coração e o corpo, porém a razão e o orgulho condenavam. Esse sentimento onipotente parecia haver empanado todos os outros, destruído sua faculdade de sentir; todo o passado dir-se-ia embaciado, longínquo; o pouco tempo decorrido semelhava uma longa existência de lutas e de sofrimentos, na qual tinham soçobrado sua felicidade e seu repouso. Outrora, detestara Hartatef; agora, só lhe inspirava indiferença.

Quando, enfim, o Sol começou a descambar no horizonte, Neith, seguida por sua fiel nutriz, desceu ao jardim. Chegada ao pequeno pavilhão, onde se dera o nefasto encontro com Roma, no dia do casamento com Sargon, abriu a porta que dava para o rio, e sentou-se num banco pouco distante da entrada, ordenando a Beki ficasse na aleia contígua, ao alcance da sua voz.

Não esperou muito tempo. Escassos minutos haviam-se escoado depois que sentara no banco, quando a elevada estatura de Hartatef surgiu na porta. Envolvia-se num manto escuro, e um "claft" raiado, de grosseiro estofo, lhe dava aparência de homem do povo.

A dois passos de Neith, parou, saudando-a respeitoso, e apenas o olhar rutilante com que a envolveu mostrou que o seu irredutível amor não se extinguira. A jovem mulher, absorvida pela preocupação exclusiva, não reparou em nada.

— Sê bem-vindo, Hartatef, e explica-me, sem demora, o sentido do teu misterioso recado — disse, indicando, com impaciente gesto, lugar a seu lado.

O recém-chegado sentou-se, e disse, sem preâmbulos:

— Conheço o refúgio de Horemseb, mas, nele não poderá permanecer por muito tempo. De ti depende que eu o denuncie e o deixe perecer, ou que eu o salve. Não julgues que te venho iludir — acrescentou, surpreendendo no semblante descorado de Neith uma expressão de sombria desconfiança. — Está oculto nas proximidades de Mênfis, na antiga necrópole, em uma velha tumba violada onde vivia famoso feiticeiro, que desapareceu logo após as pesquisas no palácio. Suponho que esse homem era um hiteno e tinha relações com o criminoso sábio que perdeu Horemseb, porque também ele sumiu, sem deixar rasto. Não te descreverei a custo de que trabalhos encontrei a pista do príncipe: em resumo, sei que se esconde na necrópole, onde o reconheci, quando sai, à noite, para respirar ar puro; mas, é claro que, com o tempo, morrerá de fome, ou será apanhado, se abandonar o refúgio. Posso salvá-lo, e o farei por devotamento a ti... se me deres a recompensa que desejo.

Neith escutara, ofegante. Não mais duvidava.

— Tu, Hartatef, tu, consentirias em salvá-lo? De que modo, e a que preço?

— O meio é simples: irei buscá-lo, à noite, e, explicando que sou amigo, fá-lo-ei meter-se numa caixa de múmia, com perfurações para que respire à vontade. Sem despertar suspeitas, aos olhos de todos, conduzi-lo-ei a qualquer cidade do delta, onde poderá juntar-se a uma caravana, rumo de Babilônia ou de Tiro. Quanto à recompensa (inclinou-se e fogoso olhar mergulhou nos perturbados olhos de Neith), és tu mesma, porque jamais cessei de te amar. Teu casamento com Horemseb será anulado, em qualquer hipótese; Sargon morreu; nada pode impedir me desposes, escoado o intervalo do luto. Promete-me seres minha mulher, e salvarei aquele a quem amas!

— Tu ainda queres desposar-me, apesar do ardente amor que tenho por Horemseb? — balbuciou Neith.

— Tu nunca me amaste, e Horemseb estará longe — respondeu Hartatef, com amargura. — Ninguém, tanto quanto eu, te será fiel: serei um esposo indulgente e terno, contentando-me com a posse da tua pessoa, sem exigir o teu amor, até que teu coração, curado, mo dê, voluntariamente. A convicção de haver salvo o homem teu amado, restituir-te-á a calma. Deixa-me amar-te; meu devotamento vencerá tua aversão, e nos dará felicidade.

— Oh! não é ventura o que eu dou aos que me amam, e sim desgraça e morte. No entanto, se desejas ligar meu nefasto destino à tua vida, que seja segundo a tua vontade; salva Horemseb, e serei tua mulher. Eis minha mão, em penhor da minha palavra. Apenas, concede-me vê-lo, uma derradeira vez, antes que deixe o Egito para sempre.

— Combinado! Não hesitaria em te conceder este encontro derradeiro; mas, avalia, tu mesma, se tal é possível: não podes sair de Tebas, e trazer aqui o fugitivo é um risco quase mortal. Se queremos subtraí-lo a uma sorte espantosa (ele será torturado e murado vivo, se o apanham), ele deve...

— Murado vivo! Sim, sim, Hartatef, faz com que saia do Egito o mais rápido possível; não quero mais vê-lo, contanto que se salve. Mas, conseguirás isso sozinho? E de que viverá o mal-aventurado?

— Tranquiliza-te; serei acompanhado de alguns homens de confiança, e munirei Horemseb de uma soma, que combinaremos, e, em Tiro ou em Babilônia, encontrará o apoio dos sacerdotes de Moloc. Trarei uma declaração dele, que te provará haver eu cumprido a minha palavra.

— Eu te agradeço, Hartatef, e renovo minha promessa de ser tua, ou de nenhum outro. Agora, deixa-me dar-te alguns esclarecimentos que te poderão ser úteis na tua difícil tentativa.

Rapidamente, transmitiu as particularidades que lhe comunicara o príncipe, sobre a porta secreta do muro, os esconderijos do jardim e sobre o meio de se comunicar com ele, e ainda indicações topográficas que permitiam orientar-se no palácio e nos jardins. Tudo tratado, minuciosamente, Hartatef ergueu-se.

— Devo partir, porque cada hora é preciosa. Adeus, pois, Neith! Arrisco a minha cabeça para te conquistar, porque vales para mim muito mais do que a vida. Possam os deuses conceder-me rever-te ditosamente!

Atraiu-a, brusco, deu-lhe um beijo, e precipitou-se para fora. Na porta, parou e fez um aceno com a mão.

— Até breve, minha noiva!

Dividida entre o temor, a esperança e um tristonho abatimento, Neith voltou ao aposento e deitou-se, proibindo a presença de quem quer que fosse.

De acordo com o que Roant narrara à amiga, Ísis retornara a Tebas, sob a proteção de Hartatef, e os sacerdotes haviam-no autorizado a conservar em sua residência a órfã que salvara de morte inevitável. A convalescente fora instalada em pequeno apartamento, comunicando com um jardim bastante vasto, e velha governante estava incumbida de assisti-la.

Tendo tomado conhecimento dessa combinação, Hanofer, cheia de desconfiança e ciúme, viera oferecer seus serviços, que a jovem egípcia aceitou, sob a influência do estranho poder que a megera exercia sobre Hartatef. Ísis estava muito diferente, embora em convalescença plena; a palidez e o enfraquecimento eram extremos, e os cabelos renascentes, que cobriam a cabeça raspada, davam-lhe a aparência de rapaz. O rumor da chegada da corajosa moça, que arriscara a vida para vingar a irmã e desmascarar os crimes de Horemseb, espalhara-se rapidamente na cidade, e, durante todo o dia, senhoras de hierarquia social, Roant inclusive, iam visitá-la e expressar o seu interesse, interrogando-a curiosamente sobre a sua estada em casa do nigromante.

Nessa tarde, Ranseneb e Roma visitaram-na também e examinaram o estado do ferimento, fazendo algumas interrogações e assegurando à jovem que seu estado não oferecia mais perigo algum, e que só seria inquirida quando se achasse suficientemente descansada e fortalecida.

Depois da retirada dos padres, Ísis afinal ficou a sós. Hanofer também se eclipsara, a pretexto de indispensável caminhada, mas, em realidade, para imiscuir-se nas dependências, onde papagueava e perguntava as serviçais, intrometia-se nos serviços e dispunha sem cerimônia das provisões e outras coisas de Hartatef.

Sem embargo da fadiga extrema, Ísis ia ao jardim. Tinha necessidade de solitude, e temia o regresso da enfermeira, cujo falatório e brutal curiosidade repugnavam-lhe. Chegada a um bosquete cerrado, ao centro do qual havia um banco, sentou-se cansada, e, encostando-se ao tronco de uma acácia, abandonou-se a vagas quimeras. O rumor de dois homens, que, caminhando, falavam a meia-voz, arrancou Ísis do seu langor contemplativo. Prestou atenção, e reconheceu Hartatef e Smenkara, que pareciam passear, margeando o bosquete, indo e vindo regularmente. Súbito, estremeceu e, inclinando-se, ávida, procurou entender as palavras da conversação. E quanto mais escutava, mais a agitação crescia; a raiva e o pasmo alternavam-se na expressão do seu lívido rosto, e, quando enfim os passos dos dois interlocutores se perderam distanciados, Ísis retomou, quase a correr, o caminho do seu aposento. O escuro e a emoção fizeram-lhe errar o rumo e somente quando a luz da Lua lhe permitiu orientar-se conseguiu chegar; mas, o esgotamento e a superexcitação fizeram-na perder os sentidos. Ao tornar a si, a noite avançara, e Hanofer, que lhe prestava cuidados, indagou curiosa sobre o que havia acontecido.

— Ah! — murmurou Ísis em desfalecido tom — querem libertar Horemseb, e, se fugir à punição merecida, o miserável achará meio de voltar aqui e se vingar de todos.

— Tu deliras, minha filha. Quem iria livrar um ímpio, cuja cabeça vale cinco talentos de prata.[27] Se se soubesse onde o encontrar, pegá-lo-iam, seguramente, mas não para lhe dar fuga.

Ísis soergueu-se: ódio e sede de vingança sufocavam-na, quase a ponto de esquecer a repulsa por Hanofer.

— É teu marido e Hartatef que querem ajudá-lo a fugir para Babilônia, escondido numa caixa de múmia. Estão combinados com uma certa mulher que desposará Hartatef, em recompensa do serviço.

O bronzeado rosto da megera enrubesceu instantaneamente, e, sobrecenho franzido, dobrou-se para Ísis, e obteve desta a repetição, palavra por palavra, do quanto conseguira apanhar da combinação.

— Não pude ouvir tudo, porque se afastavam, indo e vindo de um a outro extremo da aleia, mas o principal é perfeitamente certo.

— Não duvido; esse asno de Hartatef é incorrigível — falou Hanofer, numa risada roufenha. — Quanto ao velho crocodilo Smenkara, não pode viver sem embrulhadas; mas, tranquiliza-te, Ísis, e deixa-me o cuidado de fazer falhar essa coisa, que desaprovo e que acarretará ao meu digno esposo bofetões como nunca apanhou

---

27 Nota do tradutor: Valendo cada um 1/10 do de ouro, corresponde ao total de 600 cruzeiros. [Moeda vigente na época dessa tradução].

iguais. Se os dois imbecis ainda não partiram, segundo pensas, também não se moverão de Tebas. Caso contrário, inútil será a viagem a Mênfis.

Curta indagação convenceu Hanofer de que os dois homens haviam partido num barco previamente preparado. Transbordando de ira, meditou o meio mais seguro de impedir a execução do projeto, e apenas os primeiros albores da alvorada apareceram no horizonte, rumou para o templo de Hator, e pediu para falar a Roma. Com um bem natural espanto, o jovem sacerdote escutou a estranha denúncia, a qual, malgrado das lacunas, lhe foi tão compreensível quanto para Hanofer. Recomendando-lhe absoluto silêncio, ele a despediu, e, sem perda de um instante, dirigiu-se ao templo de Amon e informou ao Grande Sacerdote o que se passava. Foram dadas ordens imediatas, e, duas horas mais tarde, um correio partia para Mênfis, munido de uma carta para Amenófis, com instruções para impedir a evasão com o menor escândalo possível, caso não se conseguisse abortar previamente a tentativa. Hartatef era considerado possesso, cujo cego amor obscurecia-lhe a razão, e que mais valia salvá-lo do que destruí-lo.

Penosamente agitado, Roma regressou a casa. O pensamento de que Neith havia consentido em entregar-se a Hartatef para salvar o miserável que a enfeitiçara, desencadeava nele uma tormenta; nenhuma tortura lhe parecia suficiente para satisfazer a sanha contra Horemseb. Sob o peso dos seus tumultuosos sentimentos, o moço sacerdote não suportou a solitude da casa, e foi para a de Roant, onde, desagradavelmente surpreendido, encontrou Neith.

Igualmente movida por surda irritação, viera ela buscar distração junto da amiga. Esbarrando no olhar sombrio e estranhamente escrutador de Roma, baixou os olhos. Não tinha ela renunciado definitivamente a ele, o fiel e generoso, para salvar o homem que ele desprezava, com razão? Que diria ele, quando soubesse a verdade?...

Notando o desagradável constrangimento reinante entre o irmão e a amiga, Roant, procurou um desvio de atenção.

— Estiveste, ontem, em casa de Ísis, conforme tencionavas, Roma? Eu lhe fiz uma visita, durante o dia. Como está formosa ainda a pobre criança!

— Sim, lá estive, com Ranseneb, e constatamos que está em vias de completo restabelecimento.

Neith erguera abruptamente a cabeça; os olhos fuzilavam e os lábios tremiam.

— Como! Roma e tu visitais ainda essa miserável? — exclamou ela, com a voz sofreada.

— Não compreendo — disse Roant, surpreendida — por que não nos interessaríamos por essa inocente vítima, que, voluntariamente, sofreu medonha sorte para prestar um serviço ao Egito?

— Ela teve o que mereceu, essa traidora! — explodiu Neith, fora de si. — A semelhança de dois ladrões, ela e seu digno aliado insinuaram-se onde ninguém os chamara, para espionar e trair. Sargon achou a justa recompensa, e considero-me feliz por não haver tornado a avistá-lo, pois tê-lo-ia repelido com a ponta do pé, a esse ser abominável que perdeu Horemseb! Quanto a Ísis, o príncipe fez-lhe muita honra, ferindo-a com a sua própria mão. É essa serpente que vai recuperar a saúde para acusar o príncipe com mil mentiras, que têm acumulado sobre a minha cabeça tantas dores, desgraça!...

A voz faltou-lhe. Roant escutara, pálida e consternada, esse veemente desabafo, mas, o rosto de Roma cobrira-se de ardente rubor; os olhos, tão serenos e tão doces habitualmente, flamejavam, e uma cólera, mesclada de desprezo, vibrava-lhe na voz, quando, pousando a mão sobre o braço de Neith, disse, severamente:

— Para, a fim de que as tuas indignas palavras não recaiam sobre ti mesma, feitas lodo. Compreendo e perdoo teu estado, porque conheço o império do veneno que te cega, mas, esse império só se estende aos sentimentos, e não destrói o raciocínio. Tu pareces sentir prazer nesse rebaixamento, porque não tentas esforço algum para sacudir o jugo, tu não buscas a cura. Seja! Não tenho direito de te acusar, mas possuo o de apreciar a injustiça que testemunhas à inditosa Ísis, que, corajosamente, se sacrificou para salvar outras vítimas. Quanto a Sargon, ele te testemunhou um devotamento mais absoluto do que o meu próprio, que tanto te amei e amo; para libertar-te de uma escravidão vergonhosa, ele deu o mais precioso bem que se possa possuir: a vida! Com uma coragem, com um sangue-frio heroico, ele se entregou ao poder desse homem sanguinário, do qual, pelo menor acaso, podia tornar-se identificado e que dele se vingaria, tão desumanamente quanto de Neftis. Sem dúvida, Sargon não podia prever que a sobranceira Neith beijaria as algemas e detestaria até a memória do homem que morrera por ela. Tua indigna paixão corrói-te qual uma lepra, e não queres compreender que Horemseb te poupou, não por amor, mas por cálculo. Apenas tu queres salvar o réu, do qual todo o Egito reclama a cabeça. Teus esforços serão, porém, em pura perda, porque os deuses se afastaram dele!

À medida que falava o moço sacerdote, lívido palor cobria o semblante de Neith; as mãos premidas contra o peito, respirava dificilmente; cada palavra soava qual pancada de martelo. Tudo quanto Roma dizia era verdade, e a condenava, mas, podia ela arrancar do coração esse sentimento incendiário ante o qual tudo se empanava e diluía? Não; ela bem lutara, sofrerá bastante; essas censuras, por isso mesmo que merecidas, irritavam a chaga. Abandonando-se ao irascível orgulho, à teimosia, Neith endireitou-se e respondeu, em tom glacial:

— Teu discurso só me demonstrou uma coisa: em parte alguma estou ao abrigo de censuras e de uma tutela demasiado pesada. Na Corte, a rainha é surda às minhas súplicas, e não tem perdões para Horemseb; aqui, verifico que, para condenar, tu sabes ser suficientemente duro e cruel. Vou, pois, retirar-me para o meu palácio, e lá aguardarei o que tiver de acontecer, mas não me desviarei do infortunado que todos abandonaram, e será preciso que me convençam de que é feitiço, e não amor, o que acorrenta meu coração!

Voltou costas e caminhou rapidamente para a porta, porém, Roma a antecedeu.

— Neith! — disse, apenas.

Entretanto, esse único vocábulo chumbou a jovem onde estava, e lhe fundiu o orgulho: é que um mundo de ternura e de piedade vibrava naquela voz, outrora tão amada, que sempre exercera sobre ela um benfazejo poderio. Ergueu os olhos, e, encontrando o olhar do sacerdote, que a fixava cheio de dor e de censura, desatou em soluços, e, atirando-se-lhe nos braços, balbuciou:

— Roma, não sejas rigoroso, não me condenes!

O jovem sacerdote aconchegou-a de encontro ao peito; os lábios tremiam dolorosamente, mas o coração generoso já triunfara, sacrificando o próprio sofrimento.

— Tens razão, Neith; para contigo, que amo acima de tudo no mundo, devo ser confortador, e não juiz; façamos pazes, pobre criança, esquece meu ciúme, minha raiva legítima contra aquele que te roubou a mim, e volta à calma, à confiança. Desde este momento, sou de novo o teu amigo, o teu esteio, o confidente das tuas dores, tal qual fui outrora, e talvez Hator me permita sarar teu coração enfermo.

— És o melhor dos homens, Roma. Ah! se soubesses uma coisa! Mas, não, não a posso dizer, porque, com isso, bastante eu sofreria ainda.

Melancólico sorriso deslizou pelos lábios do moço sacerdote.

— Nada quero saber no momento; espero na sabedoria e na misericórdia dos deuses; eles farão tudo pelo melhor. E agora voltemos para junto de Roant, que está abatida.

Sentaram-se novamente à mesa. Roant, sentindo-se ditosa pelo bom termo da discussão, deu à palestra um cunho mais generalizado, e, quando Neith regressou a casa, o fez mais tranquila, mais feliz do que, de há muito, não se sentia.

QUARTA PARTE
AS VÍTIMAS SE AGRUPAM
1
O bruxo em poder das sombras vingativas

"Sombra, tu serás a presa da sombra; tu que vens da noite, retorna ao Erebo" (rio do inferno). – Mistérios de Dionisos

Feliz acaso fizera Horemseb salvar-se dos soldados que o perseguiam, e o ótimo cavalo por ele montado fizera-lhe ganhar considerável avanço; mas, bem depressa compreendeu que essa montada denunciá-lo-ia, e, forçado a abandoná-la, deveria prosseguir pedestremente para o rumo, andando durante a noite, escondendo-se durante o dia nos campos, nas rochas ou nos caniçais. Quebrado de fadiga e pelas privações, atingiu afinal Mênfis, e teria sido difícil, mesmo a um familiar antigo, reconhecer o soberbo príncipe Horemseb naquele vagamundo andrajoso, com a barba inculta, que, exausto, se arrastava penosamente.

Em uma grande povoação, próxima de Mênfis, onde entrou forçado pela necessidade de procurar algum alimento, uma derradeira emoção aguardava-o; fanfarras luzidas emocionaram e atraíram a população para as bordas do rio, onde um escriba real leu a ordem da rainha e depois a proclamação do Conselho dos Sacerdotes, ordenando a todo egípcio buscar e entregar à Justiça o príncipe Horemseb, acusado de crime capital, e proibindo, sob pena de morte, dar-lhe asilo, alimento ou proteção. Quem o entregasse receberia a recompensa de cinco talentos de prata.

Consternado e cheio de terror, o príncipe deixou a aldeia, e, chegada a noite, alcançou, com mil precauções, a necrópole e o esconderijo de Spazar, onde esperava encontrar seu mestre e cúmplice. O misterioso refúgio, porém, estava deserto, pois Tadar e seu companheiro haviam partido, deixando apenas um escrito, comunicando haverem seguido para Tebas, onde se consideravam mais em segurança, e aconselhando-o não perder a coragem e a esperança.

Malgrado essa contrariedade, Horemseb sentiu-se bem feliz, porque no abrigo existiam vestes, alimentos e mesmo objetos de luxo em abundância. Durante alguns dias, o esgotamento mergulhou-o em verdadeira prostração; mas, o sono e a nutrição restabeleceram bem pronto as forças do seu jovem e robusto corpo, substituindo o sofrimento físico por uma tortura moral cada vez mais intolerável. Forçado a haurir um pouco de ar fresco, apenas à noite, começava a sentir palpitações do coração e sufocações; o ambiente espesso e aquecido do local, destinado a mortos, tornou-se-lhe insuportável, por isso que, ao contrário de Spazar, ele não podia sair da toca a qualquer momento.

Os dias tornavam-se semanas, e notícia alguma, nem mensagem lhe chegavam; as provisões tocavam seu termo, e o próprio esconderijo não mais lhe parecia seguro, porque surpreendera um homem rondando, à noite, na necrópole, a espionar suas saídas.

O príncipe ainda mais se confinou, e, embora houvesse desaparecido o misterioso espião, receava uma surpresa a qualquer momento. Torturado pela inquietude, levada ao extremo pelo silêncio obstinado de Neith, pela ausência completa de notícias do exterior, ameaçado de morrer de fome, dentro de alguns dias, resolveu abandonar o vale dos túmulos e alcançar seu palácio. Lá também poderia ocultar-se e, principalmente, talvez saber algo a respeito de Neith, sua última esperança. Estaria ela morta? Ou, igualmente, ter-se-ia afastado dele, a despeito do veneno que ingerira?

Tomada tal decisão, Horemseb acomodou em uma sacola os restantes alimentos, e, à noite, esgueirou-se para fora do abrigo, encetou a marcha para o seu palácio, onde atingiu sem embaraços a porta secreta, e penetrou no jardim. Tudo estava silencioso, tal qual ao tempo do seu poderio, mas, que total mudança! Com inseguros passos, atravessou as aleias tão suas conhecidas, todos os recantos que lhe recordavam ou as orgias, as mortes, ou os divertimentos com que distraía suas noites.

A Lua, em seu segundo quarto, acabava de surgir, inundando de pálida luz o grande lago, não longe do qual se elevava, sombrio e isolado, o vasto palácio, com os seus terraços e galerias, esfinges e vasos de bronze; mas, os fogachos avermelhados não mais estavam acesos, nenhum servo corria para recebê-lo, nenhum delicioso aroma se espalhava no ar. Tomado por vertigem, arrimou-se a uma árvore e comprimiu a testa com ambas as mãos; estava aniquilado, perdido, abandonado de todos, e reentrava, qual mísero fugitivo, naquele palácio onde — senhor absoluto — cada olhar seu valia por uma ordem, onde todos se rojavam a seus pés. Uma espécie de estertor fugiu-lhe da boca; desespero mesclado de raiva louca sacudiu-lhe o corpo, como se tivesse um acesso febril.

De toda aquela desventura, de todo aquele desmoronamento da sua existência fora Neftis a causadora! À lembrança de quem o atraiçoara, rangia os dentes, e um selvagem desejo de torturá-la novamente invadia-lhe a alma. Nesse momento, o olhar incidiu para o lago, e assim permaneceu, com surpresa: da superfície da água, do sombreado das árvores sobre as bordas surgiam vapores cinzentos, que se expandiam e condensavam, tomando aspecto de mulheres desgrenhadas, envoltas em roupagens pretas. Os estranhos seres deslizavam para ele, tornando-se cada vez mais individualizáveis, à medida que se aproximavam; a aragem noturna sacudia-lhes os negros mantos, descobrindo os corpos desnudos e pintalgados de sangue; os longos cabelos, em desordem, pendiam sobre o peito; os rostos, descorados, denotavam sofrimento e paixão; entre os crispados dedos, entrelaçavam-se rosas rubras.

Esse cortejo, medonho e sempre aumentado, caminhou para ele, rodeando-o qual círculo de fogo. À frente dessas mulheres, estava Neftis, como se a ira de

Horemseb a houvesse evocado: os ruivos cabelos envolviam-na, qual manto de fagulhas; os olhos, queimando de sanha feroz, fascinavam o seu algoz. Sacudido de horror, olhos dilatados, Horemseb contemplava a multidão de espectros, cujo círculo mais e mais se fechava. Ele as conhecia, a todas, a todos aqueles rostos, outrora tão formosos, aquelas jovens criaturas, cheias de vida e de amor, que ele assassinara lentamente, divertindo-se com a sua agonia, abeberando-se do seu sangue. E, agora, Neftis sacudia-lhe, quase junto do rosto, a vermelha rosa que apertava na mão crispada. O aroma sufocante atingiu-lhe o olfato, mas, desta vez, despertando desgosto e repulsão. Como se estivesse ébrio, Horemseb cambaleou, e depois se atirou para a frente, no intuito de fugir; mas, parecia chumbado ao solo, faltava-lhe a respiração, o cérebro dir-se-ia prestes a estourar, e as sombras vingadoras comprimiam-se contra ele; braços gélidos enlaçavam-lhe o pescoço, lábios álgidos, exalando pútridos odores, colavam-se aos seus, dedos enrijados dentavam-se-lhe nos braços e nas vestes...

Desatinado e meio sem fôlego, ensaiou desembaraçar-se. A cabeça girava: ficaria louco, ou um pesadelo o esmagaria? Por sobre-humano esforço, estendeu os braços, repelindo os fantasmas; depois, qual cervo sob ladridos, atirou-se para o palácio, mas, após ele, voavam, à semelhança de flocos de penugens sopradas pelo vento, as sombras das suas vítimas. Guiado pelo instinto, na ausência de reflexão, encaminhara-se ele para o terraço comunicante com os seus antigos apartamentos, e ali chegou feito um furacão. As portas estavam abertas, e respirou aliviado: o palácio não se achava abandonado, conforme supusera; lá, na galeria brandamente iluminada, deslizavam, tal qual outrora, servos ricamente ajaezados, e, no fim da galeria, dois jovens serviçais, acocorados junto de tripés, pareciam nestes derramar perfumes. Foi para eles que dirigiu seus passos; à proporção, porém, que se aproapinquava, parecia que recuavam, e desapareceram subitamente. Tomado de terror, ainda uma vez, precipitou-se para outra galeria, à qual fora atraído por uma nova luz: era a da sala das refeições, onde, junto da sua cadeira, elevada num estrado, se viam Chamus e Hapzefaá, seguidos de um grupo de eunucos. Rodearam imediatos o seu senhor, porém, os rostos estavam estranhamente lívidos e crispados, suas mãos agitavam copos cheios de um líquido negro e as vozes, ensurdecidas como se fossem bramido longínquo, diziam:

— Bebe este veneno que nos deram em recompensa de nossos serviços, de nossa fidelidade.

O príncipe ignorava os últimos envenenamentos cometidos por Tadar, e, ao pensamento de que lá também encontraria espectros de suas vítimas, de que apenas ele vivo erraria por entre aqueles mortos, os cabelos se lhe eriçaram de pavor, e se abateu sobre as lajes do chão. No mesmo instante, as luzes extinguiram-se e só um raio fraco de claridade escassa continuou a brilhar no terraço que separava a sala das refeições.

Com grito selvagem, Horemseb retesou-se, e, como que perseguido por mil demônios, pulou para o jardim; mas, lá, aguardava-o o cortejo desgrenhado das mulheres sangrentas; precedendo-o, rodeando-o, a ondular em seu derredor, pareciam arrastá-lo de aleia em aleia, colando-se a ele, atravessando-o com uma friagem de gelo, quando ele tentava deter-se. Na caminhada louca, desembocou de súbito no redondel ao fundo do qual se elevava o estrado de pedra onde outrora se entronizava, enquanto a seus pés chafurdava-se a embrutecida multidão de seres humanos que lhe serviam de diversão. A cadeira dourada havia desaparecido, as guirlandas de flores ausentes; só a luz do luar brincava sobre os degraus pétreos e sobre as alvas colunas que sustinham o dossel do nicho. Pareceu-lhe, nessa conjuntura, que lá, naquela elevação, estaria a coberto dos perseguidores; encontrava-se, de resto, no limite das forças. Manando suor, arquejante, tropeçando a cada passo, subiu a escadaria e agachou-se no fundo da concavidade.

Tudo em torno era calma; o séquito horrífico desaparecera. Extenuado, querendo comprimir com as mãos o agitado coração, fechou os olhos; mas, de pronto, estremeceu: sons confusos, cânticos distantes atingiram seu ouvido. O rumor aproximou-se, pouco a pouco, aumentando de intensidade; lembrava o sibilar de uma ventania de temporal, entremeado de ruídos surdos, esvaindo-se qual a queixa de um moribundo, e depois uma selvagem melodia atroante qual fanfarra, acompanhada de gritos dissonantes e de sussurros de orgia.

Fremente, endireitou-se, e o olhar, espavorido, voltou-se para a clareira que começava a popular-se: lá, deslizavam, em fila, as cantoras, com as harpas nos braços, os dedos lívidos percorrendo as cordas, os lábios azulados entreabertos, enquanto as dançarinas, tão vaporosas que deixavam ver os objetos circundantes através de seus corpos diáfanos, bailavam sem descanso nem trégua, sacudindo as brancas vestimentas, torvelinhando num rodar desenfreado. Em redor, agrupava-se uma turba, muda, de faces lívidas e imóveis: era a corte que ele tivera prisioneira no palácio encantado, e que vinha, tal qual outrora, rodeá-lo e distraí-lo... Apenas, todos quantos tinham vivido, trabalhado e divertido o amo, estavam mortos, ceifados na flor da idade, e a recreação que ofereciam ao antigo carrasco era uma diabólica vingança.

Acocorado, qual quadrúpede da selva, no fundo do nicho, o corpo encharcado de transpiração gelada, fixava o terrificante espetáculo; quisera fugir, mas não ousava tal, porque nos degraus estavam igualmente agachadas Neftis e suas companheiras, e se ele pousasse o pé nos degraus eles afundariam, e o atro abismo, antevisto por Neith, o engoliria. Não; estava prisioneiro ali, e devia assistir às danças, escutar os cânticos que, na sua discordante e selvática melodia, como que incorporavam as paixões insaciadas daquelas almas sofredoras, e excitavam os desejos desordenados do coração humano, que tomavam vida, braminindo qual tempestade. Quem não conhecia aquela dolorosa música, imagem da luta entre o homem e a divindade, entre o bem e o mal, entre a destruição e a conservação?

Esses sons trespassavam, tal qual agudas flechas, o dolorido coração do homem encarnado, criminoso, sucumbindo sob a expiação, igual ao Espírito que erra sem repouso no Espaço, ouvindo gritar em todas as suas vibrações:

"As Leis Divinas que afrontaste vingam-se sobre ti mesmo; teus próprios abusos criaram os sofrimentos. Criatura cega, que, em tua ira, matas, fica sabendo que destróis apenas uma forma de argila, e a centelha imortal, que habitava nela, transforma-se e eleva, na marcha grandiosa do labor eterno! Não te olvides de que o gozo do crime é sempre um transitório momento, em seguida do qual pesadamente se estende a punição. Por incoercível lei de equilíbrio, o mal praticado recai sobre ti, apossa-se do teu frágil coração e o tritura sob a dor expiatória, até que, tornado tenro e flexível, seja apto para refletir a divindade na sua perfeição infinita."

Sem o compreender, Horemseb pagava, durante aquela infernal noitada, os criminosos prazeres; ele se considerara invulnerável nos momentos em que tudo se quebrava a seus pés.

O primeiro raio do Sol no Levante pôs, afinal, um termo às horas de angústia; as trevas desapareceram e com elas as sombras vingativas; benfazejo calor penetrou os membros entorpecidos do culpado, dissipando-lhe o torpor. *Ra* parecia dizer-lhe: "Vê! Eu sou a claridade, inimiga das trevas, e meus fulgentes raios põem o crime em fuga. Se me houvesses ficado fiel, não temerias a noite; repouso, quentura, amor, tudo a ti eu teria dado!".

Lentamente, cabeça baixa, Horemseb desceu e arrastou-se para o pavilhão onde Neith dormira o sono encantado. O leito ainda ali estava, e, afastando as cobertas, o príncipe mergulhou num sono de chumbo, exaurido totalmente de todas as forças. Quando, afinal, despertou, o Sol descia no horizonte; sentiu-se alquebrado, a cabeça pesada e atormentado pela fome e sede. Aproximando-se de um nicho, abriu pequeno armário secreto e dele retirou uma ânfora com vinho e uma caixeta com frutas confeitadas em mel, com o que acalmou a fome, voltando novamente ao leito, para coordenar ideias.

O horror da sua posição apareceu-lhe em toda a nudez: estava perdido, sua cabeça posta a preço, aquele palácio deserto seu último asilo; os mortos, é certo, serviam-no ali fielmente, porém, só em lembrar-se da noite, gelado arrepio percorreu-o. Pensou em Neith, a única vítima que poupara, não por amor, e sim por interesse, e que, evidentemente, o abandonara, ou tivera infrutífera a intercessão junto à rainha... Decididamente, tudo terminara. Amargo desencorajamento, uma lassidão sem classificação avassalava-o; não valeria mais terminar tudo, entregar-se ele mesmo?

A noite surpreendeu-o nas reflexões, e, com as trevas, ressuscitaram os terrores; cada rumor fazia-o estremecer; de cada canto acreditava ver surgir um dos terríveis espectros. Com súbita resolução, ergueu-se: arriscar tudo era melhor do que permanecer sozinho naquele local. Avizinhando-se do armário secreto, retirou um archote, que acendeu, e, evitando olhar para a direita ou para a esquerda, rumou para o palácio. Parecia-lhe que, por detrás, pisava no chão a turba invisível e que, da sombra de uma coluna, se destacava a cabeça desfigurada de Neftis, olhando-o com raivoso chacotear; mas, reunindo toda a coragem, passou além, atravessou correndo os seus apartamentos, e bem depressa se encontrou na parte reservada antigamente ao pessoal dos serviços. De repente, confuso murmúrio chegou-lhe ao ouvido. Parou para orientar-se, e compreendeu que um grupo numeroso de homens devia encontrar-se no pátio contíguo, dependente dos aposentos ocupados outrora por Hapzefaá, Chamus e outros servidores de confiança.

Apagou o archote, e, abrindo uma porta oculta, achou-se sob a arcada sombreada de um peristilo, contornando vasto pátio no meio do qual se encontrava uma escudela. Respirando custosamente, encostou-se à parede e fixou, com sombrio olhar, os imprevistos hóspedes que se albergavam em seu palácio. Em redor de muitos braseiros, estavam acocorados soldados, conversando e brunindo suas armas, enquanto num pequeno terraço, fortemente iluminado, dois oficiais se entretinham no jogo de damas. Uma escolta, comandada por um terceiro, entrava então, regressando de ronda. Resolvendo-se bruscamente, o príncipe abandonou o esconderijo e andou reto para o terraço; mas, ao aparecer no círculo da luz, os soldados pularam, aos gritos, os oficiais pegaram as armas, e, num abrir e fechar de olhos, estava no centro de uma roda ameaçadora de lanças e espadas.

— Todo este tumulto é desnecessário — disse Horemseb, calmo —, eu me entrego, voluntariamente.

— Ages sabiamente — respondeu Antef, baixando a espada — em poupares uma luta. Vou comunicar ao Grande Sacerdote Amenófis a tua prisão, e, até novo aviso, ficarás aqui, prisioneiro.

Tendo dado algumas ordens, Antef pôs a mão no ombro de Horemseb, que permanecia silencioso, e disse:

— Segue-me; vão servir-te uma refeição e preparar uma cama. Alimenta-te e dorme, pois me pareces exausto.

Meia hora mais tarde, o príncipe estava à mesa, ante um bom jantar, em sala do seu antigo apartamento. Ao menos, não estava só.

— Come, sem temor; nada está envenenado como estavam as provisões que deixaste aqui e que mataram os teus servidores — disse Antef, com amargura.

Horemseb baixou a cabeça; com esforço comeu um pedaço de caça e bebeu um pouco de vinho. Depois, voltando-se para o oficial, perguntou, hesitante:

— Sabes onde se encontra, agora, Neith, minha esposa?

— A nobre Neith está em Tebas, mas, se contas com ela para obter teu perdão, esperarás inutilmente, a menos que consigas inocentar-te dos crimes e sacrilégios que te imputam — respondeu, irônico, Antef. — Deita-te, dorme; tu careces de forças.

Silenciosamente, Horemseb estendeu-se no leito que lhe haviam preparado, e seu esgotamento moral e físico, absoluto, fez que bem depressa adormecesse.

Na tarde desse mesmo dia, Hartatef, Smenkara e um velho preto, devotado, haviam chegado a Mênfis, dissimulando no fundo da sua embarcação uma grande caixa para múmia, destinada a esconder em seu interior o perigoso réu procurado em todo o Egito.

Quando anoiteceu, Hartatef e seu cúmplice rumaram para o vale dos túmulos; mas, em vão procuraram o príncipe e chamaram por ele; guiados pelas indicações de Neith, foram ao esconderijo de Spazar, e convenceram-se de que Horemseb abandonara o refúgio.

— Acabaram as provisões, e refugiou-se no palácio — monologou Hartatef.

E, maldizendo a infeliz eventualidade, resolveu procurar o príncipe, imediatamente, em seu novo retiro. Penetraram sem estorvo nos jardins, deixando a embarcação escondida nos caniçais; mas, infrutiferamente vasculharam todos os latíbulos indicados por Neith: o príncipe não era encontrado.

— Estará no palácio — murmurou Smenkara, enxugando o suor que lhe escorria da testa.

— Vamos lá, e o acharemos, salvo se foi preso. Eu sei, felizmente, onde se alojam os soldados — respondeu Hartatef.

E os dois aventureiros penetraram resolutamente na casa, que, de início, examinaram, sem resultado. De repente, porém, o audaz homem parou, estremecendo, e pegou o braço de Smenkara: por uma porta aberta, viu uma sala, iluminada por archote preso à parede, e, sob a luz avermelhada, reconheceu Horemseb, estendido, olhos fechados, sobre um leito de repouso. Soldado etíope, de costas, estava de sentinela, encostado a uma coluna. Serpeando, qual réptil, Hartatef, deslizou para o vigilante, e lhe enterrou um punhal nas carnes. Sem um grito, o soldado estendeu os braços e, sustido pelo assassino, resvalou para o chão, sem ruído. Então, Hartatef, célere qual sombra, aproximou-se do leito do príncipe, e, apoiando-lhe a mão na boca, sussurrou:

— Não grites, Horemseb; sou um amigo enviado para te salvar — acrescentou, ao ver que o prisioneiro abria os olhos.

Sem discutir, animado de nova esperança, o príncipe levantou-se e seguiu o seu libertador. Smenkara reuniu-se a eles, e, sem obstáculos, atravessaram grande sala contígua, quando, inesperadamente, uma porta abriu, e, mudos de espanto, encontraram-se face a face com uma esquadra de soldados, sob comando de oficial, que regressava de render sentinelas.

— Traição! — gritou, reconhecendo o príncipe.

Este, porém, e os dois companheiros tentaram abrir caminho, atirando-se com furor contra a patrulha, e encarniçado combate se travou, por isso que Hartatef também armara o príncipe com uma machadinha e punhal.

Os gritos e o barulho da luta alarmaram todo o palácio, e Antef, seguido de uma dezena dos seus, irrompeu na sala. Instantes depois, tudo terminara: Horemseb, desarmado, estava seguro por vinte braços, enquanto, por entre sete ou oito cadáveres espalhados, se viam Hartatef, com uma faca enfiada no peito, e Smenkara, com o crânio fendido por golpe de machadinha.

— Não acreditaria houvesse no Egito um homem, e principalmente um dignitário, que pretendesse subtrair-te à Justiça — disse Antef, embainhando a espada — mas, parece que possuis bons sortilégios, suficientes para perturbar um cérebro tão sólido quanto o de Hartatef. Como não tenho vontade de arriscar ainda uma vez a minha cabeça, por tua causa, vou acorrentar-te, e vigiar- te, eu mesmo.

Uma hora mais tarde, mensageiro do templo cientificava-o do projeto de evasão que se soubera pelo enviado de Tebas. Antef respondeu a isso, levando o portador do aviso até junto dos cadáveres dos dois cúmplices e mostrando-lhe o prisioneiro acorrentado.

Ao amanhecer, Amenófis, acompanhado de muitos sacerdotes, veio ao palácio, e, após curto interrogatório, ao qual Horemseb não deu resposta alguma, declarou que dentro de duas horas partiriam para Tebas, ordenando a Antef conduzir o prisioneiro, sob conveniente escolta ao ponto onde estava reunida a flotilha destinada a transportar para a capital o Grande Sacerdote, o prisioneiro, os soldados e algumas testemunhas de importância.

A notícia de que o feiticeiro fora preso espalhou-se na cidade, qual rastilho de pólvora, e sanhuda multidão, ávida de ver o terrível homem, afinal derribado, atropelou-se na direção do palácio, congestionando todos os acessos e espiando, sôfrega, a saída do cortejo. Verificando a existência desse tumulto, Antef pensou em conduzir o prisioneiro pela saída sobre o Nilo, mas o rio também estava coberto de barcos, que bloqueavam a escadaria, e o jovem chefe teve de renunciar a tal projeto.

Após uma espera, que pareceu eterna para a populaça aglomerada, a maciça porta foi aberta, dando passagem a um destacamento militar e de policiais, que forçou a turba a abrir em filas. Em seguida, apareceu Horemseb, pés e mãos ligados a correntes, escoltado por Antef, empunhando a espada desembainhada, rodeado por um destacamento de soldados.

À vista daquele que durante tão longo tempo fora temido, desse bruxo que se divertira com todos os sentimentos humanos, havia matado tantos inocentes e semeado em seu caminho desgraça e loucura, febril agitação apossou-se da multidão, e um clamor de ódio e reprovação elevou-se qual rugido. Horemseb ergueu a fronte e seu velado olhar perpassou pelos milhares de cabeças ondulantes, tanto quanto a vista podia alcançar; mas, vendo os punhos erguidos e ouvindo as vociferações, retesou-se arrogantemente, e, fervilhante de raivoso desprezo, continuou caminhando. Os clamores aumentaram, porém:

— Assassino! Sacrílego! Enfeitiçador! — ululavam centenas de vozes.

E pedras, lama, imundícies nauseantes, e até facas, começaram a voar sobre o prisioneiro, ferindo-o e machucando-o, e bem assim aos da escolta.

Abrindo caminho dificultosamente, o cortejo dirigiu-se para o Nilo, acrescido de alguns sacerdotes que rumavam para seus barcos e cuja autoridade evitou as vias de fato; mas, sob essa tempestade de reprovação e de sanha, sob esse alarido de injúrias e maldições, Horemseb fraquejou. Cambaleante, como se estivesse embriagado, a cabeça baixa, sucumbido à humilhação e à vergonha, arrastava-se a custo, e, subindo ao barco, perdeu os sentidos.

Tornando a si, fechou-se em irado mutismo, absorvendo-se nos seus desesperados pensamentos. Por vezes, parecia-lhe que um pesadelo atormentava-o, e ser impossível que ele, príncipe de sangue real, o poderoso e rico senhor, descesse àquele grau de aviltamento. Verdadeiro ciclone de desespero varreu-lhe a alma, quando, à claridade do sol nascente, percebeu, desenhando-se no azul do céu, os templos e os palácios de Tebas. Sonhara acaso retornar assim à esplêndida capital, que deixara um ano antes, por entre honrarias? Oh! se tivesse podido prever o futuro, não teria decerto arrebatado Neith!

Para prevenir cenas lamentáveis, idênticas às ocorridas em Mênfis, as autoridades de Tebas, avisadas por um mensageiro, haviam tomado precauções, e alas de soldados, enfileirados em todo o percurso do cortejo, continham as torrentes humanas que haviam acorrido igualmente para ver o criminoso, cujo nome fazia fremir o Egito. Graças às prudentes disposições, o trajeto fez-se sem incidentes, e bem depressa as brônzeas portas do imenso âmbito do templo de Amon-Ka fecharam-se sobre Horemseb e sua escolta, e a multidão, tumultuosamente agitada, dispersou pouco a pouco.

O prisioneiro, sempre acompanhado por Antef, foi conduzido a uma sala do subsolo, onde se reuniram Amenófis, Ranseneb, substituindo o Grande Sacerdote de Amon, enfermo desde algum tempo, e grande número de dignitários do templo. Sombrio, mas de cabeça erguida, Horemseb parou, fixando os assistentes com arrogante e impassível olhar.

— A cólera de Amon-Ra enfim te alcançou e te trouxe aqui, coberto de correntes e de opróbrio — disse afinal Ranseneb, após um momento de silêncio — e ousas ainda altear a cabeça, em vez de te aproximares dos juízes, ajoelhado, arrependido e com humildade!

Um lampejo de ameaça jorrou dos olhos do príncipe; mas, não se moveu: aversão, raiva e rebeldia quase o sufocavam. Murmúrio de descontentamento correu entre os sacerdote, e um velho pastóforo exclamou, indignado:

— Malfeitor infame, prosterna-te, rosto no chão, ante os representantes dos deuses, ou receberás o tratamento que torna flexíveis os mais recalcitrantes.

Vendo Horemseb sorrir, motejador, e os sacerdotes franzirem as sobrancelhas, o velho pastóforo, rubro de cólera, ergueu um relho de correias, que empunhava, e um golpe sibilante abateu-se sobre as costas nuas do prisioneiro, abrindo um extenso vergão sangrento.

Grito de animal selvagem ouviu-se dos lábios de Horemseb: espumando de ódio, voltou-se e, apesar das correntes que o prendiam, pulou, com agilidade tigrina, sobre o pastóforo, derrubou-o e lhe ferrou os dentes na garganta. Isso foi feito com tal rapidez, que os circunstantes, petrificados, só compreenderam a realidade quando os dois homens rolaram pelo chão. Antef e dois jovens sacerdotes atiraram-se ao furioso, mas em vão tentaram separá-lo do velho, cujo corpo se contorcia convulsivamente: Horemseb parecia chumbado a ele, colada a boca à garganta, sangrando, que seus dedos apertavam tal qual tenazes. De repente, seus braços afrouxaram e ele pendeu pesadamente para o lado, olhos fixos e imóveis, espuma sanguinolenta nos lábios: a superexcitação causada pelo ultraje, aliada à violência do seu caráter, parecia havê-lo morto.

— Bem se vê que os espíritos impuros moram neste malfeitor — disse Amenófis, recobrando do estupor. — É preciso verificar se está morto; caso contrário, transportá-lo à prisão e dar-lhe assistência.

— Vou expedir as ordens necessárias, e farei dobrar as sentinelas, a fim de que o nigromante não fuja, antes de haver confessado seus segredos — falou Ranseneb, que examinara ambos os corpos. — O miserável está simplesmente desmaiado, mas do pobre Penbesa a alma reentrou em Osíris. Vede: a artéria foi cortada, como que por tesoura, pelos dentes desse chacal.

Alguns servidores do templo, sob a supervigilância de Antef e de um moço sacerdote, transportaram Horemseb à prisão subterrânea especial para os grandes culpados e iluminada por uma lâmpada posta em nicho. Quando o príncipe foi estendido sobre uma barra, servindo de leito, o médico ordenou que lhe tirassem as correntes e trouxessem luz. Em seguida, bandou o ferimento que abrangia do ombro aos rins.

— Seu estado é de perigo? — indagou, curiosamente, Antef.

— Creio que sim, e despertará numa febre das mais malignas — respondeu, gravemente, o padre. — Seria lamentável que morresse, antes de haver revelado o segredo do terrível veneno e do respectivo antídoto.

— Ele já desmaiou em Mênfis, por efeito dos insultos e maldições com que foi alvejado pelo povo, durante todo o trajeto do palácio ao Nilo. Foi espantoso; pensei que o fizessem em pedaços.

— Sim, não é fácil suportar tal queda dos degraus do trono a uma tal abjeção — suspirou o médico, lavando o rosto do prisioneiro.

Nesse instante, Horemseb reabriu os olhos, mas o perturbado olhar pareceu não reconhecer ninguém, e seu corpo cobriu-se de gélido suor. Vendo o sacerdote ocupado em promover o bem-estar do príncipe e preparar-lhe um leito mais cômodo, Antef retirou-se, apressado em repousar. A sorte, porém, decidiu de maneira diferente.

Numa esquina de rua, encontrou Chnumhotep, que regressava do palácio real e se achegou a ele, tão logo o percebeu, desejoso de conhecer todos os detalhes da prisão. O chefe das guardas convidou o oficial para subir ao seu carro e acompanhá-lo a casa, para conversação e para almoçarem juntos. Antef alegou fadiga, para desculpar-se, mas Chnumhotep não aceitou escusas, e carregou com ele.

Chegando com o hóspede na sala que abria para o jardim, onde o esperavam Roant e um repasto preparado, o chefe das guardas encontrou também o cunhado; mas, o semblante animado do jovem sacerdote e algumas veementes palavras ouvidas da esposa, provavam que houvera altercação.

— Creio, por Anúbis, que caímos no meio de uma querela — disse, a rir.

— Perdeste, por não chegares mais cedo; terias ouvido os hinos de admiração cantados por tua esposa em honra do irresistível ímpio que chegou hoje — respondeu Roma, irritado.

— Disse, e repito: é lastimável que um homem do porte de Horemseb possa ter cometido tantos crimes; sua sorte corta o coração; compreendo que a mulher que haja fruído do seu embriagador afeto ame-o até a morte e não o esqueça nunca.

— Esse miserável, de quem todo o Egito reclama a cabeça! — resmungou Roma.

— Acalmai-vos, ambos, e escutai antes as estranhas notícias que Antef nos traz. É indubitável ser Horemseb um extraordinário mago, para poder conquistar um cérebro tão sólido quanto o de Hartatef, que se fez matar para salvá-lo.

— Ah! ele morreu! — murmurou Roma, enquanto Roant assediava de perguntas o jovem oficial.

Este narrou então os pormenores da captura do príncipe e a frustrada tentativa de evasão, que custara a vida a Hartatef e a Smenkara. Em seguida, contou as cenas terríveis que se desenrolaram no percurso do prisioneiro até ao Nilo.

— E hoje — concluiu Antef — o belo Horemseb recebeu a primeira vergastada na sala inferior do templo, por haver recusado prosternar-se.

Roant, que escutara palidíssima, emitiu um grito e escondeu o rosto com as mãos.

— Não queres beber um pouco de vinho? Temo que desfaleças — disse, ironicamente, Roma. — Pensamento esmagador; dorso principesco e tão formoso receber um golpe de vergalho! A meu ver, *uma* chicotada é bem pouco. Esperemos que o resto venha!

— Não te reconheço mais, Roma — exclamou a irmã, faces afogueadas. — Tal crueldade é indigna de um servidor dos deuses; o teu ciúme faz-te cego e enraivecido.

— O restante não teria faltado, nobre Roma — disse Antef, a rir — se Horemseb tivesse deixado ao executor tempo de agir, mas, atirou-se a ele, e lhe seccionou completamente a garganta com os dentes. Em seguida, de raiva, todo o seu corpo se inteiriçou e descaiu no chão. Quanto ao pobre Penbesa, já estava morto quando o ergueram.

— Foi Penbesa que ele matou? Eis o que é doloroso! — murmurou Roma, aturdido.

— É um verdadeiro animal feroz. Teria ele explodido de raiva? — perguntou Chnumhotep.

— A princípio, acreditamos isso, mas era apenas um desmaio. Levaram-no à prisão e um sacerdote ministrou-lhe cuidados, porque se pretendia arrancar o segredo da planta misteriosa, da qual Sargon falou, veneno maldito que quase me custou a cabeça, quando da fuga de Tutmés. Oh! o que daria eu para saber a verdade dessa história! É claro que Neftis casou-me, para desembaraçar-se de mim; mas, desempenhou ela um papel na fugida de Tutmés, e ajudou-o a obter as graças da rainha? Esse solícito favor, logo que Tutmés chegou de Bouto, terminou por um exílio dourado, depois da morte de Sargon, cuja misteriosa querela com o herdeiro do trono jamais foi esclarecida.

— Sim, nós não chegaremos nunca ao encontro da verdade nesse dédalo — suspirou o chefe das guardas. — Quanto a Horemseb, pagará duramente seus crimes.

— Que sorte o aguarda? — indagou Roant.

— A morte, e morte afrontosa: será enforcado e seu corpo dado aos corvos, ou murado vivo.

— É doloroso! De que modo suportará Neith o saber que assim foi condenado? Por agora, escondem-lhe a prisão, e não sabe da sua chegada; mas, com o tempo, não lhe poderão ser ocultadas tais coisas.

— O mais razoável seria enviá-la em peregrinação a algum templo distante —observou Chnumhotep. — Desse modo, estaria longe durante o julgamento e suplício, todas essas pungentes emoções ser-lhe-iam poupadas, e, uma vez morto Horemseb, ela o prantearia, e, em consequência, esquecê-lo-ia pouco a pouco.

Todos concordaram com esse parecer, mas, porque Neith se encontrava no palácio real, e ninguém ousasse aconselhar Hatasu nesse sentido, por isso que a rainha decidia de tudo com referência à sua protegida, força era sobrestar no assunto. Pouco depois, cada um tomou rumo: Antef para regressar a casa, Chnumhotep para fazer a sesta e Roma para ir ao lar da filha de Penbesa e dar consolo à família tão inopinadamente atingida pela morte do velho pastóforo, querido e considerado de todos.

Trabalhada pela inquietude e expectativa, consumida pelo sutil veneno que lhe ardia nas veias, Neith confinava-se o mais possível na solitude do apartamento, e somente quando os serviços a chamavam junto da rainha, sacudia o torpor, e espreitava avidamente nos olhos da soberana um momento favorável para lhe arrancar a promessa de perdão. Depois do jantar, no dia em que o feiticeiro fora reconduzido aos muros de Tebas, circunstância da qual apenas ela ignorava as emocionantes peripécias, Neith estava deitada, quando lhe anunciaram que Mena desejava vê-la. Mandou que o introduzissem, e, tão logo ficaram a sós, o oficial disse, misterioso:

— Quisera informar-te de graves notícias dele, tu me compreendes, mas juras não divulgar de quem as obtiveste? Porque é proibido falar nestes assuntos em tua presença, e arrisco a cabeça pela desobediência.

Neith levantara-se, muito pálida.

— Juro pelos 42 juizes de Amenti: morrerei antes de te atraiçoar; mas, suplico-te, dize o que sabes dele.

Sem se fazer rogar por mais tempo, Mena narrou tudo quanto conhecia sobre a prisão do príncipe, a morte de Hartatef, a cena ocorrida pela manhã no templo, e, por fim, a enfermidade de Horemseb.

A jovem mulher escutara anelante; no episódio com Penbesa, teve um grito de horror:

— Maltratá-lo como se fosse um escravo, é espantoso! Desventurado Horemseb! — exclamou, retorcendo as mãos. — É evidente que os deuses o abandonaram; Hartatef morreu; minhas orações e assim meus sacrifícios foram vãos, e, na sua enfermidade, jaz sozinho, privado do necessário. Oh! Mena, ajuda-me, aconselha-me: que posso fazer para aliviá-lo, ao menos?

Mena coçou a orelha.

— Não é fácil imaginar; no entanto, eis o que me parece mais eficaz: implora à rainha permissão para enviar-lhe socorros em vestimentas, trastes e nutrição substanciosa. Sei que amanhã, cedo, Amenófis e Ranseneb têm audiência a propósito do processo. Espreita-os, finge-te inteirada de tudo e pede, a eles também, autorização de confortar o enfermo. Para dispô-los a favor, envia, ao amanhecer, dádivas ao templo. Eu me encarrego de as oferecer em teu nome, se assim o desejas.

— Sim, meu bom Mena, faz isso — concordou Neith, apertando, com reconhecimento, as mãos do irmão. — Vou dar ordens para o meu intendente.

— Tu poderias também ajudar-me um pouco, pois estou em grande embaraço.

— Tens necessidade de dinheiro? Por que não o disseste antes? Quanto precisas?

Mena jamais fora modesto, e apontou uma cifra redonda, que Neith concedeu, sem discutir. Depois, escreveu uma lista dos objetos de preço que ofereceria ao templo de Amon e ao de Ápis, em Mênfis. No momento em que o oficial se despedia, lembrou:

— Leva também uma pele de tigre que Tutmés me presenteou; as garras são de ouro, e Ranseneb não deixará de admirá-la.

A jovem mulher passou uma noite de insônia. A superexcitada imaginação desenhava-lhe a prisão de Horemseb, todos os sofrimentos do enfermo, e sua alma estava transbordante de desespero e compaixão. Decidira-se a tentar, uma derradeira vez, enternecer a rainha, por lhe estar facilitado o aproximar-se, no dia seguinte, sem despertar atenção, pois estava de serviço junto da soberana. As horas, até esse momento, pareceram-lhe uma eternidade.

Hatasu era madrugadora. Assim, quando Neith penetrou no apartamento real, a velha ama apontou-lhe a soteia onde a rainha já tomava o seu pequeno almoço. Para essa refeição, não admitia nunca a embaraçosa comitiva que rodeava, pela etiqueta, os reis do Egito, desde o levantar ao deitar. A mulher espiritual e original, que tão virilmente sustinha o peso do cetro e da dupla coroa, dera prova, na questão da etiqueta, da independência de espírito que caracterizava todas as suas ações; sacudindo o esmagador cerimonial que regia cada gesto da Faraó, reservara para ela, exclusivamente, as horas que mediavam entre o levantar-se e a da primeira audiência, e apenas uma das damas de honra, de serviço, tinha permissão de aproximar-se, durante esse período.

Quando Neith penetrou na soteia, a rainha estava com os cotovelos apoiados à mesa, na qual se via a refeição, visivelmente intacta, nos pãezinhos vermelhos postos na cestinha de prata cinzelada e no copo hiteno, lavrado, de que se servia sempre, cheio de leite até as bordas. O belo e severo semblante da Faraó estava pálido, e era evidente que tristes, penosos pensamentos oprimiam a rainha, que não se apercebeu da chegada de Neith, e somente quando esta se ajoelhou e beijou a fímbria, estremeceu e se voltou:

— És tu, Neith! Tens mau semblante, pobre filha! — disse Hatasu, passando, num gesto acariciador, a mão pela abaixada cabeça da jovem. — Vamos! Não recomeces a chorar; tua dor desgarra meu coração, porque dela compartilho, sem poder remediá-la. Compreende, pois, minha querida, que sou rainha do Egito, a Faraó guardiã nata das leis, e que esse louco furioso, ébrio de assassínios, não me deixou, ele próprio, meio algum de poder salvá-lo. Submete-te, por isso, ao inevitável; o tempo, que sara todas as chagas, fará que esqueças esse homem indigno; a vida reconquistará seus direitos. Sei, por experiência pessoal, porque perdi mais do que tu: Naromath era um herói, tão nobre quanto formoso, valente guerreiro, que tombou defendendo sua pátria e cujas façanhas despertavam a admiração dos próprios inimigos. Os deuses são por vezes cruéis, e não concedem nunca aos mortais ventura completa: deram-me o poderio, mas recusaram-me qualquer outra alegria. Tu, pobre filha, eu te devo negar ante o mundo, e quando quis, ao menos, dar-te felicidade, fui impotente ante o destino...

— Não me julgues ingrata, minha mãe e benfeitora — murmurou Neith, premindo os lábios escaldantes na mão da rainha. — Em todas as horas da minha vida, eu te bendigo, e, por ti, quisera vencer o sentimento infernal que me devora, mas não posso. Não me condenes por isso, porque tenho lutado contra esse poder que me aniquila. É feitiço ou amor, quem o sabe? Não posso descrever o que se passa em mim, porém, longe de Horemseb, definho, qual a flor sem água, e o pensamento de perdê-lo priva-me da razão.

A entrada da velha ama interrompeu a jovem, ao anunciar que o Grande Sacerdote Amenófis e Ranseneb, o profeta do templo de Amon, solicitavam a graça de vir à presença da Faraó.

— Está bem — disse Hatasu. Que sejam introduzidos na sala contígua ao gabinete de trabalho. Ali estarei dentro de instantes.

Ao anúncio da chegada dos dois sacerdotes, vivíssimo rubor cobriu o rosto de Neith, e, quando o reposteiro recaiu, à saída da escrava, correu para a rainha, que bebia rapidamente alguns goles de leite, e, erguendo as mãos postas, murmurou:

— Sei que Horemseb, doente e prisioneiro, está em Tebas. Concede-me, não o seu perdão, mas o favor de aliviá-lo, e licença de pedir aos sacerdotes que lhe façam entrega do que eu lhe enviar.

Hatasu ouvira surpreendida e com os supercílios franzidos: sombrio clarão jorrou de seus olhos negros.

— Quem ousou desobedecer minhas ordens, e te informou da prisão do malfeitor? — perguntou.

— Ah! pode-se ocultar o que toda a Tebas sabe? E pensas que meu coração não soprou que ele estava próximo? Tem piedade, concede-me a mísera alegria de aligeirar seus sofrimentos.

Uma rude recusa chegara aos lábios da rainha; mas, ao ver a fisionomia desfeita de Neith, seu febricitante olhar, a superexcitação febril, comoveu-se.

— Seja! Vai e roga aos sacerdotes tal consentimento; se permitirem, autorizo-te a enviar diversas coisas para alívio do prisioneiro.

Com um grito de contentamento, Neith curvou-se, beijou a veste da rainha, e correu para fora. Atravessou, correndo, os apartamentos reais, e penetrou na câmara designada, no momento em que os sacerdotes ali entravam, por outra porta. Era uma grande sala, algo sombria, de paredes incrustadas de ouro e de cornalina, apoiada em colunas de pintura muito viva. Ao fundo, junto de uma porta, encoberta por pesado reposteiro de púrpura bordada a ouro, vigilavam dois oficiais armados, e um terceiro funcionário, ornado com um colar de distinção, estava de pé, próximo de uma coluna. Retirado o camarista que introduzira os sacerdotes, Neith aproximou-se, e, ajoelhando, elevou as mãos súplice. As dádivas feitas pela manhã ao templo, por Mena, em nome da irmã, haviam prevenido os sacerdotes, e, assim, não duvidaram de que a muda petição da jovem mulher subentendia algum favor que desejava obter para Horemseb.

Ambos a abençoaram, e, depois, Ranseneb perguntou, com bondade:

— Desejas alguma coisa de nós, pobre filha? Vejo, pelo teu olhar, que tens a alma ainda bem enferma!

— Santos e veneráveis servidores dos deuses — murmurou, com a voz lacrimosa —, se vossos corações sentem alguma piedade pelo meu sofrimento, concedei-me a graça de confortar Horemseb, meu esposo. Está ferido, doente, privado de toda a comodidade a que se habituara. Permiti enviar-lhe roupas, um leito e confortante nutrição.

Os dois sacerdotes consultaram-se com o olhar.

— Seja, minha filha; acedemos ao teu pedido — respondeu Amenófis. — Remete ao prisioneiro o que desejares para socorrê-lo; vinho, frutas, cobertas e roupa.

— E posso esperar que tais coisas serão fielmente entregues? — indagou, timidamente.

— Não tenhas receio — respondeu Ranseneb. — Envia um dos teus servos, e endereça os objetos ao sacerdote Sepa, que cuida do prisioneiro. Darei ordens para que tudo lhe seja entregue.

— Pois que a tua bondade é tão grande para comigo, concede-me rever Horemseb, durante rápidos instantes.

O profeta meneou a cabeça.

— Isso, minha filha, não depende de mim, mas da rainha. Se ela autorizar que vejas o culpado, eu te conduzirei junto dele, com a condição de lhe falares na minha presença.

Nesse momento, som metálico, vibrante e prolongado, retiniu do gabinete.

— A rainha nos chama — disse precipitadamente Ranseneb —, mas aguarda aqui. Transmitirei teu pedido a sua majestade, e dar-te-ei a resposta.

Quinze minutos talvez eram decorridos (uma eternidade de angústias para Neith), quando, inopinadamente, o reposteiro foi erguido, e Ranseneb chamou-a por um gesto. O primeiro olhar sobre a rainha fez-lhe compreender que a soberana estava irritada.

— Contenta-te com o que te foi concedido, porque já é graça imerecida amenizar e mimar esse criminoso e sacrílego inaudito. Não autorizo um encontro, porque não teria objetivo, e somente revigoraria o poder do veneno que te definha.

Vendo Neith cambalear, mortalmente pálida, Hatasu acrescentou, mais bondosa:
— Em todo caso, não é quando te vejo assim agitada que te permitirei vê-lo. Torna-te calma e razoável, e talvez então poderei autorizar o que hoje proíbo. E agora, filha, retira-te!

Com paternal benevolência, Ranseneb avizinhou-se de Neith, e, abençoando-a, disse:

— Não desesperes; a bondade de nossa Faraó é inesgotável quanto a do seu divino pai, Amon-Ra. Se, pois, Sua Majestade abrandar-se, vem buscar-me e conduzir-te-ei junto ao prisioneiro. Apenas, lembra-te de que deves apresentar-me o sinete real.

Depois que a jovem mulher deixou o gabinete, a rainha, voltando-se para os sacerdotes, indagou:

— Não se poderia apressar a instrução do processo e a execução do criminoso, para pôr fim à expectativa e incerteza desta infortunada vítima? A consumação do fato quiçá quebre o feitiço.

— Teu desejo, Faraó, é lei para nós, mas, digna-te de observar que o culpado está doente, e é indispensável obter dele o depoimento concernente à planta venenosa e seu antídoto. Por outra parte, cada dia nos chegam novos depoimentos, e a principal testemunha, a jovem Ísis, ainda tem necessidade de algum tempo para recuperar forças. Em último lugar, o cúmplice de Horemseb, o miserável hiteno, não foi apanhado, e todavia seria útil acareá-los.

— Não estão na pista do infame causador de todas estas desgraças? — exclamou a rainha, subitamente colérica. *Quero*, entendeis, *quero* seja encontrado. Fazei duplicar a soma da prometida recompensa a quem entregar o ímpio, que ousou esconder-se no coração do Reino, para empestar e destruir um príncipe do Egito! Eu lhe ensinarei, e assim a todo estrangeiro insolente, o custo de semelhante audácia; farei queimá-lo vivo sobre o deus impuro quanto ele, inventarei para ele um suplício que fará tremer de espavento os demônios do Amenti!

— Decerto os deuses satisfarão tua justa cólera, divina filha de *Ra*, e lavarás o coração no sangue do criminoso, que, com o tempo, não poderá fugir, pois parece averiguado que não transpôs as fronteiras do Egito; apenas, visto ser este teu desejo, não aguardaremos a prisão do hiteno para condenar Horemseb — disse Ranseneb, respeitoso.

— Perfeitamente. Horemseb mereceu a morte e a sofrerá, porque o povo tem direito a esta satisfação. Não desejo, porém, que a execução seja pública. Que suplício lhe reservais?

— Será murado vivo, no âmbito mesmo do templo — respondeu duramente Amenófis. — E quais são, ó rainha, tuas disposições quanto aos haveres do culpado?

— Faço doação aos imortais. Em teu regresso a Mênfis, tomarás posse de tudo, Amenófis. Relativamente ao palácio maldito, desejo seja arrasado e que no respectivo terreno se erga um templo a Ptah, a fim de que, com a presença do deus e seus servidores, se purifique aquele lugar manchado de sangue.

— Tua generosidade, Faraó, iguala a do teu divino pai, de igual modo que a tua sabedoria confunde os humanos — disse Amenófis, cheio de satisfação.

Ranseneb, que escutara atentamente, perguntou, imediato:

— A morte de Hartatef deixa também sem dono, nem herdeiro próximo, considerável cabedal. Que destino terá?

Imperceptível sorriso pairou nos lábios de Hatasu.

— Creio justo doar esse patrimônio a Ísis, a corajosa filha que arriscou a vida para desvendar crimes inauditos. Uma vez que os deuses miraculosamente lhe preservaram os dias, tem direito a uma recompensa. Não vos retenho mais, veneráveis sacerdotes, e, na marcha do processo, entrego-me à vossa sabedoria.

A rainha saudou-os com a mão, e eles saíram.

Após deixar o gabinete real, Neith fizera conduzir-se ao seu palácio, e preparara a remessa destinada a Horemseb: macias coberturas, roupa, perfumes, e bem assim vinho, leite e algumas aves assadas, em uma das quais enviou um bilhete assim redigido:

"Cada dia receberás de mim tudo que necessitares, para o que obtive permissão. — *Neith*."

Contudo, quando o portador seguiu, desatou a chorar. Que seria dela, no dia em que tais remessas devessem cessar, porque ele não mais delas necessitaria, porque o teriam matado? A esse pensamento, o olhar se lhe obscureceu, e desejou morrer com ele.

O tempo que se seguiu foi custoso; o extraordinário processo, instruído no templo de Amon-Ra, caía sobre todos qual pesadelo; as ramificações do drama tornavam-se cada vez mais extensas; descobriam-se novas vítimas, das quais muitas não haviam tratado diretamente com Horemseb, mas, por acaso, tinham tido contato com as envenenadas rosas, como acontecera aos embalsamadores e à jovem curada também por intervenção de Roma. E ainda havia os que calaram, do que davam exemplo Antef, Satati, sendo que esta só agora compreendia a inconcebível fraqueza com Mena, na memorável noitada em que quase teve decepado o nariz. Os mais implacáveis acusadores eram as famílias das moças que se haviam miseravelmente suicidado depois da partida de Horemseb de Tebas.

Ísis recuperava rapidamente a saúde. A doação real, que a tornara dona do palácio de Hartatef, contribuíra consideravelmente para ajudar a cura. Também estava livre da antipática enfermeira, porque afinal justa punição havia alcançado a abominável mulher.

Ao saber da morte de Hartatef e Smenkara, Hanofer fora como que fulminada, e, em seguida, um acesso de raiva e desespero tomara-a: rugindo, arrancando os cabelos aos punhados, arranhando o rosto, rebolcara-se no chão, invectivando e maldizendo-se, porque à sua denúncia atribuía a morte do marido e do amante. Depois de dois dias de crise e demência, Hanofer acalmara, entrando em febril, mas secreta atividade em todos os lugares onde o falecido Hartatef guardava os objetos preciosos. Os frutos desse misterioso labor, acumulados no cômodo que ocupava, deviam ser, durante a noite, transportados para a residência dela, quando a fatalidade a atingiu. Em primeiro, à chegada do comissário real para comunicar que Ísis era herdeira de Hartatef, quase teve um derrame bilioso; a raiva, porém, mudou-se em espavento, quando, horas mais tarde, a aprisionaram, não só por ser a mulher de Smenkara, morto em ato de traição, mas também por ser cúmplice em diversos negócios tenebrosos, descobertos recentemente, e ainda por dois assassínios praticados na sua baiúca.

Alguns meses decorridos, a megera, convicta de seus crimes, rumava para os trabalhos forçados nas minas, e ali morreu.

2
O julgamento

Mais de um mês se escoara desde a prisão do nigromante, sem que a agitação febricitante que mantinha os espíritos em alerta houvesse de modo algum acalmado. Um acontecimento verificado a esse tempo havia igualmente emocionado a população: fora trazido de Mênfis o ídolo de Moloc, e toda a Tebas acorrera ao vale pedregoso e árido, confinante do deserto, onde o colosso estava provisoriamente colocado, com que intento, ninguém o sabia. Mas, com a avidez emocional que caracteriza as multidões, cada qual queria contemplar o deus sanguinário, sobre cujos rubros joelhos tantas inocentes vítimas haviam sido destruídas, no corpo e na alma.

Sabia-se que Horemseb estava restabelecido e que o julgamento devia, consequentemente, realizar-se de um dia ao outro. Neith sofria acima de qualquer expressão, e teria — decerto — procurado no suicídio um término à dor, se não houvesse sido tomada pela ingênua ideia de que a sua vida representava uma garantia para Horemseb, uma espécie de escudo contra qualquer coisa de odioso.

No dia designado para o julgamento, lúgubre atividade dominava no templo de Amon-Ra, em vasta e sombria sala, iluminada por lâmpadas suspensas ao teto, foram colocadas, em semicírculo, cadeiras reservadas aos juízes. Dadas a gravidade da causa e a qualidade do culpado, tinham sido convocados os pontífices e Grandes Sacerdotes dos principais templos do Egito, na sua maioria idosos, e seus rostos severos e rugosos, as vestimentas brancas, ampliavam ainda mais a solenidade do cenário. Bem ao fundo, em gabinete dissimulado por um reposteiro, estava uma poltrona destinada a Hatasu, que desejava assistir ao julgamento.

Logo que a soberana ocupou seu lugar, o mais idoso dos juízes ordenou fosse introduzido o réu. Houve um momento de solene silêncio. A luz vacilante das lâmpadas projetava-se fantasticamente sobre as pinturas que ornavam as paredes e representavam o julgamento de Osíris e os horrores do Amenti, espelhava-se nos crânios luzidios dos juízes, concentrando-se sobre os escribas, que, sentados sobre os calcanhares, nas esteiras, estavam atentos para escrever as respostas do culpado.

Entre os sacerdotes mais jovens, sentados nas últimas filas, encontrava-se Roma, que, à entrada do criminoso, de mãos acorrentadas, fixou o olhar cheio de rancor sobre o homem que Neith amava apesar de tudo, o carrasco que a destruíra e, não obstante, a fascinava.

A palidez de Horemseb era lívida; magro e envelhecido; em seus olhos, porém, lia-se uma lúgubre pertinácia, quando, silenciosamente, parou ante os julgadores.

A um sinal de Amenófis, levantou-se um escriba, e, em alta voz, leu o libelo acusatório, enumerando os crimes cometidos e a influência nefasta das rosas envenenadas, tão frivolamente atiradas às mãos das vítimas.

— Queres confessar todos os delitos de que te acusam, e revelar o segredo da planta misteriosa, e bem assim a maneira pela qual veio ela ao teu poder? — perguntou o Grande Sacerdote.

Horemseb baixou a cabeça e permaneceu obstinadamente silencioso.

Foram então introduzidas as testemunhas: parentes das jovens desaparecidas; Keniamun, que relatou as revelações de Neftis, o complô em que agiram em comum, e o encontro do corpo horrivelmente mutilado; Roma, que falou das suas descobertas; o rapazelho mudo, miraculosamente salvo da morte. Por fim, veio depor uma dama velada; mas, ao desnudar a fisionomia, Horemseb recuou, com uma surda exclamação de terror: reconhecera Ísis, que, ele próprio, havia apunhalado e atirado ao Nilo. Os mortos regressavam do túmulo para acusá-lo?...

Pálida, porém resoluta, a moça, depois de se inclinar ante os juízes, descreveu, em voz vibrante, a vida terrível no palácio de Mênfis, a mutilação dos servos, o luxo desenfreado, as orgias noturnas, a tortura lenta das vítimas, que eram envenenadas aos poucos, antes de assassinadas. Todos esses horrores, todos esses crimes como que reviveram ante o auditório na palavra colorida e atraente da narradora.

Quando ela terminou, Ranseneb voltou-se para o acusado.

— Vês — disse ele — que teus crimes estão amplamente provados, mesmo sem a tua confissão. Só nos resta saber o que concerne à planta venenosa e as circunstâncias extraordinárias que te puseram em relações com o feiticeiro hiteno, e fizeram de um príncipe do Egito um bebedor de sangue, um assassino, um inimigo dos deuses de seu povo. Fala, pois, e dize, sem restrições, o que sabes, se não desejas que te arranquemos a confissão pela tortura.

Um estremecimento agitou o corpo de Horemseb, e seus olhos lançaram flamas; mas, dominando-se, com esforço, respondeu, com a voz enrouquecida:

— Direi o que sei; meu silêncio, de resto, não teria mais objetivo. Foi meu pai quem trouxe Tadar, o sábio hiteno, ao Egito, e do modo seguinte o conheceu: durante a guerra vitoriosa do Faraó Tutmés I, na região vizinha do Eufrates, sangrenta batalha foi travada, não longe da cidade de Gergamich. Existia ali um templo no qual se refugiara uma parte dos guerreiros, que o defenderam tenazmente, fazendo-se preciso verdadeiro sítio para ser tomado. Quando, enfim, nossas tropas invadiram-no, a luta prosseguiu no interior do templo, e só terminou pelo massacre de todos os inimigos. Durante o terrível entrevero, meu pai fora separado do amigo e companheiro de armas, Rameri, e, não o vendo regressar, ficou inquieto, e, a despeito do extremo cansaço, deixou o leito e foi ao local do combate em busca do amigo, para lhe dar socorro, caso estivesse ferido. Recordando-se de que o perdera de vista nos terrenos do templo, para lá se encaminhou, e, enquanto errava por entre os escombros e cadáveres, de sombrio recanto surgiu um homem, de meia idade, que se dirigiu para ele, suplicando lhe poupasse a vida e prometendo, em recíproca, tesouros imensos e secreto poder de dominar forças da Natureza. Meu pai deixou-se tentar, pois a voz e o olhar daquele homem, que era o Grande Sacerdote do templo devastado, fascinava-o estranhamente, e jurou, solene, garantir a vida do hiteno, se este mantivesse as promessas.

— Então, o sacerdote, por secreto caminho, conduziu-o a uma cripta onde se achavam amontoados, não somente os tesouros do templo, mas ainda as riquezas do rei e dos mais notáveis patriotas. Meu pai ficou deslumbrado: era um espólio mais do que régio. Ocultou, pois, Tadar, e, em seguida, trouxe-o para Tebas, tão secretamente quanto os tesouros, dos quais ninguém teve conhecimento. Durante a viagem, porém, o sábio hiteno havia adquirido sobre ele poder absoluto.

— Eu contava três lustros de idade quando meu genitor retornou a Mênfis e encetou, sob a direção de Tadar, a reconstrução do palácio. Cultivou-se a planta da qual o sábio trouxera a semente, e instituiu-se, em secreto, ali, o culto de Moloc. Apesar disso, meu pai não se confinou jamais, conforme eu fiz, e prosseguiu frequentando a sociedade. Durante o triênio derradeiro de sua existência, esteve constantemente enfermo, pois o corpo não mais suportou os excessos a que se entregava.

— Aos 17 anos, viemos a Tebas, tomar nosso posto na Corte, e meu pai aqui morreu, então, e, antes de expirar, confiou-me a realidade. Tudo quanto me disse dos mistérios desse culto e da planta sagrada fascinou-me.

— Apressei-me em regressar a Mênfis, e fui inteiramente subjugado por Tadar. Concluí rapidamente as construções encetadas por meu genitor, e, a conselho do sábio, o palácio fechou-se para todos; meu serviço íntimo foi inteiramente separado e nele interditada a palavra, quando faltavam surdos-mudos. Pouco a pouco, habituei-me a essa vida encantada, de onde a realidade, com a sua nudez e misérias, estava banida; a claridade do dia tornou-se-me odiosa; somente na escuridão, debaixo das sombras dos meus jardins, eu me sentia feliz. Rodeado de perfumes sufocantes, embalado por maravilhosa música e cânticos celestes, que Tadar adorava e ensinava, ele próprio, esqueci tudo. Eu devia sacrificar a Moloc, o sábio assim o queria, e a sua vontade era a minha lei. Foi assim que se instituíram as orgias e festins noturnos, que haviam destruído a saúde e a vida de meu pai, que não soube fruí-las moderadamente. A mim ele deu uma bebida que gelava meu sangue, e me impôs uma existência rígida de jejum e abstinência que me dava a força de gozar pela vista sem entregar meu corpo à destruição.

— A primeira vez que bebi sangue, fui embriagado pelo sabor estranho dessa bebida que me devia dar a vida eterna, e, se pretendeis agora matar-me (e gargalhou roucamente), não o podereis, porque a morte não tem força sobre mim: na vida do meu ser se concentram todas as vidas que arrebatei dos corações palpitantes das mulheres sacrificadas. Eu me deslumbrei na contemplação dessas lindas mulheres que, desfalecidas de amor, morriam em meus braços: amar me era vedado, porque a alma devia dominar as paixões do corpo, mas, apesar disso, morriam ditosas. Uma delas traiu-me: eu tinha o direito de puni-la, e Neftis recebeu morte merecida. Nada mais tenho a dizer.

— E que fizeste da planta venenosa? — inquiriu Ranseneb, o qual, e assim todos os juízes, escutara silenciosamente a confissão do culpado.

— Queimamos — respondeu Horemseb, sem pestanejar.

— Por quê?

— O mestre assim o quis. Prevenido da vossa inquirição, desejei esconder os traços do culto de Moloc, porém o tempo faltou para tanto, e Tadar não quis que a sagrada planta caísse nas mãos dos seus inimigos, e a destruiu.

— E dos teus tesouros, que fizeste? Não foi encontrada a maior parte dos preciosos objetos descritos por Sargon.

— A dispendiosa vida que mantive absorveu grande parcela das minhas riquezas, e já me encontrava em embaraços. Quanto aos objetos de preço, baixelas, joias, atirei-os ao Nilo. Aqui tudo estava findo, e esperávamos fugir do Egito.

— Mentes! — Interrompeu, gravemente, Amenófis. — Teu palácio foi doado aos deuses pela Faraó, e será arrasado, para que no seu terreno se eleve um templo. Durante os trabalhos de demolição, já em início, encontrou-se uma adega cheia de objetos preciosos. Isto te digo, para provar quão baixo caíste, tu, a quem, nesta hora, não repugna enlodar-se em mentiras!

À notícia de que seu palácio estava em demolição, Horemseb estuou e seus punhos se contraíram, mas, não pôde dizer coisa alguma, porque os guardas retiraram-no da sala.

Após demorada deliberação dos juízes, o culpado foi de novo trazido, e Amenófis, levantando-se, pronunciou, solenemente:

— Teus espantosos crimes, Horemseb, mereceram um castigo proporcionado. Príncipe do Egito, renegaste os deuses do teu povo e assassinaste mulheres inocentes, das quais, por tua origem, devias ser protetor; pelos teus malefícios, semeaste a vergonha e a desgraça nas mais nobres famílias; aos teus servidores mutilaste e destruíste: todos esses delitos merecem amplamente a morte, a que te condenamos. Disseste, há pouco, que a morte não tem poder sobre ti: seja! É mais uma razão para seres sequestrado, de modo que não possas mais maleficiar. Serás, pois, murado vivo, mesmo no perímetro deste templo; sobreexiste, pois, nessa estreita sepultura, até quando os deuses o permitam; mas, quando morreres, morrerás de alma e de corpo, visto que o embalsamamento não conservará teus restos, e teu *Ka* (duplo) errante não encontrará asilo terrestre, e será devorado pelos demônios do Amenti. Teu nome será esquecido, porque se proibirá a todo ser vivo, sob severas penas, pronunciá-lo, e em todos os lugares será riscado e apagado; a posteridade não saberá dos teus crimes, que espavoriram o Egito; serás triplicemente morto, destruído em tua alma e olvidado. À aurora do dia de depois de amanhã, esta sentença será executada.

Lívido, olhos dilatados, Horemseb escutara a terrível condenação. Não somente a carne se revoltava nele contra o horror da sorte que o esperava; ele era, apesar de tudo, suficientemente egípcio para deixar de tremer à ideia de não ser sepultado, não ter embalsamamento, além do nome votado ao esquecimento. Com rugido rouco, pegou a cabeça com as mãos, e, qual massa inconsciente, abateu-se no chão.

Enquanto esta emocionante cena se passava no templo de Amon-Ra, três personagens estavam reunidas em uma sala, quase escura, da casa de Abracro. Dois homens, com vestimentas de operários, estavam sentados sobre os calcanhares, numa esteira, a alguns passos de um tripé, cheio de carvão, do qual a dona da casa alimentava a queima, nele atirando, de tempo a tempo, um punhado de pó branco, que fazia jorrar viva chama, iluminando com a sua luz baça os traços de dois nossos velhos conhecidos, Tadar e Spazar, o solitário do vale dos mortos. Ambos estavam emagrecidos e pálidos. O rosto do sábio parecia petrificado pela fúria, misturada de angústia. Cada vez que a labareda se elevava crepitante, Abracro curvava-se, como que para estudar as fases desse fogo, que se consumia, serpenteando em linhas bizarras sobre o fundo negro dos carvões; depois, ela murmurou:

— A morte! Sempre a mesma resposta: todos os esforços em vão.

Desencorajada, abandonou o tripé, sentando-se, cabeça baixa, num tamborete. Houve longo silêncio.

— Quando Tiglat prometeu vir? — perguntou afinal Tadar.

— Logo que tivesse detalhes seguros sobre o julgamento; penso que não tardará muito — respondeu Abracro, suspirando.

Decorreu mais de uma hora ainda, em tristonha expectativa, quando, enfim, um tinido, leve e distante, fez-se ouvir: era o sinal convencionado. A velha levantou-se célere, e, sem demora, deu entrada a um homem, enrolado em escuro manto, que atirou sobre um escabelo. Era Tiglat.

— E então!... Que novas nos trazes? — indagou Tadar, erguendo-se e aproximando-se da mesa onde Abracro pusera uma lâmpada.

— Tristes, embora previstas, mestre! Condenaram Horemseb a ser murado vivo, e a execução far-se-á depois de amanhã, cedo. Ele nada acrescentou aos depoimentos feitos anteriormente. Quanto à nossa esperança de salvá-lo, é mister renunciar a ela, porque vão murá-lo em terreno do templo, e seria loucura tentar algo.

Nervoso espasmo contraiu os traços angulosos do velho sábio.

— Contudo, não posso abandoná-lo a tal morte atroz; devo atenuar-lhe a sorte, se não é possível salvá-lo — exclamou Tadar, energicamente. E voltando-se para a velha:

— Abracro, poderás, sem levantar suspeitas, chegar até Neith, e entregar-lhe uma caixinha?

— Creio que sim, mestre.

— Tu lhe desvendarás então a verdade; ela ama Horemseb, e, quanto humanamente seja possível, irá até junto dele e lhe dará o que lhe vou remeter, isto é, a salvação.

— Refletiste, venerável mestre, no perigo de semelhante tentativa? — perguntou Tiglat, preocupadamente. Um acaso pode trair Abracro, e acarretar tua própria prisão. Por milagre dos deuses, fugiste, até o dia de hoje, às perseguições dos inimigos; mas, escuta meu conselho: foge, sem demora, se não queres perder-te, perdendo também a todos nós.

— Dentro de três dias terei deixado Tebas, com Spazar; mas, não posso abandonar Horemseb. Abracro levará a Neith a caixeta que lhe vou confiar, e se chegar ao seu destino, o condenado beberá uma substância que lhe dará a aparência de morte, porém, em realidade, apenas um sono do qual poderei despertá-lo, num prazo mínimo de doze luas. Sabes onde será murado?

— Num pequeno pátio do norte, que está fechado desde quando ali se enforcou um sarcedote.

— Não podia ser melhor. Dentro do prazo de um ano, poder-se-á achar momento azado para libertar o corpo. Estou persuadido de que os padres conservarão ali o detido; eu te deixarei, Tiglat, todas as necessárias instruções para despertares Horemseb, depois do que o encaminharás a encontrar-me em Kadesch, para onde conto ir. Agora, vou trazer o que disse, e tu, Abracro, prepara-te.

Saiu e voltou, sem tardança, com uma caixinha de cedro, em que se viam dois frascos de cristal, com tampos de prata, e um copo, ao fundo do qual depositou pequeno rolo de papiro. Fechada, entregou-a a Abracro, fazendo-lhe as derradeiras recomendações. Em seguida, a velha envolveu-se num manto escuro, cobriu a cabeça com espesso véu, e deixou a casa, por uma saída oculta.

Neith havia passado o dia em indescritível inquietude. Embora ignorasse as ocorrências do julgamento, jamais sofrerá semelhante angústia, e, quando anoiteceu, estranho estado dela se assenhoreou: parecia-lhe ver Horemseb, falando-lhe, ainda que sem entender o sentido das suas palavras; vagas imagens, representando ora uma sala onde sacerdotes se alojavam, ora um muro na espessura do qual era aberto um nicho negro, e, por fim, um calabouço, no fundo do qual um homem acorrentado estava estendido no solo, deslizavam imprecisas ante seu obscurecido olhar. Esgotada, terminou por adormecer, num pesado e febricitante sono. Quando despertou, viu a fiel nutriz, que, dobrada sobre ela, lhe espreitava o primeiro abrir de olhos.

— Senhorazinha, está lá fora uma desconhecida, que te quer falar de assunto grave, esperando há uma hora.

— Quem é?

— Não sei; está com espesso véu, e recusa revelar o nome, afirmando somente que pensas noite e dia no que ela te vem dizer.

— Manda-a entrar, e retira-te, disse Neith, empalidecendo.

Uma voz íntima segredava-lhe que ia saber algo a respeito de Horemseb. Alguns instantes depois, Abracro foi introduzida, e, quando a jovem reconheceu a visitante, a suposição transformou-se em certeza.

— Vens falar-me a respeito dele? — indagou, em voz baixa.

— Sim, nobre mulher, trago-te notícias de teu esposo, e quero fazer apelo à tua coragem para poupar a esse infortunado homem torturas atrozes.

E, a meia-voz, relatou o julgamento da véspera e a condenação do príncipe a ser murado vivo, na alvorada do dia seguinte. Neith, que a escutava lívida e palpitante, deu um abafado grito, e desmaiou. Abracro tirou ao bolso uma garrafinha azul e fez a inconsciente respirar do conteúdo, ao mesmo tempo que lhe friccionava testa e têmporas. Quase instantaneamente, recobrou os sentidos, mas, a superexcitação era assustadora.

— Que posso fazer, deuses imortais, para subtraí-lo a esse inumano suplício? — exclamou, retorcendo as mãos.

— Vim indicar-te o caminho da salvação — murmurou Abracro. — Vê esta caixeta: homem devotado a Horemseb ta envia. Se conseguires fazê-la chegar a ele, esta noite (mas deves incumbir-te tu mesma), nela achará um remédio que provavelmente lhe salvaguardará a vida, e, em qualquer caso, poupará o horror do suplício. Não te posso dizer mais do que isto, porém, se tiveres êxito, o teu esposo te bendirá, neste e no outro mundo. A meu ver, se te apossares do sinete ou anel da rainha, deixar-te-ão, sem dificuldade, penetrar na prisão.

— Eu o terei, Abracro, terei o sinete, e, esta noite, a caixinha será entregue a Horemseb, ou morrerei — exclamou Neith, com energia febril.

— Os deuses te protejam, nobre mulher; mas, deixa-me dar-te estas gotas, pois elas te trarão a serenidade indispensável para agir e não deixar perceber o que acabo de te transmitir.

— Dá-me, porque compreendo que jamais, quanto agora, tive necessidade de calma e de prudência.

Após haver feito a jovem beber o cordial, que lhe preparou num copo de vinho, Abracro retirou-se, deixando Neith tranquila como que por encantamento.

Cheia de energia e fria resolução, fez-se vestir pelas camareiras, foi para o apartamento real e imediatamente introduzida junto de Hatasu, que terminava o frugal almoço. A despeito da palidez, Neith estava tão calma, tão senhora de si, que a rainha não desconfiou coisa alguma e acreditou que, em verdade, a insônia era a causadora do semblante desfeito. Conversou com benevolência, e, com indulgente sorriso, aquiesceu ao pedido de Neith de permanecer no gabinete de trabalho, até a hora do Conselho.

Anunciado Semnut, a rainha, seguida de Neith, passou ao gabinete, e bem depressa absorveu-se nos diversos assuntos que lhe eram expostos pelo fiel conselheiro: tratava-se de regularizar muitas contas e despesas imprevistas, suscitadas pelas construções que se faziam no templo de Amon. Hatasu assinou e após o sinete-selo imediatamente na ordem ao seu tesoureiro para entregar a Semnut as somas de que teria necessidade.

Até então, jamais Neith havia prestado a assuntos oficiais, tão pouco interessantes, uma atenção ininterrupta assim; febrilmente agitada, acompanhava cada movimento dos dois interlocutores; depois, o olhar parou no anel, de engaste móvel, de que a rainha se servira: era o seu sinete ou selo particular, conhecido de todos, e à vista do qual, se conseguisse dele apossar-se, a porta da prisão de Horemseb seria aberta sem dificuldade.

Como se a vontade superexcitada da jovem mulher houvesse atuado sobre a soberana, esta parecia ter esquecido o anel, coberto, casualmente, por uma folha de papiro. A rainha, com efeito, estava preocupada: a fisionomia alucinada de Neith inquietava-a. Depois, apressou-se, por estar sendo esperada no Conselho. Tendo dado as derradeiras ordens a Semnut, levantou-se, deixando os papéis esparsos sobre a mesa, recomendou a Neith repousasse o resto do dia, e saiu. O reposteiro caíra apenas à retirada da Faraó, e Neith já pegara o anel e deixava o gabinete, onde ninguém tinha o direito de penetrar na ausência da rainha. Entretanto, a partida ainda não estava ganha, porque Hatasu podia lembrar do esquecido anel.

Assim não aconteceu. Após o Conselho, deixou o palácio para assistir a uma solenidade religiosa, e porque em seguida devia dirigir-se à cidade-dos-mortos, para sacrificar no túmulo dos parentes, Neith tranquilizou-se, pois, na manhã seguinte, acharia fácil ocasião de repor o anel no lugar, e mesmo, se necessário, confessar o furto (que lhe importava!), uma vez que a preciosa caixeta estivesse, desde a véspera, em mão de Horemseb.

Logo que o cortejo deixou o palácio, Neith foi à sua casa, na borda do Nilo, onde estaria mais em liberdade. Nunca, porém, um dia lhe pareceu tão longo. E se, apesar de tudo, fosse notada a desaparição do anel, e viessem retomá-lo? Assim, a cada ruído, estremecia, e a mórbida superexcitação aumentava de hora em hora.

Afinal, anoiteceu, e chegou o momento de agir. Ordenou o aprestamento de uma liteira fechada, para quatro carregadores, e em seguida vestiu roupagem rica, envolveu-se em amplo véu de lã, em cujas dobras ocultou a preciosa caixeta. Com enorme pasmo da nutriz e do intendente, instalou-se sozinha na liteira, recusou os batedores e condutores de archotes, já preparados para acompanhá-la, e ordenou marchassem ao longo do Nilo; mas, distanciada do palácio, determinou aos condutores mudarem de direção e transportá-la ao templo de Amon.

O acesso ao sagrado local já estava fechado, mas o guardião da porta conhecia perfeitamente, de vista, a jovem favorita da Faraó, e não fez embaraço em deixar entrar a liteira, designando o caminho a seguir para chegar à parte das construções onde se encontrava o célebre prisioneiro.

Em pequeno pátio, ocupado por soldados, a liteira se deteve, e Neith pediu ao oficial, que se aproximou, conduzi-la junto de Horemseb, pois a rainha lhe permitira despedir-se do prisioneiro, em prova do que lhe estendeu o anel real. O jovem inclinou-se, mas declarou dever entender-se com o sacerdote incumbido da vigilância do condenado, e correu a encontrá-lo. Fremente de impaciência e temor, Neith esperava; porém, ao avistar o ancião que chegava, acompanhado pelo oficial, suspirou desafogada: conhecia o velho sacerdote, por havê-lo encontrado em casa de Roant, e sabia-o amigo de Ranseneb.

— Venerável Amenefta, deixa-me entrar na prisão de meu esposo. Comovida por minhas lágrimas e súplicas, nossa gloriosa rainha permitiu dar-lhe o último adeus. Ranseneb sabe que eu esperava esta graça, e eis aqui o anel real que te confirmará minhas palavras.

O sacerdote pegou o anel e o examinou atentamente à luz de uma tocha.

— É o sinete da Faraó; desce, nobre mulher, e segue-me. O venerável profeta prevenira-me da possibilidade da tua vinda.

3
Últimas horas do condenado

Na manhã do derradeiro dia que passaria entre os vivos, Horemseb fora transferido da prisão subterrânea para outra, próxima do local do suplício: uma câmara quadrangular, paredes nuas, e sem teto. Apenas um telhado de pranchas tapava-a quase pela metade, sob o qual havia mesa, cadeira de pedra, e um monte de palha. Durante o dia, ar e sol tinham penetrado livremente neste último refúgio do condenado; agora, o céu, refulgente de estrelas, desdobrava por cima da prisão o seu zimbório azul-escuro, e, no lado de sombra, uma lâmpada de bronze, fixada por cima da mesa, derramava luz embaciada e vacilante.

Horemseb estava sentado, cotovelos apoiados na mesa, o rosto coberto pelas mãos: algo de terrível lutava em sua alma, e a angústia que a dissolução do ser inspira a todo mortal fazia tremer todos os seus robustos membros.

Saindo do longo esvaecimento, entrava em completa prostração, mas a benfazeja apatia prontamente se dissipara, para dar posto a desesperada superexcitação. Estava condenado à morte, e, no entanto, se o que ele acreditava fosse verdade, não poderia morrer, e essa imortalidade tão desejada, para obtenção da qual sacrificara tantas vidas inocentes, transformar-se-ia em indefinido suplício, em atroz ironia do destino. E cada hora aproximava-o do horrendo momento em que, murado num estreito nicho, privado de ar e alimento, separado do mundo vivo, definharia em uma agonia sem fim. Os dentes rangeram e gélido suor inundou-lhe o corpo. E se, nessas condições tão contra a Natura, morresse, apesar de tudo, que tortura aguardaria a alma, no envoltório carnal, privado de embalsamamento e de sepultura, cairia em poeira num antro imundo? A tal pensamento, o horror do nada assaltava-o, aquela incerteza que agita os homens de todos os tempos, porque os sentimentos humanos não mudam nunca.

Hodiernamente, e assim há centenas de séculos, o ódio e o amor, a cupidez e a ambição são as eternas alçaprebas das nossas quedas; e o culpado de todas as épocas, ao aproximar da morte, sente-se esmagado em seu foro íntimo, o instinto da responsabilidade — que traz consigo desde a nascença — desperta no fundo da consciência adormecida, e faz tremer ante o desconhecido abismo que o vai deglutir, onde não mais poderá pecar — tal qual o fazia na Terra — e onde não tem certeza de estar ao abrigo das consequências dos seus crimes.

Todo o dia decorrera para Horemseb nessa tortura moral, e quando as sombras noturnas espalharam a escuridão e o silêncio em seu derredor novo sentimento avassalou-o com apunhalante amargura: o do seu completo isolamento. Naquela hora terrível em que, reprovado, degradado, condenado, ia desaparecer do mundo, estava sozinho, ninguém o pranteava, nenhum pensamento de compaixão e de afeto vinha buscá-lo na sua prisão; naquele Egito, onde a sorte lhe doara tão formoso lugar, todos o abominavam, desejando-lhe morte; o desprezo e a maldição se aferravam ao seu nome detestado até quando fosse esquecido. Pela primeira vez, aquele sentimento de completa solitude como que lhe arrochava, com indizível martírio, o brônzeo coração, e, com um gemido rouco, apertou a fronte, como se lhe quisesse afundar os ossos.

Absorto em tão amargos pensamentos, não notou que a porta da prisão fora aberta e fechada, e que um vulto feminino detivera-se junto do limiar. Por um momento, Neith contemplou-o, em mudo desespero. Era mesmo Horemseb, o elegante, o perigoso e sedutor feiticeiro, aquele mísero encarcerado, abatido, ali, numa cadeira de pedra? Ante seu espírito perpassou, qual visão, o encantado palácio de Mênfis, e imensa piedade, uma onda de amor afogou-lhe o coração. Pousou no solo a caixeta, libertou-se do manto e do véu, e, avançando, de mãos estendidas, chamou Horemseb, com sufocada voz.

Ele estremeceu e se voltou. Avistando Neith, por instantes pareceu petrificado; depois, olhos brilhando, saltou para ela e a apertou de encontro ao peito. Nos primeiros momentos, permaneceram calados; mas, dominando-se primeiro, Horemseb conduziu-a para o banco de pedra, e, sentando-se a seu lado, murmurou:

— Neith, apenas tu me ficaste fiel, pobre criança que tanto atormentei. Tu me perdoaste o haver-te feito assim tão desditosa? Oh! se tivesse atendido à tua voz profética, prevenindo-me de que vergonha e infortúnio esvoaçavam sobre minha cabeça!...

A emoção tomou-lhe a voz. Pela primeira vez, quiçá, um sentimento de afeto e agradecimento aqueceu-lhe o gelado coração, e, quando Neith para ele elevou o olhar pleno de amor, e ele viu as lágrimas que inundavam as faces da sua vítima, cingiu-a ardentemente de encontro ao peito.

— Não poderia eu viver, para consagrar-me a ti e reparar meus erros? Mas, tudo terminou, e tu, Neith, reveste-te de coragem para suportar o golpe que, em algumas horas, te atingirá.

A jovem mulher estremeceu, e, imediatamente, lembrou-se da mensagem que trazia.

— Meu bem-amado, não desesperes; eu te trouxe a liberdade! — exclamou, correndo a apanhar a caixinha, que pousou na mesa. — Vê! um amigo envia-te isso; essa caixeta contém a tua salvação!

Nervosamente agitado, o príncipe abriu a pequena caixa, examinou o conteúdo e, desenrolando o papiro, leu ávido a mensagem. Imediatamente, um rubor resplandecente invadiu-lhe o rosto e um abafado grito de júbilo e triunfo saiu-lhe dos lábios. Num transporte de brutal paixão, pegou Neith e a ergueu, qual pluma, acima da fronte.

— Salvadora da minha vida, mensageira divina que me trazes a liberdade! — murmurou ele, cobrindo-a de ardorosas carícias.

— Fugirás, Horemseb? — indagou ela, radiante — e levar-me-ás contigo, não é verdade?

— Sim, fugirei, mas de maneira diferente da que possas pensar, e quem sabe? talvez me seja dado possuir-te e pagar esta hora de devotamento, com uma vida de amor e gratidão. Mas, dize-me, mensageira de alegrias, como chegaste à minha prisão?

Neith relatou sucintamente quanto se passara, desde a separação até a vinda de Abracro, e o feliz acaso que lhe permitira apossar-se do anel da rainha.

— Mas, dize-me, recebeste todas as remessas de vinho, provisões, vestes, e outras coisas, que, diariamente, te fiz? — indagou ela, ao terminar.

— Recebi, durante minha enfermidade, vinho e mantimentos, e nada mais.

— Oh! os infames enganaram-me, até Ranseneb, depois das régias dádivas que fiz ao templo. Roubaram-te, a ti, o infortunado que eles destruíram! — balbuciou, lívida de indignação.

— Quiseram tranquilizar-te, pela convicção de que eu seria confortado pelos teus cuidados; mas, deixa isso, minha bem-amada, e não te aflijas mais; eu lhes fugirei à ira, pela aparência de morte. Lá, diante de ti, adormecerei, porém não será a morte, e sim um sono povoado de sonhos tranquilos e felizes. No momento, não te posso dizer mais do que isto, porque, pobre criança, tu poderias, sem querer, em sonho, revelar a verdade, e então eu estaria perdido. Agora, agir! O tempo apressa; a cada instante podem vir buscar-te.

— Não compreendo as tuas palavras — exclamou Neith, desesperada. — Sei somente que te vou perder por muito tempo, para sempre talvez; que te querem fazer perecer (e premiu a cabeça de encontro ao peito de Horemseb). Oh! dize-me se é verdade que não me amas, e que o amor que tenho por ti é produto de um enfeitiçamento, e aplaca o incêndio que me devora...

O pranto impediu-a de prosseguir. Horemseb passou a mão pela fronte: sentimentos estranhos e multíplices agitavam-no, e, pela primeira vez também, arrependimento, piedade, gratidão para com aquela jovem criatura — a única — que lhe ficara fiel, despertaram em seu coração duro e frígido. Inclinou-se, e seu olhar imergiu, com indefinível expressão, nos olhos úmidos de Neith.

— O amor dos sentidos que te inspiro é enfeitiçamento; as lágrimas que vertes sobre mim é o sentimento puro e divino do amor — disse em voz baixa. — O bruxedo pode dominar e entorpecer o corpo, porém, jamais, fazer sofrer o coração. O feitiço, minha Neith querida, não me defendeu do ódio, do ciúme feroz de Neftis e de Ísis; ambas beberam e olfataram o veneno, seus corpos fremiram sob meu olhar, e não o coração que me odiou e destruiu. Tu, porém, não sofrerás, nem arderás mais: qualquer que seja o futuro, quero guardar teu coração, teu puro afeto, sem o feitiço que te entorpece.

Aproximando-se da mesa, pegou um pano, molhou-o na água da bilha e com ele limpou as mãos e o rosto afogueado de Neith. Depois, retirou da caixeta um dos frascos e o copo, e reavistando o escrito, enviado pelo sábio, reduziu-o a pedacinhos mínimos. Nesse momento, a parte aberta da prisão foi inundada de luz tão suave, embora viva, que a claridade da lâmpada ficou ofuscada: era a Lua, elevando-se, o astro amado de Horemseb, e o avistá-la arrancou-lhe uma exclamação de alegria. Erguendo os dois braços para o argênteo globo, recitou, em voz cadenciada e com expressão de entusiasmo, uma invocação a Astarté. Ocupando-se de novo com a jovem, que ficara interdita, disse, jovialmente:

— Agora, agir! A rainha da noite ouviu minhas preces; compassiva e radiosa, veio calmar-me com seus doces raios, dar-me coragem, embalar-me no misterioso sono.

Respirou a plenos pulmões, passou as mãos pelos cabelos. Após isso, pegou o frasco e derramou no copo a metade do conteúdo, e com a outra metade friccionou a testa, as têmporas e o peito. Terminado, estendeu o copo a Neith, dizendo-lhe:

— Bebe!

— É a morte? — perguntou, estremecendo. Eu a prefiro, de resto, a viver sem ti.

— Não é a morte, e sim a calma, o repouso, a destruição do feitiço. Teu coração, eu o espero, permanecerá fiel — respondeu ele.

E seu olhar mergulhou, qual labareda, nos olhos de Neith, que levava o copo à boca. Apenas bebeu, desconhecida sensação, uma friagem glacial correu-lhe pelas veias. Presa de debilidade, vacilou, mas Horemseb fê-la sentar-se no banco, agora iluminado pela Lua. Em seguida, tirou da caixeta o segundo frasco e o esvaziou no copo. Vivificante e suave aroma embalsamou o ambiente. Sentando-se junto de Neith, deu-lhe a segurar o copo.

— De ti quero receber a bebida misteriosa que me promete vida e futuro, e, se morrer, liberto-me, ao menos, da vergonha e da satisfação cruel dos padres insolentes. Viver murado, seria tortura horrenda!

Tremente e desfeita, a jovem mulher aproximou o copo dos lábios do amado homem; mas, tão logo bebeu, ela o deixou desprender-se dos desfalecidos dedos, e o cristal caiu e se espatifou no solo.

— Agradecido! — murmurou Horemseb, e, atraindo Neith a ele, acrescentou:

— Fica assim; quero adormecer contemplando teu lindo rosto e teu afetuoso olhar.

Encostou-se ao muro e fixou o astro querido, ao qual parecia estar ligado por misterioso elo; era o pálido confidente de seus sonhos, o silencioso testemunho de seus crimes, das ignóbeis festas do palácio de Mênfis... E, naquela hora fatal em que, degradado e abandonado, nem mesmo sabia se vida ou morte o aguardava, o astro viera iluminar-lhe a prisão, e nos seus raios de luz impregnavam-se os tétricos e tumultuosos pensamentos do condenado. Essas impressões indeléveis a Lua as leva, de século em século, impassível, porém não esquecendo detalhe algum, identificando em todos os lugares, sob cada nova fisionomia, aquele que lhe confia suas dores e suas alegrias, reatando, silenciosamente assim, os misteriosos laços do passado.

O homem encarnado muda de aspecto, de cor, de posição; esquece onde, em que século, após grave acontecimento, sob o peso de quais sentimentos viu ele aquela muda confidente vir visitá-lo no leito de morte ou no calabouço, testemunha única de obscuro crime ou de júbilos desconhecidos dos homens. Ele ignora em que horas de angústia seus perecíveis olhos fixaram, velados de pranto, esse argênteo globo; mas, este, sabe, e reencontra Horemseb sob os traços do rei infortunado, cujo fim trágico emocionou o mundo.

Não era sem motivo que Luís II tanto amava a noite e as quimeras à luz do luar, e se apenas vagamente compreendia o murmurar dos seus raios luminosos, falando-lhe de longínquo passado, de crimes esquecidos, de vida de sofrimento e de expiação, recebia o fascínio estranho de um elo misterioso, o atrito de incógnito sentimento que o atraía para o astro das noites que adorara outrora.

Mergulhado nos pensamentos, esquecera tudo que o rodeava, quando, repentinamente, Neith ergueu a cabeça, que lhe apoiara ao peito, e balbuciou, espavorida:

— Estão ali as mulheres terríveis. Oh! Horemseb, seremos separados.

— Que vês tu, Neith? — murmurou ele, estremecendo.

— Serás separado de mim, de nós todos, por muito tempo; somente teus inimigos ficarão contigo, e tu sofrerás, sentindo-te isolado, sempre vencido pelo destino. Desprezaste o verdadeiro amor, e só o feitiço permanecerá junto de ti; coração vazio, alma enferma, tu procurarás reaver a chama que aquece, porém só o conseguirás quando o amor florir em teu próprio peito e dominar as paixões e o ódio. Oh! aprende depressa a amar, para que nos reencontremos!

— Farei por isso — murmurou Horemseb, invadido por estranha e geral dormência, e maquinalmente apertando-a de encontro a ele.

Súbito, Neith repeliu-o, atirando-se para trás, olhos dilatados.

— Deixa-me. Em que te tornas? És tu, esta sangrenta borboleta, vermelha como se fosse de fogo? Deixa-me; tu me queimas e sufocas; tu vomitas sangue!

Debatendo-se feito louca, empurrou Horemseb; mas, as débeis pernas recusaram-lhe apoio, resvalou para o solo, e, com a cabeça retesada para trás, pousada nos joelhos do prisioneiro, perdeu os sentidos. Ele mui débil resistência pudera oferecer, porque profundo entorpecimento invadia-lhe o corpo; como que através de nuvem, viu Neith abater-se junto dele, e lhe pareceu que ele mesmo rodopiava, qual pluma, em um báratro negro. Depois, perdeu a consciência.

Mais ou menos quinze minutos decorridos, o oficial de serviço abriu a porta, e disse, respeitoso:

— Nobre senhora, é tempo de retirar-se.

Não obtendo resposta, entrou e estarreceu ao deparar com a jovem mulher abatida, como se estivesse morta. Crente de que a emoção a privara dos sentidos, aproximou-se vivamente, e, ao primeiro golpe de vista sobre os olhos vítreos do prisioneiro, ao contato da mão gelada, soltou abafada exclamação e correu para fora.

No apartamento de Ranseneb ainda estava reunida uma dezena de sacerdotes, discorrendo sobre a execução da sentença, no dia seguinte, e sobre a contrariedade de não se haver obtido informações precisas a respeito da misteriosa planta do amor. Entre os interlocutores retardatários, encontravam-se Roma e Amenófis, ambos hóspedes de Ranseneb naquela noite.

A impetuosa entrada de Amenefta, acompanhado do oficial, interrompeu a conversação, e, quando o velho sacerdote relatou, pálido e trêmulo, a visita de Neith e a descoberta feita pelo militar, todos se ergueram e encaminharam, quase a correr, no rumo da prisão.

Alguns minutos mais tarde, os sacerdotes rodeavam, sombrios e consternados, o estranho grupo; mas, Roma, trepidante de desespero e ciúme, arrancou a jovem mulher de junto do odiado rival, e, ajudado por um dos assistentes, tentou, infrutiferamente, reanimá-la.

Velho médico aproximou-se primeiramente de Horemseb, examinou-o e declarou estar morto. Quanto a Neith, vivia, apenas desmaiada, aconselhando retirá-la do nefasto local e ministrar-lhe os cuidados que indicou. Para cumprir esta prescrição, Roma transportou-a, ele mesmo, à liteira para conduzi-la ao palácio de Sargon, por isso que não desejava, em hora tão imprópria, levá-la ao da rainha.

Depois da saída de Roma, os sacerdotes reuniram-se de novo. Examinaram cuidadosamente a caixeta, os frascos vazios e os pedacinhos do papiro, mas esses objetos pouco lhes adiantaram.

— A insensata jovem evidentemente trouxe-lhe o desconhecido veneno que o matou, e também o escrito de um cúmplice. Mas, quem teria dado a ela esses objetos? — disse Ranseneb.

— Só podia ser talvez o miserável hiteno que, fora de dúvida, se esconde em Tebas, e possui esse veneno tão misterioso quanto a planta maldita — observou Amenófis, que, inclinando-se, tateou o morto. — Estranho cadáver! Nenhum traço de sofrimentos; flacidez dos membros e, contudo, palor cadavérico, frio glacial, coração parado.

— Isso importa menos agora, do que a revoltante certeza de que o celerado fugiu a uma justa punição. E que decidiremos, à vista disto?

Após curto conciliábulo, ficou resolvido que se silenciaria sobre o ocorrido, de que poucos eram conhecedores, e seria consumada a execução da sentença como se coisa alguma houvesse acontecido. E, em virtude de tal deliberação, tudo se realizou conforme estava programado, em presença de todas as testemunhas designadas. O corpo de Horemseb, amparado por dois homens, como se o medo o tivesse aniquilado, foi conduzido ao pequeno pátio, onde alta e estreita cavidade estava aberta na espessa muralha. O corpo, ainda flácido, foi sentado num curto banco colocado ao fundo, junto do muro, e bem depressa os obreiros colocaram, céleres, os tijolos, fazendo desaparecer aos olhos dos assistentes o rosto do facinoroso enfeitiçador que tanto dera que falar.

Naquele estreito nicho, devia reduzir-se a pó o corpo tão ávido de luxo e de prazer, o cérebro orgulhoso, cruel, inventivo de voluptuosidade sanguinárias. Bem pronto foi a abertura totalmente fechada, e apenas a argila úmida assinalava o lugar onde estava sepultado o criminoso ilustre, acreditando-se ficarem todos desembaraçados dele para toda a eternidade, os sábios sacerdotes não suspeitando sequer que, por um mistério da Natureza, a sombra fatal do feiticeiro de Mênfis devia ressurgir, e, ainda uma vez, fazer tremer o Egito.

Ajudado por um sacerdote amigo, Roma conduzira Neith da prisão do nigromante ao palácio, sempre desacordada. Impondo silêncio à nutriz, que soltava gritos de susto e dor, fez deitar a jovem sobre o leito e lhe administrou os primeiros cuidados. Mas, enquanto executava, com auxílio de Beki, as instruções do chefe dos médicos do templo de Amon, o espírito de Roma trabalhava, combinando todas as particularidades do acontecimento que subtraíra Horemseb à punição. Apesar do enraivecido ciúme e do temor que o estado de Neith lhe inspirava, o jovem sacerdote vira a caixinha, os frascos, o copo estilhaçado e os fragmentos do papiro roto; escutara as observações dos outros sacerdotes sobre o desconhecido veneno que matara o condenado. Tal veneno somente Neith podia tê-lo conduzido; mas, de quem tivera ela a misteriosa caixeta? Quem lha levara? Dominado por este pensamento, ordenou a duas escravas friccionassem com essências os pés e as mãos da enferma, e levou a nutriz para a câmara contígua. Pegando-a pelo braço, perguntou, severamente:

— Quem contou à tua senhora a condenação do bruxo, e quem lhe deu a desconhecida caixinha, que ela conduziu, esta noite, ao sair? Confessa, mulher, sem restrição, e guarda-te de divulgar, a quem quer que seja, as perguntas que te fiz agora.

Toda assustada, a velha ajoelhou.

— Beki está inocente, nobre Roma; Beki não relatou coisa alguma à senhorazinha, e ninguém veio aqui, salvo uma velada mulher, que não disse o nome.

— Neith falou com essa mulher?

— Sim. Após ler um papiro que eu lhe trouxe, ordenou introduzir a desconhecida, e despediu-me. A mulher escondia um volume qualquer sob o manto, mas, se era caixeta, não sei. Em seguida, por não estar distante da porta, parece-me que a senhorazinha pronunciou: "Abracro"...

Súbita claridade fizera-se em seu espírito: Abracro, a hitena, mantinha sem dúvida relações com o maldito e escondido sábio; por instigação deste, ela viera instruir Neith sobre a sorte que aguardava Horemseb, e lhe trouxera a caixinha com o veneno e a missiva que a acompanhava. Sob o império da sua insânia, a jovem mulher tinha obtido ou furtado o anel real que lhe abrira as portas da prisão. Mil pensamentos, sanhudos e dolorosos, encontroavam-se no cérebro do moço sacerdote; sua alma, clemente e harmoniosa, estava ulcerada pelos zelos e temor que lhe inspirava o estado da mulher adorada. Destruir o miserável estrangeiro, que desencadeara tantas desgraças sobre o Egito, parecia-lhe obra santa. Assim, o chão como que lhe queimava os pés, porque, súbita lhe veio a ideia de que, se naquela mesma noite, se fizesse uma batida na casa de Abracro, ali seria talvez descoberto, se não Tadar, ao menos um fio condutor.

À chegada no palácio de Sargon, Roma expedira um mensageiro a Satati, rogando-lhe vir imediatamente, e o velho médico do templo, que já cuidara de Neith, prometera acorrer, logo que estivesse livre. Fiel à promessa, o velho chegou, munido de farmácia portátil, e, pouco depois, Satati, azafamada. Assim que entregou a enferma aos seus cuidados, Roma correu para o carro, que fizera atrelar, e, a toda a brida, rumou para o palácio real, onde sabia que, nessa noite, Chnumhotep estava de serviço.

Encontrou o chefe das guardas em conversação com Ranseneb, que acabara de chegar, trazendo o anel real para ser entregue a Hatasu, logo que despertasse, e lhe dar parte dos acontecimentos supervenientes. Ambos escutaram atentos as palavras de Roma, e Chnumhotep exclamou, com a natural vivacidade:

— Tem razão. É mister aprisionar imediatamente a feiticeira. Quem sabe? Talvez ponhamos a mão na raiz de todo o mal, no hiteno maldito. Os ímpios não contam ser tão depressa perseguidos, porque esta trama é obra de mais de um desses estrangeiros, que permanecem nossos inimigos, apesar de todos os favores com que sejam cumulados. Algum deles deve ter comunicado a Abracro a sentença pronunciada.

— Esse deve ser Tiglat, único dos hitenos que foi imediatamente informado — observou Ranseneb. De resto, Abracro deverá confessar quem a mandou junto à pobre Neith, cujo estado doentio a torna irresponsável. Mas, apressa-te, Chnumhotep:

seria uma felicidade podermos anunciar à rainha que o culpado foi preso. A notícia, decerto, atenuar-lhe-ia a cólera.

Meia hora mais tarde, um destacamento de soldados, sob o comando de Antef, dirigiu-se silenciosamente rumo à casa de Abracro. Depois de cercada e vedadas todas as saídas, o oficial e uma esquadra nela penetraram. Roma não se equivocara: Tadar, surpreendido com Spazar e Abracro, foi preso, e o trio, acorrentado, conduzido à prisão.

Hatasu inteirou-se, com tanta surpresa quanto cólera, das ocorrências da noite. Um recado de Satati informara-a de que Neith reabrira os olhos, embora estivesse presa de febre violenta e delírio. Ao pensar que o miserável causador de tantos males à filha, e que com as impuras mãos quebrava tão jovem existência fugia ao castigo, o coração da rainha intumescia de impotente raiva. Assim, à notícia de que o verdadeiro instigador do mal estava detido, tudo quanto havia de crueza e sede de vingança no ânimo da orgulhosa soberana despertou, e implacável dureza coruscava-lhe vibrante na voz, quando, após curto silêncio, se voltou para Semnut e Ranseneb, que, humildes e silenciosos, aguardavam as ordens:

— De há muito, o impuro ídolo de Moloc empesta o Egito com a sua presença; mas, antes de ser destruído, acho conveniente oferecer ao deus um sacrifício digno dele: o do seu próprio sacerdote. Providenciarás, Semnut, para que, dentro de três dias, Tadar seja executado. Para esse réu, sedutor de príncipes egípcios, constitui ainda invejável morte o ser assado vivo entre os braços do seu deus. Quanto a Spazar, será enforcado, e bem assim Abracro, e também Tiglat se for provada a sua conivência com os outros dois, e seus corpos serão abandonados aos corvos, porque ambos abusaram da minha confiança e pagaram com ingratidão meus inumeráveis benefícios. A ti, venerável profeta, eu agradeço, e bem assim aos teus confrades, a prudência demonstrada nesta circunstância, e aprovo as vossas decisões. Quanto ao furto do anel-sinete, seja esquecido, porque a desditosa Neith está doente e irresponsável pelo que faz.

Dois dias depois deste diálogo, imensa multidão estava reunida em árido vale confinante com o deserto. Ao centro de um cordão de soldados, erigia-se o sombrio ídolo hiteno, já arroxeado pelo fogo que lhe roncava crepitante nas entranhas, e, a alguma distância, erguiam-se três patíbulos. Os prisioneiros haviam sido transportados sob a guarda de um destacamento, do comando de Antef, e, em atitudes bem diferentes, aguardavam a sua hora final. Sombrios, selváticos, porém resolutos, Tiglat e Spazar não demonstravam temor algum; Abracro, estupidificada, enlouquecida de terror, parecia haver perdido a compreensão das coisas; Tadar estava espantoso, horrendo de ver. Ao saber que destino o esperava, ódio e pavor tomaram-no: começava a duvidar da eficácia da sua ciência, e os sofrimentos faziam-lhe medo. Cômodo lhe fora fazer outros sofrerem... Apanhado de improviso, não pudera munir-se de um veneno que o subtraísse à tortura.

Ao avistar o seu deus incandescente, ficou como que dementado; rugindo, feito animal selvagem, olhos injetados de sangue, espuma na boca, rebolcava-se, fazendo soar as correntes e resistindo, com força sobre-humana, aos homens que o queriam pegar. Então, à ordem de um funcionário, foi trazido um gancho, com o qual o prenderam pela cintura, apesar de agarrar-se com fúria ao chão, suspendendo-o para lançá-lo na fornalha. Gritos, sem semelhança com a voz humana, sacudiram o eco das rochas, e fizeram recuar de horror a vultosa assistência aglomerada. Sob o peso de tal impressão, o enforcamento de Tiglat e seus companheiros passou quase despercebido.

Do criminoso sábio, que condenara ao sofrimento e à morte tantos inocentes, só restou dentro em pouco um punhado de cinzas; mas, essas cinzas deviam reviver, séculos mais tarde, sob o nome de Richard Wagner, para vazar, em melodias selvagens e inarmônicas, todo o caos fervilhante daquela alma; despertar e seduzir, também, pelo feitiço do passado, seu discípulo de outrora. Semelhante ao marulhar das ondas, essas melodias, tão depressa insinuantes e voluptuosas, tão logo selváticas, feriram o ouvido do rei, que havia sido Horemseb; do alto do trono, estendeu a mão ao maestro desconhecido, e lhe aplainou a estrada.

Luís II não se dava conta da potência daqueles sons que evocavam a lembrança do palácio de Mênfis, com as rosas rubras e suas vítimas sanguinolentas; mas, o inconsciente despertou no soberano, fazendo-o buscar o isolamento, a Lua e os perfumes entorpecentes: foi uma dessas esfinges indecifradas que a Ciência denomina um louco.

Os incrédulos, eu o sei, sorrirão desdenhosamente ao ler estas linhas, que imaginarão fruto de cérebro enfermo ou fantasista, mas, o porvir dar-me-á razão. Enquanto se obstinarem no seu orgulho e nas negações, os médicos serão impotentes ante as doenças da alma, tão inatingíveis e tão estranhas, e somente quando buscarem no passado a fonte do obscurecimento da alma do louco encontrarão a chave do enigma, e o mal poderá ser tratado na sua raiz, porque o presente é a continuação, a consequência do passado.

4
O bruxo revive em Mena

A execução do mago e dos dois hitenos, tão longamente protegidos pela rainha, causou, em Tebas, profunda satisfação, e isso por um duplo ponto de vista: a aversão inveterada dos egípcios contra todo estrangeiro estava afinal atendida, e desfeito o receio inspirado pelo perigoso sábio. Quem poderia adivinhar o que teria inventado, em sua sede de vingança? E milhares de peitos respiraram aliviados, à ideia de que ele estava morto.

A alegria geral, causada por aquele afastamento de sanguinoso pesadelo, não era partilhada pela rainha, porque Neith continuava flutuando entre a vida e a morte; os terríveis acontecimentos da sua estada em Mênfis, o veneno bebido e olfatado, as lutas e as angústias dos últimos tempos haviam já quebrantado sua saúde; mas, a derradeira entrevista com Horemseb, e a reação violenta operada pelo antídoto que ele lhe fizera ingerir, arrasaram definitivamente o débil organismo. Devorada por ardente febre, perseguida no delírio pelas visões de recente passado, a desventurada criatura descrevia as cenas horrendas a que assistira no palácio de Mênfis, e o nome de Horemseb não lhe deixava os lábios.

Tudo quanto Tebas contava em celebridades médicas reunia-se junto do leito da enferma, que Roant e Satati assistiam com absoluto devotamento, ajudadas pela nutriz fidelíssima, a qual não permitia a nenhuma outra serva tocar na adorada senhorazinha. Muitas vezes também a barca ou a liteira real parava no palácio de Sargon, e, olhar sombrio, fronte preocupada, a soberana se inclinava sobre a filha amada, cujo estado, quase desesperador, lhe penetrava o coração de amargura. Quando pensava naquele jovem rebento, tão ricamente dotado, que, descuidado e feliz, desabrochara para a vida qual flor orvalhadamente aberta, e que agora se encontrava em um estado pior do que a morte; quando via Neith destruída pelo criminoso divertimento de um homem a quem ela não fizera mal algum, e que, sabendo a que personagem atacava, havia, com as mãos sacrílegas e insolentes, enxovalhado e despedaçado aquela inocente vida; uma raiva sem classificação inflava-lhe o peito e fazia crispar os dedos. Desejaria torturar esse miserável, saciar-se dos seus sofrimentos, e ele havia achado meio de iludir o castigo, empregando por instrumento de salvação — suprema ironia — a própria vítima que ele cegara.

Mais de três semanas eram decorridas desde a morte de Horemseb. Numa tarde, o velho médico do templo de Amon-Ra veio visitar a doente, acompanhado de Roma, e ambos se curvaram ansiosamente sobre ela, que, exaurida e magra, repousava, olhos fechados, insensível a tudo.

— O fim se aproxima, e, salvo alguma imprevista reação, esse débil respirar cessará na aurora solar de amanhã — murmurou, tristemente, o velho.

Palor profundo cobriu o rosto do moço sacerdote, igualmente emagrecido. Em seu olhar, habitualmente tão doce e calmo, desenhava-se amargo desespero.

— Então, ficarei aqui até final e ministrar-lhe-ei as gotas que trouxeste — respondeu, com insegura voz.

— Está bem, fica; não a perturbes, porém, se o estado atual se mantiver. Dentro de duas horas voltarei, e então veremos.

Quando o velho médico saiu do aposento, Roma deixou-se cair numa cadeira, junto do leito, e seus olhos repararam por acaso na dedicada nutriz, acocorada à cabeceira, a cochilar de fadiga.

— Vai descansar por uma hora, Beki. Roant deve chegar, e até lá eu velarei pela doente, e direi as preces necessárias.

A escrava retirou-se docilmente. Feliz por encontrar-se a sós, naquela hora suprema, com o ente amado, e que ia perder, ajoelhou e apertou entre as suas a pequenina mão, úmida e gélida, estendida sobre a fina coberta de lã violeta. Neith parecia mergulhada numa espécie de letargia: olhos semifechados, boca entreaberta, respiração imperceptível, os traços fisionômicos já denotando qualquer coisa de rigidez da morte.

Olhos obscurecidos pelas lágrimas, o jovem sacerdote inclinou-se sobre ela; jamais lhe fora tão querida quanto naquele instante. Que importava, se, por indigno artifício, lhe tinham roubado o coração de Neith! Seu primeiro e puro amor pertencera-lhe. Oh! se pudesse prolongar aquela vida que se extinguia, fosse isso mesmo sem nenhuma esperança para ele! Os homens eram ineficientes, sem dúvida, mas, as divindades que ele adorava — elas — não tinham poder de afastar a morte? Apertando febrilmente a pequenina mão que retivera entre as suas, Roma ergueu os olhos para o azulado céu que se percebia pela varanda, e ardente prece subiu de seu atormentado coração rumo das forças do Bem. Qualquer que seja o nome que se lhe dê — Amon-Ra ou Deus, Ísis ou Virgem Maria, é sempre para o — princípio divino, a fonte pura e renovadora que retempera a alma e o corpo — que o homem abre caminho, implorando do Criador socorro para a sua criatura, lá onde a cega sabedoria humana, impotente, se detém.

Ardente qual labareda, porém pura e despida de egoísmo, subia a invocação de Roma; toda a sua alma parecia fundir-se em um único desejo: arrancar à destruição a mulher que ele amava mais do que a si mesmo. Ignorava ele que a torrente de vibrações que se exalavam do seu ser, unidas ao fluido divino, desciam em quentes e vivificantes eflúvios sobre o organismo enfermo, purificando-o, enchendo-o de novas forças, realizando aquele milagre de ressurreição que implorava.

Absorvido em sua fervorosa prece, não se apercebeu de que, por detrás dele, o reposteiro fora afastado e que Hatasu aproximara-se, sem ruído. Sombria e desesperada no fundo da alma, viera passar os derradeiros instantes junto da filha agonizante, pois os médicos lhe tinham dito não alimentar esperança alguma. A vista de um homem ajoelhado à cabeceira de Neith a surpreendera, mas, reconhecendo Roma e notando a sua concentração extática, compreendeu que ele orava, e, como se tão ardente invocação a contagiasse, foi tomada igualmente do desejo de orar.

A piedade humilde e confiante faltava totalmente à orgulhosa filha de Tutmés I, que se automirava por descendente dos deuses. Os desenganos e os sofrimentos que a haviam atingido durante a existência, despertaram-lhe cólera e rebelião; as vitórias pagara às divindades, com dádivas e sacrifícios dignos delas e dela. E para obter a cura de Neith oferecera sacrifícios em todos os templos de Tebas; mas, a ideia de orar — ela mesma — nunca lhe ocorrera.

No momento, à vista daquele fino rosto imobilizado, fiel imagem do único homem que amara, a alma cedeu, e ela se sentiu tão fraca e impotente quanto o mais pobre dos seus súditos. Junto daquele leito de morte, cessava o seu poder; contra a força incoercível que ia apossar-se do ser que ela amava, só lhe restava um recurso: a prece. Baixando a altaneira fronte, mãos juntas de encontro ao peito, Hatasu orou, pela primeira vez quiçá, do fundo da alma, aproximando-se, súplice, da divindade.

Enquanto os dois amorosos corações por ela assim rogavam, ligeiro rubor coloriu as faces diáfanas de Neith, sua respiração acentuou-se, as pálpebras fecharam e o torpor mudou-se em sono.

Erguendo a cabeça, a rainha notou, de imediato, essa transformação, estremeceu, aproximou-se vivamente e, cheia de nova esperança, inclinou-se sobre a doente. Tal movimento despertou Roma do êxtase; recuou rapidamente, para saudar Hatasu, segundo a etiqueta, mas esta, voltando-se para ele, com a maior benevolência, pousou-lhe a mão sobre o ombro, e disse:

— Tua prece, Roma, esclareceu-me, e juntei à tua a minha rogativa. Talvez os imortais nos deem o que recusaram às dádivas e sacrifícios e à ciência dos nossos médicos: a vida de Neith! Convenci-me também de que nenhum coração mais fiel do que o teu vibra por esta criança, que te amou de toda a alma, antes do veneno lhe perturbar a razão. Eu te prometo, pois, nesta hora solene, que, se Neith restabelecer-se e seu coração voltar a ti, farei dela tua esposa.

Fremente, sob a ação de múltiplos sentimentos, o moço sacerdote prosternou-se e agradeceu à rainha; depois, colou os lábios nos dedos mornos de Neith. E, quando, meia hora mais tarde, veio o médico, este constatou que a enferma dormia profundamente, o corpo inundado de abundante suor. E murmurou, com os olhos a brilhar:

— Filha de *Ra*, um grande milagre acaba de operar-se, pela vontade de teu divino pai: a princesa viverá!

Durante a convalescença de Neith, que com extrema lentidão retornava à vida e à saúde, uma outra vítima de Horemseb olvidava suas desventuras e sofrimentos, com a despreocupação da mocidade: Ísis, que, de dia para dia, recobrava as forças e beleza. Por outro lado, sua posição em Tebas era tão agradável, que contribuía consideravelmente para o restabelecimento moral e físico.

Tornara-se herdeira rica, graças à generosidade da rainha, que, aos haveres de Hartatef, juntara ainda a soberba moradia doada por Tutmés a Neftis e que ficara também sem dono. Além disso, a parte que tomara no sangrento drama do nigromante rodeara-a de romanesca auréola, e excitara geral interesse em seu favor. Nas mais aristocráticas casas, recebiam-na com agrado, e Roant tomara verdadeira amizade por ela. Ísis era, pois, frequente visitante do lar do chefe das guardas, agora aumentado de uma sobrinha, filha de um irmão, da qual fora recentemente nomeado tutor. Asnath e Ísis simpatizaram-se rápida e mutuamente, e muitas vezes um círculo de adoradores e pretendentes reunia-se na hospitaleira mansão de Chnumhotep, em torno das duas moças.

Entre os mais frequentes visitantes, e melhor acolhido, contava-se Keniamun, ao qual o chefe das guardas e esposa mostravam constante gratidão, pela auspiciosa interferência que lhes propiciara o casamento. Roant, principalmente, não podia pensar sem tremores na sorte amarga que lhe estaria reservada se se unisse a Mena, o libertino, egoísta e perdulário, e olhava Keniamun, que a prevenira tão oportunamente, como o fundador da sua felicidade. As visitas, cada vez mais amiudadas, do oficial tinham, aliás, um determinado fim: desposar Ísis, agora bastante rica para lhe assegurar independência, e da qual apreciara o espírito, a honestidade e o denodo.

A jovem também se habituara a ele: a sua vida em comum em Mênfis, desde a conjura contra Horemseb, havia criado entre ambos uma intimidade e uma solidariedade excepcionais. Assim, acolhia favoravelmente as aproximações do moço oficial, que Roant protegia abertamente, persuadindo Ísis de que precisava de um protetor, e de que jamais encontraria esposo mais digno do que Keniamun.

Ísis deixou-se convencer sem muita dificuldade; o amor que lhe inspirara Sargon dormitava sempre no fundo do coração, mas, o príncipe estava morto, sem jamais haver correspondido, por um olhar sequer, ao seu tácito e fiel afeto. Keniamun era jovial, bom, amável, conhecia o seu antigo pendor amoroso, e a perdoava. Que poderia desejar de melhor? Em vista de tão boas disposições de ambos os lados, não demorou o noivado, e, quatro meses após a morte do bruxo, festejou-se o matrimônio de Ísis e Keniamun, na residência de Roant, que assim quis fazer-se de mãe da desposada.

Mais de um, entre os jovens, invejou a boa fortuna de Keniamun, porém, nenhum com o despeito de Mena, não que este pensasse em casar-se com Ísis, pois, em sua vaidade, considerava-a muito inferior pela origem, e sim porque toda a felicidade alheia o irritava. Em verdade, ele pretendia reparar sua situação por meio de casamento rico, mas, depois do fracasso com Roant, não tinha tido sorte, e muitos soberbos partidos lhe haviam fugido das mãos, e o pensar que Keniamun encontrara uma formosa e rica mulher, ofuscava-o, numa espécie de ofensa pessoal.

Apesar do seu patrimônio, dos subsídios de Neith e das consideráveis somas que houvera de Horemseb, estava sempre carente de dinheiro, e seu conceito, em Tebas, deixava muito a desejar. Nos últimos tempos, principalmente, perdera muito no jogo, e sua ligação com celebrada cortesã, dera bastante que falar em toda a cidade. Tal reputação de dissipador e libertino, afastava as mulheres ricas e sensatas; Mena, porém, disso não desconfiava, e, na sua fatuidade cega, considerava-se irresistível. Entretanto, a contrariedade que experimentara com o matrimônio do colega seria esquecida, quanto outras do mesmo gênero, se um fútil incidente não o tivesse impelido para uma nova pista.

Mena era assíduo frequentador da casa de Tuaá: apreciava as festas originais, os banquetes soberbos que a viúva e sua filha organizavam, com refinado gosto, e eram ponto de encontro da "juventude dourada" de Tebas e de todas as belas mulheres que não faziam questão de prudência e virtude.

Em uma dessas reuniões, alguns dias depois do casamento de Keniamun, falava-se da festa que Roant dera por aquela ocasião.

— Sim, foi soberba, diverti-me maravilhosamente, e desejaria que semelhante festa se repetisse em breve — exclamou um oficial, que fizera entusiástica descrição da felicidade de Keniamun e da formosura da noiva. — E acrescentou, a rir: Mena, tu bem podias ensejar essa oportunidade, casando-te. Asnath, a sobrinha de Chnumhotep, parece ter sido criada com endereço a ti: é encantadora e imensamente rica.

— O caso oferece apenas uma dificuldade: ele não frequenta a casa do chefe das guardas, pois ali vê sempre, em Roant, o desdém que a fez colocar a coroa de noivado na cabeça do vizinho da esquerda, em vez do da direita — observou, maliciosamente, Nefert.

Mena enrubesceu vivamente, e respondeu, despeitado:

— Só posso felicitar-me de tal desdém, que me poupou de uma esposa ciumenta, coquete e passavelmente madura. Chnumhotep bastante se enciumava a esse tempo, e, à conta própria, mentiu muito a meu respeito, e, por suas intrigas, chupitou a viúva. Foi bem punido, porque não é ele, e sim a mulher, quem manda em casa.

— Toma cuidado, para que ele não te prejudique ainda uma vez, fazendo que a sobrinha saiba que és jogador, perdulário e caçador de mulheres — disse, chacoteando, a incorrigível Nefert.

— Seria duvidoso para ele vencer desta vez, se eu tentar a aventura; não sou daqueles que as mulheres recusem para marido — respondeu Mena, empertigando-se, com fatuidade.

Esta palestra, provocada por acaso, chamou a atenção de Mena para Asnath, e, por duplo motivo, lhe inspirou o desejo de desposá-la. Primeiramente, soube, de segura fonte, que os haveres da jovem eram dos mais consideráveis; depois, nele fervilhava a vontade de causar um dissabor a Roant e ao marido, forçando-os a conceder-lhe a sobrinha, malgrado a frieza e nenhuma estima que lhe testemunhavam, desde o caso da múmia penhorada.

Contudo, o projeto era de difícil execução, e, após algumas infrutíferas tentativas de aproximação, Mena, que se estimulara cada vez mais, resolveu empregar um meio extremo.

No entanto, para boa compreensão do plano que forjou, durante uma noite de insônia, é mister retrogradar e referir alguns fatos supervenientes, desde a descoberta dos crimes de Horemseb. Quando da prisão do príncipe Tutmés, após o assassínio de Sargon, Mena estava de guarda nos apartamentos do prisioneiro, e foi colocado na porta da câmara onde o situaram. Tutmés, ao recobrar os sentidos, estava extremamente agitado, e encarava a sua situação sob as cores mais sombrias. Pensou, com secreta aflição, em que, se um inquérito descobrisse ser Neftis, a mulher que ele enriquecera, possuidora do formidoloso veneno do feiticeiro, isto constituiria perigosa arma contra ele. Atormentou o espírito para encontrar um meio de suprimir das mãos de Neftis o frasco vermelho, o delator testemunho. A presença de Mena, que julgava ser-lhe inteiramente dedicado, pareceu-lhe um favor dos deuses, e, aproveitando o primeiro momento propício, ordenou ao oficial dirigir-se secretamente à casa de Neftis, inabitada naquela ocasião, e procurar, entre as coisas domésticas da jovem ausente, um frasco que descreveu minuciosamente, pelo achado do qual prometeu régia recompensa.

Ao amanhecer, quando substituído, Mena executou a incumbência, sem êxito, porém, na busca, e só os falatórios nas ruas, a respeito dos sortilégios de Horemseb, abriram-lhe os olhos sobre o conteúdo do frasco desejado por Tutmés, e esclareceram para ele, com uma nova luz, o súbito favor do príncipe. Lamentou não ter encontrado o precioso vidro, mas, com a habitual duplicidade, resolveu prevenir Horemseb do perigo que o ameaçava. Já descrevi, em lugar próprio, a visita de Mena ao palácio de Mênfis, mas deixei de mencionar, que, tendo ouvido de Horemseb a notícia da morte de Neftis, dirigiu-se, ao sair do palácio, a casa desta, guiado pelas indicações do príncipe, e, lá penetrando sem dificuldade, atordoou com imprevista bordoada o pobre velho escravo que vigiava a porta. Desta vez, foi feliz, porque achou o frasco, pela metade com o perigoso líquido. Primeiramente, pensou em captar, com esse achado, as graças de Tutmés ou da própria rainha, conforme as circunstâncias, mas, regressando a Tebas, encontrou diferentes situações: o jovem vice-rei da Etiópia deixara a cidade nessa manhã, e, pelo rumo que tomava o processo, julgou mais prudente ocultar a viagem a Mênfis, e esconder o frasco.

Foi a esse meio infalível que Mena resolveu recorrer, para assegurar-se do amor e da mão de Asnath; mas conhecia todo o perigo do cometimento, e agia com tanta astúcia quanto prudência. Precisava principalmente precaver-se de Roma e Neith, que poderiam identificar o perfume delator, Isso porque, além do mais, escolhera a casa da irmã para principal teatro da sua maquinação. Asnath ia ali muitas vezes, sozinha ou acompanhada de Roant, e em nenhum lugar teria tanta facilidade de aproximar-se da jovem.

Cautelosamente, espreitando cada ocasião favorável, pôs em execução o projeto. Impregnara de perfume um precioso amuleto, que prendia ao colar, quando, sem ser observado, se encontrava com Asnath, e, então, buscava meio de fazê-la examinar a joia, cujo aroma agia tão violentamente sobre a moça, que ela se sentia mal, sem suspeitar, como era natural, qual a origem da indisposição. Mena, ele mesmo, também sofria idênticas consequências, cada vez que usava o amuleto, isto porque ignorava qual a dosagem suficiente. Contudo, o projeto triunfou, Asnath cativou-se violentamente por ele, visitou Neith, cada vez mais, e terminou por declarar a sua paixão. À vista disso, Mena fez-lhe beber algumas gotas do líquido, para prendê-la definitivamente e tornar impossível um recuo.

Em consequência de tal ingestão, Asnath ficou gravemente indisposta, teve febre, e misturou o nome de Mena a todas as fases das divagações; porém, a jovem e robusta natureza venceu o veneno, restando apenas uma irritação excessiva e um cego amor pelo oficial.

Roant e o marido estavam desolados: o pensamento de dar a sobrinha ao libertino jogador, que tanto desprezavam, exasperava-os, e Asnath estava a tal ponto exaltada e rebelde a qualquer persuasão, que temiam um escândalo. De resto, nem por um instante sequer tiveram ideia de que esse amor tivesse causa oculta, e uma única pessoa disso teve desconfiança: Roma. O langor de Asnath mesclado de superexcitação, lembrava o estado de Neith, e muitas vezes surpreendera em Mena um olhar estranhamente inflamado e olhos perturbados, semelhantes aos de ébrio, embora sabendo que o oficial não podia embebedar-se assim subitaneamente, nada tendo bebido.

Em vão o moço sacerdote observou e fez perguntas à jovem: nada surpreendeu de decisivo, e as respostas de Asnath convenceram-no de que jamais lhe haviam sido oferecidas rosas vermelhas, e de que tal amor não evocava com elas qualquer fato particular.

Algum tempo depois, Mena fez o seu pedido, e, se bem que a contragosto, foi aceito e recebido, na qualidade de noivo, na casa do chefe das guardas, e o casamento marcado para três semanas a partir dessa data. Mena, no auge do triunfo, azafamou-se ativamente em preparar uma principesca residência para receber a linda esposa; ancho de orgulho, atirava ouro a mancheias e a arrogância não tinha limites; experimentava uma satisfação toda particular com a cólera, apenas disfarçada, de Chnumhotep e da esposa.

Sem embargo da brilhante vitória de todos os seus projetos, a vaidade superexcitada sonhava novos triunfos, e, querendo assinalar o matrimônio com algo de especial e grandioso, buscando alguma invenção adequada a esse fim, teve a desastrada ideia de fechar a sua vida de solteiro com várias conquistas fora do comum. Não possuía ele o irresistível meio de fazer-se amar? E que ciúmes despertaria a sua boa sorte, se as belas mulheres de Tebas se apaixonassem por ele, mesmo na véspera do casamento, e suspirassem a seus pés, abandonando traidoramente maridos e amantes!

Tal projeto arrebatou-o, positivamente, e, sem mesmo pensar nas possíveis consequências de tão infame abuso de confiança, dirigiu-se à casa de Tuaá, que havia escolhido, não para confidente, mas para instrumento de suas futuras conquistas amorosas.

Após amistosa conversação, Mena declarou à viúva ter ido solicitar-lhe o grande favor de organizar em sua casa uma grande festa, custeada por ele, e que ali reuniria uma vintena de mulheres designadas por ele.

— Quero, uma última vez, em plena liberdade, estar em festa, com pessoas amáveis, que sempre me testemunharam muita bondade, e oferecer a cada uma delas uma lembrança —disse, a rir. — Não as posso convidar para minha casa, e mais tarde terei mesmo de manobrar com os ciúmes de Asnath, que são ferozes.

— Isso quer dizer que, por algum tempo, seremos privados da tua convivência, porque, sem dúvida, a tua futura nos detesta, tanto quanto essa delambida de Roant —respondeu Tuaá, alegremente. — Não importa! Aquiesço ao teu pedido e reunirei minhas amigas, em tua honra, mas, a minhas expensas.

Mena protestou, e, após discutirem, ficou assentado que o oficial ofereceria as frutas e o vinho, e Tuaá o restante necessário para o festim, que foi marcado para a antevéspera do casamento.

No dia da reunião, Mena remeteu desde cedo as provisões combinadas, mas, fechado na sua câmara, preparou sozinho a bebida enfeitiçada que lhe devia proporcionar um triunfo, com o qual já se deleitava por antecipação. Decidira oferecer a Tuaá magnífica ânfora esmaltada, cujas alças, ornamentos e tampa (em forma de cabeça de bode) eram de ouro; às outras mulheres, em número de vinte duas, Nefert inclusive, copos ricamente incrustados. Fez encher a ânfora do mais caro vinho e nela despejou, sem pestanejar, uma quantidade do perigoso líquido que teria bastado para Horemseb gastar em suas orgias durante um mês. O vinho ferveu por momentos, pareceu enegrecer, mas, ao termo de um minuto, retomou a primitiva coloração e aparência; o aroma, suave porém atordoante, que imediatamente se espalhara no ambiente e causara um rubor flamejante nas faces de Mena, evaporou-se rápido. Perfeitamente satisfeito, trauteando licenciosa canção, repôs o frasco, quase vazio, na caixinha onde o escondia.

Chegando à casa de Tuaá, encontrou todos reunidos. As frívolas e lindas criaturas, de reputação um tanto esfolada, frequentadoras da viúva, formavam um enxame brilhante e enfeitado, que rodeou o herói da festa, duplamente herói, porque era o único homem presente.

Palestrou-se alegremente, e, depois, foram para a mesa. Ao meio do repasto, Mena voltou-se para a dona da casa e pediu desse entrada aos escravos que aguardavam fora com as dádivas destinadas aos convivas. A vista da admirável ânfora e dos copos magníficos, a própria Tuaá ficou maravilhada, e um verdadeiro coro de louvores elevou-se para gabar a generosidade do doador.

Mena recusou os agradecimentos, com amável modéstia, e, pegando a ânfora, fez ele mesmo o giro em torno da mesa, enchendo os copos, que as mulheres esvaziaram de uma vez, à sua saúde. Em seguida, voltou ao seu lugar e observou, com astuta curiosidade, o que ia acontecer.

Bem pronto, a jovialidade tomou estranho colorido de animação: rubores súbitos correram pelo rosto e pescoço das mulheres, olhares ardentes e apaixonados firmaram-se sobre o oficial, que, extremamente divertido e fingindo indiferença, aguardava o momento em que todas se prosternariam a seus pés. Saboreando de antemão esse triunfo, considerava-se um segundo Horemseb em seu palácio de Mênfis.

Apesar da astúcia e da duplicidade que desenvolvia por vezes, quando a sua rapacidade estava em causa, Mena era um homem curto e de inconcebível cegueira na vaidade. Sem dúvida, fosse ele homem de inteligência, não teria jogado imprudentemente com o terrível veneno, cujo emprego, quando não estritamente dosado, acarretava, infalíveis, a loucura ou a morte. Sem tal cegueira, ter-se-ia amedrontado ante a cor violácea que tingia as faces das vítimas, com o brilho sinistro dos olhos, com os tremores convulsivos que lhes sacudiam os corpos, com os olhares, ávidos e selvagens, que aquelas belas aleonadas firmavam sobre ele, curvadas sobre si mesmas, à maneira dos tigres quando se aprestam para saltar.

Contudo, couraçado na sua orgulhosa estupidez, não enxergava, nem compreendia coisa alguma, quando, subitamente, dois braços fecharam-se sobre o seu pescoço, em um nó férreo, e um hálito de fogo queimou-lhe a face: era Nefert, que, olhos injetados de sangue, espumando na boca, se prensava contra ele. Tomado de assombro e de contrariedade, quis repeli-la, mas, como que hidrófoba, ela mais se agarrou e lhe ferrou os dentes no rosto. Mena gritou, debateu-se, quis fugir, porém já outros braços enlaçavam-lhe o talhe e as pernas; de todos os lados, corpos flexíveis comprimiam-no, semblantes horrendamente crispados, de bestial expressão, inclinavam-se para ele e lhe metiam as unhas na carne, com uivos de animal feroz. Mena era robusto, o terror decuplicava-lhe as forças e resistiu, por instantes, ao furioso ataque da matilha embravecida, que ele mesmo havia excitado.

Calcado de todos os lados, de pernas para cima, meio sem respiração, rolou por terra, retorcendo-se por entre gritos atrozes, no meio da pequena turba humana que rugia em seu redor.

Toda esta cena desenrolara-se tão rapidamente, que os escravos, petrificados, não sabiam que pensar. Afinal, alguns homens, dos mais corajosos, tentaram desprender Mena, mas, atacados por sua vez pelas loucas furiosas, tombaram cobertos de mordeduras, ou fugiram espavoridos. Gritos e alarido encheram todo o prédio, e, não sabendo mais que fazer, dois dos servos, desvairados, correram à casa de Roant, que era a mais próxima.

Roma estava precisamente palestrando com a irmã e Chnumhotep, que chegara do palácio real. À notícia do inexplicável acontecimento, os dois homens correram para o carro, ainda não desatrelado, do chefe das guardas, e, a toda a brida, rumaram para a residência de Tuaá. Compacta multidão já atravancava os acessos da morada nefasta, mas, avistando Chnumhotep e o jovem sacerdote, ambos conhecidos em Tebas, os circunstantes recuaram e abriram passagem aos recém-vindos.

Guiados pelo velho intendente, que, em voz entrecortada, referia o quanto soubera da catástrofe, Roma e seu companheiro penetraram na sala do festim, transformada tão inopinadamente em campo de carnagem.

Espetáculo horroroso e comovedor ofereceu-se a seus olhares: sobre o chão, juncado de cacos da louça, no meio de poças de vinho e sangue, retorciam-se, em atrozes dores ou convulsões de agonia, escravos e mulheres com as vestes despedaçadas, semblantes descompostos, enchendo o ar com gemidos. Junto da mesa, um monte de corpos movia-se fracamente.

Mudo de horror, Roma avizinhou-se de uma jovem que fora amiga de Noferura e estivera algumas vezes em sua casa. Agachada, olhos fora das órbitas, apertando a cabeça com ambas as mãos, a infortunada criatura vomitava jactos de sangue negro e espuma, mas, quando o jovem sacerdote se curvou para ela, cheio de piedade, no intuito de erguê-la, soltou uma exclamação, recuando: o terrível aroma tão conhecido; agora, porém, acre e nauseante como jamais conhecera, feriu-lhe o olfato.

— Água! Água! — gritou, correndo para a saída e arrastando Chnumhotep.

Imediatamente, expediu um recado ao templo de Amon, chamando os médicos, e um segundo mensageiro para vir força armada e cercar a casa.

Sob a direção de ambos, baldes de água foram derramados sobre os corpos em monte e as outras vítimas, e, graças a esse recurso, foi possível separar os infortunados, presos uns aos outros. Alguns jaziam mortos, outros moribundos, e, quanto a Mena, estava horrível de ver: o corpo coberto de ferimentos e mordeduras; o cadáver de Nefert permanecia aferrado a ele, à altura da face, com os dentes convulsivamente cerrados. Nenhuma das mulheres sobreviveu até chegarem os médicos, e os sete escravos mordidos expiraram algumas horas mais tarde, apresentando sintomas de hidrofobia: ao todo, 31 vítimas, 23 mulheres e 8 homens, sucumbidos no sinistro banquete, graças à incrível estupidez de Mena e cujo custo pagou com a própria vida.

O inquérito constatou que o vinho fornecido pelo oficial estava envenenado e que o tóxico era o mesmo de que se servia Horemseb; uma busca, levada a efeito no aposento de Mena, fez descobrir o frasco vermelho, que Ísis reconheceu, por haver pertencido ao príncipe.

Entretanto, por que acaso o veneno do nigromante de Mênfis caíra em poder do oficial? Isto ficou em mistério.[28]

---

28 Nota do autor espiritual: A evolução ascensional do Espírito faz-se lentamente. Arrastado pelos maus pendores, atordoado pelas inevitáveis consequências das suas faltas, permanece por vezes estacionário durante séculos, criando, por seu orgulho e egoísmo, nuvens de inimigos.
O Espírito Mena, do qual acabo de descrever o lastimável fim, está neste caso. Os que leram meus livros, publicados anteriormente, já o reencontraram como: Radamés, o condutor do carro do Faraó Merneptah; Dafné, em *Herculanum*; Court de Rabenau, na *Abadia dos beneditinos*, esclarecem suficientemente as fases que tem percorrido, e cujo resultado se resumirá na narrativa *O judas moderno*, que tenciono publicar. Neste será reencontrado Mena, em sua existência contemporânea, sob o nome de Alexandre Hasenfeldt. Inteligência estreita e mesquinha, coração ingrato e ávido, penosas lutas esperam-no no porvir, para torná-lo apto a subir a escalada do progresso espiritual.

5
A festa do Nilo

A morte de Mena e das vítimas de sua imprudência teve imensa repercussão em Tebas, e as mais diversas murmurações circularam sobre o acontecimento; mas a verdade só foi conhecida de poucas pessoas, porque a rainha e os sacerdotes julgaram ser preciso pôr fim ao escândalo provocado por Horemseb, e não ressuscitar novamente a lembrança dos seus crimes.

Acreditou-se geralmente que o vinho ou os alimentos tinham sido envenenados em virtude de lamentável e inexplicado acidente. Depois, novos acontecimentos fizeram esquecer a lúgubre história.

Neith também conheceu esta última citada versão, e vale dizer que acolheu a notícia da morte do irmão com bastante calma, pois, desde o incidente da penhora da múmia paterna, Mena se lhe tornara antipático; desaprovava-lhe a conduta frívola, as dissipações, e viu naquela morte trágica como que uma punição merecida.

A jovem viúva de Sargon estava agora completamente restabelecida, ao menos no físico; recobrara o frescor, toda a elasticidade da juventude; seu sono e apetite não deixavam nada a desejar; mas, no moral, sofrerá estranha metamorfose: tanto Neith fora impulsiva, teimosa, caprichosa e exaltada, quanto agora era dócil, apática e silenciosa. Durante horas, sonhava, estendida num leito de repouso: não estava triste, seu brilhante olhar não espelhava preocupação alguma; apenas, era indiferente a tudo, e parecia agir maquinalmente.

Roma visitava-a assiduamente, rodeando-a, tal qual outrora, de cuidados e de amor. A distraída benevolência que Neith lhe testemunhava não desencorajava o moço sacerdote: atribuía aos efeitos do veneno enfeitiçante aquela apatia moral, e porque jamais ela pronunciava o nome de Horemseb, nem dele pedia informações, Roma esperava que o tempo, o supremo remédio, apagaria as recordações nefastas, e que em seus braços Neith, finalmente, reconquistaria a felicidade.

Esta esperança era, no íntimo do coração, partilhada pela rainha, de início seriamente inquieta pela transformação de Neith; a união com o jovem e belo Roma, que tinha sido o primeiro e vero amor, devia constituir o melhor curativo para a sua alma dolorida; sob a égide de tão puro e fiel afeto, ela devia renascer para a total ventura.

Hatasu atribuía a miraculosa cura de Neith às preces fervorosas de Roma, e, desde o dia em que o surpreendera junto da agonizante, testemunhava-lhe especial benevolência. Recompensando os serviços prestados por ele, quando dos inconcebíveis envenenamentos produzidos em Tebas pelas rosas enfeitiçadas, concedeu-lhe elevado cargo no palácio, e distinguia-o em todas as ocasiões, pelo que ninguém duvidou de que estes favores evidentes da Faraó pressagiavam a Roma brilhante carreira.

Certo dia, aproximadamente oito meses depois da morte do feiticeiro, a rainha, regressando de uma cerimônia religiosa, retirou-se para os aposentos, a fim de repousar. Despediu todos, com exceção de Neith, e, quando ficaram a sós, abraçou-a e disse, afetuosamente:

— Desde há muito, minha querida filha, desejo falar-te seriamente: vejo-te restabelecida, formosa, com belas cores, tal qual outrora, e, apesar disso, teu coração parece deserto, tua jovialidade desapareceu. Creio que só um verdadeiro amor e novos deveres poderão dar força à tua fatigada alma.

— Queres que me case, mas com quem? — perguntou Neith, estremecendo e firmando, ansiosamente, os olhos no rosto da rainha.

— Sim, esse é meu desejo, porém, se consentires nisso e se teu coração aprovar minha escolha. Mas, ouve o que me inspirou esse pensamento: durante a tua recente enfermidade, acreditamos num fim fatal, pois foras considerada agonizante, e, tendo-me Amenefta prevenido disso, fui, com o desespero na alma, velar os teus derradeiros instantes. Ao entrar, vi um homem ajoelhado à cabeceira do teu leito: orava, como jamais eu havia visto orar. Semelhante invocação devia chegar ao trono dos Imortais, e a presença da divindade iluminava a fisionomia do suplicante; um sentimento desconhecido tocou-me e me fez compreender que os sacrifícios e as oferendas não são sempre dádivas suficientes, e que o nosso coração, sofredor e cheio de humildade, é o que devemos depor aos pés dos deuses, se queremos ser ouvidos... E, então, pela primeira vez, também eu atraí, súplice, a divindade, implorando-a. O homem que assim orava era Roma, e, quando ambos rogávamos a *Ra* conceder-te a vida, um milagre operou-se: o teu estado de agonia transformou-se em benfazejo sono, e, ao regressar, Amenefta declarou que estavas salva. Foi, então, que prometi ao jovem sacerdote que, se te restabelecesses e teu coração confirmasse minha palavra, eu te faria sua esposa.

Durante esta narrativa, um refulgente rubor inundara as faces de Neith, e seus olhos brilharam tal qual em outros tempos.

— Acreditas que Roma ainda me ama, e que, unindo-se a mim, será feliz?

— É minha convicção; seu afeto passou pelas mais duras provas, e quem seria mais digno de ti, do que o homem cujo amor te arrancou à inexorável morte? Contudo, minha querida, não te consideres, de modo algum, ligada pelas minhas palavras. Já uma vez errei meu alvo, pensando dar-te ventura: és livre, e somente se o amas, se desejas esta união, eu porei a tua mãozinha na mão de Roma.

Neith ficou pensativa por alguns momentos; depois, curvando-se para a mão da rainha, murmurou:

— Tua vontade é a do teu povo, tua sabedoria guia todo o Egito, desde o primeiro ao último; só tua filha buscaria uma outra autoridade? Seja feito como dizes: que a vida por ele salva a ele pertença!

* * *

Tal qual o dia em que começou a nossa narrativa, Tebas festejava a enchente do Nilo: com excepcional abundância, as benfazejas águas inundavam os campos e enchiam, até às bordas, os numerosos canais que cortavam em todos os sentidos a vasta capital. Aparentemente, nada, desde então, havia mudado: tal qual um quinquênio antes, uma alegre e enfeitada multidão atopetava as ruas e o cais, e, junto da larga escadaria de granito, a flotilha de aparato esperava, para conduzir ao templo a rainha e seu séquito.

Sem demora, apareceu o cortejo, e Hatasu tomou lugar em sua barca. Entre os portadores dos leques que a seguiam estava Roma, elevado a essa alta dignidade por ocasião do seu matrimônio com a favorita da Faraó.

Das embarcações mais notáveis que se juntaram à procissão real, notava-se uma ampla, magnificamente ornada, movida por possantes remeiros, ricamente vestidos, e ocupada por seis pessoas. Os lugares de honra foram reservados para Neith e Roant; vis-à-vis a elas, Keniamun e a esposa; depois, Asnath, recentemente noiva de Assa (o filho mais velho de Satati), ao lado deste. Todos conversavam alegremente; apenas Neith permanecia calada e, em sombrias miragens, olhava o rio coalhado de centenas de embarcações; em seus atavios, coberta de joias, a jovem esposa de Roma estava admiravelmente formosa, mas de novo emagrecera e empalidecera, uma ruga dura e amarga vincava-lhe a pequenina boca, e, sob a fria calma dos traços e do olhar, parecia esconder surda irritação.

Neith pensava no passado, na solenidade, igual àquela, a que assistira um lustro antes: Hartatef, então, a perseguia com obstinado amor, enciumando Keniamun, que ela julgava amar; agora, Hartatef estava morto, Mena também, e tantos outros, um — principalmente —cujo nome nunca pronunciava e de quem ignorava o fim que tivera e que, sem dúvida, perecera por alguma afrontosa morte. Ela mesma quanto suportara, desde aquela festa do Nilo em que, descuidada, caprichosa e tagarela, havia desdenhado o tenaz adorador e sonhara desposar Keniamun, agora casado com outra! Parecia-lhe haver decorrido uma eternidade, que envelhecera e que quadros de longínquo passado estavam desfilando ali diante do seu espírito.

— Em que devaneias tu, Neith? — indagou Keniamun, vendo-a suspirar e inclinando-se, jovialmente, para ela.

A interrogada estremeceu e contestou, com um pálido sorriso:

— Pensava em todas as transformações verificadas desde a enchente do Nilo que festejamos há um quinquênio: recordava que, então, Hartatef nos conduzia em sua barca; nós te encontramos, Keniamun, e em seguida Tuaá e Nefert, que quase fizemos naufragar e carregarem Mena com elas. Todos quatro já desceram ao Amenti... Pois bem: eu meditava sobre o pouco tempo que é necessário para aniquilar tantas vidas, ou destruir uma, como aconteceu com a minha!

— Tu não pensas no que dizes, e no que pensaria Roma, se te ouvisse — comentou Roant, em tom de severa censura.

— Roma não ignora isto que penso; ele compreende que minha vida está destruída, e encara o caso com calma — respondeu, supercílios franzidos. — Ele me condena a perder a paciência, e faz tão pouco caso de mim, que tenho razão de crer que lamenta seu casamento — concluiu, tão baixo, que só a amiga a ouviu.

Notando o curso que a conversação tomava, Keniamun voltara-se, entabulando álacre palestra com os outros companheiros; todavia, seu fino ouvido apanhou a resposta que murmurara Roant:

— Tu não crês no que dizes, Neith; tu própria repeles Roma, e, sem compaixão, o tornas infeliz. Mereceu isso pelo seu fiel amor? Por um homem do seu valor, não vale fazeres um esforço para te ergueres, para sacudir essa apatia, essa moleza de alma que te corrói? Tem um pouco de boa vontade que seja, renuncia às quimeras malsãs e sem objetivo, busca convivência e distrações, e o passado se apagará. A existência não se mostra radiosa diante de ti? Recuperaste a saúde, teu esposo, cumulado de honrarias pela Faraó, eleva-te a uma altura digna de ti, ele te ama... e tu recusas ventura e amor!

Neith voltou-se, sem responder, e, durante o resto do passeio, fechou-se num mutismo obstinado; mas, quando retomaram o caminho do lar, tornou à cunhada e disse-lhe, taciturna:

— Peço-te, Roant, que me conduzas à minha casa, sinto-me fatigada e ligeiramente indisposta; escusa-me por não tomar parte na festa que dás.

— De novo te distancias e foges dos teus — observou, descontente, a esposa do chefe das guardas. — Que dirá Roma não te encontrando, ao regressar de palácio?

Os lábios de Neith tremeram nervosamente.

— Nada, e porque jamais diz nada, talvez nem se aperceba da minha ausência!

— Não compreendo coisa alguma do teu azedume, e não posso crer que te haja tratado com cólera — observou Roant, surpresa com o acerbo tom.

Não recebendo resposta, calou, e, quinze minutos mais tarde, a barca detinha-se junto da escadaria do palácio de Sargon. Neith desceu, ajudada por Keniamun, saudou a todos com aceno de mão, e rumou apressada para os seus aposentos.

Com impaciência nervosa, desembaraçou-se das joias que a adornavam, da pesada vestimenta bordada, do "claft" que parecia apertar-lhe a testa, e, enfiando ligeiro vestido de linho, envolveu-se num véu de gaze, e voltou ao terraço, onde se estendeu num leito de repouso, abandonando-se a profundo devaneio.

Pela centésima vez, tentava, com dolorosa tenacidade, escrutar os seus próprios sentimentos, e julgar de sua situação. E, ainda uma repetida vez, pungente sensação de isolamento e de abandono fechou-lhe o coração e fez descer pelas faces algumas silenciosas lágrimas. Havia apenas seis meses que casara e já a felicidade lhe fugira. Mas, podia ela queixar-se? A consciência respondia: "não"! E, com profundo desgosto, dizia a si mesma que se comportava mal; estava, porém, aclimatada àquela negligência, àquela apatia, comprazia-se na indiferença. Acolhera com indolente frieza a apaixonada adoração do jovem esposo, suportava-lhe o amor como se fosse tributo obrigatório, retribuindo tudo com benevolência morna, até que Roma, profundamente melindrado, desistiu, abandonando-a a ela própria, não mais lhe impondo a convivência, nem a ternura.

Esse isolamento despertou-a; algo da antiga Neith nela se agitou; o espírito de oposição ergueu a grimpa, primeiramente, e depois lhe subiu ao cérebro; Roma, o dócil escravo, ousava revoltar-se, fugir-lhe, com desdém e indiferença! Subitamente, desejou o amor que menosprezara, mas, o bravo e desmesurado orgulho, que dominava todos os outros sentimentos, soprava-lhe:

"Irás mendigar um amor que ele retira, e talvez extinto? Nunca!"

Com glacial frieza afastou o marido, cobrindo com triplo véu o vazio do coração, a necessidade de afeto que se reanimara... E, com verdadeira paixão, voltou a sonhar com Horemseb e com o tempo que passara junto dele. No entanto, não mais amava o príncipe, sua lembrança não despertava a perturbação entorpecente, não desejava vê-lo, e somente a incerteza quanto ao fim do bruxo por vezes lhe torturava a alma. Mas, à medida que o passado empalidecia e apagava, o primitivo amor pelo jovem sacerdote renascia, e a convicção de que perdera o afeto do marido, de que de novo o porvir estava destruído, tornava-lhe odiosa a vida.

Ao pensar no humilhante pouco caso com que o esposo a tratava, rubor e palidez alternavam-se nas faces de Neith. Ainda nesse mesmo dia, Roma não viera saber por que deixara ela de assistir à festa de Roant. Deixara-se ficar no banquete, quando ela podia estar doente, tendo até dito que se sentia indisposta. Com as narinas trepidando, ergueu-se, e mandou que lhe servissem uma refeição. Todavia, não comeu quase nada: cólera e orgulho ferido sufocavam-na. Regressando ao terraço, retomou a habitual distração: sonhar com Horemseb, procurando ressuscitar o momento em que, nesse mesmo terraço, ele viera, fascinara-a com o olhar e a levara em sua barca.

Um ruído de ramagem esvaneceu bruscamente todos esses quadros do passado, e, instantes após, firmes e ágeis passos subiram a escada, e a alta e esbelta estatura de Roma apareceu na entrada do terraço, iluminado pelo sol poente. Avistando a esposa, parou, e, depois de curta hesitação, aproximou-se, saudando-a num aceno de mão, e foi debruçar-se na balaustrada.

Neith correspondera por uma inclinação da cabeça. O silêncio fez-se. Roma contemplava o rio palhetado de rubis de luz espalhados pelo sol cadente; ela, deixando que o olhar passeasse pela pessoa do marido, cujo esplêndido traje de cerimônias realçava o belo semblante.

— Não te constrange a minha presença? — indagou ele, voltando-se para Neith, com sorriso ligeiramente irônico.

— Poderia dirigir-te igual pergunta, se não estivesse persuadida de que minha presença te é tão totalmente indiferente, que não a notas sequer. Nossa união foi um equívoco: eu não devia ter ligado minha existência destruída à tua vida cheia de vigor e de aspirações de futuro. Quanto a ti, teu amor de outrora degenerou em hábito; teu capricho, uma vez satisfeito, e meus olhos desiludidos, o abismo abriu-se entre ambos, e a convicção deste deplorável erro esmaga-nos.

Roma firmou-se e mirou a jovem mulher, com olhar severo e profundo:

— Sim, houve equívoco, mas apenas de minha parte: acreditei que, com a saúde do corpo, retornasse a da alma; tive por impossível que a memória abominável de um criminoso, que desprezou toda lei, escarneceu de todo sentimento humano, tornar-se-ia ídolo da tua alma. Existe algum ultraje que te não haja feito sofrer? Mulher de estirpe, que és, ele te sequestrou e teve por escrava; com infame feitiço, inspirou-te uma paixão vil, que te desconsiderou ante todo o Egito; teu olhar, puro e virginal, ele o enlodou com a exibição de horrores que fariam tremer uma cortesã! E todas estas reminiscências não revoltam a tua dignidade feminina? Teu orgulho, tão sensível para comigo, emudece quando se trata dele, e não tens um pensamento de pesar ou de gratidão para Sargon, o infortunado homem que destruíste, e que, apesar disso, sacrificou a vida para libertar-te de vergonhosa escravidão. Sonda a tua consciência, Neith, antes de me acusares: enquanto estiveste doente, tive paciência e esperei, atribuindo ao efeito do veneno teu triste estado de alma; não posso, contudo, ser eternamente cego... Como devo interpretar esta indiferença, esses inacabados devaneios, a fuga a todas as distrações, às reuniões de família? Mesmo sofrendo o coração, minha dignidade de homem proíbe-me esmolar um amor que se vota obstinadamente a um ser desprezível; não posso suportar para sempre a humilhação de ser apenas tolerado junto de ti, e devo abandonar-te a ti mesma. O abismo de que falas é obra tua, mas o teu azedume é injusto; jamais faltei com os cuidados que te devo, e se não posso mais ser um terno esposo, permaneço teu amigo e protetor, sempre pronto a amparar-te, assistir, se enfermares, mesmo a distrair-te, se de tal sentires necessidade. Só não te posso impor a minha presença!

À medida que ele falava, mortal palor e depois vermelhidão ardente alternaram-se no móbil rosto de Neith: tudo quanto dissera o marido não era verdade? A sua lembrança vieram os tratamentos humilhantes que sofrerá em Mênfis; recordou as ásperas recusas de Horemseb em levá-la em passeio pelo Nilo, a ordem de amarrá-la, como se fosse um animal, para forçá-la a olhar a abominável orgia à qual se negava assistir, e os isolamentos com que punia cada uma das tentativas de revolta, forçando-a, pelo veneno, a implorar, de joelhos, o perdão. Toda a desesperada fúria que recalcara, acordou, naquele altaneiro orgulho da jovem mulher... Respirando a custo, como que crispou as mãos de encontro ao seio.

— Que tens, Neith? — perguntou Roma, que lhe notara, inquieto, a súbita transformação. — Calma-te, pobre criança, e esquece minhas acres palavras, — acrescentou, pondo-lhe a mão na fronte.

— Tuas palavras são verdadeiras, merecidas — murmurou ela, estremecendo. — Mas, dize-me a verdade sobre um ponto obscuro para mim: pela tua honra, seja qual for essa verdade, eu te acreditarei. Que é feito dele?

— Ainda *ele*, sempre *ele* — disse Roma, voltando-se, com tristeza. — Pois bem, fica sabendo, uma vez que o desejas: morreu, foi encontrado já frio, tendo posto fim à criminosa vida com um veneno que lhe havias levado. Tu estavas agonizante, pois, sem dúvida, ele quis matar-te igualmente, mas, por feliz acaso, foste salva da morte. Agora, tudo sabes, e, se me estimas, nunca pronuncies, diante de mim, o nome do maldito, que também destruiu a minha vida.

— Morto! Tudo terminou! Nunca mais reaparecerá! — balbuciou Neith, respirando a plenos pulmões. — Oh! louvados sejam os deuses! Perdoa-me Roma, restitui-me teu amor — acrescentou, atirando-se impetuosa ao pescoço do marido. — Quero apagar de meu coração todo esse passado, e amar-te, unicamente a ti, que jamais zombaste da minha fraqueza, cujo amor sempre me perdoou. Mas, podes crer-me ainda, Roma, e ajudar-me a encontrar a força de viver, de tornar-me digna do teu afeto?

Uma torrente de pranto impediu-a de prosseguir.

— Podes duvidar de que tudo perdoe e tudo esqueça, desde que tu me és restituída, e tua alma, liberta da sombra fatal que a obscurecia, minha querida esposa? — murmurou ele, abraçando-a com amor.

Sentaram-se no leito de repouso, e, em íntima conversação, expandiram os corações tão longamente separados. A noite chegara, depois o luar surgira, sem que os ditosos de tal se apercebessem. De repente, Neith estremeceu e retesou-se, tremente; seus olhos, dilatando-se, fixavam-se num ângulo do terraço.

— Que tens? — interrogou ele, pegando-lhe a mão.

— Não viste ali a sombra de um homem? Parecia rubro, da cor de sangue, e seus dedos estavam estendidos para mim.

— Assim te pareceu; porém, repara! No terraço não há ninguém. — Neith acolheu-se a ele.

— Oh! Roma, disseste que ele morreu, mas, ignoras que não pode morrer, porque tem com ele a vida eterna? Se viesse vingar-se de mim, vendo que o esqueci! Não sei por que, tenho medo!

— Calma-te, querida, e olvida esses sonhos malsãos; ele está bem morto, e nada mais perturbará teu repouso. Agora, vem, é tempo de entrar em casa.

6
O vampiro

A noite estava esplêndida; no céu azul-escuro, a Lua refulgia, com brilho desconhecido no Ocidente, e sua argêntea luz inundava a Tebas adormecida após o trabalho do dia, e apenas alguns vagos rumores denotavam que a vida do colosso nunca se extinguia totalmente.

Nas imensas construções do templo de Amon-Ra reinava profundo silêncio, interrompido somente pelos "alerta" dos vigilantes. Os servidores do potente deus repousavam. Não deviam estar aprestados, desde os albores da aurora, para saudar a sua vitoriosa renascença do reino das sombras? Em um pequeno pátio, deserto e isolado, nos confins do sacro âmbito, os raios lunares desciam de cheio sobre alto e largo muro, pintado a cal. Súbito, nessa superfície de um branco prateado, apareceu uma grande nódoa cinzenta, depois negra e afinal vermelha. Essa exalação ou fumo condensou-se, e a forma distinta de um homem, de elevado talhe, pareceu ressumbrar do muro. Seus grandes olhos abertos eram ternos e fixos, terrificante a expressão do rosto, os lábios entreabertos, narinas dilatadas. O estranho ser, de transparência vaporosa, mas de palpável realidade, deslizou, sem tocar o solo, pelo pátio, e desapareceu no interior do templo. Braços estendidos para a frente, como se procurasse algo, o fantasma passou rente pelos corredores, e, atravessando uma parede, penetrou numa sala onde dormiam muitas mulheres, sacerdotisas e cantoras do templo.

O vulto fantástico parou, movendo os lábios, as narinas abertas, aspirando avidamente, e seu vítreo olhar pousou em pequeno leito, iluminado por um raio da Lua, que se filtrava obliquamente da janela, e no qual repousava uma jovem, mergulhada em profundo sono. O fantasma deslizou para ela e pendeu a cabeça para o peito da adormecida, que se agitou, e, bruscamente desperta, tentou debater-se; mas, fascinada pelo terrível olhar que por um instante mergulhou no seu, recaiu imobilizada. O fantasma endireitou-se, parecendo atordoado e mais compacto, e sem olhar a vítima, tornada lívida, como se o sangue lhe houvesse, até a última gota, abandonado as veias, elevou-se pesadamente, pareceu escorrer no raio lunar para fora da janela, e, alguns momentos após, eclipsou-se, absorvido pelo muro de onde havia surgido.[29]

---

[29] Nota do autor espiritual: O que vou escrever provocará, na maior parte dos meus leitores, um sorriso irônico. Aqueles que desejam apenas o enredo do romance passarão, sem ler, por esta dissertação: sei isso, porque falar seriamente em vampirismo, em nossa época positiva, não é fácil tarefa. A ciência oficial, que apenas quer conhecer o que o seu bisturi pode sondar, nega a existência dos vampiros, e os fatos indiscutíveis, ocorridos em diferentes países, têm sido vituperados, negados ou silenciados, e bem assim outros fenômenos não menos positivos, os quais, apesar disso, se impõem, pouco a pouco, à atenção dos sábios, porque o fato é um argumento brutal, que não se pode eternamente suprimir.

Dito isto, creio do meu dever explicar, o melhor que possa, aos meus leitores espíritas, o fenômeno do vampirismo, pouco aprofundado ainda, se bem que, sendo um fato natural, sempre existiu, tanto na época de Hatasu quanto nos tempos modernos.
Que o corpo evolui, se transforma e progride, e bem assim a alma, é fato conhecido. Nas diversas condições dos três reinos, e, enfim, na Humanidade, a alma desenvolve-se e progride; o perispírito, seu inseparável companheiro, adapta-se às diversas condições, conservando fielmente em si, até às mais finas nuanças, a marca de todas as transformações sofridas. Na composição química do perispírito são encontradas todas as substâncias, o reflexo de todos os instintos, qualidades e pendores do ser durante as inúmeras existências e transformações por meio do mineral, do vegetal, do animal e, enfim, do homem, o ser mais perfeito conhecido sobre a Terra. O átomo indestrutível, lançado pela força criadora no turbilhão do Espaço, e representando apenas um princípio vital, reveste-se imediatamente de um duplo etéreo, intermediário entre a centelha divina e a parte material — o corpo. Esse intermediário é o agente principal que põe em vibração as funções da alma, isto é, a vida da alma produz-se pela vida material sobre esse tecido (invisível para vós) constituído por milhares de fios luminosos de indescritível tenuidade.
De igual modo que nas células da cera se condensa o mel, assim, sobre o perispírito condensam-se os elementos e suas substâncias compostas. "Alma vestida de ar", disse um grande sábio e poeta gentil, para indicar a composição do nosso corpo, o qual, desde que o Espírito dele se desprende, é presa da podridão e se decompõe em seus elementos primitivos. Uma regra, sem exceção, estipula que depois da alma vem o perispírito, depois do perispírito o corpo, isto é, as substâncias que podem, de acordo com imutável lei, aglomerar-se sobre o tecido fluídico.
Assim, o perispírito de um molusco só pode atrair, na sua condensação material, substâncias gelatinosas, e somente pelo trabalho da vida o ser adquire e se apropria de novas forças de calor elétrico, as quais, em próxima condensação, tornarão o perispírito do molusco de outrora apto a formar um corpo mais perfeito.
Falei no calor, esse grande e universal agente de toda vida, ao qual quase se podia dar o nome de Deus, tão potente é a sua ação, e com o qual se depara em toda parte para onde se voltem os olhares. Em toda parte, efetivamente, onde o cérebro do sábio esquadrinha, ele encontra o calor, a fonte da vida: está posto nas entranhas da Terra e encoberto nas nuvens. O calor funde toda matéria, amalgama, solda de maneira indestrutível; o calor une a alma à matéria e dela a separa; esse elo é o traço luminoso visível pelos sonâmbulos clarividentes.
O grande calor queima tanto quanto o fogo e o frio intenso produz a mesma sensação de queimadura; quanto mais calor existe na cratera perispiritual, mais desenvolvidos a alma e o corpo. Tudo que é pesado, preguiçoso, carece de calor e pertence a um grau inferior de desenvolvimento; todo ser, e mesmo todo planeta, mais trabalhado pelo calor vivificante, distingue-se por um grau superior de atividade e de desenvolvimento intelectual. Enfim, a perfeição não se resume, em si, apenas na concepção de que o Espírito, desembaraçado de toda substância material, torna a ser faúlha pura e regressa ao foco de onde saiu, cego, para a ele tornar, inteligente, e servir ao Criador, que se separa de nós, porém jamais rompe o elo que nos liga a Ele e que, por meio de todos os sofrimentos e vicissitudes da depuração, deve conduzir-nos, cedo ou tarde, a esse centro divino.
Essa longa viagem, pelos três reinos, deixa profundos sinais nos gostos, necessidades e instintos do homem, ser imperfeito, ainda bem próximo dessa animalidade que ele, no entanto, despreza, a ponto de lhe negar uma alma, uma inteligência, um direito à sua proteção. É que o orgulho de possuir uma vontade menos restrita, um mais largo horizonte, mais amplitude para os vícios, sobe ao cérebro do homem e lhe faz esquecer que ele apenas subiu um degrau na escala social da Criação, que ele foi o que são agora esses irmãos inferiores, e que, na embriaguez e na satisfação de seu progresso, o homem, tão orgulhoso do seu livre-arbítrio e do dom da palavra, retrograda muitas vezes — pelos sentimentos — e pelos abusos, para mais baixo do que o bruto que ele menospreza.
Sim, esquecido de todas as semelhanças de estrutura, de necessidade e de sentimentos que o ligam ainda e tão estreitamente ao animal, o homem considera-se senhor absoluto deste, soberano feroz dessas populações mudas e sem defesa, entregues à sua mercê; o homem abusa cruelmente dos seus imaginários direitos sobre esse irmão mais novo, por isso que a inteligência deste é mais limitada e seus instintos mais acalmados pelas Leis da Natureza.
Tomemos alguns exemplos: a crueza, e assim a voracidade, do animal tem por meta a satisfação de uma necessidade ou a defesa; uma vez saciado ou ao abrigo de um ataque, ele não procura luta

alguma. Mas, vede a que refinamentos esses dois sentimentos conduziram o homem! A tortura física e moral, a avidez insaciável, enquanto houver algo a pilhar em seu redor, são apanágio do homem; ele também imaginou a traição, a morte em massa e o assassínio, enquanto o animal luta corpo a corpo; enfim, se a palavra falta ao animal, para mentir e dissimular o pensamento, ele não tem muito que se queixar disso, e poucas virtudes existem sobre este mundo que o orgulhoso ser humano possa reclamar por distinção exclusiva.

Sem dúvida, o que venho dizer se aplica à turba que, cega de orgulho, imagina ser o centro e o remate da Criação, e não às almas mais desenvolvidas, que reconhecem na animalidade uma fase do seu próprio passado e condenam severamente toda crueldade supérflua.

Voltando ao assunto que especialmente nos ocupa, lembrarei ao leitor da existência de um animal chamado vampiro, que, preferindo a noite ao dia, se atira às vacas, cavalos e também aos homens, *se os pode atingir*, e lhes suga o sangue.

Tendo em vista a tenacidade com que os instintos do animal se conservam no homem, este hábito, esta necessidade de sangue, permanece em estado latente na criatura, e *se a educação, as circunstância, a compreensão do mal não levarem o homem a dominar o instinto sanguinário, que ainda vibra no seu periespírito*, a necessidade bestial desponta e cria seres do gênero dos sugadores de sangue da Índia, os quais são muito conhecidos para que se possa negar a sua existência. Mas, ninguém tem procurado aprofundar o que pôde inspirar a essa seita o rito selvagem que ela acoberta com um motivo religioso, *quando tal origem tem raiz em um estado particular do periespírito, adquirido pelo ser em suas existências vegetais e animais*.

Em consequência de diferentes causas, tais o terror, comoção moral, certo veneno, asfixia, semelhantes seres caem em um estado particular de letargia, com todas as aparências da morte, e são enterrados como se houvessem falecido. Um despertar em condições normais não se produz para essas entidades especiais, e a maior parte perece; mas, às vezes, em condições favoráveis, tais cadáveres aparentes aguardam apenas o clarão da Lua para despertar, sob a influência da sua luz, para uma sinistra atividade. Todos aqueles cujo periespírito conserva alguma disposição ao vampirismo são lunáticos e, muitas vezes, sonâmbulos videntes; sob a potente influência da luz lunar, excepcional estado produz-se neles, mistura de *lunatismo* e de *sonambulismo vidente*, mas em grau bem mais extenso e mais elevado.

Todos os sentidos desses estranhos letárgicos são de uma acuidade extraordinária; ouvem, veem, farejam a distancias consideráveis, e porque o corpo, ainda preso ao periespírito, age numa certa medida e a intervalos mais ou menos longos, tem necessidade de se reabastecer, o vampiro entrega-se à pesquisa de uma vítima humana, cujo sangue quente, sobrecarregado de fluido vital, dar-lhe-á a nutrição indispensável às condições de existência, e ao mesmo tempo satisfará os velhos apetites.

O ataúde e as paredes não servem desgraçadamente de obstáculo para esse fantasma horrendo e perigoso, porque para ele a Lua é um auxiliar: ela absorve o peso do corpo e o desmaterializa até um grau de expansão que permite ao vampiro atravessar portas, muros e outras coisas compactas.

Meus leitores espíritas sabem, e numerosas sessões já provaram à evidência, que a passagem da matéria através da matéria é um fato: os transportes de frutas, de flores, de diversos objetos, e mesmo de animais, não são raros, e isso em todas as condições de fiscalização desejáveis. Mas, porque o elo indissolúvel liga os três reinos e o homem, também uma lei rege os fenômenos; o que é possível para a flor, o fruto ou o metal, é possível igualmente para o homem, e, nas condições desejadas, pode o seu corpo, tão bem quanto uma laranja ou uma charuteira, atravessar paredes.

Deixando, pois, o lugar onde está sepultada, o vampiro se dirige, com infalível precisão, aonde está a vítima escolhida, da qual, graças aos aguçados sentidos, identifica, a distância, a idade, o sexo e a constituição; jamais atacará velhos ou enfermos (salvo escassez absoluta de jovens e sãos). Chegado junto da presa, o vampiro se abate sobre ela, fascinando-a com o olhar, e, preferencialmente, procura atingir o coração para sugar o sangue na fonte; mas, se a vítima está vestida desvia-se para o pescoço, quase sempre descoberto, abre a artéria e sorve todo o sangue, a menos que seja impedido. Mas, se percebe aproximação de um vivo, foge (porque compreende perfeitamente que sua ação é criminosa) na direção de onde veio. Guiando-se e servindo do mesmo rastilho de luz, regressa ao lugar de onde saiu, tal qual o lunático retorna infalivelmente ao leito, se por nada for impedido. Então, se está suficientemente saciado, recai na imobilidade por um tempo mais ou menos longo, até que, em uma noite de plenilúnio, recomece a homicida peregrinação.

Horemseb muito havia abusado do sangue humano para não superexcitar tudo quanto nele restava de instinto animal; o veneno com o qual voluntariamente mergulhara em letargia tinha impedido a ruptura dos laços do perispírito, e, por todas estas circunstâncias reunidas, tornara-se vampiro.

A estranha e inexplicável morte da jovem sacerdotisa excitou grande emoção no templo, e essa emoção transformou-se em terror quando, na noite seguinte ao do amanhã, houve nova vítima. Desta vez, fora a filha de um sacerdote, e a irmã desta, despertada pelo abafado grito que ouvira, enxergara o vulto de um homem resvalar para fora do aposento.

As mais severas medidas foram adotadas para apanhar o assassino, que assim ousava profanar o lugar sagrado, mas, a vigilância foi ineficaz, porque, ao termo de dois dias, uma criança de 4 anos e uma jovem, pertencentes ambas a famílias de mercadores, domiciliados em bairro distante de Tebas, foram encontradas mortas, apresentando na altura do coração um ferimento, semelhante a mordedura, e sem gota de sangue nos lívidos corpos. Toda a cidade se comoveu, e a rainha, indignada, ordenou severo inquérito, o qual, entretanto, nada apurou: o criminoso

---

Os vampiros femininos são mais raros do que os masculinos, porque seus organismos, menos robustos, sucumbem mais frequentemente; os vampiros homens escolhem de preferência para vítimas mulheres e crianças. Nos casos em que tais seres têm sido identificados, o instinto popular inspirou a ideia de desenterrar o morto incriminado e cortar-lhe a cabeça, ou espetar o inferior do corpo com um ferro em brasa. O processo é selvagem, igual a todo ato inspirado por paixões desenfreadas, mas, em princípio, atinge a meta, porque, uma vez avariado o corpo de modo irremediável, os laços que o prendiam ao perispírito são destruídos, a letargia cessa, e a alma, e assim o corpo, retomam as condições ordinárias. Se a violência não interrompe o estado letárgico, este pode prolongar-se por muito tempo, e o vampiro vegetará nessas condições até que um acidente qualquer venha a destruí-lo.

Nos países frios, o vampirismo ocorre muito raramente; nos mais aproximados do Equador, na Índia principalmente, tem sua verdadeira pátria, terra misteriosa e estranha da qual muito pouco se sondam os enigmas. Quem suspeita, por exemplo, de que existem ali muitos vivos que se alimentam, quase exclusivamente, da força vital de seres que subjugaram e dos quais toda a existência se escoa num êxtase embrutecido, dos quais todas as funções vitais e intelectuais são suspensas, porque um outro se nutre da força que as devia sustentar? Esses pobres entes são olhados com espanto e desdém, alvos de motejos, mas ninguém desconfia que sejam as vítimas de um vampirismo cultivado por uma categoria de homens, sábios, aliás.

Em todas as direções, o homem esbarra com mistérios, em meio os quais peregrina, cego; toda a nossa existência é uma luta durante a qual buscamos nas trevas, o porquê do passado, do presente e do porvir, e, entretanto, repelimos obstinadamente a chave do enigma que se nos oferece sob a forma de diversos fenômenos inexplicados.

Somente quando a muito orgulhosa Ciência se afastar do seu obstinado *non possumus* [não podemos], quando abordar francamente o estudo das misteriosas forças da alma, das quais o magnetismo, a mediunidade, o hipnotismo são mínima parte, quando se desvendarem, pouco a pouco, as ocultas leis que regem o Universo, tudo se tornará claro, não haverá mais milagres, nem feitiçarias, e sim Leis Naturais e fatos delas decorrentes.

Antes de terminar esta nota sobre o vampirismo, direi ainda algumas palavras sobre os vampiros inconscientes, *não mui numerosos, porém menos raros do que estes últimos descritos*. Sua origem é a mesma, mas, nestes, o instinto voraz, motivado pela composição do seu perispírito, manifesta-se inconscientemente, por um fluido acre e devorante que exalam, e absorve as forças vitais dos que o cercam e, por assim dizer, os devora. Tais seres, habitualmente, são pequenos, secos, nervosos, de olhar penetrante, de atividade febril e incessante; em seu redor tudo se torna mesquinho, fraco, doentio, e apenas eles, vampiros, gozam saúde florescente; mas, não se lhes pode imputar por mal a destruição dos seus próximos, pois a força de que fazem uso é inconsciente.

continuou incógnito, supondo-se que houvesse fugido, porque os assassínios não se renovaram,

Apesar disso, os terrores não cederam; os pais e as mães tremiam por seus filhos, tenros ou adultos, e as mulheres acreditavam-se igualmente ameaçadas pelo misterioso malfeitor. Roant, principalmente, tinha o espírito atingido, e mal se animava a separar-se dos dois filhos, velando as noites junto deles, e nenhuma persuasão do marido e das pessoas amigas conseguia tranquilizá-la. Uma noite, o chefe das guardas, que estava de serviço no palácio real, ajustava ao cinto as armas, aprestando-se para sair, e falava discretamente à esposa, que, pálida e inquieta, ajudava-o, repetindo:

— Oh! quanto detesto as noites que tens de passar fora de casa! Sem ti, o perigo parece-me mais próximo, e não posso defender-me do pressentimento de que uma desgraça ameaça a nossa Nitétis!

— Minha querida mulher, sê razoável e não te atormentes com quimeras: há quase um mês que os atentados não se repetiram; sem dúvida, o facínora fugiu. Por que, de resto, procuraria precisamente Nitétis? Por que matou uma criança? Talvez o fizesse por mero acaso, e se deseja nova vítima contentar-se-á, por certo, com aquela que possa mais facilmente apanhar.

Chnumhotep afivelou a espada, pôs o capacete polido sobre os espessos cabelos, e, abraçando Roant, acrescentou:

— Se me amas, serás mais calma e repousarás. Pois que as crianças dormem junto de ti, que lhes poderá acontecer?

Após haver acompanhado o marido, tornou apressada ao quarto de dormir, que era grande peça, de chão forrado com esteiras, de paredes pintadas e incrustadas, simulando tapetes suspensos; alta e larga janela dava entrada ao frescor embalsamado do jardim, e a luz do plenilúnio inundava o aposento com a sua prateada claridade.

Junto do leito, sobre uma camazinha improvisada, dormiam placidamente um menino de aproximados 4 anos e uma filhinha de 24 meses. Acercando-se suavemente, a jovem mãe levantou o véu de gaze que os cobria e contemplou, amorosa, as graciosas e pequenas criaturas cujos corpos, rechonchudos e desnudos, porejavam saúde. Premiu os lábios nas aneladas cabeças dos dois inocentes e os recobriu com o transparente tecido. E, meio tranquilizada, encaminhou-se para a janela, junto da qual ampla poltrona convidava ao descanso.

Não tendo sono, e estando soberba a noite, o silêncio também convidava a devaneios: sentou-se, apoiou os pés num escabelo, e, tirando uma flor de lótus de grande jarra esmaltada, posta no debruçador da janela, cheirou-a, abandonando-se aos pensamentos. Chnumhotep tinha razão: por que envenenar a sua existência tão venturosa, tão calma, com apreensões sem fundamento? E qual probabilidade para um criminoso, por mais audaz que fosse, atacar a família do poderoso chefe das guardas, em cuja casa formigavam escravos, que ao menor rumor estariam a postos? Insensivelmente, e sem que de tal se apercebesse, um pesadume plúmbeo invadiu-lhe os membros, seus pensamentos perturbaram-se e apoiou a cabeça fracamente no encosto da poltrona; tentou, primeiramente, libertar-se do torpor, para depois, preguiçosamente, desistir disso. Para quê? Queria repousar depois da canícula do dia...

Inopinadamente, no vão da janela, fartamente iluminada pela Lua, se alçou uma forma humana: um homem de alta estatura, cabeleira anelada, cujo rosto indistinto, desviado de Roant, despertou nesta uma recordação confusa. Com extrema flexibilidade, o desconhecido pareceu escorregar mais do que saltar, para o aposento; Roant quis detê-lo, gritar; mas, como que invadida por súbita paralisia, ficou imobilizada, incapaz de abrir a boca, e acompanhou apenas com os olhos o audaz intruso, que, sem ruído, atravessou o aposento, e, chegado à camazinha, se dobrou sobre as adormecidas crianças.

Um pensamento infernal, fulminante: "É o sugador de sangue!" — atravessou nesse instante o cérebro de Roant, e desesperada luta travou-se entre a vontade e o torpor que lhe chumbava os membros; o peito sufocava, como que sob enorme peso; a cabeça parecia prestes a estalar, mas os lábios continuavam mudos. Por fim, resvalou de joelhos, ergueu os desfalecidos braços e um grito rouco e destimbrado saiu-lhe da garganta contraída.

No mesmo instante, a sombra humana endireitou-se, passou junto de Roant, com vertiginosa rapidez, e desapareceu para fora da janela como se se houvesse fundido no clarão da Lua. Atraídos pelo grito da senhora, muitos escravos acorreram e bem assim a ama das crianças, trazendo uma lâmpada. Ergueram Roant, que, incapaz de falar, apontava a camazinha, por cima da qual a ama suspendia a luz. Todo esse movimento, e o ruído, acordara o pequeno Pentaur, mas Nitétis não se movia, e, ao primeiro olhar que a pobre mãe deitou sobre esta, compreendeu que o crime estava consumado. Sem uma queixa, caiu inanimada nos braços das mulheres.

Em poucos momentos, todos despertaram, e o velho intendente decidiu informar o senhor imediatamente, e, por outro lado, chamar os parentes e íntimos para junto de Roant. Chnumhotep não podia abandonar seu posto no palácio, e, por isto, enviou um escravo em busca de Roma e outro à casa de Ísis, cuja residência era mais vizinha.

O moço sacerdote e Neith aprestavam-se para dormir, quando ao palácio de Sargon chegou o mensageiro, todo esbaforido, e fez uma narrativa, meio embrulhada, do acontecido. Profundamente perturbado, o casal fez preparar uma liteira, e, enquanto oito vigorosos condutores a transportavam, em passo acelerado, à casa do chefe das guardas, Neith apoiou a cabeça ao ombro do marido, murmurando:

— Podes duvidar dos desígnios do malfeitor? Não te disse que *ele* não pode morrer e que a este apetece, tal qual a ele, sangue fresco de jovens?... Oh! meu sangue gela, ao pensar no que nos aguarda ainda!

Roma estremeceu, porém não deu resposta, pois não tinha palavras para exprimir a surda angústia que lhe apertava o coração.

Já encontraram Ísis atarefada junto de Roant, que havia recuperado os sentidos, mas desesperada, parecendo enlouquecida. Com gritos e gemidos, arrancava os cabelos, esmurrava o peito e maldizia a incompreensível debilidade que a impedira de agarrar o miserável, e salvar a filha.

Somente depois de algumas horas os cuidados e consolações dos íntimos conseguiram acalmá-la suficientemente, para que pudesse responder às perguntas do irmão e fazer uma narrativa detalhada do acontecimento, descrevendo o talhe e a aparência do assassino, cuja fisionomia não identificara, embora a personalidade lhe parecesse conhecida.

Completamente esgotada, aquiesceu, afinal, em deitar-se, e adormeceu num sono febril e agitado. As duas amigas retiraram-se, então, para uma câmara contígua, também necessitadas de um pouco de repouso; Roma seguiu para palácio, a fim de falar ao cunhado. Ísis e Neith tinham intenção de dormir, porém o sono lhes fugia; Ísis, principalmente, parecia sobressaltada, e, erguendo-se, veio sentar-se junto da cadeira de Neith.

— Dize-me — começou ela, pegando a mão da amiga —, não tens desconfianças quanto à pessoa do misterioso assassino? Tive uma ideia que me torna positivamente louca. Olha! (e foi buscar de sobre a mesa um tecido dobrado). Este véu que oculta o cadáver de Nitétis e com o qual a ama cobrira ambas as crianças: exala um odor bem estranho!

Aproximou-o do rosto de Neith, mas esta recuou, com uma exclamação de espanto:

— O aroma fatal! Meu pressentimento não me enganou.

— Ah! Adivinhaste, tal qual me aconteceu, que nenhum outro podia ser assim infame? Desgraça para nós, então!

— Acreditas que desejará vingar-se? — perguntou Neith, arrepiando-se.

— Decerto! Se o carrasco de Neftis ainda possui o poder de matar, não deixará viver a audaciosa que o denunciou, e a mulher que o esqueceu — murmurou Ísis, com sombrio acabrunhamento.

A morte da pequena Nitétis e a de uma aguadeira, que pereceu na noite seguinte, provocaram em Tebas verdadeiro pânico: moça alguma, nenhuma criança, ao deitar-se, estava segura de ver o Sol no dia seguinte, e, apesar de tudo, o malfeitor continuava desaparecido. As suspeitas de Neith e Ísis haviam sido rebatidas pelos maridos, que as consideravam verdadeira impossibilidade, e não haviam transpirado para público.

Todavia, o sinistro pressentimento da esposa de Keniamun não se realizava; não somente o vampiro não a assaltava, nem a ela, nem a Neith; dir-se-ia haver desaparecido completamente. Três meses escoaram, e nenhum novo assassínio acusara de novo a sua presença. Todos, Neith inclusive, se tinham acalmado pouco a pouco; a vida, com os seus diversos interesses, desvanecera a assustadora impressão. Só Ísis continuava sombria, nervosa e inquieta: perdera o sono e o apetite, e, a todas as persuasões do marido, respondia:

— Que queres tu? Parece-me que uma desdita paira sobre mim; às vezes, de noite, desperto banhada em suor gelado, ou, então, sinto junto de mim a presença de um ser invisível; um hálito frio fustiga-me o rosto e uma ânsia sem nome aperta-me o coração.

Certa noite, a jovem mulher sentia-se mais oprimida ainda do que habitualmente, estando Keniamun em serviço, embora devesse regressar de um para outro momento. Triste e fatigada, deitou-se; mas, não querendo adormecer antes do retorno do esposo, ordenou a duas escravas ficassem junto dela.

— Pega o teu alaúde, Nesa, e toca; mas, guardai-vos bem de adormecer até a chegada do senhor.

As duas mulheres acocoraram-se perto do leito, e Nesa cantou, acompanhando-se, longa e monótona cantiga lamentosa. Ísis escutava-a distraidamente, e bem depressa se engolfou completamente em pensamentos. O passado visitava-a, incessantemente, apresentando-lhe à memória o palácio de Mênfis, as orgias noturnas, a descoberta da sua traição, e, enfim, a bela e selvagem figura do feiticeiro. Perdida na sua quimera, não percebeu que o canto cessara e que ambas as mulheres cochilavam. Súbito, estremeceu e retesou-se: uma baforada de enervante odor, bem conhecido, chegara-lhe ao rosto, fazendo-lhe palpitar o coração e oprimindo o fôlego.

Quis gritar, porém louco terror tolheu-lhe a voz e paralisou os membros: junto do leito, iluminado de pleno por um raio de luar, estava Horemseb. Os olhos haviam perdido a terna fixidez e miravam-na com a selvagem crueldade de um tigre; nos lábios entreabertos errava um sorriso de infernal maldade; o frio que se desprendia do espectro pesava sobre Ísis qual véu de chumbo.

Como que em sonho, viu a sinistra aparição inclinar-se para ela, sentiu os dentes enterrando-se na sua carne, e depois o sangue afluir à mordedura, abandonando as veias do corpo. Contudo, o horror e o medo da morte eram poderosos na jovem mulher, que, por esforço quase super-humano, tentou lutar: torcendo-se sob o monstro que a enlaçava, deu um surdo gemido. Ao mesmo tempo, uma voz gritou:

— Olá! Que se passa aqui?

Era Keniamun que regressava, e, ao clarão da Lua, avistara um homem curvado sobre o leito. Furioso, empunhou a machadinha presa ao cinturão, enquanto que as escravas, despertadas pelo duplo grito, se endireitavam, alarmadas; mas, antes mesmo que o oficial pudesse brandir a arma, o desconhecido passou junto dele, como se fosse um clarão, e desapareceu pela janela. Todavia, Keniamun julgou reconhecer o perfil e a estatura do nigromante, e, movido por novo pensamento, correu para junto da mulher, a qual, derribada, com um ferimento na garganta, parecia expirante.

— Ísis! — exclamou, soerguendo-a.

Imediatamente, ela abriu os olhos; aferrando-se com desfalecida mão ao colar do marido, meio que se firmou, lívida, olhar extinto, moveu os lábios por segundos, e depois gritou, com a voz rouca e irreconhecível:

— É *ele*, Horemseb, o sugador de sangue!

Esse esforço rompera o derradeiro elo: Ísis estava morta.

As últimas palavras de Ísis foram ouvidas pelas duas escravas, e, enquanto Keniamun, profundamente consternado, saía para tomar as indispensáveis providências, as duas mulheres correram para o interior, com gritos e lamentações, e instruíram a criadagem do acontecido.

Propagada pelos fâmulos de Keniamun e espalhada com a velocidade de uma corrente elétrica, a notícia de que Horemseb era o sugador de sangue expandiu-se em toda a Tebas. Ampliada ainda pelo terror, essa novidade tomou proporções gigantescas, e o dia que se seguiu à morte de Ísis ainda não findara, e as três quartas partes da capital estavam convencidas de que o príncipe havia, por qualquer acaso, eximido-se da condenação; que se escondia na cidade e se vingava da sua degradação, praticando aquela série de mortes. A população, superexcitada, juntara-se em massa no templo de Amon, exprimindo em altas vozes suas dúvidas quanto à morte do bruxo, e, embora exortada pelos padres, retirara-se resmungando sobre o caso, para aglomerar-se, de novo, diante da residência real.

Com a habitual resolução, Hatasu apareceu numa janela, e, escutando as queixas da multidão, prometeu convocar o Conselho e adotar providências para esclarecer o tenebroso assunto, acrescentando que, no dia seguinte, seriam conhecidas as suas deliberações. Nessa mesma noite, reuniram-se os sacerdotes; mas, de todo convencidos de que o feiticeiro estava morto, tacharam de insânia os boatos populares, e Ranseneb declarou, com incrédulo sorriso, que os mortos não voltavam para comer os vivos, e que um vivo não podia passar através de paredes.

— Tens razão, profeta — observou a rainha —, o fato parece inverossímil; no entanto, o relatório que acabam de me fazer Keniamun e Chnumhotep consigna um estranho detalhe: os panos que tocaram os cadáveres de Ísis e da filha de Roant exalavam o aroma nefasto do veneno de que se servia Horemseb. Em qualquer caso, o povo necessita ser convencido de que o criminoso foi executado. Ordeno seja o corpo desmurado, em presença, de delegados de todas as castas, dos quais fixareis o número, e de funcionários designados por mim.

Em cumprimento da real ordem, na tarde do dia seguinte, numerosa assembleia reuniu-se no último pátio do templo de Amon. Cada quarteirão de Tebas enviara deputados, pertencentes a todas as classes da população: nos primeiros lugares, estavam alguns sacerdotes de alta hierarquia e os delegados da rainha, o porta-leque Roma e o que modernamente se denominaria chefe de polícia e era o "ouvido do rei", assim chamado esse funcionário, ao tempo de Hatasu.

A parede, intacta, não conservava nenhum traço do nicho que ali fora aberto 18 meses antes, mas os alviões dos pedreiros fizeram nela uma abertura, ao fundo da qual bem depressa apareceram dois pés.

— Vede! Os pés estão perfeitos e provam à evidência o absurdo dos boatos — observou um dos sacerdotes.

— Os pés não provam coisa alguma, porque todos os pés se assemelham, e o corpo pode ter sido mudado — respondeu um rico mercador.

Algumas vozes apoiaram essa opinião. Silenciosamente, o desmuramento continuou, e sem demora apareceu o corpo integral de Horemseb, perfeitamente reconhecível: a aparência cadavérica, os olhos abertos e vítreos não haviam sofrido qualquer alteração.

— Vede! Eis o corpo do criminoso — disse solenemente Ranseneb: privado das honras de sepultura, aguarda aqui sua destruição, mas a alma, lamentosa, repelida por Osíris, perambula, sem dúvida, ávida de crimes, tal qual outrora. Se, pois, Horemseb é culpado das mortes que afligem Tebas, é apenas sua alma que podeis acusar de tal: o corpo aqui encerrado não pode ter tido parte nisso. E agora, aproximai-vos todos, dois a dois. Haveis conhecido o príncipe: certificai-vos de que é mesmo ele quem se encontra neste nicho.

Terminado o lúgubre desfile, a abertura foi novamente fechada e os assistentes dispersaram-se, tristes e preocupados. Roma também regressou ao lar com o coração oprimido.

Ao ter conhecimento do fim de Ísis, Neith sentira-se mal, e suas primeiras palavras, ao tornar a si, foram:

— Agora é a minha vez; depois dela, é a mim que ele matará!

E, a despeito dos protestos do seu raciocínio, a sinistra predição tinha transformado a alma do jovem sacerdote: a possibilidade de perder tão miseravelmente sua esposa querida, afinal reconquistada, transbordava-o de desesperada ira.

Duas noites depois da verificação da presença do corpo de Horemseb, um par de novas mortes emocionou a capital. Desta vez, haviam sido cometidas na residência real: uma criança de dois lustros de idade e uma tocadora de harpa, favorita da rainha, haviam perecido, e, por outro lado, três pessoas afirmavam ter reconhecido Horemseb nas galerias e corredores do palácio.

Nesta ocasião, o pânico chegou ao auge, inclusive entre os sacerdotes. Que significava tão inaudito caso? Habitualmente, a morte bastava para tornar inofensivo o mais perigoso celerado; neste caso, o Amenti parecia fechar suas portas e repelir para a Terra aquela alma enodoada e nefasta. O vampirismo era quase desconhecido no Egito, *uma vez que a mumificação dos corpos impedia a possibilidade de tal manifestação.*

Ranseneb, chamado a palácio, foi coberto de censuras pela rainha, indignada; ela acusou-o, e bem assim aos demais confrades, de culpada negligência, deixando em torno deles matar tantos inocentes, sem encontrarem na sua ciência, imensa decerto, um remédio a semelhante calamidade.

À tarde, um conselho secreto reuniu-se no templo de Amon. Cinco sacerdotes, dos mais sábios, a ele assistiam e também Amenófis, chegado dias antes de Mênfis, e Roma, admitido excepcionalmente, apesar de moço, não só em vista da importante ação que tivera em todo o assunto em causa, mas também na qualidade de esposo da mais ameaçada vítima. Após debates muito animados, disse Amenófis:

— Em vista da gravidade do caso e da necessidade de agir rapidamente, para preservar da destruição seres inocentes e sem defesa, proponho, meus irmãos, mergulhar uma das jovens do templo no sono sagrado; os olhos do seu espírito abrir-se-ão e ela verá o que nos está oculto; por sua boca, a divindade indicará como deveremos agir. Se adotardes meu alvitre, rogaremos a Ranseneb designar aquela das virgens consagradas mais apta a nos servir.

Após curto debate, todos se declararam de acordo, e Ranseneb mandou buscar a sacerdotisa por ele escolhida. Uma frágil e delicada jovem, de grandes e brilhantes olhos, apareceu sem tardança, e, intimidada pela grave assembleia, inclinou-se, de mãos cruzadas. Vestida de longa túnica branca, pesadas argolas rodeavam seus braços e tornozelos, e uma flor de lótus estava presa na testa por uma faixa incrustada.

— A divindade reclama teu serviço, Nekebet; ela nos manifestará, por teu intermédio, suas vontades — disse gravemente Ranseneb. — Eleva tua alma, pela oração, e agradece aos imortais o favor com que te honram.

A jovem ajoelhou um instante, e, com olhar extático, ergueu os olhos para o céu; depois, levantando-se, murmurou:

— Estou pronta.

Roma fora indicado para provocar o sagrado sono e obter, por sua ação, as preciosas indicações que os demais sacerdotes preparavam-se para escrever em suas tabuinhas. Aproximando-se com benevolência, conduziu a donzela para uma cadeira, pronunciou curta invocação, e, depois, firmou dominador olhar, elevando as duas mãos por cima da cabeça de Nekebet.

Quase imediato estremecimento agitou a moça, que empalideceu e fechou as pálpebras. Então, Roma lhe apoiou os dedos na testa, e, ao termo de rápido minuto, perguntou:

— Dormes?
— Sim.
— E vês?
— Vejo.

Roma voltou-se para os sacerdotes:

— Veneráveis sacerdotes, ela dorme o sagrado sono, e a luz de Osíris inunda-lhe e ilumina a alma. Que ordenais lhe pergunte?

— Que ela procure a alma do sugador de sangue e a encontre, ainda que seja no fundo do Amenti — respondeu Ranseneb. — Para guiá-la, põe-lhe na mão este amuleto que pertenceu a Horemseb.

Roma pegou o escaravelho de madeira odorante e o encostou, primeiramente, na fronte da jovem, e, em seguida, lho deixou em uma das mãos, dizendo:

— Vai e descobre a alma do príncipe. Calma-te — acrescentou, notando que a adormecida se agitava e gemia — e segue a corrente que se desprende deste objeto.

Por momento reinou o mais absoluto silêncio; mas, subitamente, a sacerdotisa atirou-se para trás, com todos os sinais de horror e de medo.

— Não posso... sufoco... Oh! quanto sangue!... E, além disso, mulheres, empunhando rosas, repelem-me e impedem-me de passar.

— Que fazem essas mulheres e por que te embaraçam?

— Cercam um homem, sentado imóvel em um nicho; só seus olhos vivem e seu olhar é terrível; não posso aproximar-me.

E retorceu-se numa convulsão. As veias inflaram na fronte de Roma, e seus olhos lançaram flamas.

— Rechaça as mulheres, passa e identifica o homem.

— É Horemseb, e as mulheres as vítimas que ele sacrificou; o terrível veneno enche ainda suas atormentadas almas; têm ciúmes de mim.

— A alma está separada do corpo do criminoso? — indagou Ranseneb.

— Em uma palavra, está morto ou vivo? acrescentou Amenófis.

Roma transmitiu as duas perguntas.

— A alma ainda está ligada ao corpo — murmurou a clarividente. — Ele vive uma vida à parte.

— Por que seu corpo, morto em aparência, privado desde há dezoito luas de ar e alimento, resiste à decomposição.

— Porque se nutre de sangue, e seu corpo...

A sacerdotisa parou de falar; sua fisionomia denotava pavor, e o corpo estremecia...

— Não posso; ele me proíbe de falar; seu terrível olhar prende minha língua.

— Fala, eu te ordeno! Que é necessário fazer para destruir o corpo do bruxo e atirar-lhe a alma para o Amenti?

A sonâmbula não respondeu: duas vontades contrárias, visivelmente, lutavam nela quase quebrando seu débil organismo. O peito de Nekebet ofegava, espuma subia-lhe aos lábios e seu frágil corpo torcia-se em convulsões de terror; mas, Roma lutava pela felicidade do seu viver, pela existência de inúmeros inocentes, e sua vontade, decuplicada, terminou por triunfar. Por breve tempo a adormecida pareceu tranquilizar-se, para depois atirar-se para trás, como que alquebrada.

— Eu... eu não posso — disse murmurante, em tom quase ininteligível — mas, trazei ao templo a múmia de Sargon. Depois de sete dias de orações, e em presença de Neith, evocai sua alma: ele, o inimigo mortal de Horemseb, indicar-vos-á a salvação...

Nova crise interrompeu-a. Roma refez-se, e, enxugando o suor que lhe manava da testa, repetiu aos sacerdotes as palavras sussurradas por Nekebet. Como se esse instante de trégua houvesse libertado a jovem da influência contrária, um ardente rubor inundou imediatamente o contraído rosto; o sofrimento cedeu a uma extática felicidade, e, caindo de joelhos, estendeu as mãos juntas para invisível objeto.

— Ah! que suave aroma! — murmurou, olfatando avidamente. Não, não, Horemseb, nada temas, amo-te e não te trairei nunca, mesmo que isso me custe a vida!

— Vede — disse Ranseneb — o terrível veneno enfeitiça-lhe a alma; desperta-a, Roma, porém, antes, ordena-lhe abominar Horemseb.

O moço sacerdote concentrou toda a sua energia, e, impondo as mãos sobre a cabeça da sacerdotisa, disse com força:

— Ordeno-te detestar e temer a memória de Horemseb, esquecer o odor nefasto e calmar-te em seguida.

Brusca transformação operou-se no semblante da adormecida: espelhou primeiro medo e horror, depois calma profunda. Roma deu-lhe, a seguir, muitos passes, e afinal a despertou. A jovem não se recordava de coisa alguma, e estava visivelmente exaurida. Os sacerdotes fizeram-na beber um pouco de vinho, abençoaram-na e mandaram que fosse repousar.

A seguir, decidiram adotar a recomendação recebida, e encetar, nessa mesma noite, o jejum e as preces após as quais seria invocado o Espírito do príncipe hiteno, para dele obter o meio de destruir o vampiro. Roma foi incumbido de preparar a esposa e decidi-la a assistir à evocação.

Ao saber o que dela se pretendia, Neith foi presa de verdadeiro pavor: o só pensamento de rever a alma do infortunado esposo, cujo amor por ela o destruíra, fazia-a tremer; Roma, porém, persuadiu-a de que, se alguma coisa neste mundo podia abrandar a alma de Sargon, era o chamamento, a prece daquela por quem sacrificara a vida. Pelo seu próprio futuro, pela piedade para com os inocentes cotidianamente ameaçados, ela devia ser forte, e, dominando todo o pueril medo feminino, ajudar os sacerdotes na sua missão. Neith era de natureza viril e generosa, deixou-se convencer, e, nessa mesma tarde, recolheu-se ao templo, no intuito de preparar-se, durante os sete dias de jejum, abluções e preces, para a terrível entrevista com o finado marido.

Fixada a noite para a evocação, os cinco sacerdotes de Amon, Amenófis e Roma reuniram-se em uma cripta do templo. Sete lâmpadas, de cores diversas, suspensas ao alto de pequeno altar de pedra, iluminavam vagamente a sala, refletindo-se em fantásticos efeitos sobre os vasos de ouro, destinados às libações, e sobre as esplêndidas incrustações de uma caixa de múmia posta de pé em um nicho. Nessa arca funerária, pintada e dourada, estava o corpo preciosamente embalsamado de Sargon, trazido desde a véspera ao templo, e junto do qual houvera vigília e orações.

Agora, os sacerdotes, com as vestimentas brancas de cerimônia, adornados com as insígnias da sua hierarquia, ostentando a pena de abestruz, sinal de iniciação superior, estavam colocados em redor do nicho, braços solenemente levantados para a abóbada. Acabavam de pronunciar as conjurações, que chamavam pela alma do morto e intimavam-na a manifestar-se a eles.

Terminada essa preliminar cerimônia, foi introduzida Neith, que, pálida e faces inundadas de lágrimas, ajoelhou ante a múmia. Estava vestida de branco e com simplicidade, os longos cabelos soltos e uma pequena faixa de ouro prendia-lhe na testa uma flor de lótus.

— Ó Sargon, divino esposo tornado Osíris — disse ela, em tom súplice —, perdoa minha falta de amor por ti, o mal que te fiz, por imprudência infantil! Agora, que podes livremente ler em minha alma, deves ver meu verdadeiro arrependimento, as honras que presto à tua memória. Tem piedade de mim, a vítima designada pelo sugador de sangue; tem igualmente compaixão das mães e dos filhos ameaçados, e indica o meio de banir para o Amenti a alma do nigromante, pois que ele não deve permanecer entre os vivos.

Sua voz foi afogada pelo pranto; mas, tudo continuou em silêncio. Tomada de súbito desespero, suplicante, estendeu os braços para o nicho e exclamou, ardentemente:

— Sargon! Sargon! teu amor foi tão grande que sacrificaste a tua vida por mim: deixaste de me amar, para que fiques surdo às minhas lágrimas e às minhas orações?

Nesse instante, muitos golpes surdos e secos fizeram-se ouvir, parecendo vibrados contra a urna da múmia; um estranho crepitar sucedeu-se, e luzes fosforescentes apareceram no nicho.

A voz da mulher amada havia, em verdade, atingido a alma do moço hiteno, e ele vinha, do reino das sombras, salvá-la de Horemseb, por segunda vez, dar-lhe, do Além-Túmulo, essá prova suprema de afeição?

Todos cruzaram os braços, em respeitoso silêncio; Neith continuou ajoelhada, olhos voltados para a múmia, que parecia velar-se com um transparente vapor, que se condensou, ampliou, enchendo o nicho qual nuvem cintilante, sulcada de lampejos; em seguida, um jacto elétrico jorrou da massa nevoenta e encheu o nicho de suave luz, azulada e tão intensa que tudo esmaeceu junto dela, iluminando distintamente a cripta e os assistentes. Sobre esse fundo brilhante, desenhou-se então a forma esbelta de um homem, de pé, diante do nicho, a um passo de Neith, petrificada. Nenhuma dúvida podia haver quanto à personalidade do visitante surgido do reino das sombras: era bem o rosto pálido e característico, os olhos sombrios e sonhadores do príncipe hiteno, trazendo o "claft" e a túnica de linho, e as pedrarias que lhe ornavam o colar e os braceletes rutilavam como se estivessem sob a luz solar. O materializado ergueu a mão e pronunciou estas palavras, em voz distinta, porém como que velada pela distância:

— Vós me chamais para ajudar a consumar a libertação do Egito: seja! A súplica de Neith chegou ao meu coração, e venho dizer-vos que, ainda esta noite, antes que *Ra* se eleve, é mister desmurar o bruxo, e um de vós deve mergulhar-lhe na garganta a sagrada faca dos sacrifícios. Isso feito, Tebas estará livre do sugador de sangue: não mais atacará pessoa alguma. E tu, Neith, tu não me amaste nunca! (O espectro inclinou-se, com pálido sorriso, para a jovem, pousando-lhe a mão sobre a cabeça.) Não importa! Vive e sê feliz, a fim de que o sacrifício da minha vida não tenha sido em vão!

A luz extinguiu-se bruscamente, a visão desapareceu e de novo as lâmpadas jorraram a fraca e vacilante claridade sobre o nicho misterioso, remergulhado nas sombras, e sobre a alva vestimenta de Neith, abatida, sem sentidos, sobre as lajes.

Cheios de emoção e de júbilo, os sacerdotes combinaram e resolveram pôr em execução, sem perda de um minuto, o aviso que lhes viera por uma graça dos deuses. Munidos de tochas e de instrumentos apropriados, rumaram para o funesto local, e, por não quererem testemunhas supérfluas, desmuraram, eles mesmos, o nicho, no qual em breve apareceu, iluminado pela chama vermelha das tochas, a cabeça lívida, de olhos ternos, do feiticeiro de Mênfis, cujo corpo, inatacado pela decomposição, parecia uma estátua de basalto. Houve um momento de sinistro silêncio. Depois, Ranseneb, que, voluntariamente, de tal se incumbira, ergueu a faca dos sacrifícios, e, com um movimento seguro, enterrou a reluzente lâmina na garganta do cadáver.

Com o borbulhar semelhante ao jorro das torneiras, uma torrente de sangue vermelho saiu do ferimento, provocando em todos uma exclamação de pasmo. No mesmo instante Ranseneb recuou, com um estremecimento de terror: parecera-lhe que os olhos ternos do cadáver haviam-se iluminado com um raio de vida, voltando-se para ele com indizível expressão de angústia, de sofrimento e de ódio mortal. Talvez não passasse de ilusão, porque já o terrível olhar se extinguia e retomava a terna imobilidade; mas, o sangue prosseguia correndo ao longo do corpo.

Silenciosamente, foi retirada a faca do ferimento, fechado de novo o nicho e recolocados os ladrilhos, à pressa. Depois, disse Ranseneb, enxugando a fronte coberta de suor:

— Amanhã, meus irmãos, voltaremos para apagar os derradeiros vestígios da nossa passagem por aqui. Agora, regressai para repousar; vou dirigir-me à Faraó, para lhe dizer de que forma o hiteno, que ela protegeu, veio pagar a sua dívida de gratidão, e pôs fim à calamidade que desolava o povo egípcio.

Roma encontrou Neith tornada a si, porém, alquebrada. Sem proferir palavra, deixou-se instalar na barca e também em silêncio fizeram o percurso, até que a embarcação encostou junto da escadaria do palácio de Sargon. Amparada pelo marido, subiu para o terraço, à entrada do qual ambos se detiveram. O crepúsculo esmaecia no horizonte, torrentes de ouro e de púrpura inundavam o céu, anunciando a aproximação do astro-rei, que logo apareceu, enchendo a Terra com seus vivificantes raios.

Um suspiro de imenso desafogo alçou o peito de Neith: agora, a desgraça estava vencida, o bruxo não reapareceria mais, dissera-lhe Roma, a vida estendia-se diante dela, sem nuvens, e a aparição benfazeja do deus-sol, no momento desse regresso, pareceu-lhe feliz augúrio. Num impulso de entusiasmo, levantou os braços para o Sol:

— Vês, Roma, depois das trevas desta terrível noite, Ra saúda a nossa volta: é o presságio de que as aflições terminaram e de que a vida será, doravante, de luz e calor.

— Será o que os deuses ordenarem; nosso amor, porém, nos dará a paz da alma — respondeu ele, emocionado. — Agora, minha querida, vem, e agradeçamos aos imortais suas infinitas graças.

Pouco depois, o casal ajoelhava diante do pequeno altar florido de suas divindades domésticas, e sua ardente ação de graças elevou-se no rumo dessas forças do Bem, que, em todos os séculos, sob diversos nomes, protegem as frágeis criaturas humanas que a elas se dirigem, com fé e orações.

Quem verdadeiramente sabe orar, possui a chave do céu.

EPÍLOGO

Tão insensivelmente quanto a luz do dia desaparece nas trevas da noite, assim o tempo devora tudo que foi criado; gigante insaciável, seu lema é destruição; nada lhe é sagrado, nem monumentos célebres, nem obras de arte, nem beleza, nem poder: ele passa insensível, imutável, e tudo se aniquila. Tudo, menos uma coisa, também tenaz, tão eterna quanto o próprio tempo: a alma, o princípio de vida, sempre renascente dos escombros do passado, criando através do tempo um labor interminável.

É noite. A exemplo de centenas de séculos antes, a Lua inunda com seus raios prateados uma planície da velha terra Egípcia, e se reflete nas águas do Nilo. O rio sagrado não sofreu transformação, mas sobre suas margens passou o gigante destruidor e delas fez um deserto. Por cima dos montículos de areia, dos templos derribados, das estátuas mutiladas, tristes restos de Tebas — a soberba, a cidade das cem portas, flutuava vacilante e esbranquiçada nuvem, desenhando, por momentos, uma silhueta humana, vaporosa e quase impalpável.

Essa nuvem era uma inteligência, centelha divina e indestrutível, que pairava, pensativa e tristonha, sobre esses lugares onde tinha vivido, evocando, na reminiscência, a época longínqua em que essas ruínas eram esplêndidos monumentos, em que gerações, de há muito extintas, animavam, com a sua ruidosa vida, a orgulhosa capital do velho mundo.

Junto da necrópole, o Espírito parou para examinar, suspirando, imensa e devastada construção, meio sepultada pela terra: ele havia visto de pé, em todo o seu primitivo esplendor, esse túmulo da rainha Hatasu, com seus pátios imensos, seus terraços, suas colunatas sem-fim e suas pinturas de vistosas cores. O tempo destruíra o esplendor do monumento; nenhum traço restava da imensa avenida de esfinges pela qual marchavam noutros tempos as pomposas procissões que iam sacrificar aos manes dos soberanos.

As tumbas reais estavam vazias, as vicissitudes dos séculos dali enxotaram os corpos embalsamados dos belicosos Tutmés e da orgulhosa mulher criadora do original monumento, tão diferente de tudo que se construía no Egito, imperecível lembrança das conquistas de seu genitor nas margens do Eufrates e da sua própria vitória sobre os preconceitos dos seus contemporâneos.

Doloroso suspiro irrompeu do coração fluídico do Espírito: a vista de toda aquela destruição era-lhe penosa, e, apesar disso, as ruínas desse passado atraíam-no invencivelmente. Com a rapidez do pensamento, deixou os escombros de Tebas e penetrou, qual fugitivo raio, numa construção cujas salas estavam atravancadas com a reunião dos mais diferentes objetos. Tudo quanto ali se via provinha do Egito Antigo, e que não se encontrava naquela miscelânea? Estátuas e objetos funerários, joias e utensílios de toda espécie, desde as bugiarias pertencentes ao palácio do Faraó até os grosseiros petrechos de operários, e lá, numa das salas, as longas caixas, numeradas, sarcófagos de Faraós. Um raio de luar descia sobre a madeira enegrecida, sobre as pinturas desbotadas e sobre as faixas desenroladas que mostravam os rostos de alguns, daquela mesma Lua, que iluminara com seu clarão aqueles mesmos homens, quando vivos, cheios de força e orgulho.

Dolorosa agitação trabalhava o invisível visitante do Museu Boulaq, enquanto olhava, para satisfazer a curiosidade, aquelas amontoadas coisas. Pensava nas mãos sacrílegas que haviam violado todas aquelas tumbas, arrancado do retiro, que supunham eterno, os pacíficos adormecidos, cujas cabeças estavam cingidas pelos séculos com uma nova e venerável coroa.

"— Pobres Faraós do Egito, átomos presunçosos, que imagináveis poder desafiar o futuro em vossos refúgios inacessíveis!... O tempo fez justiça ao vosso orgulho, não fostes despertados em vossos sepulcros enquanto os estrangeiros invadiam a pátria, devastavam vossas cidades, destruíam vossos impérios, só deixando de pé os indestrutíveis escombros dos templos, das pirâmides, que mesmo a sanha dos bárbaros não pôde dar cabo!"

Como que por irrisão da sorte, o frágil despojo humano sobrevivera aos monumentos de granito, e eles, a quem eram rendidas honras divinas, aos quais se chegava com a face no chão, não passavam agora de objetos numerados, expostos à banal curiosidade de cada visitante.

Lá repousava agora o altaneiro Ramsés II, ainda enrolado em panos tecidos para ele pelas mãos dos súditos; seu rosto, enegrecido pelos séculos, refletia ainda o orgulho que o animava outrora, e os visitantes examinavam curiosamente aquelas mãos ossudas que brandiram a *hache d'armes*[30] nas batalhas contra o desaparecido povo dos hitenos, aquela boca, de lábios fechados, da qual uma palavra decidia da vida ou morte de milhares de homens.

Lá também se encontrava a múmia de Tutmés III. Mãos bárbaras quebraram o corpo do grande conquistador que subjugou a Ásia e construiu os maravilhosos templos que lhe imortalizaram o nome.

Também lá estava um desses tipos dos velhos soberanos do Nilo, tenazes e armipotentes, primeiros não só na vitória, mas na batalha, conseguindo triunfos, eletrizando seus guerreiros pelo exemplo, persuadidos de que os deuses protegiam as suas sagradas cabeças.

Tal geração de heróis morreu, extinguiu-se; os tempos e os usos modernos tudo mudaram; as bombas e a dinamite substituíram a machadinha e as flechas; a matança a distância substituiu as lutas corpo a corpo; os soberanos atuais, se vão à guerra, assistem do alto de uma colina, rodeados de brilhante estado-maior, ao massacre dos súditos, não combatem mais: condecoram com uma "cruz de ferro" os heróis melhor recomendados ao seu favor.

A cabeça fluídica do visitante inclinou-se pesadamente, à lembrança do glorioso passado daquela pátria, tão amada, pela qual muito pecara e muito trabalhara; também ele tivera a coroa mística dos soberanos do Nilo... E um invencível desejo lhe veio de rever, em todo o primitivo esplendor, os lugares onde vivera. Sem dúvida, para o olhar humano, Tebas, Mênfis, Tânis desapareceram do solo: o barbarismo dos homens

---

30 N.E.: Arma utilizada para combate. O "machado de arma" é manipulado com as duas mãos.

deixaram-lhe apenas sobre-existir o nome; porém, nas camadas luminosas do passado, elas se conservam intactas e vivas; a mão piedosa da Criação empilha nos seus arquivos fluídicos e eternos o reflexo fiel de tudo que existiu, desde os continentes submersos, as civilizações desaparecidas, com os seus monumentos e costumes, até as figuras, atos e pensamentos dessas raças extintas. Lá, a destruição não existe, e basta uma potente vontade para fazer ressurgir a Fata Morgana[31] do mais longínquo passado.

Um tal impulso de vontade animava a vaporosa e pálida sombra, que planava no ar e despedia de si própria como que um fluxo de fogo, iluminando o espaço, arrastando o Espírito através das camadas fluídicas dos séculos escoados. Bem pronto surgiu de todas as partes, em torno do ser espiritual, maravilhosa cidade, cheia de movimentos e vida, tal qual na remota época; templos e palácios espelhavam-se nas águas do Nilo, coalhado de embarcações, porém, tudo diáfano, afogado em azulada claridade, suave, vacilante, e como que atravessado por essa luminosidade.

Com um esmaecido sorriso, o velho soberano do Nilo contemplou a soberba cidade evocada do abismo pela sua vontade, porque, se o tempo domina nas ruínas do passado, acima dele reina o *pensamento*, para o qual não existe nem tempo, nem destruição.

Era Mênfis (do tempo de Hatasu) que revivia aos olhos do Espírito que a evocara e contemplava aqueles lugares outrora tão conhecidos. Nada mudara: aquela alta e espessa muralha cinturava, tal qual no velho tempo, os jardins e o misterioso palácio do nigromante. O transparente visitante deslizou, pelas aleias sombreadas, para o silencioso e esplêndido edifício, que parecia envolver uma nuvem volatilizada de aroma suave e sufocante. Parou. A alguns passos, apoiado a uma coluna, estava um ser, também pertencente à população do passado, não a personalidade, e sim a sombra ou reflexo, cujos traços lembravam os de Horemseb, mas as insígnias reais que o adornavam eram de um monarca moderno.

— Mau príncipe do Egito, triste rei de Baviera, que malsãs quimeras, remotos e deletérios odores do passado, arrastaram ao abismo — murmurou o Faraó. — É, pois, nos reflexos do passado que buscas olvidar os sofrimentos do presente, e não sozinho — acrescentou, prestando ouvido a estranhas harmonias, tão depressa suaves, tão pronto discordantes e selvagens, que faziam vibrar a atmosfera. — O grande maestro, que protegeste, veio reencontrar-te aqui? Para calmar a alma inquieta, misturou suas criações atuais com os sons selváticos que acompanhavam os ritos sangrentos do sacerdote Tadar!

Com expressão de tristeza, o visitante elevou a transparente mão, fazendo dela jorrar acre e devorante flama, que paralisou os sons daquela música pungente, a qual de pronto cessou.

— Por que nos vens perturbar e reprimendar o querer, com as recordações do passado, olvidar o presente? — dirão, com ira, Luís II e Richard Wagner. — Não fizeste o

---

31 Nota do tradutor: Expressão predileta de Rochester, empregada em vários de seus romances, e corresponde — em rigor — a miragem, o curioso fenômeno óptico do deserto. Mas, em verdade, é uma assimilação de antiga e selvagem deusa belicosa, irlandesa (que figurou nos romances medievais, do gênero "cavalaria andante", que inspiraram o *D. Quixote*), cuja ilusória influência era tão perigosa quanto a ficção do oásis (Veja-se ALEX; HAGG; KRAPE. *Mitologia universal*. Paris, Ed. Payot, 1930, p. 229). Esse fenômeno era conhecido no Egito, dadas as suas condições atmosféricas.

mesmo, átomo impotente, despido do cetro e da coroa? Tua mão não mais empunha o chicote, não brande a *hache d'armes*, não travas mais batalhas: tua glória, e assim teu poderio, é poeira... E, fugindo ao triste presente, não vens, tal qual o fazemos, retemperar-te no reflexo da tua sepultada grandeza?

O Espírito refez-se e pareceu iluminar-se por inteiro com fulgente e doce luz.

— Enganai-vos, pobres companheiros do passado; não evito o presente, nem me fazem falta batalhas mais gloriosas do que as daqueles tempos; não mais me orno com a coroa do Egito, mas trago a do trabalho espiritual; manejo a afiada *hache* do pensamento e a descarrego sobre as trevas que obscurecem a inteligência; meus prisioneiros são aqueles que arrasto para o progresso, para o arrependimento, para a fé; em vez do cetro, trago a luz que ilumina o verdadeiro alvo da alma, e o látego que mostro aos homens — olha! (grande e luminosa cruz se lhe desenhou no peito) é o símbolo da eternidade, à qual ninguém foge, e que, por imutável lei, pune cada um pelo que haja pecado!

— A luta entre *Ra* e Moloc prossegue igualmente, e os celebrantes de Moloc não morreram convosco. É o Espiritismo, mensageiro de luz e de amor, que deve combater o moderno ocultismo, esta ciência que se envolve de trevas e teme a claridade, cujos sacerdotes não mais bebem o sangue das suas vítimas, porém, sobre um altar enlodado, devoram a vitalidade moral, matam o despertar da alma, o impulso ao arrependimento e à renovação espiritual. Esses servidores do mistério desfiguram a Verdade por um egoísmo inaudito, praticam ritos impuros, e, apesar disso, prometem aos desmoralizados adeptos a união com a divindade, sabendo perfeitamente que tanta escuridão não pode unir-se à fonte luminosa de todas as coisas. Não se pode, por meio de orgias, abrir as portas do invisível e evocar a divindade; não é dado aos que têm as mãos impuras soerguer o véu de Ísis, para firmar os olhos nos seus sublimes traços.

— Os sacerdotes e as sacerdotisas, ante o sacro altar, devem ser puros de alma e corpo, e abandonar, nos degraus do templo, todos os maus desejos; para invocar o Invisível, o homem deve espiritualizar-se, reaquecer a alma por uma prece isenta de todo interesse material. Se ao encontro do Invisível enviardes luz, a Luz vos responderá; seu mensageiro será puro quanto a vossa fé, vossa oração, vossos desejos; ele vos trará a saúde do corpo e a paz da alma, sem vos pedir coisa alguma — de material — por preço da sua presença. Mas, se viciosos sacerdotes, materialões, enviarem trevas por mensageiras aos habitantes do mundo invisível, um Espírito das trevas aparecerá e fará pagar, pela sua vinda, um tributo material.

— Torno a vós, meus irmãos: que buscais nesse passado que só vos deu sofrimento? Quisestes gozo, sem amor, e só haveis recolhido dor e vazio da alma: sacudi o erro e o egoísmo, dominai a matéria, para que ela não vos arraste ao abismo das trevas, no seio das quais não mais vereis a claridade. A vós e a todos aqueles cuja alma está obscurecida, quisera gritar:

— Fazei um esforço para o Bem, e tudo se tornará luminoso em redor de vós, e não mais buscareis o vício para esteio da existência, que vos parece vazia sem ele!

Uma deslumbrante luz se havia concentrado pouco a pouco em torno do Espírito; a miragem da cidade dos Faraós esmaecera e se fundira sob a abóbada azulada e vaporosa que esta própria rasgara, descobrindo um horizonte sem limites, cheio de esplêndidos luzeiros. Os pobres Espíritos sofredores acompanharam, com atristado olhar, o audacioso e célere voo daquele que lhes havia falado, e que não estava só, nesse oceano de luminosidade.

Numerosa falange de combatentes pelo progresso e pela perfeição descia para espancar as trevas da Terra, e ao seu encontro surgiam, de todos os recantos, inteligências, ávidas de repouso, de saber e de fé, dispostas a conduzir o archote do progresso ao ambiente onde deviam agir. E todas essas almas quebrantadas, fatigadas das trevas da matéria, murmuravam, através das esferas: *Fiat Lux!* Faça-se a Luz!

O QUE É ESPIRITISMO?

O Espiritismo é um conjunto de princípios e leis revelados por Espíritos Superiores ao educador francês Allan Kardec, que compilou o material em cinco obras que ficariam conhecidas posteriormente como a Codificação: *O livro dos espíritos, O livro dos médiuns, O evangelho segundo o espiritismo, O céu e o inferno* e *A gênese*.

Como uma nova ciência, o Espiritismo veio apresentar à Humanidade, com provas indiscutíveis, a existência e a natureza do Mundo Espiritual, além de suas relações com o mundo físico. A partir dessas evidências, o Mundo Espiritual deixa de ser algo sobrenatural e passa a ser considerado como inesgotável força da Natureza, fonte viva de inúmeros fenômenos até hoje incompreendidos e, por esse motivo, são tidos como fantasiosos e extraordinários.

Jesus Cristo ressaltou a relação entre homem e Espírito por várias vezes durante sua jornada na Terra, e talvez alguns de seus ensinamentos pareçam incompreensíveis ou sejam erroneamente interpretados por não se perceber essa associação. O Espiritismo surge então como uma chave, que esclarece e explica as palavras do Mestre.

A Doutrina Espírita revela novos e profundos conceitos sobre Deus, o Universo, a Humanidade, os Espíritos e as leis que regem a vida. Ela merece ser estudada, analisada e praticada todos os dias de nossa existência, pois o seu valioso conteúdo servirá de grande impulso à nossa evolução.

O LIVRO ESPÍRITA

Cada livro edificante é porta libertadora.

O livro espírita, entretanto, emancipa a alma nos fundamentos da vida.

O livro científico livra da incultura; o livro espírita livra da crueldade, para que os louros intelectuais não se desregrem na delinquência.

O livro filosófico livra do preconceito; o livro espírita livra da divagação delirante, a fim de que a elucidação não se converta em palavras inúteis.

O livro piedoso livra do desespero; o livro espírita livra da superstição, para que a fé não se abastarde em fanatismo.

O livro jurídico livra da injustiça; o livro espírita livra da parcialidade, a fim de que o direito não se faça instrumento da opressão.

O livro técnico livra da insipiência; o livro espírita livra da vaidade, para que a especialização não seja manejada em prejuízo dos outros.

O livro de agricultura livra do primitivismo; o livro espírita livra da ambição desvairada, a fim de que o trabalho da gleba não se envileça.

O livro de regras sociais livra da rudeza de trato; o livro espírita livra da irresponsabilidade que, muitas vezes, transfigura o lar em atormentado reduto de sofrimento.

O livro de consolo livra da aflição; o livro espírita livra do êxtase inerte, para que o reconforto não se acomode em preguiça.

O livro de informações livra do atraso; o livro espírita livra do tempo perdido, a fim de que a hora vazia não nos arraste à queda em dívidas escabrosas.

Amparemos o livro respeitável, que é luz de hoje; no entanto, auxiliemos e divulguemos, quanto nos seja possível, o livro espírita, que é luz de hoje, amanhã e sempre.

O livro nobre livra da ignorância, mas o livro espírita livra da ignorância e livra do mal.

Emmanuel[*1]

[*1] Página recebida pelo médium Francisco Cândido Xavier, em reunião pública da Comunhão Espírita Cristã, na noite de 25/2/1963, em Uberaba (MG), e transcrita em *Reformador*, abr. 1963, p. 9.

O EVANGELHO NO LAR

Quando o ensinamento do Mestre vibra entre quatro paredes de um templo doméstico, os pequeninos sacrifícios tecem a felicidade comum.[1]

Quando entendemos a importância do estudo do Evangelho de Jesus, como diretriz ao aprimoramento moral, compreendemos que o primeiro local para esse estudo e vivência de seus ensinos é o próprio lar.

É no reduto doméstico, assim como fazia Jesus, no lar que o acolhia, a casa de Pedro, que as primeiras lições do Evangelho devem ser lidas, sentidas e vivenciadas.

O espírita compreende que sua missão no mundo principia no reduto doméstico, em sua casa, por meio do estudo do Evangelho de Jesus no Lar.

Então, como fazer?

Converse com todos que residem com você sobre a importância desse estudo, para que, em família, possam compreender melhor os ensinamentos cristãos, a partir de um momento de união fraterna, que se desenvolverá de maneira harmônica e respeitosa. Explique que as reflexões conjuntas acerca do Evangelho permitirão manter o ambiente da casa espiritualmente saneado, por meio de sentimentos e pensamentos elevados, favorecendo a presença e a influência de Mensageiros do Bem; explique, também, que esse momento facilitará, em sua residência, a recepção do amparo espiritual, já que auxilia na manutenção de elevado padrão vibratório no ambiente e em cada um que ali vive.

Convide sua família, quem mora com você, para participar. Se mora sozinho, defina para você esse momento precioso de estudo e reflexões. Lembre-se de que, espiritualmente, sempre estamos acompanhados.

Escolha, na semana, um dia e horário em que todos possam estar presentes.

O tempo médio para a realização do Evangelho no Lar costuma ser de trinta minutos.

---

[1] XAVIER, Francisco Cândido. *Luz no lar*. Por Espíritos diversos. 12. ed., 7. imp. Brasília: FEB, 2018. Cap. 1.

As crianças são bem-vindas e, se houver visitantes em casa, eles também podem ser convidados a participar. Se não forem espíritas, apenas explique a eles a finalidade e importância daquele momento.

O seguinte roteiro pode ser utilizado como sugestão:

1. Preparação: Leitura de mensagem breve, sem comentários;
2. Início: Prece simples e espontânea;
3. Leitura: *O evangelho segundo o espiritismo* (um ou dois itens, por estudo, desde o prefácio);
4. Comentários: breves, com a participação dos presentes, evidenciando o ensino moral aplicado às situações do dia a dia;
5. Vibrações: pela fraternidade, paz e pelo equilíbrio entre os povos; pelos governantes; pela vivência do Evangelho de Jesus em todos os lares; pelo próprio lar...
6. Pedidos: por amigos, parentes, pessoas que estão necessitando de ajuda...
7. Encerramento: prece simples, sincera, agradecendo a Deus, a Jesus, aos amigos espirituais.

As seguintes obras podem ser utilizadas nesse momento tão especial:

- *O evangelho segundo o espiritismo, como obra básica;*
- *Caminho, verdade e vida; Pão nosso; Vinha de luz; Fonte viva; Agenda cristã.*

Esse momento no lar não se trata de reunião mediúnica e, portanto, qualquer ideia advinda pela via da intuição deve permanecer como comentário geral, a ser dito de maneira simples, no momento oportuno.

No estudo do Evangelho de Jesus no Lar, a fé e a perseverança são diretrizes ao aprimoramento moral de todos os envolvidos.

www.febeditora.com.br

/febeditora   /febeditoraoficial   /febeditora

Conselho Editorial:
Jorge Godinho Barreto Nery – Presidente
Geraldo Campetti Sobrinho – Coord. Editorial
Cirne Ferreira de Araújo
Evandro Noleto Bezerra
Maria de Lourdes Pereira de Oliveira
Marta Antunes de Oliveira de Moura
Miriam Lúcia Herrera Masotti Dusi

Produção Editorial:
Elizabete de Jesus Moreira

Revisão:
Mônica dos Santos

Capa:
Evelyn Yuri Furuta

Projeto gráfico e Diagramação:
Thiago Pereira Campos

Normalização Técnica:
Biblioteca de Obras Raras e Documentos Patrimoniais do Livro

Esta edição foi impressa no sistema de Impressão pequenas tiragens, em formato fechado de 140x210 mm e com mancha de 116x186,3 mm. Os papéis utilizados foram o Pólen Soft 80 g/m² para o miolo e o Cartão 250 g/m² para a capa. O texto principal foi composto em fonte Minion Pro 10/12 e os títulos em Gimlet Display 18/21,6. Impresso no Brasil. *Presita en Brazilo.*